VdN

Konrad Breitenborn

Im Dienste Bismarcks

Die politische Karriere des Grafen Otto zu Stolberg-Wernigerode

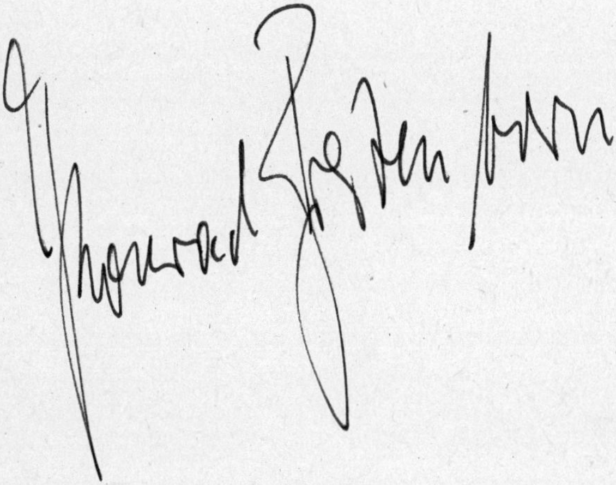

Verlag der Nation
Berlin

Der Erbgraf

Malerisch ragt das Schloß Wernigerode aus dem Harzland empor. Alljährlich steigen zahlreiche in- und ausländische Besucher – die meisten von ihnen sind Bewunderer des alten Bürgerstädtchens im Tal – den Burgberg empor, denn das oft als Märchenschloß bestaunte Gebäude beherbergt ein Museum. Seit 1949 befindet sich in dessen Räumen eine umfassende Ausstellung zur Epoche des Feudalismus. So ist es nicht verwunderlich, daß die Neugierigen aus nah und fern sich wohl kaum jenes Schloßherrn wegen auf den Weg machen, der die einstige barocke Schloßanlage in einen historistischen Prunkbau verwandeln ließ – eben jenes Grafen Otto, der als Vize-Bismarck maßgeblichen Anteil am 1878 verkündeten Sozialistengesetz hatte.

Der Lebensweg Ottos zu Stolberg-Wernigerode ist in manchem typisch für einen reaktionären und hochadligen Feudalherrn, dessen politische Karriere zunächst auch recht vielversprechend begann. Von vornherein strebte Otto nach einem Amt, das ihn über sein heimatliches Wernigerode hinausheben sollte. Deshalb suchte er den politischen Realitäten, wenn auch in standesherrlich eingeschränktem Maße, Rechnung zu tragen. Dennoch verlief sein politischer Weg nicht geradlinig, der Erfolg führte ihn zwar ins Zentrum der Macht, dort aber nur in die zweite Reihe, und er endete sogar mit einem wenig rühmlichen Abschied und einem mißlungenen Comeback.

Die Gründe dafür sind jedoch weniger beim Grafen als vielmehr in den Konflikten einer Zeit zu suchen, in der um die Schaffung des bürgerlichen deutschen Nationalstaates gerungen wurde und schließlich das junkerlich-bourgeoise Deutsche Reich entstand, in dem die Volksmassen und in wachsendem Maße die Arbeiterklasse Anspruch auf politische Macht geltend machten. Die Zeichen der Zeit standen auf Sturm, und das verdeutlicht sich in der Biographie des Grafen. Bereits Ottos Geburtstag, der 30. Oktober 1837, fällt in einen unruhigen Herbst. Seit Juni haben die Stolberger Grafen, die durch ihre Hohnsteinischen Besitzungen auch dem Königreich Hannover zugehören, mit Ernst August einen neuen Landesherrn. Jener Monarch setzt am 1. November kurzerhand die ständische Verfassung außer Kraft und entläßt sieben namhafte Professoren der Göttinger Universität, unter ihnen die Brüder Grimm, als Wortführer des Protestes.

Dieser unzeitgemäße Willkürakt löst in allen deutschen Staaten eine Welle der Empörung aus. Auch der regierende Graf in dem Harzer Residenzstädtchen Wernigerode, Ottos Großvater Henrich (1772–1854), bangt um seine feudalherrliche Ruhe. Besorgt denkt er an die nur wenige Jahre zurückliegende Begebenheit, da man in einer Mauerritze des Torweges am Regierungsgebäude einen anonymen Drohbrief gefunden hatte, in dem es mit ungelenken Worten hieß: «Wenn ihr alle die ihr seyt, nicht bald anders werd mit die armen Leute, dann Gnade Gott, wenn es ausbricht» und weiter: «So bald der Graf kömt, dann gets los, so bald er es nicht gleich anders macht, die Armen Leute können nicht mer leben und bestehen; denn kein Verdienst ist nicht und das viele sollen sie geben.» Sofort waren in der Stadt Patrouillen gebildet und eingesetzt worden. Das Schloß stellte man unter den Schutz von dreizehn bewaffneten Männern.

Das hatte sich sieben Jahre zuvor in Wernigerode zugetragen, in jenem Jahr 1830, da die französische Julirevolution einen erneuten Aufschwung der revolutionären Volksbewegung in Europa auslöste. Während die Aufstände in Preußen und Österreich rasch unterdrückt wurden, war es in Sachsen, Braunschweig, Hessen-Kassel, Hessen-Darmstadt, Hannover und in einigen weiteren Territorien gelungen, die Macht der herrschenden Feudalregime ernsthaft zu erschüttern, Agrarreformen durchzusetzen und nicht zuletzt die Gewährung von Verfassungen zu erzwingen. Graf Henrich beunruhigten seinerzeit vor allem die Aufstände im benachbarten Braunschweig und in Hannover, deshalb instruierte er seine Polizei, «mit großer Vorsicht zu verfahren» und das Volk «nicht durch unzeitige Strenge zu reizen». Die Bevölkerung hatte sich jedoch sehr beeinflußt gezeigt von dem «bis jetzt ungeahndet im benachbarten

Braunschweig statt gefundenen Aufruhr» und von den Unruhen im nahe gelegenen Blankenburg, obwohl es in der Grafschaft letztlich dann doch ruhig geblieben war.

Nun grübelte Graf Henrich, wie es wohl diesmal ausgehen würde, denn sein Regierungsrat hatte ihn im Zusammenhang mit dem anonymen Brief wissen lassen, daß in der Unterstadt von Wernigerode aufgrund wirtschaftlicher und sozialer Not mit Unruhen unter der Bevölkerung zu rechnen sei, auch zeigte man sich besorgt, in einem solchen Falle würde «die gleichgestimmte und in weit üblerer Lage sich befindende niedere Klasse in Halberstadt und Quedlinburg» ebenfalls rebellieren. Graf Henrich hatte die revolutionäre Situation deutlich erkannt. Selbst auf untergeordnete Vorfälle, wie auf diesen Drohbrief, reagierte er blitzschnell und energisch. Würden sich seine Untertanen der Protestwelle anschließen? Henrich wünschte zwar nichts weniger als verfassungsmäßige Zustände, dennoch schien ihm der hannoversche Staatsstreich eher geeignet, schlafende Hunde zu wecken als die Fürstenmacht zu sichern. Im übrigen richtete er seinen Blick weniger auf den König in Hannover als auf den König in Berlin, der für ihn der maßgeblichere Potentat war: Henrichs Besitz umfaßte zu jener Zeit die zur preußischen Provinz Sachsen gehörige, zweihundertachtundsiebzig Quadratkilometer große Grafschaft Wernigerode und neben der erwähnten hannoverschen Waldherrschaft die Standesherrschaft Gedern im Großherzogtum Hessen-Darmstadt.

Die Stolberger galten als treue und verläßliche Stützen der preußischen Krone. Henrich gehörte sogar dem Staatsrat an, der seit März 1817 als beratendes Kollegium des Königs bestand. Neben Ministern und hohen Militärs berief der Monarch persönliche Vertraute in das Gremium, und zu diesen durfte Henrich sich rechnen. Zudem zierte seine Brust die höchste, 1701 gestiftete preußische Auszeichnung, der Schwarze Adlerorden.

Als entschiedener Feind jeglicher Liberalisierungstendenzen unterstützte Graf Henrich nachdrücklich die Politik der Heiligen Allianz, die im September 1815 zwischen Zar Alexander I. von Rußland, Kaiser Franz I. von Österreich und König Friedrich Wilhelm III. von Preußen gegründet worden war. Nahezu alle europäischen Fürsten traten jener «heiligen» Verbindung bei, deren Ziel darin bestand, soziale und politische Veränderungen zu verhindern, fortschrittliche bürgerlich-demokratische Bewegungen zu unterdrücken und die feudal-reaktionäre Herrschaft zu konservieren. Im Juli des gleichen Jahres hatte der Wiener Kongreß die politische Restauration eingeleitet und Kleinstaaterei und Fürstenmacht bestätigt. Die dort beschlossene Bundesakte führte zur Gründung des Deutschen Bundes, dem siebenunddreißig souveräne deutsche Staaten und vier Freie Städte angehörten. Als dessen oberstes Organ fungierte der Bundestag, eine Versammlung der Bevollmächtigten der Fürsten, in dem der österreichische Gesandte den Vorsitz ausübte. In den verschiedenen Ländern bestand weder ein einheitliches Maß- und Münzsystem, noch gab es ein gemeinsames Postwesen, ein Bundesgericht oder gar ein Bundesheer.

Das bunte Durcheinander verschiedener Zollsysteme lähmte Handel und Verkehr. Nicht nur die einzelnen Staaten, sondern auch die Provinzen waren durch Zollschranken voneinander abgesperrt. Vor allem litt die Entwicklung der Industrie unter der ökonomischen und politischen Zersplitterung Deutschlands. Es fehlte an Kapital und an geschulten Fachkräften. Feudale Gesetze und veraltete Produktionsmethoden wirkten sich auf die Herstellungskosten nachteilig aus. Neidisch schaute Deutschlands Bourgeoisie nach England, dessen Kapitalisten durch die problemlosere Einführung neuer Technologien, Maschinen und Produktionsmethoden das Tempo der industriellen Revolution in Europa bestimmten. Sie war deshalb bestrebt, eine dem Kapitalismus förderliche staatlich-politische Gesellschaftsstruktur in Deutschland durchzusetzen, und diese konnte nur auf dem Wege einer nationalstaatlichen Einigung erreicht werden.

Die revolutionäre Bewegung für die Schaffung eines einheitlichen deutschen Nationalstaates hatte im Jahre 1832 mit dem Hambacher Fest, an dem sich mehr als dreißigtausend Menschen beteiligten, einen Höhepunkt erreicht. Fast jede größere deutsche Stadt war vertreten, andere sandten Grußbotschaften. Die Festredner erhoben revolutionär-demokratische, einige sogar republikanische Forderungen, in einer Resolution verlangten die Versammelten Volksbewaffnung und Volkssouveränität. Doch die Reaktion hatte schnell und energisch zugeschlagen.

Obwohl der demokratischen Bewegung Anfang der dreißiger Jahre der politische Erfolg versagt geblieben war, erzielte die Bourgeoisie einen nicht unbedeutenden Fortschritt auf dem Gebiet des nationalen Handels; mittlerweile hatte auch die feudale Reaktion erkannt, daß sie ihre politische Herrschaft ohne wirtschaftliche Konzessionen nicht würde aufrechterhalten können: Am 1. Januar 1834 war der Deutsche Zollverein ins Leben gerufen worden, der insgesamt 18 deutsche Staaten mit 23 Millionen Einwohnern umfaßte. Den Handel unter ihnen belasteten keine Zollabgaben mehr. Für den Wirtschaftsverkehr mit den übrigen, dem Zollverein nicht angeschlossenen deutschen Staaten, zum Beispiel Hannover, Oldenburg, Schleswig-Holstein, Mecklenburg, und dem Ausland wurde ein einheitliches Ein- und Ausfuhrzollsystem festgelegt. Da sich sowohl das Herzogtum Braunschweig wie auch das Königreich Hannover erst viele Jahre später dem Deutschen Zollverein anschlossen, lebte in der Grafschaft Wernigerode, die im Westen und Osten an Braunschweig und im Süden an das hannoversche Elbingerode grenzte, damals der Schmuggel beträchtlich auf. Im Hannoverschen waren Zigarren, Kaffee und Rotwein bedeutend billiger. Die Wernigeröder unternahmen deshalb gern Fahrten ins benachbarte Elbingerode, um dann den besonders geschätzten französischen Rotwein unverzollt über die Grenze zu schaffen.

Zeitgenossen schilderten Graf Henrich als eigensinnigen Despoten, dessen «kräftig dreinfahrende Grobheit» selbst in der eigenen Familie gefürchtet wurde. Auch Otto und seine zwei Jahre ältere Schwester Eleonore hatten vor ihrem Großvater einen Heidenrespekt. Otto meinte später, sein Großvater habe nie Widerspruch geduldet und sogar gegenüber «uns Kindern nichts durchgehen» lassen.

Mehr noch als in der Familie regierte der Alte seine Grafschaft mit der eisernen Hand des feudalen Herrn; unberührt von zeitgemäßen Reformbestrebungen, schwamm er ganz im Fahrwasser der Reaktion. Im Juni 1832 waren die Initiatoren des Hambacher Festes hinter Schloß und Riegel gesetzt worden, Österreich und Preußen hatten beim Bundestag Maßnahmen zur Unterdrückung der nationalen Bewegung beantragt. Die Rechte der Landtage wurden eingeschränkt, die Zensurbestimmungen verschärft und politische

Vereine verboten. Das Errichten von Freiheitsbäumen und das Tragen schwarz-rot-goldener Kokarden stellte man unter Strafe. Außerdem verpflichteten sich die Bundesstaaten gegenseitig zur Auslieferung politischer Flüchtlinge. Zu besonders drastischen Formen der politischen Verfolgung griff das Königreich Preußen. Eigens für politische Untersuchungen wurden in Berlin ein Kammergericht und eine besondere Ministerialbehörde eingerichtet.

Graf Henrich legte damals für die in seinem Dienst stehenden Arbeiter einen strengen Verhaltenskodex fest, mit dem vor allem das althergebrachte Untertanenbewußtsein konserviert werden sollte. So verlangte er in einer «Hüttenordnung» vom 9. Mai 1832: «Uns und Unserem Gräflichen Hause treu, gehorsam und unterthänig zu sein». Ein jeder habe «sich vor allem eines christlichen und sittlichen Lebens und Wandels zu befleißigen» und «zur Beförderung desselben die Kirche fleißig zu besuchen». Der «Mangel an Gehorsam und Achtung» wurde mit Geldbußen «bis zur Höhe eines zweitägigen Lohns», ja sogar mit der Entlassung bestraft.

Wie für die Hüttenarbeiter, so existierten auch für die Bergleute und Köhler Verordnungen sehr ähnlichen Wortlauts. Wollte ein Berg- oder Hüttenarbeiter heiraten, bedurfte dies sogar ausdrücklich der gräflichen Genehmigung, die in der Regel vor dem sechsundzwanzigsten Lebensjahr nicht erteilt wurde.

Die Arbeitszeit war für die einzelnen Berufsgruppen unterschiedlich. Doch lag sie meist einschließlich der Pausen bei dreizehn bis vierzehn Stunden. Wer zu spät zur Arbeit kam, seinen Arbeitsplatz oder die Fabrik unerlaubt verließ, wurde «mit dem Verlust einer ganzen oder halben Schicht oder verhältnismäßiger Geldbuße bestraft».

Im Winter 1835 setzte Graf Henrich seine Polizei gegen zahlreiche hungernde Arbeitslose ein, die sich weigerten, das seit 1766 bestehende Verbot des Holzsammelns in den herrschaftlichen Wäldern weiterhin brav zu akzeptieren. Als diese sich handgreiflich den Gendarmen widersetzten, ja sogar mit ihren Beilen bewaffnete Gegenwehr ankündigten, rückte zur Unterdrückung der Rebellion ein Militärkommando aus Halberstadt in Wernigerode ein. Immerhin hatten vorher fast sechzig der über die Verhaftung ihrer Wortführer empörten Einwohner das Wernigeröder Rathaus gestürmt und so

Alles Betteln bei Fremden, Neujahrgehen und dergleichen, ist bei Geldbuße von 10 Sgr. verboten.

Eben so wenig darf von Käufern oder Bestellern ein Trinkgeld genommen oder gar gefordert werden. Meister, Kohlen- und Eisenvögte verlieren im Übertretungsfalle sofort das Meisterrecht und zahlen gleich den übrigen Hüttenleuten zugleich 10 Sgr. Strafe.

§. 18.

Gedungene Hüttenleute müssen bei der Factorei den Consens zu ihrer Verheirathung nachsuchen.

§. 19.

Niemand darf ohne Urlaub abwesend sein. Für zwei Stunden in der Schicht kann der Betriebsofficiant Urlaub geben, für eine halbe Schicht oder mehr kann dieser nur vom Dirigenten des Werkes ertheilt werden.

Wer eine Stunde in der Schicht ohne Urlaub fehlt, verliert die halbe Schicht; wer eine halbe Schicht fehlt, die ganze Schicht; wer die ganze Schicht oder über Nacht fehlt, das

Auszug aus der Wernigeröder Hüttenordnung

zunächst die Freilassung ihrer Gesinnungsfreunde erzwungen. Jener Vorfall muß Graf Henrich damals wie ein Schock durch den ganzen Körper gefahren sein, und als später lediglich die «Haupträdelsführer» zu einigen Monaten Zuchthaus verurteilt wurden, kritisierte er eigenhändig neben dem abschließenden Bericht des Kriminalgerichts, «wie überaus milde die Strafe dieser Tumultanten ausgefallen» sei, sie würde auf die Bevölkerung nicht abschreckend genug wirken.

Im Jahre 1841 starben Ottos Vater, der bisherige Erbgraf Hermann, und sein älterer Bruder Albrecht. Damit wurde der Vierjährige designierter Nachfolger seines Großvaters und der griesgrämige Alte Ottos Vormund. Aus seiner Kinderzeit ist nur wenig überliefert, wir können aber vermuten, daß sie einen durchaus standesgemäßen Verlauf nahm. Otto wurde in Gedern im Hessischen, das sein Vater bis 1838 verwaltete, geboren. Dann übersiedelte die Familie nach Ilsenburg, in den Marienhof, nach dem Urteil eines Familiengastes «ein Mittelding zwischen Herrenhaus und Harzer Bürgerhaus».

Otto beklagte in seinen Lebenserinnerungen das Fehlen einer väterlichen Hand. War das Koketterie der Halbwaise oder eine Spitze gegen die übertriebene mütterliche Besorgnis, die Ottos Jungenträumen im Wege gestanden hatte? Er bemühte sich, ganz der Vorstellung zu entsprechen, die er sich von seinem Vater machte – gerade, weil er ihn aus persönlicher Erinnerung kaum kannte, entwickelte er ein idealisiertes Bild von ihm. Ein nüchterner Verstand und Sinn für Organisation, gepaart mit einer gewissen herben Gemütsart – diese Eigenschaften sagte man ihm wie seinem Vater nach. Verblüffend ähnlich sind die Handschriften von Vater und Sohn, vergleicht man die Wernigeröder Akten der dreißiger und sechziger Jahre.

Ottos Mutter, Emma, geborene Gräfin zu Erbach-Fürstenau, galt als kränklich, nach dem frühen Tod ihres Mannes flüchtete sie sich in übersteigerte Frömmigkeit. Gegenüber Otto entwickelte sie eine allzugroße Fürsorglichkeit, der sich der Junge zu entziehen suchte, was ihm allerdings nur selten gelang. Der gestrenge Großvater verwehrte dem verhätschelten Erbgrafen lange Zeit selbst das Jagen und Reiten. Die besorgte Abgeschlossenheit im Grafenhaus verhinderte es auch, daß Otto seine Harzheimat näher kennenlernte. Die von der Etikette geprägten Familienpicknicks boten dazu kaum Gelegenheit, und sehr deutlich empfand der Junge die Langeweile der standesgemäßen Spaziergänge.

Wohlbehütet, verzärtelt, hin und wieder grob beschimpft vom Großvater, wuchs der Knabe heran, und was außerhalb des Schlosses geschah, blieb seinem Gesichtskreis meist fern. Erste Bildungserlebnisse vermittelten ihm Hauslehrer, die Stolberg freilich später oft als unfähig apostrophierte, zumeist angehende Theologen, denen der eigensinnige Knabe das Leben bisweilen schwer machte. Hier konnte er Dampf ablassen, seinem Unbehagen über die häusliche Enge freien Lauf lassen, was er der Mutter oder dem Großvater gegenüber nie gewagt hätte. Als eine der unangenehmsten Jugenderinnerungen nennt Stolberg den Religionsunterricht der Ilsenburger Kinderzeit, der geprägt war von aufgezwungener Gewissensplage und Sündenbekenntnis. Mit Entsetzen erinnerte er sich auch sein Leben lang an die Hochzeit seines Onkels Botho im Jahre 1843, da er mit einem Kleid und Haarkranz wie ein Mädchen ausstaffiert wurde. Um das Maß voll zu machen, mußte er damals auch noch auf der abendlichen Theaterveranstaltung einen Engel mit Flügeln darstellen. Derartige Einfälle mütterlicher Willkür ertrug der Junge nur mit äußerstem Unbehagen. Er war deshalb froh, als man ihm eines Tages die langen Haare abschnitt.

Am 7. Juni 1840 starb Preußens König Friedrich Wilhelm III., ein Mitbegründer der Heiligen Allianz von 1815. Von seinem Nachfolger Friedrich Wilhelm IV. erwartete das Bürgertum Reformen und vor allem die Einführung der schon von seinem Vorgänger 1815 versprochenen Verfassung. Doch keine jener Hoffnungen erfüllte sich; im Gegenteil: Mitte der vierziger Jahre hatten sich die politischen, ökonomischen und sozialen Verhältnisse schließlich so zugespitzt, daß sie nur noch auf revolutionärem Wege gelöst werden konnten.

Diese Zeit erlebte der Erbgraf Otto schon recht bewußt mit. Oft hielt er sich damals mit Mutter und Schwester für mehrere Wochen, manchmal sogar mehrere Monate lang, bei den Großeltern in Fürstenau auf. Eine Reise dorthin war für die Kinder stets ein großes Ereignis und voller Abwechselung. Immerhin mußten jedes Mal mehrere Ländergrenzen passiert werden, ehe man Schloß Fürstenau im südlichen Teil des Großherzogtums Hessen erreichte. Besonders in Erinnerung blieb dem Grafen zeitlebens eine Reise nach Süddeutschland, zu der die Familie im Sommer 1846 aufbrach. Die Fahrt mit der Pferdekutsche führte zunächst über den Harz. Hier lagen die Ländergrenzen der Königreiche Hannover, Preußen und des Herzogtums Braunschweig so nahe beieinander, daß es heute kaum möglich ist, genau zu sagen, durch welche Gebiete die Reise ging. Über Göttingen im Königreich Hannover und Kassel im Kurfürstentum Hessen erreichte die Kutsche schließlich Gedern im nördlichen Teil des Großherzogtums Hessen. Für einige Wochen blieb die Familie dort, um dann über das dreißig Kilometer südlicher gelegene Büdingen, wo einige Verwandte mütterlicherseits wohnten, nach Fürstenau weiterzufahren. Die Kutsche passierte kurze Zeit später die Grenze zum Fürstentum Hanau, das wiederum zum Kurfürstentum Hessen-Kassel gehörte, und nach einigen Stunden Fahrt erreichte sie die Freie Stadt Frankfurt am Main. Von da aus ging die Reise mit der Eisenbahn, die Otto damals zum erstenmal in seinem Leben benutzte, weiter in Richtung Weinheim über Darmstadt. Zwischen Frankfurt und der Grenze zum südlichen Teil des Großherzogtums Hessen passierte der Zug erneut ein kleines Gebiet des Kurfürstentums Hessen-Kassel. Bei Neu Isenburg fuhr er schließlich wieder auf hessischem, diesmal aber großherzoglichem Boden. Wahrscheinlich werden Erbgräfin Emma und ihre Kinder in Bensheim ausgestiegen und mit der hier wartenden Kutsche durch den Odenwald zum rund vierzig Kilometer entfernten Schloß Fürstenau weitergereist sein. Dieses lag nur wenige Kilometer nördlich von Erbach. Von da aus waren es übrigens kaum noch zehn Kilometer bis an die Grenze zum Königreich Bayern. Rund fünfundzwanzig Kilometer trennten Fürstenau von der Grenze zum Großherzogtum Baden.

Diese Zersplitterung Deutschlands, die der junge Erbgraf auf seinen Fahrten hautnah zu spüren bekam, war ein Ergebnis der Festlegungen des Wiener Kongresses. Dieser hatte nach den antinapoleonischen Befreiungskriegen im Jahre 1815 die deutsche Kleinstaaterei sanktioniert, und obwohl es seit damals einige erbliche Monarchien weniger als zur Zeit der beschriebenen Reiseroute gab, zählte der Deutsche Bund immer noch vierunddreißig Einzelstaaten und vier Freie Städte.

Im Mai 1847 beendete Otto seinen mehrmonatigen Aufenthalt in Fürstenau und kehrte nach Wernigerode zurück. Bereits bei den Großeltern war selbst dem behüteten, vom Volk abgeschirmten Erbgrafen die große Zahl hungernder Menschen aufgefallen. Sein Großvater, Graf Albert zu Erbach-Fürstenau, hatte im Nebengebäude des Schlosses eine sogenannte Suppenanstalt eingerichtet, wo an die Ärmsten seiner Untertanen eine warme Mahlzeit verabreicht wurde. «Hier sah ich», so erinnerte sich Otto zu Hause, «täglich eine Menge hungernder Menschen kommen, um ihre Töpfe und manchmal auch größere Kübel für ihr entferntes Dorf zu füllen. Zum ersten Male trat mir ein wirkliches Elend vor Augen».

In Wernigerode bot sich dem Jungen ein noch viel erschreckenderes Bild. Am 28. März hatte ein Stadtbrand, dessen Ursache auch später nicht mehr zu ermitteln war, 149 Wohngebäude und 251 Neben- und Hintergebäude in Schutt und Asche gelegt. Rund 1 100 Menschen waren obdachlos geworden. Der Gesamtschaden belief sich auf 275 607 Taler. Der Brand hatte die damals 5411 Einwohner und 743 Wohnhäuser zählende Stadt etwa zu einem Viertel ihres Bestandes vernichtet. Obwohl die Bürger sofort zu Sammlungen für die durch den Brand geschädigten Personen aufgefordert wurden, mußte der eigens zu diesem Zweck gegründete «Verein zur Unterstützung der Abgebrannten» am 2. April mitteilen, «daß die bis dahin eingegangenen Gaben die herrschende Noth zu lindern nicht vermochten».

Das Elend der Bevölkerung verschärfte sich noch weiter drastisch durch die Auswirkungen mehrerer Mißernten. In ganz Deutschland stiegen die Lebensmittelpreise beträchtlich an. Dazu kam eine allgemeine Handels- und Industriekrise mit sinkenden Preisen für Industriewaren; Bankrotte und verbreitete Erwerbslosigkeit waren die Folge.

Von Dezember 1846 bis Mai 1847 wurden in der Grafschaft Wernigerode Kartoffeln erheblich teurer, die zum Hauptnahrungsmittel der ärmeren Bevölkerung geworden waren, und für die unterschiedlichen Getreidesorten mußte man um die Hälfte mehr, teilweise sogar das Doppelte bezahlen. Schon am 13. März 1847 hatte der Amtmann Theilkuhl den regierenden Grafen Henrich in einem persönlichen Schreiben auf die drohende Hungersnot eindringlich hingewiesen: «Euer Erlaucht erlaube ich mir unterthänigst darauf aufmerksam zu machen, daß trotz aller Behauptungen ... eine große Noth um Nahrungsmittel ausbrechen wird. Es wird selbst dahin kommen, daß derjenige, welcher dieses Frühjahr Kartoffeln pflanzen kann, riskiert, daß sie ihm wieder ausgerodet werden.» Ende April warnte derselbe Amtmann vor einer möglichen Rebellion der Wernigeröder Bevölkerung. «Diese», so schrieb er, «ist sogar wahrscheinlich, denn Noth bricht Eisen, und bei aller Duldung will doch niemand in Demuth verhungern.»

Wenige Tage später griff die Bevölkerung in verschiedenen Orten der Grafschaft zur Selbsthilfe. Ihr Zorn richtete sich dabei vor allem gegen die Tatsache, daß – trotz der Hungersnot – fast täglich Wagen mit Kartoffeln ins Braunschweigische und Hannoversche fuhren, deren Fracht dort meist zu Branntwein verarbeitet wurde.

Am 20. April hatte sich zum Beispiel der Ortsvorstand der Gemeinde Ilsenburg an den gräflichen Regierungsrat Gottfried Stiehler gewandt und ihm mitgeteilt: «Die Noth ist hier aufs Höchste! Die Müller hatten kein Korn, am Sonnabend war der Markt ohne Kartoffeln, Hunger und Noth in jedem Hause, dabei die täglichen Durchfahrten ins Hannoversche, woselbst sie zu Spiritus verbrannt werden. Durch die Noth, durch das Hungergeschrei der Kinder getrieben, haben sich heute Nachmittag Menschenmassen an der Chaussee aufgepflanzt, um die Korn- und Kartoffelwagen zu erwarten und von ihnen, wenn auch mit Gewalt, den Verkauf der Lebensmittel zu erzwingen.» Der Regierungsrat könne sich durch Einsicht in die Lohnbücher darüber informieren, «was die Menschen verdienen und durch die Mühlencontobücher, was sie für Korn verausgaben und wie Familienväter das Brot eintheilen müssen, damit es ausreicht und was ihnen zu anderen Ausgaben bleibt. 7½ Silbergroschen für 14 Tage. Und glücklich der, der noch alle 14 Tage weiß, woher er Geld holen kann.»

Unter den Auswirkungen der Wirtschaftskrise litten ganz besonders auch die im gräflichen Dienst stehenden Köhler, Bergleute und die Arbeiter der gräflichen Eisenhütte, Gießerei und Maschinenfabrik in Ilsenburg. Die Stolberger bezahlten ihre Arbeitskräfte ausgesprochen miserabel, sie hielten die Löhne noch weit niedriger als die Besitzer der benachbarten braunschweigischen oder hannoverschen Harzer Gruben und Hütten. Vor allem im Krisenjahr 1846 reichte der karge Verdienst eines Hüttenarbeiters kaum noch für sein täglich Brot. Damals forderten die in Ilsenburg beschäftigten Zainschmiede eine Lohnerhöhung, da sie weniger als ein Tagelöhner verdienten.

Am 23. April 1847 erzwangen hungernde Wernigeröder Bürger, in der großen Überzahl waren es Frauen, auf dem Marktplatz ihrer Stadt mit Gewalt den Verkauf einer Wagenladung Kartoffeln. Ottos Großvater reagierte mit militärischer Gewalt. Am 26. April, zwei Uhr nachts, rückten zwanzig Kürassiere, angeführt von einem Offizier und zwei Unteroffizieren, in Wernigerode ein. Zweiundzwanzig der an den Unruhen auf dem Marktplatz beteiligten Personen wurden verhaftet. Bereits am 24. April hatte der Graf für Ilsenburg die Bildung einer schlagkräftigen Polizeitruppe angeordnet. An dem Rand eines Berichtes notierte er: «Muß gesucht werden kräftige Männer als Polizei Gehülfen anzustellen und zwar baldigst. Ein besseres Mittel weiß ich nicht.»

Auch Graf Henrich sah sich gezwungen, in verschiedenen Gemeinden der Grafschaft Suppenanstalten einzurichten. Doch derartige Bemühungen, durch die Verteilung milder Gaben die wirtschaftliche Not in den Hungerjahren 1846/47 abzuschwächen, dienten nur dazu, die tiefen sozialen Konflikte der Zeit zu verschleiern.

Obwohl im Herbst 1847 die Ernte wieder etwas reichlicher ausfiel, trat kaum eine deutliche Verbesserung der wirtschaftlichen und sozialen Lage der deutschen Bevölkerung ein. Karl Marx und Friedrich Engels kennzeichneten deshalb die ökonomische Krise des Jahres 1847 als «die eigentliche Mutter der Februar- und Märzrevolution» von 1848.

Erbgraf Otto, der niemals in seinem Leben Hunger litt, blieb das Jahr 1847 jedoch aus einem ganz anderen Grunde lebhaft in Erinnerung. Während eines Familienausflugs in den Oberharz durfte er auf dem Pferd seines Onkels Botho reiten, doch das gräfliche Roß setzte sich plötzlich in Galopp, warf den jungen Reiter ab und fügte diesem mit einem Hufschlag eine erhebliche, stark blutende Platzwunde am Kopf zu.

Dann aber kam das Jahr 1848. Im Februar brach in Paris die Revolution aus. Die bewaffneten Arbeiter und Nationalgardisten stürzten die Monarchie und erzwangen durch ein Ultimatum die Proklamation der Republik. Die Nachricht von den Vorgängen in Paris wirkte bei den Volksmassen in Deutschland wie ein Fanal zur Erhebung. Im März sprang der revolutionäre Funke von Paris und Wien auf Berlin über. Hier siegte am 18. März das Volk nach sechzehnstündigem Straßenkampf gegen das preußische Militär.

Auch in Preußen erzwangen die revolutionären Massenaktionen die Einführung wichtiger demokratischer Rechte und Freiheiten. Doch die Regierungsgewalt ging nicht in die Hände des Volkes über, sondern in die des liberalen Großbürgertums. Ende März wurde der Kölner Bankier Ludolf Camphausen preußischer Ministerpräsident. Die Vertreter der liberalen Bourgeoisie strebten die Verwirklichung des «verfassungsmäßigen Rechtsstaates» an, dessen Grundlage ausschließlich die geltende Verfassung sein sollte.

Auf ökonomischem Gebiet traten sie entschieden für die Freiheit des Privateigentums, den Freihandel und die Gewerbefreiheit ein. Voraussetzung dafür war allerdings die Errichtung eines einheitlichen deutschen Nationalstaates und die Beteiligung des Bürgertums an der politischen Macht. Sie setzten sich für die Verwirklichung der Presse- und Versammlungs-, Glaubens- und Gewissensfreiheit ein und forderten die Einführung des allgemeinen Wahlrechts sowie die Sicherung der Einzelperson vor gesetzeswidriger Willkür. Nach dem allgemeinen Wahlrecht sollten alle männlichen Bürger mit Vollendung eines bestimmten Wahlalters das Recht haben, ohne Einschränkung zu wählen.

Bis 1848 standen die Liberalen an der Spitze der antifeudalen Oppositionsbewegung. Doch sie wollten ihre Forderungen nicht durch revolutionären Kampf, sondern auf dem Wege der Vereinbarung mit der Monarchie durchsetzen. Aus Furcht vor den revolutionären Volksmassen verrieten sie 1848/49 die bürgerlich-demokratische Revolution und damit ihre eigenen alten Ideale.

Nach den revolutionären Ereignissen in Berlin kam es wie überall in Deutschland auch in der Grafschaft Wernigerode zu heftigen Bevölkerungsunruhen. Nahezu alle Gemeinden wandten sich mit «März-Petitionen» an die gräfliche Regierung. Vor allem forderte man die Abschaffung noch vorhandener feudaler Lasten und die Beseitigung der Vorrechte des Grafen in der Gemeindeverwaltung, im Gerichtswesen, bei der Besetzung der Pfarrer-, Lehrer- und Schulzenstellen, in der Jagdausübung und so weiter.

Am 31. März nahm Graf Henrich mit einer «Bekanntmachung» zu den Petitionen der einzelnen Gemeinden Stellung. Er betonte, «daß ohne Achtung vor den bestehenden Gesetzen die bürgerliche Gesellschaft nicht bestehen» könne und daß es ihm unmöglich sei, «auf allgemeiner Landes-Gesetzgebung beruhende Einrichtungen» abzuändern. Graf Henrich gestand lediglich zu, bei der Besetzung der Pfarrerstellen und der Ortsvorstände die Wünsche der Gemeinden zu berücksichtigen.

Durch ein äußerst geschicktes Taktieren gelang es ihm auch, seine Ansichten bei einem Teil des Wernigeröder Bürgertums durchzusetzen. Bereits am 24. März hatte der Graf seine «republikanische Gesinnung» dokumentiert, indem er die Anfrage des Bürgermeisters von Wernigerode, ob auf dem Rathaus die Fahne mit den Farben Schwarz-Rot-Gold gehißt werden dürfe, mit der Bemerkung beantwortete: Er fände es «nur angemessen», wenn «diese Fahne aufgesetzt werde». Graf Otto erinnerte sich später, daß er in jenen Märztagen «mit Entsetzen» auch im Zimmer seines Onkels Botho eine schwarz-rot-goldene Kokarde liegen sah, die dieser sich angeschafft hatte, um damals Berlin «sicher erreichen zu können». Mit diesen Äußerlichkeiten, hofften die Grafen, sei der Revolution Genüge getan, und ernsthafte politische Zugeständnisse werde man ihnen nicht abverlangen.

Doch darin sollten sie sich täuschen, so leicht ließ sich die antifeudale Opposition nicht abspeisen. Sie stellte eine Deputation zusammen, die – angeführt von zwei Holzhauern, den Brüdern Blumenbecker – kurzerhand nach Potsdam reiste und ihre Forderungen dem König präsentierte. Das freilich mißfiel den Herren in Wernigerode ebenso wie Friedrich Wilhelm, der sich «ungnädig gegen die Deputirten» zeigte. Auch die königliche Behörde wußte «von dem schlechten Geist» gegen den regierenden Grafen zu berichten, der in Wernigerode vorherrschte.

Diese Informationen bezog Henrich aus der unmittelbaren Umgebung des Königs, von seinem Bruder Anton (1785–1854). Das Urteil Antons hatte in der Familie Gewicht, denn er gehörte zur politisch einflußreichen Berliner Hofkamarilla, einer feudal-reaktionären Clique adliger Günstlinge des Königs, deren führender Kopf General Leopold von Gerlach war. Bereits seit den zwanziger Jahren verfügte Onkel Anton über ausgezeichnete persönliche Beziehungen zum damaligen Kronprinzen Friedrich Wilhelm, mit dem er seit 1815 gelegentlich korrespondiert hatte. Als dieser Hohenzollernsproß im Juni 1840 den Thron bestieg, rief er Anton wenige Monate später nach Berlin und ernannte ihn zum Wirklichen Geheimen Rat mit Sitz und Stimme im Staatsministerium. Zwei Jahre darauf wurde Graf Anton Chef der Domänen-, Forst- und Jagdverwaltung, als Nachfolger des Ministers Philipp von Ladenberg.

In Wernigerode wußte man, daß der König Anton nicht allein der alten Verbundenheit wegen schätzte. Ihm nutzten auch dessen ausgezeichnete Beziehungen zu verschiedenen ausländischen Herrscherhäusern, vor allem zum russischen Zaren; zudem pflegte Anton gute Bekanntschaft mit mehreren Diplomaten. Auf diese Weise kam ihm so manches von dem zu Ohren, was die europäischen Kabinette hinter verschlossenen Türen verhandelten.

Die revolutionären Märzereignisse des Jahres 1848 brachten für Anton zunächst einige unbequeme Veränderungen. Am 21. März verließ er Berlin und schrieb von Potsdam aus an seinen Bruder Henrich, bei dem er vorerst Unterschlupf suchen wollte: «Ich *darf* nicht mehr beim Könige seyn. Sollte ich Dich durch meine Person in Verlegenheit setzen, dann wollest Du es mir nach Halberstadt entgegenschreiben.» Diese Anfrage war nur zu berechtigt, denn der preußische Minister war als konterrevolutionärer Scharfmacher auch in Wernigerode kein unbeschriebenes Blatt, und seine Anwesenheit konnte die ohnehin prekäre Lage seines Bruders nur verschärfen. Dennoch nahm man ihn selbstverständlich im Schloß auf.

Am 1. Mai fanden in Wernigerode wie im gesamten Königreich Preußen die Wahlen zur preußischen Konstituierenden Versammlung und zur deutschen Nationalversammlung statt. Unter dem Druck der demokratischen Massenstimmung hatte sich die Regierung Camphausen für das allgemeine Wahlrecht entschieden. Allerdings enthielt das Wahlgesetz die undemokratische Bestimmung, daß nur der männliche Teil der Bevölkerung wahlberechtigt sei, der «nicht aus öffentlichen Mitteln Armen-Unterstützung» beziehe.

Zudem schränkte ein indirekter Wahlmodus die unmittelbare Willensbekundung des Volkes ein. Die Wahlberechtigten wählten in sogenannten Urwahlen erst die Wahlmänner, die dann in einem zweiten Wahlgang die Abgeordneten zu bestimmen hatten.

Die aus den Wahlen hervorgegangenen Parlamente, die deutsche Nationalversammlung, die in Frankfurt am Main zusammentrat, und die preußische Abgeordnetenversammlung, waren bedeutende demokratische Errungenschaften. Da sie sich in ihrer Mehrheit aber aus Vertretern des liberalen Bürgertums zusammensetzten, das den Kompromiß mit dem nicht entmachteten Adel anstrebte, wurden sie den Aufgaben revolutionärer Vertretungskörperschaften keineswegs gerecht.

Nachdem die Pariser Arbeiter in ihrem Kampf um die Sicherung der demokratischen Errungenschaften im Juni 1848 mit militärischer Gewalt besiegt worden waren, erhielt die Konterrevolution auch in Deutschland neue Impulse. Während der preußische Innenminister alle Regierungspräsidenten in einem Zirkular ermunterte, die Sicherheitspolizei jetzt schnell und energisch einzusetzen sowie bei Verhaftungen zum «ausgedehntesten Gebrauch» ihrer Befugnisse anzuhalten, taten Reaktionäre vom Schlage des Grafen Anton das Ihre, um die Konterrevolution voranzutreiben. Von Wernigerode aus bestärkte er den König seit Mai in mehreren Briefen immer wieder in der Absicht, rigoros gegen die Ergebnisse der Märzrevolution vorzugehen.

Am 14. Mai antwortete Friedrich Wilhelm: «Wenn es zu Felde geht, so rechne ich auf Sie – ich irre mich nicht, theuerster Anton – Nicht wahr?» Jener frohlockte, denn mit diesen Worten hatte ihm Friedrich Wilhelm ein militärisches Vorgehen gegen die Revolution signalisiert. Drei Wochen später wurde der Monarch sogar noch viel deutlicher. Ungeschminkt teilte er seinem Freund mit: «Aber die Revolution will und werde ich mit den Waffen in der Hand bekriegen, sobald Gott ihre Stunde schlagen läßt.»

Bis Juni hielt sich Graf Anton in Wernigerode versteckt, erst dann wagte er die Fahrt nach Schlesien, auf sein Gut Kreppelhof. Von hier aus verlor er das tatsächliche politische Kräfteverhältnis in Berlin gänzlich aus den Augen und warf seinem Landesvater zunehmend Schwäche und mangelnde Konsequenz gegenüber der «Partei der Revolution» vor. Enttäuscht zeigte er sich vor allem über das Verhalten des Königs im Zusammenhang mit dem Sturm auf das Zeughaus am 14. Juni 1848. An diesem Tag hatten Arbeiter und Handwerker versucht, die Forderung nach vollständiger Volksbewaffnung in die Tat umzusetzen und damit dem schrittweisen Abbau der revolutionären Märzerrungenschaften durch die bürgerliche Regierung und feudale Reaktion entgegenzutreten. Stolbergs Schelte fiel hart aus. «Ich selbst hoffte», so schrieb er dem König, «Euer Majestät würden Ihre Truppen rasch nach Berlin dirigiren..., wie Allerhöchstdieselben es mir schriftlich angedeutet hatten.» Abschließend appellierte der Graf an den Monarchen, «*nicht zu spät* ... mit eiserner Konsequenz» und «durch die Gewalt der Waffen» gegen die Revolution vorzugehen.

Dabei hatte Friedrich Wilhelm den Zeughaussturm durchaus in seinem Sinne beendet. Das Volk war von Militär und Bürgerwehr kurze Zeit später entwaffnet worden, und der König ließ die im März 1848 aus Berlin abgezogenen Truppen wieder in die Hauptstadt einrücken. Am 11. September entstand schließlich unter maßgeblicher Mitwirkung des Monarchen ein Geheimplan für den konterrevolutionären Staatsstreich. Zwei Tage später ernannte der preußische König den General Friedrich von Wrangel zum Oberbefehlshaber der um Berlin zusammengezogenen Truppen.

Zum entscheidenden Schlag holte Friedrich Wilhelm IV. jedoch erst aus, nachdem in den letzten Oktobertagen kroatische Truppen unter dem Kommando des Fürsten zu Windisch-Grätz nach heftigen Kämpfen Wien besetzt und damit der Revolution im Grunde das Genick gebrochen hatten. Dieser Sieg bestärkte auch die Konterrevolution in Preußen und inspirierte sie zu einem raschen Vorgehen.

Am 23./24. Oktober fragte der preußische König bei Graf Anton an, ob dieser es für ratsam hielte, jetzt mit ihm ergebenen Truppen in Berlin einzumarschieren oder die «Konstitutionskomödie» fortzusetzen. Dieser riet ihm am 3. November, für das militärische Eingreifen einen geeigneten Vorwand zu suchen. Öffentlich aber solle der König bekunden, daß er keinen Staatsstreich plane. Die preußische Nationalversammlung dürfe auch nicht sofort aufgelöst, ihre Kompetenz müsse vielmehr schrittweise eingeschränkt werden. Für die konkrete Situation empfahl er dem König eine Reihe von Ausnahmegesetzen. So riet er zum «Verbot der Volksversammlungen», zur «Untersagung gefährlicher Zeitungen» sowie zur «Auflösung und Reorganisirung von Bürgerwehren».

Damit hat Graf Stolberg wohl kaum noch unmittelbaren Einfluß auf die Durchführung des Staatsstreichs am 9. und 10. November nehmen können. Mit seinen ständigen und beharrlichen Appellen an Friedrich Wilhelm IV., gegen die Ergebnisse der Märzrevolution mit militärischer Gewalt vorzugehen, gehörte der politisch einflußreiche Stolberg aber zu den Drahtziehern der Konterrevolution in

Preußen. Am 9. November 1848 ordnete Friedrich Wilhelm die zwangsweise Verlegung des Parlaments von Berlin in die Provinzstadt Brandenburg an. Einen Tag später besetzte General Wrangel mit dreizehntausend Soldaten das Zentrum Berlins.

Wie in der großen Politik sparte Graf Anton auch bei den Seinen in Wernigerode nicht mit guten Ratschlägen. Seit Juli 1848 hatte man auf Wunsch der gräflichen Regierung in Wernigerode und Ilsenburg Militär stationiert. Am 21. Juli war ein Kürassierkommando in Wernigerode eingetroffen, am nächsten Tag eine Jägerkompanie, eine Woche später wurde ein zweites Jägerkommando nach Wernigerode verlegt. Noch Ende Dezember riet Graf Anton seinem Bruder Henrich: «Suche nur die Jäger-Einquartierung so lange als möglich zu behalten. Die militärischen Forstmeister sind am besten geeignet, die *Gewöhnung* zur Ordnung herbeizuführen!»

«Das Jahr 1848 ... ging natürlich auch an einem Kinde nicht spurlos vorüber», berichtet Otto zu Stolberg dreiunddreißig Jahre später überschwenglich im ersten Kapitel seiner Lebenserinnerungen. Die Zeit sei dem heranwachsenden Knaben als unruhig und stürmisch, aber auch als abwechslungsreich erschienen. Das klingt glaubwürdig, denkt man allein nur an die veränderten Wohnbedingungen, die durch die Anwesenheit des Onkels und seiner Familie im damals noch keineswegs so geräumigen Schloß entstanden waren. Plötzlich drehten sich die Gespräche bei Tisch auch nicht mehr nur um familiäre Belange, um die Jagd oder um den Klatsch der Grafschaft, nein, man orakelte bisweilen, wie es wohl in den deutschen Landen weitergehen sollte. Dabei blieb es Otto gleichgültig, ob sein Onkel Anton im Recht sei, der die ganze Rebellion mit einem Handstreich zunichte machen wollte, oder sein Großvater Henrich, der den Realitäten weniger fern stand und die Stärke der kapitalistisch wirtschaftenden bürgerlichen Konkurrenten in der Eisenindustrie aus eigener Erfahrung kannte. Otto und seiner Schwester war es egal, worüber die Erwachsenen debattierten, solange sich das Gespräch nicht auf ihre kindlichen «Untaten» begrenzte. Jede Abwechslung im gewohnten Einerlei nahm man dankbar an. So geschah die Verlegung der Jäger-Kompanie «zum größten Entzücken» des Jungen. Und nicht nur das, Ottos Weltblick gewann plötzlich andere Dimensionen, der Onkel wußte nicht nur über alle und jeden am preußischen Hof amüsant zu plaudern, er brachte zudem mit seinem politischen Engagement gegen die Revolution die exklusive geistige Öde im Schloß einigermaßen durcheinander.

Im Frühjahr 1849 nahm die Frankfurter Nationalversammlung eine Reichsverfassung an, die die Bildung eines deutschen Bundesstaates unter preußischer Führung sowie die Einführung wesentlicher bürgerlich-demokratischer Rechte vorsah. Am 28. März 1849 wurde der preußische König von den Abgeordneten der Nationalversammlung mit 290 gegen 248 Stimmen zum Kaiser gewählt. Doch dieser lehnte die Übernahme der Kaiserwürde am 3. April 1849 ab; er tat dies mit dem Bemerken, an der Krone hafte der «Ludergeruch der Revolution».

Von Mai bis Juni 1849 kam es zur letzten großen militärischen Auseinandersetzung der bürgerlich-demokratischen Revolution in Deutschland, die als Reichsverfassungskampagne in die Geschichte einging. Große Teile des Volkes forderten die Einführung der am 28. März 1849 von der Frankfurter Nationalversammlung beschlossenen gemäßigt-fortschrittlichen Reichsverfassung und der demokratischen Grundrechte. In Dresden, im preußischen Rheinland, in Westfalen, in der Rheinpfalz und vor allem in Baden brachen bewaffnete Aufstände aus, die unter maßgeblicher Beteiligung des preußischen Militärs niedergeschlagen wurden. Damit war es der Konterrevolution gelungen, die deutsche bürgerlich-demokratische Revolution vollends zu ersticken.

Diese Niederlage ermöglichte es, daß die antidemokratischen und militaristischen Kräfte die Gestaltung der bürgerlichen Ordnung nach ihren Vorstellungen realisieren konnten und damit den Verlauf der folgenden geschichtlichen Entwicklung bestimmten.

Stolbergs weiterer Lebensweg erfuhr im Jahre 1850 eine erste größere Veränderung – als Dreizehnjähriger verließ er im Herbst die familiäre Enge und trat in Freiimfelde bei Halle an der Saale in die Eilersche Erziehungsanstalt ein. Diese Schule, auf einem ehemaligen Gutshof untergebracht, war für den Lehrbetrieb völlig unzureichend, und der erteilte Unterricht ließ nach Ottos Urteil viel zu wünschen übrig. Der mütterlichen und schwesterlichen Obhut kaum entronnen, rebellierte der Erbgraf sehr bald gegen die dortige «Sauwirtschaft» und bat die Familie dringend, ihn fortzunehmen; «sonst gehe ich mal auf eigene Faust durch», drohte er in einem erzürnten Brief an seine Mutter.

Zuerst erwog Graf Henrich, seinen Enkel nach Schulpforta bei Naumburg zu schicken, schließlich entschied er sich aber für das königlich-preußische Gymnasium in Duisburg. Hier erwarb Otto die Grundlagen für eine breitere Allgemeinbildung. Doch gerade leicht fiel ihm die Umstellung auf den ernsthaften Lehrbetrieb, der hier vorherrschte, nicht. Hinzu kam, daß dem verschlossenen und eitlen Knaben wenig Sinn für Kameradschaft eigen war. Zunächst betrachteten ihn seine Mitschüler, so in den Lebenserinnerungen vermerkt, «wie ein ausländisches Wunderthier», erst in den oberen Klassen gelang es ihm, sich allmählich zu «acclimatisieren».

Ein besonders guter Schüler scheint Otto nicht gewesen zu sein, er kam anfangs «nur mittelmäßig mit» und blieb nach dem ersten Schuljahr sogar sitzen. Dies lag «theilweise an persönlicher Faulheit», dann aber auch daran, daß er «in Freiimfelde unzweifelhaft im Lernen zurückgekommen war», wie er selbst seine laxe Lernhaltung motivierte. Dies aber sei, folgt man darin Stolbergs Memoiren, nur vorübergehend so gewesen, er habe schließlich doch «regelmäßigen Schritt» gefaßt, ohne sich «durch besondere Mangelhaftigkeit oder durch hervorragende Leistungen auszuzeichnen». Ein etwas anderes Bild vermitteln freilich die Zeugnisse; deutlich wird ein Hang zur Bummelei, sein Schulbesuch, so heißt es da, sei stets «sehr unregelmäßig» gewesen. Im Winterhalbjahr 1852/53 versäumte er «zwei Tage und am Ende des Semesters längere Zeit». Während des folgenden Sommerhalbjahres fehlte er sogar einundzwanzig Stunden. «Im Klassenbuch», so wurde im Zeugnis vermerkt, mußte «er mehrfach wegen Unaufmerksamkeit» und «mangelhaften Fleißes notiert» werden. Daß der Erbgraf auch rüden Pennälerstreichen gegen seine Mitschüler keineswegs abhold war, verdeutlicht ein Brief an seine Mutter. Triumphierend teilte ihr Otto mit, er habe seinen Schulkameraden, den Prinzen zu Sayn-Wittgenstein-Hohenstein, «unter Assistenz eines Rohrstockes» ein Gedicht auswendig lernen lassen.

In den letzten Januartagen des Jahres 1854 wurde Otto nach

Wernigerode heimbeordert. Sein Großvater, der regierende Graf Henrich, lag im Sterben. Am 16. Februar, früh um drei Uhr, standen alle Kinder und Enkel um das Bett des Familienoberhauptes, das eine Stunde später das Zeitliche segnete. Auf der Beerdigung folgte Otto zwischen den beiden Söhnen des Verstorbenen, Botho und Rudolf, als erster dem Sarg. Noch aber trat er nicht die Nachfolge seines Großvaters an. Graf Henrich hatte ausdrücklich und mit «königlicher Genehmigung» festgelegt, daß sein Enkel mit einundzwanzig Jahren volljährig werde und erst dann seine Erbfolge antreten könne. Bis dahin wurden Graf Botho zum Haupt-Vormund und Graf Wilhelm zu Stolberg-Wernigerode (1807–1898) zum Mit-Vormund bestimmt. Botho führte bis zu Ottos Volljährigkeit auch die Verwaltungsgeschäfte in der Grafschaft Wernigerode. Graf Wilhelm, Neffe des verstorbenen Grafen Henrich, war preußischer General und Chef des ersten schlesischen Dragoner-Regiments.

Nach dem Abitur im Sommer 1856 immatrikulierte sich Otto an der vom Adel bevorzugten Georg-August-Universität in Göttingen. Zwei Jahrzehnte vor ihm war der junge Bismarck hier Student gewesen. Im Reifezeugnis des Erbgrafen ist ausdrücklich vermerkt, der Abiturient verlasse das Gymnasium, «um Jurisprudenz zu studieren». Otto hörte Vorlesungen über Staatsrecht, Geschichte und Nationalökonomie. Einer seiner Lehrer war der junge Privatdozent und Staatsrechtler Dr. Ludwig Aegidi, ein Freund des Historikers Heinrich von Treitschke.

In Göttingen führte Stolberg ein Leben voll selbstbewußter Renommage. Zusammen mit Leutnant Streccius – einem ehemaligen preußischen Kadettenerzieher, den Graf Botho als «Geleitsmann» für seinen Neffen in Dienst genommen hatte – bewohnte er die ganze untere Etage eines geräumigen Hauses in der Weenderstraße, wo ihm ein Reitknecht und der spätere Kammerdiener Drute zur persönlichen Verfügung standen. Im Oktober 1856 schrieb er Onkel Botho: «Ich nehme hier, sozusagen, eine ziemlich erhobene Stellung ein ..., die Professoren machen mir Gegenbesuche, die vornehmen Studenten machen alle Visiten.» Zu seinem engsten Freundeskreis gehörten die gleichaltrigen hessischen Prinzen Ludwig und Heinrich sowie der Prinz Georg von Schwarzburg-Rudolstadt. Der eine

Hesse wurde 1877 als Ludwig IV. Großherzog in Darmstadt, der Schwarzburger regierender Fürst in Rudolstadt.

Obwohl Graf Otto das Leben in Göttingen als «nicht besonders abwechslungsvoll» beschrieb, nahm er immerhin «fleißig die dortigen Gesellschaften» wahr, wozu es «viel Gelegenheit» gegeben habe. Seinen recht aufwendigen Lebensstil veranschaulichen die verschiedenen Belege für Graf Botho, die Leutnant Streccius preußisch-präzis anfertigte. Am 8. November 1856 teilte dieser nach Wernigerode mit: «Es ist ganz erstaunlich, wie schnell das Geld hier ausgegeben wird.» Für die Monate September und Oktober rechnete Streccius 287 Reichstaler ab. Das meiste Geld war für Studiengebühren, gutes Essen, Ottos Reit-, Fecht- und Tanzstundenunterricht, Miete, Dienerbesoldung und für die besonders kostspieligen Schlemmereien des Erbgrafen draufgegangen. Für ein Abendessen mit seinem blaublütigen Freundeskreis mußte die gräfliche Kasse damals immerhin 15 Reichstaler verbuchen. «10 Reichstaler», so berichtete Streccius im gleichen Zusammenhang, habe der Erbgraf «der hiesigen Armenkasse zur Verfügung gestellt, um so jeder einzelnen Bettelei zu entgehn». Ottos Reitknecht Leiste erhielt ein Monatsentgelt von 9 Reichstalern. Über seine finanzielle Lage berichtete Streccius einmal an Graf Botho: «Leiste kann mit seinen 9 Reichstalern hier nicht auskommen. Sein Mittagessen kostet 4 Reichstaler monatlich ..., und da er von 5 Uhr Morgens auf den Beinen ist und um 1 Uhr zu Mittag ißt, überhaupt viel zu thun und zu arbeiten hat, so verbraucht er die andern 5 Reichstaler allein schon für Frühstück und Abendessen. Er muß aber für seine Wäsche sorgen, seine Anzüge, namentlich die ihm eigens gehören, nicht die Livreen, die er zur Stallarbeit usw. schnell ruinieren würde, in ordentlichem Zustand erhalten und möchte doch gern ... einen kleinen Verdienst haben.»

Daß gerade auch Äußerlichkeiten bei Otto schon damals eine nicht unbedeutende Rolle spielten, verdeutlicht sein Bestreben, sich bereits im Winter 1856/57 als Offizier à la suite der Armee stellen zu lassen. Und dies nur, um auf Bällen und Gesellschaften in Uniform erscheinen zu können. «Man spielt doch ... in einer Militäruniform besonders in jungen Jahren heutzutage eine angenehmere Rolle», schrieb er am 17. November 1856 an seinen Vormund. Tatsächlich wurde ihm dann im Februar 1857 von dem renommierten Berliner Schneidermeister Berger eine Uniform angefertigt, die den Erbgrafen auch rechtzeitig für einen Ball in Hannover erreichte. Erst 1859 trat er dann tatsächlich in die Garde du Corps ein.

Während seiner Göttinger Studentenzeit nahm Otto an mehreren Hof- und Maskenbällen in der königlich-hannoverschen Residenzstadt teil. Am 14. März 1857 wurde er von König Georg zum erstenmal in Audienz empfangen.

Im Frühjahr 1858 verließ Graf Stolberg die Göttinger Universität. Streccius meinte damals, sein Schützling sei durch den vielen Umgang mit Menschen sicherer und unbefangener im Auftreten, aber auch menschlich zugänglicher geworden. Otto ging, wiederum begleitet von seinem Geleitsmann, nach Heidelberg, um hier das Sommersemester zu verleben. Von der Göttinger Gesellschaft verabschiedete er sich am 12. Februar mit einem festlichen Ball, den er zusammen mit Georg von Schwarzburg-Rudolstadt ausrichtete und der die beiden 500 Reichstaler kostete. Doch dies, so meinten sie, sei man seinem Stande einfach schuldig, und Streccius kommentierte in einem Brief an Graf Botho, der Ball würde unter dem Namen «Prinzenball» noch sehr lange Stadtgespräch bleiben und verdiene, «der Stellung der beiden Herren entsprechend genannt zu werden».

Bei der Wahl der neuen Universität war es zu Streitigkeiten mit der Familie gekommen. Eigentlich hatte Otto seinen Freund Georg nach Bonn begleiten wollen, doch die Mutter meinte, es herrsche «dort ein etwas leichtsinniger Ton». Auch mit Ottos Vorschlag, nach Heidelberg zu gehen, war man anfangs überhaupt nicht einverstanden. Die Gefahr, vom eigentlichen Studium abgelenkt zu werden, sei dort zu groß – ließ Onkel Botho seinen Neffen wissen. Er schlug deshalb die Universität in Leipzig vor. Doch Otto protestierte: Für «wirklichen schädlichen Umgang» wäre ja Streccius «als Dämpfer» da, und empört schrieb er nach Hause: «... wenn ich zum Beispiel später einmal nach Berlin gehe, so werde ich auch nicht immer bloß mit vortrefflichen Menschen zusammenkommen.»

Otto setzte sich schließlich mit seiner Ortswahl durch und genoß in Heidelberg ein standesgemäßes Studentenleben. Hier schloß er sich der Saxoborussia an, einem Corps, das für seinen feudalen Stil allgemein bekannt war; allerdings nur als Conkneipant, also ohne die zahlreichen schikanösen Pflichten auf sich nehmen zu müssen. Er tat es darin den Studenten aus souveränen Fürstenhäusern gleich, die sich grundsätzlich nicht dem Fechtzwang der schlagenden Verbindungen unterwarfen. Nahezu jeden Nachmittag besuchte der Erbgraf mit seinen Saufkumpanen das Heidelberger Schloß. Stets trugen sie dabei ihre «Stürmer», die weißen Mützen der Saxoborussen, und oft wurde der Trupp von einer kläffenden Hundemeute begleitet. Am Abend ging's dann in die Kneipe.

Wissenschaftliche Anregungen hat der Graf von seiner kurzen Studentenzeit ganz gewiß nicht mitgenommen. Trotzdem waren vor allem die drei Semester an der Universität in Göttingen für seine geistige Bildung und Entwicklung recht bedeutsam. Merklich entfaltete sich auch gerade in diesen Jahren das übersteigerte Bewußtsein seines feudalen Standes, das Gefühl und die Überzeugung nämlich, der großen Mehrzahl seiner Mitmenschen «von Geburt her» überlegen zu sein.

Nach Semesterschluß unternahm er gemeinsam mit Leutnant Streccius eine Reise in die Schweiz und nach Oberitalien. Im Herbst 1858 kehrten beide nach Wernigerode zurück, gerade rechtzeitig genug, um die mit dem Regierungsantritt des Erbgrafen verbundenen Festlichkeiten vorbereiten zu können.

Im Ahnensaal

Am 30. Oktober 1858 feiert Otto zu Stolberg-Wernigerode seinen 21. Geburtstag. Mit dem Erreichen der Volljährigkeit kann er die Regierung in der Grafschaft jetzt selbst übernehmen. Die Feierlichkeiten anläßlich seiner Amtseinführung werden mit großem Pomp begangen; sie dauern über eine Woche. Dem Grafenhaus ist dieses Ereignis ein willkommener Anlaß zu feudal-patriarchalischer Repräsentation.

Böllerschüsse und ein «einstündiges harmonisches Geläut» sämtlicher Kirchenglocken der Stadt verkündeten schon am Vorabend das illustre Fest. Auf den Bergen um Wernigerode brannten «hellodernde Freudenfeuer». Zudem wurden zahlreiche Untertanen aufgeboten, um mit Fackelumzügen, wobei sie «patriotische Lieder» sangen, ihren jungen Schloßherrn zu ehren.

An den folgenden Tagen tummelte sich alles, was in der Grafschaft Rang und Namen hatte, auf Bällen und Treibjagden, den zahlreichen Abordnungen der verschiedenen Gemeinden und Handwerkerinnungen blieb allein das Vergnügen, dem nunmehr «regierenden Grafen» zu huldigen.

Während eines Festessens im sogenannten Ahnensaal des Schlosses hatte schließlich Graf Wilhelm zu Stolberg, Ottos Mit-Vormund, das Wort ergriffen. Angesichts der stattlichen Galerie Stolberger Altvorderer, die aus ihren Goldrahmen stumm auf das opulente Mahl herabschauten, setzte der General zu einer familiengeschichtlichen Rückschau an: «Meine Herren! Ehe ich Sie auffordern werde, das Glas zu erheben, um auf das Wohl des jetzigen jungen Chefs unseres Hauses und regierenden Herrn dieses Landes zu trinken, bitte ich Sie, mir zunächst in alte, längst vergangene Zeiten zu folgen.»

Die am Nordrand des Harzes gelegene Grafschaft Wernigerode war erst 1429 in den Besitz der Grafen zu Stolberg gekommen. Mit dem Tode des kinderlosen Grafen Heinrich erlosch in diesem Jahr die Linie der Wernigeröder Grafen. Symbolisch wurde ihr Wappenschild mit den beiden roten Forellen im silbernen Feld über Heinrichs offenem Grab zerbrochen.

Seit dem frühen 12. Jahrhundert, vierhundert Jahre lang, hatten die Wernigeröder Grafen in den politischen und militärischen Auseinandersetzungen im Harzgebiet eine wesentliche Rolle gespielt. Ihre Burg entstand um 1120 über der bereits vorhandenen Siedlung Wernigerode. Die erste urkundliche Erwähnung als «Castrum Wernigerode» stammt aus dem Jahre 1213. Ihr Bauherr, Graf Adalbert, der im Jahre 1121 als «Comes de Wernigerothe» zum erstenmal in einer Urkunde des Halberstädter Bischofs Reinhard genannt wird, war ein gebürtiger Schwabe. Er soll im Hildesheimer Gebiet eine Grafschaft besessen haben und wurde schließlich durch Kaiser Heinrich V. am Nordharzrand angesiedelt, um hier dessen Machtstellung zu festigen.

In zähen und verlustreichen militärischen Auseinandersetzungen mit anderen dort ansässigen Grafengeschlechtern gelang es den Wernigerödern, ihr Herrschaftsgebiet ständig zu erweitern. Nach dem Sieg über den ehemals mächtigen Regensteiner Grafen im Jahre 1343 waren sie schließlich durch die Annexion großer Gebiete der Grafschaft Regenstein in der Lage, eine eigene, in sich geschlossene Grafschaft um Burg und Stadt Wernigerode zu bilden. Erst damals kamen die Dörfer Minsleben, Silstedt, Reddeber, Langeln und Wasserleben in ihren Besitz.

Der Siedlung zu Füßen der Burg, die am Schnittpunkt der mittelalterlichen Handelsstraßen von Nordhausen nach Braunschweig und von Goslar nach Quedlinburg lag, verliehen die Grafen bereits im Jahre 1229 das Stadtrecht. Fünfzig Jahre später wurde ihr die Zoll- und Wehrhoheit zuerkannt. Als die eigentlichen Stadtherren traten aber nach wie vor die Wernigeröder Grafen auf.

1382 schlossen die Städte Goslar, Hildesheim, Hannover, Einbeck, Osterode und Wernigerode ein Bündnis zum Schutze des Handelsverkehrs. Außerdem vereinbarten sie eine Münzkonvention. Die Prägestelle sollte in Goslar eingerichtet werden. Zwei Jahre später, am 14. Februar 1384, fand in Braunschweig eine große Landfriedensversammlung statt, auf der der Bischof von Halberstadt, die Herzöge von Lüneburg, die Grafen von Regenstein und Graf Konrad von Wernigerode zusammen mit den Städten Braunschweig, Hannover, Hildesheim, Halberstadt und Quedlinburg einen vom Kaiser bestätigten Landfrieden abschlossen, der die Übertreter mit schweren Strafen bedrohte.

Als besonders hinterlistiger und bösartiger Raubritter und Landfriedensbrecher ging Graf Dietrich von Wernigerode in die Geschichte ein. Mitten im feierlich verbrieften Frieden überfiel er 1386 die Stadt Blankenburg, stürmte und beraubte das dortige Schloß, trieb mit den Bürgern grausamen Schabernack und kehrte mit reicher Beute nach Wernigerode zurück. Der Bruch des Landfriedens nahm für den Grafen jedoch ein böses Ende. Die Bundesgenossen traten erzürnt zusammen und luden den Übeltäter nach Goslar vors Gericht. Da Dietrich nicht erschien, wurde er in Abwesenheit zum Tode verurteilt. Als er sich später, am 22. Juli 1387, einem freien Feldgericht unweit des Schlosses Heimburg keck und unverfroren stellte, war – so die Überlieferung – das Geständnis kaum über seine Lippen gekommen, als schon das Schwert des Ritters Hans von Bleicherode das Haupt des Schuldigen spaltete. Mit den Zügeln seines Rosses wurde der Leichnam des Gerichteten an einem Baum, der «Hangeleiche», aufgeknüpft.

Nach dem Tode des Grafen Heinrich im Jahre 1429 führte sein Nachfolger, der Stolberger Graf Botho, den Titel: «Graf und Herr zu Stolberg und Wernigerode». Der schwarze Hirsch im gelben Feld, das Wappentier der Stolberger Grafen, und das Forellenpaar der Wernigeröder Grafen wurden in einem Wappen vereinigt.

Bereits vor der Übernahme der Grafschaft Wernigerode war 1417 auch die Grafschaft Hohnstein mit dem Kloster Ilfeld an Graf Botho gefallen. Als Schutzvögte sämtlicher auf ihrem Gebiet gelegener Klöster griffen die Stolberger häufig in deren geistliche und wirtschaftliche Belange ein. Die reichen Ämter Heringen und Kelbra wurden stolbergisch-schwarzburgischer Gemeinschaftsbesitz, und im Jahre 1430 kam auch das Amt Questenberg in Bothos Hand. Doch die Politik seiner Nachfolger stand unter keinem so günstigen Stern. Im 16. Jahrhundert versuchten die inzwischen hoch verschuldeten Grafen, sich durch Kauf und eine geschickte Heiratspolitik eine eigene Hausmacht zu schaffen. Sie erwarben oder erbten Besit-

Erbgraf Otto zu Stolberg-Wernigerode

Sein Großvater, Graf Henrich

Seine Mutter, Gräfin Emma

Hungerjahre 1847/48: Bürger stürmen einen Kartoffelwagen

Gränzverlegenheit.

„Sie sehen, Herr Gränzwächter, daß ich nix zu verzolle hab', denn was hinte auf'm Wagen ist, hat die Lippi'sche Gränz noch nit überschritten, in der Mitt' ist nix, und was vorn drauf is, ist schon wieder über der Lippischen Gränze drüben."

Käthe Kollwitz, Sturm, Blatt 5 aus dem Zyklus Ein Weberaufstand
Die schlesischen Stolberger verhalfen dem Fabrikanten Zwanziger zur Flucht

Einweihung der Eisenbahnverbindung Magdeburg–Potsdam 1846

Juni 1848: Sturm auf das Zeughaus in Berlin

November 1848: Zwangsweise Verlegung der preußischen verfassunggebenden Versammlung nach Brandenburg

In einer Rüben-
zuckerfabrik
um 1850

Die Stolbergsche
Zuckerfabrik
in Wasserleben

Die Ilsenburger Hammerschmiede

Potsdam um 1860

zungen in Franken, Hessen, Luxemburg, Belgien, Nordfrankreich und führten seit 1548 den Titel «Graf von Stolberg und Wernigerode, Herr zu Eppstein, Königstein, Münzenberg, Breuberg, Rochefort, Agimont und Herbimont». Kaiser Karl V. verlieh ihnen ein dem Titel Rechnung tragendes Gesamtwappen. Der größte Teil dieser sehr verstreut liegenden Besitzungen ging allerdings bald wieder verloren.

Stets waren die Stolberger auf der Suche nach neuen Geldquellen. Unter diesem Bestreben litten vor allem ihre feudalabhängigen Bauern. In den Grafschaften Stolberg und Wernigerode war die Höhe der zu leistenden Frondienste und Abgaben «ungemessen», also völlig der feudalen Willkür unterworfen, und nachdem der Graf einen Teil seiner Besitzungen aufgrund hoher Schulden hatte verpfänden müssen, wurde die Ausbeutung der Bauern durch die neuen Besitzer sogar noch verschärft. Auch die Klöster der Umgebung verlangten zahlreiche Dienste und hohe Abgaben von den Bauern. Der Abt des Klosters Ilsenburg schrieb im Jahre 1496 auf den Rand des Zinsregisters die bezeichnenden Worte: «Das Bauernvolk ist am besten, wenn's heult, ganz unnütz, wenn's ihm wohl geht.»

Nicht mehr bereit, die Feudallasten länger zu tragen, versuchte das unterdrückte Volk 1524/25 in vielen Gebieten Deutschlands, sich seiner Peiniger zu erwehren. Der Bauernkrieg gegen die fürstliche und geistliche Obrigkeit ging auch an den Besitzungen der Stolberger nicht spurlos vorüber. Im April 1525 führte der Wernigeröder Barbier Wilhelm Wiardes Bauern aus den umliegenden Dörfern, Bergknappen aus Elbingerode und die Armen der Stadt gegen die Klöster Himmelpforte, Drübeck, Ilsenburg und Wasserleben. In Stolberg rückten immerhin über tausend aufständische Bauern und Bürger der gräflichen Familie zu Leibe – ohne daß jene dabei aber tatsächlich körperlichen Schaden nahm. Später freilich erzählte Gräfin Anna ihrem Bruder, dem Grafen Eberhard zu Königstein, eine gruselige Mär: besagter Pöbel habe sie wie eine Laterne aus dem Fenster hängen und nach ihr schießen lassen wollen. Doch lediglich Botho (1467–1538), Annas Mann, zerrten die zornigen Untertanen, von denen einige Hundert am 2. Mai ins Stolberger Schloß eindrangen, vermutlich recht unsanft vom Pferd. Sodann sah sich der Graf gezwungen, die 24 «Stolberger Bürgerartikel» zu unterzeichnen, in denen sich die Bürger die Freiheit des Rates der Stadt Stolberg, die Zollfreiheit, die Freiheit von Frondiensten und Abgaben sowie die Freiheit des Waldes und der Gewässer garantieren ließen. Im Schutze der Nacht türmte der angeschlagene Potentat über die Mauer seines Schlosses und floh auf die stark befestigte Burg Wernigerode.

Nachdem die aufständischen Bauern, durch Irreführung und Verrat geschwächt, in der mörderischen Schlacht bei Frankenhausen am 15. Mai 1525 den überlegenen Waffen des Feudalheeres erlagen, übte Botho blutige Vergeltung; noch im Juni 1525 ließ er neun Rädelsführer des «Aufruhrs» in Stolberg hinrichten.

Im Jahre 1538 wurde in den Grafschaften Stolberg und Wernigerode die evangelische Landeskirche begründet. Diese Maßnahme stärkte ganz generell die Machtposition der weltlichen Feudalherren, die sich damit die Kirchenhoheit in ihren Territorien sicherten und die zugleich durch die Säkularisierung kirchlichen Eigentums ökonomisch erheblich profitierten. Auf diese Weise kamen auch die Klöster Ilsenburg, Himmelpforte, Drübeck und Wasserleben in den Besitz der Stolberger Grafen. Deren Bekenntnis zum Protestantismus hinderte sie allerdings ganz und gar nicht daran, hundert Jahre später, während des Dreißigjährigen Krieges, ihr politisches Fähnchen recht pragmatisch in den Wind zu hängen. Während die Stolberger bis zum Frieden von Prag im Jahre 1635, der zwischen dem protestantischen Kurfürsten von Sachsen und Kaiser Ferdinand II. abgeschlossen wurde, den Kampf gegen den Kaiser unterstützten, schlossen sie sich als Lehnsträger des Kurfürsten von Sachsen für ihre Gebiete im Südharz diesem Sonderfrieden an und unterstützten nach 1635 den Kampf gegen die Schweden, die man nach der Schlacht bei Breitenfeld (1631) auch in der Grafschaft als «Retter des Evangeliums» stürmisch begrüßt hatte.

Im Jahre 1645 wurde zwischen den beiden Stolberger Brüdern Graf Heinrich Ernst und Graf Johann Martin eine Erbteilung beschlossen. Heinrich Ernst erhielt die Grafschaft Wernigerode und die obere Grafschaft Hohnstein (Ilfelder Forsten), Johann Martin die Grafschaft Stolberg und die untere Grafschaft Hohnstein (Neustadt). Damit bestanden seit 1645 die ältere Linie Stolberg-Wernigerode, und die jüngere Linie, Stolberg-Stolberg, unabhängig nebeneinander. Die letztere teilte sich 1706 noch einmal in die Linien Stolberg-Stolberg und Stolberg-Roßla. Die Grafschaft Roßla war seit 1341 im Besitz der Stolberger Grafen. Einige Nebenlinien, die sich in der zweiten Hälfte des 17. Jahrhunderts von der älteren und jüngeren Linie abspalteten, waren 1858 längst erloschen. Im Jahre 1800 begründete Graf Friedrich Leopold den katholischen Zweig des Hauses Stolberg-Stolberg.

Bereits seit dem Jahre 1268 stand die Grafschaft in einem Lehnsverhältnis zu den Markgrafen von Brandenburg. Damals trug Graf Conrad das Schloß und die Stadt Wernigerode den Markgrafen Johann, Otto und Heinrich als Lehen an, da er sich von ihnen Schutz vor seinen fehdenfreudigen Nachbarn, den Grafen von Regenstein, den Herzögen von Braunschweig und den Bischöfen von Halberstadt erhoffte.

Besonders zufrieden scheinen die Wernigeröder Grafen mit dem lehnsherrlichen Schutz aber nicht gewesen zu sein, denn im Jahre 1381 boten sie – ohne das 1268 begründete Lehnsverhältnis zu beachten – Stadt, Schloß und Grafschaft Wernigerode dem benachbarten Erzbischof von Magdeburg als Lehen an.

So ungeklärt und zweideutig blieben die Lehnsverhältnisse bis 1449. In diesem Jahr verzichtete der Erzbischof von Magdeburg auf die Lehnsoberhoheit über Wernigerode, und Kurfürst Friedrich II. von Brandenburg-Hohenzollern belieh damit aufs neue den Grafen Botho zu Stolberg. So wurden die Stolberger Grafen Vasallen der Hohenzollern, deren Dynastie in der Mark Brandenburg Friedrich I. begründete.

Keines der Lehnsverhältnisse, das die Stolberger eingingen, beschränkte in irgendeiner Weise ihre Reichsunmittelbarkeit, nach der sie sich nur vor dem deutschen Kaiser als der einzig übergeordneten Macht zu verantworten hatten. Als souveräne Landesherren zählten sie zum Reichsstand und damit zum Hochadel. Nach der Reichsmatrikel mußten sie für die Grafschaften Stolberg, Wernigerode und Hohnstein eine Kriegssteuer von 84 Gulden zahlen und für die Reichsarmee «3 Mann zu Pferd und 12 zu Fuß» stellen.

Durch die Festlegungen des Westfälischen Friedens 1648 erfuhr das Territorium Brandenburg-Preußen eine beträchtliche Vergrößerung. Im nördlichen Harzraum kam das ehemalige Bistum Halberstadt dazu. 1680 wurde das Erzstift Magdeburg zu Brandenburg-Preußen geschlagen. Von Halberstadt aus versuchte Kurfürst Friedrich Wilhelm (1620–1688), den man «den Großen» nannte, auch den Nordrand des Harzes unter seinen politischen Einfluß zu bringen. Der Harz sollte als Bindeglied zu den rheinischen und westfälischen Besitzungen Brandenburg-Preußens dienen.

Friedrich Wilhelm begann, in der Grafschaft Wernigerode seine lehnsherrlichen Rechte jetzt spürbarer auszuüben. Die Steuern, die er für den Unterhalt eines stehenden Heeres einführte, ließ er künftig auch im Wernigerödischen erheben, brandenburgische Truppen wurden in der Grafschaft einquartiert, und Graf Ernst zu Stolberg-Wernigerode (1650–1710) mußte 1672 für seinen Lehnsherrn sogar eine ganze Kompanie ausrüsten. Auf diese Weise erhoffte sich der Kurfürst, die landesherrliche Souveränität des Grafen einschränken zu können und aus dem lehnsherrlichen Verhältnis, in dem sich die Grafschaft zu Brandenburg-Preußen befand, ein landesherrliches zu machen. Als der Große Kurfürst 1688 starb, mußten beim feierlichen Begräbnis in Berlin vier gräfliche Vasallen die Zipfel des Leichentuchs tragen – einer von ihnen war Ernst zu Stolberg-Wernigerode.

Im Jahre 1710 übernahm in Wernigerode Graf Christian Ernst (1691–1771) die Regierungsgeschäfte. Während seiner einundsechzig Regierungsjahre sanierte er die zerrütteten wirtschaftlichen Verhältnisse in der Grafschaft. Der Graf trug den von seinen Vorgängern ererbten Schuldenberg ab, erwarb einst verlorengegangenes Territorium zurück, gründete in Ilsenburg, Drübeck, Wasserleben und auf dem Klosterhof Langeln neue Domänen, führte mit dem Kammerkollegium eine gestraffte Verwaltungsorganisation ein und verhinderte mit der Erstgeburtsordnung vom 21. Mai 1738 weitere Teilungen des Stammguts, worunter man den Familienbesitz des «Hauses Stolberg-Wernigerode» verstand. Dem jeweiligen Besitzer wurde nur das Recht der Nutzung und Verwaltung zuerkannt. Diesem Beispiel folgten auch seine Vettern in Stolberg und Roßla.

Christian Ernst besaß Organisationstalent und Mut zum Experiment. In seinem Auftrag reformierten die Forstmeister Johann Georg von Langen und Hans Dietrich von Zanthier die Forstwirtschaft. Grundlage ihres neuen Systems war die Einteilung des Waldes in Forstreviere. Ein genauer Betriebs- und Nutzungsplan regelte Holzeinschlag und Aufforstung. Aufgrund seiner Bergbau- und Hüttenbetriebe war Christian Ernst vor allem an einer abgesicherten Versorgung mit Brenn- und Bauholz interessiert. Am Büchenberg und am Hartenberg ließ er Eisenerz abbauen. Die Ilsenburger Hütte, die mit zwei Hochöfen und drei Frischfeuern arbeitete, galt seinerzeit als so mustergültig, daß sie sogar Zar Peter der Große im Jahre 1697 besichtigt hatte. Ein zweiter Hüttenbetrieb befand sich im Brockengebiet, im Tal der Kalten Bode, und mit ihm entwickelte sich langsam der Hüttenort Schierke.

Während seiner Festansprache im Ahnensaal des Wernigeröder Schlosses brachte Graf Wilhelm schließlich die traditionelle Treue der Stolberger Grafen zur preußischen Monarchie zur Sprache, die ihren Begründer ebenfalls in Graf Christian Ernst gehabt habe.

Anfänglich bestand keineswegs eine besonders harmonische Beziehung zwischen dem preußischen König und seinem gräflichen Vasallen, denn drei Jahre nachdem Christian Ernst in Wernigerode das Regierungszepter in die Hand bekam, bestieg Friedrich Wilhelm I., der «Soldatenkönig», den preußischen Thron. Eine seiner ersten Regierungsmaßnahmen war der Abschluß eines Rezesses (Vergleich) mit dem Stolberger. Während die bisherigen Verhandlungen sich über Jahre hingezogen hatten und die Stolberger auf ihren landeshoheitlichen Rechten beharren konnten, setzte der «Soldatenkönig» seinem Verhandlungspartner sofort die Pistole auf die Brust. Sollte der Rezeß nicht zum Abschluß kommen, drohte der preußische König kraft seiner Autorität als Lehnsherr mit einer Klage auf Felonie und Einverleibung der Grafschaft ins Königreich Preußen. Dann kam am 19. Mai 1714 der Vertrag zustande. Der Graf verzichtete zugunsten des Königs auf die Territorialoberhoheit. Ihm verblieb der Besitz an Land, Forsten, Mühlen, Bergwerken, Hütten, die «Fräuleinsteuer» – die von der Bevölkerung der Grafschaft bei der Eheschließung einer Tochter des Grafen aufzubringen war –, das Münzrecht und die Zivil- und Kriminalgerichtsbarkeit. Fortan konnte Preußen in der Grafschaft auch Soldatenrekrutierungen vornehmen, und seine Gesetze erhielten hier unmittelbare Rechtskraft.

Die Aufgabe der Landeshoheit zugunsten eines mächtigeren Fürsten, in diesem Fall des Königs in Preußen, bezeichnete man als Mediatisierung. Ihre einstige Reichsunmittelbarkeit räumte den Mediatisierten künftig im deutschen Adel eine Vorzugsstellung ein und war Voraussetzung dafür, zum sogenannten Hochadel gerechnet zu werden. Allerdings verstießen die Mediatisierungen gegen geltendes Reichsrecht. Gegenüber dem Kaiser versuchte Preußen die geschaffenen politischen Realitäten zu vertuschen. Deshalb wurde bis 1806 der reichsunmittelbare Status der Grafschaft Wernigerode auch nicht offiziell aufgehoben, formal blieb der direkte Verkehr mit dem kaiserlichen Hof in Wien bestehen, ebenso die Teilnahme an den Reichsverhandlungen. Das Geld, das die Stolberger als Reichsabgaben entrichteten, stammte aus der preußischen Kasse. Mediatisierungen betrieben alle größeren deutschen Fürstenhäuser. Die Grafen zu Stolberg-Stolberg und Stolberg-Roßla traten ihre landeshoheitlichen Rechte an Kursachsen ab.

Die Mediatisierung war schließlich der entscheidende Grund dafür, daß Graf Christian Ernst die ihm und seinem jüngeren Bruder Ferdinand Karl zu Stolberg-Gedern (1693–1767) am 18. Februar 1742 von Kaiser Karl VII. verliehene Reichsfürstenwürde für seine Person ausschlagen mußte. Er tat dies, um einem Konflikt mit der preußischen Krone aus dem Weg zu gehen und obwohl die Reichskanzlei das entsprechende Diplom sogar schon ausgefertigt hatte. Man fand sich mit der Mediatisierung ab, um bei Hofe als königsfreundlich zu gelten und die besondere Gunst der preußischen Monarchen zu erwerben, deren Absolutismus die feudale Herrschaft zu sichern schien.

Zwischen Christian Ernst und Friedrich Wilhelm I. bestanden schließlich gute persönliche Beziehungen, die in ihrer gemeinsamen pietistischen Einstellung wurzelten. Ursprünglich progressiv, hatte die pietistische Bewegung mit dazu beigetragen, dem Zeitalter der Aufklärung in Deutschland den Weg zu bahnen. Zu dem namhaften, in Halle an der Saale lebenden lutherischen Pietisten August Hermann Francke pflegte Friedrich Wilhelm I. persönliche Kontakte, auch Christian Ernst stand in engem Verhältnis zu ihm.

Die Förderung durch den absoluten Herrscher band den Pietismus an den Staat – damit erstarrte die Bewegung in Fortschrittsfeindlichkeit. Und als Francke den preußischen König im Jahre 1723 drängte, den bekannten Philosophen der Aufklärung Christian Wolff, der an der Universität in Halle lehrte, des Landes zu verweisen, wurde Christian Ernst von Friedrich Wilhelm um ein Gutachten über das atheistische Wirken Wolffs gebeten. Am 8. November 1723 mußte der Philosoph «bei Strafe des Stranges» und «binnen 48 Stunden nach Empfang der Ordre» Preußen verlassen.

Häufig war Graf Christian Ernst Gast im berühmten Tabakskollegium des preußischen Königs, und des öfteren nahm er an den königlichen Jagden in Wusterhausen teil. Überliefert ist auch, daß er die Vorliebe des Preußenkönigs für dessen «lange Kerls» in der Armee unterstützte, indem er ihm manchen «sechs Fuß» großen Rekruten beschaffte. Beispielsweise bat im Mai 1736 der Graf zu Ysenburg-Birstein auf dem Umweg über Christian Ernst den preußischen König um den Schwarzen Adlerorden für seinen Sohn und bot als Gegenleistung gleich «zwei sechs Fuß lange Kerls» an. Man wurde handelseinig.

Bei seinem Vetter, dem König Christian VI. von Dänemark, hatte Christian Ernst für kurze Zeit als Minister im Dienst gestanden. Der preußische König griff deshalb auf den Grafen auch manchmal als Berater in außenpolitischen Fragen zurück. So unternahm Christian Ernst in seinem Auftrag einige Reisen nach Dänemark und Schweden und trug dazu bei, daß Christian VI. auf den Abschluß eines gegen Preußen gerichteten Bündnisses mit Frankreich verzichtete. Aber auch in der Innenpolitik erwies sich Graf Christian Ernst als treue Stütze des Hohenzollernkönigs. Als sich im Mai 1732 im benachbarten, ebenfalls zur preußischen Krone gehörenden Halberstadt ein Teil der Bürgerschaft sehr nachdrücklich dagegen aussprach, daß vor den Toren ihrer Stadt ein Exerzierplatz eingerichtet würde, informierte der Stolberger sofort Friedrich Wilhelm I. Dieser schickte unverzüglich ein Militärkommando nach Halberstadt und forderte den Grafen auf, die «revoltierenden» Bürger bestrafen zu lassen.

Im November desselben Jahres befürwortete Friedrich Wilhelm I. den Wunsch des Grafen nach Ansiedlung von über dreißig Emigrantenfamilien, vorwiegend Bergleute aus dem Salzburgischen, in der Grafschaft Wernigerode, obwohl jene hauptsächlich für die Besiedlung Ostpreußens vorgesehen waren. Seit Ende des Dreißigjährigen Krieges hatten die katholischen Erzbischöfe als Landesherren die Salzburger Protestanten grausam verfolgt. 1727/28 setzte deshalb eine Massenauswanderung ein. Annähernd 30000 Protestanten, in erster Linie waren es Bauern und Bergleute, retteten sich so vor der erzbischöflichen Inquisition. Über 15000 von ihnen kamen allein nach Preußen.

Als Friedrich Wilhelm I. 1740 starb, verlor Graf Christian Ernst seinen bisherigen politischen Einfluß, Friedrich II. griff auf ihn häufig als Berater für seine industriellen Unternehmen zurück.

Mit der Auflösung des Deutschen Reiches im Jahre 1806 ging die bis dahin formell immer noch existierende Reichsunmittelbarkeit des Grafenhauses Stolberg-Wernigerode verloren; bis 1807 und dann erneut nach den antinapoleonischen Befreiungskriegen übte der König von Preußen die alleinige Territorialoberhoheit aus. Die Zugehörigkeit der Grafschaft zu Preußen fand auf dem Wiener Kongreß ausdrückliche Bestätigung, 1822 in einem weiteren Rezeß. Dem Grafenhaus wurde die Befreiung vom Militärdienst, die Steuer- und Einquartierungsfreiheit sowie die Gerichtsbarkeit in Zivil- und Kriminalsachen zugesichert. Gleichzeitig aber durften Verordnungen nur in Übereinstimmung mit den preußischen Landesgesetzen erlassen werden. Die gräflichen Behörden unterstanden von jetzt an, sofern es sich um die Durchsetzung allgemeiner Landesgesetze handelte, der Aufsicht der preußischen Staatsregierung. Die Ausübung der königlich-preußischen Rechte in der Grafschaft, der sogenannten königlichen Gerechtsame, die bisher eine Angelegenheit des Landrats gewesen war, oblag von nun an einem Oberbeamten, den der Graf ernannte.

Außerdem genossen die Stolberger als mediatisierte Standesherren im Rahmen des Deutschen Bundes einige, in der Hauptsache repräsentative Vorrechte. Der Bundesbeschluß vom 18. August 1825 erteilte den fürstlichen Standesherren das Prädikat Durchlaucht, der Beschluß vom 13. Februar 1825 den gräflichen Standesherren das Prädikat Erlaucht. Der Titel mußte vom Landesherrn beim Deutschen Bund beantragt werden. Preußen tat dies für alle drei Stolberger Grafenhäuser, denn 1815 waren auf dem Wiener Kongreß auch große Teile des mit Napoleon verbündeten Königreichs Sachsen, darunter die beiden Stolberger Grafschaften, zu Preußen gekommen.

Indes blieb strittig, ob die Stolberger Grafenhäuser im Sinne der Bundesakte von 1815 als «vollwertige» Mediatisierte anzusehen waren. Artikel 14 bezog sich allein auf die «im Jahre 1806 und seitdem» mediatisierten Reichsstände. Diesem Wortlaut zufolge hätten die Stolberger nicht dazu gehören dürfen. Jahrzehntelang versuchten sie aber, gutachtlich die «Ebenbürtigkeit» mit ihren erst im Jahre 1806 mediatisierten Standesgenossen nachzuweisen. Dies gelang nicht. Sie erreichten jedoch, daß der König mehrfach anordnete, die Stolberger als Mediatisierte im Sinne der Bundesakte zu behandeln.

Mit dem Abschluß des Rezesses von 1822 befaßte sich vor allem Graf Anton zu Stolberg. Vermutlich erinnerte der Festredner damals auch an jenen erst wenige Jahre zuvor verstorbenen Stolberger, der ebenfalls in einem sehr vertraulichen Verhältnis zum preußischen Monarchen gestanden hatte: Anton hing ebenso wie Friedrich Wilhelm IV. der Vorstellung eines «Königtums von Gottes Gnaden» an, einer Herrschaft also, die sich vor keiner weltlichen Macht zu verantworten habe. Der spätere preußische Außenminister Karl Ernst Wilhelm von Canitz bezeichnete ihn sogar als den «eigentlichen Vertrauten» des Königs im Kabinett; zwischen beiden habe «eine specielle Intimität» bestanden, in ihren persönlichen Gesprächen hätten sie «alle möglichen Gegenstände, wichtige oder solche, die besser gar nicht berührt worden wären, in bunter Reihe» diskutiert.

Anton galt zudem als «neupietistischer Frömmler», seine Berufung in die unmittelbare Nähe des Königs hatte 1840 schon deshalb viel Argwohn erregt. «Der König hält es also mit den Dunkelmännern, den Gegnern des freien Denkens», so fragte man sich seinerzeit *nicht nur* am Königshof. Anton gehörte wie Leopold und Ludwig von Gerlach von Anfang an jenem sogenannten christlich-germanischen Kreis, einer Gruppe hochkonservativer Aristokraten um Friedrich Wilhelm IV. an, der sich als Kampfgemeinschaft gegen die «Revolution in jeder Gestalt» verstand. In diesem Sinne hatte Anton sein Leben lang gewirkt, sogar an der Gründung der

«Kreuzzeitung» – ihr eigentlicher Titel lautete «Neue Preußische Zeitung» – war Anton 1848 maßgeblich beteiligt. Das Blatt entwikkelte sich zum wichtigsten Sprachrohr der preußischen Reaktion.

Wahrscheinlich erinnerten sich die Festgäste auch weiterer Mitglieder des schlesischen Zweiges der Stolberger, die schon zu Anfang der vierziger Jahre die Kraft revolutionärer Volkserhebungen sehr hautnah zu spüren bekommen hatten. Das Gut in Peterswaldau, dem Zentrum des schlesischen Weberaufstandes im Juni 1844, gehörte einem Bruder Antons, Ferdinand (1775–1854), der sich bei dieser Gelegenheit als reaktionärer Gewährsmann des Fabrikanten Zwanziger hervortat. So wußte die Augsburger «Allgemeine Zeitung» am 12. Juni 1844 zu berichten: «Die Familie des Zwanziger ist auf das Schloß des Grafen Stolberg geflüchtet.» Dieser stellte dann auch dem allgemein gehaßten Geldsack, den niemand sonst vor dem Zorn der aufgebrachten Menge schützen wollte, eine Kutsche zur Verfügung. So konnte sich Zwanziger in die Provinzhauptstadt Breslau absetzen und auf diese Weise der Vergeltung der ausgebeuteten Weber entgehen, deren Aufstand schließlich mit brutaler militärischer Gewalt niederkartätscht wurde.

An der im Ahnensaal aufgebauten Festtafel hatte auch das zur Zeit in Berlin prominente Familienmitglied Graf Eberhard zu Stolberg-Wernigerode (1810–1872) Platz genommen. Eberhard, den – nach Urteil seines Vaters Anton – «die halb schlechten fürchten und die Leute der bluthroten Farbe hassen», fühlte sich Bismarck zeitlebens in «freundschaftlicher Intimität» verbunden. Beide standen sich an konterrevolutionärer Entschlossenheit in den revolutionären Märztagen in nichts nach: Während Bismarck seine Bauern bewaffnen wollte, um sie gegen die Revolution in Berlin ins Feld zu führen, ging Eberhard als Landrat im schlesischen Kreis Landeshut gegen die immer wieder aufflackernden antifeudalen Aktionen unter der Landbevölkerung gewaltsam vor. Friedrich Wilhelm IV. hatte seinerzeit den nahezu unbekannten altmärkischen Junker mit dem Urteil abgetan: «Riecht nach Blut! Nur zu gebrauchen, wo das Bajonett schrankenlos waltet.» Hingegen galt Eberhard als bekannte Größe in Berlin, in seiner Wohnung trafen sich die Konservativen von Rang. Im Februar 1849 war er ebenso wie sein Gesinnungsfreund Bismarck ins preußische Abgeordnetenhaus gewählt worden, im November hatte ihn der preußische König «als lebenslängliches Mitglied» ins preußische Herrenhaus berufen, ein Jahr später fungierte er bereits als dessen Vizepräsident.

Eingedenk all derer, auf die man hier im Ahnensaal besonders stolz war, die ihre Herrschaft ganz im Zeichen des preußischen Adlers geführt hatten und die es auf diese Weise zu etwas brachten, beendete Graf Wilhelm seine Festansprache mit einem Appell an den Neffen Otto: «Sei treu, hold und gegenwärtig Deinem irdischen Lehnsherrn und halte fest zur ruhmvollen Standarte der königlichen Hohenzollern!»

Otto wünschte nichts sehnlicher, als dieser Aufforderung zu entsprechen. Da er wußte, daß man in der Metropole kaum auf ihn aufmerksam geworden wäre, hätte er sich nun sofort in die Regierungsgeschäfte gestürzt, reiste er Ende November 1858 nach Berlin, um – wie in seinen Lebenserinnerungen vermerkt – «den Hof und die gesellschaftlichen Kreise kennenzulernen». Die Grafschaft überließ Otto noch für einige Jahre seinem Onkel Botho.

Militärdienst in Berlin und Potsdam

Nur wenige Tage nach seiner Ankunft in Berlin wird Otto bereits von Prinz Friedrich Wilhelm, dem späteren Kaiser Friedrich III., empfangen. In dessen Haus begegnet er zum erstenmal dem Prinzen von Wales, dem englischen Thronfolger. Am 9. Dezember 1858 lädt ihn Prinz Wilhelm von Preußen, der seit Oktober dieses Jahres als Regent für seinen an einer unheilbaren Geisteskrankheit leidenden Bruder Friedrich Wilhelm IV. die Geschäfte des preußischen Staatsoberhauptes führt, zum Tee ein. Hier lernt Graf Otto sozusagen auf einen Schlag die ganze königliche Familie kennen. Seiner Mutter in Ilsenburg berichtet er: «Der Prinzregent war sehr freundlich gegen mich, auch die Prinzessin ganz passabel.»

Unterstützt von Graf Eberhard zu Stolberg, gelang es Otto sehr rasch, Verbindung zu den Spitzen der Berliner Gesellschaft zu finden. Er lernte verschiedene Minister, vor allem den Innenminister Eduard von Flottwell, kennen und traf auf einem Empfang des französischen Gesandten Moustir im Januar 1859 auch erstmals mit mehreren Botschaftern – «der eigentlichen Welt», wie es in einem Brief an seine Mutter heißt – zusammen.

Graf Otto verstand es schnell, sich auf diesem neuen Parkett zu bewegen. Im Januar und Februar 1859 stand er mit dem Prinzregenten offenbar schon in einem so guten persönlichen Verhältnis, daß er sich mit Angelegenheiten der Verwaltung seines Besitzes – es handelte sich dabei hauptsächlich um Personalfragen – direkt an ihn wandte. Bald wurde er auch näher mit der neuen politischen Entwicklung vertraut, die mit der Regentschaft des Prinzen gerade begann.

Otto, dem bislang kein übermäßiges politisches Interesse eigen war, wußte nur so viel, daß nach der Niederlage der 48er Revolution die Reaktion triumphiert hatte. Mit der Beseitigung des allgemeinen Wahlrechts und der Einführung des Dreiklassenwahlrechts war es ihr schon im Mai 1849 gelungen, sich in der Zweiten Kammer des Landtags, dem Abgeordnetenhaus, die für die Wahrung des Scheinkonstitutionalismus erforderliche parlamentarische Mehrheit zu sichern. Nach der Höhe seines Steueraufkommens wurde das Wahlvolk in drei Klassen eingeteilt, wobei jede Klasse die gleiche Anzahl von Abgeordneten wählte. Damit bestimmte die verhältnismäßig kleine Gruppe der reichen Steuerzahler in der ersten Klasse also genau so viele Landtagsmitglieder wie die Mehrheit des Volkes in der dritten Klasse.

Die Wahlen für die Erste Kammer waren allein eine Angelegenheit des reichen Bürgertums und des Adels. Die Aufnahme in die sogenannten Urwähler-Listen hing vom persönlichen Reichtum ab. Das Wahlgesetz bestimmte nur diejenigen als wahlberechtigt, die eine jährliche Klassensteuer von mindestens 8 Talern zahlten oder über einen Grundbesitz im Werte von mindestens 5000 Talern verfügten oder aber «ein reines jährliches Einkommen» von 500 Talern nachweisen konnten.

Außenpolitisch hatte die Wiederbelebung der Heiligen Allianz eine engere Anlehnung Preußens an das zaristische Rußland gebracht, problematisch gestaltete sich sein Verhältnis zu Österreich. Preußens Versuch, die deutschen Einzelstaaten in einer Staaten-Union unter seiner Vorherrschaft ohne Österreich zusammenzufassen, war mißlungen, denn als im Herbst 1850 eine militärische Kraftprobe mit Österreich drohte, zeigte Zar Nikolaus I. keine Bereitschaft, diese Politik zu unterstützen, und Friedrich Wilhelm mußte seine Unionspläne fallenlassen. Seinerzeit hatte Graf Eberhard zu Stolberg im Auftrag des Königs als Unterhändler in Wien gewirkt, er trat dort inkognito als «Herr von Firks» auf.

In der am 28. November 1850 in Olmütz erzielten Übereinkunft stimmte Preußen der Wiederherstellung des Deutschen Bundes zu und kehrte, wie Karl Marx ironisch anmerkte, als «reuiger Sünder» in den Schoß des Bundestages zurück, wo seit Juli 1851 Bismarck als preußischer Gesandter eine wichtige Aufgabe versah. Der energische Diplomat fühlte sich nämlich keineswegs in der Rolle des Vertreters einer Macht, die soeben erst eine empfindliche politische Schlappe hatte hinnehmen müssen. Seine Methode, die Habsburger Politik im Bundestag abzubremsen oder zum Scheitern zu bringen, drückte er mit den Worten aus: «Wenn Österreich ein Pferd vorne anspannt, spannen wir eins hinten an.»

In der Folgezeit gewann die Hofkamarilla einen nahezu totalen Einfluß auf alle Gebiete der preußischen Staatspolitik. Sie lehnte prinzipiell Konzessionen an die Bourgeoisie ab und trat für die vollständige Rückgewinnung der 1848/49 verlorenen feudalen Privilegien ein. Die Kamarilla bekämpfte jede demokratische Opposition, wozu sie den Apparat der politischen Polizei ausbaute und perfektionierte. Liberale Universitätsprofessoren wurden aus ihren Ämtern verjagt. Als preußischer Ministerpräsident der Reaktionszeit erlangte Otto von Manteuffel traurige Berühmtheit.

Onkel Anton war bereits im Winter 1849 wieder in der Nähe des preußischen Königs aufgetaucht, und im Juli 1851 ernannte ihn Friedrich Wilhelm zu seinem Ober-Kammerherrn, zum Staatsminister und Minister des Königlichen Hauses. Der Oberkämmerer hatte in erster Linie über die Einhaltung von «Hof-Etiquette» und «Hof-Ceremonial» zu wachen. Als Hausminister war er für die persönlichen, finanziellen und rechtlichen Belange des Königs und der übrigen Mitglieder des Königshauses zuständig. Der junge Stolberg wußte, daß der Onkel damals aber vor allem bei der Umwandlung der Ersten Kammer des preußischen Landtags in ein sogenanntes Herrenhaus eine wichtige Rolle gespielt hatte.

Trotz der durch das Dreiklassenwahlrecht manipulierten parlamentarischen Mehrheit für die Regierung gab es in der Zweiten Kammer eine beträchtliche Opposition: 1852 konnte sich die Regierung auf 196 ihr ergebene Abgeordnete stützen, während die verschiedenen Oppositionsgruppen immerhin 152 Sitze einnahmen.

In Opposition zur Regierung standen vor allem die liberalen Abgeordneten unter ihrem Parteiführer, dem Freiherrn Georg von Vincke. Um vor unliebsamen Überraschungen bei der Gesetzgebung sicher zu sein, wollte Friedrich Wilhelm IV. zumindest aus der Ersten Kammer ein gefügiges und von ihm abhängiges Instrument machen, obwohl deren 90 Mitglieder ohnehin regierungsfreundlicher als viele der Abgeordneten in der Zweiten Kammer waren.

Mit der Umwandlung der Ersten Kammer in ein Herrenhaus sollte, so der Wunsch des Königs, ein deutliches Gegengewicht zu der von ihm so gehaßten Zweiten Kammer geschaffen werden.

Friedrich Wilhelm IV. hatte den Onkel in seine Pläne eingeweiht und ihm gegenüber zum Ausdruck gebracht, «der einzige und alleinige Anordner der Kammer» sein zu wollen. Anton stimmte dem unbeschränkten königlichen Ernennungsrecht zu, wies jedoch darauf hin, daß man allein aus dem Hochadel keine arbeitsfähige Kammer bilden könne.

Die Verordnung vom 12. Oktober 1854, nach der dem Herrenhaus die großjährigen Prinzen des Königshauses und die mit erblicher Berechtigung oder auf Lebenszeit vom König berufenen Mitglieder angehörten, hatte man im Hause Stolberg-Wernigerode beifällig und ein wenig stolz aufgenommen. Von nun an verfügte auch der jeweils regierende Graf zu Stolberg-Wernigerode im Herrenhaus über Sitz und Stimme. Bedingung für die Berufung war die preußische Staatsangehörigkeit und ein Alter von mindestens dreißig Jahren.

Im Herrenhaus gab von Anfang an der ostelbische Landadel – das Junkertum – politisch den Ton an. Dessen Interessen vertrat die Konservative Partei, und obwohl das von ihr beherrschte Herrenhaus später der Regierung mehrfach einiges Kopfzerbrechen bereitete, konnte diese bei grundsätzlichen Auseinandersetzungen mit dem Abgeordnetenhaus doch immer auf die Unterstützung der Junkerpartei rechnen.

Einer ihrer führenden Köpfe war Hans Hugo von Kleist-Retzow, ein Jugendfreund Bismarcks, der zudem in verwandtschaftlicher Beziehung zu den Stolbergern stand: seit 1851 war er mit einer Tochter des Grafen Anton verheiratet. Kleist-Retzow, der im gleichen Jahr Oberpräsident der preußischen Rheinprovinz wurde, gehörte in den sechziger und siebziger Jahren zu jenen extrem reaktionären Kräften der Konservativen Partei, die in ihrem engstirnigen Bestreben um die Aufrechterhaltung feudaler Privilegien dann auch der Bismarck-Regierung eine Zeitlang den Kampf ansagten.

Otto kannte von den politischen Auseinandersetzungen zwischen Konservativen und Liberalen bisher vor allem die spektakulären Zwistigkeiten. So war es 1852 zu einem Duell zwischen Bismarck und dem Freiherrn von Vincke gekommen, bei dem sein namhafter Onkel Eberhard Bismarck sekundiert hatte. Der Anlaß für diesen Zweikampf war mehr als lächerlich. Vincke hatte Bismarck am

22. März 1852 während eines heftigen Wortwechsels im preußischen Abgeordnetenhaus spöttisch einen «namhaften Diplomaten» genannt und über die «verletzte Bescheidenheit» des preußischen Gesandten gewitzelt. Das Wort vom «namhaften Diplomaten» wollte er schließlich zurücknehmen, da ja alles, was er von Bismarcks diplomatischen Leistungen wisse, «sich nur auf die bekannte Zigarre beschränke».

Bismarck entgegnete: «Die letzte Äußerung überschreitet die Grenze nicht nur der diplomatischen, sondern derjenigen privaten Diskretion, deren Beobachtung ich von einem Manne von guter Erziehung erwarten zu dürfen glaubte.» Die Bemerkung über die Zigarre bezog sich auf den Antrittsbesuch Bismarcks in seiner Funktion als preußischer Bundestagsgesandter beim österreichischen Bevollmächtigten und Präsidialgesandten Graf Thun, der ihn rauchend und sehr unfreundlich empfangen haben soll. Im Zusammenhang damit kursierte die Anekdote, Bismarck habe in dieser Situation seinem eigenen Etui eine Zigarre entnommen und den verdutzten Grafen sehr verbindlich um Feuer gebeten. Graf Thun, so die Anekdote, entsprach diesem Wunsche, und Bismarck habe dann, als ob alles in der schönsten Ordnung wäre, mit dem Gespräch begonnen.

Am 23. März forderte der Freiherr von Vincke, in seiner Ehre verletzt, den Gesandten Bismarck «auf 4 Kugeln». Dieser beriet sich darüber mit Graf Anton zu Stolberg und nahm die Forderung an. Aber selbst politische Freunde Bismarcks aus dem Kreise der Hofkamarilla wie Ernst Ludwig von Gerlach meinten, daß der Geforderte durch seine «Stachelreden» das Duell regelrecht provoziert habe.

Zwei Tage später, früh um acht Uhr, standen sich die Duellanten im Tegeler Forst gegenüber; nach Bismarcks Worten auf einem «hübschen Platz im Walde am Seeufer», bei schönem Wetter und von Vogelgezwitscher untermalt. Das Duell wurde «auf einen Schuß von jeder Seite» reduziert. Graf Stolberg reichte Bismarck die Pistole. Dann schossen die Gegner auf Kommando, ohne daß jedoch einer von beiden verletzt wurde. Einiges spricht dafür, daß sie absichtlich fehlten, obwohl Bismarck später kaltschnäuzig bekundete, über den Ausgang «verdrießlich» gewesen zu sein und daß er «das Gefecht gern fortgesetzt» hätte. Der Ehre des Freiherrn war aber offensichtlich Genüge getan.

Zur gleichen Zeit, da die Reaktion in Preußen wieder fest im Sattel saß, vollzogen sich tiefgehende ökonomische Veränderungen, die der junge Stolberg ganz sicher nicht zu beurteilen vermochte. Nach der Depression in den Jahren 1847 bis 1851 setzte ein beachtlicher wirtschaftlicher Aufschwung ein. Der Ausbau des Eisenbahnnetzes machte rasche Fortschritte. Die Leicht- und Schwerindustrie warfen infolge des Einsatzes neuer moderner Maschinen und Technologien hohe Profite ab. Von großen Banken finanziert, schossen ganze industrielle Komplexe von Bergwerken, Stahl- und Walzwerken, Schmieden und Gießereien aus dem Boden.

Die Fortschritte in der Naturwissenschaft wurden jetzt schneller genutzt. Manche Fabriken richteten sogar eigene Konstruktionsabteilungen ein. Auch in der Landwirtschaft setzten sich zusehends neue kapitalistische Produktionsmethoden durch. Dampfpflüge, Dampfdreschmaschinen, Sä- und Häckselmaschinen wurden eingeführt. Die Verwendung von Kunstdünger begann allgemein üblich zu werden. Bald stiegen die Hektarerträge beträchtlich an. Insgesamt war festzustellen, daß der wirtschaftliche Vorsprung Englands langsam zusammenschmolz.

Problematisch gestaltete sich auch in diesem Zusammenhang Preußens Verhältnis zu Österreich. Als Anfang der fünfziger Jahre dessen Regierung versuchte, den von Preußen geführten Zollverein zu sprengen, standen damit die wirtschaftlichen und nationalen Interessen eines großen Teiles der deutschen Bourgeoisie auf dem Spiel. Die österreichische Attacke mißlang, da selbst wenig preußenfreundlich eingestellte Staaten in der Frage des Zollvereins, dem Druck des eigenen Bürgertums Rechnung tragend, auf der Seite Preußens standen. Der Vorstoß der preußischen Regierung, die Hegemonie Österreichs im Deutschen Bund zurückzudrängen, fand allerdings in den Reihen der herrschenden Klasse heftigen Widerspruch.

Ein großer Teil der Junker und des Hochadels sprach sich grundsätzlich für die Anerkennung der Vorherrschaft Österreichs in Deutschland aus. Als Anhänger des sogenannten Legitimitätsprinzips vertrat man die Überzeugung, daß die Landeshoheit ein gleich

Privatrechten vererbliches, vom Volkswillen unabhängiges Recht sei. In diesem Sinne wurde auch die 1806 von Napoleon vollzogene Zerschlagung des Heiligen Römischen Reiches deutscher Nation ignoriert und im österreichischen Monarchen der legitime deutsche Souverän gesehen. Auf dem Wiener Kongreß war 1815 das Legitimitätsprinzip unter Berufung auf «das Recht göttlicher Fügung» den erblichen Fürstenhäusern zuerkannt und damit die Unveränderlichkeit ihrer Herrschaft zum politischen Grundsatz gemacht worden. Entschieden lehnten die Legitimisten das von Napoleon III. proklamierte Nationalitätsprinzip ab, das den Völkern ein Mitspracherecht bei der Wahl ihrer Staatsbeherrscher einräumte.

Im Hause Stolberg-Wernigerode galt vor allem Graf Botho als eingeschworener Legitimist. Zeit seines Lebens lehnte er eine preußische Vorherrschaft in Deutschland entschieden ab; ein Umstand, der in späteren Jahren zu heftigen Kontroversen mit seinem Neffen Otto führte, der den politischen Kurs Bismarcks unterstützte und sich wie dieser für einen deutschen Staat unter preußischer Vorherrschaft einsetzte.

Dem ökonomischen und politischen Emanzipationsbedürfnis des Bürgertums standen die Interessen der Junker diametral entgegen. Deren Zorn richtete sich vor allem gegen die 1850 erlassene Kreis-, Bezirks-, Provinzial- und Gemeindeordnung, da durch sie der junkerliche Gutsbezirk in den Gemeindeverband eingefügt worden war und die kommunale Selbstverwaltung die Herrschaft der Junker beträchtlich beschränkte. Ein weiteres Gesetz hatte ihnen zudem wesentliche Rechte ihrer bisher weitgehend autonomen Polizeigewalt auf den Gütern genommen.

Als die Junkerpartei 1851 mit verfassungswidrigen Mitteln die Aufhebung dieser Gesetze erzwingen wollte, stieß sie selbst bei den Konservativen auf Opposition. Unter Führung des Bonner Juristen Moritz August von Bethmann Hollweg bildete sich eine neue konservative Gruppierung, die nach ihrer Zeitung «Wochenblattpartei» genannt wurde. Ihr gehörten Vertreter des Hochadels, Diplomaten und höhere Verwaltungsbeamte an, die meist aus den industriell fortgeschritteneren preußischen Provinzen kamen und am Kontakt zur Großbourgeoisie interessiert waren.

Trotz entschiedener Ablehnung der Revolution sprach sich die

«Wochenblattpartei» für die Anerkennung der 1848 geschaffenen neuen gesellschaftlichen Bedingungen und für das konstitutionelle Staatsprinzip aus. Da ihre Anhänger die alleinige Herrschaft der Junker auf Dauer für unmöglich hielten, setzten sie sich für den Klassenkompromiß mit dem Bürgertum ein. Im Olmützer Vertrag sah die «Wochenblattpartei» einen Schandfleck. Preußen, so forderte sie, müsse seine volle Handlungsfreiheit wiedererlangen.

Ende der fünfziger Jahre hatte sich die politische Lage verschärft, und so konnte auch der aufgeschlossene Graf Otto zu Stolberg unschwer erkennen, daß die Vertreter der Junker nicht mehr in der Lage waren, Preußen allein zu regieren. Obwohl die Reaktionspolitik für sie in gewissem Maße erfolgreich gewesen war, nahm jetzt der Druck der kapitalistischen Industrie und Landwirtschaft nach größerem Bewegungsspielraum ständig zu. Hinzu kam, daß die Heilige Allianz im Krimkrieg (1853-1856) eine schwere Schlappe hinnehmen mußte, von der auch Preußen als eine der Säulen dieses Bündnisses nicht völlig unberührt geblieben war.

Im Juli 1853 hatte Rußland die Türkei überfallen. Daraufhin erklärten im März 1854 die englische und die französische Regierung Rußland den Krieg. Die Bourgeoisie dieser Länder befürchtete eine Stärkung des Zarenreichs im Nahen Osten und auf dem Balkan. England wollte im Interesse seiner Seeherrschaft zudem verhindern, daß Rußland am Bosporus sowie an den Dardanellen feste Positionen gewann. Preußen und Österreich verhielten sich in diesem Konflikt offiziell neutral. Unter den herrschenden Klassen dieser Staaten gab es über eine mögliche Teilnahme am Krimkrieg allerdings erhebliche Meinungsverschiedenheiten. Während die preußische Kamarilla für ein Zusammengehen mit Rußland eintrat, forderten vor allem die der «Wochenblattpartei» nahestehenden politischen Gruppierungen den Anschluß an England und Frankreich. Auch in Österreich wünschten großbürgerliche Politiker das Bündnis mit den Westmächten, um sich auf dem Balkan Absatzmärkte zu sichern und Rußlands Vordringen in dieses Gebiet zu stoppen.

Der Krieg endete mit einer Niederlage Rußlands, das damit zugleich seine führende Stellung innerhalb der europäischen Reaktion immer mehr verlor. Ein außenpolitisches Zusammengehen war innerhalb der Heiligen Allianz nicht zustande gekommen, und in der

Folgezeit vertieften sich vor allem die Gegensätze zwischen Rußland und Österreich auf dem Balkan immer stärker.

Gleichzeitig begann sich in Preußen die liberale Bourgeoisie wieder hörbarer zu Wort zu melden. Während des Krimkrieges hatte sie deutlich den Kampf gegen das zaristische Rußland befürwortet. Nach den Wahlen zum Abgeordnetenhaus im November 1858 verfügten die Liberalen schließlich zum erstenmal im preußischen Parlament über die Stimmenmehrheit. In einem Neunpunkteprogramm forderten sie die Verwirklichung der freiheitlichen Verfassungsbestimmungen, die Beseitigung von Gesetzen aus der Reaktionszeit, die Sicherung der Einzelperson vor gesetzwidriger Willkür, die Aufhebung der gutsherrlichen Polizeigewalt und der Steuerfreiheit der Junker, die Freiheit der Wissenschaft und eine freie bürgerliche Presse. Im Interesse der politischen Stabilität der Monarchie war der herrschende Adel in Preußen gezwungen, dem ökonomischen und politischen Erstarken seiner Bourgeoisie Rechnung zu tragen.

Prinz Wilhelm von Preußen hatte bereits seit 1857 als Stellvertreter für seinen erkrankten Bruder die Geschäfte des Staatsoberhauptes geführt, bevor er schließlich am 7. Oktober 1858 als Prinzregent eingesetzt wurde. Ein Jahr lang konnte die Kamarilla seine offizielle Ernennung hintertreiben, denn Wilhelm hatte mit der «Wochenblattpartei» sympathisiert und verschiedentlich den Eindruck zu erwecken verstanden, als seien von ihm Reformen zu erwarten. Am 7. November 1858 mußte zunächst der stockkonservative Ministerpräsident Otto von Manteuffel seinen Abschied nehmen. An seine Stelle trat Fürst Karl Anton von Hohenzollern-Sigmaringen. Stellvertreter, Staatsminister und eigentliches Haupt der Regierung wurde jetzt Rudolf von Auerswald. Beide repräsentierten ein Kabinett von Politikern, die der «Wochenblattpartei» und rechten Kreisen der preußischen Bourgeoisie nahestanden.

In einer Ansprache an die neue Regierung brachte der Regent am nächsten Morgen zum Ausdruck: «In Deutschland muß Preußen moralische Eroberungen machen, durch eine weise Gesetzgebung bei sich, durch Hebung aller sittlichen Elemente und durch Eingreifen von Einigungselementen.»

Diese Worte hatten die liberale Bourgeoisie aufhorchen lassen.

Überschwenglich begrüßte sie die Politik des Prinzregenten als den Anbruch einer «Neuen Ära», übersah seine tatsächlichen Absichten und hoffte, jetzt friedlich in «verfassungsmäßige» Zustände hinüberwechseln zu können.

Plötzlich wollte sich niemand mehr an die unrühmliche politische Vergangenheit des Regenten erinnern, der in den Märztagen des Jahres 1848 als konterrevolutionärer Scharfmacher vor dem Zorn der Berliner Bevölkerung bei Nacht und Nebel ins Ausland geflohen war – dies übrigens unter dem schlichten Namen Lehmann, bekleidet mit dem Mantel und der Mütze eines Lakaien und ohne den für ihn so charakteristischen Bart. Zu dieser Flucht nachdrücklich überredet hatte ihn letztlich Graf Anton zu Stolberg-Wernigerode.

König Friedrich Wilhelm IV. wird die Äußerung zugeschrieben, nach der sein Bruder Wilhelm – hätte er als Sohn bürgerlicher Eltern das Licht der Welt erblickt – es in seinem Leben nie weiter als bis zum Unteroffizier bringen würde. Mit großen Geistesgaben war Wilhelm nun tatsächlich nicht gesegnet, und vor schwierigen politischen Entscheidungen schreckte er zeitlebens zurück. Eines aber war der «schöne Wilhelm», wie ihn Karl Marx und Friedrich Engels zu nennen pflegten, ganz sicher – nämlich ein Militarist, und das vom Scheitel bis zur Sohle. Natürlich endete seine militärische Karriere auch nicht im preußischen Unteroffizierskorps. Im Gegenteil: der Hohenzoller wurde mit einundzwanzig Jahren General und leitete 1849 die Niederschlagung der revolutionären Erhebung in Südwestdeutschland durch preußische Truppen. Auf den «Kartätschenprinzen» des Jahres 1849 setzte die Bourgeoisie jetzt ihre Hoffnungen.

Obwohl sich Wilhelm von den reaktionärsten Gruppierungen der preußischen Junker distanziert hatte, dachte er im Grunde niemals ernsthaft daran, tiefgreifende gesellschaftliche Reformen durchzuführen. Karl Marx, der sich damals in Berlin aufhielt, bezeichnete deshalb die Willensbekundungen des Regenten als reine «Popularitätshascherei».

Hauptsächlich kam es Wilhelm darauf an, das preußische Heerwesen zu reformieren. Ohne die Geldmittel der Bourgeoisie war dieses Vorhaben aber nicht durchführbar. Vor allem deshalb mußte er seine Politik beim Bürgertum als «Neue Ära» populär machen und das Bündnis zwischen Thron, Armee und Kapital festigen.

Doch vielen preußischen Adligen ging die scheinbare Kompromißbereitschaft des Prinzregenten schon viel zu weit. Von den Stolberger Grafen stand vor allem Botho der «Neuen Ära» verständnislos, ja in «schroffer Feindschaft» gegenüber. Seinem Neffen Otto schrieb er: «Die Politik in Berlin macht mir Bauchweh, aber noch mehr Herzweh, sie ist gar zu erbärmlich.»

Am 25. Januar 1859 nun hatte Graf Otto den Regenten gebeten, als Secondé-Lieutnant à la suite – also im Ehrenrang, nicht in eigentlicher Dienststellung – in das Regiment der Garde du Corps eintreten zu dürfen. Dieser entsprach dem Wunsch, und noch im Januar 1859 begann Graf Otto – zunächst in Berlin, dann in Potsdam stationiert – mit dem Militärdienst. Begleitet wurde er aber auch hier von seinem Diener Drute und einem Kutscher.

Der Eintritt in die Armee geschah freiwillig, da den mediatisierten deutschen Fürstenhäusern in der Bundesakte von 1815 die Befreiung von der Wehrpflicht zugesprochen worden war. Daß Otto allerdings sofort als Offizier beginnen konnte war ein Privileg, das – abgesehen von den Prinzen regierender Herrscherhäuser – nur wenigen Mediatisierten eingeräumt wurde.

Kommandeur des feudal-exklusiven Kürassierregiments der Garde du Corps, das 1740 vom Preußenkönig Friedrich II. als berittene Leibgarde des Monarchen gegründet wurde, war 1859 Major Friedrich Graf von Brandenburg, ein Sohn des berühmt-berüchtigten Generals Friedrich Wilhelm Graf von Brandenburg. In den ersten Novembertagen des Jahres 1848 hatte Friedrich Wilhelm IV. diesen General als preußischen Ministerpräsidenten eingesetzt und damit den wenige Tage später erfolgten konterrevolutionären Staatsstreich eingeleitet. General von Brandenburg war selbst Hohenzollernsproß, allerdings ein illegitimer: Sohn Friedrich Wilhelms II. mit der Gräfin Sophie von Dönhoff; der «Bastard von Preußen», wie ihn sein Neffe Friedrich Wilhelm IV. einmal sarkastisch nannte.

In Potsdam war die Leibschwadron des Garderegiments stationiert, die mit ihren «langen Kerls» noch nach über hundert Jahren diese Tradition Friedrich Wilhelms I. pflegte. Zu ihnen konnte sich der junge Graf jedoch kaum rechnen, denn nach den Angaben in seinem Reisepaß (1858) maß er lediglich 5 Fuß und 4 Zoll, also nur knappe 1,70 Meter.

Wenige Monate nachdem Graf Otto in den Armeedienst eingetreten war, standen Europas politische Barometer auf Sturm. Seinen Ursprung hatte er in Italien, wo Ende der fünfziger Jahre die patriotische Bewegung begann, das Joch der Fremdherrschaft in den zu Österreich gehörigen oberitalienischen Provinzen Lombardei und Venetien abzuschütteln und alle italienischen Teilstaaten in einem einheitlichen Nationalstaat zu vereinigen. Hinzu kam, daß Frankreichs Kaiser Napoleon III. die oberitalienischen Besitzungen des Hauses Habsburg für seine Pläne ins Auge gefaßt hatte. Angesichts verschiedener innenpolitischer Schwierigkeiten wollte er mit einem siegreichen Feldzug sein angekratztes Ansehen im eigenen Lande wieder aufpolieren. Scheinheilig gab er vor, den Befreiungskampf der Italiener zu stärken, und griff, vom zaristischen Rußland unterstützt, auf der Seite Sardiniens in den Krieg gegen Österreich ein. In Wahrheit verfolgte Napoleon III. nur das Ziel, die umstrittenen italienischen Provinzen selbst zu annektieren. Rußland wiederum war an einer Schwächung der Machtstellung Österreichs auf dem Balkan interessiert.

In dieser Situation drängte die österreichische Regierung auf militärische Hilfe durch den Deutschen Bund, in erster Linie durch Preußen. In den deutschen Staaten hatte Napoleons Annexionspolitik eine Welle der Entrüstung ausgelöst. Da Frankreichs Kaiser seine Politik zudem damit begründete, die «natürlichen Grenzen» seines Landes wiederherstellen zu wollen, rief er in Deutschland böse Erinnerungen an die jüngste Vergangenheit wach: Napoleon Bonaparte hatte mit diesem Prinzip die Besetzung des linken Rheinufers gerechtfertigt. Doch der Prinzregent «setzte sich», wie Franz Mehring schrieb, «mit großer Gewalt mitten zwischen zwei Stühle; er mobilisierte das preußische Heer, was eine halbe Drohung gegen Frankreich, und er beanspruchte den Oberbefehl über das deutsche Bundesheer, was eine halbe Drohung gegen Österreich war».

Die preußischen Konservativen befürworteten den antinapoleonischen Kampf aus legitimistischer Sympathie für Österreich. Vor allem im Offizierskorps befand man sich seit der Mobilmachung, wie

Graf Otto seinem Onkel Botho mitteilte, seit Ende April «vollkommen auf dem Kriegsfuß» und hoffte, «daß es auch wirklich losgehen wird». Doch die preußische Regierung beabsichtigte, durch eine neutrale Haltung Preußens Machtstellung gegenüber Österreich zu stärken und das Verhältnis zu Rußland nicht zu belasten.

Nach dem Sieg über das österreichische Heer in der blutigen Schlacht bei Solferino am 24. Juni 1859 zog sich Napoleon III. aus dem ihm zu heiß gewordenen Kriegsabenteuer zurück. Einen Krieg gegen ganz Deutschland, den er angesichts der patriotischen Entrüstung befürchten mußte, hätte er nicht führen können, und auch die immer stärker werdende Volksbewegung in Italien drohte seine Annexionspläne völlig zunichte zu machen. Im Frieden von Zürich am 10. November 1859 mußte Österreich die Lombardei an Frankreich abtreten, das diese Provinz schließlich Sardinien überließ. Preußen aber hatte durch seine Neutralitätspolitik die historische Chance vertan, mit Napoleon III. den entschiedensten äußeren Gegner der nationalstaatlichen deutschen Einheit zu schlagen.

Graf Otto zu Stolberg war zwar 1859 begeistert dafür eingetreten, an der Seite des erzkonservativen Österreich den französischen «Erbfeind» mit der Waffe in der Hand zu bekämpfen, für das Ziel der italienischen Volksbewegung fehlte ihm jedoch jegliches Verständnis. Als mit der Niederlage Österreichs dann die Bahn frei wurde für den Sieg des Risorgimento, die Einigung des größten Teils der Apenninenhalbinsel zum Königreich Italien (1861), ergriff er eindeutig Partei für die feudalkonservativen und die Einheit des Landes ablehnenden politischen Gruppierungen. Und dies wollte er sogar praktisch unter Beweis stellen.

Der italienische Revolutionsheld Guiseppe Garibaldi belagerte, nachdem er mit seinen Freischaren die Insel Sizilien erobert hatte, im Winter 1860/61 die Festung Gaëta, wo sich Franz II., Monarch des bourbonischen Königreichs von Neapel-Sizilien, vor ihm verschanzte. Franz war verheiratet mit Maria Sophia, einer gebürtigen bayerischen Prinzessin und Schwester der österreichischen Kaiserin Elisabeth. Ihr Schicksal rührte Stolbergs Herz und stachelte seine Abenteuerlust an. Im Februar 1861 bemühte er sich, in militärischer Mission oder aber auch «auf eigene Hand» nach Gaëta reisen zu können. An seine Verwandten schrieb er: «Man kommt so wenig dazu, etwas Außergewöhnliches mitzumachen, daß man solche Gelegenheit, wo man mit den lebhaftesten Sympathien hinzieht, mit Freude ergreift.» Graf Botho stimmte der «guten und legitimen Sache» zu, Otto bat um Urlaub, doch dann machte am 16. Februar die Nachricht vom Fall Gaëtas den Plan zunichte.

Die Diskussion um die Wege zur Lösung der nationalen Frage in Deutschland war durch den französisch-österreichischen Konflikt in Norditalien in allen Klassen neu belebt worden, die Frage, wie die bürgerliche Umwälzung weitergeführt werden könnte, hing jedoch weitgehend vom Verhalten der Bourgeoisie ab. Am 14. August 1859 trafen sich in Eisenach Vertreter der liberalen Bourgeoisie, um über die politische Zukunft Deutschlands zu beraten. Einige von ihnen hatten bereits 1848 in der Frankfurter Nationalversammlung oder in der Berliner Abgeordnetenversammlung gesessen. Dem Treffen in Eisenach waren mehrere vertrauliche Besprechungen vorausgegangen. In einer Erklärung forderten die Teilnehmer die Schaffung einer deutschen Zentralregierung und die Einberufung einer Nationalversammlung.

Grundsätzlich wurde festgestellt: «Unter den gegenwärtigen Verhältnissen können die wirksamsten Schritte zur Erreichung dieses Zieles nur von Preußen ausgehen; es ist daher dahin zu wirken, daß Preußen die Initiative dazu übernehme.» Vier Wochen später gründeten liberale und ehemals demokratische Politiker in Frankfurt am Main den deutschen Nationalverein. An seine Spitze trat Rudolf von Bennigsen (1824–1902), ein Großgrundbesitzer aus dem Hannoverschen.

Der Nationalverein sprach sich ab 1860 offen für die Hegemonie Preußens in dem zu schaffenden deutschen Nationalstaat aus. Mit dieser Agitation leistete er eine wichtige Vorarbeit für die Bismarcksche Lösung der nationalen Frage von oben, durch «Eisen und Blut» und unter preußischer Führung. Diese Politik aber resultierte aus einer grundsätzlich antidemokratischen Position der Bourgeoisie, die sich aus Furcht vor dem Volke unfähig für eine eigenständige Position im Einigungsprozeß zeigte.

Anfang März 1860 legte Graf Otto sein Offiziersexamen ab, so daß er im Herbst des gleichen Jahres, während eines großen Manövers bei Fürstenwalde, als Ordonnanzoffizier des Prinzen Friedrich Wilhelm fungierte, der eine Division befehligte. Ansonsten führte Stolberg ein recht bequemes Militärdasein, denn als regierender Graf konnte er sich ein luxuriöses und unbeschwertes Leben leisten. Zahlungskräftig wie er war, half er verschiedentlich sogar anderen jungen Gardeoffizieren aus finanzieller Bedrängnis, in die sie durch Pech im Glücksspiel oder durch ihren Umgang mit kostspieligen Frauen geraten waren. Seinem Freund und Vetter, dem verschwenderischen Lebemann Graf Theodor von Schlieffen, der wie Stolberg seinerzeit ebenfalls als Leutnant bei der Garde du Corps diente, lieh er im Juni 1859 – wie es scheint, mit leichter Hand – stolze 1000 Taler zur Schuldenbegleichung.

Der Offizier Stolberg verkehrte häufig am königlichen Hofe, und Prinzregent Wilhelm soll ihn damals bereits – wie des Grafen Tochter Marie später mitteilte – «sehr freundlich und gnädig» aufgenommen haben. Die komfortable Wohnung in der Berliner Dorotheenstraße, die Stolberg gemietet hatte, genügte seinem gesellschaftlichen Ehrgeiz bald nicht mehr. Schon Ende 1859 trug er sich mit dem Gedanken, in Preußens Hauptstadt für 190000 Taler ein Palais zu erwerben. Da Graf Botho abriet, kam der Kauf nicht zustande.

Am 2. Januar 1861 senkten sich in Preußen die Fahnen auf Halbmast. Gestorben war König Friedrich Wilhelm IV., den Graf Otto von einer früheren Begegnung her zwar kannte, mit dem er in Berlin aber nicht mehr zusammengekommen war. Der Leichnam wurde am 4. Januar in Sanssouci aufgebahrt, und drei Tage später nahm Stolberg am feierlichen Begräbnis des Monarchen in der Potsdamer Friedenskirche teil. Damals erhielt der Gardeleutnant den Auftrag, mit einem Kommando von sechs Kürassieren seines Regiments den Transport der königlichen Kroninsignien zu eskortieren, die man aus diesem Anlaß von Berlin nach Potsdam brachte.

Ende Mai 1861 quittierte Graf Otto den Militärdienst, da er sich künftig persönlich um die Verwaltung seines Besitzes kümmern wollte. Von nun an lebte Stolberg als Zivilist, er blieb jedoch weiterhin Offizier à la suite des Regiments der Garde du Corps und wurde in dieser Stellung auch befördert, zuletzt im Januar 1892 zum General der Kavallerie. Obwohl von kurzer Dauer, hat die aktive Dienstzeit Otto geprägt. Zeitlebens fühlte er sich den Wertvorstellungen der preußischen Militärkaste verbunden. So bevorzugte er «lange Kerls» als gräfliche Forstmeister und beschäftigte vornehmlich Diener, die in der Garde du Corps gewesen waren.

Königsberg 1861

«So war der Augenblick gekommen! Mit festem Schritte bestieg Seine Majestät der König die Stufen des Altars, ergriff die auf Gottes Tisch in der Mitte liegende Krone und setzte sie sich mit beiden Händen, ohne sich vom Altar abzuwenden, auf das Haupt ... Der König nahm sein Erbe und sein Eigenthum selbst, aus keines Menschen Hand, nicht beliehen, belehnt oder bewilligt, kraft seines angestammten Rechtes vom heiligen Ort!» Mit diesen pathetischen Worten berichtete am 22. Oktober 1861 die «Kreuzzeitung» über die in den Vormittagsstunden des 18. Oktober in der Schloßkirche zu Königsberg vorgenommene Krönung des Hohenzollernprinzen Wilhelm zum König von Preußen.

Wilhelm I. war – wie schon der verstorbene Friedrich Wilhelm IV. – gänzlich erfüllt von der Vorstellung eines «Königtums von Gottes Gnaden». Deshalb wurde auch die Krönungszeremonie in der überfüllten Schloßkirche – entgegen dem Rat verschiedener königlicher Minister – bewußt zu einer Demonstration für Absolutismus und Gottesgnadentum gestaltet. An ihr nahm nahezu der ganze preußische Hofstaat teil. Außerdem eingeladen waren die Mitglieder des preußischen Herrenhauses und des preußischen Abgeordnetenhauses, die von den Provinziallandtagen zu entsendenden Krönungszeugen, die Ritter des Schwarzen Adlerordens, Vertreter verschiedener in- und ausländischer Herrscherhäuser sowie die in Berlin akkreditierten Diplomaten.

Da die Königskrönung ein gesellschaftliches Ereignis ersten Ranges darstellte, waren die Straßen Königsbergs in jenen Herbsttagen von Schaulustigen überfüllt. Begonnen hatte das minutiös vorbereitete festliche Spektakel aber bereits in den Mittagsstunden des 14. Oktober. An diesem Montag war das königliche Paar, begleitet von seinem ganzen Hofstaat, genau um zwölf Uhr durch das Brandenburger Tor in die Stadt eingezogen. Der Kutsche Wilhelms, von zahlreichen Adjutanten umgeben, folgte unmittelbar der achtspännige Galawagen mit dessen Frau Augusta. Die Staatskarosse wurde von zwei Reitern flankiert. Zur Linken ritt der Oberstallmeister «Seiner Majestät des Königs», zur Rechten der Gouverneur von Königsberg. Als der festliche Zug das Brandenburger Tor erreichte, ertönten 101 Kanonenschüsse. Die Schützengilde und die verschiedenen Handwerkerinnungen standen Spalier, dann schlossen sie sich dem Zug an. Alle Kirchenglocken der Stadt läuteten, Chöre empfingen das Königspaar mit Jubelgesängen.

Heute, am 18. Oktober, warteten allein zwölftausend Menschen vor der Schloßkirche auf das Königspaar. Als Wilhelm und Augusta im Portal erschienen, erscholl aus der Menge Gesang – wie im Festprogramm angeordnet –, abwechselnd, von Militärmusikern unterstützt, «Heil Dir im Siegerkranz» und «Nun danket alle Gott». Im übrigen warteten die Menschen jedoch vergeblich darauf, daß nun im Schloßhof – wie ursprünglich vorgesehen – der König einige Worte an sie richten würde. Das Königspaar überquerte den Hof, verharrte eine Zeitlang auf der großen Freitreppe, um sich der Menschenmenge zu präsentieren, und begab sich anschließend in den Thronsaal des königlichen Schlosses. Erst hier wurden die Festreden gehalten. Obwohl man zu diesem Zweck die Fenster weit geöffnet hatte, waren sie im Schloßhof kaum zu verstehen.

Im Thronsaal versammelten sich nur die Spitzen der zu den Krönungsfeierlichkeiten offiziell eingeladenen Gäste. Zu diesen gehörten auch zwei Grafen zu Stolberg-Wernigerode. Der eine, Botho, repräsentierte die zwölfköpfige Abordnung des sächsischen Provinziallandtages, dessen Marschall er war, der andere, sein vierundzwanzigjähriger Neffe Otto, war als regierender Graf des Hauses Stolberg-Wernigerode von Wilhelm I. persönlich zu den Feierlichkeiten eingeladen worden.

Da der junge Graf wußte, daß sich in Königsberg treffen würde, wer in Preußen Rang und Namen hatte, lag ihm besonders viel daran, der Königskrönung beizuwohnen. Aber erst Ende August war ihm, wie er sich ausdrückte, «aus ganz sicherer Quelle» seine vorgesehene Einladung bekannt geworden. Wenige Tage zuvor hatte er noch gegenüber seinem Onkel Botho zum Ausdruck gebracht, als Chef eines vormals reichsständischen Grafenhauses Anspruch darauf zu haben, zur Krönungsfeier «direkt eingeladen» zu werden; geschähe dies nicht, so sei es seiner Ansicht nach ein Fauxpas.

Im Thronsaal des Königsberger Schlosses vernahmen die beiden Stolberger Grafen nun die Ansprache des preußischen Königs. Doch viel hatte der Monarch nicht zu sagen, und das wenige las er ab. Auf Graf Otto muß das Schauspiel dennoch beträchtlichen Eindruck gemacht haben. In einem Brief an seine Mutter schilderte er die Krönungsfeierlichkeiten mit monarchistischer Begeisterung: «Alle Kinder-Ideen von Königen mit Krone, Mantel und Zepter sah man auf einmal vor sich realisiert, und dieser König ist gerade durch seine äußere Erscheinung vor allem geeignet, ein imposantes Bild abzugeben ... Nach der Krönung empfing der König uns ‹Reichsunmittelbare› ..., alles immer mit Krone und Zepter.» Die spärlichen Worte des Königs bezeichnete Otto als den «imposantesten Moment» der ganzen Krönungszeremonie.

Wilhelm I. begann mit einem deutlichen Hinweis auf sein «Gottesgnadentum»: «Von Gottes Gnaden tragen Preußens Könige seit 160 Jahren die Krone ... Aber eingedenk, daß die Krone nur von Gott kommt, habe ich durch die Krönung an geheiligter Stätte bekundet, daß ich sie in Demuth aus seinen Händen empfangen habe.» Dann aber brachte er zum Ausdruck, daß Preußen vor «äußeren Gefahren» durch sein «tapferes Heer» geschützt würde und daß es vor «inneren Gefahren» bewahrt sei, solange die «Einheit zwischen König und Volk» bestehen bliebe. Gemeinsam könne man «allen drohenden Stürmen widerstehen».

Doch davon konnte im Herbst 1861 in Preußen nicht die Rede sein. Ganz im Gegenteil. Das Königreich steckte in einer tiefen politischen Krise, und gerade hier in Königsberg spekulierte man eifrig über seine Zukunft.

Wilhelms Bemühungen um die Heeresreform waren zunächst wenig erfolgreich gewesen. Zusammen mit dem konservativen Kriegsminister Albrecht von Roon und mit Helmuth von Moltke, den er noch im Jahre 1858 zum Chef des Generalstabs ernannte, hatte er vergeblich versucht, die vorgesehene Reform über die parlamentarischen Hürden zu bringen.

Der Gesetzentwurf über die Reorganisation des preußischen Heeres war dem Abgeordnetenhaus im Februar 1860 von der Regierung vorgelegt worden. Er sah die Vergrößerung der Armee, die Verlängerung der aktiven Wehrpflicht auf drei Jahre und den Ausschluß der Landwehr aus dem mobilen Feldheer vor. Bisher hatte man jährlich 40000 Rekruten einberufen – jetzt sollte die Quote auf 63000 angehoben werden. Gleichzeitig forderte die Regierung für die Reorganisation vom Abgeordnetenhaus die Bewilligung eines Nachtragsetats von 9,5 Millionen Talern.

«Vom militärisch-technischen Standpunkt», so urteilte Franz Mehring, «hatte der Plan in seiner Art Hand und Fuß, zumal da er die allgemeine Wehrpflicht viel gründlicher durchführen wollte, als bis dahin geschehen. Auch kam er den Wünschen der Bourgeoisie insofern entgegen, als die sich darüber klargeworden sein mußte, daß die deutsche Einheit unter preußischer Spitze nicht ohne ein schlagfertiges preußisches Heer zu haben war. Aber daneben war die Heeresorganisation eine Stärkung des König- und Junkertums, und es fehlte jede Bürgschaft dafür, daß sie im Interesse der Bourgeoisie verwandt werden würde. Mit dem angeblichen Liberalismus des Prinzregenten war nachgerade kein Hund mehr vom Ofen zu locken. Er dachte bei seinem eigensten Werke, wie er die Armeeorganisation zu nennen pflegte, an alles andere eher als an die Wünsche der liberalen Bourgeoisie; die Stärkung seiner Machtstellung nach außen und nach innen war neben persönlicher Soldatenliebhaberei sein treibender Beweggrund. Hierfür jährlich zehn Millionen Taler zu zahlen, hatte die Bourgeoisie nicht die geringste Neigung.»

Die Gesetzesvorlage scheiterte deshalb im Mai 1860 am Widerstand der liberalen Abgeordneten. In jenen Tagen berichtete Otto zu Stolberg seiner Mutter von der «gräßlichen Wirtschaft, die im Abgeordnetenhaus herrscht», und gab zugleich der Hoffnung Ausdruck, «daß wir bald Gelegenheit haben werden, diese Bande auseinanderzujagen». Der Gardeleutnant stand dem Parlamentarismus in dieser Zeit grundsätzlich ablehnend gegenüber; wie die meisten seines Standes orientierte er sich damals noch an der Parole General Friedrich von Wrangels aus dem Jahre 1848: «Gegen Demokraten helfen nur Soldaten.»

Doch die bürgerliche Opposition war letztlich sehr inkonsequent. So bewilligte das Abgeordnetenhaus den Nachtragsetat in geforderter Höhe als Provisorium für je ein Jahr – und drückte sich damit um eine klare Entscheidung. Das Geld aber verwandte die Regierung natürlich für die Heeresreform.

Nach einem halben Jahr stand die vergrößerte Armee als vollendete Tatsache da. Sofort wurden 36 Landwehrregimenter aufgelöst und an ihrer Stelle ebensoviele neue Linienregimenter errichtet, die neue Namen und dann auch bald neue Fahnen verliehen bekamen. Die feierliche Weihe der 146 Fahnen und Standarten, an der Stolberg teilnahm, erfolgte am 18. Januar 1861 in Berlins Prachtallee Unter den Linden.

Die halbseidene parlamentarische Haltung der Liberalen gegenüber der Heeresreform war allerdings in deren eigenen Reihen keineswegs unumstritten. Mehrere Abgeordnete kritisierten die Programmlosigkeit der bürgerlichen Opposition im Abgeordnetenhaus. Sie forderten eingehende Beratungen über die weitere Politik Preußens und offensive Verhandlungen mit der Regierung. Dieser hatte man im Parlament bisher zwar Geld für die Heeresreform bewilligt, in politischer Hinsicht waren die Liberalen aber leer ausgegangen.

Im Juni 1861 gründeten oppositionelle Kräfte der preußischen Bourgeoisie die Deutsche Fortschrittspartei. Als am 2. Juli die ersten Beitrittserklärungen veröffentlicht wurden, fanden sich darunter die Namen einiger bekannter Achtundvierziger Demokraten. Zu den Gründungsmitgliedern zählte auch der Königsberger Arzt Johann Jacoby, der im Jahre 1841 in einer mutigen Schrift den Monarchen an das Verfassungsversprechen des preußischen Königshauses aus der Zeit der Befreiungskriege erinnert hatte und gegen den deshalb auf Befehl Friedrich Wilhelms IV. ein Hochverratsprozeß angestrengt worden war.

Das Verfassungsversprechen Friedrich Wilhelms III. stammte aus dem Jahre 1815. Während sich damals die Könige und Fürsten Europas gerade anschickten, auf dem Wiener Kongreß ihre feudalreaktionären Machtverhältnisse zu restaurieren, war plötzlich der auf die Insel Elba verbannte Kaiser Napoleon nach Frankreich zurückgekehrt, das hatte die versammelten Monarchen sogleich in helle Aufregung versetzt. So kam es, daß Friedrich Wilhelm sich genötigt sah, das kriegsmüde und über die Restaurierungspolitik enttäuschte Volk für den Kampf gegen Napoleon zu motivieren. Deshalb versprach er am 22. Mai, Preußen nach Kriegsende eine Verfassung zu geben. Dieses Versprechen hat er später jedoch nicht eingelöst. Im Jahre 1848 war Jacoby Abgeordneter der preußischen Nationalversammlung geworden, wo er entschieden das Bestreben der liberalen Bourgeoisie bekämpfte, sich mit der feudalen Reaktion gegen das Volk zu verbinden.

Aber auch andere damals berühmte Männer, wie der Unternehmer Werner Siemens, der Mediziner Rudolf Virchow und der Historiker Theodor Mommsen, stellten sich auf die Seite der Fortschrittspartei, die in ihrem Programm die Bildung einer «festen liberalen Regierung» und die staatliche Einigung Deutschlands unter preußischer Führung forderte. Im Gegensatz zur Regierung trat sie für die zweijährige Militärdienstzeit und die Aufrechterhaltung der Landwehr ein.

Die Gründung der Fortschrittspartei war ein deutlicher Ausdruck für die Linksschwenkung großer Teile des preußischen Bürgertums. Ihr politischer Einfluß war beträchtlich, und der König und seine Minister fürchteten deshalb zu Recht den Ausgang der für Dezember 1861 vorgesehenen Wahlen für das Abgeordnetenhaus.

Der Konflikt zwischen Teilen des preußischen Bürgertums und Wilhelm I. hatte sich zugespitzt, als dieser nach dem Tode seines Bruders die überlebte Erbhuldigung der Stände, das heißt der Provinzialstände, in der Provinz Preußen und in Brandenburg verlangte; genau so, wie es Friedrich Wilhelm IV. im Jahre 1840 gehalten hatte. Doch die liberalen Minister der «Neuen Ära» lehnten die Erbhuldigung entschieden ab. Im Gegensatz zu 1840, als es lediglich die altständischen Provinzialkörperschaften gegeben habe, existiere jetzt – so argumentierten sie – ein gesamtstaatlicher Landtag. Eine Erbhuldigung sei deshalb verfassungswidrig.

Über diese Frage kam es schließlich zu einer ernsten Regierungskrise. Rücktrittsdrohungen der Minister wurden laut. Dagegen bestärkte Kriegsminister Roon König Wilhelm darin, sich gegenüber seinen Ministern wie auch der bürgerlichen Opposition zu behaupten und auf einer Erbhuldigung als Demonstration der uneingeschränkten Macht des Monarchen zu bestehen. Schon damals stand der Kriegsminister im engen freundschaftlichen Kontakt mit Otto von Bismarck, der seit 1859 als preußischer Gesandter von Petersburg aus das politische Geschehen verfolgte.

Bismarck hatte damals erkannt, daß Preußen in einer tiefen politischen Krise steckte, und ihm war klargeworden, daß Junkertum und König in absehbarer Zeit von einer Volksrevolution hinweggefegt werden würden, wenn sie ihre Politik nicht grundlegend änderten. Jetzt wartete er in Petersburg auf seine Stunde. Albrecht von Roon, der für Bismarck in Berlin als Quartiermacher wirkte, hielt seinen Freund auf dem laufenden. Am 27. Juli 1861 teilte er ihm im Zusammenhang mit den Auseinandersetzungen um die Erbhuldigung mit: «... ich stehe allein, ganz allein ... Gestern endlich hat mir der König erlaubt, mich für ihn nach anderen Ministern umzusehen ... Es ist eine trostlose Lage! ... Gott verhüte, daß er (der König – K. B.) nachgibt. Täte er es, so steuern wir mit vollen Segeln in das Schlamm-Meer des parlamentarischen Regiments.»

Auch Graf Otto zu Stolberg verfolgte während der letzten beiden Monate seiner Militärdienstzeit interessiert das politische Tauziehen zwischen Wilhelm I. und dessen Kabinett. Auf verschiedenen Schleichwegen versuchte er, allerdings kaum mit Erfolg, zu Informationen über den Stand der Dinge zu gelangen. Seinem Onkel Botho teilte er am 12. April enttäuscht mit: «Selbst die Kammerdiener des Königs wissen, wie mir der Schneider Berger gestern geheimnisvoll anvertraute, noch nicht, was sein wird.»

Roon setzte auch Bismarcks Namen auf die neue, von ihm zusammengestellte Ministerliste und rief diesen nach Berlin. Seine Parole «An die Pferde!» empfand Bismarck als «schrillen Mißton». Trotzdem kam er. Minister wurde er allerdings nicht. Die Frage der Erbhuldigung war inzwischen durch einen Kompromiß entschieden worden. Wilhelm hatte sich mit einer feierlichen Krönungszeremonie zufriedengeben müssen.

Am 13. Oktober 1861 reisten Roon und Bismarck nach Königsberg. Das Bild Adolph Menzels über die Krönungszeremonie in der Schloßkirche zeigt Bismarck in der Nähe des Altars. Allerdings, so schrieb der damalige Gesandte später in seinen Memoiren, «vermied» es Wilhelm I., «mit mir über Politik zu reden». Für einen Bismarck stand zu diesem Zeitpunkt noch kein Ministersessel zur Verfügung. Menzels Monumentalgemälde ist heute im Besitz der Berliner Nationalgalerie. Unter den Vorstudien befinden sich auch Zeichnungen der Grafen Otto und Botho zu Stolberg.

Von all dem politischen Gerangel, das sich in Königsberg hinter den Kulissen abspielte, vernahm Otto sicher kaum etwas. Dem jungen «hochkonservativen Royalisten», wie ihn Heinrich Heffter einmal nannte, kam es hauptsächlich darauf an, in Königsberg wie auch auf den sich unmittelbar anschließenden Feierlichkeiten in Berlin zu repräsentieren, neue Verbindungen zum preußischen Hof zu knüpfen und alte Beziehungen aufzufrischen. Eigens für diesen Anlaß ließ er auch eine neue Galakutsche bauen.

Graf Otto zu Stolberg nutzte die Gelegenheit und verstand es, während der Krönungsfeierlichkeiten die Bekanntschaft eines großen Teils der politischen Prominenz Preußens zu machen. Dazu eigneten sich besonders gut die zahlreichen Empfänge und festlichen Veranstaltungen. Graf Botho war dabei seinem Neffen nach Kräften behilflich. Gemeinsam begaben sie sich auch am späten Nachmittag des 18. Oktober in den Moskowiter-Saal des königlichen Schlosses, um an dem großen Gala-Diner teilzunehmen. Gerade hier galt die Devise: Sehen und gesehen werden – hatte es doch im Festprogramm ausdrücklich geheißen: «An den im Moskowiter-Saal aufgestellten Tafeln werden die vornehmsten Hof- und Staatsbeamten die Honneurs machen.»

Auf dem Empfang traf Otto verschiedene alte Bekannte aus seiner Berliner Militärzeit wieder, zum erstenmal sah er das gesamte Kabinett der preußischen Staatsminister, Kriegsminister Roon kreuzte seinen Weg – zusammen mit Otto von Bismarck, den der Graf bisher nur ganz flüchtig einmal kennengelernt hatte. Doch für ein längeres Gespräch reichte die Zeit nicht. Viel mehr bewegte Stolberg ein persönliches Ereignis: Mittlerweile waren nämlich die aus Anlaß der Königskrönung vorgenommenen Ordensverleihungen bekannt geworden, und Wilhelm I. hatte zum erstenmal auch ihn bedacht. Künftig würde der Rote Adlerorden zweiter Klasse seine Brust schmücken. Graf Otto reiste wenige Tage später nach Berlin weiter, wo er ebenfalls an den Feierlichkeiten teilnahm.

Regierungsübernahme und Heirat

Die Ergebnisse der Wahlen zum preußischen Abgeordnetenhaus Anfang Dezember 1861 übertrafen alle Befürchtungen Wilhelms I. und der konservativen preußischen Junker. Die Deutsche Fortschrittspartei gewann sage und schreibe 109 Mandate. Insgesamt verfügte jetzt die die Heeresvorlage ablehnende Opposition im Abgeordnetenhaus über achtzig Prozent der Sitze. Die Altliberalen – so pflegte man noch lange jene Liberalen zu bezeichnen, die sich nicht der Fortschrittspartei anschlossen – nahmen künftig 93 Sitze ein. Von den Konservativen wurden nur 14 Kandidaten durchgebracht. Auch Kriegsminister Albrecht von Roon verlor seinen Sitz im Parlament.

Am 14. Januar 1862 trat das neugewählte Abgeordnetenhaus zusammen. Von der Fortschrittspartei wurde unter dem Eindruck stärker werdender demokratischer Einflüsse die Aufgliederung des Etats gefordert. Auf diese Weise sollte verhindert werden, daß die Regierung dem Staatshaushalt unkontrolliert Militärausgaben entnehmen konnte. Als der entsprechende Antrag eine Mehrheit fand, löste der König am 11. März 1862 das Abgeordnetenhaus auf. Acht Tage später entließ er die liberalen Minister und bildete ein konservatives Kabinett. Ministerpräsident wurde der bisherige Präsident des Herrenhauses, Prinz Adolf von Hohenlohe-Ingelfingen. Dessen Stuhl im Herrenhaus nahm Graf Eberhard zu Stolberg-Wernigerode ein.

Die «Neue Ära», die das liberale Bürgertum im Jahre 1858 so hoffnungsvoll begrüßt hatte, war damit schon zu Ende. Doch die Neuwahlen am 6. Mai 1862 fielen für die Regierung nicht viel günstiger aus. Dieses Mal errang die Fortschrittspartei gemeinsam mit einer anderen liberalen Gruppierung, die nach ihrem Wortführer Fraktion Bockum-Dolffs genannt wurde, 242 Sitze (von insgesamt 352). Dagegen schmolz der Anteil der Konservativen auf ganze

11 Sitze zusammen. Damals kursierte in Berlin der Witz, die Konservativen könnten in einer einzigen Kutsche zu den Parlamentssitzungen fahren, auf denen es erneut um die finanziellen Mittel für die Reorganisation des Heeres ging.

Als Wilhelm I. am 17. September 1862 einen Vermittlungsantrag ablehnte, nämlich der Verkürzung der bisher dreijährigen Dienstzeit um ein Jahr zuzustimmen und dafür die Bewilligung der Militärausgaben vom Abgeordnetenhaus bestätigt zu erhalten, strich dieses – von Roon als «Quatschbude» abgetan – mit einer Mehrheit von 308 gegen 11 Stimmen alle Ausgaben für die Heeresreorganisation aus dem Haushaltsentwurf.

Wenngleich es die Bourgeoisie nicht verstanden hatte, die Regierung zu einer aktiveren nationalen Politik zu bewegen, so versetzte diese parlamentarische Niederlage, bewirkt durch die Einigkeit aller Oppositionsgruppen im Abgeordnetenhaus, Wilhelm I. und seine konservative Regierung in große Aufregung. Der preußische König trug sich sogar mit der Absicht, zugunsten seines Sohnes auf den Thron zu verzichten.

In dieser Situation handelte der Kriegsminister von Roon. Er verwarf den von ihm für den Notfall vorgesehenen Staatsstreich. Die von König Wilhelm schon im Januar 1861 unterzeichneten Geheimbefehle lagen versiegelt bei den Truppenkommandos. Sie enthielten den Plan, binnen dreier Tage 50000 Soldaten rund um Berlin aufmarschieren zu lassen. Die Truppen sollten die Hauptstadt Preußens hermetisch von der Außenwelt abriegeln und etwaigen Widerstand mit militärischer Gewalt brechen. Angesichts der allgemeinen Opposition im Lande schienen Roon aber die möglichen Folgen einer solchen Militäraktion ungewiß. Deshalb schlug er statt dessen dem König einen Zivilisten für den Posten des Ministerpräsidenten vor, einen Mann, der die Gewähr bot, mit dem widerspenstigen Parlament fertig zu werden und das Königreich aus der Krise zu führen. Dieser Mann war kein anderer als Bismarck, seit Mai 1862 preußischer Gesandter in Paris.

Während jetzt in Berlin hinter den Kulissen mit allen nur denkbaren Tricks das Tauziehen um die Berufung Bismarcks einsetzte, hielt sich Otto zu Stolberg, fernab vom Getriebe der großen Politik in Preußen, auf seinem Schloß in Wernigerode auf. Hinter ihm lag eine mehrmonatige intensive Reisetätigkeit. Im Frühjahr hatte er einige Wochen in Frankreich, hauptsächlich in Paris, zugebracht, wo ihn sein Vetter, Prinz Heinrich VII. zu Reuß, der in der Familie allgemein nur Septi genannt wurde und in Paris als preußischer Legationsrat tätig war, «in die große Gesellschaft der Hauptstadt Napoleons III.» einführte. Den August verlebte Graf Stolberg in England, hier besuchte er auch die Londoner Weltausstellung. Ihm imponierte vor allem der hohe technisch-industrielle Entwicklungsstand des Gastlandes. In seinem Reisejournal notierte er damals: «Diese Menge von Eisenbahnen (im Raum zwischen Dover und London – K. B.) ist völlig unglaublich, neben, über und unter uns fortwährend andere Bahnen, wie in Deutschland die Feldwege, denn Chausseen wird man bei uns wohl selten und in solcher Nähe angehäuft finden.»

Im Herbst 1862 nahm Otto zu Stolberg schließlich in Wernigerode die Regierungsgeschäfte in die eigenen Hände. Obwohl durch die Rezesse von 1714 und 1822 in ihren Befugnissen deutlich begrenzt, entsprach seine Herrschaft in vieler Hinsicht einer normalen preußischen Bezirksverwaltung. Die innere Abteilung kümmerte sich in erster Linie um die Polizei- und Kommunalangelegenheiten. Daneben existierten ein Bergamt und ein Medizinalkollegium. Bis 1849 hatte die Regierung zugleich als gräfliches Obergericht fungiert. Im Konsistorium saßen neben zwei Juristen der Superintendent und ein geistlicher Konsistorialrat. Alle Geistlichen und Lehrer berief Graf Stolberg selbst. Ihm oblag auch die staatliche Kommunalaufsicht über die Stadt Wernigerode und über die Landgemeinden der Grafschaft.

Verschiedene Verwaltungsstellen besetzte Stolberg in der Folgezeit neu. Am 1. Oktober 1864 ernannte er seinen bisherigen Regierungsrat Hermann von Hoff zum Regierungsdirektor (später nannte dieser sich Kammerdirektor). Gleichzeitig stellte er den Juristen Rudolf Elvers an die Spitze des Konsistoriums. Hoff, ein gebürtiger Wernigeröder und Stolbergs vertrautester Mitarbeiter, war trotz des Wörtchens «von» nicht von Adel. Erst 1887 wurde er durch die gräfliche Fürsprache seines Brotherrn in den Adelsstand erhoben.

In das erste Jahr der Regierungsübernahme durch Graf Otto zu

Stolberg fiel der Abschluß eines weiteren Rezesses mit der preußischen Krone. Die ersten Verhandlungen hatte 1857 noch Graf Botho geführt, dem es insbesondere darum gegangen war, die nach der Revolution von 1848/49 abgeschafften standesherrlichen Sonderrechte des Hauses Stolberg-Wernigerode, vor allem dessen Gerichtsbarkeit, wiederherzustellen. Dies gelang nicht. Die Berliner Regierung war mit Beginn der «Neuen Ära» sogar bestrebt, die Befugnisse des regierenden Grafen einzuschränken. Am 30. November 1861 teilte Regierungsrat von Hoff, der die Verhandlungen führte, Graf Stolberg in pessimistischer Stimmung mit, die Regierung wolle sich offenbar freien Raum für eine liberale Kreis- und Gemeindeordnung schaffen, um die gräfliche Regierungsbehörde dann ganz aufzulösen «und Euer Erlaucht womöglich aller obrigkeitlichen Rechte zu entkleiden».

Der Rezeß, am 8. Januar abgeschlossen und am 25. August 1862 vom König bestätigt, hatte für den Grafen aber keineswegs entscheidende Machteinbußen zur Folge, wenngleich er die obrigkeitlichen Rechte Stolbergs einschränkte. Der Vertragstext war sehr kurz. Das gräfliche Konsistorium wurde dem Oberkirchenrat in Berlin unterstellt. Stolbergs Forderung nach einem eigenen Kreisgericht war von der Berliner Regierung verworfen worden. Der Rezeß sah lediglich vor, daß der Graf für das Gericht drei Richter, einen Rechtsanwalt und neun Unterbeamte zu präsentieren habe. Die Kosten der Rechtspflege übernahm die preußische Staatsregierung, die auch die Oberaufsicht ausübte. Außerdem wurde es Stolberg freigestellt, die bisherige Grundsteuerfreiheit des gräflichen Stammgutes gegen die zwanzigfache Entschädigung aufzuheben.

Dieser Vertrag hatte jedoch, und das ist das eigentlich Interessante an ihm, ein parlamentarisches Nachspiel im preußischen Abgeordnetenhaus. Ein großer Teil der liberalen Abgeordneten forderte, die standesherrlichen Rechte der Mediatisierten stärker zu begrenzen. Nachdem die preußische Krone damals noch weitere ähnliche Vergleiche mit mediatisierten Fürstenhäusern geschlossen hatte, setzte das Abgeordnetenhaus eine Kommission zu deren staatsrechtlicher Prüfung ein. Ihr Bericht, den der liberale Abgeordnete Karl Twesten erstattete, sprach den Mediatisierten grundsätzlich jede Steuerfreiheit und die Präsentationsrechte für die Gerichtsbehörden ab. Das Abgeordnetenhaus stimmte dem Bericht am 9. Mai 1865 zu und forderte die Regierung auf, die Rezesse außer Kraft zu setzen. Wenn sich so viele staatliche Sonderrechte in den Händen von Mediatisierten befänden, so argumentierte ein Abgeordneter, müsse das Ausland den Eindruck haben, Preußen sei gar keine Monarchie mehr, sondern «eine Oligarchie, in welcher der König mit einer großen Anzahl von Familien die Regierungsgewalt teilt».

Die Regierung ging auf die Forderung des Abgeordnetenhauses nicht ein. Der regierende Graf Otto zu Stolberg war an der Klärung des Problems interessiert, zumal ihm von seinen politischen Gegnern generell bestritten wurde, als Mediatisierter im Sinne des Artikels 14 der Bundesakte von 1815 zu gelten.

Im Jahre 1862 begann Stolberg, sich auch verstärkt für regionale politische Fragen zu interessieren. Als Besitzer der Grafschaft Wernigerode verfügte er über eine sogenannte Virilstimme (Einzelstimme, die ihm nicht durch Wahl, sondern aufgrund seines Besitzes zustand) im Landtag der Provinz Sachsen, als deren größter Grundeigentümer er auftreten konnte. Diese preußische Provinz war erst im Jahre 1815, im Ergebnis der antinapoleonischen Befreiungskriege, gebildet worden. Nur zu zwei Fünfteln bestand sie aus wirklich «altpreußischen» Besitzungen.

Neben der sogenannten Altmark, dem Stammland der Mark Brandenburg, umfaßte sie die magdeburgischen und halberstädtischen Landschaften, vor allem die Gebiete, die Preußen 1807 im Frieden von Tilsit an das Königreich Westfalen hatte abgeben müssen. Dazu gehörte auch die Grafschaft Wernigerode. Zur Provinz Sachsen wurde ebenfalls das nördliche Territorium des Königreichs Sachsen geschlagen, welches 1815 sozusagen als Vergeltung dafür, daß Sachsen auf seiten Napoleons gefochten hatte, zu Preußen gekommen war.

Innerhalb der Provinz Sachsen bildete die Grafschaft Wernigerode seit 1828 einen eigenen Kreis. Der nur mit geringen Befugnissen ausgestattete Kreistag stand aber ganz im Schatten der gräflichen Regierungsmacht. Aufgrund seines Klosterhofes in Langeln verfügte Graf Stolberg im Kreistag über eine Virilstimme. Den Vorsitz im Kreistag hatte nicht, wie andernorts üblich, der königliche

Landrat, sondern der gräfliche Oberbeamte inne. Auch die städtische und ländliche Gemeindeverwaltung, die in den meisten anderen preußischen Provinzen ausschließlich in die Kompetenz der Kreistage fiel, war in hohem Maße vom Grafen abhängig und wurde in der Regel von seiner Regierung kontrolliert.

Im Herbst 1862 nahm Otto zu Stolberg das erstemal an den Verhandlungen des Provinziallandtages teil, der sich damals aus Vertretern verschiedener Stände zusammensetzte. Der Graf gehörte dem ersten, dem «Stand der Prälaten, Grafen und Herren» an. Diesen Stand bildeten die evangelischen Domkapitel zu Naumburg und Merseburg, die drei regierenden Grafen, zu Stolberg-Wernigerode, Stolberg-Stolberg und Stolberg-Roßla, sowie der Herzog von Anhalt-Dessau als Besitzer des Amtes Walternienburg. Im Landtag saßen außerdem die Vertreter dreier weiterer Stände: der Ritterschaft, der Städte und der Landgemeinden. Lediglich 6 Landtagsmitglieder gehörten dem «Stand der Prälaten, Grafen und Herren» an. Dagegen wurde der «Stand der Ritterschaft» von 30 Angehörigen des niederen Provinzadels vertreten. Die Junker bildeten damit im Landtag die zahlenmäßig stärkste Interessengruppierung, denn die Städte entsandten 24 und die Landgemeinden sogar nur 13 Vertreter in das Provinzialparlament.

Wenngleich Graf Otto den Verlauf der Landtagsverhandlungen als «ziemlich langweilig» empfand, so hatten sie für ihn doch den Vorteil, daß er hier «immer mehr mit Persönlichkeiten der Provinz bekannt» wurde, die er ab und zu auch zur Jagd nach Wernigerode einlud.

Im Grunde waren die preußischen Provinziallandtage politisch bedeutungslos, an der Gesetzgebung konnten sie lediglich beratend mitwirken, und über eigene finanzielle Mittel verfügten sie nicht.

Im Herbst 1862 diskutierte man im Landtag der Provinz Sachsen eine Gesetzesvorlage der preußischen Regierung zur Reform der feudalen Kreisordnung im gesamten Königreich. Der Entwurf hatte im Jahre 1860 dem Abgeordnetenhaus und Anfang 1862 dem Herrenhaus zur Beratung vorgelegen. Im Herrenhaus waren jedoch erhebliche Einwände vorgebracht worden, und die Berliner Regierung unterbreitete die Gesetzesvorlage im Herbst 1862 erneut den Provinziallandtagen. Diese konnten ebenso wie das Herrenhaus als reaktionäre Hilfsgruppen gegen die liberale Opposition dienen.

Uneinigkeit herrschte hauptsächlich über die Frage, auf welche Weise künftig die Mitglieder der Kreistage zu berufen, zu bestimmen oder zu wählen seien. Der zuständige Provinzialausschuß, dem Graf Otto zu Stolberg angehörte, diskutierte die Abänderungsanträge des Herrenhauses. Diese zielten, wie in der Ausschußsitzung am 20. November ganz unverblümt zum Ausdruck gebracht wurde, darauf ab, «die Stimmen der großen Grundbesitzer erst recht in den Händen der bisher bevorrechteten Klasse zu konsolidieren». Die Junker, die im Herrenhaus den Ton angaben, wollten sich auf jeden Fall den «vorwiegenden Einfluß in den Kreisangelegenheiten» sichern.

Während Stolberg in der eigenen Grafschaft bemüht war, seine standesrechtlichen Befugnisse zu bewahren oder sogar auszuweiten, setzte er sich – es erscheint auf den ersten Blick merkwürdig – in Merseburg dafür ein, die Vormachtstellung der Junker in den Kreistagen zu brechen. Stolberg dachte sehr elitär. Seinen stolbergischen Hochadel setzte er weit über den Landadel der Junker. Um zu verhindern, daß diese mit ihren Virilstimmen im Kreistag eine Mehrheit bilden könnten, schlug er vor, sie zu Kollektivstimmen zusammenzufassen, «so daß sie dann von einer durch das Kreisstatut festzusetzenden Anzahl von aus ihrer Mitte erwählten Deputirten vertreten werden».

Die Rechte seiner Standeskollegen wollte Stolberg aber nicht eingeschränkt wissen. Deshalb schloß er sich im Ausschuß auch der Forderung an, «den im Kreis angesessenen in das Herrenhaus berufenen Besitzern solcher größern Güter-Complexe, auf denen das Recht erblicher Mitgliedschaft des Herrenhauses radicirt ist, eine Virilstimme im Kreistage» zu belassen, «falls ihnen bisher für den betreffenden Kreis eine solche zugestanden» habe. Für diese Vorschläge fand sich im Ausschuß jedoch keine Mehrheit. Stolberg stand, so erinnerte er sich später, «beinahe allein» da.

Während Graf Stolberg in Merseburg mit den Vertretern seines Standes um die Modalitäten einer Reform der Kreisordnung stritt, hatten sich mittlerweile in der preußischen Hauptstadt bedeutende politische Veränderungen vollzogen.

Am 17. September, dem Tag, als das Abgeordnetenhaus mit einer überwältigenden Mehrheit dem Heeresetat seine Zustimmung verweigerte, setzte Roon den Telegraphen in Bewegung. Der Adressat war Bismarck. «Die Birne ist reif», ließ Roon ihn wissen. Doch die Abdankungspläne des Königs veranlaßten den Kriegsminister zu erhöhter Eile. Eines nämlich wußte er: Der Kronprinz, als Gegner Bismarcks bekannt, würde seinen Freund nie zum Ministerpräsidenten ernennen. Deshalb telegraphierte Roon einen Tag später erneut nach Paris: «Periculum in mora. Dépêchez vous» (Gefahr im Verzuge. Beeilen Sie sich)! Zwei Tage darauf traf Bismarck in Berlin ein, und am 23. September 1862 ernannte ihn Wilhelm I. zum Staatsminister und interimistischen Vorsitzenden des Staatsministeriums. Am 8. Oktober folgte seine Ernennung zum Ministerpräsidenten und zum Minister für Auswärtige Angelegenheiten.

Schon am 30. September bestimmte Bismarck das grundlegende Ziel seiner Politik. Am Abend dieses Tages trat in Berlin die Budgetkommission des Abgeordnetenhauses zusammen, der auch nahezu alle führenden Köpfe der Fortschrittspartei angehörten. Spannung lag in der Luft, denn Bismarck, der neue Ministerpräsident, hatte seine Teilnahme angekündigt. Dieser erschien in Begleitung von Roon. Er begrüßte die Abgeordneten mit einer kurzen Verbeugung und hörte dann eine Weile den Diskussionsrednern zu. Als Max von Forckenbeck, Abgeordneter der Fortschrittspartei, zum Ausdruck brachte, die Regierung werde in der Frage des Heeresetats ohne einen Kompromiß nicht durchkommen, erhob sich Bismarck und begann, die eine Hand in der Hosentasche, mit seiner dünnen Stimme, die so gar nicht zu dem hochgewachsenen Mann paßte, zu sprechen. Schließlich, fast am Ende seiner Ausführungen, fielen jene Worte, die noch heute viele Menschen mit dem Namen Bismarck verbinden, weil sie die von ihm verfolgte und praktizierte Politik besonders deutlich kennzeichnen. Der Ministerpräsident verkündete: «Nicht auf Preußens Liberalismus sieht Deutschland, sondern auf seine Macht ... nicht durch Reden und Majoritätsbeschlüsse werden die großen Fragen der Zeit entschieden – das ist der große Fehler von 1848 und 1849 gewesen – sondern durch Eisen und Blut.»

Durch die Zeitungen wurde natürlich schnell bekannt, auf welche Weise Bismarck künftig regieren wollte, und ein großer Teil der Öffentlichkeit lehnte seine aggressive Kraftmeierei ab. Max von Forckenbeck sprach aus, was die liberalen Parlamentsabgeordneten damals über Bismarcks Berufung dachten, als er seiner Frau schrieb: «Bismarck-Schönhausen bedeutet Regieren ohne Etat, Säbelregiment im Innern, Krieg nach außen. Ich halte ihn für den gefährlichsten Minister für Preußens Freiheit und Glück.»

Was beabsichtigte Bismarck tatsächlich? Innenpolitisch ging es ihm in erster Linie um die Stärkung des preußischen Königtums, denn darin sah er die Voraussetzung für die Sicherung der ökonomischen, sozialen und politischen Macht des immer stärker kapitalistisch wirtschaftenden Junkertums. Den bürgerlichen Parlamentarismus lehnte er ab. Außenpolitisch kam es ihm darauf an, die Hegemonie Preußens in Deutschland durchzusetzen und Österreich aus diesem Deutschland auszuschließen. Doch auch ein Bismarck hatte sich den Gegebenheiten anzupassen, wollte er nicht Schiffbruch erleiden. Er mußte in seiner Politik sowohl die beschleunigte Entwicklung der kapitalistischen Produktionsverhältnisse, das ökonomische Erstarken der Bourgeoisie und die selbstbewußter auftretende Arbeiterklasse berücksichtigen als auch dem immer eindringlicheren Ruf großer Teile der deutschen Bevölkerung nach nationalstaatlicher Einheit entsprechen.

Die Bourgeoisie war inzwischen zur ökonomisch stärksten Klasse geworden. Vor allem sie spürte die Hemmnisse, die der vollständigen Durchsetzung der kapitalistischen Produktionsweise im Wege standen. Noch immer existierten 32 deutsche Einzelstaaten mit ihren unterschiedlichen Münzen, Maßen und Gewichten. Erst der Nationalstaat mit einer einheitlichen Gesetzgebung konnte der Bourgeoisie einen großen Binnenmarkt verschaffen, und deshalb hoffte sie auf die staatliche Einigung durch Preußen.

Im Gegensatz zu den Junkern und dem starrsinnigen König Wilhelm wollte Bismarck durch die Einigung Deutschlands von oben dem ökonomischen Interesse des Bürgertums Rechnung tragen. Damit sollte zugleich verhindert werden, daß diese Klasse schließlich doch an die Seite der Volksbewegung finden würde. Politischen Einfluß auf die Regierungsgewalt billigte ihr auch Bismarck nicht zu. Ohne die Anwendung militärischer Gewalt war aber die Einigung Deutschlands in diesem Sinne nicht realisierbar – also Einigung durch «Eisen und Blut».

Am 22. August 1863 heiratete Graf Stolberg seine Cousine Anna, Prinzessin zu Reuß. Die Braut, geboren 1837, im gleichen Jahr wie Otto, war die Tochter des bereits verstorbenen Fürsten Heinrich LXIII. Reuß j. L. und seiner Frau Karoline geborene Gräfin zu Stolberg-Wernigerode, einer Schwester des ehemaligen Erbgrafen Hermann.

Otto kannte die Prinzessin von Kindheit an, denn seine Tante Karoline ist mit ihren zahlreichen Sprößlingen sehr oft nach Wernigerode gekommen; besonders zu Lebzeiten Graf Henrichs, ihres Vaters. Als Anna im Herbst 1858 an den Feierlichkeiten anläßlich Ottos Regierungsantritts teilnahm, war sie oft mit ihrem Vetter zusammen; vor allem danach, als sie ein langwieriges Fußleiden regelrecht an Wernigerode fesselte. Damals kümmerte sich Otto sehr um die kranke Cousine, er wurde «ihr liebster Gesellschafter», wie Tochter Marie später schrieb. Doch im Gegensatz zu Anna, die sich scheinbar schon in jenen Tagen Hals über Kopf in Otto verliebte, gab sich der junge Graf recht zurückhaltend. Für Anna folgten Jahre voller Hoffnungen und Enttäuschungen. Erst im Winter 1862/63 während eines längeren Aufenthalts in Berlin, wo die Prinzessin Mal- und Musikstunden nahm, traf sie erneut häufiger mit Otto zusammen. «Aber wieder», so berichtete Tochter Marie, «reiste mein Vater ab, ohne das entscheidende Wort gesprochen zu haben.» In sehr trauriger Verfassung fuhr Anna am 1. April nach Trebschen zu ihrem Bruder Septi. Aber «schon am nächsten Tage kam eine Stafette blasend vor das Schloß geritten und brachte den wichtigen Brief aus Wernigerode», in dem Otto um Annas Hand anhielt, sechs Tage später feierte man Verlobung.

Die Verehelichung des Grafen mit Anna wurde von beiden Familien sehr wohlwollend aufgenommen. Obwohl Fürstentochter, kam Anna aus materiell weit bescheideneren Verhältnissen als Otto. Zusammen mit ihrer Mutter hatte sie auf deren Witwensitz Schloß Stonsdorf in Schlesien – östlich von Warmbrunn im Kreis Hirschberg – gelebt und hier ein recht stilles, pietistisch geprägtes Dasein geführt, das kostspielige Vergnügungen ohnehin ausschloß. In Stonsdorf wurde auch die Hochzeit gefeiert.

Der schüchternen jungen Frau fiel es in der Folgezeit nicht immer leicht, an der Seite ihres anspruchsvollen Mannes in der Öffentlichkeit zu repräsentieren. Für seinen politischen Ehrgeiz hatte sie kein Verständnis; die Temperamente und Wesensarten der beiden Ehepartner waren zu verschieden. Otto zu Stolberg, mehr von herber Natur, ein kühler Verstandesmensch, hatte sich eine kluge, musisch begabte, sehr sensible und streng-religiöse, ja frömmelnde Frau gewählt. Ähnlich wie Otto war sie zu strengem Gottvertrauen erzogen worden, hatte sich jedoch nicht wie er von der aufgezwungenen Gewissensplage lösen können. Dazu kam, daß eine der Erzieherinnen offenbar nicht ganz normal gewesen ist. Von ihr wurde Anna in Gewitternächten stets geweckt und aufgefordert, alle Sünden zu bekennen, da der Jüngste Tag zu kommen scheine. Es dauerte Jahre, bis Anna die Angst vor dem Jüngsten Tag überwand; in jedem lauten Ton glaubte sie damals die Posaune zu hören, die den Untergang der Welt ankündigte.

Dabei war sie ein fröhlicher, lustiger Mensch «mit lebhaftem Temperament, manchmal himmelhoch jauchzend, dann wiederum zu Tode betrübt». Als junges Mädchen ritt Anna sehr gern, vor allem auf ihrem Lieblingspferd «Whiteflower», das sie von ihrem Schwager, dem Großherzog von Mecklenburg, geschenkt bekam. Doch am liebsten zeichnete oder malte sie Stilleben, Landschaften und Porträts. Zu diesem Zweck trug die junge Frau auf ihren Spaziergängen meist ein kleines Skizzenbuch bei sich. Manchmal, hauptsächlich zu Familienfeiern, dichtete sie Verse, in erster Linie war ihr aber die Musik ein inneres Bedürfnis. Anna spielte gelegentlich Klavier und während des Gottesdienstes in der Schloßkirche oft die Orgel. Häufiger musizierte sie jedoch auf dem Harmonium, wobei manchem Zuhörer «ihre eigenartigen schönen Harmonien unvergeßlich geblieben sind». Außerdem sang Anna mit schöner Sopranstimme, am liebsten stimmungsvolle Lieder von Schubert, Schumann und Mendelssohn.

Während seine Frau auffallend oft kränkelte, erfreute sich Otto einer ausgesprochen robusten Gesundheit, die nicht vermuten ließ, daß er früher ein zartes und verhätscheltes Kind gewesen war. Im Gegensatz zu Anna zeigte er keine musikalischen Neigungen; vom Gesangsunterricht hatte man ihn schon auf dem Duisburger Gymnasium dispensiert. Bücher bedeuteten Stolberg wenig, und die neupietistische Gefühlswelt seiner Frau blieb ihm zeitlebens fremd.

Mit Annas Bruder, dem Prinzen Heinrich VII. zu Reuß (1825–1906), stand Graf Otto von Jugend an in einem besonders freundschaftlichen Verhältnis.

Zunächst begann Prinz Reuß seine Laufbahn als Attaché an der preußischen Gesandtschaft in Wien. Zwei Jahre später wurde er nach Paris versetzt. Zwischendurch wirkte der Diplomat an der preußischen Gesandtschaft beim Bundestag in Frankfurt am Main. Aus dieser Zeit stammt seine Bekanntschaft mit Bismarck, der damals Preußen beim Bundesrat vertrat. Ab 1862 arbeiteten beide in Paris zusammen. Otto zu Stolberg rühmte einmal des Prinzen «Talent für den Umgang mit dem weiblichen Geschlecht». Selbst bei der attraktiven und selbstbewußten Kaiserin Eugenie, der Frau Napoleons III., dem Mittelpunkt der Pariser Gesellschaft des zweiten Kaiserreichs, stand Septi in hoher Gunst. 1863 wurde er preußischer Gesandter in Kassel, ein Jahr später versah er dieses Amt in München. Von 1867 bis 1876 war er am russischen Zarenhof akkreditiert. Von 1878 bis 1894 fungierte er als Botschafter in Wien. Graf Stolberg profitierte später, vor allem in seiner Funktion als Vizepräsident des preußischen Staatsministeriums, ganz erheblich von diesen guten privaten Kontakten zur Diplomatie.

Am 28. August 1863 trafen Anna und Otto als Jungvermählte in Wernigerode ein. Deutlich spiegelt der bis ins Lächerliche getriebene Aufwand des Grafen übersteigertes, noch aus der Tradition des absolut regierenden Landesherrn stammendes feudales Repräsentationsbedürfnis wider. Im «Wernigerödischen Intelligenz-Blatt» erschien über die Feierlichkeiten ein ausführlicher Bericht.

Diese streng konservative Zeitung war das «Amtsblatt der gräflichen Regierung». Die «Hohen Neuvermählten», so informierte der Redakteur seine Leser, reisten von Stonsdorf über Dresden nach Magdeburg und von dort «mit einem besondern, durch die Direktion der Eisenbahn festlich geschmückten Extrazuge bis Halberstadt». Weiter ging's dann mit einer Extra-Postkutsche – der Grafschaft entgegen. «In einiger Entfernung von der Grenze bestiegen die Hohen Reisenden den dort haltenden sechsspännigen Galawagen. Von hier aus wurde ihnen von den in der Grafschaft stationierten Königlichen Beamten das Ehrengeleit gegeben ... Unmittelbar auf der Grenze wurden die Herrschaften von den hier anwesenden Mitgliedern des Grafenhauses empfangen, Hochwelche sich nach herzlicher Begrüßung theils zu Pferde, theils zu Wagen dem einziehenden Hohen Paare anschlossen.»

Kurz vor Silstedt war eine Ehrenpforte mit der Inschrift «Willkommen» errichtet worden. Links hatten sich vierhundert Reiter aus sämtlichen Landgemeinden der Grafschaft in alphabetischer Reihenfolge aufgestellt. Rechts standen die festlich geschmückten Wagen, auf denen dreihundert junge Mädchen aus den verschiedenen Dörfern hergefahren worden waren. Der Ehrenpforte am nächsten hatte ein Musikkorps Aufstellung genommen, «welches beim Anfahren der herrschaftlichen Wagen den Hohenfriedberger Marsch blies». Der gräfliche Regierungsrat von Rosen begrüßte das Paar im Namen aller Anwesenden. Währenddessen überreichte die Tochter des Schulzen aus dem Dorf Langeln der «durchlauchten Gräfin» einen Strauß Feldblumen.

Der Titel «Durchlaucht» stand Anna als Fürstentochter zu, während Graf Otto mit der Anrede «Erlaucht» vorliebnehmen mußte. Schließlich passierte das Grafenpaar die Ehrenpforte, und in Silstedt wurde es «mit Glockengeläut und Kanonendonner» empfangen.

In Wernigerode bot sich dann das gleiche Bild. Wiederum Ehrenpforte und der Empfang durch «weißgekleidete Jungfrauen», die Schützengesellschaft, Musikchöre, Handwerkerinnungen und durch den Bürgermeister der Stadt. Es folgte ein «Triumphzug» durch Wernigerode, und nachdem das Grafenpaar auch noch die Ehrenpforte in Nöschenrode passiert hatte, fuhr man schließlich zum Schloß empor. Auf dem Weg bildeten die gräflichen Beamten, die Forstbediensteten sowie die Hüttenarbeiter und Bergleute Spalier. Im Ahnensaal des Schlosses fand in den späten Nachmittagsstunden ein festliches Diner statt.

Wernigerode hatte man am Abend dieses 28. August illuminiert. Überall in der altväterischen kleinen Residenzstadt wehten Fahnen mit den schwarz-gelben stolbergischen Farben. Von einem naiven stolbergisch-wernigerödischen Patriotismus erfüllt, sah ein großer Teil der zirka siebentausend Einwohner im regierenden Grafen noch immer die höchste staatliche Autorität, denn der preußische König saß fernab in Berlin. Für viele Handwerker und Kaufleute war das Grafenhaus die beste Kundschaft, von der man materiell abhing, und für einen Apotheker, Bäcker oder Fleischer galt es zudem als höchste Auszeichnung, wenn er an seiner Tür das Schild «gräflicher Hoflieferant» anbringen durfte.

Vom Bergbau und der Ilsenburger Hüttenindustrie abgesehen, dominierten in Wernigerode damals ältere Gewerbezweige. Es wurde Bier gebraut und ein guter Korn gebrannt, der sich durchaus mit dem auch damals bekannteren «Nordhäuser» messen konnte. Außerdem existierten zahlreiche Mühlenbetriebe und Fuhrgeschäfte.

Die Mehrzahl der Einwohner lebte vor allem vom Handwerk und Gewerbe, andere Wernigeröder verdienten ihren Lebensunterhalt als Ackerbürger oder im Bergbau. Die Berg- und Hüttenleute gehörten Knappschaften an, sie pflegten selbstbewußt die Tradition ihres Berufes, die bis ins 16. Jahrhundert zurückging und meist vom Vater auf den Sohn vererbt wurde. Neben den in gräflichem Dienst stehenden Arbeitern gab es in der Stadt auch eine beträchtliche Anzahl anderer Lohnarbeiter, deren karger Verdienst nur ein ärmliches Leben ermöglichte.

Am 29. August besuchte das Grafenpaar die Gemeinden Drübeck und Ilsenburg, den Ilsestein und die Bergwerke am Büchenberg. Den Abschluß der Festlichkeiten bildete am 4. September ein Volksfest auf den Bergwiesen über dem alten Baugrund des Klosters Himmelpforte. Graf Stolberg und seine Frau gingen unters Volk und hatten – laut Zeitungsbericht – auch «die Gnade, in der Festhalle ein Frühstück einzunehmen». Septi, Annas Bruder, wurde sogar Schützenkönig. Er schoß, so berichtete das «Wernigerödische Intelligenz-Blatt», «mit gleichsam diplomatischer Genauigkeit und Kunst» das beste Ergebnis.

Anna lebte sich schnell in Wernigerode ein. Ihr oblagen umfangreiche Pflichten der Hofhaltung, und sie war, wie sich ihre Tochter Marie erinnerte, eine «gesellige Natur», die häufig literarische und musikalische Abende veranstaltete. Vor allem aber widmete sie sich selbst der Erziehung ihrer Kinder.

Am 28. September 1864 wurde der gräfliche Stammhalter geboren. Einundzwanzig Kanonenschüsse verkündeten den Wernigeröder Bürgern die Geburt des Kindes. Nach seinem bedeutenden Vorfahren erhielt der Junge bei der Taufe den Namen Christian Ernst. Auf den Erbgrafen folgten noch sechs weitere Kinder: Elisabeth (1866), Hermann (1867), Wilhelm (1870), Heinrich (1871, gestorben 1874), Marie (1872) und Emma (1875).

Im Sächsischen Provinzialverein

Am 8. Oktober 1863 erreicht Bismarck dieses Grußtelegramm: «Glückwunsch, Dank und Verehrung bringen Ew. Excellenz die in Magdeburg versammelten Konservativen der Provinz Sachsen. Gott segne auch in diesem Jahre Ihren Kampf für König und Vaterland.» Es stammt von «königlich gesinnten Männern», die sich im Magdeburger Kloster «Unser lieben Frauen» versammelt und hier, im Hinblick auf die bevorstehenden Wahlen zum Abgeordnetenhaus, einen konservativen Verein gegründet haben. Das Telegramm trägt die Unterschrift des Präsidenten: Graf Otto zu Stolberg-Wernigerode.

Hilfe und Unterstützung konnte der preußische Ministerpräsident in dieser Zeit nicht genug bekommen, denn im Herbst 1863 steckte er ganz schön in der Klemme. 1862, im September, hatte das Abgeordnetenhaus mit der überwältigenden Mehrheit von 308 gegen 11 Stimmen alle Ausgaben für die Heeresreform aus dem Haushaltsentwurf gestrichen. Das so veränderte Budget war natürlich vom Herrenhaus verworfen worden. Da die beiden gesetzgebenden Körperschaften nicht übereinstimmend gehandelt hatten, gab es für das laufende Jahr 1862 kein Budgetgesetz. Bismarck meinte jedoch, auch ohne einen parlamentarisch genehmigten Haushalt regieren zu können, da die Verfassung in dieser Frage angeblich lückenhaft sei. So war aus dem Heereskonflikt inzwischen ein Verfassungskonflikt geworden. Im ganzen Lande rief diese Politik einen Proteststurm hervor, selbst der bürgerliche Nationalverein forderte in einer Resolution die Einführung der Verfassung von 1849. Der Ruf nach dem Sturz Bismarcks wurde laut.

Der Ministerpräsident hatte das Abgeordnetenhaus aber noch mit einer weiteren Maßnahme brüskiert. Im Februar 1863 vereinbarte er in der Alvenslebener Konvention mit der zaristischen Regierung gemeinsame Militäraktionen, um den revolutionär-demo-

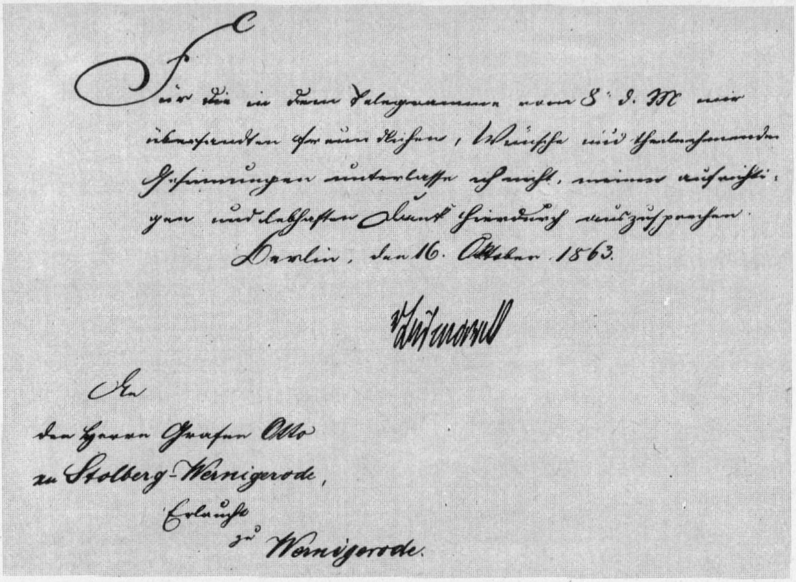

Für die in Ihrem Telegramme vom 8. d. M. mir übersandten freundlichen Zeilen, Wünsche und theilnehmende Gesinnungen unterlasse ich nicht, meinen aufrichtigen und lebhaften Dank hierdurch auszusprechen.

Berlin, den 16. Oktober 1863.

v Bismarck

An

den Herrn Grafen Otto

zu Stolberg-Wernigerode,

Erlaucht

zu Wernigerode.

Danktelegramm Bismarcks an Stolberg

kratischen Aufstand im russisch besetzten Polen niederzuschlagen. Mit dieser Maßnahme, die sich gegen jede oppositionelle Bewegung der polnischen Bevölkerung in den preußischen Gebieten richtete und die auf die russische Unterstützung der preußischen Politik abzielte, verschärften sich die politischen Gegensätze weiter. Im Abgeordnetenhaus forderten die Vertreter der liberalen Bourgeoisie im Mai 1863 daraufhin König Wilhelm offiziell auf, den «Konfliktsminister» Bismarck zu entlassen. Der Monarch hatte schroff abgelehnt, und als am 27. Mai 1863 die Sitzungsperiode des preußischen Abgeordnetenhauses zu Ende ging, war man mit der Beratung der Gesetzesvorlagen keinen Schritt weitergekommen. Die liberale Opposition beharrte auf der zweijährigen Militärdienstzeit und der Beibehaltung der Landwehr. Damit erschöpfte sich allerdings der Widerstand der Bourgeoisie, die aus Furcht vor der Volksbewegung der Bismarckschen Politik kein eigenes politisches Programm entgegenstellte. Im Gegenteil, die preußische Wirtschaftspolitik fand in den Reihen der deutschen Bourgeoisie allgemein Zustimmung. So unterstützte man den preußischen Freihandelskurs im Zollverein, während man sich den österreichischen Zollunionsplänen widersetzte. Bismarck versuchte, den parlamentarischen Widerstand der Bourgeoisie mit außerparlamentarischen Mitteln zu brechen. So ordnete die Regierung einschneidende Beschränkungen der Pressefreiheit an, außerdem wurden Hunderte von oppositionellen preußischen Staatsbeamten gemaßregelt oder strafversetzt.

In dieser politischen Situation fand am 8. Oktober 1863 die Versammlung der Konservativen in Magdeburg statt. Ihr Hauptinitiator war der erst sechsundzwanzigjährige Graf Otto zu Stolberg. Von Anfang an hatte er Bismarcks Politik befürwortet und nach Kräften zu unterstützen versucht. Vor allem jetzt, angesichts der desolaten Lage, in der sich die Regierung befand, nutzte er jede sich bietende Möglichkeit, um für die Politik Wilhelms I. und Bismarcks die Trommel zu rühren.

Eine dieser besonders günstigen Gelegenheiten war der im Oktober 1863 zu feiernde Jahrestag des Sieges über die napoleonischen Armeen in der Völkerschlacht bei Leipzig. In zahlreichen Städten und Gemeinden, so auch in Wernigerode, wurden aus diesem Anlaß mit viel Brimborium entsprechende Gedenkfeiern zelebriert. Schon in den frühen Morgenstunden des 18. Oktober durchschritten die Tamboure des Wernigeröder Kriegervereins die Straßen der Stadt, «die hohe Bedeutung des Tages zuerst zu verkünden». Überall hingen die schwarz-weißen Fahnen Preußens. Von den Kirchtürmen ertönte Glockengeläut, zwischendurch wurden Choräle geblasen.

Auf einem Festgottesdienst gedachte man «der Wichtigkeit des Tages», und am Abend versammelte sich auf dem Marktplatz eine große Menschenmenge, «woselbst der Hofkaplan Dr. Schumann eine begeisternde Rede hielt, die mit den beiden ersten Versen des Liedes: ‹Allein Gott in der Höh sei Ehr› eingeleitet wurde». Bürgermeister Heinemann brachte schließlich «auf Seine Majestät den König ein dreimaliges Hoch aus, durch tausendstimmiges Hurrah begleitet».

Während dieses vaterländischen Spektakels, an dem auch Otto zu Stolberg teilnahm, «brannte vor dem Haupteingange zum Rathause ein kolossales, aus Gasleitungsrohr künstlich konstruiertes

Landwehrkreuz». Seine ebenfalls erleuchtete Inschrift lautete: «Mit Gott für König und Vaterland 1813» – so jedenfalls beschrieb der Redakteur des «Wernigerödischen Intelligenz-Blattes» den Ablauf der Feierlichkeiten.

Graf Stolberg hatte aus Anlaß des Jahrestages bereits am 2. September im Wernigeröder Schloß einen festlichen Ball veranstaltet. In seiner dort gehaltenen Gedenkrede münzte er aber den antinapoleonischen Befreiungskampf von 1813 bis 1815 ganz geschickt auf die aktuelle politische Lage um. Man müsse wissen, so Otto, daß der damaligen Parole «Mit Gott für König und Vaterland» auch für die Gegenwart große Bedeutung zukomme. Der jetzige preußische König habe bereits als junger Mann «das Schwert ergriffen, um muthig den tapferen Kämpfern für König und Vaterland voranzugehen». Jetzt aber trage er das königliche Zepter und sehe seine Aufgabe darin, «für seines Volkes Wohl zu sorgen und die Ehre seiner Krone und seines Landes zu mehren. Möge der allmächtige Gott sein Königliches Streben allen Erschütterungen und Anfeindungen der jetzigen Zeit gegenüber segnen ...»

Doch mit solchen oder ähnlichen verbalen Kraftakten wollte Stolberg es nicht bewenden lassen. Um die Regierung in Berlin wirksam in ihrem Kampf gegen die «Fortschrittler», wie man damals die Mitglieder und Anhänger der Deutschen Fortschrittspartei verächtlich nannte, zu unterstützen, mußte man alle konservativen Kräfte zusammenfassen – galt es, so wörtlich in Ottos Lebenserinnerungen, «die conservativen Elemente im Lande zu sammeln».

Natürlich hätte es für ihn nahegelegen, sich dem Preußischen Volks-Verein anzuschließen, dem Graf Eberhard zu Stolberg seit der Gründung am 20. September 1861 vorstand. Damals, in der verfahrenen politischen Situation des Sommers 1861, hatten in Berlin geheime Beratungen konservativer Politiker stattgefunden. Man beschloß die Bildung eines Komitees, das die Zusammenfassung aller Konservativen vorbereiten sollte. Aus ihm war dann im September 1861 der Preußische Volks-Verein hervorgegangen. Seine Führer kamen vor allem aus dem preußischen Junkertum, die Anhängerschaft rekrutierte sich hauptsächlich aus dem zünftlerisch eingestellten und in starkem Maße kirchlich gebundenen Handwerk. Diese auf den ersten Blick eigenartig anmutende Koalition ist verhältnismäßig leicht erklärbar. Die soziale Demagogie der Junker gegen «die Industrie» und gegen den Kapitalismus insgesamt fiel bei zahlreichen Handwerkern auf fruchtbaren Boden, fürchteten doch gerade sie in jener Zeit immer stärker die Konkurrenz der sich entfaltenden kapitalistischen Industrie und damit auch ihr eigenes Absinken ins Proletariat.

Der Volks-Verein setzte sich für die Einigung Deutschlands unter preußischer Führung ein. Allerdings wollte er die territoriale Zersplitterung und die Macht der Einzelfürsten nicht wesentlich einschränken. Mit der Programmforderung «kein Kronenraub und Nationalitätenschwindel» lehnte er jede Verfassungsänderung im demokratischen oder liberalen Sinne ab. Beharrend auf dem Legitimitätsprinzip, wurde ein nur auf «Gottes Gnade» beruhendes Königtum angestrebt. Die «Begünstigung und ausschließliche Herrschaft des Geld-Kapitals» lehnte man entschieden ab.

In einem Rundschreiben hatte sich der Vereinsvorstand am 15. Dezember 1861 an mögliche Parteigänger und potentielle Geldgeber gewandt. Auch Graf Stolberg war ein solches Schreiben zugegangen, in dem um finanzielle Unterstützung «zur Vergrößerung der conservativen Presse, Vorbereitung von Flugblättern usw.» gebeten wurde. Obwohl Otto angesichts der erst kurz zurückliegenden empfindlichen Wahlschlappe der Konservativen im Dezember 1861 dem Verein, allerdings nur dieses eine Mal, mit einer Geldspende finanziell unter die Arme griff, war ihm diese Organisation nach eigenem Bekenntnis mehr als unsympathisch. «Ich hatte von jeher», so schrieb er später, «eine Abneigung gegen die junkerliche Art unserer früheren conservativen Partei, von der ich mich auch immer in einiger Entfernung hielt ... Bei allem preußischen Patriotismus fehlte mir doch der preußische Partikularismus, ich hatte einen – wenn auch wohl nicht sehr entwickelten – Sinn für deutsche Politik».

In dieser Meinung traf sich Otto zu Stolberg mit seinem Vorbild Bismarck. Der preußische Ministerpräsident strebte einen einheitlichen deutschen Staat unter preußischer Führung an. Im Gegensatz zu den Junkern im Volks-Verein ging es ihm aber um einen föderativen Staat, und auf dem Wege dahin ließ er keine legitimistischen Skrupel gelten. Zudem sah er in der ökonomisch immer stärker werdenden Bourgeoisie einen Machtfaktor, der auf die Dauer nicht im politischen Abseits zu halten sein würde. Bismarck hatte sich bereits im September 1861 sehr deutlich vom Preußischen Volks-Verein distanziert und das Legitimitätsprinzip als «gott- und rechtlosen Souveränitätsschwindel der deutschen Fürsten» scharf angegriffen.

Im Sommer 1863 intensivierte Graf Stolberg seine Kontakte zu den führenden Köpfen verschiedener konservativer Gruppierungen in der Provinz Sachsen. In Vorbereitung der Wahlen zum Abgeordnetenhaus begann er, für den Herbst eine Generalversammlung aller, wie es hieß, königstreuen Männer dieses Territoriums vorzubereiten. Einflußreiche Mitstreiter, wie Landrat a. D. Heinrich von Nathusius aus Althaldensleben, Oberlehrer Dr. Goetze aus Magdeburg und Generaldirektor von Hülsen, der einer Feuerversicherungsanstalt mit Sitz in Merseburg vorstand, waren schnell gefunden und mobilisiert. Diese Männer bildeten den eigentlich «harten Kern» der konservativen Sammlungsbewegung in der Provinz Sachsen. Herr von Hülsen hatte noch im Jahr zuvor als Regierungsassessor im Kriegsministerium gearbeitet. Hier war er im September 1862 Zeuge der Bemühungen Roons um die Berufung Bismarcks zum preußischen Ministerpräsidenten geworden. Der spätere Reichstagsabgeordnete von Helldorf-Bedra kennzeichnete Hülsen als einen Politiker, «der viele der wertvollsten Verbindungen hatte».

Graf Stolberg, von Nathusius, von Hülsen und Dr. Goetze trafen sich Ende September zu verschiedenen Vorbesprechungen, auf denen sie die Resolutionen und den Wahlaufruf bereits ausarbeiteten. Zahlreiche Personen, vorwiegend Beamte, Militärs, Rittergutsbesitzer, Lehrer und Pastoren, viele Kaufleute und Handwerker, wurden aufgrund ihrer bekannten oder vorausgesetzten konservativen Gesinnung schriftlich eingeladen und eindringlich zur Teilnahme an der Versammlung in Magdeburg aufgefordert. Deren Hauptziel bestimmte Generalleutnant von Götze in einem längeren Brief an Stolberg dahingehend, «ein näheres Zusammenschließen aller konservativen Vereine in der Provinz um einen Zentralpunkt und die Gründung neuer Vereine» zu erreichen. Diese politische Absicht wurde auch vom Oberpräsidenten der Provinz Sachsen, von Witzleben, wärmstens begrüßt. In einem Brief teilte er am 27. September 1863 Graf Stolberg mit: «Ich lege auf die Vereinigung und Verständigung der conservativen Vereine und deren Thätigkeit bei den bevorstehenden Wahlen um so größeren Wert, jemehr sich mir die Besorgnis aufdrängt, daß sich die Organe der Regierung wegen Mangels bestimmter Direktion zur Passivität werden verurtheilt sehen».

In den Vormittagsstunden des 8. Oktober war es dann soweit. Der Graf ging während des Frühstücks den Ablaufplan für die Generalversammlung noch einmal Punkt für Punkt durch. Erst am vergangenen Abend hatte man die Tagesordnung aktualisiert. Jetzt war die Rednerliste vollständig. Resolutionen und Diskussionsbeiträge lagen vorbereitet und wohlformuliert in der Konferenzmappe. Alles, so wünschte Stolberg, sollte wie am Schnürchen ablaufen. Es war schließlich sein erster großer Auftritt in der Öffentlichkeit.

Um elf Uhr begrüßte er die Versammlung und brachte in seinen einleitenden Worten zum Ausdruck, daß es sich in der gegenwärtigen politischen Auseinandersetzung angeblich ausschließlich darum handelte, «ob Gottes Ordnung auch ferner noch für uns Gültigkeit haben und unsere Richtschnur bilden soll, daß es sich darum handelt, für die Rechte des Königthums von Gottes Gnaden unsererseits einzustehen gegen alle feindseligen Bestrebungen, unter welchem Namen sie auch auftreten mögen».

Mit diesen Worten hatte Otto die ideologische Marschroute der Tagung klar vorgegeben: Der feste Zusammenschluß aller Konservativen sei notwendig, um Wilhelms Königtum «von Gottes Gnaden» auch für die Zukunft zu erhalten. In ebendiese Kerbe schlugen alle weiteren Diskussionsredner. Nach Graf Stolberg bekam Probst D. Müller das Wort. Der protestantische Geistliche erinnerte an die «große Zeit» Preußens während der antinapoleonischen Befreiungskriege und wies abschließend darauf hin: Heute vor einem Jahr ist «der königliche Ministerpräsident, Herr von Bismarck, definitiv zu seiner hohen Stellung ernannt worden, und wir sind diesem Manne, so wie allen jetzigen Herren Ministern ... zum größten Danke verpflichtet, der Herr möge diese Männer ... segnen. Amen.» Nachdem Bismarcks Politik damit auch noch kirchlicher Segnungen teilhaftig geworden war, ging Herr von Hülsen zum

Rednerpult. Von der Konservativen Partei forderte er ein «energisches Auftreten» im Wahlkampf. Bisher hätten ihre führenden Köpfe «keine große Lust» an den Tag gelegt, sich an dem von ihnen spöttisch und abfällig bezeichneten «Wahltreiben» zu beteiligen. Dies müsse sich grundlegend ändern.

Anschließend meldete sich Ernst Ludwig von Gerlach, Präsident des Magdeburger Oberlandesgerichts, zu Wort. Der im Jahre 1795 geborene «Senior der konservativen Partei», so nannte ihn einmal Otto zu Stolberg, hatte in den vierziger Jahren zusammen mit seinem Bruder Leopold zu den Freunden und Förderern des jungen Bismarck gehört. Bismarck war damals über seine Frau, Johanna von Puttkamer, mit ihnen in Kontakt gekommen. Gerlach wetterte gegen «schmutziges Revolutions- und Demokratenthum». «Ich sage Nein! und nochmals Nein und zum dritten Male – ich bitte die Versammlung einzustimmen: Nein.» Und im Chor antwortete man, wie gefordert, dem Einpeitscher und Scharfmacher: «Nein! Nein!» und nochmals: «Nein!»

Schließlich war die Rednerliste abgearbeitet, und Stolberg konnte in seiner Funktion als Versammlungsleiter die vorbereitete Resolution den Anwesenden zur Kenntnis bringen. Anschließend wurde der ebenfalls bereits im Wortlaut vorliegende Wahlaufruf verlesen. Über beides stimmten die Anwesenden dann ab – laut Tagesordnung «per Acclamation». Danach beschloß die Versammlung die Gründung eines konservativen Provinzialvereins; an Wilhelm I. sollte eine Ergebenheitsadresse und an Bismarck ein Grußtelegramm gesandt werden. Das Schreiben an den preußischen König trug die Unterschriften sämtlicher Versammlungsteilnehmer.

In der verabschiedeten Resolution hatten die Gründer des neuen Vereins dessen Ziel klar formuliert. Es sollte darin bestehen, «jene dem Vaterlande verderblichen Angriffe zu besiegen, die Treue der Königlichen Beamten überall, wo sie gewankt hat, wieder herzustellen und die zum Schutze des Vaterlandes und zur Erleichterung der Kriegslasten heilsame Organisation der Armee aufrechtzuerhalten». In dem Wahlaufruf wurde gefordert: «Niemanden, der die glorreiche preußische Armee ... in ein sogenanntes Volksheer aufzulösen trachtet», zu wählen und nur solchen Männern die Stimme zu geben, «welchen – feind allem demokratischen Streben – die Erhaltung der Macht und die Ehre Preußens ... Herzens- und Gewissenssache ist». Dieser Aufruf wurde zusammen mit den Namen der rund 550 Personen, die ihn mit ihrer Unterschrift trugen, als Druckschrift und in verschiedenen konservativen Zeitungen in der ganzen Provinz Sachsen verbreitet. Bei den Unterzeichnern handelte es sich vor allem um Pastoren, Fabrikanten, Kaufleute, Studenten und Handwerker.

In Magdeburg bildete der Provinzialverein aus privaten Spenden einen Fonds zur Unterstützung des Wahlkampfes. Über die Verteilung der Gelder sollte ein ebenfalls auf der Generalversammlung ins Leben gerufenes Komitee entscheiden, dem fünfzehn Personen angehörten und an dessen Spitze der regierende Graf zu Stolberg-Wernigerode stand. Dieser veranlaßte dann auch im Oktober 1863 die finanzielle Unterstützung verschiedener regierungsfreundlicher Presseorgane. So genehmigte er, um ein Beispiel zu nennen, am 24. Oktober die Zahlung von 50 Reichstalern an die Redaktion des seit 1852 in Erfurt erscheinenden Wochenblatts «Der alte Fritz», da die Zeitung «für die konservative Wahlagitation» unter der Landbevölkerung dieses Regierungsbezirkes als sehr «nützlich» angesehen wurde. Die Geldsumme reichte aus, um das Erscheinen des strengkonservativen Blatts für ein Vierteljahr abzusichern.

Am 16. Oktober 1863 bedankte sich Bismarck bei Stolberg für die telegraphisch «übersandten freundlichen Wünsche und theilnehmenden Gesinnungen». Der Graf veranlaßte, daß das an ihn gerichtete Schreiben als Zeitungsnotiz im «Magdeburger Correspondenten» veröffentlicht wurde. Knapp zwei Wochen später, am 28. Oktober, fanden die Wahlen zum preußischen Abgeordnetenhaus statt. Trotz des Bismarckschen Wahlterrors gelang es der Fortschrittspartei, ihre Mandatszahl auf 141 zu erhöhen. Die regierungsfeindlichen Oppositionsgruppen verfügten jetzt zusammen über siebzig Prozent aller Sitze. Die Konservative Partei der Junker hatte lediglich 35 Mandate erhalten.

Dieses Wahlergebnis bestärkte Stolberg in der Überzeugung, künftig über kurzfristig angelegte Wahlkampfaktivitäten hinaus die konservativen und proköniglichen Kräfte in der Provinz zu sammeln und zu organisieren. Am 8. Dezember 1863 wies er die königliche Regierung in Magdeburg ausdrücklich auf die Notwendigkeit hin, «daß in allen Kreisen der Provinz die konservativen Elemente sich mehr und mehr zu festerem Zusammenhalten, namentlich auch für den Fall künftig bevorstehender Wahlen, vereinigen». Entsprechende Maßnahmen seien von ihm eingeleitet worden.

Am 15. Dezember 1863 wurde in Halle an der Saale der Sächsische Provinzialverein gegründet, an dessen Spitze der Präsident Otto zu Stolberg-Wernigerode stand. Als seine Stellvertreter fungierten der Landrat von Nathusius und der Generaldirektor von Hülsen. Dr. Goetze und Dr. Rudolph aus Magdeburg übernahmen die beiden Schriftführerämter. Zum Schatzmeister wurde der Magdeburger Rechnungsrat Baron gewählt.

Die konstituierende Versammlung tagte im renommierten Gast- und Logierhof Zum Kronprinzen in der Kleinen Klausstraße (heute befindet sich in dem Gebäude die Poliklinik Mitte). Über das Statut des neu zu gründenden Vereins herrschte allgemeines Einverständnis. Ganz lapidar hieß es in Paragraph 2: «Dieser Verein hat den Zweck, seinen Mitgliedern einen Mittelpunkt zur gegenseitigen Ermunterung und Belehrung für das konservative Interesse zu bieten.» Auf der Zusammenkunft in Halle wurden drei grundlegende Beschlüsse gefaßt. Erstens ging es darum, «die Bildung und Neubelebung konservativer Lokalvereine anzuregen» und die Agitation unter der Bevölkerung «im konservativen Sinne» zu verstärken. Zweitens wurde festgelegt, «mit allen Mitteln jeder indirekten Unterstützung der gegnerischen Zeitschriften durch Abonnement oder Insertion entgegenzuwirken» und «die Bildung von Leservereinen für konservative Journale» wirksam zu fördern. Im dritten und letzten Beschluß forderte man schließlich den Vereinsvorstand dazu auf, «die geeigneten Schritte zu thun, um den Arbeiter- und Handwerkerstand durch Kredithilfe» finanziell zu unterstützen. Daß es sich dabei allerdings nicht um ein vom sozialen Mitgefühl diktiertes Postulat handelte, verdeutlicht eine Denkschrift preußischer Konservativer, die bereits im Oktober 1863 «Zur Frage über die zur Förderung der Interessen des Gewerbe-Standes zu vermittelnde Kredithilfe» verbreitet worden war.

In enger Anlehnung an das Programm des Preußischen Volks-Vereins hieß es darin demagogisch, daß die Lebensverhältnisse der Arbeiter und kleinen Handwerker durch den immer mächtiger werdenden Kapitalismus zunehmend zerrüttet würden und man aus diesem Grund um die politische Stabilität des Staates fürchtete: Der «Mißmuth, hervorgerufen durch Übelstände auf wirtschaftlichem Gebiete, überträgt sich nur zu leicht auch auf das politische Gebiet, und durch die Phrasen der Theoretiker irregeführt, glaubt die große Masse, die Ursachen des Übels in den Einrichtungen des Staates suchen zu müssen und die Abhilfe desselben daher von einer Änderung dieser Staats-Einrichtungen und der Staats-Verfassung fordern zu dürfen. Eine politische Partei, welche Einfluß gewinnen» will, «wird ihre Thätigkeit auch auf das soziale und wirtschaftliche Gebiet erstrecken und den sich hier zeigenden realen Übelständen Abhilfe zu verschaffen bestrebt sein müssen.»

Der Präsident des Provinzialvereins, Otto zu Stolberg, und sein Stellvertreter, von Hülsen, legten im Januar 1864 für die Durchsetzung der «in Halle beschlossenen allgemeinen Erklärung» konkrete Maßnahmen fest. In einem Schreiben an Stolberg regte von Hülsen an, die gefaßten Beschlüsse «durch ein Circular an alle irgend *nicht*-fortschrittlichen Rittergutsbesitzer» zur Unterschrift zu senden und sie in den Provinzialzeitungen abdrucken zu lassen. Die einzelnen konservativen Vereine forderte man auf, eine regere Versammlungs- und Vortragstätigkeit zu entfalten. Dabei müßten, so hieß es in einer entsprechenden Empfehlung, «Vorträge aus Preußens glorreicher Geschichte» im Vordergrund stehen.

Schon am 13. Januar 1864 bekräftigte der Vorstand des Provinzialvereins in einem neuerlichen Rundschreiben, daß es jetzt darauf ankomme, «die lokale Presse zu beherrschen». Zu diesem Zweck unterstützte der Verein finanziell verschiedene konservative Zeitungen und forderte zum Boykott der liberalen Presse auf. Besonders oft erhielt die «Neue Hallesche Zeitung» aus Vereinsmitteln hohe Geldzuwendungen. Anderen Presseorganen, zum Beispiel der «Erfurter Zeitung», wurden pro Quartal genau festgelegte Beträge überwiesen. Vom Boykott betroffen war die dem Stolberger unbequeme «Magdeburgische Zeitung». Dieses unbestritten führende liberale Blatt in der Provinz Sachsen, das auch von vielen konservativen Lesern gehalten wurde, sollte künftig für Inserate «nicht mehr benutzt werden».

Größere Schwierigkeiten bereitete dem Sächsischen Provinzialverein offensichtlich die Gründung einer Kreditbank. Erst nach langwierigen Diskussionen bereits bestehender ähnlicher Einrichtungen in Berlin wurde Ende 1865 auch in der Provinz Sachsen eine Gewerbebank ins Leben gerufen. Auf der dritten Generalversammlung des Sächsischen Provinzialvereins, die am 11. Dezember 1865 unter dem Vorsitz des Grafen Otto zu Stolberg im Magdeburger Hotel London stattfand, gab von Nathusius ihre Gründung offiziell bekannt.

Die Gewerbebank war eine auf Aktien begründete Kommanditgesellschaft. Darlehen gab sie nur an Mitglieder, die – je nach Höhe des aufgenommenen Kredits – Beitragszahlungen zu leisten hatten. Durch diese Beiträge sollten die Darlehnsnehmer an der Dividende teilhaben. In der Praxis sah dies aber so aus: Den Aktionären wurde eine Mindestdividende verbindlich zugesichert. Die Einrichtung eines «Gewinn-Reservefonds» garantierte die Zahlung. Dagegen waren die «Gewinn»-Anteile der kleinen Kreditnehmer nicht wie die der Aktionäre prozentual abgesichert, sondern ausschließlich davon abhängig, wie gut oder wie schlecht die Bank gewirtschaftet hatte. Ein Teil des Gewinns floß in eine «Unterstützungskasse» für hilfsbedürftige Gewerbetreibende. Aber auch dieses Geld schmälerte nicht den Gewinnanteil der Aktionäre. Es ging zu Lasten der Darlehnsnehmer.

Auf dem Weg nach oben

Im September 1865 existierte die 1815 gebildete preußische Provinz Sachsen fünfzig Jahre. Dieses Jubiläum wurde in Merseburg, dem Sitz des Provinziallandtages, festlich begangen. Da der Landtagsmarschall, Graf Botho zu Stolberg, plötzlich erkrankte, bot sich für seinen Neffen und Stellvertreter die günstige Gelegenheit, in dieser Funktion zu agieren. Otto war sehr daran interessiert, bei Hofe auf sich aufmerksam zu machen. Und da sich sowohl König wie Kronprinz angesagt hatten, leitete er das Vorbereitungskomitee selbst und ließ die Feierlichkeiten mit viel Pomp ausrichten.

In seinen Lebenserinnerungen betont er, daß die Festivitäten in Merseburg für seine politische Karriere Bedeutung gehabt hätten, da er hier dem preußischen König zum erstenmal in einer offiziellen Funktion begegnet sei. Rückblickend fällt tatsächlich auf, daß er in der Zeit zwischen 1865 und 1867 begann, auf der Stufenleiter des Erfolgs, schrittweise zwar, aber stetig emporzuklettern.

Verweilen wir deshalb noch etwas in Merseburg: Der eigentliche Festakt fand am 17. September statt. Aber schon am Vortage stand die Stadt ganz im Zeichen des königlichen Besuches. Viele Häuser waren neu gestrichen worden und trugen Blumen- oder Girlandenschmuck. Überall wehten «mächtige preußische Fahnen». Außerdem hatte man zahlreiche Ehrenpforten und Triumphbögen errichtet.

Von den bevorstehenden Festlichkeiten angelockt, war zudem viel schaulustiges Volk nach Merseburg gekommen. In der Stadt konnte man jedoch am 16. September kein «Gasthofs- noch Privatquartier, selbst nicht für hohe und höchste Preise erhalten». Ständig aber trafen neue Gäste ein. «Glänzende Equipagen durchrollen unaufhörlich vom Bahnhofe aus die Stadt, die Fremden in ihre Wohnungen zu tragen, und auf den Straßen erblickt unser Auge die glänzenden und reichen Uniformen der hohen Zivil- und Militärbehörden». Mit diesen Worten berichtete ein Zeitungsredakteur über den 16. September in Merseburg.

An den Feierlichkeiten nahmen auch Vertreter verschiedener deutscher und ausländischer Herrscherhäuser teil. König Wilhelm traf am 17. September um 13.30 Uhr mit einem Sonderzug in Merseburg ein. Unter seinem Gefolge befand sich Ministerpräsident von Bismarck. Zusammen mit dem Kronprinzen bestieg der Monarch die bereitstehende königliche Kutsche und fuhr, verschiedene Ehrenpforten passierend, zum Schloß. In dessen Innenhof wartete bereits eine Militärmusikkapelle darauf, das Lied «Heil Dir im Siegerkranz» zu intonieren.

Währenddessen nahmen die Mitglieder des Provinziallandtages im Rittersaal Aufstellung. Um 14.45 Uhr öffnete sich die Tür. Wilhelm I. betrat «in großer Generalsuniform» den Raum, begrüßte die Versammelten «auf das Huldvollste», und Stolberg dankte ihm «im Namen der hier versammelten Stände der Provinz» für seinen Besuch.

Besonders aufwendig hatte Graf Stolberg das Fest für den Abend des 17. September vorbereiten lassen. Die lokale Presse berichtete: «Die obere Altenburg und das Domviertel strahlten von einem hellen Kerzenmeer, das aus Fenstern der Häuser fallend, das Dunkel des Abends völlig verscheuchte ... Von den Straßen, wo die Wagen hielten, führte ein mit Kunst und Geschmack bedeckter Laubengang, dessen Boden mit Kokosmatten belegt war, in das Innere des in strahlender Helle glänzenden Schloßgartensalons.»

Die eigens zu diesem Anlaß angebaute Festhalle hatte man mit Fahnen, Blumen und Emblemen geschmückt. Hier und an den im überdachten Schloßgarten aufgestellten Tafeln fanden mehr als siebenhundert Personen Platz. Der kleine untere Saal war «bestimmt für das Souper der königlichen Herrschaften». Das prachtvolle Silberservice, von dem gespeist wurde, gehörte übrigens Graf Stolberg. Er hatte es speziell zu diesem Zweck aus Wernigerode herbeischaffen lassen.

Schlag einundzwanzig Uhr traf der König ein. Doch bevor er mit der Kronprinzessin den Ball eröffnete, hießen ihn zwei junge Mädchen aus Naumburg in Winzerinnentracht mit einem Gedicht willkommen, das so begann:

Der König kommt! so rief's durch Uns're Auen
Ein Echo rief es nach in jeder Brust,
Da trieb's uns her im kindlichen Vertrauen, –
Den Vater seh'n, ist ja der Kinder Lust.

Die Tischrede, die Stolberg vor dem Souper hielt, kam bei Wilhelm I. offenbar recht gut an. Nach Worten schwülstigen Dankes «für den Schutz und die Wohlthaten, welche unser erhabenes Könighaus allen Landestheilen dieser Provinz in so reichem Maße» zukommen lasse, hatte der Graf dem Monarchen zugleich versichert: «Wir wollen treu zu unserem erhabenen König und dem königlichen Hause stehen, wir wollen uns zu allen Zeiten fest um den Königsthron scharen und mit Ew. Majestät die Fahne Preußens, das glorreiche schwarz-weiße Banner hochhalten.»

In einem kurze Zeit später geschriebenen Brief an seine Frau Augusta urteilte der König über Stolberg mit nahezu väterlicher Sympathie: «Der kleine Otto machte die Sache ganz vortrefflich, sprach bei Anrede und Toast ganz excellent und ohne alle Verlegenheit und Stocken.» Als Zeichen seiner Gunst verlieh ihm Wilhelm I. den Roten Adlerorden erster Klasse.

Während der Festlichkeiten in Merseburg traf Stolberg zum erstenmal, so berichtete er es in seinen Memoiren, «etwas näher» mit Bismarck zusammen. Dieser war als Besitzer des Rittergutes Schönhausen zugleich Mitglied der sächsischen Provinzialstände. Graf Stolberg schrieb später, daß Bismarck sich ihm gegenüber in Merseburg «ganz besonders freundlich» gezeigt habe. Auf jeden Fall nahm der preußische Ministerpräsident damals von Otto erstmals richtig Notiz, und offenbar machte dieser einen guten Eindruck auf ihn. Wie einige Briefe zeigen, brachte sich Stolberg gelegentlich in Erinnerung, und es kam nach dem Zusammentreffen in Merseburg zwischen beiden auch zu weiteren persönlichen Kontakten. Otto pflegte die neugewonnene Beziehung, indem er Bismarck auch hin und wieder Aufmerksamkeiten sandte. So bedankte sich dieser beispielsweise im Februar 1866 bei dem Grafen sehr herzlich für eine Sendung «des ausgezeichneten alten» Wernigeröder Korns, wovon «er jeden Tag nach dem Kaffee mit Behagen» ein Glas trinken würde.

Als Stolberg an diesem 17. September 1865 Bismarck in Merseburg begegnete, waren noch keine vierundzwanzig Stunden verstrichen, seit der Ministerpräsident durch König Wilhelm in den Grafenstand erhoben worden war. Der Monarch anerkannte damit Bismarcks triumphalen Erfolg in der schleswig-holsteinischen Frage, die in den vergangenen beiden Jahren auf der Tagesordnung der europäischen Politik gestanden hatte.

Die beiden Herzogtümer Schleswig und Holstein gehörten – nachdem der nationale Befreiungskampf gegen Dänemark vor allem durch den Verrat Preußens 1849/50 gescheitert war – zum dänischen Königreich. Allerdings hatte sich Dänemark in Verträgen mit den europäischen Großmächten dazu verpflichten müssen, sowohl die Autonomie der beiden Herzogtümer innerhalb des dänischen Staates als auch die Gleichberechtigung der deutschen und dänischen Nationalität zu gewährleisten. Ende März 1863 ordnete jedoch der dänische König Friedrich VII. die Trennung Schleswigs von Holstein an. Er verfolgte damit das Ziel, Schleswig in seinen Staat einzugliedern, und der dänische Reichsrat sanktionierte diesen Schritt mit der Annahme einer neuen Verfassung. Als der dänische König ein halbes Jahr später starb, ließ sich sein Nachfolger Christian auch sofort zum Herzog von Schleswig und Holstein ausrufen.

Ganz Deutschland wurde daraufhin von einer Welle nationaler Empörung erfaßt. Nahezu überall, insbesondere aber in Mittel- und Süddeutschland, fanden Volksversammlungen statt und wurden Schleswig-Holstein-Vereine gebildet, die sich für den Anschluß des «ungeteilten» Landes Schleswig-Holstein an den Deutschen Bund einsetzten. Sogar Freiwilligenverbände entstanden, um Schleswig-Holstein mit bewaffneter Hand von der dänischen Fremdherrschaft zu befreien. Teilweise nahm die Volksbewegung revolutionäre Züge an. So fuhr im Dezember 1863 in Karlsruhe einigen großherzoglich-badischen Hofschranzen ein gehöriger Schreck in die Knochen, als sie auf den an Straßenecken angeschlagenen Plakaten lasen: «Die Fürsten verraten uns! Weg mit ihnen! Ergreift die Waffen und helft Euch selbst.»

In dieser Situation hatte es Bismarck verstanden, Österreich für ein Zusammengehen mit Preußen zu gewinnen und der Volkserhebung zuvorzukommen. Am 1. Februar 1864 rückten bei klirrendem Frost preußische und österreichische Truppen in Schleswig ein, das angeblich – laut Absprache zwischen den beiden Mächten – nur als Pfand für die Einhaltung der vertraglichen Verpflichtungen durch Dänemark besetzt werden sollte. Doch bereits zwei Tage später erklärte Bismarck im Kabinett, das Ziel seiner Politik sei die Annexion beider Herzogtümer durch Preußen.

Mit der Erstürmung der Düppeler Schanzen – einem mächtigen Befestigungssystem, das die Dänen an der Ostseeküste gegenüber der Insel Alsen errichtet hatten – war am 18. April 1864 die Kampfkraft der dänischen Armee gebrochen. Im Friedensvertrag von Wien mußte Dänemark auf die Herzogtümer Schleswig, Holstein und Lauenburg verzichten. Am 14. August einigten sich Preußen und Österreich in Gastein, daß die Verwaltung Holsteins von Österreich und die Schleswigs von Preußen wahrgenommen werden sollte. Lauenburg kam zu Preußen, das dafür Österreich eine Entschädigung zahlte. Bismarck hatte damit sein Ziel, beide Herzogtümer zu annektieren, vorerst noch nicht erreicht. Doch mit dem Vertrag von Gastein war es ihm gelungen, für sie eine Verwaltungsform festzuschreiben, die ihm jederzeit die Möglichkeit bot, eine Konfliktsituation mit Österreich herbeizuführen.

Graf Otto zu Stolberg verfolgte Bismarcks Politik mit großem Interesse und gespannter Aufmerksamkeit. Der Krieg gegen Dänemark, so meinte er, habe die Notwendigkeit der Reorganisation der Armee verdeutlicht und dem König nachträglich darin recht gegeben, daß er «seine Entschlüsse im Gegensatz zu einem kurzsichtigen schwätzerischen Abgeordneten-Hause» gefaßt habe. «Man erkannte», so schrieb er später über den Ministerpräsidenten, «schon jetzt deutlich, daß die Politik Preußens von einem Manne geführt wurde, der genau wußte, was er wollte».

Doch obwohl Stolberg damals schon die Führungsrolle Bismarcks sah, erkannte er noch nicht das Ziel dieser Politik, das darin bestand, ein Deutsches Reich ohne Österreich zu begründen. In seinen Memoiren stellte er fest, er habe die auf den Verfassungskonflikt folgende politische Entwicklung «mit Befriedigung» beobachtet; im einzelnen sei ihm jedoch «manches augenblicklich unverständlich» geblieben.

In Merseburg traf Stolberg aber auch mehrmals mit dem Kronprinzen zusammen, den er aus seiner Berliner und Potsdamer Militärzeit kannte. Des öfteren schon hatte er Friedrich Wilhelm nach Wernigerode eingeladen, doch bisher war ein Besuch noch nicht zustande gekommen. Am 18. September nahmen beide an der festlichen Militärparade vor den Toren Merseburgs teil.

Zwei Wochen später besuchte das Kronprinzenpaar das Stolberger Grafenhaus in Wernigerode. Der Aufenthalt wurde zu einer theatralischen Huldigung gegenüber der preußischen Krone genutzt. Zu Pferde empfing Graf Otto in den Vormittagsstunden des 1. Oktober das Kronprinzenpaar, das aus Richtung Blankenburg kam, an der Grenze seiner Grafschaft und gab ihm, wie der Redakteur des «Wernigerödischen Intelligenz-Blattes» in Hochstimmung berichtet, «das Geleit bis zum Schlosse».

Die Schloßgebäude hatte man festlich geschmückt, und auf dem Turme wehte neben der Fahne der Stolberger auch die Preußens. Nach einem kurzen Aufenthalt ging die Fahrt weiter nach Schierke und von dort zum Brocken. Hier ließ man am Abend riesige Feuer entzünden, die weithin, auch in Wernigerode noch, sichtbar von der Anwesenheit des hohen Besuches kündeten.

Für den Vormittag des folgenden Tages stand eine Besichtigung Ilsenburgs auf dem Programm. Die Fahrt dorthin fand unter dem Ilsestein eine kurze Unterbrechung, denn hier hatte man nahezu achthundert Mädchen in ihrer Heimattracht postiert, die dem Kronprinzenpaar ein Gedicht darboten. In Ilsenburg empfing Graf Botho den hohen Besuch. Während der anschließenden Besichtigung der örtlichen Hüttenbetriebe wurden die Namenszüge des Kronprinzenpaars in Eisen gegossen.

Hundert Reiter begleiteten schließlich den Wagenzug zurück nach Wernigerode, wo das königliche Paar von den städtischen Beamten, der Schützengesellschaft, zahlreichen Ehrenjungfrauen und «von einer zahllosen Menge mit Hurrahrufen empfangen» wurde. Graf Otto hatte es an nichts fehlen lassen.

Mit Eisen und Blut

Am 28. Februar 1866 hat König Wilhelm in Berlin kurzfristig verschiedene Mitglieder des Staatsrates zu einer Sitzung zusammengerufen, die im Alten Palais Unter den Linden stattfindet und um zwölf Uhr mittags beginnt. Erschienen sind sämtliche Minister, ihnen voran Otto von Bismarck. Anwesend sind aber auch der Kronprinz Friedrich Wilhelm, Generalstabschef Moltke, drei weitere Generale und der preußische Botschafter in Paris, Graf Robert von der Goltz.

Während die Minister bereits wissen, worum es gehen wird, sind die herbeizitierten Militärs völlig ahnungslos. Erwartungsvoll schauen sie deshalb auf König Wilhelm. Doch der Monarch macht es spannend. Bevor er zur Sache kommt, verpflichtet er alle Anwesenden zu strengstem Stillschweigen. Dann wird er deutlich und erklärt, die österreichische Regierung verfolge zur Zeit gegenüber Preußen eine ausgesprochen aggressive Politik, die möglicherweise zum Krieg führen könne.

Nach ihm kommt Bismarck zu Wort: «Die ganze historische Entwicklung der deutschen Verhältnisse, die feindselige Haltung Österreichs», so argumentiert er laut, «treiben uns dem Krieg entgegen. Es würde ein Fehler sein, ihm jetzt aus dem Wege zu gehen.» Von den anwesenden Ministern und Militärs wird Bismarck unterstützt. Nur der Kronprinz – formell nach dem König der ranghöchste Mann im Staat – warnt vor dem Bruderkrieg und rät, doch erst alle Möglichkeiten einer friedlichen Verständigung mit Wien auszuschöpfen.

Als letzter spricht Moltke, der den Operationsplan für einen Krieg gegen Österreich bereits fix und fertig hat. Er setzt sich für den «Waffengang» ein und erklärt, Voraussetzung für den Sieg sei allerdings ein Militärbündnis mit Italien, dessen Truppen im «Ernstfall» 100000 österreichische Soldaten in Norditalien festhalten könnten. Sein Vorschlag wird gebilligt, und damit sind die Würfel gefallen.

Geschickt spann Bismarck dann im Frühjahr 1866 sein diplomatisches Intrigennetz, um Österreich zum Krieg zu provozieren. Die finanziellen Mittel für die Kriegführung beschaffte er sich auf illegalem Wege. Der Mann, der ihm dabei half, war sein Privatbankier Bleichröder. Dieser verkaufte die bisher in Staatshand befindlichen Aktien der Köln-Mindener Eisenbahngesellschaft an deren private Aktionäre, ohne daß die Transaktion vom Parlament bewilligt worden war. Auf Kredit lieferte der Kanonenkönig Krupp riesige Mengen Kriegsmaterial.

Die preußische Großbourgeoisie war Bismarck behilflich, da sie sich von seiner Politik die Einheit des Staates und damit bedeutende ökonomische Vorteile versprach. Am 18. April 1866 hieß es zum Beispiel in der von Großindustriellen des Rhein- und Ruhrgebietes protegierten Zeitschrift «Der Zollverein»: «Die Einigung Deutschlands halten wir für ein in ideeller und materieller Hinsicht so erstrebenswertes Gut, daß wir für dieselbe eine despotische Regierung in Kauf nehmen würden.»

Am 8. April schloß der Ministerpräsident einen geheimen Bündnisvertrag mit Italien, das sich verpflichtete, Österreich den Krieg zu erklären, sobald es zu Kampfhandlungen zwischen Preußen und Österreich käme. Der Krieg sollte innerhalb von drei Monaten – also bis zum 8. Juli – vom Zaun gebrochen werden. Als Gegenleistung wurde Italien ein Millionenkredit eingeräumt. Im Vertrag sicherte Preußen der italienischen Seite zudem die Erwerbung Venetiens zu, das sich noch immer unter österreichischer Fremdherrschaft befand. Bismarck knüpfte mit dieser Vertragsklausel geschickt an das Bestreben italienischer Patrioten an, die Bevölkerung Venetiens vom Joch Habsburgs zu befreien.

Einen Tag später, am 9. April 1866, wurde bekannt, daß die preußische Regierung beim Bundestag den Vorschlag unterbreitet hatte, ein deutsches Parlament einzuberufen. Diese Nachricht aus Frankfurt am Main schlug wie eine Bombe ein, denn das Parlament sollte in allgemeinen, gleichen und direkten Wahlen bestimmt werden und über eine Reform des Deutschen Bundes beraten.

Natürlich hatte Bismarck den Antrag nach Einberufung eines

solchen Parlaments nur gestellt, um auf diese Weise Österreich zum Krieg zu provozieren. Die vorgeschlagene Reform zielte ausschließlich auf die Zerschlagung der Vormachtstellung Österreichs im Deutschen Bund. Die Donaumonarchie war zu dieser Zeit, wie Friedrich Engels schrieb, «der reaktionärste, der modernen Strömung am widerwilligsten folgende Staat Deutschlands». Ihre politischen Machthaber sprachen sich strikt gegen die Schaffung eines deutschen Nationalstaates aus, denn eines wußten sie sehr genau: In einem von oben geeinten Deutschland würde nicht mehr Österreich, sondern Preußen den Ton angeben. Außerdem befürchteten sie, daß die Errichtung eines deutschen Nationalstaates das Unabhängigkeitsstreben der in der Habsburger Monarchie unterdrückten Ungarn, Tschechen, Slowaken, Kroaten, Slowenen, Polen und anderen Völker neu entfachen würde. Obwohl die regierenden Kreise Österreichs nicht bereit und auch nicht imstande waren, einen einheitlichen deutschen Nationalstaat zu begründen, weigerten sie sich, auf die traditionelle Vorherrschaft im Deutschen Bund zu verzichten. In ihrer erzreaktionären Borniertheit verkannten sie die politische Situation und setzten alles daran, die bestehenden Zustände zu verewigen.

Bismarck sah deshalb nur einen Weg für Preußen, den einheitlichen deutschen Nationalstaat zu errichten: den Deutschen Bund zu sprengen und den Krieg mit Österreich zu beginnen. Doch seine Politik stieß auch in Preußen auf heftigen Widerstand. Große Teile des Junkertums, aber auch des Hochadels, lehnten Bismarcks Kurs entschieden ab. Die Vorstellung von einem frei gewählten deutschen Parlament rief in diesen Kreisen nur blankes Entsetzen hervor. Vor allem befürchtete man, daß die liberale Bourgeoisie und die kleinbürgerlichen Demokraten ein solches Parlament als Kampfmittel gegen die Macht der Junker benutzen könnten. Außerdem sahen diese Erzreaktionäre im herrschenden Adel Österreichs keinen Gegner, sondern ihren natürlichen Partner und Verbündeten im Kampf gegen revolutionäre Ideen und die sich entwickelnde Arbeiterbewegung sowie gegen den gesellschaftlichen Fortschritt überhaupt. Sie setzten sich deshalb für die Erhaltung des Deutschen Bundes ein und erkannten nicht, daß Bismarcks Politik gerade darauf abzielte, der Revolution von unten vorzubeugen.

Zu den entschiedensten Gegnern Bismarcks gehörten die Königin Augusta, Kronprinz Friedrich Wilhelm und Graf Robert von der Goltz. Immer wieder bestürmten sie den König, sich von Bismarck zu distanzieren. Neuer Ministerpräsident sollte von der Goltz werden.

König Wilhelm schwankte. Im österreichischen Kaiser hatte er von Jugend an «so etwas wie einen Vorgesetzten gesehen» (Gerd Fesser). Dem Vorschlag Bismarcks nach Einberufung eines Parlaments stand er ablehnend gegenüber. Außerdem bemühte sich die österreichische Regierung, auf den preußischen Monarchen einzuwirken. Am 20. April schlug sie vor, alle bisherigen Kriegsvorbereitungen rückgängig zu machen. König Wilhelm wollte zustimmen, und Bismarck, zudem krank ans Bett gefesselt, geriet in die Defensive.

Dazu kam, daß auch der Widerstand des Volkes gegen seine Absicht, den Bruderkrieg mit Österreich zu führen, wuchs. Im Frühjahr 1866 entwickelte sich vor allem im Rheinland, in Württemberg, Sachsen und Berlin eine demokratische Volksbewegung gegen die Kriegspolitik Bismarcks. Auf großen Volksversammlungen wurden die Einberufung eines demokratisch gewählten deutschen Parlaments und die allgemeine Volksbewaffnung gefordert. Noch einmal kam es zu zahlreichen, vornehmlich vom Kleinbürgertum getragenen revolutionär-demokratischen Aktionen, während die liberale Bourgeoisie tatenlos zusah.

Plötzlich wendete sich das Blatt zu Bismarcks Gunsten. Aufgrund der italienischen Kriegsvorbereitungen hatte Österreich seine Südarmee mobilisiert. Am 27. April wurde aber auch die Nordarmee – also jene Kampfverbände, die für den Krieg gegen Preußen vorgesehen waren – mobilgemacht. Die regierenden Kreise in Wien meinten, durch diese Demonstration militärischer Stärke Druck auf Preußen ausüben zu können. Das aber war ein verhängnisvoller Denkfehler, denn Bismarck hatte nur auf einen solchen Anlaß für die Mobilmachung gewartet. Zusammen mit Roon und Moltke bestürmte er König Wilhelm so lange, bis dieser am 3. Mai die Mobilmachungsbefehle für fünf preußische Armeekorps unterzeichnete. Die Befehle für die übrigen Korps ergingen in den folgenden Tagen.

Fünf Wochen später lief die österreichische Regierung in Bismarcks Falle. Sie empörte sich über den vertragswidrigen Einmarsch preußischer Truppen in Holstein und beantragte beim Bundestag die Mobilmachung von Truppen gegen Preußen. Als der Antrag eine Mehrheit fand, erklärte Preußen seinen Austritt aus dem Deutschen Bund. Am 16. Juni 1866 überschritten preußische Truppen die hannoversche und die sächsische Grenze, da sich diese Staaten geweigert hatten, ebenfalls ihre Mitgliedschaft im Deutschen Bund aufzukündigen. Auf der Seite Österreichs standen aber auch Bayern, Württemberg, Baden und Hessen. Die meisten der im Bundestag vertretenen Regierungen waren daran interessiert, die feudale Zersplitterung Deutschlands aufrechtzuerhalten. Preußen wurde nur von einigen kleineren Staaten, vor allem von Mecklenburg, Oldenburg, Braunschweig, Anhalt, den thüringischen Zwergfürstentümern sowie den Freien Städten Hamburg, Bremen und Lübeck unterstützt.

Bereits am 17. Juni erreichte die Division Göben unter General Eduard Vogel von Falckenstein die Landeshauptstadt Hannover. Die Regierung wurde ihres Amtes enthoben und umfangreiches, dort noch vorhandenes Kriegsmaterial mit Beschlag belegt. Hier in Hannover treffen wir auch Graf Otto zu Stolberg wieder. Der per königliche Ordre vom 16. Juni 1865 zum Premier-Lieutenant beförderte Stolberg gehörte als Ordonnanzoffizier zum Stab General Falckensteins. Hier war er für die Unterbringung der Verwundeten in neu einzurichtenden Lazaretten verantwortlich. Zu dieser Aufgabe hatte man Stolberg aufgrund seiner Zugehörigkeit zum Johanniterorden kommandiert.

Der in Preußen im Jahre 1852 auf königlichen Befehl wiederbegründete Johanniterorden (Orden von St. Johannes vom Spital zu Jerusalem) knüpfte an die Tradition eines geistlichen Ritterordens gleichen Namens an, dem in der Zeit der Kreuzzüge neben militärischen Aufgaben hauptsächlich die sanitäre Betreuung der Kreuzfahrer oblag. Der alte Johanniterorden förderte die Militarisierung der Kirche und diente ihr als Instrument im Expansionskrieg gegen die nichtchristliche Bevölkerung. Erst zu Anfang des 19. Jahrhunderts wurde dieser Orden nahezu überall (in Preußen 1811) unter Einziehung seines Vermögens aufgelöst. Nach der Wiederbegründung hatte der Orden seinen Sitz in Sonnenburg (bei Küstrin). Als Herrenmeister fungierte Prinz Karl von Preußen. Graf Eberhard zu Stolberg hatte als Kanzler den zweithöchsten Rang inne. Er war es auch, der Otto im Juni 1866 für den Lazarettdienst vorschlug.

Der Johanniterorden verstand sich als ausgesprochene Elitetruppe; seine Mitglieder mußten deshalb vor allem von altem Adel und dazu auch evangelischer Konfession sein. Da die zu leistenden Beiträge recht hoch waren, kam die Mitgliedschaft nur für Angehörige vermögender Adelsgeschlechter in Frage. Es gab Ehren- und Rechtsritter. Graf Otto zu Stolberg war bereits am 15. Oktober 1859 vom preußischen König zum Ehrenritter ernannt worden, obwohl dies laut Satzung eigentlich erst mit dem vollendeten dreißigsten Lebensjahr möglich war. Am 29. November 1859 übersandte Otto dem Orden das «Eintrittsgeld im Betrag von Dreihundert Thalern ergebenst». Der jährliche Beitrag belief sich auf 12 Taler, von 1867 bis 1871 hatte er pro Jahr 15 Taler zu zahlen. Im Oktober 1866 übernahm er als Kommendator die Geschäfte der sächsischen Genossenschaft des Ordens. Am 25. Juni 1867 wurde Stolberg in der Kirche zu Sonnenburg zum Rechtsritter geschlagen. Damit verband sich ein weiteres Eintrittsgeld von 100 Talern.

Die Johanniter widmeten sich nach 1852 in erster Linie der Krankenpflege. Ihr politischer Einfluß war jedoch nicht unerheblich. Zahlreiche preußische Minister und vor allem Militärs gehörten dem Orden an, der in seiner Satzung allen Mitgliedern das Bekenntnis abverlangte, überall «gegen die Feinde der Kirche Christi und gegen die Zerstörer göttlicher und menschlicher Ordnung ... einen guten und ritterlichen Kampf zu kämpfen». Außerdem mußte jeder geloben, «daß er seiner königlichen Majestät von Preußen ... stets und unter allen Umständen getreu, gewärtig und gehorsam sein ... und mit Daranwagung Leibes und Lebens für den König und das Vaterland muthig und unerschrocken streiten wolle». Damit war dieser Orden natürlich auch als eine Art Bollwerk gegen gesellschaftliche Veränderungen in Preußen gedacht. Besonders deutlich wurde dies, als er nur wenige Jahre später den Kampf gegen den «Unglauben» ganz konkret führte – nämlich gegen die deutsche Sozialdemokratie. Stolberg trug seinen Teil dazu bei und entrichtete ab 1872 einen freiwilligen Jahresbeitrag von 100 Talern.

Die entscheidende Schlacht des Krieges von 1866 wurde aber nicht in Nord- oder Südwestdeutschland, sondern in Böhmen ausgefochten. Dorthin hatte sich auch die sächsische Armee kampflos zurückgezogen. Bei Königgrätz gelang es den preußischen Truppen am 3. Juli, den zahlenmäßig überlegenen österreichischen Gegner vernichtend zu schlagen. Am 13. Juli wurde Brünn eingenommen, und am 17. Juli bezog Wilhelm I. in Nikolsburg Quartier – nur siebzig Kilometer nördlich von Wien.

Noch am 3. Juli erfuhr Graf Otto zu Stolberg in Hannover von dem preußischen Sieg bei Königgrätz. Am Abend dieses Tages schrieb er seiner Frau: «Die Erfolge unserer Truppen in Böhmen sind doch wundervoll, die Sache geht Schlag auf Schlag, hoffentlich bleibt es so.» Aus der Grafschaft Wernigerode nahmen neunundvierzig Männer, meist als Soldaten im 2. Magdeburger Infanterieregiment Nr. 27, an der Schlacht von Königgrätz teil. An jene achtzehn Soldaten, die diesen Krieg mit ihrem Leben bezahlten, erinnert noch heute ein Denkmal in der Nähe des Wernigeröder Lustgartens. Sein Grundstein wurde am 3. Juli 1867, dem ersten Jahrestag der Schlacht von Königgrätz, in Anwesenheit von Graf Stolberg gelegt. Im Sockel eingemauert sind das Verzeichnis der Kriegsgefallenen, Berichte über die Schlacht und ein Siegestaler.

Nach Königgrätz kam auch der norddeutsche, vor allem aber der südwestdeutsche Kriegsschauplatz wieder in Bewegung. Als Ende Juni die Hannoveraner bei Langensalza kapitulierten, setzte General Vogel von Falckenstein seine Divisionen, die jetzt die amtliche Bezeichnung «Mainarmee» erhielten, in Richtung Eisenach in Bewegung und stieß von hier aus weiter auf Fulda vor. In der Nähe dieser Stadt holte Graf Stolberg, aus Hannover kommend, am 9. Juli die Truppen ein.

«Am nächsten Morgen», so berichtete er in seinen Lebenserinnerungen, «begann gleich der Marsch über die hohe Rhön, und von jetzt an hatte ich das Glück, den ganzen Main-Feldzug mitzumachen.» Doch schon an diesem Tage wurde es Ernst: Bei Kissingen und Hammelburg stießen die preußischen Truppen auf starke bayerische Verbände.

In einer Beschreibung des Kampfes um die Stadt Kissingen heißt es: «Die Bayern wehrten sich mit grimmiger Tapferkeit; um jedes

Haus und jeden Straßenknoten, um den Besitz der Alleen des Kurgartens und der Grabhügel des Friedhofs entspann sich ein blutiger Kampf.» Erst allmählich «drang doch die festere Führung und gewandtere Taktik der Preußen, wenngleich mit schweren Verlusten, durch: um zwei Uhr war Kissingen und eine Menge Gefangener in ihrer Hand» (Heinrich von Sybel). Zur gleichen Zeit bekämpfte Falckensteins Division Beyer die Bayern siegreich bei Hammelburg. An diesem sehr verlustreichen Gefecht nahm Otto zu Stolberg teil. Hier stand er, wie einem Brief an seine Frau zu entnehmen ist, «zum ersten Mal im Feuer».

Über Aschaffenburg zog die Mainarmee weiter in Richtung Südwesten. In nur drei Tagen marschierten die Truppen durch den Odenwald. Am 24. Juli standen sie entlang der Tauber von Wertheim bis Bischofsheim. Zwei Tage später zog man gegen Würzburg. Hier nun, bei einem unbedeutenden Scharmützel, hätte es Otto beinahe erwischt. General Edwin Freiherr von Manteuffel, der inzwischen Falckenstein in seiner Funktion als Oberbefehlshaber der Mainarmee abgelöst hatte, befahl, den Feind, der sich am anderen Mainufer verschanzt hatte, anzugreifen.

Graf Stolberg berichtete später: «Plötzlich fängt eine Batterie auf dem gegenseitigen Mainufer an, uns mit Granaten zu beschießen, alles fuhr natürlich sofort auseinander, und ich hatte die Thorheit, mit einigen anderen Herrn mich einer Husaren-Schwadron anzuschließen. Da diese aber immer vom Feinde gesehen wurde, so fielen die Granaten immer Schlag auf Schlag zwischen uns ein, aber ohne Schaden zu thun. Plötzlich schlug eine 4 Schritt von mir ein, platzte, tötete die Pferde eines oldenburgischen Offiziers und eines Rittmeisters von Zegat und verwundete letzteren schwer am Kopf. Ich blieb vom lieben Gott sehr gnädig bewahrt.»

Doch damit war es dann auch überstanden. Als Zaungast verfolgte Stolberg noch in den letzten Julitagen in dem Dorf Eisingen bei Würzburg die Waffenstillstandsverhandlungen zwischen den preußischen Militärs und den geschlagenen Bayern, Hessen und Württembergern. Die Realität des Krieges war ihm in den vergangenen Tagen aber doch ganz gehörig in die Knochen gefahren. Fürs erste hatte er ihn, wie er Anna mitteilte, «ziemlich satt».

Vom 2. August 1866 an schwiegen in Süddeutschland die Waffen. Doch nicht hier wurde über die politische Zukunft Deutschlands entschieden. Das geschah in Nikolsburg – dort, wo König Wilhelm seit dem 17. Juli Quartier bezogen hatte. Erst hier war es Bismarck und Moltke gelungen, den preußischen König von der Forderung abzubringen, die Österreicher durch einen triumphalen Einmarsch in Wien zu demütigen. Ihnen kam es darauf an, Österreich als späteren potentiellen Bundesgenossen gegen Frankreich und Rußland nicht völlig zu vernichten. In Nikolsburg vereinbarte man am 26. Juli jene Friedensbedingungen, die einen Monat später im Prager Friedensvertrag bestätigt wurden.

Der österreichische Kaiser mußte der Auflösung des Deutschen Bundes zustimmen. Seine Donaumonarchie schied aus dem deutschen Staatenverband aus und wurde damit praktisch wie staatsrechtlich zum Ausland. Preußen annektierte zudem Schleswig-Holstein, Hannover, Kurhessen, Hessen-Nassau und die bisherige Freie Stadt Frankfurt am Main. Österreich mußte die Provinz Venetien an Italien abtreten und an Preußen eine Kriegskontribution von 20 Millionen Talern sofort entrichten. Bayern, Württemberg und Baden hatten eine Kriegsentschädigung zu zahlen. Mit ihnen schloß Bismarck aber schon kurze Zeit später geheime Schutz- und Trutzbündnisse ab, in denen vorgesehen war, daß im Kriegsfall die Truppen dieser Staaten dem preußischen Oberbefehl unterstellt werden sollten. Sachsen wurde außerdem gezwungen, preußische Besatzungen in Dresden und in die Festung Königstein aufzunehmen.

Das Königreich Preußen umfaßte bis zum Frieden von Prag ein Gebiet von rund 280000 Quadratkilometern, in dem 19,6 Millionen Menschen wohnten. Im Ergebnis der Eroberungen von 1866 vergrößerte es sich um rund 70000 Quadratkilometer, die Bevölkerungszahl stieg auf 24 Millionen an. Durch die Annexion des Königreichs Hannover wurde die bisherige Trennung von den Rheinischen Provinzen beseitigt. Preußen hatte auf diese Weise beträchtlich an Macht gewonnen und seine Position im Kräfteverhältnis der europäischen Großmächte entscheidend verbessert.

Am 20. September 1866 nahm Graf Otto zu Stolberg in Berlin am triumphalen Einzug der siegreichen Truppen teil. Die Johanniter ritten dabei «als besondere Abteilung der großen Suite vor dem König» – so jedenfalls berichtete er begeistert nach Hause. Vier Tage später wurde Stolberg durch eine Kabinettsorder, die auf seine Teilnahme am Krieg ausdrücklich Bezug nahm, zum Rittmeister befördert. Während dieses Aufenthaltes in Berlin war Graf Otto nun auch häufig Gast des preußischen Ministerpräsidenten, und es kam zu einer Vertiefung der seinerzeit in Merseburg begonnenen persönlichen Beziehungen.

Der Kriegserfolg gegen Österreich hatte für Bismarck den Weg zur Lösung der nationalen Frage von oben weitgehend geebnet. Jetzt kam es ihm darauf an, sich im Innern ebenfalls abzusichern, das heißt sich in erster Linie der Unterstützung der liberalen Bourgeoisie zu versichern. Die politische Situation war dafür recht günstig.

So hatte die Fortschrittspartei bei den letzten Wahlen zum Abgeordnetenhaus, die am 3. Juli, dem Tage der Schlacht von Königgrätz, stattfanden, große Verluste hinnehmen müssen. Obwohl zu diesem Zeitpunkt der überwältigende Sieg der preußischen Waffen noch nicht feststand, waren selbst kleinbürgerliche und linksliberale Bevölkerungsschichten von der «vaterländischen» Kriegsstimmung in Preußen erfaßt worden, bedingt durch die zahlreichen militärischen Anfangserfolge. Von ihren 143 Sitzen gingen der Deutschen Fortschrittspartei 60 verloren. Die Konservativen stellten mit 123 Abgeordneten die stärkste Fraktion. Sie hatten 88 Mandate dazugewonnen. Für Bismarck war aber hauptsächlich von Interesse, wie sich die liberale Bourgeoisie verhalten würde, deren Fraktionen im Abgeordnetenhaus immer noch eine Mehrheit stellten und bei Abstimmungen als «Zünglein an der Waage» wirksam werden konnten.

Am 1. September 1866 legte der Ministerpräsident dem Abgeordnetenhaus einen Gesetzentwurf zur Beschlußfassung vor, worin nachträglich der Regierung alle von ihr in der Zeit des Verfassungskonflikts auf ungesetzliche Weise verausgabten Gelder genehmigt wurden. Dieser sogenannten Indemnitätsvorlage stimmte das Abgeordnetenhaus am 3. September bei nur 75 Gegenstimmen zu.

Zu den Befürwortern gehörten neben zahlreichen liberalen Abgeordneten auch verschiedene, in der Mehrzahl großbürgerliche Mitglieder der Deutschen Fortschrittspartei. Die preußische Bourgeoisie kapitulierte vor der Bismarckschen Politik, deren Ergebnisse ihr ökonomischen Nutzen versprachen. Eine radikale Veränderung der gesellschaftlichen Verhältnisse fürchtend, wie sie die Volksbewegung forderte, war damit der Klassenkompromiß zwischen großen Teilen des Bürgertums mit der Monarchie und Adelsaristokratie in Preußen besiegelt. Die Befürworter der Indemnität schlossen sich bald darauf zur Nationalliberalen Partei zusammen, die unter Führung von Rudolf von Bennigsen den politischen Kurs Bismarcks nahezu vorbehaltlos unterstützte. Ihre bekanntesten Vertreter waren Eduard Lasker, Karl Twesten, Hans Viktor von Unruh, Johannes Miquel und Max von Forckenbeck.

Bismarcks Politik hatte aber auch zur politischen Spaltung der preußischen Konservativen geführt. So war vor allem die wesentlich von ihm gewünschte und schließlich herbeigeführte militärische Auseinandersetzung mit Österreich unter der Mehrheit der Junker und des Hochadels keineswegs besonders populär gewesen. Im Pro und Contra der Politik Bismarcks drohte die Partei der Konservativen noch vor Kriegsbeginn auseinanderzufallen. Damals gelang es noch einmal, die innerparteilichen Gegensätze zu überbrücken, und auf einer großen Parteiversammlung am 1. Juni 1866 in Berlin, die Graf Eberhard zu Stolberg leitete, beschlossen die Konservativen einen Wahlaufruf, in dem «die unbedingte Unterstützung der Regierung in ihrer auswärtigen Politik» und die «Zurückstellung der schwebenden inneren Streitfragen hinter den äußeren Konflikt» gefordert wurden.

Doch als der «Waffengang» gegen Österreich siegreich beendet war und Bismarck das Abgeordnetenhaus um Indemnität ersuchte, vermochten es nicht alle Konservativen, sich der neuen politischen Realität anzupassen. Das Indemnitätsgesuch des Ministerpräsidenten war für viele von ihnen Ausdruck einer «prinzipienlosen Politik». Die «Kreuzzeitung» warnte vor der «innerlich ganz unmöglichen» Verständigung des Ministerpräsidenten mit den Liberalen; ja, sogar mit den «Fortschrittsleuten» würde er es jetzt halten. Auch Hans-Hugo von Kleist-Retzow, mit Stolberg entfernt verschwägert, übte an der Politik seines alten Jugendfreundes Bismarck nun heftige Kritik.

Die Spannungen und Gegensätze unter den Konservativen führten dazu, daß sich Ende Juli 1866 die Befürworter der Bismarckschen Politik in der Freien konservativen Vereinigung zusammenschlossen, die schon ein Jahr später als Freikonservative Partei auftrat. In ihr gaben hauptsächlich Adlige aus der hohen Verwaltung und Diplomatie sowie schlesische und rheinische Wirtschaftsmagnaten den Ton an. Die Freikonservativen verstanden sich als «Partei Bismarcks sans phrase». Sie unterstützten nahezu vorbehaltlos dessen politischen Kurs und forderten nachdrücklich, wie aus einem Promemoria vom 25. Februar 1867 hervorgeht, die Einheit Deutschlands «unter den Hohenzollern». Die führenden Köpfe waren Graf Eduard Georg Bethusy-Huc, Fürst Hugo zu Hohenlohe-Oehringen Herzog von Ujest, Wilhelm von Kardorff, Heinrich von Achenbach, Graf Fred Frankenberg, der Industrielle Carl Stumm und Fürst Ludwig zu Solms Lich. Auch Dr. Ludwig Aegidi, der Göttinger Dozent des Studenten Otto zu Stolberg, gehörte damals zu ihnen. Später schloß er sich allerdings der Nationalliberalen Partei an.

Die kontroverse Stellung des preußischen Adels zu Bismarcks Politik spiegelte sich auch im kleinen Kreis der Stolberger Grafen wider. Graf Otto unterstützte 1866 nachdrücklich den politischen Kurs des preußischen Ministerpräsidenten, wenngleich er später feststellte, die Annexionen hätten sowohl das Legitimitätsprinzip, in dessen Sinne er erzogen worden war, als auch das «Gefühl der Pietät für alte Fürstenhäuser» verletzt.

Daß Bismarcks «Revolution von oben» den König von Hannover, Ottos zweiten Lehnsherrn, kurzerhand abgesetzt und außer Landes gejagt hatte, befremdete den Grafen, in seinen Lebenserinnerungen bewertet er dieses Ereignis als zu «revolutionär». Selbst Angehöriger eines vormals reichsständischen Grafenhauses, orientierte sich Otto zwar auf die Tradition des ehemaligen Deutschen Reiches, vertrat dabei aber nicht wie sein Onkel Botho einen großdeutschen Legitimismus, sondern setzte sich für die Schaffung eines einheitlichen Deutschlands ohne Österreich ein, in dem Preußen die Führungsrolle innehaben sollte.

Die gegensätzlichen politischen Auffassungen leiteten im Grafenhause einen Familienkonflikt ein, der in den folgenden Jahren das persönliche Verhältnis Ottos zu seinem Onkel schwer belastete. Das Ilsenburger Schloß, das Botho mit seiner Frau Adelheid be-

Otto zu Stolberg-Wernigerode als Kürassier des Regiments der Garde du Corps um 1860

König Friedrich Wilhelm I. von Preußen

Graf Christian Ernst zu Stolberg-Wernigerode

König
Friedrich
Wilhelm IV.
von Preußen

Graf Anton zu Stolberg-Wernigerode

1861 – Krönung König Wilhelms I.
von Preußen,
nach einem Gemälde
Adolph von Menzels

Stolbergs Galakutsche

Kriegsminister von Roon
und König Wilhelm I.

Preußen stürmen die
Düppeler Schanzen
im Deutsch-Dänischen Krieg 1864

„Die deutsche Frage kann nur durch Eisen und Blut gelöst werden."
Bismark-Schönhausen.

(Figaro, 11. Okt. 1862)

Friedensverhandlungen
in Nikolsburg 1866 beenden den
Preußisch-Österreichischen Krieg

wohnte, galt bald als ausgesprochener «Oppositionsherd». Otto zu Stolberg meinte später in seinen Memoiren, daß er über die Frage der Bismarckschen Politik mit Botho «sehr auseinander» gekommen sei. Die spitzen und gehässigsten Pfeile gegen ihn habe allerdings Tante Adelheid abgeschossen, «welche an der Legitimität bis zu ihrer Karikatur hing» und Preußen gegenüber Österreich «immer in gewisser Weise als unbefugten Emporkömmling betrachtet» habe. Adelheid, eine geborene Gräfin zu Erbach-Fürstenau, war die jüngere Schwester von Ottos Mutter Emma. Wie sie standen die meisten hessischen Verwandten Stolbergs ganz in der großdeutsch-österreichischen Tradition des ehemaligen Reichs. Auch diese Tanten, Onkel und Vettern kritisierten oft mit vehementer Leidenschaft Ottos pro-Bismarcksche Haltung.

Nachdem Bismarcks Indemnitätsgesuch die parlamentarische Hürde im Abgeordnetenhaus genommen hatte, ging die Regierung daran, den Verfassungsentwurf für einen Norddeutschen Bund auszuarbeiten. Von August bis Oktober 1866 schlossen sich sämtliche nördlich des Main gelegenen 19 Staaten, die zum Deutschen Bund gehört hatten, mit Ausnahme von Luxemburg und Limburg, und die 3 Freien Städte freiwillig oder unter preußischem Druck zusammen. Mit den 4 süddeutschen Ländern, die keinem Staatenbund angehörten, verbanden den Norddeutschen Bund geheime Bündnisverträge, auch sicherte ein neuer Zollvereinsvertrag seit Juli 1867 die Fortdauer der Wirtschaftsverbindungen.

Über den Verfassungsentwurf des Norddeutschen Bundes sollte in einem noch zu schaffenden Reichstag beraten werden, dessen erstmaliges Zusammentreten für den Februar 1867 vorgesehen wurde. Die Wahl der Abgeordneten für diesen Konstituierenden Reichstag erfolgte am 12. Februar, nach dem allgemeinen, gleichen und geheimen Wahlrecht.

Natürlich waren Wilhelm I. und Bismarck sehr daran interessiert, daß möglichst viele der sogenannten Regierungskandidaten gewählt werden würden, und mehrere konservative Abgeordnete verdankten letztlich ihr Mandat einer ausdrücklichen Wahlempfehlung Bismarcks.

Otto zu Stolberg, vom politischen Ehrgeiz gepackt, trug sich grundsätzlich mit der Absicht, für den achten Wahlkreis des preußischen Regierungsbezirkes Magdeburg (Oschersleben-Wernigerode-Halberstadt) zu kandidieren. Vorbei ist die Zeit, in der der preußische Gardeleutnant voller Verachtung vom Parlamentarismus gesprochen hatte. Ein glühender Anhänger des konstitutionellen Systems war aus ihm inzwischen ganz sicher nicht geworden, und im Grunde blieb dem Grafen der Parlamentarismus auch zeitlebens fremd, aber er bekundete es nicht mehr wortreich. Mittlerweile hatte er erkannt, daß eine Voraussetzung für die erfolgreiche Politik Bismarcks darin bestand, das Bürgertum in bestimmten Grenzen am politischen Leben zu beteiligen. Dies setzte jedoch die Existenz eines Parlaments voraus, wo sich die unterschiedlichen politischen Parteien artikulieren konnten. Auch darin äußerte sich Stolbergs Blick für politische Realitäten. Als Besitzer seiner Hüttenbetriebe und Bergwerke hatte er erkannt, daß die Wirtschaft von kapitalistischen Interessen diktiert wurde; ökonomische Fortschritte ließen sich nicht ohne eine politische Beteiligung der Bourgeoisie erzielen.

Unterstützt von Eberhard zu Stolberg und dem Magdeburger Regierungspräsidenten, fragte Graf Otto bei Bismarck an, ob dieser denn mit seiner Kandidatur einverstanden sei. Am 21. Januar 1867 – als der Wahlkampf langsam in seine «heiße Phase» trat – richtete der preußische Ministerpräsident ein persönliches Schreiben an Otto zu Stolberg. Er forderte ihn auf, sich als Kandidat zur Verfügung zu stellen, und ließ ihn wissen, Stolbergs Wahl wäre ihm persönlich wie der königlichen Regierung «ganz besonders willkommen». Zwei Tage später kündigte der noch keine dreißig Jahre alte Graf auf der Titelseite des «Halberstädter Intelligenzblatts» in einer großen, aber anonymen Anzeige seine Kandidatur an. Mit Selbstlob wurde darin nicht gespart, und zum Schluß hieß es: «Wählet für den deutschen Reichstag den Grafen Otto zu Stolberg-Wernigerode».

«Es gilt, die preußische Fahne hochzuhalten»

Am Montag, dem 28. Januar 1867, treffen im Hotel Royal zu Halberstadt, wie das «Wernigerödische Intelligenz-Blatt» berichtet, etwa siebzig «angesehene Männer» unter dem Vorsitz des Appellationsgerichtspräsidenten Merker zusammen, «um sich wegen eines Kandidaten zu einigen, welcher dem von der linken Seite aufgestellten früheren Regierungsrath Seubert von der rechten Seite entgegenzustellen sei».

Wenige Minuten nach Versammlungsbeginn bittet der Oscherslebener Landrat von Gerlach die Anwesenden für eine kurze Erklärung um Aufmerksamkeit. Er eröffnet den Zuhörern, daß «eine authentische Nachricht über die Wünsche der Regierung» in seine Hände gelangt sei, derzufolge eine Wahl des Grafen Otto zu Stolberg-Wernigerode in Berlin «besonders willkommen» wäre, und er sei ermächtigt, von dieser Information «jeden zweckdienlichen Gebrauch zu machen». Außerdem habe ihm Bismarck seinen «lebhaften Wunsch» übermitteln lassen, «daß Alle, welche die Regierung unterstützen wollen, sich auf diese Wahl vereinigen».

Natürlich war das ein abgekartetes Spiel. Stolberg, der an dieser Versammlung teilnahm, hatte bereits erklärt, «eine etwa auf ihn fallende Wahl anzunehmen», und sofort nachdem Gerlach mit seiner Erklärung schloß, erhielt er das Wort. Der Graf bekannte sich zur Politik Bismarcks und betonte nachdrücklich: «Meine Herren, es wird Ihnen bereits bekannt sein, daß ich mein politisches Programm für die Aufgaben des Norddeutschen Reichstages in dem Satze zusammengefaßt habe: Feste Einigung Nord-Deutschlands als Ausgangspunkt für die Einigung ganz Deutschlands. Energische Unterstützung der Staatsregierung in diesem Bestreben. Ich werde versuchen, dieses Programm mit einigen Worten zu erläutern. Preußen hat durch die überaus glänzenden Erfolge des vorigen Sommers sich die Stellung einer wirklichen und wahren Großmacht errungen, sein Name ist achtunggebietend in ganz Europa, seine Macht respektiert von allen Staaten.»

Der Redner verwies dann darauf, daß die Einheit Deutschlands zwar noch nicht erreicht sei, daß jetzt aber «wenigstens ganz Norddeutschland unter der bewährten Führung Preußens geeinigt werden soll». Über kurz oder lang würde es dann «auch nicht ausbleiben, daß die übrigen deutschen Lande sich diesem Bunde als dem Palladium deutscher Macht anschließen». Schließlich würdigte der Graf die «historische Leistung» des Ministerpräsidenten. Ohne Bismarck, so hob er hervor, hätte man in dieser Frage «keinen Schritt vorwärts gethan» und ohne diesen «würden wir auch jetzt keinen Schritt weiter thun».

Stolberg propagierte die hegemoniale Stellung Preußens im Norddeutschen Bund und betonte, daß sich das preußische Militär «die unbedingte Führung» in den Land- und Seestreitkräften des Bundes sichern müsse. Im Innern komme es darauf an, die Nachteile der Zerrissenheit Deutschlands «namentlich auf dem Gebiet der materiellen Volksinteressen» zu überwinden. In diesem Zusammenhang erwähnte er die strittige Zollfrage und die erforderlichen Maßnahmen zur Schaffung einheitlicher Maß- und Gewichtseinheiten.

Die Rede Stolbergs nahmen die Anwesenden mit wohlwollendem Applaus auf. Bei nur zwei Gegenstimmen entschieden sie sich für die Kandidatur des Grafen, und ein ebenfalls auf dieser Veranstaltung eingesetztes Wahlkomitee wurde mit der Vorbereitung und Durchführung von öffentlichen Wahlversammlungen beauftragt. Unter den Teilnehmern fand man mit Regierungsdirektor von Hoff und Regierungsrat von Rosen auch die ranghöchsten Regierungsbeamten des Grafen.

Otto zu Stolberg gehörte damals noch keiner politischen Partei an. Er verstand sich als unabhängiger Konservativer und beabsichtigte, sowohl die Wähler der den Kurs Bismarcks ablehnenden «alten» Konservativen wie die der Freikonservativen, aber auch die regierungsfreundlich gestimmten Liberalen für seine Kandidatur zu gewinnen. Das Wählerpotential der letzteren bildeten hauptsächlich Fabrikbesitzer, Handwerker und Kaufleute aus den Kreisen Oschersleben und Halberstadt. Politisch einflußreiche Vertreter dieser Gruppierungen hatten sich ursprünglich für die Kandidatur des rechtsliberalen ehemaligen preußischen Justizministers August von Bernuth ausgesprochen, der dem Herrenhaus angehörte und später der Nationalliberalen Partei beitrat.

In ihm sahen sie einen besseren Verfechter ihrer ökonomischen Interessen, begünstigt schon durch die Tatsache, daß Bernuth dem Bank- und Eisenbahnkapital nahestand, vor allem der 1842 gegründeten Magdeburg-Halberstädter Eisenbahngesellschaft, in der gerade das Halberstädter Bürgertum bedeutende Aktienteile und damit auch großen Einfluß besaß. Diese Gesellschaft war eine der finanzkräftigsten ihrer Art in ganz Deutschland. Sie wurde straff verwaltet und verfügte über enge Verbindungen sowohl zur Disconto-Gesellschaft, einer mächtigen Großbank, als auch zur Eisenbahnabteilung im preußischen Handelsministerium. Verwandtschaftliche Beziehungen, die den ehemaligen Justizminister mit dem Wahlkreis der Provinz verbanden – er war mit einem Zuckerfabrikanten in Oschersleben verschwägert –, fielen ebenfalls erheblich ins Gewicht.

Am 26. Januar war Bernuth auf einer Wahlversammlung in Oschersleben als Kandidat nominiert worden. Auch der örtliche Landrat von Gerlach hatte sich hier noch für die Kandidatur des ehemaligen Justizministers ausgesprochen. Erst als ihm der ausdrückliche Wunsch Bismarcks bekannt wurde, änderte er seinen Sinn von heute auf morgen und unterstützte als königstreuer Beamter die Kandidatur Stolbergs.

Regierungsrat Seubert, Stolbergs Gegenspieler im Wahlkampf, gehörte der Fortschrittspartei an. Aufgrund seiner oppositionellen Haltung war er von der Bismarck-Regierung in der Zeit des Verfassungskonflikts strafversetzt worden. Der Beamte hatte daraufhin seinen Abschied aus dem Staatsdienst genommen. Nach dem siegreichen Krieg gegen Österreich befürwortete Seubert das Indemnitätsgesuch Bismarcks, trat aber energisch dafür ein, daß in einem künftigen Reichstag des Norddeutschen Bundes das Budgetbewilligungsrecht der Abgeordneten uneingeschränkt garantiert sein müsse. Für seine Kandidatur, die auf einer «allgemeinen Volks-Versammlung» am 20. Januar in Halberstadt beschlossen worden war, setzte sich ein örtliches «liberales Wahlkomitee» ein. Als dessen

Sprecher agierte der Stadtverordnetenvorsteher Gustav Bertog, den man in der Reaktionszeit wegen seiner Beteiligung an der Revolution von 1848 zu Festungshaft verurteilt hatte.

Stolberg hoffte, daß die politische Vergangenheit seines Konkurrenten ihm zugute kommen würde, denn den «regierungsfeindlichen» Seubert würde die Mehrzahl der bürgerlichen Wähler wohl kaum akzeptieren. Und dafür hatte es durchaus deutliche Anzeichen gegeben. So meldeten sich in den Spalten des «Halberstädter Intelligenzblatts» Bürger zu Wort, die weder Stolberg noch Seubert wählen wollten – den Grafen nicht, «weil sie in bezug auf seine Stellung zur Verfassung Bedenken» hatten, und Seubert nicht, weil sie an dessen gutem Verhältnis «zu dem gegenwärtigen Ministerium» zweifelten.

Um möglichst viele der liberalen Wähler zu ködern, wurde Seubert von seinen Wahlhelfern ausdrücklich als Kandidat «der vereinigten liberalen Partei des Wahlkreises» bezeichnet, und in einem Aufruf appellierte das Komitee an die verschiedenen Gruppierungen, «an alle Fortschrittler, Altliberale und Demokraten», für den gemeinsamen Kandidaten Seubert zu stimmen. Die Diskussion über eine mögliche Wahl Bernuths würde nur «Verwirrung unter den Liberalen erzeugen». Jetzt aber komme es darauf an, gemeinsam, mit aller Kraft, einen Wahlerfolg des Grafen Stolberg zu verhindern: «Aber aufgepaßt Mitbürger! Wiegt Euch nicht in dem süßen Traume, daß es in unserm Kreise, der immer liberal gewählt hat, nicht fehlen könne ... Wir haben einen Gegenkandidaten, dessen direkter Einfluß weit hin reicht und mächtig einwirkt, wir haben eine Gegenpartei, die alle Hebel ansetzen wird, um die Wahl unseres Kandidaten zu verhindern. Darum kommt alle zur Wahl und kommt ohne Furcht!»

Auf das liberale Wahlprogramm wies Gustav Bertog in verschiedenen Versammlungen hin. Darin wurde der Norddeutsche Bund unter preußischer Führung «als Stützpunkt» anerkannt, «von dem alle Bestrebungen zur Einheit Deutschlands ausgehen müssen». Die ausführende Zentralgewalt solle aber durch ein Parlament kontrolliert werden, das «den Bundesetat in allen seinen Theilen alljährlich feststellt». Außerdem unterstrich Bertog die dringende Notwendigkeit einer Diätenzahlung an die Abgeordneten.

Laut Zeitungsbericht hob der Stadtverordnetenvorsteher ausdrücklich hervor, «daß er sowie die Wähler des hiesigen Wahlkreises» – und darauf sei er stolz – «besser als Bismarck im Stande seien zu beurtheilen, ob der Graf Stolberg ein geeignetes Mitglied des Reichstags für unsern Wahlkreis sei». Stolberg vertrete in zu starkem Maße seine eigenen, feudalen Interessen. Ihm käme es nur darauf an, «seine Hoheitsrechte durch einen Prozeß um die Herrschaft Elbingerode gegen den König von Hannover und jetzt gegen den Preußischen Fiskus noch zu erweitern». Und nun wolle er auch in der Staatspolitik zu Einfluß kommen. Der Graf sei für Liberale nicht wählbar, «so lange er in einer Ausnahmestellung beharrt, in der er nicht Souverän und auch nicht Bürger ist».

Die Herrschaft Elbingerode, südlich der Grafschaft Wernigerode gelegen, gehörte seit 1427 als braunschweigisches Lehnsgut zum Besitz der Stolberger Grafen. Ende des 16. Jahrhunderts wurde sie von den Braunschweiger Herzögen wieder übernommen. 1704 kam Elbingerode zum Kurfüstentum Hannover, das 1814 Königreich wurde. Die Rechts- und Besitzverhältnisse blieben indes durch die Jahrhunderte strittig. Immer wieder pochten die Stolberger Grafen auf ihre ehemaligen hoheitlichen Befugnisse, obwohl es ihnen im Grunde nur darauf ankam, für den verlorengegangenen Besitz eine Entschädigung zu erwirken.

Graf Otto zu Stolberg wollte sie 1865 auf dem Rechtsweg einklagen. Zu einer Lösung kam man aber erst, nachdem Preußen 1866 das Königreich Hannover vollständig annektiert und damit auch dessen Rechtsstreit mit den Stolbergern «geerbt» hatte. Am 8. November 1867 wurde dann ein Vergleich geschlossen. Dieser sah die Abfindung Stolbergs mit einem 4500 Morgen großen Teil des Elbingeröder Forstreviers vor, das an die Grafschaft grenzte. Dafür verzichtete der Graf auf sämtliche hoheitlichen Rechte für das Elbingeröder Gebiet.

Am 4. und 9. Februar 1867 sprach Graf Stolberg auf Wahlversammlungen, zuerst vor über fünfhundert Personen im großen Saal des Klosters Huysburg im Kreis Oschersleben und dann noch einmal im Trägerschen Gasthof zu Nöschenrode. Auch hier setzte er sich nachdrücklich für die Schaffung der deutschen Einheit unter preußischer Führung ein und forderte die Versammelten auf, Vertrauen zu dem «großen Staatsmann Bismarck» zu haben. Eines aber, so führte er – laut Zeitungsbericht in «kerniger und schwungvoller Weise» – weiter aus, müsse jeder der hier Anwesenden wissen: Deutschland wird nicht «durch Theorien, durch politische Träume, durch abstrakte Pläne zu einigen» sein, sondern nur durch eine Politik der Stärke. Bei den bevorstehenden Wahlen komme es aber darauf an, den Oppositionsgruppen in Preußen, die der Staatsregierung nur «Schwierigkeiten in den Weg legen» würden, eine deutliche Abfuhr zu erteilen. Auch Seubert, der Kandidat der Fortschrittspartei, sei hinlänglich als Gegner des preußischen Ministerpräsidenten Bismarck bekannt.

Abschließend rief der Graf in die Menschenmenge: «Es gilt daher, die Fahne Preußens hochzuhalten und in dem Wahlkampfe festzustehen wie unsere Armee auf den Schlachtfeldern Böhmens und am Main. Dann, meine Herren, wird dem preußischen Sieg von Königgrätz auch der preußische Sieg im Norddeutschen Reichstage folgen.»

Den Wahlkampf Stolbergs unterstützte auch der Sächsische Provinzialverein, der zu diesem Zweck ein eigenes Wahlkomitee einsetzte. Am 12. Januar 1867 wandte sich der Verein mit einem «Aufruf zu den Wahlen für das Norddeutsche Parlament» an die Öffentlichkeit. Seinen endgültigen Wortlaut hatte man aber bereits auf zwei vertraulichen Vorbesprechungen am 3. und 11. Januar im Magdeburger Hotel London abgefaßt. Der Entwurf stammte aus der Feder Generaldirektor von Hülsens, der ihn Anfang Dezember 1866 an Graf Stolberg zur Ergänzung und Überarbeitung gesandt hatte.

In dem Aufruf wurde mit großer Befriedigung konstatiert, daß Norddeutschland jetzt «zu einem Bunde unter Preußens Führung zusammengeschlossen werden» soll, da nur auf diese Weise «hemmende Schranken» für die Entwicklung von Wissenschaft, Kunst und Industrie beseitigt werden könnten.

Bereits im Dezember 1866 hatten sich von Hülsen und Graf Otto dahingehend verständigt, ihre Wahlagitation in erster Linie auf die Beeinflussung und Gewinnung der «Mittelleute», also vor allem der Handwerker, Kaufleute, Lehrer, Studenten, aber auch der Bauern auszurichten. Am 6. Dezember schrieb Hülsen an Stolberg, der

Provinzialverein müsse «die Thüren weit aufmachen und gerade in jetziger Zeit doppelt freundlich einladend erscheinen».

In einem Wahlaufruf ließ Stolberg vor allem an die Altliberalen appellieren. Sie sollten bedenken, «daß der Grundzug seiner politischen Anschauung nicht zur Opposition, sondern zur Eintracht mit der Regierung zugeneigt ist, sobald diese nur irgendwie die berechtigten Forderungen der Nation ernstlich in Betracht zieht». Auch sei er nicht als «einseitiger Partikularist, sondern als Anhänger der großen und kühnen Bismarck'schen Politik aufgetreten». Deshalb dürfe man keine Bedenken haben, «auch altliberalerseits dem Grafen Otto die Stimme zu geben».

Gegen Ottos Kandidatur sprach sich allerdings Graf Botho aus. Bestürzt schrieb er seinem Neffen am Wahltag, «daß, wenn der preußische Junker, der immer ein Ärgernis an dem deutschen Wesen nahm, sich an der Wahl beteiligt, eigentlich nur in seiner Rolle bleibt, wenn aber der Chef eines ehemals reichsständischen Hauses sich daran beteiligt, er eigentlich gegen sein eigenes Fleisch und Blut kämpft und seine eigene rechtliche Stellung untergräbt». Botho blieb der Wahl fern, schützte Unwohlsein vor und appellierte an Otto, «daß eine Annahme der Wahl von Deiner Seite nach meiner Ansicht mit Deiner hiesigen Stellung als regierender Herr sich nicht wohl vereinigen läßt, indem Du unter anderen Deine eigenen Leute zu Gericht über Dich aufforderst».

Als am Dienstag, dem 12. Februar 1867, die Wähler an die Wahlurne traten, standen nur Graf Stolberg und Regierungsrat Seubert zur Wahl. Bernuth hatte bereits zu des Grafen Gunsten auf seine Nominierung verzichtet. Er kandidierte erfolgreich im Thüringer Wahlkreis Mühlhausen. Am 16. Februar veröffentlichte Landrat von Gerlach in seiner Funktion als «Wahl-Commissarius» das endgültige Wahlergebnis im achten Magdeburger Wahldistrikt:

Von den insgesamt abgegebenen 17903 Stimmen wurden 96 für ungültig erklärt. Um die absolute Mehrheit zu erreichen, mußte der Kandidat demzufolge 8904 Stimmen auf sich vereinigen. Noch am 14. Februar hatte das «Halberstädter Intelligenzblatt» gemeldet: «Nach den bis jetzt hier eingegangenen Wahlresultaten aus den Städten und Dörfern unseres Wahlkreises läßt sich mit ziemlicher Gewißheit annehmen, daß Herr Regierungsrath a. D. Seubert als

Abgeordneter zum Norddeutschen Parlament und zwar mit 3/5 der Stimmen aus der Wahlurne hervorgehen wird.»

In Halberstadt hatten sich 2666 Wähler für Seubert und nur 434 für Stolberg entschieden. In Wernigerode votierten 503 Wähler für Seubert, Stolberg erhielt hier 1034 Stimmen. Doch die Hoffnung der Halberstädter Liberalen erfüllte sich nicht. Die Gesamtzählung ergab für Graf Stolberg 9083, für Regierungsrat Seubert hingegen nur 8693. Die restlichen 31 Stimmen zersplitterten sich auf vier weitere Kandidaten.

Bei der näheren Betrachtung des Ergebnisses fällt auf, daß der Graf vor allem von der Landbevölkerung gewählt worden war. So hatten sich für ihn 6854 Wähler aus Landgemeinden entschieden, während Seubert in den Dörfern nur 3443 Stimmen erhielt, Seubert wurde hauptsächlich vom städtischen Kleinbürgertum gewählt; in den Städten des Wahlkreises konnte er 5250 Stimmen auf sich vereinigen.

Der Sieger hieß also Graf Otto zu Stolberg-Wernigerode. Doch um welchen Preis hatte er die Wahlschlacht gewonnen? Der Redakteur der «Magdeburgischen Zeitung» kommentierte: «Die Kandidatur des Grafen wurde von Seiten der Regierung durch ihr unmittelbar und mittelbar untergebene Organe eifrigst unterstützt, und da außerdem der Einfluß des Grafen auf die Grafschaft Wernigerode als quasi Halbsouverän und als großer Fabrikbesitzer und Landwirth fast unbeschränkt ist, gelang es ihm, eine kleine Majorität zu erhalten.»

Und so war diese kleine Majorität tatsächlich zustande gekommen: Schon vor der eigentlichen Abstimmung, aber vor allem am Wahltag selbst, beeinflußten und manipulierten Beamte der gräflichen Regierung und konservativ eingestellte Bürgermeister, Schulzen, Ortsvorsteher, Polizisten und Geistliche die Wahl zugunsten einer Entscheidung für den Grafen zu Stolberg. Während verschiedene Pastoren des Wahlkreises die Kirchgänger von der Kanzel herab unverblümt aufforderten, sich für «Seine Erlaucht» zu entscheiden, kam es am 12. Februar, dem Wahltag, auch zu regelrecht kriminellen Verstößen gegen das Wahlreglement.

Dieses sah beispielsweise vor, daß die Wahllokale von zehn Uhr bis achtzehn Uhr geöffnet sein mußten. Für die Wahlzettel war weißes Papier vorgeschrieben, äußere Kennzeichen durften sie nicht tragen. Der Wähler war verpflichtet, den Namen des Kandidaten «außerhalb des Wahl-Lokals» auf den Zettel zu schreiben und diesen zusammengefaltet – so, daß der Name nicht sichtbar war – in die Urne zu werfen. Zu keiner Zeit der Wahlhandlung durften weniger als drei Mitglieder des Wahlvorstandes bei der Abstimmung anwesend sein.

Doch gegen alle diese Bestimmungen wurde vielerorts wissentlich verstoßen. Die Vergehen konnten allerdings schon damals nicht eindeutig geklärt werden, da nur wenige der Betroffenen zu einer gegen den Grafen gerichteten Aussage bereit waren. Einige aber sind unbestreitbar.

So verteilten Bürgermeister und Schulzen in verschiedenen Dörfern Zettel, auf denen bereits der Name des Grafen zu Stolberg stand, und sie ließen sich darüber sogar Empfangsbescheinigungen ausstellen. Auf diese Weise wurde hauptsächlich die Landbevölkerung eingeschüchtert, unter der sich die Ansicht verbreitete, die Wahlentscheidung jedes einzelnen werde kontrolliert. In Ottleben, so hieß es, soll der Schulze bereits über zwei Haufen vorbereiteter Zettel verfügt haben, die er dann – nach Befragen, für wen der betreffende Wähler votieren wolle – eigenhändig und damit rechtswidrig in die Urne geworfen habe. Der Schulze Timme in Dalldorf wurde beschuldigt, Wahlscheine, auf denen der Name des Regierungsrats Seubert stand, gar nicht angenommen oder gegen andere, die den Namen des Grafen trugen, ausgetauscht zu haben.

In Wasserleben, und diesen Vorgang bestätigte sogar das «Amtsblatt der Stolberg-Wernigerödischen Regierung», erklärte der Wahlvorsteher den Wählern, nur über Zettel zu verfügen, auf denen der Name des Grafen stehe. Als diese ihn um andere baten, forderte er sie auf, einfach den Namen des Grafen zu streichen und den Zettel dann mit dem Namen des Gegenkandidaten zu versehen, natürlich wohl wissend, daß jene Stimmen dann ungültig waren. So erhielt Graf Otto in Wasserleben stolze 264, Seubert hingegen nur 6 Stimmen.

Andererseits verhielten sich die Behörden in Deesdorf sehr genau. Hier erklärte man alle Stimmen für ungültig, da im Protokoll nur zwei Beisitzer angegeben waren. In Deesdorf hatten sich

34 Wähler für Seubert und nur 12 für den Grafen zu Stolberg entschieden. Ähnliche Unregelmäßigkeiten kamen auch in Eilenstedt, Göddeckenrode, Ilsenburg und Kroppenstedt vor. In diesen Orten, wo der Graf die Mehrheit der Stimmen auf sich vereinigt hatte, wurde das Wahlergebnis nicht angefochten oder gar für ungültig erklärt.

Der Konstituierende Reichstag des Norddeutschen Bundes trat am 24. Februar 1867 zusammen. Zwei Tage vorher reiste Graf Stolberg nach Berlin.

Im Konstituierenden Reichstag des Norddeutschen Bundes

Es ist Freitag, der 8. März 1867, gegen fünfzehn Uhr. Seit knapp zwei Wochen tagt in Berlin, im alten Gebäude des Herrenhauses in der Leipziger Straße, der Konstituierende Reichstag des Norddeutschen Bundes. Heute steht als einziger Punkt die Fortsetzung des Wahlprüfungsverfahrens auf der Tagesordnung. Dabei soll festgestellt werden, ob die Abgeordneten auch rechtmäßig, ohne Verstöße gegen das Wahlreglement, gewählt worden sind. Das Wort hat der Abgeordnete Hergenhahn. Er berichtet über die Wahl des Grafen Otto zu Stolberg. Seine Ausführungen versprechen interessant zu werden, denn gegen diese Wahl hat Gustav Bertog, der linksliberale Stadtverordnetenvorsteher aus Halberstadt, «im Auftrage vieler Wähler» entschieden Protest eingelegt. Der Wahlprüfungskommission liegt eine umfangreiche Dokumentation über Verstöße gegen das Wahlreglement vor.

Graf Otto zu Stolberg verfolgt die Ausführungen des Redners mit gespannter Aufmerksamkeit. Ihm ist nicht wohl in seiner Haut. Zwar weiß er, daß kaum Gefahr besteht, das gewonnene Mandat aufgrund der begangenen Verstöße wieder zu verlieren, die mehr als großzügige Praxis des Wahlprüfungsverfahrens in den vergangenen Tagen läßt dies kaum befürchten. Auch bei Graf Eberhard zu Stolberg, wie bei verschiedenen anderen Abgeordneten, sind Unregelmäßigkeiten entdeckt worden, die man zwar zur Sprache gebracht, dann aber doch unter den Teppich gekehrt hat. Trotzdem – peinlich ist der Bericht Hergenhahns dem Grafen allemal. Er, der gern hört, wenn man von ihm als dem jungen Grandseigneur, dem Mann aus gutem Hause und von altem Adel spricht, sitzt auf der Anklagebank – zumindest moralisch. Für eine politische Karriere wahrlich keine gute Startposition! Und Hergenhahn läßt nichts aus. Eingehend berichtet er über nahezu alle im achten Magdeburger Wahlkreis begangenen Verstöße gegen das Wahlreglement, und schließlich stellt er sogar fest, daß vielerorts die Behörden «die geheime Abstimmung verletzt» hätten und daß in mehreren Gemeinden auch «eine direkte Einwirkung auf den Willen der Wähler» nachzuweisen sei. Dann aber betont er, selbst wenn alle diese Stimmzettel für ungültig erklärt würden, «so würde demungeachtet noch die absolute Majorität für den Grafen von Stolberg verbleiben». Hergenhahn beantragt deshalb, «auch diese Wahl für gültig zu erklären».

Doch plötzlich ein Zwischenruf: «Herr Präsident!» Dr. Ellissen, ein liberaler Abgeordneter aus Göttingen in der von Preußen annektierten Provinz Hannover, hat sich zu Wort gemeldet. Heftig protestiert er gegen die «bekannte Geneigtheit der Hohen Versammlung, über die bei den Wahlen erhobenen Bedenken und Beschwerden mit jeder irgend zulässigen Milde hinwegzugehen», und fährt dann fort: «Meine Herren! Es handelt sich hier um eine relativ sehr geringe Majorität, die dem Gewählten zu Theil geworden ist; wenn die Beschwerden über Wahlbeeinflussungen der gesetzwidrigsten Natur begründet sind, so möchte es vielleicht zweifelhaft sein, ob bei einem regelmäßigen Verlauf der Dinge sich nicht ein ganz anderes Verhältnis herausgestellt haben würde.»

Ellissen wendet sich nachdrücklich dagegen, beim Wahlprüfungsverfahren lediglich festzustellen, ob durch Verstöße wider das Reglement die Wahl eines Abgeordneten verhindert oder möglich gemacht worden ist. Unregelmäßigkeiten müßten grundsätzlich bestraft werden, und mit der Wahl des Grafen Otto zu Stolberg, so fordert Ellissen, sollte sich «eine der Sache auf den Grund gehende» Untersuchungskommission befassen, um «künftig etwa vorkommenden ähnlichen Mißbräuchen gründlichst vorzubeugen».

Während Ellissen spricht, registriert Stolberg mit Befriedigung, daß die Abgeordneten dem Redner kaum Beachtung schenken. Der Saal leert sich zusehends, und als Ellissen dies rügt, bricht unter dem verbliebenen Rest der Abgeordneten «Heiterkeit» aus – so wörtlich vermerkt im stenographischen Protokoll. Doch der Redner läßt sich dadurch nicht irremachen. «Meine Herren», so fährt er fort, «ich glaube nicht, daß es zur Befestigung des Vertrauens zu dem Reichstage im Lande beitragen kann, wenn er, um die Sache nur schnell zu erledigen, mit allzuklarer Praxis über solche vielleicht begründeten Beschwerden aus dem Kreise der Wähler hinweggeht.» Abschließend beantragt Ellissen: «Die Unregelmäßigkeiten durch die Vermittlung des Bundes-Präsidiums zur Kenntnis der Königlich Preußischen Regierung zu bringen mit dem Ersuchen, eine nähere Untersuchung darüber zur Vermeidung künftiger Wiederholungen zu veranlassen.»

Doch bevor der Präsident über diesen Antrag abstimmen läßt, befragt er die Abgeordneten, ob sie einverstanden seien, die Wahl des Grafen Otto zu Stolberg für gültig zu erklären. «Ich nehme an», so sagt er, «daß das Haus dem Antrage beitritt, da kein Gegen-Antrag gestellt ist.» Nach einer kurzen Pause erklärt er: «Die Wahl ist für gültig erklärt.» Der Antrag Ellissens, über den der Präsident anschließend abstimmen läßt, wird von den Abgeordneten verworfen. Als der Vorsitzende die Plenartagung schließt, ist es 15.35 Uhr. Für eine eingehende Wahlprüfung hatte man sich in der Tat nur wenig Zeit genommen. So nutzte die Bourgeoisie die «Errungenschaften» der «Revolution von oben» – das allgemeine, gleiche und direkte Wahlrecht. Der Klassenkompromiß mit der junkerlichen Reaktion war bereits so weit gediehen, daß sie ihre einstige fortschrittliche Forderung mit derartigen Prüfungsmethoden diskreditierte.

Der Konstituierende Reichstag des Norddeutschen Bundes war am 24. Februar 1867 im Weißen Saal des Berliner Königsschlosses feierlich eröffnet worden. Unter den Abgeordneten befanden sich solche bekannten Persönlichkeiten wie der Schriftsteller Gustav Freytag, der Historiker Heinrich von Sybel, der Bankier Karl Mayer von Rothschild und Ludwig Windthorst, der spätere prominente Führer der Deutschen Zentrumspartei. Noch am gleichen Tag wurde der Alterspräsident Wolff-Sylvius-Leopold von Frankenberg-Ludwigsdorf interimistisch mit dem Vorsitz betraut. Die jüngsten Abgeordneten hatten vorübergehend die Schriftführerämter zu übernehmen. Zu ihnen gehörte neben Carl Ferdinand Stumm, Eugen Richter und dem jungen Rittergutsbesitzer von Watzdorf auch Graf Otto zu Stolberg. Die Debatte begann am 4. März in den Räumen des Herrenhauses. Getagt wurde unter den neuen Nationalfarben schwarz-weiß-rot.

Im Konstituierenden Reichstag bildeten die Abgeordneten mehrere Fraktionen, die – zumindest anfangs – nicht immer klar voneinander zu trennen waren. Stolberg schrieb einen Tag nach der Eröffnung an seine Frau: «Die Leute geben sich hier undenklich Mühe, Fraktionen zu bilden, tappen aber dabei noch ziemlich im Dustern.» Neben den zwei Fraktionen der Konservativen Partei und der Freien konservativen Vereinigung existierten Fraktionen der Nationalliberalen Partei, der Deutschen Fortschrittspartei, des Zentrums und der polnischen Abgeordneten. In der Zentrumsfraktion fanden sich antipreußisch eingestellte katholische Abgeordnete und andere partikularistische Gruppen zusammen; eine Zentrumspartei wurde erst drei Jahre später, im Dezember 1870, von katholischen Mitgliedern des preußischen Abgeordnetenhauses gegründet. Seit 1852 hatte hier eine Fraktion mit diesem Namen existiert. Im Konstituierenden Reichstag bildete außerdem die bundesstaatlich-konstitutionelle Vereinigung eine eigene Fraktion. In ihr schlossen sich die Abgeordneten der von Preußen annektierten Länder Hannover und Schleswig-Holstein zusammen. Eine Anzahl Abgeordneter gehörte keiner Fraktion an. Man bezeichnete sie als die «Wilden» im Norddeutschen Reichstag.

Die Fraktion der Freikonservativen bestand aus vierzig Mitgliedern. Darunter befanden sich zwei Herzöge, drei Fürsten, neun Grafen sowie elf Barone und andere Adlige. Ihr schloß sich Graf Stolberg als Hospitant an.

Auf der 5. Sitzung am 2. März wurden der Präsident und die Schriftführer gewählt. Als noch amtierender Protokollant hatte Stolberg an diesem Tag alle Hände voll zu tun. Fünf Stunden hintereinander stand er «im Geschirr». Er hatte, so schrieb er nach Hause, «immer die Stimmen aufzurufen, was bei der großen Unruhe etwas angreifend war». Nachdem im ersten Wahlgang keiner der sechs Kandidaten eine absolute Stimmenmehrheit auf sich vereinigen konnte, wurde im zweiten Wahlgang nur noch zwischen vier Kandidaten entschieden: Dr. Eduard Simson, Graf Eberhard zu Stolberg, Professor Eberhard von Wächter und Herzog Hugo von Ujest. Die Abgeordneten wählten mit 107 Stimmen Simson zum Präsidenten des Konstituierenden Reichstages. Graf Eberhard zu Stolberg erhielt 95 Stimmen. In zwei weiteren Wahlgängen wurden der Herzog Hugo von Ujest zum ersten und Rudolf von Bennigsen zum zweiten Vizepräsidenten gewählt. Über die Wahl des ehemaligen Präsidenten der Frankfurter Nationalversammlung Eduard Simson, der jetzt zur nationalliberalen Fraktion gehörte, waren die konservativen Abgeordneten sehr verärgert. Sie befürchteten ein Anknüpfen an die Tradition der Nationalversammlung von 1848/49, und diese haßten sie ebenso wie der Teufel das Weihwasser. Graf Otto zu Stolberg beklagte sich damals bei seiner Frau: «Leider ist die Wahl recht mäßig ausgefallen, indem Simson gewählt wurde ... Die ganze Geschichte war offenbar nicht sehr geschickt eingerichtet.»

Nun galt Eduard Simson, der im Jahre 1888 sogar geadelt wurde, keineswegs als ein revolutionärer Geist. Schon anläßlich der Wahlen zur Nationalversammlung im Mai 1848 hatte ihn die «Kölnische Zeitung» spöttisch als «Kandidat des Börsenpublikums» bezeichnet, und seine damalige Wahl in Königsberg gegen den Demokraten Johann Jacoby beruhte offensichtlich auf einer handfesten Manipulation. Reiche Königsberger Bankiers und Kaufleute konnten durch Geldzuwendungen sozusagen «in letzter Minute» die Entscheidung der Wahlmänner beeinflussen.

Für Graf Stolberg brachten die Sitzungen des Konstituierenden Norddeutschen Reichstages zahlreiche Annehmlichkeiten mit sich. Er unternahm Abstecher nach Potsdam zu den «alten Regimentskameraden», war häufig zu Gast bei Bismarck oder Roon, hin und wieder auch bei König Wilhelm. Gern vertrieb er sich die Zeit im Berliner Reiter-Verein. Da ihm das Leben in Berlin offenbar gut gefiel, begann er hier nach einem standesgemäßen Wohnsitz Ausschau zu halten. Am 13. März erwarb Otto für 150000 Taler das Palais des schlesischen Grafen Ulrich von Behr-Negendanck am Wilhelmsplatz Nr. 7.

Die Gespräche, die Stolberg damals mit Bismarck führte, berührten auch die Frage nach der künftigen Stellung der mediatisierten deutschen Fürsten- und Grafenhäuser im Norddeutschen Bund. Mit der Zerschlagung des Deutschen Bundes von 1815 waren auch die Mediatisierten ihrer durch Artikel 14 der Bundesakte garantierten Sonderrechte verlustig gegangen. Jetzt suchten sie ihren verlorenen Positionen neue Geltung zu verschaffen. Der Verein deutscher Standesherren, gegründet im März 1864, setzte dabei große Hoffnungen auf Stolbergs «vielfache Beziehungen zu den in Berlin einflußreichen Persönlichkeiten». Die Mitgliedschaft in dieser exklusiven Adelsgesellschaft stand satzungsgemäß den «Häuptern derjenigen fürstlichen und gräflichen Häuser Deutschlands» zu, die berechtigt waren, das Prädikat Durchlaucht oder Erlaucht zu führen. Graf Otto gehörte dem Vereinsvorstand an.

Bereits im Dezember 1866 war er mit Bismarck in Berlin zusammengetroffen, um diesem die standesherrlichen Sonderwünsche vorzutragen. Dabei sprach sich der Graf nachdrücklich für die Schaffung eines deutschen Oberhauses aus, das – wie in England – neben dem eigentlichen Bundesparlament existieren sollte. Auf diese Weise wollten die mediatisierten deutschen Standesherren die Möglichkeiten ihrer politischen Einflußnahme im Norddeutschen Bund erweitern. Stolberg bat Bismarck um Aufnahme eines besonderen, dem Artikel 14 der alten Bundesakte entsprechenden Artikels in die Verfassung des Norddeutschen Bundes. Hatte sich Bismarck im Dezember 1866 gegenüber Stolberg in dieser Frage noch nicht eindeutig festgelegt, so erteilte er ihm jetzt im Februar/März 1867 eine deutliche Abfuhr. Bismarck meinte, ein Oberhaus mache den politischen Mechanismus zu schwerfällig. Tatsächlich aber fürchtete er eine solche Institution, denn die meisten mediatisierten deutschen Standesherren waren eingeschworene Legitimisten, großdeutsch eingestellt, in ihrer Mehrzahl katholischer Konfession und Gegner der Bismarckschen Politik. Dem Kanzler des Norddeutschen Bundes lag nichts daran, den politischen Spielraum der konservativen Opposition zu erweitern. Der Entwurf der Bundesverfassung sah deshalb keine standesherrlichen Sonderrechte vor, wenngleich die zahlreichen Privilegien der Mediatisierten nicht angetastet, sondern durch spätere Gesetze sogar ausdrücklich garantiert wurden.

Die wichtigste Aufgabe des Konstituierenden Reichstages bestand darin, den von der preußischen Regierung ausgearbeiteten Verfassungsentwurf zu beraten und darüber zu beschließen. Dieser spiegelte deutlich die neuen politischen Machtverhältnisse wider: Übergewicht Preußens gegenüber den anderen Staaten des Norddeutschen Bundes und die omnipotente Stellung des Bundeskanzlers gegenüber dem Parlament. So sollten der Oberbefehl über die Bundestruppen, die Leitung der Außenpolitik, die Entscheidung über Krieg oder Frieden und die Ernennung des Bundeskanzlers ausschließlich der preußischen Krone vorbehalten bleiben. Außerdem war vorgesehen, den Hohenzollern das erbliche Präsidium im Norddeutschen Bund einzuräumen. Auf diese preußische Hegemonie zielte der zynische Ausspruch des hessischen Ministerpräsidenten Friedrich Reinhard von Dalwigk, der damals meinte, der Norddeutsche Bund sei dem Bündnis eines Hundes mit seinen Flöhen vergleichbar.

Auf der 6. Sitzung am 4. März 1867 legte Bismarck dem Konstituierenden Reichstag den Verfassungsentwurf vor, dessen einzelne Paragraphen in den folgenden Wochen von den Abgeordneten beraten wurden. Dem Abschnitt über das Bundeskriegswesen widmete das Parlament besondere Aufmerksamkeit. In Erinnerung an den Heeres- und Verfassungskonflikt in Preußen war Bismarck nicht bereit, den Militäretat von einer alljährlichen Bewilligung durch den Reichstag abhängig zu machen. Deshalb beschränkte der Verfassungsentwurf in jener Frage das Budgetrecht des Reichstages durch eine dauernde Normierung.

An dieser Festlegung entzündeten sich heftige Debatten, in deren Verlauf mehrere Abänderungs- und Vermittlungsvorschläge eingebracht wurden. Kriegsminister von Roon verteidigte die Regierungsvorlage. Mehrere sieggekrönte Generale, die wie Vogel von Falckenstein ebenfalls in das neue Parlament gewählt worden waren, unterstützten ihn dabei. Der Verfassungsentwurf sah vor, die Friedensstärke des Heeres künftig auf ein Prozent der Bevölkerungszahl von 1867 festzulegen und sie alle zehn Jahre neu zu regeln. Für jeden Heeresangehörigen sollten 225 Taler pro Jahr zur Verfügung gestellt werden.

Wäre der Bismarcksche Entwurf vom Parlament so akzeptiert worden, hätte der Reichstag in Heeresfragen praktisch überhaupt kein Budgetrecht besessen. Während der sehr kontrovers geführten Diskussion sah es eine Zeitlang sogar so aus, als ob das gesamte Verfassungswerk an diesem strittigen Punkt scheitern würde. Für den Fall, daß dabei die Interessen der Regierung nicht gewahrt blieben, drohte Bismarck mit seinem Rücktritt.

Dem Reichstag lag ein Änderungsvorschlag vor, den der Herzog Hugo von Ujest und Rudolf von Bennigsen, der nationalliberale

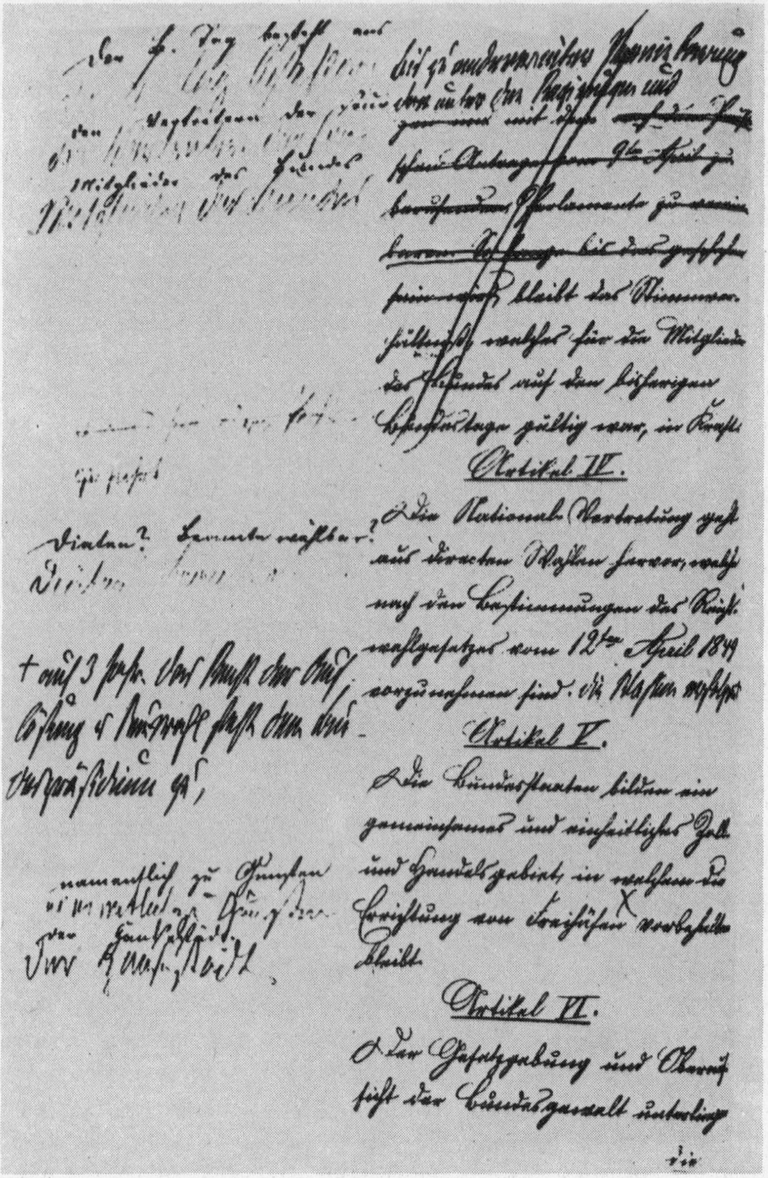
Artikel IV.
Die National-Vertretung geht aus directen Wahlen hervor, welche nach den Bestimmungen des Reichswahlgesetzes vom 12ten April 1849 vorzunehmen sind.
Artikel V.
Die Bundesstaaten bilden ein gemeinsames und einheitliches Zoll- und Handelsgebiet
Artikel VI.
Der Gesetzgebung und Aufsicht der Bundesgewalt unterliegen die

Entwurf der Verfassung des Norddeutschen Bundes mit Bismarcks Randbemerkungen

Parteiführer, eingebracht hatten und den zahlreiche freikonservative und nationalliberale Abgeordnete unterstützten.

Der Antrag sah vor, die zur Deckung der Heereskosten vorgesehene Pauschale von 225 Talern pro Soldat und pro Jahr sowie die Festsetzung der Heeresstärke auf ein Prozent der Bevölkerungszahl lediglich im Zeitraum 1867 bis zum 31. Dezember 1871 zu genehmigen. Danach sollten der Militäretat und die Präsenzstärke des Heeres neu veranschlagt und dem Reichstag zur Genehmigung vorgelegt werden.

Graf Otto handelte ganz im Sinne des preußischen Ministerpräsidenten, als er in dieser Situation dem Reichstag ein Sousamendement, also einen zusätzlichen Änderungsvorschlag, unterbreitete, das Bismarck am 16. April im Plenum nachdrücklich unterstützte.

Die Reichstagsabgeordneten stimmten über den sogenannten Verbesserungs-Vorschlag Stolbergs namentlich ab. Von den 285 aufgerufenen Parlamentariern votierten 120 mit «Ja» und 156 mit «Nein», 9 Abgeordnete enthielten sich der Stimme. Anschließend wurde über den von Ujest und Bennigsen eingebrachten Antrag abgestimmt. Für ihn entschieden sich 202 Abgeordnete. Darunter befanden sich sowohl die Vertreter der reaktionären preußischen Junker wie auch die meisten der freikonservativen und nationalliberalen Abgeordneten.

Graf Stolberg stimmte ebenfalls mit «Ja». Er war mit seinem Zusatzantrag Bismarck nur für ein taktisches Scheingefecht von Nutzen gewesen, denn im Grunde stand der preußische Ministerpräsident der getroffenen Entscheidung auch gar nicht ablehnend gegenüber. Es gibt sogar Hinweise darauf, daß er der heimliche Mitverfasser des Antrages Ujest/Bennigsen gewesen ist.

Der Kompromiß stellte eine wesentliche «konservative Verbesserung» gegenüber den in der ersten Lesung vorgebrachten Abänderungsvorschlägen dar, denn schließlich war es gelungen, den Militäretat für die kommenden Jahre festzuschreiben, unabhängig von der jährlichen Zustimmung des Reichstags. Bismarck wünschte deshalb nachdrücklich, daß der Antrag im Parlament eine Mehrheit fand, obwohl er selbst mit «Nein» votierte. Was den «eisernen Militäretat» nach 1871 betraf, mußte Bismarck damit rechnen, darüber erneut mit dem Parlament in Konflikt zu geraten. Eine solche Situation wollte er jedoch durch seine persönliche Entscheidung nicht begünstigt sehen. Dazu kam, daß seiner Stimme – angesichts der Mehrheitsverhältnisse in dieser Frage – ohnehin kein allzu großes Gewicht zukam und er es sich deshalb leisten konnte, so – gleichsam «über den Parteien stehend» – abzustimmen.

Stolberg war über die politischen Absichten und Wünsche Bismarcks sicher recht gut informiert. Nur so ist zu verstehen, daß der Graf im Gegensatz zu dem Ministerpräsidenten den Ujest/Bennigsen-Antrag letztlich befürwortete, obwohl er sich doch für seine Abänderung im Parlament stark gemacht hatte.

Interne politische Informationen erhielt Otto zu Stolberg von Geheimrat Metzel, der Bürodirektor des Herrenhauses und auch des Reichstages war. Bereits im Frühjahr 1866 nahm er ihn als persönlichen Vertrauensmann für ein jährliches Entgelt von 200 Talern regelrecht in seine Dienste. Metzel hat noch viele Jahre lang berichtet, oft waren es nur Klatschgeschichten, manchmal aber auch ganz handfeste politische Nachrichten.

Wie die Abgeordneten der Fortschrittspartei, so lehnte auch ein Parlamentarier, der als Sozialist auf der Liste der Sächsischen Volkspartei kandidiert hatte und im siebzehnten sächsischen Wahlkreis (Glauchau-Meerane) gewählt worden war, die Vorlage ab. Sechsundvierzig Jahre lang, bis zu seinem Tode im Jahre 1913, blieb er mit nur wenigen Unterbrechungen Abgeordneter, zuerst des Norddeutschen, dann des Deutschen Reichstages. Sein Name war August Bebel.

Und dieser Mann stimmte nicht nur mit «Nein», er sagte auch im Plenum offen seine Meinung. Am 10. April brachte er hier seine feste Überzeugung zum Ausdruck, «daß es Preußen bei der Gründung dieses Norddeutschen Bundes keineswegs um die Einigung Deutschlands zu thun gewesen» sei. Diese Äußerung führte zu lebhaftem Widerspruch auf den rechten Parlamentsbänken. Doch Bebel fuhr fort: «Im Gegentheil, meine Herren, ich behaupte, daß mit der Gründung dieses Norddeutschen Bundes ein spezifisch *Preußisches* Interesse (Erneuter Widerspruch rechts), daß die Stärkung der Hohenzollerschen Hausmacht damit bezweckt worden ist.» An dieser Stelle vermerkt das stenographische Protokoll wiederum:

«Lebhafter Widerspruch rechts», und es bedurfte einer Intervention des Präsidenten, um August Bebel das Weiterreden zu ermöglichen. Dieser schloß seine Jungfernrede mit den Worten: «Meine Herren, eine solche Politik zu unterstützen, dazu habe ich keine Lust, ich muß entschieden dagegen protestieren, daß man eine solche Politik eine deutsche nennt, ich muß entschieden protestieren gegen einen Bund, der nicht die Einheit, sondern die Zerreißung Deutschlands proklamiert, einen Bund, der dazu bestimmt ist, Deutschland zu einer großen Kaserne zu machen (Lebhafter Widerspruch), um den letzten Rest von Freiheit und Volksrecht zu vernichten.»

August Bebel wollte die Einheit Deutschlands im Interesse der Arbeiterklasse herbeiführen. Zusammen mit Karl Marx und Friedrich Engels trat er deshalb für die Bildung einer politisch, ideologisch und organisatorisch selbständigen Partei ein, die die Führung in diesem Kampf übernehmen sollte. Die revolutionär-demokratischen Kräfte im Proletariat und im Kleinbürgertum waren 1866 allerdings noch nicht stark genug gewesen, um der «Revolution von oben» durch eine Revolution von unten zuvorzukommen. Erst 1869 hatten sie sich das Maß an politischer Bewegungsfreiheit erkämpft, auf deren Grundlage es möglich war, in Eisenach die Sozialdemokratische Arbeiterpartei als erste marxistische Massenpartei zu gründen.

Obwohl Bismarck an den Kernpunkten seines Verfassungsentwurfs nicht hatte rühren lassen, so mußte er doch den Nationalliberalen und letzten Endes dem deutschen Volk mehrere Zugeständnisse machen. Ohne sie wäre es den Nationalliberalen kaum möglich gewesen, für den in Bildung begriffenen deutschen Nationalstaat außerhalb Preußens propagandistisch einzutreten. Bismarck kam den Wünschen der Bourgeoisie entgegen und förderte durch eine Reihe wirtschaftlicher Gesetze die volle Durchsetzung der kapitalistischen Produktionsweise. Mit dem Norddeutschen Bund war die territoriale Zersplitterung Deutschlands schon weitgehend überwunden, es entstand die Grundlage für einen deutschen Nationalstaat.

Von Bedeutung war auch, daß künftig statt der ursprünglich vorgesehenen öffentlichen Stimmabgabe bei Wahlen das allgemeine, gleiche und geheime Wahlrecht verbindlich sein sollte. Außerdem entsprach Bismarck der nationalliberalen Forderung nach wenigstens einem dem Parlament verantwortlichen Bundesminister. Es war der Kanzler und damit Bismarck selbst. Doch dies bedeutete keineswegs, daß der Reichstag dem Bundeskanzler sein Mißtrauen aussprechen und ihn dadurch sogar stürzen konnte. Der Bundeskanzler war vielmehr verpflichtet, dem Reichstag auf Anfragen Rede und Antwort zu stehen.

Gleichzeitig wurde durch diese Festlegung aber die Position des Kanzlers gegenüber dem König gestärkt, denn nun konnte er Maßnahmen, die der König forderte, mit der Begründung ablehnen, diese vor dem Parlament nicht hinreichend begründen oder verantworten zu können. Nur unter einer solchen Voraussetzung entschloß sich Bismarck, das Bundeskanzleramt selbst zu übernehmen. Dieses blieb neben dem Auswärtigen Amt und der Marineverwaltung lange Zeit die einzige Bundes- beziehungsweise Reichsbehörde.

Der Bundesrat, die Vertretung der dem Norddeutschen Bunde beigetretenen Staaten und Freien Städte, konnte Preußen in seiner Vormachtstellung niemals gefährlich werden. Von den 43 stimmberechtigten Mitgliedern stellte Preußen 17 Vertreter, und bei Kampfabstimmungen, sofern solche überhaupt denkbar waren, verfügte es über Möglichkeiten, jederzeit Druck auf verschiedene kleine Staaten auszuüben und diese auf seine Seite zu ziehen. Im Ganzen gesehen, verdeutlicht die Verfassungsstruktur des Norddeutschen Bundes, daß es Preußen gelungen war, seine hegemoniale Stellung zu behaupten und staatsrechtlich abzusichern.

Großen Eindruck machte auf Stolberg auch ein später vielzitierter Ausspruch Bismarcks in der Reichstagssitzung am 11. März. Der Ministerpräsident hatte an die Abgeordneten appelliert: «Meine Herren, arbeiten wir rasch! Setzen wir Deutschland, sozusagen, in den Sattel! Reiten wird es schon können!» Damals berichtete der Graf nach Hause: «Die Rede hat schlagend gewirkt, kürzt die Session mindestens um einige Wochen ab und macht das Zustandekommen der Bundesverfassung eigentlich unzweifelhaft.»

Am 16. April 1867 stimmte Stolberg für die Verfassungsvorlage. Sie wurde mit 230 gegen 53 Stimmen angenommen. Besonders stolz auf das Erreichte war der preußische Kriegsminister Albrecht von

Roon, der in seinen Memoiren schrieb, König Wilhelm habe «am 17. April die Sitzungen mit dem Ausdruck seiner aufrichtigsten Befriedigung und Genugthuung über das gewonnene Resultat schließen» können.

Die Verfassung war, wie man bald feststellte, Bismarck «auf den Leib zugeschnitten» und damit zugleich Ausdruck seiner bonapartistischen Diktatur. Dabei handelte es sich um eine nach der persönlichen Diktatur Napoleon Bonapartes, aber besonders nach der des französischen Kaisers Napoleon III. benannte Herrschaftsform im Interesse des Großbürgertums und der zunehmend kapitalistisch wirtschaftenden Junkerklasse. Die Regierungsgewalt lag in den Händen einer besonderen Offiziers- und Beamtenkaste, die sich nur zum geringsten Teil aus der Bourgeoisie, vor allem aber aus dem Junkertum rekrutierte. Bismarck stand der tatsächlichen Macht nach an der Spitze des deutschen Bonapartismus.

Die Eindrücke vom politischen Parkett des neuen Parlaments behielt Stolberg nicht für sich. Seine Wähler sollten ihm nicht umsonst ihre Gunst erwiesen haben; rückblickend teilte der Graf am 20. Juli 1867 im Oscherslebener Kreisblatt über seine politische Haltung im Konstituierenden Reichstag mit: Er habe sich dafür eingesetzt, daß Preußen im Norddeutschen Bund über Gewicht und Einfluß verfüge, «um dieser Präsidialmacht im Gegensatz zu dem früheren Deutschen Bunde eine eingreifende Exekutive in wirksamer Weise zu sichern und dadurch eine kräftige Machtentfaltung des neuen Staats-Organismus nach Außen und Innen zu ermöglichen». Gleichzeitig sei er dafür eingetreten, «daß eine Verkürzung der speziellen Rechte der dem Bund zugetretenen Fürsten und Länder über das Maß hinaus, welches die nothwendige Stärkung der Zentralgewalt und die Befähigung des Bundes zu selbständigem Auftreten erfordert, mit Rücksicht auf die bereits abgeschlossenen Verträge und die schon gebrachten großen Opfer möglichst vermieden werde».

Schließlich wies der Graf noch darauf hin: «Mein Bestreben, für die Bildung eines kräftigen Bundes zu wirken, ging so weit, daß ich dieser Rücksicht manche persönlichen Ansichten zu opfern mich verpflichtet fühlte, indem ich z. B. für das allgemeine direkte Wahlrecht stimmte.» Allerdings habe er sich nachdrücklich gegen die Bewilligung von Diäten an die Mitglieder des Reichstags ausgesprochen. Für jeden Abgeordneten, so meinte Stolberg, müsse eine «soziale Stellung» vorausgesetzt werden, «welche ihn befähigt, auch ohne Entschädigung» politisch wirksam zu werden. Politik sah der Graf als ein Geschäft an, zu dem man finanziell in der Lage sein müsse, sozusagen als Hobby der oberen Zehntausend.

Stolbergs arrogante Äußerungen riefen im heimatlichen Wahlkreis einen Sturm der Empörung hervor. In der liberalen «Halberstädtischen Zeitung» konnte man wenige Tage später lesen: «Das war es, was wir von dem Herrn Grafen erwarteten und nicht anderes. Wir haben es vor seiner Wahl vorausgesagt, daß wir von ihm als einem halb und halb souveränen Herrn nicht anders als eine Theilnahme für die Rechte und die Selbständigkeit der dem Bunde zugehörenden Fürsten erwarteten, und jetzt sagt er selbst, daß wir uns damals nicht getäuscht haben. Ob alle seine früheren Wähler mit diesem Punkte wohl einverstanden sein mögen? Ob einige von ihnen anstatt dessen es nicht lieber gesehen hätten, wenn der Herr Graf auch ein Herz gehabt hätte für die Rechte und die Wohlfahrt des *Volkes*, das ihn gewählt hat? Davon finden wir aber in dem ganzen langen Briefe des Herrn Grafen kein Wort, ja, das Wort ‹Volk› kommt in demselben nicht vor, das kennt der Herr Graf nicht, bei ihm fängt der Mensch wahrscheinlich erst mit dem ‹Baron› an! – Wir hatten geglaubt, so etwas von der Wahrung der uns in der preußischen Verfassung theils schon gewordenen, theils verheißenen Rechte zu vernehmen, und wir meinen, das wäre nicht zu viel verlangt gewesen von einem Manne, den nicht die Fürsten, sondern das *Volk* zu seinem Vertreter gewählt hat! Wir dachten dabei an die Entwicklung der Gemeinde- und Kreisordnung, an ein besseres Preß- und Vereinsgesetz, Ministerverantwortlichkeit etc., von dem allen weiß der Herr Graf nichts, er kennt nur zwei Ziele, seines Strebens würdig: Stärkung der Macht Preußens, und Wahrung der Rechte der Fürsten! Das charakterisiert den Herrn als Abgeordneten hinlänglich; nun wissen wir doch, für wen er sein Mandat erhalten zu haben glaubt!

Weiter erfahren wir noch, daß er, um einen kräftigen Bund zustande zu bringen, manche persönliche Ansicht opfern mußte, zu den letztern zählt er, daß er für das allgemeine direkte Wahlrecht habe stimmen müssen, was sonst nicht zu seinem System paßt; ferner, daß er gern noch ein Oberhaus im norddeutschen Reichstage gehabt hätte; wahrscheinlich für die reichsunmittelbaren Grafen und Fürsten. – Ferner ist der Herr Graf selbstverständlich *gegen* Bewilligung von Diäten; das hatten wir nicht anders erwartet ... Wir glauben, daß nach diesem Programm doch manchem der früheren Wähler des Herrn Grafen die Augen aufgegangen sein werden, und man hört schon hier und da Stimmen, selbst aus der Grafschaft, daß diesmal wohl aus der Wahl desselben nichts werden wird.»

Die Sommermonate des Jahres 1867 standen dann ganz im Zeichen des Wahlkampfes für den ersten ordentlichen Reichstag des Norddeutschen Bundes. Am 25. Juli wurde Graf Stolberg im achten Magdeburger Wahlkreis erneut als Kandidat aufgestellt. Doch dieses Mal entbehrte der Wahlkampf jener Schärfe an politischer Auseinandersetzung, die noch den Wahlkampf im vergangenen Winter gekennzeichnet hatte. Da Seubert nicht kandidierte, konnten sich die Wähler nur zwischen dem rechtsliberalen August von Bernuth und Graf Otto zu Stolberg entscheiden.

Selbst die gräfliche Regierung sah sich angesichts dieser Kandidatenkonstellation in ihrem Amtsblatt zu der Feststellung veranlaßt: «Nach dem, was wir von der Stellung der beiden Kandidaten zu den politischen Fragen der Zeit wissen, können wir nicht annehmen, daß sie in denjenigen Dingen, welche vor dem Reichstag zur Entscheidung kommen, wesentlich von einander abweichen werden; sie werden beide im Großen und Ganzen die Politik der Regierung zu unterstützen suchen, und der Herr v. Bernuth wird voraussichtlich in vielen Fragen eben so sehr von der Meinung seiner jetzigen begeisterten Vertheidiger um deren demokratischer Gesinnung willen abweichen, wie der Herr Graf zu Stolberg. In unserem Wahlkreis fehlen also die großen prinzipiellen Gegensätze.»

Dieses Mal gelang es Graf Stolberg nicht, die absolute Mehrheit der Stimmen auf sich zu vereinigen. Am 31. August 1867, dem Wahltag, wurden für August von Bernuth 7240 Stimmen abgegeben. Das waren 552 mehr als für die absolute Majorität notwendig. Der ehemalige Justizminister konnte sich vor allem auf die bürgerlichen Wähler der Kreise Oschersleben und Halberstadt stützen. Da-

Victoria-National-Invalidenstiftung.

Das hiesige Localcomitee wird am

Freitag den 30. d. M., Abends 5 Uhr,

im Sitzungszimmer der gräflichen Regierung eine öffentliche Sitzung zur Rechnungslegung und Berichterstattung halten.

Wernigerode, den 27. August 1867.

Zur Berathung über die bevorstehende

Wahl eines Abgeordneten

zu dem Reichstage des Norddeutschen Bundes wird eine Versammlung auf

Donnerstag den 29. August 1867, Nachmittags 3 Uhr, im Gasthofe auf der Halbinsel zu Osterwieck

anberaumt, zu der insbesondere alle diejenigen Wähler hierdurch eingeladen werden, welche bei der Reichstagswahl im Februar d. J. mit der Majorität dem

Grafen Otto zu Stolberg-Wernigerode

ihre Stimme gegeben haben.

Das Wahlcomitee.

Die Unterzeichneten haben heute beschlossen, den Herrn Grafen **Otto zu Stolberg-Wernigerode** als Candidaten zur Wahl als Abgeordneten für den Reichstag des Norddeutschen Bundes aufzustellen.

Halberstadt, 25. Juli resp. Huysburg, 8. August 1867.

(gez.) Märker, Appellationsgerichts-Präsident. Becker, Schöppe zu Harsleben. Langenstraß, Schulze zu Kl.-Quenstedt. Frh.

gegen hatten sich in der Grafschaft Wernigerode 2361 Wähler für Stolberg und nur 516 für Bernuth entschieden.

Als für den Grafen ungünstig erwies sich die schlechte Wahlbeteiligung in den Landgemeinden, seinen eigentlichen Hochburgen. In der Grafschaft Wernigerode wurden 874 Stimmen weniger abgegeben als während der Wahlen im Februar. Klagend schrieb Stolberg deshalb sechs Tage später seinem Schwager, dem Prinzen Heinrich VII. zu Reuß, der damals preußischer Gesandter in Petersburg war: «Übrigens bin ich beim Beginn meiner staatsmännischen Carriere gleich in der Wahl durchgefallen, die Gegner haben nicht mehr Stimmen, aber die Dörfer haben sich durch die Ernte zu sehr von der Wahl abhalten lassen.»

Doch Graf Stolberg irrte, seine politische Karriere war keineswegs gestoppt, sie nahm nur – wie sich wenige Tage später herausstellte – vorerst einen ganz anderen Weg.

Oberpräsident in Hannover

Am 31. August 1867, dem Tag seiner Wahlniederlage, erhält Graf Stolberg einen Brief des preußischen Innenministers Friedrich zu Eulenburg, worin ihn dieser auffordert, «so schleunig als möglich» nach Berlin zu kommen.

Natürlich ahnt der Graf, worum es sich möglicherweise handeln könnte. Sein Schwager Prinz Heinrich VII. zu Reuß hat ihn bereits in den ersten Maitagen dieses Jahres nach mehreren Unterredungen mit Bismarck, Graf von der Goltz und weiteren politisch einflußreichen Personen, zu denen wahrscheinlich auch der freikonservative Graf Fred Frankenberg (im Brief wird die Abkürzung Fr. verwendet) gehörte, wissen lassen: «Fr. sagte mir, er habe stark daran gearbeitet, Dich zum Oberpräsidenten von Hannover zu machen. B(ismarck) sei auch ganz darauf eingegangen, und trotzdem geschehe es nicht, weil man sich bei uns nicht vom hergebrachten Schlendrian losmachen könne. Ich fand das sehr schade».

Am 1. September reiste Stolberg nach Berlin. Seiner Frau, die sich damals gerade im Nordseebad Wyk aufhielt, teilte er kurz mit: «Ich bin etwas aufgeregt durch diesen Brief, was ich nicht leugnen kann. Ich kann mir nur denken, daß entweder die Angelegenheit mit Hannover, von der ich Dir sagte, noch spielt, oder man könnte mich vielleicht zum Landtagsmarschall der neuen Hannoverschen Provinzialstände, wo ich Mitglied bin, haben wollen. Da man im letzteren Fall aber wohl nicht so geheimnisvoll sein würde, so vermuthe ich beinahe das erstere. Die Sache geht mir sehr im Kopf herum.»

Stolberg hatte sich nicht getäuscht. Bismarck und Eulenburg forderten ihn tatsächlich auf, das Amt des Oberpräsidenten in Hannover zu übernehmen. Bereits am 2. September gab der Graf dem Innenminister seine Zusage, und am 14. September verfügte Bismarck die Ernennung.

Dies alles geschah, so schrieb der Graf spöttisch in seinen Lebenserinnerungen, «zum Entsetzen des ganzen preußischen Beamtenheers», das – wie Stolbergs späterer Mitarbeiter Robert Bosse urteilte – «die Berufung eines dreißigjährigen Herrn der höchsten Aristokratie in das damals schwierigste Oberpräsidium als eine kaum begreifliche Schrulle des nach ihrer Auffassung freilich auch nicht zünftigen Grafen Bismarck betrachtete und mit Nasenrümpfen und heimlichen Räsonieren aufnahm.»

Im Grunde aber war die Ernennung Stolbergs zum Oberpräsidenten ein politisch geschickter Schachzug des Ministerpräsidenten. Da das Haus Stolberg-Wernigerode durch die Grafschaft Wernigerode einerseits die preußische, durch den Hohnsteinischen Forst aber zugleich die hannoversche Staatsangehörigkeit besessen hatte, hoffte Bismarck, in der Person des Grafen einen geeigneten Vermittler zwischen der überwiegend preußenfeindlich eingestellten Bevölkerung Hannovers und dem preußischen Staat gefunden zu haben. Ein «Altpreuße» schien ihm für diese Aufgabe weniger geeignet. Dazu kam, daß Bismarck Stolbergs Verwaltungstalent kannte. Außerdem wollte er eine repräsentative und begüterte Persönlichkeit an der Spitze in Hannover wissen. Gegenüber Onkel Botho brachte Stolberg damals zum Ausdruck, die Regierung habe ihn für diesen Posten ausgewählt, weil er seinem Rang nach schon hoch über dem Beamtenstand stehe und weil ihm eine gewisse Geschäftskenntnis nicht fehlte. Im engen Familienkreis nahm man Ottos Ernennung zum Oberpräsidenten allerdings keineswegs besonders freudig auf. Die Berufung zum Botschafter oder Minister wäre sicher akzeptiert worden, ein Oberpräsidentenamt wurde im Hochadel schlechthin als sozialer Abstieg empfunden.

Am 18. September 1867 ließ Gräfin Anna ihren Mann wissen, daß man in der Reußschen Familie «den Titel Oberpräsident so unpassend» fände und auch sie sich jedesmal darüber ärgere, «wenn sie ihn in der Zeitung lese». Ihr Bruder Septi habe sie in seinem letzten Brief ganz ironisch mit «Frau Oberpräsident» angeredet. Nur die Gattin des Grafen Eberhard, Marie zu Stolberg-Wernigerode, geborene Prinzessin zu Reuß, die eine glühende Bewundererin Bismarcks war, schrieb an Anna: «Das ist doch wieder ein Meistercoup vom großen Mann.»

Tatsächlich wurde Stolbergs Ernennung in Hannover, wo man bereits die Einsetzung eines eingefleischten preußischen Bürokraten befürchtet hatte, im allgemeinen gut aufgenommen. Der nationalliberale Hannoveraner Rudolf von Bennigsen, der Graf Otto bereits im Konstituierenden Reichstag des Norddeutschen Bundes kennengelernt hatte, meinte über den neuen Oberpräsidenten: «Persönlich macht er einen sehr guten Eindruck. Ob er aber bei so großer Jugend mit seinen Geschäften ins Reine kommen wird, mag Gott wissen.»

Auch König Wilhelm hatte anfangs gegen einen so jungen Oberpräsidenten ernste Bedenken, die Bismarck nur mühsam zerstreuen konnte. Als Stolberg am 6. September 1867 vom Monarchen empfangen wurde, war davon allerdings nicht mehr die Rede. An Anna und Septi schrieb er, Wilhelm sei «überaus gnädig» gewesen und habe gesagt, «er übergebe mir das Amt mit vollem Vertrauen». Während der Audienz teilte der König Otto auch dessen Beförderung zum Major mit, um – wie sich Wilhelm salopp ausgedrückt haben soll – Stolbergs Uniform «etwas zu verzieren». Gleichwohl geschah es gewiß zu dessen persönlicher Aufwertung, denn auch als Oberpräsident trug der Offizier à la suite oft und gern die Uniform des preußischen Garderegiments.

Am 18. September 1867 wurde Graf Stolberg in sein neues Amt eingeführt. Damit endete die Zeit der «königlichen Diktatur», die durch das Annexionsgesetz vom 20. September 1866 für die Dauer eines Jahres angeordnet worden war. Seit damals wehte auf dem Dach des Schlosses an der Leine die weiße Fahne mit dem schwarzen Adler Preußens. Anfang November hatte man sämtliche staatliche Hoheitszeichen verändert: die Schlagbäume, Schilderhäuschen, Wegweiser und Grenzpfähle waren mit den preußischen Landesfarben, die öffentlichen Gebäude mit dem preußischen Wappen versehen worden, und die Beamten siegelten fortan nicht mehr mit dem welfischen Pferd, sondern mit dem preußischen Adler. – Das Pferd war das Wappentier des ehemaligen hannoverschen Königs, der dem Fürstengeschlecht der Welfen angehörte. – Etwa zur gleichen Zeit ging die diplomatische Vertretung Hannovers im Ausland auf die preußischen Konsuln über. Die hannoverschen Ministerien des Innern und des Kultus wurden aufgehoben und in Abteilungen des

Generalgouvernements verwandelt. Ende Dezember erfolgte die Vereinigung des hannoverschen Post- und Telegraphiewesens mit dem preußischen.

In diesem Übergangsjahr 1866/67 hatten sich die Berliner Ministerien, ausgerüstet mit umfassenden Vollmachten, direkt in die Verwaltung Hannovers einschalten können. Damals feierte die preußische Ministerialbürokratie den Sieg von Königgrätz noch einmal auf ganz eigene Weise. Geheimrat von Wolff, Vortragender Rat bei Eulenburg, charakterisierte diese Methode mit den Worten: «Nach dem Blute muß ja doch die Tinte fließen.» Die hannoversche Rechtsordnung und Gerichtsverfassung wurden abgeändert, das preußische Steuersystem, die preußische Wehrpflicht und die preußische Bankordnung wurden kurzfristig eingeführt. Außerdem plante der Innenminister, Hannover in mehrere kommunalständische Verbände zu zergliedern, und der Finanzminister wies an, das Staatskapital des ehemaligen Königreichs ins preußische Säckel fließen zu lassen.

Der Widerstand gegen die Gleichschaltung und Verpreußung war anfangs in Hannover recht erheblich, vor allem in den ehemaligen welfischen Stammlanden um Kalenberg, Lüneburg, Göttingen, Hoya und Diepholz. Entschiedener Protest ging von den legitimistisch eingestellten Anhängern des gestürzten und jetzt im österreichischen Exil lebenden Königs Georg V. aus, für die der Begriff «Welfenpartei» allgemein üblich war. Zu ihr zählte sich der hannoversche Adel, ein großer Teil der Beamtenschaft und vor allem der Geistlichkeit, aber auch des Mittel- und Großbauerntums.

Obwohl sich im Laufe der Zeit die meisten hannoverschen Offiziere zum Eintritt in die preußische Armee entschlossen, entzogen sich zahlreiche Rekruten durch Flucht ins Ausland der preußischen Wehrpflicht. In Frankreich wurde im Frühjahr 1867 sogar eine «Welfenlegion» aufgestellt, die im Fall eines Krieges mit Preußen bei der militärischen Besetzung Hannovers mitwirken sollte.

Die Formen des antipreußischen Protests waren unterschiedlich. Preußische Hoheitszeichen wurden beschmutzt oder entfernt; selbst aus Theaterzetteln schnitt man oft den verhaßten preußischen Adler heraus. Mancher Krämer verkaufte seinen Zucker in weiß-gelben Tüten, und viele Männer trugen weiß-gelbe Krawatten. Kinderprozessionen zogen mit weiß-gelb beflorten Fahnen durch die Straßen verschiedener Städte, und eine erhebliche Anzahl von Beamten und Offizieren verweigerte der preußischen Regierung den Diensteid.

Die Damen des Adels trugen demonstrativ die weiß-gelben Farben des hannoverschen Königshauses oder gingen gleich ganz in Trauer. Einige Kaufleute hängten Bilder der ehemaligen Königsfamilie in ihre Schaufenster.

Dazu kam, daß sich damals auch die ehemalige Königin noch in Hannover aufhielt. Erst im Mai 1867 gelang es den Polizeiorganen, ihr konspirative antipreußische Tätigkeit nachzuweisen, worauf Wilhelm I. der Exkönigin in einem persönlichen Schreiben dringend «empfahl», Hannover zu verlassen und außer Landes zu gehen.

Am 3. Dezember 1866 hatte die Berliner Regierung angeordnet, den Widerstand mit härteren Maßnahmen zu brechen. Wenige Tage später mußten alle Beamten ihren Dienst quittieren, die der preußischen Regierung nicht den Eid leisteten. Haussuchungen fanden statt. Einige Offiziere wurden vorübergehend interniert.

Weniger preußenfeindlich verhielt sich das Hannoveraner Bürgertum. Mehrheitlich lehnte es zwar die gewaltsame Annexion des Landes ab, seine nationalliberalen Vertreter im Landtag richteten sich jedoch mit den politischen Realitäten ein. Schon vor 1866 hatte sich die liberale Landtagsmajorität für einen freiwilligen politischen Anschluß an Preußen ausgesprochen, da sie darin einen ersten Schritt zur Herstellung eines einheitlichen deutschen Staates sah, von dem man sich bedeutende politische wie wirtschaftliche Vorteile versprach. Am 1. Oktober 1866 verfaßten über hundert ehemalige Bürgervorsteher, Mitglieder hannoverscher Magistrate und des letzten Landtags einen Appell an die preußische Regierung. Darin bekannten sie sich ausdrücklich zum preußischen Staat, baten jedoch, man möge die besonderen Verhältnisse und «berechtigten Eigenthümlichkeiten» des Landes sorgsam beachten. Die Festlegungen über das weitere politische Schicksal müßten unter Hinzuziehung von hannoverschen Vertrauensmännern erfolgen.

Bismarck, daran interessiert, die Nationalliberalen unter Rudolf von Bennigsen und Johannes Miquel für seine Politik der Assimilierung Hannovers durch Preußen mit partiellen Zugeständnissen zu ködern, ging tatsächlich auf verschiedene Wünsche ein; ja er rückte sogar demonstrativ von der Position einiger seiner Minister ab, die sich ausdrücklich gegen Vertrauensmänner ausgesprochen hatten. Anfang August 1867 wurde schließlich in Berlin verhandelt und versichert, die Einheit des Landes bliebe bestehen, die Selbstverwaltung werde künftig durch einen Provinziallandtag ausgeübt. Bennigsens Bitte nach Erhaltung eines Teiles des ehemaligen hannoverschen Staatsvermögens für provinzielle Zwecke lehnte der Finanzminister zunächst jedoch ab.

Am 18. September 1867 veröffentlichte das «Wernigerödische Intelligenz-Blatt» auf seiner Titelseite ein Abschiedswort Stolbergs an die Bevölkerung. Zu diesem Zeitpunkt hatte der Graf das heimatliche Schloß aber bereits verlassen. Seit dem 16. September hielt er sich in Hannover auf.

Unmittelbar nach seinem Amtsantritt eröffnete der Graf den ersten hannoverschen Provinziallandtag, der vom 21. bis zum 30. September tagte. Vergleichbar etwa dem Merseburger Provinziallandtag, saßen hier die Vertreter dreier Stände: der Großgrundbesitzer, der Städte und der Landgemeinden. Jeder Stand stellte ein Drittel der Abgeordneten. «Vor dem Landtag graut mir etwas, da man mir dabei gleich von Anfang an die größten Schwierigkeiten machen kann», schrieb er am 15. September an Anna. Deutlich demonstrierte die welfische Opposition ihre Preußenfeindlichkeit, denn nahezu sämtliche Abgeordneten der hannoverschen Ritterschaft blieben dem Festessen, das Stolberg anläßlich der Eröffnung des Landtags gab, fern. Als Landtagsmarschall fungierte ein freikonservativer Politiker, Graf Georg Herbert von Münster; zum Vizemarschall wurde Rudolf von Bennigsen ernannt. Stolberg nahm seine erbliche Virilstimme im Landtag aus Rücksicht auf sein Amt als Oberpräsident nicht persönlich wahr, sondern ließ sich durch seinen Cousin Theodor zu Stolberg-Wernigerode vertreten. Auf diese Weise war er «über alle inneren und hinter den Coulissen sich abspielenden Vorgänge immer orientirt», wenngleich er gegenüber Anna einschränkend feststellte, daß die hartgesottenen Welfen Theodor wohl «auch nicht in alles einweihen werden».

Die Landtagsverhandlungen verdeutlichten den Wunsch der Hannoveraner nach weitgehender provinzieller Selbstverwaltung.

Bereits am 24. September beantragten Bennigsen und Miquel, den bisherigen hannoverschen Domänen- und Ablösefonds, der etwa 16 Millionen Taler umfaßte und jährlich 550 000 Taler abwarf, dem preußischen Fiskus wieder abzunehmen, um dann aus diesem Fonds die Kosten für verschiedene provinzielle Zwecke zu bestreiten. Der Antrag, der einstimmig angenommen und auch von Stolberg befürwortet wurde, erforderte eine rasche Antwort der preußischen Regierung.

«Um sicherzugehen», schrieb der Oberpräsident noch am späten Abend des 24. September an Bismarck einen langen Brief. Darin beklagte er, vom preußischen Finanzminister «nicht mit Instruction versehen» zu sein. Es scheine ihm deshalb «zweifelhaft», welches Verhalten man von ihm gegenüber dem Antrag von Bennigsen und Miquel offiziell erwarte. «Ich selbst bin, wie ich offen gestehen muß, sehr für dieses Projekt eingenommen, denn bei den bedeutenden und umfassenden Pflichten, welche die Stände damit zugleich übernehmen wollen, würde sich eine *tüchtige* und *ersprießliche* provinzielle Selbstverwaltung erreichen und endlich einmal ein großer Theil der übermäßig zentralisierten Verwaltung sich den Verhältnissen näher stehenden Organen zuweisen lassen. Den Bedürfnissen der Provinz könnte alsdann in eingehender und zweckentsprechender Weise geholfen werden, ohne jedesmal die Einwilligung des Finanzministers und den zustimmenden Beschluß des allgemeinen Landtags abwarten zu müssen» – gemeint war der preußische Landtag.

Stolberg ging davon aus, daß der Finanzminister den Antrag «unzweifelhaft» ablehnen würde. Deshalb bat er den Ministerpräsidenten, ihm per Telegraph mitzuteilen, ob er, Bismarck, «der Erfüllung dieses Antrages sich zuneige und ob ich demgemäß mich so aussprechen darf». Schon am nächsten Vormittag, gegen elf Uhr, traf dessen Antwort ein.

Bismarck beauftragte seinen Oberpräsidenten, sich im Landtag zunächst noch zurückhaltend zu äußern. Der Graf solle nicht über die Erklärung hinausgehen, daß er «bereitwillig die Entscheidung des Königs einholen und sich freuen würde, wenn dieselbe zustimmend ausfiele». Dieser Hinweis war für Stolberg ganz hoffnungsvoll. «Ich konnte nun mit Sicherheit auftreten», schrieb er an Anna, «und erntete von allen Seiten viele Bravo's, da die Sache allgemein populär ist. Dieser Vorfall wird mir hier sehr wesentlich helfen.»

Am 25. September begründete Stolberg den gestellten Antrag noch einmal in einem langen Bericht an König Wilhelm. Die Bewilligung, so argumentierte er, würde einen «eminent günstigen Eindruck in der ganzen Provinz hervorrufen». Hannover wäre hierdurch außerdem imstande, seinen «provinziellen Pflichten ohne Aufbringung neuer Steuern nachzukommen, deren Erhebung jetzt, wo die Staatssteuern in bedeutendem Maße eben erhöht worden sind, eine allgemeine bedenkliche Mißstimmung ohne allen Zweifel hervorrufen würde».

Als «Billigkeitsgründe» hob Stolberg hervor, der preußische Staat habe durch die Annexion bereits das «sehr umfassende Aktivvermögen an Domänen, Forsten und überaus einträglichen Eisenbahnen» erworben. Dazu komme die erhebliche Steuerkraft eines wohlhabenden Landes. Mit einem nicht unbedeutenden Zuwachs der Staatseinnahmen könne daher fest gerechnet werden. Der Oberpräsident bat, «diese Angelegenheit in einer dem ausgesprochenen Wunsch der Provinzialstände möglichst entsprechenden Weise noch vor dem 1. Oktober im Wege königlicher Verordnung» zu regeln. Zwei Tage später stimmte König Wilhelm dem Antrag zu.

Als die Regierung im Februar 1868 das Gesetz dem preußischen Landtag unterbreitete, gab sie damit den Startschuß für eine schwere Krise der preußischen Innenpolitik. Die Junker lehnten die Gesetzesvorlage entschieden ab, denn sie befürchteten, damit könne die Durchsetzung einer liberalen Kreisordnung in Preußen eingeleitet werden, die in Ostelbien mit ihren feudalen Privilegien aufräumen würde.

Der Landrat von Waldow schrieb damals an Bismarck, die konservativen Abgeordneten würden den Provinzialfonds für Hannover nur bewilligen, «wenn wir auf einem andern Gebiete eine Entschädigung erhalten. Die Kreisordnung! – Können wir in *dieser* Frage auf Eure Exzellenz zählen, so können wir in der anderen mit Ihnen gehen.»

Im Parlament argumentierte die konservative Opposition aber ganz anders. Hier hieß es nur, die neue Provinz dürfe gegenüber den alten preußischen Landesteilen nicht so bevorzugt werden.

Stolberg, der die politische Kraftprobe voraussah, hatte am 15. Dezember 1867 an Bismarck geschrieben, die Opposition der extremen Konservativen lasse die Annahme des Gesetzes zweifelhaft erscheinen; nach seiner Ansicht stünden «die alten Provinzen sich vollständig im Licht, wenn sie sich dagegen erklären, weil dies auch für sie den Anfang einer eigenen Verwaltung bezeichnen würde». Deshalb bat er Bismarck «dringend», sich in dieser Frage «persönlich» einzusetzen, zumal «in Abgeordneten-Kreisen die Ansicht verbreitet» sei, der Finanzminister würde sich gegen die Gesetzesvorlage aussprechen.

Am gleichen Tag sandte Graf Stolberg ein Schreiben an Bennigsen und betonte, die Ablehnung des Provinzialfonds sei «ein Produkt der richtigen politischen Kurzsichtigkeit, deren Konsequenzen nur Schnitte ins eigne Fleisch sein können». Da er «zur konservativen Fraktion in gar keiner Beziehung stehe», könne er dort kaum «influieren», er habe aber – und damit spielte er auf seinen Brief an Bismarck an – «an einem andern nicht unwichtigen Punkt Nachdruck auszuüben gleich versucht, da auch mir diese Angelegenheit von der höchsten Wichtigkeit nicht bloß für hier, sondern auch für die weitere Gestaltung des allgemeinen politischen Lebens erscheint».

In Gesprächen mit den Häuptern der konservativen Opposition warnte Bismarck, daß deren ablehnende Haltung gegenüber dem Provinzialfonds notwendigerweise zu einem stärkeren politischen Einfluß der Nationalliberalen auf die Regierung führen werde. Daß dies keine leeren Worte waren, bekamen die Konservativen bereits im Dezember 1867 zu spüren, als König Wilhelm kurz vor der Landtagseröffnung den erzkonservativen Justizminister Graf Leopold zur Lippe entließ und den Hannoveraner Nationalliberalen Dr. Gerhard Leonhardt zu dessen Nachfolger ernannte.

Dieser Ministerwechsel war vor allem eine Folge des «Falls Twesten». Der nationalliberale Abgeordnete und Stadtgerichtsrat Karl Twesten hatte in einer Parlamentsrede am 20. Mai 1865, also noch in der «Konfliktszeit», den preußischen Justizbehörden Korruption vorgeworfen. Auf Veranlassung Lippes war deshalb gegen ihn Klage wegen Verleumdung erhoben worden. Nach zwei Freisprüchen verurteilte das Berliner Stadtgericht am 11. November 1867 den Abgeordneten, trotz der ihm zustehenden Immunität, zu einer Gefängnisstrafe von zwei Jahren, worauf der Justizminister den Beamten Twesten sofort aus dem Staatsdienst entließ. In dieser Situation drohte der ebenfalls nationalliberale Präsident des Abgeordnetenhauses, Max von Forckenbeck, sein Amt sofort niederzulegen, wenn Bismarck den Justizminister nicht unverzüglich entlasse.

Im persönlichen Gespräch mit den Junkern reagierte der verärgerte Bismarck noch viel deutlicher. So erklärte er in Anspielung auf den hannoverschen Provinzialfonds am 2. Februar 1868 dem konservativen Abgeordneten von der Marwitz ganz unverblümt: «Wenn ihr mir diese wichtige Sache verderbt, so sollt ihr eine Kreisordnung bekommen, die so aussehen wird, als wäre sie von lauter Kreisrichtern gemacht.»

Im Herrenhaus war Hans von Kleist-Retzow, ehemaliger Freund Bismarcks und Schwager Eberhard zu Stolbergs, der führende Sprecher der Junkeropposition. Otto zu Stolberg, der mit Vollendung des dreißigsten Lebensjahres seinen Platz im Herrenhaus eingenommen hatte, beteiligte sich im Februar 1868 an den Verhandlungen, ohne allerdings persönlich in die Debatte einzugreifen.

Trotz des Streits stimmte letztlich sowohl das Abgeordneten- wie auch das Herrenhaus mehrheitlich dem Gesetz über den hannoverschen Provinzialfonds zu, das am 7. März 1868 in Kraft trat. Es sah vor, der Provinz jährlich 500000 Taler für eigene Belange aus dem Staatshaushalt zu überlassen.

Bismarcks erhobener Zeigefinger hatte offensichtlich bei den konservativen Abgeordneten seine Wirkung nicht verfehlt. Der Konflikt zwischen dem preußischen Ministerpräsidenten und der Junkerpartei wurde damit aber nicht beigelegt; er schwelte weiter. Und sicher treffen Bismarcks eigene Worte zu, nach denen sein Bruch mit den «alten» Konservativen, der sich vier Jahre später im Verlauf des Streits um die Neugestaltung der Kreisordnung in Preußen «mit Geräusch» vollzog, «vorspukt in den Debatten über den hannoverschen Provinzialfonds».

Für Graf Stolberg war das Gesetz über den Provinzialfonds ein bedeutender politischer und persönlicher Erfolg. Er hatte damit einen Anstoß zur Reform der Verwaltungsorganisation in allen preußischen Landesteilen gegeben. Vor allem aber stärkte er sein eigenes Ansehen als Oberpräsident in Hannover, wo es ihm darauf ankam, einerseits nicht als Erfüllungsgehilfe Berlins betrachtet zu werden, andererseits jedoch den preußischen Interessen Geltung zu verschaffen.

Mit Beginn seiner neuen Tätigkeit konnte Stolberg die Verwaltung der Grafschaft Wernigerode nicht mehr selbst wahrnehmen. Der Graf rüstete deshalb im Oktober 1867 seine führenden Beamten mit umfassenden Vollmachten aus; sie konsultierten ihn daraufhin selten, nur in äußerst dringenden Fällen.

Im ersten Jahr empfand Stolberg das Amt oft als «Hundeposten, den ich meinem Feind nicht wünschen möchte». Jeden Tag kämpfte er sich durch einen Berg von Akten, beantwortete Briefe, traf wichtige Entscheidungen. In seinem Arbeitszimmer gehe es wie in einem Taubenschlag zu, schrieb Stolberg im September 1867 an Anna. Ein Arbeitstag von zwölf Stunden war keine Seltenheit. Seit damals gewöhnte er sich auch an den täglichen Genuß ausgesprochen starker Zigarren, der in den folgenden Jahren zu mehreren Nikotinvergiftungen führte.

Zudem rangierte der Oberpräsident als eine Art Mittelinstanz zwischen der sich erst etablierenden Provinzialverwaltung und den «faulen Kerls» der Berliner Ministerialbürokratie, wie der Graf sie einmal verächtlich nannte. Obwohl Stolbergs Entscheidungsfreiheit damit deutlich begrenzt war, gingen seine politischen Befugnisse weit über die anderer preußischer Oberpräsidenten hinaus. Er traf in der Provinz Hannover alle Entscheidungen, auch jene, welche nach der überkommenen Verwaltungsordnung in die Ministerialinstanz gehört hatten, nach preußischen Grundsätzen jedoch nicht in die Kompetenz der Ministerien fielen. Stolberg fungierte als oberster Polizeichef, besaß gegenüber seiner Beamtenschaft außerordentliche Vollmachten und kontrollierte die Landdrosteien sowie Konsistorien.

Als Landdrosteien bezeichnete man die hannoverschen Verwaltungsbehörden. Im Gegensatz zu diesen unterstanden die Bezirksregierungen in den anderen preußischen Provinzen unmittelbar den Ministerien. Allerdings stießen Stolbergs Absichten sowohl bei Innenminister Eulenburg als auch bei Finanzminister August von der Heydt oft auf erheblichen Widerstand.

Deshalb verärgert, schrieb er am 20. November 1867 seiner Frau: «Alles soll man thun und wird dabei in allem im Stich gelassen. Du mußt aber nicht denken, daß ich den Muth verloren habe; Gott wird ja auch weiter helfen und Eulenburg wird nicht immer Minister bleiben ..., denn dieser Mann hemmt furchtbar ... Ich bin jetzt auf dem Punkt gekommen, immer grob nach Berlin zu schreiben.» Anna, ganz mitfühlende Ehefrau, reagierte sofort. Schon am nächsten Tag fragte die junge Frau aus Berlin bei ihrem arg strapazierten Gatten an: «Wie wärs, wenn ich die Zeit hier benutzte, Eulenburg ein bißchen zu vergiften?»

Hinzu kam, daß Stolberg damals einen schweren Stand in Hannover hatte, denn die alte hannoversche Zivilverwaltung unterstützte ihn kaum. Erst allmählich gelang es Otto, neue, ihm ergebene Beamte nach Hannover zu holen, wie etwa den Magdeburger Regierungsassessor Kurt Starke. Nachdem dieser 1871 nach Berlin berufen wurde, nahm Robert Bosse dessen Platz als Oberpräsidialrat in Hannover ein.

Bosse, der ursprünglich als gräflicher Kammerdirektor in Roßla gewirkt hatte, machte in späteren Jahren eine erstaunliche politische Karriere. Ab 1878 war er als Vortragender Rat der engste Mitarbeiter des Vizekanzlers Otto zu Stolberg. 1892 wurde er preußischer Kultusminister und blieb es bis 1896.

Auch die führenden Köpfe anderer wichtiger Institutionen, wie der Polizei und der Eisenbahnverwaltung, wurden ausgetauscht. Stolberg entsprach damit zugleich einer Forderung Bismarcks, der bereits im September 1867 von ihm verlangt hatte, in der neuen Provinz Hannover möglichst viele «altpreußische Beamte» anzusiedeln und die hannoverschen Beamten «nach den alten Provinzen zu versetzen». Auf diese Weise sollte die Assimilierung Hannovers in Preußen vorangebracht werden. Nach Abschluß der «Säuberungsaktion» waren außer dem Oberpräsidenten und seinem Oberpräsidialrat fast alle Landdrosten, der Polizeipräsident von Hannover sowie die Polizeidirektoren von Göttingen und Celle «altpreußischer» Herkunft.

Anfang des Jahres 1868 entzogen sich auffallend viele junge Hannoveraner dem preußischen Wehrdienst. Die meisten verließen ihre Heimat, einige begaben sich nach Holland, wo die «Welfenlegion» zeitweise Werbebüros unterhielt, und gingen von dort aus über Brüssel nach Frankreich. Die «Welfenlegion» umfaßte damals zirka sechshundert Mann.

Bereits am 1. Februar meldete der Oberpräsident dem Innenminister Eulenburg telegraphisch die Verhaftung von etwa zwanzig entwichenen Militärdienstpflichtigen. Im folgenden Monat gelang es dem von Stolberg angeheuerten Gendarm Klussmann, die Verbindungsmänner der Legion in Holland festzustellen, zugleich ermittelte er, auf welche Weise die jungen Männer außer Landes gingen und über welche Stationen die Reise dann weiter nach Frankreich verlief. Aufgrund dieses Berichtes ließ Graf Otto mehrere Verhaftungen vornehmen.

Zweifellos fühlte sich Stolberg als Oberpräsident in der Rolle eines preußischen Vizekönigs. Als er Mitte September 1867 nach Hannover kam, bewohnte er zunächst im British Hotel einen großen Salon, Schreib- sowie Schlaf- und Eßzimmer. Aber schon während eines ersten Orientierungsbesuches in Hannover am 9. September 1867 hatte er sich das sogenannte Leineschloß des vormaligen hannoverschen Königs zeigen lassen und dann seiner Frau mitgeteilt, daß dieses Gebäude «das einzig passende Lokal» für sie beide sei. Alle anderen Häuser wären «zu klein» und hätten «keine Repräsentationsräume». Das im klassizistischen Stil umgebaute ehemalige Barockschloß – heute ist es der Sitz des Landtags von Niedersachsen – war vom hannoverschen König nur für Hoffeste genutzt worden. Anna zeigte sich deshalb besorgt, der zu vizekönigliche Lebensstil ihres Mannes könne bei «den Hannoveranern einen unangenehmen Eindruck machen».

Der Ausbau und die Einrichtung der Wohnung im Schloß zogen sich allerdings monatelang hin, so daß Gräfin Anna erst Ende Januar 1868 nach Hannover ziehen konnte. Sie tat dies sehr ungern. In Wernigerode hatte sie sich inzwischen eingelebt, fühlte sich «immer heimischer und glücklicher». Als «Frau Oberpräsident» an die Seite ihres Mannes zu treten, reizte sie ganz und gar nicht. Dazu kam, daß Anna erneut für das Familienleben fürchtete, denn Ottos Oberpräsidentenamt würde mit vielen Reisen verbunden sein.

Der Briefwechsel der Eheleute aus dieser Zeit der Trennung verrät einiges von der unterschwelligen Mißstimmung, die es damals zwischen den beiden gab. Ottos meist kurze Mitteilungen, in denen er stets hervorhob, «in Eile» zu sein und «enorm zu thun» zu haben, halfen der sensiblen Frau über die Trennung nicht hinweg, sie stießen sie wohl eher ab. Dabei versicherte der Graf seiner Frau ständig, daß sie sich auch in Hannover einleben würde und Wirkungsmöglichkeiten fände. Um sie aufzuheitern, teilte er einmal sogar mit, man halte sie in Hannover für eine «Weltdame» und wisse nicht, wie man sich ihr gegenüber verhalten solle.

Aber Anna schmollte, obwohl sie dies ihrem Mann nie so deutlich zu sagen wagte. Nur einmal, am 4. Oktober 1867, konterte sie mit der zaghaften Bemerkung: «Zu thun habe ich übrigens jetzt genug, wenn ich auch kein Oberpräsident bin.» Zugleich bat Anna aber um Entschuldigung für «Wehmut und Klage», die in ihren Briefen durchschimmerten. Für Außenstehende sei es «nicht schwer», Ottos neues Amt «nur von begeistert patriotischer Seite aufzunehmen» – sie aber könne dies nicht. «Du bist jetzt für mich wie in einer fremden Welt», schrieb ihm Anna am 20. September 1867, und sie fügte hinzu: «Am liebsten schriebe ich Dir nach Wernigerode, und alles wäre nur Traum gewesen.»

Jahre später urteilte Tochter Marie, ihre Eltern hätten sich damals «wohl nicht immer so verstanden, wie Mutter es wünschte». Die junge Frau war zwar auf die Anerkennung stolz, die Otto durch den König und Bismarck erfuhr, keineswegs jedoch dazu bereit, sich mit dem als «sehr unnatürlich» empfundenen Zustand ihrer Ehe abzufinden. «Ich glaube auch», so beklagte sie sich gegenüber ihrem vielbeschäftigten und abwesenden Mann, «eine so lange Trennung ist gar nicht gut, man verlernt es schließlich wohl gar für einander zu leben, besonders wenn man, wie Du, einen so ganz anderen Pflichtenkreis hat».

Ebenso litten Ottos Kinder unter der häufigen Abwesenheit des Vaters; sie sahen in ihm in erster Linie «eine Respektsperson», die «sehr freundlich», aber auch streng und gerecht zu ihnen war, nie jedoch – so Tochter Marie – ein ausgesprochenes Herzensverhältnis zu den Kindern fand und ihnen deshalb «nicht so nah getreten» sei wie Anna. Jedes «ernste Wort» oder gar eine «kleine Strafrede» habe auf seine Sprößlinge «großen Eindruck» gemacht. Weilte Otto dann schon einmal in Wernigerode, so verbrachte er auch hier die meiste Zeit in seinem Arbeitszimmer, das für die Kinder ein geheimnisvolles Heiligtum darstellte. Selbst Anna soll zuweilen sehr lange an dessen Tür gestanden und es nicht gewagt haben einzutreten.

Im ersten Jahr seiner neuen Tätigkeit reiste Stolberg in der Provinz viel herum, «um alles kennenzulernen und mich zu zeigen», wie er an Anna schrieb. Gern lud er die Spitzen der Hannoveraner Gesellschaft zur Jagd nach Wernigerode ein, denn auch dies trug zur Pflege seines Ansehens bei. Der Graf war ein begeisterter Jäger und nutzte solche Gelegenheiten gern für vertrauliche politische Gespräche. Schon deshalb nahm er auch selbst Einladungen des Königs zu sogenannten Hof-Jagden in der Letzlinger Heide stets freudig wahr.

Im Januar 1868 konnten die Wohnräume im Leineschloß bezogen werden. Noch am 18. November 1867 hatte der Oberpräsident an seine Frau, die gerade in Berlin weilte, appelliert: «Wenn Du etwa einmal mit Bismarck zusammenkommst, dann schimpfe tüchtig auf die Langsamkeit, mit der die Angelegenheit wegen des Schlosses betrieben wird; das kann gar nichts schaden, er nimmts auch nicht übel, wird aber dadurch erinnert, vielleicht einigen Nachdruck zu üben.» Doch als die Stolbergs endlich einziehen konnten, empfanden sie die Räume des Schlosses zwar «für die Repräsentation sehr geeignet», als Wohnung waren sie ihnen jedoch zu unbequem. Für den Sommer mietete der Graf deshalb zweimal während seiner Amtszeit die Villa Solms am Georgsgarten, die ihm «sehr angenehm war».

Da Stolberg sich nun vorwiegend in Hannover aufhielt, verkaufte er im Mai 1868 das erst vor einem Jahr erworbene und noch nicht einmal abbezahlte Berliner Palais für 150000 Taler an Gräfin Gabriele von Hatzfeld.

Graf Otto hatte im September 1867 sogleich eine Theaterloge gemietet, die er auch häufig nutzte. Sein Jahresgehalt betrug übrigens 7000 Taler – eine Summe, die ihm den luxuriösen Lebensstil kaum ermöglicht hätte. Finanziell gesehen, erwies sich damit für ihn das Oberpräsidentenamt als Zuschußunternehmen.

Im hannoverschen Leineschloß verstand es Stolberg, «im Laufe der Jahre eine ziemlich lebhafte Geselligkeit» zu entwickeln. Zunächst fanden sich unter seinen Gästen vornehmlich preußische Beamte und Militärs, denn der welfische Adel nahm in der ersten Zeit kaum an Empfängen des Oberpräsidenten teil. – Noch am 27. Mai 1868 versammelten sich im Saal des Lokals Odeon nahezu sechstausend Parteigänger des gestürzten Königs Georg, um in «geschlossener Gesellschaft» dessen Geburtstag zu feiern. Stolberg ließ die Versammlung von der Polizei auflösen und einige «Hauptagitatoren» der welfischen Opposition hinter Schloß und Riegel setzen. – Am 4. Februar 1869 konnte Gräfin Anna aber schließlich vermelden, daß der große Ball des Oberpräsidenten auch von «einer ganzen Menge Hannoveranern» besucht worden sei. Die Anhänger der «Welfenpartei» standen Stolberg in seiner Funktion als preußischer Statthalter zwar mürrisch-reserviert, aufgrund seines hochadligen Ranges aber nicht in offener Feindschaft gegenüber.

Im Sommer 1868 gelang es dem Oberpräsidenten, König Wilhelm für einen persönlichen Besuch in Hannover zu gewinnen. Die Visite galt als Wagnis, und noch im Jahr zuvor hatten sowohl Bennigsen als auch Bismarck dem König dringend davon abgeraten. In seinen Lebenserinnerungen berichtete Stolberg darüber: «Es waren lange Verhandlungen vorausgegangen, da man in Berlin Besorgnisse wegen der Aufnahme seitens der Bevölkerung hegte, ich dagegen auf die Reise drang, weil ich es für nöthig hielt, daß der König sich in der neuen Provinz zeigte. Der Empfang war natürlich ziemlich kühl, und ich erinnere mich noch deutlich, in welcher innern Aufregung ich mit dem König allein vom Palais im Georgsgarten durch die ganze Stadt nach dem Schloß fuhr. Alle Straßen gefüllt und alle Fenster besetzt, aber es kam nichts Unangenehmes vor.»

Es war dies übrigens das erstemal, daß Stolberg «dem Könige persönlich wirklich näher kam», wie er später einmal mitteilte. Der Oberpräsident begleitete schließlich den Monarchen auf einer Reise nach Hildesheim, Göttingen und Minden.

Am 2. November 1868 wandte sich Stolberg an den Hofmarschall des preußischen Königs und lud Wilhelm zur Jagd nach Wernigerode ein. Vier Wochen später kam der Besuch tatsächlich zustande. Am 29. November fuhren König Wilhelm und sein Gefolge mit einem Extrazug in dreieinhalb Stunden von Berlin nach Halberstadt, von hier aus setzten sie die Reise nach Wernigerode in Be-

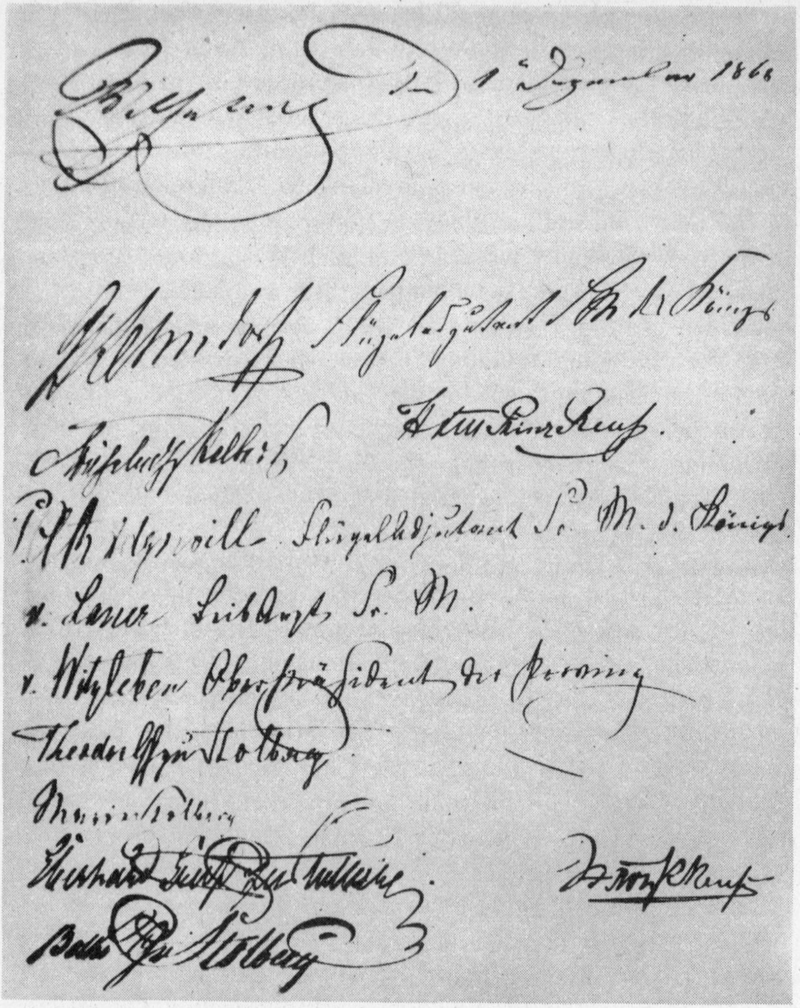

Eintragung König Wilhelms in Stolbergs Gästebuch

gleitung Stolbergs mit der gräflichen Galakutsche fort. Den äußeren Anlaß dieser Visite bildete ein Jubiläum: Anno 1268, also vor sechshundert Jahren, hatten die Wernigeröder Grafen ihren Besitz den askanischen Markgrafen von Brandenburg als Lehen angetragen. Mit der Betonung dieses Jahrestages wollte man die lange Zugehörigkeit der Grafschaft zum preußischen Königreich unterstreichen, obwohl seitdem die feudalen Partner gewechselt hatten; das Erbe der Wernigeröder war von den Stolbergern, das der Askanier von den Hohenzollern übernommen worden.

Gejagt wurde im gräflichen Saupark, der erst vor vier Jahren in der Nähe der Voigtstiegmühle angelegt worden war. Von den hier auf der Wildstrecke gebliebenen 111 Sauen, 13 Stück Damwild, 2 Stück Rehwild und 2 Rothirschen soll der einundsiebzigjährige König laut offiziellem Jagd-Rapport 30 Sauen, 8 Stück Damwild, einen Rehbock und einen Sechsender-Rothirsch erlegt haben. Angeblich kamen auch von den am nächsten Tag bei Schmatzfeld geschossenen 337 Hasen allein 57 auf Wilhelms Konto. Dagegen brachte Oberforstmeister von Hagen, der versierte Chef der gräflichen Jägerei, nur einen Schwarzkittel und 13 Hasen zur Strecke.

Der König ist in den folgenden Jahren noch oft zur Jagd nach Wernigerode gekommen. Die für ihn stets reservierten Gästezimmer wurden deshalb als Königszimmer deklariert. Darüber hinaus ist festzustellen, daß Graf Stolberg seit 1868 ausgesprochen gute, ja nahezu freundschaftliche Beziehungen zu König Wilhelm pflegte.

Bereits im Oktober 1868 war der zweite hannoversche Landtag zusammengetreten, der über die Einrichtung der provinzialständischen Verwaltung beschloß. An deren Spitze wurde eine kollektive Behörde, das Landesdirektorium, bestehend aus dem Landesdirektor und zwei Landesräten – später hießen sie Schatzräte –, gestellt. Zum Landesdirektor wählten die Abgeordneten Rudolf von Bennigsen. Als Oberpräsident hatte Stolberg die Staatsaufsicht über das Landesdirektorium auszuüben.

Die alte hannoversche Verwaltungsstruktur in Ämter und Landdrosteien blieb im wesentlichen erhalten. Auch in der neuen preußischen Provinz gab es somit zahlreiche kleine Ämter, denen ein Amtmann als Berufsbeamter vorstand, denn dieses Ämtersystem war für das Funktionieren der hannoverschen Landwirtschaft bedeutsam. Lediglich für das Militär- und Steuerwesen bildeten mehrere kleine Amtsbezirke Kreise, die von einem Kreishauptmann geleitet wurden. Die sechs ehemaligen Landdrosteien blieben vorerst ebenfalls bestehen. Sie unterlagen der direkten Kontrolle des Oberpräsidenten, und erst im Jahre 1885 verwandelte man sie in preußische Bezirksregierungen.

Im Vorfeld der Entscheidung über die künftige Verwaltungsstruktur in Hannover hatte sich Stolberg am 13. November 1867 gegenüber Bismarck dafür ausgesprochen, «die Verwaltungs-Organisation auf Grundlage der bestehenden Verhältnisse und der speziellen Bedürfnisse aufzubauen». Bismarck pflichtete ihm am 27. November vorbehaltlos bei.

Nachdem die preußischen Konservativen mit ihrer ablehnenden Haltung gegenüber dem hannoverschen Provinzialfonds signalisiert hatten, daß sie die Zeichen der Zeit nicht begriffen, orientierte sich Stolberg zunehmend an den Freikonservativen, wenngleich sein preußisches Regime in Hannover aus Selbsterhaltungstrieb auf die Nationalliberalen angewiesen blieb, «die Partei Bennigsens und Miquels», die dem Grafen «um einige Grade zu liberal und zu bürgerlich» schien (Heinrich Heffter). In dieser Frage vermochte der Graf es zeitlebens nicht, über den Schatten des hochadligen und konservativen beziehungsweise, parteipolitisch gesehen, des freikonservativen Standesherrn zu springen.

Damit befand sich Stolberg in einer ähnlichen Situation wie Bismarck, sein Herr und Meister in Berlin. Auch der herrische und bis auf die Knochen antiliberal eingestellte Junker stand politisch zwischen Baum und Borke. Regieren konnte er nur mit Zustimmung der Nationalliberalen, und er tat dies wiederum gegen seine konservativen Standesgenossen.

Obwohl die «Welfenlegion» ohne militärische Bedeutung geblieben war, drängte Bismarck mit wachsendem Nachdruck auf deren Auflösung; offenbar fürchtete er Komplikationen im Falle eines Krieges mit Frankreich. Diese Ansicht teilte Stolberg, als er am 9. Februar 1869 in einem Brief an Bismarck forderte, die Polizei habe «mit allen ihr zu Gebote stehenden Mitteln» der Entweichung vom Wehrdienst entgegenzutreten. Stolberg verwendete sich jedoch dafür, Rückkehrwilligen Straffreiheit zu gewähren, auch nach

Otto zu Stolberg
um 1866

Der preußische Ministerpräsident Bismarck um 1867

Graf Eberhard zu Stolberg-Wernigerode 1868

Eröffnung des Norddeutschen Reichstages 1867

Eduard von Simson

Graf Bethusy-Huc

Im norddeutschen Parlament.
„Entschieden ist er, und ein gewaltiger Redner, das muß man ihm lassen."
(Figaro, 5. März 1870.)

Johannes Miquel

Rudolf von Bennigsen

Stolbergs Wohnsitz in Hannover, Villa Solms

Pp **Pp**

Die Preußen sind im Land die Herrn. —

Die Prügel gibt man Manchem gern. —

Sſ **Ss**

Schwarz-weiß ist jetzt das Schilderhaus. —

Den Schmutz wäscht man im Spülfaß aus. —

dem 1. Juli 1868, dem von König Wilhelm gesetzten Termin. Diese Haltung des Oberpräsidenten mißfiel Bismarck, und Anfang März 1870 ließ der Ministerpräsident ihm mitteilen, er könne nicht «allen Zurückkehrenden ein schriftliches Zertifikat darüber ... erteilen, als solle wegen ihrer Beteiligung an der Welfenlegion eine gerichtliche Verfolgung nicht stattfinden». Bismarck wollte zwischen «Verführten» und «Verführern» unterscheiden.

Im Sommer 1870 löste sich die «Welfenlegion» praktisch auf. Der Bundeskanzler hielt damals durch beträchtliche Geldzuwendungen zwölf Offiziere und etwa zweihundert Soldaten vom Eintritt in die französische Armee ab.

Im Zusammenhang mit der «Welfenlegion» erhielt der Streit um den sogenannten Welfenfonds neuen Auftrieb.

Nach der Kapitulation Hannovers hatte Bismarck dem abgesetzten König Georg V. den ungeschmälerten Besitz des Privatvermögens zugesichert. Ein Abfindungsvertrag, vereinbart am 29. September 1867, garantierte Georg die stattliche Summe von sechzehn Millionen Talern, doch sollten vorerst nur die Zinsen ausbezahlt werden. Preußischerseits wurden die Verhandlungen von Graf Stolberg geführt, der hannoversche Politiker Ludwig Windthorst vertrat den ehemaligen Monarchen. Georgs preußenfeindliche Propaganda und finanzielle Unterstützung der «Welfenlegion» in Frankreich dienten Bismarck jedoch als Anlaß, am 2. März 1868 per Verordnung das Vermögen beschlagnahmen zu lassen. Die Zinsen wurden dem preußischen Staatsministerium zur Verfügung gestellt. So entstand der «Welfenfonds».

Zusammen mit den von Preußen ebenfalls sequestrierten Geldern des Exkurfürsten von Hessen bildeten diese Mittel den «Reptilienfonds». – Der Name entstand, nachdem Bismarck am 23. Januar 1869 im preußischen Abgeordnetenhaus die Welfen-Agenten als «bösartige Reptilien» bezeichnet hatte, die man verfolgen müsse. – Aus diesem Fonds – jährlich warf er etwa 600000 Mark ab, über deren Verwendung die Regierung nicht rechenschaftspflichtig war – wurden zirka fünfzig bürgerliche Presseorgane, aber auch verschiedene Publizisten, von Bismarck finanziell ausgehalten. Kritiker bezeichneten diese Zeitungen daher spöttisch als «Reptilienblätter».

Über jene Gelder hat es in den folgenden Jahren und Jahrzehnten heftige politische Auseinandersetzungen gegeben. Doch Bismarck blieb unerbittlich. Als 1872/73 die Hannoveraner Nationalliberalen in Absprache mit ihren ostelbischen Parteifreunden Forckenbeck und Lasker im Namen «der politischen Klugheit» von Bismarck die Aufhebung des «Welfenfonds» forderten, war der Kanzler zu einem Nachgeben nicht bereit. Auch Graf Stolbergs Appell vom 12. Februar 1872, die beschlagnahmten Gelder wieder freizugeben, blieb erfolglos.

Schon zu Beginn seiner Amtszeit hatte der Oberpräsident die Ansicht vertreten, «daß die Festsetzung einer für den König Georg bestimmten Abfindung beruhigend und versöhnend auf einen großen Teil der Bevölkerung wirken werde». Damals antwortete ihm Bismarck: Der hannoversche König habe seine antipreußischen «Umtriebe» noch keinesfalls eingestellt. Bereits unmittelbar nach Gewährung der Abfindung sei ihm, Bismarck, «eine zuverlässige Mitteilung aus der nächsten Umgebung des Königs Georg» zugegangen, «wonach derselbe seinem Dank gegen Gott dafür Ausdruck gegeben» habe, «daß seine Feinde mit hinreichender ‹Dummheit› geschlagen worden wären, um ihm so reiche Mittel zur Verfügung zu stellen». Bismarck hielt es daher «nicht für ratsam, Lehren, die man von unversöhnlichen Feinden erhält, unbeachtet zu lassen». Erst 1892 hat Wilhelm II. den Erben Georgs die Zinsen des gesperrten Kapitals zugestanden.

Waren Stolberg und Bismarck in einigen Fragen unterschiedlicher Meinung, etwa was die Verfolgung der militärdienstflüchtigen Hannoveraner oder die Handhabung des «Welfenfonds» betraf, so ist dieser Dissens jedoch nicht für die grundsätzliche Haltung des Oberpräsidenten charakteristisch gewesen. Das Einvernehmen zwischen den beiden Politikern war in dieser Zeit offenbar ausgesprochen harmonisch, wenngleich Stolberg verschiedentlich Bismarcks schroffe Anweisungen etwas abgemildert in Hannover durchsetzte.

Im Grunde entsprach er damit nur den Auffassungen Bismarcks, der in mehreren Briefen und in zahlreichen persönlichen Gesprächen dem jungen Oberpräsidenten auch ganz praktische Hinweise für die preußische Gleichschaltungspolitik in Hannover gab. So rügte er am 17. Februar 1870 in einem als vertraulich deklarierten Privatschreiben, daß die «Presse nicht selten einen zu spezifisch-preußischen Ton anschlage und namentlich Mitteilungen aus der älteren brandenburgischen Geschichte bringe, obwohl die letztere der hannoverschen Bevölkerung ganz fern liege».

«Die Förderung des Assimilierungsprozesses» der Hannoveraner könne man – so Bismarcks Hinweis – schließlich nur durch die Betonung des Gedankens der gemeinsamen «deutschen Nationalität» erreichen. Auch empfahl er Stolberg, bei der Pressetätigkeit und bei jeglicher anderen propreußischen Progaganda sehr differenziert, die jeweiligen konkreten historischen wie kulturellen Bedingungen und Voraussetzungen berücksichtigend, vorzugehen.

So meinte er, Ostfriesland sei für «eine Erinnerung an den Kurfürsten Friedrich Wilhelm ... wohl geeignet». Die ehemalige Grafschaft gehörte von 1744 bis 1807 zu Preußen, ehe sich für kurze Zeit Holland, dann 1810 Frankreich den fruchtbaren Landstrich einverleibte; nach dem Wiener Kongreß kam Ostfriesland zum Königreich Hannover.

In den hannoverschen Stammlanden, vor allem im Kalenbergischen und Lüneburgischen, müßten – so Bismarck – die «Waffengemeinschaft» mit Preußen während des Siebenjährigen Krieges und auch der gemeinsame Befreiungskampf von der napoleonischen Fremdherrschaft jene Anknüpfungspunkte bilden, «von welchen allein geschickt geschriebene Veröffentlichungen im Interesse der Königlichen Regierung ausgehen können». Stolberg dankte Bismarck für diese Hinweise, wies aber selbstbewußt darauf hin, daß er bereits seit seinem Amtsantritt nach eben solchen Prinzipien verfahre.

Krieg mit Frankreich

Frankreichs Kaiser Napoleon III. stand Ende der sechziger Jahre vor dem politischen Bankrott. Im Frühjahr 1867 war es zu einem Konflikt um Luxemburg gekommen, der die Beziehungen zwischen Frankreich und dem Norddeutschen Bund schwer belastete. Neben einer Reihe von außenpolitischen Fehlschlägen geriet Napoleon III. zunehmend in innenpolitische Schwierigkeiten. Eine wachsende prorepublikanische Stimmung im französischen Volk richtete sich gegen das bonapartistische Regime, das zeigten die Wahlen im Mai 1869 und die Barrikadenkämpfe in Paris im Juni. Angesichts der desolaten politischen Lage forderten die rechten Bonapartisten «Rache für Sadowa» – gemeint war die für Preußen siegreiche Schlacht bei Königgrätz und der damit verbundene Prestigeverlust der europäischen Hegemonialmacht Frankreich – und so letztlich Krieg gegen Preußen. Zündstoff für den schwelenden Konflikt bot die scheinbar abseitige Kandidatur des Hohenzollernprinzen Leopold von Hohenzollern-Sigmaringen – aus einer mit dem preußischen Königshaus entfernt verwandten süddeutschen und katholischen Linie – für den spanischen Thron.

Nach dem Sturz der spanischen Königin Isabella durch die bürgerliche Revolution 1868 suchte die provisorische Regierung des Landes einen geeigneten Kandidaten für die herrenlose Krone; aus Furcht vor der Volksbewegung hielt man an einer monarchischen Verfassung fest. Zunächst stieß die Kandidatur des Sigmaringers, der mit einer portugiesischen Prinzessin verheiratet war, bei König Wilhelm auf Ablehnung, Bismarck gelang es jedoch, auf dem Wege geheimer Absprachen schließlich die Zustimmung zu erwirken.

Die Kunde von der vorgesehenen Thronbesteigung Leopolds löste in Frankreich eine Welle der Entrüstung aus. Schließlich intervenierte der französische Botschafter bei König Wilhelm in Bad Ems, und Leopold verzichtete auf die spanische Thronfolge.

Allerdings gab sich Napoleon damit noch nicht zufrieden. Am 13. Juli 1870 ließ er den preußischen König bitten, dieser möge sich dazu verpflichten, künftig niemals wieder der Kandidatur eines Hohenzollern für die spanische Krone zuzustimmen – doch Wilhelm lehnte entrüstet ab.

Die depeschierte Nachricht aus Bad Ems bot Bismarck die Möglichkeit, die Angelegenheit doch noch in seinem Sinne zu wenden. Er veränderte das Telegramm in der Weise, daß man glauben mußte, der preußische Monarch habe sich herausfordernd geweigert, den französischen Botschafter zu empfangen. Zudem konnte der Inhalt so aufgefaßt werden, als ob Preußen in Zukunft keineswegs darauf verzichte, Frankreich politisch unter Druck zu setzen.

Am 19. Juli 1870 erklärte Napoleon III., wie von Bismarck erwartet, dem Norddeutschen Bund den Krieg. Als Robert von Keudell, ein enger Mitarbeiter Bismarcks, in jenen Tagen auf der Straße Unter den Linden mit Graf Eberhard zu Stolberg, dem Präsidenten des Herrenhauses, zusammentraf, soll ihn der Stolberger überschwenglich mit den Worten begrüßt haben: «Hoch in der Luft schwebt eine Kaiserkrone! Will's Gott, so wird sie sich herniedersenken auf das geheiligte Haupt unseres Kriegsherrn». Doch bis es soweit war, verging noch ein halbes Jahr.

Kaiser Napoleon setzte seine Hoffnungen auf die antipreußisch-partikularistischen Bestrebungen in den süddeutschen Staaten sowie im preußisch besetzten Hannover und Oberhessen. Doch weder hier noch in England, Österreich oder Rußland fand er Bündnispartner. Die englische Regierung spekulierte auf eine Schwächung der politischen Stellung Frankreichs in Europa und in den Kolonialgebieten, Rußland versprach sich von der französischen Niederlage eine Erweiterung seiner Macht im Schwarzmeer-Raum, und Österreichs Herrschende, die nur zu gern die «Schande von 1866» durch Blut getilgt hätten, sahen sich gezwungen, auf die antifranzösische Stimmung der deutschsprachigen Bevölkerung wie auf die drohende Haltung Rußlands Rücksicht zu nehmen.

Den Konflikt mit Frankreich bekam der Oberpräsident der Provinz Hannover deutlich zu spüren, denn die «Welfenpartei» wähnte jetzt ihre Stunde für gekommen. Um einer Rebellion, ausgelöst durch das Erscheinen der französischen Flotte in der Nordsee, vorzubeugen, setzte Bismarck für die hannoverschen Küstengebiete General Vogel von Falckenstein als Generalgouverneur ein und rüstete ihn mit umfassenden Vollmachten aus. Im Kriegsfalle sollten Landwehrtruppen aus den benachbarten preußischen Provinzen die Krisengebiete – der Ministerpräsident rechnete dazu die Städte Hannover, Celle und Göttingen mit Umgebung, das Amt Gifhorn sowie einen Teil der Umgebung von Osnabrück – besetzen.

Über diesen Plan hatte er bereits am 16. Juli 1870, drei Tage vor der französischen Kriegserklärung, das Staatsministerium informiert und hinzugefügt, Landesverrat werde bei den Deutschen ohne Gnade mit dem Tode bestraft. Am Tag darauf wies Bismarck Graf Stolberg telegraphisch an, «die Küstenbevölkerung auf geeignete ... Weise darauf aufmerksam zu machen, ein wie schweres und mit wie harter Strafe bedrohtes Verbrechen es ist, feindlichen Kriegsschiffen Lotsendienste zu leisten».

Unmittelbar nach der französischen Kriegserklärung meldete Bismarck dem Oberpräsidenten «welfische Umtriebe» und «französische Zettelungen» im Lande Wursten. «Schicken Sie sichre Polizeibeamte hin, benachrichtigen Sie das General-Kommando!» forderte er in seiner Depesche abschließend, worauf Stolberg am 21. Juli erwiderte: «Um Verdächtige rücksichtslos verhaften und festhalten zu können und staatsfeindliche Presse unschädlich zu machen», sei die zeitweise Außerkraftsetzung der Verfassung unerläßlich. Bismarck kündigte ihm daraufhin noch an demselben Tage an, daß für bestimmte Gebiete gemäß Artikel 68 der Bundesverfassung der Kriegszustand ausgerufen würde. Die Suspension der Verfassung sei daher nicht erforderlich.

Diese Maßnahmen entbehrten jedoch der realen Notwendigkeit, denn man wußte in Preußen bereits seit Mitte Juni 1870, auf welche Weise im Falle eines Krieges mit Frankreich ein Aufstand in Hannover inszeniert werden sollte. Oskar Meding, ehemaliger Regierungsrat bei Georg V., war bei seinem Potentaten in Ungnade gefallen und hatte den Plan an den preußischen Konsul in Paris, Dr. Bamberg, verraten. Aufgrund dieser Aussagen wurden noch vor Kriegsbeginn verschiedene Personen inhaftiert.

In dem Zusammenhang erhielt der Bismarck treu ergebene Journalist Moritz Busch den Auftrag, in der Presse eine Kampagne gegen jene «Hannoveraner vom Adel» zu führen, die versucht hätten, «den französischen Kriegsschiffen in der Nordsee Lotsen und Spione zu verschaffen», und deshalb verhaftet worden seien. Bismarcks Instruktion an Busch fiel drastisch aus. «Ich wollte Sie bitten», so zitierte dieser später seinen Auftraggeber, «doch in der Kreuzzeitung was gegen die hannoverschen Adligen zu schreiben. Es muß aus der Provinz kommen, von einem Landedelmann aus dem Altpreußischen – recht grob». Der Ministerpräsident machte sogar Vorschläge. Er sprach von «Buben» und «schamlosen Menschen, deren Gesinnung nur durch das gut altpreußische Wort Hundsfott richtig bezeichnet» werde.

Am 19. Juli 1870 trat der Reichstag des Norddeutschen Bundes, von König Wilhelm zu dieser außerordentlichen Sitzung kurzfristig einberufen, zusammen. Die zur Kriegführung beantragten Geldmittel in Höhe von 120 Millionen Talern wurden zwei Tage später nahezu einstimmig bewilligt.

Nur die beiden Abgeordneten der Sozialdemokratischen Arbeiterpartei, August Bebel und Wilhelm Liebknecht, enthielten sich eines zustimmenden Votums. Sie begründeten ihre Stimmenthaltung am 21. Juli vor dem Parlament. «Ihre Stellungnahme unterschätzte zwar die Tatsache, daß Deutschland einen nationalen Verteidigungskrieg führte, aber sie entsprach den Möglichkeiten der Führung der Sozialdemokratie speziell im Hinblick auf ihre Haltung im Reichstag und deren öffentliche Wirkung» (Gustav Seeber/Heinz Wolter, Mit Eisen und Blut). In den Tagen zwischen dem 17. und dem 23. Juli hatten sich sozialdemokratische Arbeiter in zahlreichen Städten auf Kundgebungen und Versammlungen mit ihren französischen Klassenbrüdern solidarisch erklärt und leidenschaftlich gegen den Krieg protestiert.

Alle damaligen Aktivitäten Bismarcks, sein Bestreben, den Konflikt mit Frankreich zu lokalisieren, jedes Eingreifen europäischer Mächte zu dessen Gunsten zu verhindern und letztlich ganz sicher seine Sorge um die innere Stabilität in den nichtpreußischen Gebieten verraten etwas von der Hektik und Nervosität jener Julitage des Jahres 1870, von denen selbst ein Bismarck nicht völlig frei blieb. Der von ihm angestrebte Krieg war jetzt zustande gekommen, doch auch der Kanzler des Norddeutschen Bundes hatte hoch gepokert: Frankreich stand zwar isoliert, aber schließlich nicht wehrlos da. Seine Armee rekrutierte sich aus langdienenden Soldaten und hatte schon in Friedenszeiten, ganz abgesehen von den Reservisten, Kriegsstärke, deren Bewaffnung war der preußischen an Feuerkraft überlegen – mit der Mitrailleuse verfügte man bereits über eine Art von Maschinengewehr. Französische Armeekorps hielten sich im Niederelsaß und in Lothringen für den geplanten Angriff bereit.

Für Graf Otto zu Stolberg fiel der Kriegsausbruch mit einem freudigen Familienereignis zusammen. Am 23. Juli 1870 kam in der Villa Solms zu Hannover sein Sohn Wilhelm zur Welt. Preußens König und der Kronprinz trugen sich telegraphisch als Paten an. Zwölf Tage später, am 4. August, überschritten deutsche Truppen die französische Grenze. Napoleons Armee hatte es nicht verstanden, ihre Vorteile zu nutzen. Die Folgen der bonapartistischen Mißwirtschaft traten deutlich zutage: Es mangelte an Ausrüstungsgegenständen und Verpflegung, die Organisation der Truppenteile geriet in einigen Gegenden völlig durcheinander.

Da die Bonapartisten lautstark die Machtansprüche Frankreichs in Europa verkündeten und offen bekundeten, es ginge ihnen darum, Preußens nationale Einigungspolitik zu stoppen – womit sie sich in Widerspruch zu ihren eigenen Phrasen vom «Nationalitätsprinzip» brachten –, verspielten sie alle ihre Chancen in den süddeutschen Staaten. Damit hatte die nationale Existenzfrage auch dort die antipreußische Stimmung weitgehend überlagert, und viele junge Männer, ob wehrpflichtig oder freiwillig, eilten voll patriotischer Begeisterung zu den Fahnen. Keiner der süddeutschen Fürsten konnte es deshalb wagen, die Bündnisverpflichtung gegenüber Preußen in Frage zu stellen. Insgesamt gingen 500000 deutsche Soldaten, gegliedert in drei Armeen, zum Angriff über. Ihnen standen nur 240000 Franzosen mit einer Reserve von 50000 Mann gegenüber, die nicht auf einen Verteidigungskampf vorbereitet waren.

Schon nach wenigen Tagen verlor die französische Generalität gegenüber den strategischen Plänen des preußischen Generalstabschefs Moltke, der auf eine große Entscheidungsschlacht drängte, die Initiative. Bei Weißenburg, Wörth, Spichern, Mars-la-Tour und

Gravelotte konnten sich die deutschen Truppen in schweren und sehr verlustreichen Kämpfen behaupten. In der mörderischen Reiterschlacht bei Mars-la-Tour und Vionville am 16. August wurden mehrere renommierte preußische Kavallerieregimenter von den Franzosen regelrecht zusammengeschossen. Hier fiel auch Stolbergs jüngster Schwager, Prinz Heinrich XVII. Reuß, genannt Heino. Der Sieg über die Armee des Generals Mac Mahon am 2. September in der Schlacht bei Sedan besiegelte das Schicksal Napoleons III. Etwa 100000 französische Soldaten gerieten in Kriegsgefangenschaft, und mehr als vierhundert Geschütze fielen in die Hände der Deutschen. In der Schlacht bei Sedan waren 17000 Franzosen verwundet oder getötet worden, die deutsche Seite hatte 9000 Gefallene zu beklagen.

Auch in Hannover drängten mittlerweile die Siege der deutschen Armeen alle antipreußischen Hoffnungen zurück. Am 16. August berichtete der Oberpräsident nach Berlin: «Ich bin überzeugt, daß wenn der gegenwärtige so glorreich eingeleitete Krieg mit Gottes Hilfe zu einem glücklichen Ende geführt ist, das Gefühl der Zusammengehörigkeit mit Preußen in der hiesigen Provinz so ausgebildet und befestigt sein wird, wie ich es unter gewöhnlichen Verhältnissen erst nach etwa fünfzig Jahren erwartet haben würde.» Als am 27. Oktober die Festung Metz kapitulierte, trug dies dem Oberpräsidenten, wie er seiner Mutter mitteilte, sogar eine «nächtliche Ovation mit Musik» ein. An den Schlachten um Metz hatte auch ein hannoversches Armeekorps unter General Constantin von Voigts-Rhetz teilgenommen.

Napoleon III., der sich bei der Armee Mac Mahons befand, wurde nach der Niederlage von Sedan in Haft genommen und auf das Schloß Wilhelmshöhe bei Kassel gebracht. Er lebte hier in üppigem Luxus und wurde vom Preußenkönig Wilhelm als «lieber Bruder» angesprochen.

Am 4. September 1870 erhob sich das Volk von Paris und rief die Republik aus. Eigentlich hatte Bismarck zu diesem Zeitpunkt das politische Ziel des Krieges erreicht, denn mit der Zerschlagung des französischen Kaiserreichs war das außenpolitische Haupthindernis für die nationalstaatliche Einigung Deutschlands aus dem Weg geräumt. Doch der Kanzler ließ nunmehr offen erkennen, daß er den

Krieg nicht ohne die Annexion von Elsaß und Lothringen beenden würde.

Schon am 30. August, also noch vor der Entscheidungsschlacht von Sedan, hatte Heinrich von Treitschke in den «Preußischen Jahrbüchern» das neue Kriegsziel klar ausgesprochen: «Der Gedanke aber, welcher, zuerst leise anklopfend wie ein verschämter Wunsch, in vier raschen Wochen zum mächtigen Feldgeschrei der Nation wurde, lautet kurzab: heraus mit dem alten Raube, heraus mit Elsaß und Lothringen!»

Gedrängt von den Herren der Stahlindustrie, die auf die reichen Erzvorkommen Lothringens spekulierten, und getragen von einer nationalistischen Welle in Deutschland, die weite Kreise der Öffentlichkeit erfaßt hatte, ging die preußische Führung nunmehr vom ursprünglichen Verteidigungs- zum Angriffs- und Eroberungskrieg über. Doch im Grunde war die Annexionsforderung mindestens so alt wie der Krieg selbst.

Schon am 13. Juli, dem Tag der Emser Depesche, hatte es in der «Berliner Börsenzeitung» geheißen: «Bis heute haben wir noch in keinem deutschen Blatte die Eventualitäten eines Krieges erwägen sehen, und während die Pariser Zeitungen täglich das linke Rheinufer annektieren, ist bei uns noch nicht der Name von Elsaß und Lothringen ausgesprochen, während es doch sicher nach einem siegreichen Feldzuge gegen Frankreich keinem Deutschen als möglich erscheinen würde, Straßburg noch eine französische Stadt bleiben zu lassen.» Derartige Forderungen wurden bald in wachsender Zahl wiederholt.

Am 18. August 1870 befürwortete Wilhelm Hauchecorne, Direktor der Berliner Bergakademie und Interessenvertreter der deutschen Eisenindustrie an der Saar, in einer Denkschrift die Annexion der lothringischen Eisenerzlagerstätten. Hauchecorne verwies darauf, daß Saarkohle und lothringisches Erz bei wegfallender Zollgrenze einen beträchtlichen wirtschaftlichen Aufschwung bewirken würden. Dabei erwähnte er ausdrücklich das Neunkircher Eisenwerk Carl Ferdinand Stumms, dessen Familienunternehmungen sich in der Mitte des 19. Jahrhunderts innerhalb der Saarindustrie eine unbestrittene Vormachtstellung errungen hatten. Carl Stumm erhielt Ende 1870 Gelegenheit, seine Wünsche und Vorstellungen im Hauptquartier zu Versailles Bismarck persönlich vorzutragen. Die von der bürgerlichen Presse angeregte und von den Nationalliberalen unterstützte Annexionspropaganda entsprach Bismarcks Absichten.

Trotz der angeheizten nationalistischen Stimmung in der Öffentlichkeit protestierten die einzelnen Organisationen der Sozialdemokratischen Arbeiterpartei (SDAP) und zunehmend auch örtliche Vereine des Allgemeinen Deutschen Arbeitervereins (ADAV) gegen die Fortsetzung des Krieges. In dem Aufruf «An alle deutschen Arbeiter», der als Flugblatt verbreitet und am 5. September im «Volksstaat» veröffentlicht wurde, sprach sich der Parteiausschuß der Eisenacher gegen die geplante Annexion Elsaß' und Lothringens aus. Er forderte den Abschluß eines ehrenvollen Friedens mit der französischen Republik.

Der Appell fand starke Beachtung in der Öffentlichkeit. Generalgouverneur Vogel von Falckenstein ließ am 9. September Wilhelm Bracke, August Kühn und weitere Mitglieder des Ausschusses der Braunschweiger Sozialdemokratischen Arbeiterpartei, der dieses Manifest herausgegeben hatte, verhaften. Sie wurden in Ketten auf die masurische Festung Lötzen gebracht. Dorthin kam auch Johann Jacoby, der sich ebenso wie eine Reihe weiterer kleinbürgerlicher Demokraten dem öffentlichen Protest gegen die Annexion von Elsaß und Lothringen mit leidenschaftlichen Worten angeschlossen hatte.

Vorerst auf freiem Fuß blieben aufgrund ihrer Immunität als Abgeordnete Wilhelm Liebknecht und August Bebel. Am 28. November 1870 stimmten beide im Norddeutschen Reichstag gegen die Bewilligung von weiteren Kriegskrediten, da der Krieg nach Sedan den Charakter eines Eroberungskrieges angenommen habe. Auf Betreiben Preußens ließ die sächsische Regierung Bebel und Liebknecht um die Jahreswende 1870/71 verhaften. Im Leipziger Hochverratsprozeß vom April 1872 wurden sie zu je zwei Jahren Festungshaft verurteilt, Bebel erhielt neun weitere Monate wegen Majestätsbeleidigung.

Besonders schnell gelang es Bismarck allerdings nicht, sein räuberisches Kriegsziel zu erreichen. Mit dem Wandel des Kriegscharakters deutscherseits zum ungerechten Expansionismus verstärkte sich auch der französische Widerstand. Die republikanische Regierung unter dem kleinbürgerlichen Demokraten Léon Gambetta stellte in West- und Südfrankreich neue Armeen auf. Im ganzen Land machten zudem Partisanen, die sogenannten Franktireurs, den deutschen Truppen schwer zu schaffen. Die Einschließung von Paris gelang den Deutschen deshalb erst am 19. September 1870. Verschiedene französische Festungen konnten sich zum Teil bis Ende Oktober halten. Als jedoch die französischen Truppen Mitte Januar 1871 bei Le Mans, St. Quentin und an der Lisaine schwere Niederlagen hinnehmen mußten, war die Pariser Regierung am 28. Januar zum Abschluß eines auf drei Wochen befristeten Waffenstillstandes bereit.

Graf Otto zu Stolberg hatte von Hannover aus die Kämpfe in Frankreich mit großem Interesse verfolgt. Am 6. Dezember 1870 informierte er Anna: «Eben kommt ein Telegramm, wonach bei der letzten Schlacht von Orléans unserer Seits 77 Geschütze, 4 armierte Dampfschiffe gewonnen und 10000 Gefangene gemacht sind. Die französische Loire-Armee soll in alle Richtungen zurückgesprengt sein.»

Zu seinen Aufgaben als Oberpräsident gehörte die Inspizierung der zahlreichen Gefangenenlager, die damals auch in der Provinz Hannover regelrecht aus dem Boden gestampft worden waren. Allein nach der Kapitulation von Metz marschierten 196000 französische Soldaten in deutsche Kriegsgefangenschaft.

Allerdings verraten Ottos Briefe an Anna etwas von der veränderten Stimmung unter den deutschen Soldaten. Am 12. Januar 1871 teilte der Graf mit, sein Freund Theodor von Schlieffen mache über den Krieg in Frankreich, den er sehr satt habe, gräßliche Beschreibungen und vertrete die Ansicht, daß dies die allgemeine Stimmung in der Armee sei.

Den meisten Zeitgenossen, aber in erster Linie natürlich den Soldaten, dauerte das Blutvergießen ohnehin viel zu lange. Die anfänglich rauschhafte patriotische Begeisterung, die der Erinnerung an die kurzen Feldzüge von Königgrätz und Solferino entsprang, kühlte sich mit der Dauer der Kämpfe und den enormen Verlusten auch auf deutscher Seite merklich ab. Dazu kam, daß der Krieg moralisch nicht mehr zu rechtfertigen war, der französische Volkswiderstand rücksichtslos bekämpft wurde. Die Soldaten mußten miterleben, daß gefangengenommene Franktireurs und viele Geiseln kurzerhand erschossen, zahlreiche Dörfer und Städte verwüstet wurden.

In einem Bericht an König Wilhelm hatte Bismarck am 14. Dezember 1870 von Versailles aus nachdrücklich «eine größere Strenge und Härte der Behandlung der von den Truppen Eurer Majestät durchzogenen und besetzten Landesteile» gefordert: «In erster Linie scheint mir dazu erforderlich eine harte und unerbittliche Ahndung jeder Verräterei, die gegen die Truppen Eurer Majestät geübt wird. Bei allen Überfällen, welche sich in der letzten Zeit auf traurige Weise gemehrt haben, ist immer wenigstens ein Teil der Einwohner des Orts mitschuldig; diese lassen sich nicht aussondern, und die Gemeinde muß solidarisch dafür haften.»

Ganz generell wünschte der Bundeskanzler eine härtere Kriegführung. An den König appellierte er: es würde «einen heilsamen Schrecken verbreiten», «wenn es möglich wäre, die Truppen Eurer Majestät daran zu gewöhnen, daß weniger Gefangene gemacht und mehr die Vernichtung des Feindes auf dem Schlachtfelde ins Auge gefaßt würde. Die Zahl der Gefangenen ist bereits so ins Ungeheure gewachsen, daß die Verwaltungsbehörden nicht mehr wissen, wie sie dieselben unterbringen sollen ... Abgesehen davon, daß schon die zu ihrer Bewachung erforderliche Zahl von Mannschaften die Stärke der deutschen Korps vermindert, verliert der Kampf selbst für den Gegner dadurch viel von seinem Abschreckenden.»

Im Zeichen der Reichsgründung

Bereits im November 1870 hatte Bismarck in langwierigen Verhandlungen mit Vertretern der süddeutschen Fürsten in Versailles die letzten Weichen zur Gründung des Deutschen Reiches gestellt. Baden, Hessen, Bayern und Württemberg erklärten ihren Beitritt zu einem deutschen Bundesstaat. Bismarck brachte dies aber nur zuwege, indem er den Souveränen dieser Staaten verschiedene Reservatrechte einräumte. Die meisten sicherte sich Bayern, das unter anderem weiterhin seine eigene Armee behielt. Während sich die Verhandlungen in die Länge zogen und zunächst ohne greifbare Ergebnisse geblieben waren, wollte der Kanzler die öffentliche Meinung in seinem Sinne anheizen; dazu brauchte er die Hilfe der Bourgeoisie.

Die Nationalliberalen, wie Bismarck bestrebt, die «Revolution von oben» zum Abschluß zu bringen, unterstützten die Politik des Zusammenschlusses der süddeutschen Staaten mit dem Norddeutschen Bund. Wenngleich die Klassenkonstellation 1870/71 nicht die Schaffung eines demokratischen Nationalstaates ermöglichte, so trachtete die bürgerlich-liberale Nationalbewegung danach, ihren Nationalstaatsgedanken im Verein mit dem preußischen Großmachtstreben zu verwirklichen.

Deshalb schrieb Bismarck damals seinem Sohn Herbert: «Meine Tintenkleckser aber manövrieren Tag und Nacht und intrigieren nach Frankfurter Art. Wenn nicht ein deutsches Unwetter dazwischenfährt, so wird mit diesen Diplomaten und Bureaukraten der alten Schule nichts zustande kommen, wenigstens in diesem Jahre nicht.» Das gewünschte «deutsche Unwetter» sollte ihm Rudolf von Bennigsen mit seiner Nationalliberalen Partei und deren Presse inszenieren. Bismarck telegraphierte noch am 12. November in dieser Angelegenheit seinem Oberpräsidenten in Hannover Otto zu Stolberg, dem er hierbei die Vermittlerrolle zudachte. Wegen eines

Ohrenleidens konnte Stolberg Bennigsen nicht persönlich aufsuchen, deshalb schrieb er ihm gleich am nächsten Tag: «Euer Hochwohlgeboren wird eine Nachricht von Interesse sein, welche ich gestern abend aus ganz zuverlässiger Quelle erhalten habe … Diese Nachricht bestätigt einmal das schon bekannte Resultat, daß die Verhandlungen mit Württemberg, Baden und Hessen einen günstigen Verlauf gehabt und, wie mir geschrieben wird, ‹die Übereinstimmung der Ansichten in einer zum Abschluß reifen Form hergestellt› haben; sie teilt aber ferner, was bisher doch nicht so klar feststand, mit, daß ein Ergebnis der Verhandlungen mit Bayern *noch nicht abzusehen sei*, und daß diese Verzögerung auch zurückhaltend auf die definitiven Entschließungen in Stuttgart wirke.»

Stolberg wies Bennigsen darauf hin, daß «diese Nachricht … kein Geheimnis» sei, vielmehr würde er es «für sehr wünschenswert halten, wenn die Presse, und namentlich die unabhängige, sich dieser Frage emparierte und sie im Hinblick auf Bayern und Württemberg möglichst ausnutzte». Der Oberpräsident stellte Bennigsen die «Verwendung und Verbreitung» jener Informationen «ergebenst anheim», bat jedoch, «die Quelle nicht als eine offiziöse zu bezeichnen».

Dieser setzte unverzüglich seinen nationalliberalen Parteifreund Lasker, Wortführer des linken Flügels, in Kenntnis, wobei er anmerkte: «Ich bitte Sie, lieber Freund, obige Nachricht, welche ich soeben auch dem Redakteur unsrer hiesigen Zeitung und nach Stuttgart an Dr. Elben mitgeteilt habe, nach Kräften zu benutzen.» Lasker antwortete ihm am 14. November: «Jetzt muß die unabhängige Presse, müssen die Freunde in Württemberg drängen, doch nicht die Aussichten ganz verloren zu geben. In diesem Sinne will ich hier zu wirken suchen. Das Telegramm, welches die plötzlich eingetretene Störung meldet, ist aus bester Quelle und mit berechnender Wirkung in die Welt geschickt.»

Erst nachdem Bismarck schließlich doch noch Ende November 1870 die Verträge mit den süddeutschen Fürsten unter Dach und Fach hatte, brachte er die Kaiserfrage mit Nachdruck ins Spiel. Es gelang ihm sogar, Ludwig II. von Bayern zu bewegen, den preußischen König im Namen der deutschen Dynastien zur Annahme der Kaiserkrone im noch zu gründenden Deutschen Reich aufzufordern. Freilich tat der Wittelsbacher, Beherrscher des nach Preußen mächtigsten deutschen Staates, dies nicht umsonst. Bismarck setzte ihm eine jährliche Rente von 100000 Talern aus, allerdings nicht aus preußischen und schon gar nicht aus persönlichen Mitteln: Er nahm das Geld aus dem «Welfenfonds»! Jedenfalls hielt sich Ludwig an den Handel, und als die erste Rate eintraf, richtete er ein mit Bismarck abgesprochenes Schreiben an Wilhelm I., worin es hieß, «daß es Ew. Majestät gefallen möge, durch Annahme der deutschen Kaiserkrone das Einigungswerk zu weihen».

Um König Wilhelm die Kaiserkrone anzutragen, entsandte auch der Norddeutsche Reichstag am 18. Dezember eine dreißigköpfige Deputation von nationalliberalen und konservativen Abgeordneten nach Versailles. Sie wurde von demselben Eduard Simson angeführt, der bereits 1849 mit dem gleichen Anliegen die Abordnung der Frankfurter Nationalversammlung geleitet hatte. Diesmal allerdings war keine Abfuhr zu befürchten, denn die Krone wurde Wilhelm ja nicht, wie sich Friedrich Wilhelm IV. 1849 auszudrücken beliebte, durch ein «von Volkssouveränitätsschwindel besoffenes Tagelöhnerparlament» angeboten, sondern ihre Übernahme war – im Sinne Wilhelms – zwischen den deutschen Dynastien ausgehandelt worden.

Am Neujahrstag traf auch eine von Graf Eberhard zu Stolberg geleitete Abordnung des preußischen Herrenhauses in Versailles ein; herbeigeeilt, um Wilhelm ebenfalls die Kaiserwürde anzutragen.

Doch so ganz recht war dem Preußenkönig der neue Rang nicht. Bis zuletzt wehrte er sich gegen den Titel «Deutscher Kaiser», denn er wollte auf keinen Fall den Anschein erwecken, als ob Preußisches im Deutschen aufgehe, und die Bezeichnung «Kaiser von Deutschland» wäre ihm deshalb viel lieber gewesen. Noch am Abend vor der Reichsgründung kam es darüber zum Streit mit Bismarck. Dieser erklärte dem Monarchen, daß Wilhelm der Titel eines «Kaisers von Deutschland» nach der Verfassung gar nicht zustehe. Schließlich erwähnte er, auch der russische Herrscher nenne sich «Zar aller Reußen», worauf sich beide über bestimmte Eigentümlichkeiten der russischen Sprache stritten. Als Bismarck plötzlich einen preußischen Taler aus der Tasche zog, auf dem deutlich stand: rex borusiorum (König der Preußen), brach Wilhelm die Unterredung ab.

Am 18. Januar 1871, während die Kriegshandlungen noch andauerten, versammelten sich auf fremdem, erobertem Boden im Spiegelsaal des Versailler Schlosses deutsche Fürsten und Prinzen, hohe Militärs und die Abgeordneten der Regimenter mit ihren Fahnen. Unter ihnen war der Diplomat Prinz Heinrich VII. zu Reuß, Graf Stolbergs Schwager.

König Wilhelm, der in der Uniform des ersten Garderegiments erschien, wurde zum deutschen Kaiser ausgerufen. Der Großherzog von Baden ließ als Ältester der anwesenden Fürsten «Kaiser Wilhelm» hochleben und entschied damit die strittige Titelfrage. Gemeinsam sang man «Heil Dir im Siegerkranz», und anschließend schritt der Kaiser die kleine Front der Fahnenträger ab, musikalisch begleitet von einer Militärkapelle, die den «Hohenfriedberger Marsch» spielte. Der Monarch schüttelte den anwesenden Fürsten und Generalen die Hand, doch als er schließlich den Saal verließ, hatte er Bismarck kaum eines Blickes gewürdigt. Noch immer zürnte er ihm wegen des Streits um den Titel.

Die Kaiserproklamation vollzog sich zwar nicht in dem glanzvollen Stil, den das bekannte Bild Anton von Werners wiederzugeben versucht, für Bismarck aber bedeutete sie die «Einsegnung» seines lange angestrebten und jetzt erreichten politischen Hauptzieles: die Herstellung der Hegemonie preußisch-deutscher Machtpolitik in einem einheitlichen deutschen Nationalstaat, der als Deutsches Reich gegründet worden war. Eine Akte, die Wilhelm I. noch am 18. Januar mit dem Vermerk an den Bundeskanzler, Graf Bismarck versah, erhielt er prompt mit korrigierter Anschrift zurück. Bismarck hatte das Wort Bundeskanzler gestrichen und durch die Bezeichnung Reichskanzler ersetzt.

Schließlich zeigte sich der Kaiser aber doch dankbar und spendabel. Am 21. März 1871, wenige Tage nach Bismarcks Rückkehr aus Versailles, erhob er den nunmehrigen Reichskanzler in den Fürstenstand. Einige Zeit später schenkte Wilhelm dem «Schmied des Reiches» ein großes Gut, die Domäne Friedrichsruh in Lauenburg, zu der ein erheblicher Teil des Sachsenwaldes gehörte, und er verlieh ihm das diamantene Großkreuz des Hohenzollern-Ordens.

Die Gründung des Deutschen Reiches im Ergebnis der bürgerlichen Umgestaltung war ein bedeutsamer historischer Fortschritt, die bürgerliche deutsche Nation konnte sich voll entfalten: Der Nationalstaat bot die Vorraussetzung dafür, daß ein Industrieland ersten Ranges entstand. Die Arbeiterklasse erhielt günstigere Möglichkeiten für ihren organisierten Kampf gegen die Reaktion.

Dem neugegründeten Deutschen Reich gehörten 25 Einzelstaaten (4 Königreiche, 6 Großherzogtümer, 5 Herzogtümer, 7 Fürstentümer und 3 Freie Städte) sowie das «Reichsland» Elsaß-Lothringen an. Mit dem Reichstag verfügte es über eine gesamtstaatliche Institution, die auch für den Kampf der Arbeiterbewegung große Bedeutung hatte. Aber die Einheit des Landes war von oben, auf undemokratische Weise, zustande gekommen, und Bismarck regierte auch künftig im Interesse von Junkertum und Großbourgeoisie. Der fürstliche Partikularismus wurde nicht vollständig überwunden, und mit der Stärkung des Deutschen Reiches wuchs zugleich der preußische Militarismus, der zunehmend alle Bereiche des Lebens durchdrang.

Otto zu Stolberg begrüßte, wie es in seinen Lebenserinnerungen heißt, die Gründung des Deutschen Reiches «mit wahrer Freude»; von jeher habe ihm – auch im Gegensatz zu seinen Verwandten, vor allem den süddeutschen – die Herstellung der deutschen Einheit «unter preußischer Führung vorgeschwebt». Das mithin stolze Gefühl, seit 1863 auf die richtige politische Karte gesetzt zu haben, kommt in einem Brief des Grafen an seine Frau zum Ausdruck, in dem er über seinen Onkel Alfred, den regierenden Grafen zu Erbach, herzlich spottet. Der preußenfeindliche Hesse, so schrieb er am 2. Februar 1871 an Anna, gäbe sich plötzlich «ungemein patriotisch»; außerdem sei ihm ein Wort Alfreds zu Ohren gekommen, nach dem dieser erklärte, er habe «alle Wuth gegen Preußen, die er vor und seit 66 gesammelt, beim Kriege in eine Schublade geschlossen und könne jetzt den Schlüssel dazu nicht wiederfinden».

Ende Februar 1871 führten Verhandlungen zwischen Bismarck und dem neuen französischen Ministerpräsidenten Thiers zur Unterzeichnung des Präliminarfriedens von Versailles, bereits am 3. März fand der Vertrag seine Bestätigung – der Krieg war damit beendet. Frankreich mußte das Elsaß sowie große Teile Lothringens abtreten und wurde zur Zahlung einer Kriegsentschädigung von fünf Milliarden Francs verpflichtet. Die Friedensnachricht hatte einen Freudentaumel in der Bevölkerung ausgelöst. Die Gunst der Stunde nutzend, erlebte jedoch nun auch die seit Sedan gesteigerte nationalistische Pressekampagne ihren Höhepunkt in öffentlichen Siegesfeiern.

In dieser stimmungsgeladenen Atmosphäre fanden an jenem Tag in ganz Deutschland «unter Glockengeläute und Kanonendonner», wie August Bebel in seinen Lebenserinnerungen schrieb, die Wahlen für den ersten Deutschen Reichstag statt. 3886515 wahlberechtigte Männer wählten 382 Reichstagsabgeordnete. Somit lag die Wahlbeteiligung bei einundfünfzig Prozent, denn Soldaten und Frauen besaßen kein Stimmrecht.

Graf Otto zu Stolberg kandidierte als Freikonservativer im hannoverschen Wahlkreis Melle-Diepholz. Hier setzte er sich, unterstützt von Bennigsens Nationalliberalen und ihrer Presse, gegen den Vertreter der «Welfenpartei» Ludwig Brüel durch. Eine Kandidatur im heimatlichen Wahlkreis Oschersleben-Wernigerode-Halberstadt war angesichts der Schlappe vom August 1867 nicht ernstlich in Frage gekommen, dennoch versuchte Stolberg, im dortigen Wahlkampf mitzumischen. Gegenüber seinem Regierungsdirektor und Vertrauensmann Hermann von Hoff favorisierte er den konservativen Landrat Rimpau, hielt aber eine erneute Kandidatur August von Bernuths, des damaligen Mandatsinhabers, für «unbedenklich», da jener «nicht zu weit in liberaler Beziehung» stehe. Tatsächlich setzte sich dann der ehemalige Justizminister wieder durch, und es gelang ihm, dieses Mandat in den folgenden Wahlen bis zu seinem Tode im Jahre 1889 erfolgreich zu verteidigen.

Ebenfalls für die Freikonservativen kandidierte in der Provinz Hannover, im Wahlkreis Goslar-Clausthal, zu dem auch Elbingerode, Hohnstein und Ilfeld gehörten, Graf Georg zu Münster. Immerhin konnte sich der Graf nicht sofort am 3. März gegen Wilhelm Hasselmann durchsetzen, der vom Allgemeinen Deutschen Arbeiterverein nominiert worden war. Wilhelm Hasselmann leitete die Redaktion des «Neuen Social-Demokrat», der von 1871 bis 1876 als Organ des ADAV erschien. Der ADAV, 1863 unter dem bestimmenden Einfluß Ferdinand Lassalles gegründet, vertrat im Gegensatz zur SDAP eine sektiererische, einseitig gegen die Bourgeoisie gerichtete Politik. Obwohl sich die lassalleanische Doktrin als unfähig erwies, eine tragfähige Konzeption für den proletarischen Klassenkampf zu entwickeln, spielte der ADAV damals nach wie vor in der Arbeiterbewegung eine nicht unbedeutende Rolle.

Bereits Anfang Februar 1871 hatte Stolberg versucht, die Wahl des Grafen Münster zu begünstigen. Wie bei der Kandidatur für den heimatlichen Wahlkreis, wandte er sich von Hannover aus ebenfalls an seinen Regierungsdirektor Hermann von Hoff mit der unmißverständlichen Aufforderung: «Sorgen Sie doch bitte durch unsere Organe dafür, daß in den Ämtern Elbingerode und Hohnstein für die Wahl des Grafen Münster zum Reichstag gewirkt wird.» An die dortigen Beamten wollte Stolberg «nicht gern direct deshalb schreiben».

Als er aber schließlich den Eindruck gewann, es sehe «mit der engeren Reichstagswahl» in diesem Wahlkreis «etwas bedenklich aus», mischte er sich, diesmal ohne Rücksicht auf sein «überparteiliches» Amt als Oberpräsident, direkt in den Wahlkampf ein. «Die Sache» war ihm «doch zu wichtig, gerade wegen des social-demokratischen Elements», wie er an Hoff schrieb. Stolberg forderte die Beamten in Ilfeld «zu erneuter Tätigkeit» für die Wahl Graf Münsters auf, «da auch dort» – wie es in einem Brief an Hoff heißt – «der Social-Demokrat manche Stimmen erhalten» habe. Gleichzeitig appellierte er an seinen Regierungsdirektor: «Gibt es nicht in Wernigerode oder Ilsenburg Leute, die Einfluß auf dem eigentlichen Oberharz (Clausthal, Andreasberg p. p.) haben und dort noch rasch etwas wirken könnten?»

Münster ging aus der Stichwahl dann doch noch als Sieger hervor.

Die Reichstagswahl gewannen die Nationalliberalen mit 120 Abgeordneten. Diese überwiegend den Interessen der Großbourgeoisie verbundene Partei vertrat die Politik des Klassenkompromisses und trug Bismarcks Führungsanspruch Rechnung. Die Deutsche Fortschrittspartei, deren Anhängerschaft hauptsächlich dem Mittelstand und Kleinbürgertum angehörte, errang 45 Sitze. Während die Konservativen 54 Mandate für sich beanspruchen konnten, brachten die Freikonservativen – Industriemagnaten, hohe Staatsbeamte und Angehörige des Hochadels, die der politischen Linie Bismarcks folgten – 38 Kandidaten ins Reichsparlament.

Mit immerhin 58 Abgeordneten zog das Zentrum in den Reichstag ein, das, erst im Dezember 1870 als Partei konstituiert, vor allem jene partikularistisch orientierten Kräfte aus katholischen Gegenden anzog, die gegen die Bismarcksche Staatsführung wie auch gegen die liberale Bourgeoisie eingestellt waren.

Die SDAP hatte unter ungünstigsten Bedingungen – ihre Führer, Bebel und Liebknecht, sowie der Parteiausschuß befanden sich in Haft – den Wahlkampf geführt und etwa 39000 Stimmen errungen. Bebel konnte sich im sächsischen Wahlkreis Glauchau-Meerane-Hohenstein mit großer Mehrheit behaupten und zog als einziger sozialistischer Abgeordneter in den Reichstag ein. Bevor das Parlament einen offiziellen Antrag auf Haftentlassung stellte, öffnete sich am 28. März für ihn das Gefängnistor. Die sächsische Regierung verfügte seine Freilassung, da sie eine peinliche Reichstagsdebatte vermeiden wollte.

Als Parlamentsfraktion waren mit wenigen Abgeordneten auch die im Deutschen Reich ansässigen Polen und Dänen vertreten.

Von den 38 freikonservativen Abgeordneten kamen allein 33 aus Preußen, wo auch die Wiege der Partei gestanden hatte. Zahlreiche Mandatsträger, wie beispielsweise Fürst Hans Heinrich von Pleß, Herzog Hugo von Ujest, Graf Georg Herbert von Münster und Graf Otto zu Stolberg, verfügten über beträchtlichen Einfluß bei Hofe oder gehörten wie Robert von Keudell, Dr. Robert Lucius (der spätere Freiherr von Ballhausen) und Graf Fred von Frankenberg zum engeren Kreis um Bismarck. Seit 1871 fungierte Lucius als dessen Verbindungsmann zum Parlament wie zu den Freikonservativen. Die Zusammensetzung der Partei zeigt die enge Verbindung von bürgerlicher Schwerindustrie mit jenem Teil des deutschen Hochadels, vor allem des schlesischen, der sich zunehmend in Bergbau und Hüttenindustrie moderner Wirtschaftspraktiken bediente. Mit dem schlesischen Großagrarier Wilhelm von Kardorff und dem Saarindustriellen Carl Stumm waren zudem zwei maßgebliche Befürworter des «Staatssozialismus» in der Freikonservativen Partei engagiert tätig.

Als am 21. März 1871 der neugewählte erste Deutsche Reichstag im Plenarsaal des preußischen Abgeordnetenhauses feierlich eröffnet wurde, hatte der Kronprinz hier den altertümlichen Thron des Salierkaisers Heinrich III. aufstellen lassen; ein Museumsstück, das zu diesem Zweck aus der Goslaer Kaiserpfalz nach Berlin geschafft worden war. Diese Aktion verdeutlicht sowohl das Bestreben, an die mittelalterliche Reichstradition anzuknüpfen wie auch ein Stück Zeitgeist, der damals von einem viele gesellschaftliche Bereiche erfassenden romantisierenden Historismus geprägt wurde.

Graf Stolberg nahm an der feierlichen Reichstagseröffnung teil. Am Abend des 27. März traf er sich dann mit mehreren freikonservativen Politikern, um den künftigen Kurs der Partei zu beraten und für sie einen neuen Namen zu beschließen. Deutsche Reichspartei sollte sie fortan heißen, und der Graf wurde in ihren Vorstand gewählt. Ein Programm hat sich diese Partei nie gegeben, ihre Anhänger waren sich in der grundsätzlichen Unterstützung der Politik Bismarcks einig, wenngleich sie je nach Interessenlage ihren politischen Standpunkt unterschiedlich akzentuierten. Die Namensänderung sollte eine Absage an jede Form von Partikularismus dokumentieren und das Einverständnis mit der Innen- und Außenpolitik Bismarcks bekunden. Die Deutsche Reichspartei trat – im Unterschied zu den erzkonservativen Junkern –, wie schon ihr Name es verrät (in Preußen nannte sie sich weiterhin Freikonservative Partei), nachdrücklich für die Schaffung von Reichsministerien und die Übertragung von Befugnissen des preußischen Landtags an den Deutschen Reichstag ein; dies notfalls auch zu Lasten der Selbständigkeit Preußens.

Stolberg verbrachte seine Zeit zunächst mit verschiedenen repräsentativen gesellschaftlichen Verpflichtungen. So nahm er in den Mittagsstunden des 27. März an einem Galadiner des Kaisers teil, das zu Ehren des sächsischen Königs, dem Graf Stolberg vorgestellt wurde, stattfand. Verschiedentlich war er bei Bismarck zu Gast, zuweilen stattete er auch dem Kaiser oder dessen Frau Augusta Besuche ab.

Der Reichstag begann mit einer Generaldebatte über die neue Reichsverfassung. Nach den Verträgen Bismarcks mit den deutschen Dynastien war diese eigentlich längst beschlossene Sache, und ein Debatte darüber mutete deshalb anachronistisch an. Im

Grunde hatte man die Verfassung des Norddeutschen Bundes nur erweitert. Als oberste Instanz fungierte der durch die Vertreter der süddeutschen Staaten ergänzte Bundesrat. Obwohl Preußen in ihm nicht über Stimmenmehrheit verfügte, zeigte es sich sehr bald, daß Bismarck und Wilhelm I. bestrebt waren, das neugegründete Deutsche Reich als «vergrößertes Preußen» zu regieren.

Otto zu Stolberg teilte diese Absichten seines großen Herrn und Meisters nicht, denn er zog eine bundesstaatliche Regierungsform ausdrücklich «dem Aufgehen der deutschen Staaten in Preußen vor». Preußen sei zwar zur Begründung der Einheit berufen gewesen, jetzt müsse es sich aber als ein Teil des Reiches verstehen und dürfe den anderen deutschen Ländern nicht seinen Stempel aufdrücken.

Doch Bismarck legte großen Wert auf die hegemoniale Rolle Preußens im Deutschen Reich. Ausdruck fand dies nicht nur in der Verbindung der Kaiserwürde mit der Person des preußischen Königs, stärker und nachhaltiger wurde es durch die Verbindung des Amtes des Reichskanzlers mit dem des preußischen Ministerpräsidenten unterstrichen. Im Deutschen Reich war Bismarck der einzige Minister, und auch den späteren Reichsressorts standen keine Minister, sondern nur Staatssekretäre vor. Dem Reichstag war der Kanzler nicht verantwortlich; er konnte nur vom Kaiser ein- und abgesetzt werden, durch ein Mißtrauensvotum des Reichstages war er nicht zu stürzen. Im Bundesrat übte Bismarck den Vorsitz aus, und solange er das Reichskanzleramt innehatte, konnte keiner der einzelstaatlichen Minister in Fragen der Reichspolitik Einfluß ausüben.

Dagegen blieb die eigentliche Verwaltung in der Kompetenz der einzelnen deutschen Länder, ein Umstand, der Preußen, das über zwei Drittel des Reichsgebietes verfügte, ebenfalls stärkte. Während der Deutsche Reichstag nach dem allgemeinen, gleichen, direkten und geheimen Wahlrecht zu wählen war, galt im größten deutschen Einzelstaat Preußen für die Wahlen zum Abgeordnetenhaus bis 1918 das undemokratische Dreiklassenwahlrecht.

Am 2. Mai 1871 begründete Bismarck im Plenum des Reichstages den Gesetzentwurf «betreffend die Vereinigung von Elsaß und Lothringen mit dem Deutschen Reiche». Die Vorlage bestand aus lediglich drei, allerdings schwerwiegenden Paragraphen und beinhaltete: Elsaß und Lothringen werden mit dem Deutschen Reiche «für immer vereinigt». Die Reichsverfassung tritt am 1. Januar 1874 in Kraft; bis dahin liegt «das Recht der Gesetzgebung» beim Kaiser, der durch den Bundesrat zu kontrollieren ist. Auch danach bleibt das Reich für die Landesgesetzgebung zuständig. Wie Bismarck zu dieser Gesetzesvorlage weiter ausführte, sollten Elsaß und Lothringen keinen eigenen Bundesstaat bilden. Als «unmittelbares Reichsland» müsse es direkt vom Kaiser, aber damit letztlich von ihm, dem Kanzler, regiert werden.

Die Einverleibung von Elsaß-Lothringen begründete Bismarck mit dem militärisch «besseren Schutz gegen Westen». Wirtschaftliche Gesichtspunkte spielten in seiner Rede keine Rolle, obwohl der Kanzler in einem Telegramm an den Kaiser wenige Tage später auf die «reichen Erzlager» in Lothringen hinwies.

Am 10. Mai unterzeichneten Bismarck und der französische Außenminister, Jules Favre, in Frankfurt am Main den Friedensvertrag. Gegenüber dem Präliminarfrieden entsprachen die Bedingungen noch stärker den Interessen der deutschen Schwerindustrie, während der französischen Großbourgeoisie großzügige Möglichkeiten zur militärischen Niederwerfung der Pariser Kommune eingeräumt worden waren.

Seit März schaute die Welt nach Paris. Nachdem die Nationalgarde am 18. März die Kommune von Paris proklamiert hatte, gelang es der Konterrevolution in der Woche vom 21. bis zum 28. Mai, diese erste proletarische Revolution in blutigen Kämpfen niederzuschlagen.

Im Ergebnis des Frankfurter Friedens kamen insgesamt drei Viertel der Eisenproduktion des ehemaligen französischen Moseldepartements unter deutsche Herrschaft. Es handelte sich dabei immerhin um eine Jahresausbeute von zirka 500000 Tonnen Erz. Fünfundzwanzig Hochöfen produzierten 205000 Tonnen Roheisen; in vierzehn Walzwerken wurden 127000 Tonnen Eisen erzeugt. Frankreich verlor damit ungefähr ein Viertel seiner gesamten Bergwerksindustrie. (Heinz Wolter)

Über die Gesetzesvorlage hatte eine Kommission des Reichstages beraten, die am 4. Mai 1871 aus Vertretern der verschiedenen Frak-

Aktenstück № 169. 429

§. 4.

Die Anordnungen und Verfügungen des Kaisers bedürfen zu ihrer Gültigkeit der Gegenzeichnung des Reichskanzlers, der dadurch die Verantwortlichkeit übernimmt.

Berlin, den 1. Juni 1871.

Die VII. Kommission zur Vorberathung des Gesetz-Entwurfs, betreffend die Vereinigung von Elsaß und Lothringen mit dem Deutschen Reiche.

Graf **v. Rittberg** (Stellvertreter des Vorsitzenden). Dr. **Lamey** (Berichterstatter). Freiherr **v. Roggenbach. Wilhelm,** Prinz von Baden. **v. Oheimb.** Fürst **zu Hohenlohe,** Herzog von Ujest. **v. Bennigsen.** Dr. **Erhard.** Dr. **Wigard.** Graf **zu Stolberg-Wernigerode. Lasker. Miquél.** Dr. **Friedenthal. Kiefer.** Graf **v. Walderdorff. v. Denzin.** Dr. **Wehrenpfennig.** Freiherr **v. Hoverbeck.** Dr. **Windthorst** (Meppen). **Duncker. Hoelder. v. Blanckenburg.** Dr. **Reichensperger** (Crefeld). **v. Unruh** (Magdeburg). **Probst.**

tionen gebildet worden war. Zu ihren achtundzwanzig Mitgliedern zählten auch vier Abgeordnete der Deutschen Reichspartei; einer von ihnen war Otto zu Stolberg. In der Kommission traf der Graf mehrere alte Bekannte wieder: die Nationalliberalen Bennigsen und Miquel, den Herzog Hugo von Ujest und Ludwig Windthorst, Führer der Zentrumspartei und ehemaligen hannoverschen Minister. In insgesamt sechs Sitzungen nahm die Kommission an dem Bismarckschen Entwurf einige Änderungen vor. Für mehrere nationalliberale Kommissionsmitglieder forderte Eduard Lasker, die Befugnisse des Kaisers auf Elsaß-Lothringen nicht nur der Kontrolle des Bundesrats, sondern auch der des Reichstags zu unterwerfen, zumindest in finanziellen Fragen. Diesen Antrag, zu dessen Befürwortern Stolberg kaum gehört haben dürfte, billigte der Reichstag am 22. Mai.

Grundsätzliche Kritik an der Annexion Elsaß-Lothringens übte als einziger Reichstagsabgeordneter August Bebel. Er protestierte gegen die Behauptung im Kommissionsbericht, «daß es der einmütige Wille des deutschen Volkes gewesen sei, falls dieser Krieg siegreich für Deutschland ausfalle, auch die alten deutschen Lande Elsaß-Lothringen zurückzuerobern». Vielmehr habe der König sein Wort gebrochen, denn der Verteidigungskrieg sei in einen Eroberungskrieg übergegangen. Die Annexion aber bedeute eine Stärkung der Hohenzollernschen Hausmacht. Bebel setzte sich für das Selbstbestimmungsrecht der Bevölkerung von Elsaß-Lothringen ein und kritisierte Bismarcks Haltung gegenüber der Pariser Kommune. Der Reichskanzler unterstützte den Kampf der bürgerlichen französischen Regierung und ihrer Armee gegen das aufständische Proletariat. Zu diesem Zweck waren Zehntausende französische Soldaten vorzeitig aus der deutschen Kriegsgefangenschaft entlassen worden.

Bei der Reichstagsabstimmung am 22. Mai war der Kanzler abwesend. Zur allgemeinen Überraschung forderte er drei Tage später den Reichstag demonstrativ auf, die gegebene Zustimmung zurückzuziehen, er sehe darin ein Mißtrauen in seine eigene Person. Im Grunde aber nahm Bismarck diesen Vorfall lediglich zum Anlaß, um grundsätzlich deutlich zu machen, daß er sich seine Machtbefugnisse nicht konstitutionell beschneiden lassen würde, und hofierte damit die Konservativen, die damals demagogisch behaupteten, der Reichstag würde langsam «verlaskern». Die nationalliberale Bourgeoisie sollte in die Schranken gewiesen werden.

Daraufhin wurde die Vorlage erneut der Kommission zur Beratung übergeben, die noch an demselben Abend bei Anwesenheit Bismarcks zusammentrat. Eugen Richter, Abgeordneter der Fortschrittspartei, notierte später die Eindrücke eines Teilnehmers: Rudolf von Bennigsen bot dem Kanzler «sogleich mit den höflichsten und bescheidensten Worten einen Ausgleich an». «Ach was!» habe der Fürst geantwortet, «das sind alles Doktorfragen ... Sie umgeben mich mit einem Kordon, wie wenn ich die Rinderpest hätte. Wenn ich wollte, könnte ich mit dem Bundesrat allein noch jetzt durch eine einfache nachträgliche Änderung des Friedensvertrages alle Ihre Amendements illusorisch machen.» Der Bericht fährt fort: «In solchem Tone ging es dann weiter ... Abends 11½ Uhr war die Komödie zu Ende; die Nationalliberalen hatten sich unterworfen. Das angefochtene Amendement erhielt eine bedeutungslose Fassung», die den Kaiser nur an die Zustimmung des Reichstages band, wenn das Reich bei Anleihen und Garantien für Elsaß-Lothringen in irgendeiner Weise finanziell belastet würde. Nachdem sich Bismarck mit dieser Formulierung einverstanden erklärt hatte, stimmten 16 der 28 Abgeordneten ihr zu.

Otto zu Stolberg hat die Annexion des «Reichslandes» Elsaß-Lothringen voll gebilligt, und in der zuständigen Reichstagskommission gehörte er mit Sicherheit nicht zu den Kritikern der Bismarckschen Gesetzesvorlage. Als am 3. Juni 1871 nach dreistündiger Debatte die Schlußabstimmung erfolgte, votierte der Graf mit der überwältigenden Mehrheit der Abgeordneten für die Einverleibung Elsaß-Lothringens in das Deutsche Reich.

Fronde gegen Bismarck

Schon in den frühen Morgenstunden des 22. Oktober 1872 sitzt Stolberg im Berliner Haus seines Onkels Eberhard am Schreibtisch. Dies ist nicht ungewöhnlich, denn der vielbeschäftigte Mann beginnt häufig sehr zeitig mit der Arbeit. Doch heute sind es nicht Akten, denen sein Interesse gilt; Otto schreibt einen Brief an seine Frau. Vor dem Grafen liegt ein anstrengender und ereignisreicher Tag, denn für zwölf Uhr ist die Wahl des neuen Herrenhauspräsidenten anberaumt worden. Otto wird kandidieren, seine Erfolgschancen sind gut, aber völlig gesichert ist die Wahl nicht. Heute mittag, so schreibt er Anna, wird sich «das Schicksal der nächsten Zukunft entscheiden».

Zu diesem Zeitpunkt war Stolberg immer noch Oberpräsident der Provinz Hannover. Seine Aufgaben in diesem Amt hatte er allerdings bereits im Frühjahr 1872 als erfüllt angesehen. Am 14. April wandte er sich deshalb an den Innenminister, Friedrich Graf Eulenburg, und teilte ihm mit, «nicht sehr lange mehr» in Hannover zu bleiben; noch in diesem Jahr werde er sein Ausscheiden offiziell beantragen.

Stolberg wollte sich wieder stärker der Verwaltung seiner Grafschaft Wernigerode zuwenden. Als Oberpräsident war er jedoch ständig in der Provinz Hannover beschäftigt. Hier hatte er sich in den letzten Jahren persönlich um Meliorationsprojekte und Kanalbauten verdient gemacht; wie Robert Bosse, sein Mitarbeiter, später meinte, habe gerade diese Tätigkeit Stolberg besonders gelegen. Der Graf sei «ein geborener Praktiker mit schneller, klarer, in die Tiefe der Dinge dringender Auffassung» wie auch «ein guter Haushalter und ein sichtiger Beurteiler wirtschaftlicher Verhältnisse».

Außerdem war Graf Otto im Jahre 1871 zum Marschall des Merseburger Provinziallandtages ernannt worden; in dieser Eigenschaft setzte er sich recht erfolgreich für die Einführung des in Hannover praktizierten Modells der Selbstverwaltung in der Provinz Sachsen ein.

Zwischen Hannover, Merseburg, Wernigerode und Berlin, wo er die Sitzungen des Reichstages und des Herrenhauses wahrzunehmen hatte, pendelte der Graf ständig hin und her. Er führte ein ausgesprochen unstetes Leben, und Anna schrieb damals ihrer Schwiegermutter, Otto sei «jetzt kaum zwei Tage an einem Ort».

Nachdem im preußischen Staatsministerium am 30. April 1872 über Stolbergs Ankündigung, das Oberpräsidentenamt niederzulegen, beraten worden war, übermittelte Eulenburg dem Grafen den «dringenden Wunsch» der Regierung, seinen Posten nicht zu verlassen, «vielmehr denselben mindestens noch ein Jahr lang beizubehalten». Am 9. Mai ließ Otto den Reichskanzler wissen, er bleibe ein weiteres Jahr, allerdings das definitiv letzte, im Amt. Da trat plötzlich ein Ereignis ein, das verschiedene Pläne Stolbergs über den Haufen werfen sollte.

Am 8. August 1872 starb völlig unerwartet Graf Eberhard zu Stolberg, der Präsident des preußischen Herrenhauses, an den Folgen eines Schlaganfalls. Als Verlust wurde dieser Tod vor allem von Bismarck empfunden, der mit Eberhard über eine zuverlässige Stütze im Herrenhaus verfügte. Und in einer ungünstigeren politischen Situation hätte dessen Präsident auch kaum das Zeitliche segnen können.

Innenpolitisch zeichnete sich ein schwerwiegender Konflikt mit dem politischen Klerikalismus ab.

Die im Winter 1870/71 von Ludwig Windthorst und Hermann Mallinckrodt gegründete katholische Zentrumspartei war von Anfang an reichsfeindlich und antipreußisch aufgetreten. Ähnlich den preußischen Junkern, die ihre Machtpositionen in den Dörfern Ostelbiens zäh verteidigten, wollte die katholische Kirche ihren Einfluß vor allem in den ländlichen Gebieten der preußischen Provinzen Posen, Schlesien, Rheinland und Westfalen sowie in den übrigen stockkatholischen Gegenden des Deutschen Reiches, wie in Bayern, Oberbaden und Elsaß-Lothringen, behaupten.

Die Machtpositionen des Katholizismus waren ins Wanken geraten, denn die kapitalistische Entwicklung hatte eine nationale Bewegung hervorgebracht, die in Italien 1870 den römischen Kirchenstaat beseitigte und in Deutschland 1871 einen bürgerlichen Nationalstaat unter der Hegemonie der protestantischen Hohenzollernmonarchie begründete.

Bismarck geriet in scharfen Gegensatz zum politischen Klerikalismus, denn sein bonapartistisches Herrschaftssystem vertrug grundsätzlich keine konkurrierenden Machtansprüche anderer «unfehlbarer» Gewalten. Bereits im Frühjahr 1871 hatte das Zentrum jenen Grundsatz des Deutschen Reiches im Reichstag abgelehnt, der die Nichteinmischung in die Angelegenheiten anderer Länder festschrieb, und die Wiederherstellung des Kirchenstaates gefordert. Für diese politische Haltung, die ihre Ziele ultramontan, das heißt ultra montes – jenseits der Berge (Alpen) – sah, wurde bald das Schlagwort vom Ultramontanismus geläufig. Den Reichskanzler bedrückten nun aber zunehmend außenpolitische Sorgen. Er beabsichtigte, Frankreich politisch zu isolieren, aber die Annexion von Elsaß-Lothringen wurde weder von England noch von Rußland gebilligt. Zudem fürchtete Bismarck die Einkreisung Deutschlands durch eine Koalition der katholischen Mächte Frankreich und Österreich, die sich im Osten des unterdrückten Polens bedienen könnte.

Während das Zentrum über eine breite Anhängerschaft verfügte und in den letzten Jahren seine partikularistischen und zunehmend antiliberalen Forderungen geschickt anzubringen wußte, unterstützten die bürgerlichen Parteien, sowohl die Nationalliberale wie auch die Fortschrittspartei, ja begrüßten nahezu vorbehaltlos Bismarcks Kampf gegen den Katholizismus. In ihrem Bestreben, die klare Trennung von Staat und Kirche festzuschreiben, protestierten sie wider Pfaffenherrschaft und die Dunkelmänner der katholischen Kirche. Eingeschworen auf den politischen Kurs des Kanzlers, blieben selbst bürgerlich-demokratische Forderungen des Zentrums von den sich antiklerikal gebärdenden Liberalen unbeachtet; und sogar die irreführende Bezeichnung «Kulturkampf» für die politische Auseinandersetzung mit dem Klerikalismus prägte einer der namhaftesten Führer der Fortschrittspartei, der berühmte Berliner Arzt Rudolf Virchow.

Die Offensive in diesem Kulturkampf eröffnete der Kanzler, als er am 8. Juli 1871 die katholische Abteilung im preußischen Kultusministerium auflöste und an ihrer Stelle eine gemeinsame Abteilung für kirchliche Angelegenheiten einsetzte, in der die Protestanten mit zehn Stimmen den Ton angaben, während die Katholiken in diesem Gremium nur über zwei Vertreter verfügten. Da die bundesstaatliche Verfassung keine einheitliche Innenpolitik gewährleistete, verlief der Kulturkampf in den einzelnen Ländern unterschiedlich – in Preußen wurde er besonders hart geführt; verschiedene drastische Ausnahmegesetze galten nur hier.

Als das Strafgesetzbuch am 10. Dezember durch den sogenannten Kanzelparagraphen ergänzt wurde, begann der Kulturkampf im Reichsmaßstab. Danach war es Geistlichen künftig verboten, in Ausübung ihres Amtes staatliche Angelegenheiten «in einer den öffentlichen Frieden gefährdenden Weise» zu behandeln. Im Januar 1872 ernannte König Wilhelm den antiklerikalen Dr. Adalbert Falk zum preußischen Kultusminister. Im März beseitigte ein Gesetz in Preußen die geistliche Schulaufsicht, es unterstellte alle öffentlichen und privaten Bildungseinrichtungen dem Staat. Dieses Gesetz rief jedoch die konservativen Widersacher Bismarcks auf den Plan, denn viele Junker hatten als Kirchenpatrone in ihren Territorien die Schulaufsicht ausgeübt.

Der Kulturkampf verschärfte sich, als Papst Pius IX. im Mai 1872 die Ernennung des Kardinals Gustav zu Hohenlohe, der als Jesuitengegner bekannt war, zum deutschen Botschafter beim Vatikan ablehnte. Der Posten blieb darauf unbesetzt, und im Sommer 1872 verabschiedete der Reichstag ein Ausnahmegesetz gegen die Jesuiten. Der Orden wurde aufgelöst und blieb bis 1917 verboten. Im Dezember 1872 rief die preußische Regierung ihren Gesandten beim Heiligen Stuhl nach Hause.

Die inneren Gegensätze spitzten sich noch zu durch den Konflikt mit den preußischen Junkern. Das Herrenhaus, ohnehin ein Bollwerk erzreaktionärer Gesinnung, wurde immer mehr zum entscheidenden Hindernis für Bismarcks politischen Kurs. Die Junker mißtrauten dem neuen Deutschen Reich; dem Aufgehen Preußens in Deutschland wollten sie als eingefleischte Partikularisten einen Riegel vorschieben. Sie fürchteten um ihre ökonomischen und politischen Machtpositionen, und aus diesem Grunde opponierten sie borniert gegen jegliche Reformmaßnahmen der Regierung. Der

Zeitungskopf der «Kreuzzeitung» – Neue Preußische Zeitung –

Konflikt mit Bismarck, der 1868 im Streit um den hannoverschen Provinzialfonds «vorspukte», begann sich jetzt tatsächlich «mit Geräusch» zu vollziehen.

Nach der Reichsgründung mußte zwangsläufig ein Wandel der inneren Verwaltung erfolgen, zumal die Vielzahl unterschiedlicher Verwaltungsprinzipien den Prozeß der Einigung und damit die wirtschaftliche Entwicklung hemmte. Besonders hartnäckig bekämpften die Junker die von Regierung, Bourgeoisie, aber auch von den Freikonservativen angestrebte Einführung einer neuen Kreisordnung für Ost- und Westpreußen, Brandenburg, Pommern, Schlesien und Sachsen.

Danach sollten die Kreise künftig nicht nur Verwaltungsbezirke, sondern zugleich Organe der kommunalen Selbstverwaltung sein. Ein entsprechender Gesetzentwurf sah vor: An der Spitze des Kreises, der sich aus Amts- und Stadtbezirken zusammensetzt, steht der vom König ernannte Landrat, an der des Amtsbezirkes der vom Oberpräsidenten eingesetzte Amtsvorsteher. Der Kreistag beschließt über alle kommunalen Angelegenheiten, insbesondere obliegt ihm die Festlegung des Etats und die Verfügung über das Grund- und Kapitalvermögen des Kreises. Mit den laufenden Geschäften wird ein Kreisausschuß beauftragt. Er besteht aus dem Landrat und sechs Mitgliedern, die von den Kreistagsabgeordneten gewählt werden. Das Virilstimmrecht des Großgrundbesitzes und damit seine Mehrheit in den Kreistagen sollte beseitigt werden. Die Polizeigewalt der Junker wollte man den Amtsvorstehern übertragen.

Ferner war vorgesehen, das Aufsichtsrecht der Rittergutsbesitzer über die Landgemeinden sowie die Erblichkeit des Schulzenamtes aufzuheben. Künftig sollten die Gemeinden ihren Vorsteher und zwei Schöffen selbst wählen können. Der Reformvorschlag räumte zudem die Möglichkeit der Klage gegen polizeiliche Verfügungen ein.

Damit ging das Gesetz wesentlich weiter als die Reformvorlage des Jahres 1862, die seinerzeit ebenfalls am Widerstand der Junker scheiterte. Damals hatte sich Graf Otto zu Stolberg im zuständigen Ausschuß des Merseburger Provinziallandtages erfolglos für eine Veränderung der Kreisordnung eingesetzt und darauf hingewiesen, daß bei einer späteren Behandlung jener Frage mit Sicherheit mehr feudale Vorrechte aufgegeben werden müßten. Diese Situation war jetzt eingetreten. Empört forderten die Junker die Aufrechterhaltung der ständischen Zusammensetzung der Kreistage, ihrer gutsherrlichen Polizeigewalt und des Erbschulzenamtes.

Die Verwaltungsreform entsprach im wesentlichen den Vorstellungen der Nationalliberalen, die ihre politischen Aktivitäten auf die Einführung der Selbstverwaltung konzentriert hatten. Vor allem Eduard Lasker trat im preußischen Abgeordnetenhaus mit leidenschaftlichen Worten auf.

Während Lasker überschwenglich meinte, nicht die Verfassung, sondern die Kreisordnung werde fortan die Magna Charta Preußens bilden, war allerdings abzusehen, daß sich die Gesetzespraxis ganz anders darstellen würde. Die Amtsvorsteher rekrutierten sich später tatsächlich vornehmlich aus den Junkern, und auch in den

Kreistagen der Landkreise konnten diese sich, obwohl die kleinen Städte und Gemeinden stärker als bisher vertreten waren, doch meistens schon aufgrund ihres großen gesellschaftlichen Einflusses eine absolute Mehrheit sichern. Friedrich Engels urteilte deshalb, die Kreisordnung habe die feudalen Vorrechte der preußischen Junker, in erster Linie ihre Polizeigewalt, zwar beschnitten, um sie aber gleichzeitig «unter dem Schein der Selbstverwaltung der Kreise der Junkerklasse wiederzugeben».

Während das Abgeordnetenhaus der Gesetzesvorlage am 23. März 1872 mit großer Mehrheit zustimmte, konnte Bismarck eine ähnliche Entscheidung vom Herrenhaus kaum erwarten. Hier stand die Plenardebatte erst jetzt im Oktober unmittelbar bevor. Bereits im Februar dieses Jahres, bei der Debatte des Schulaufsichtsgesetzes im Herrenhaus, hatte Bismarck von der Opposition der Junker einen Vorgeschmack bekommen, als sich bei der Abstimmung am 8. März immerhin 76 Abgeordnete gegen die Gesetzesvorlage aussprachen. Unter den 126 Befürwortern befand sich neben Moltke, Roon, Eberhard zu Stolberg auch Graf Otto zu Stolberg. Zu Recht befürchtete jetzt Bismarck, daß die Durchsetzung der Kreisordnung viel schwieriger sein würde als die der Schulgesetzgebung, denn bei jener war es um Fragen gegangen, «an denen der evangelische Junker kein direktes Interesse hatte, jetzt um Geld und Einfluß im täglichen Leben» (Otto von Bismarck).

Deshalb brauchte er so dringend einen Mann seines Vertrauens für das Amt des Herrenhauspräsidenten. Am 5. September 1872 erfuhr Graf Otto von seinem Schwager Septi, der am gleichen Tag mit Bismarck gesprochen hatte, der Kanzler sei der Ansicht, wenn Stolberg «im Herrenhause zum Präsidenten gewählt würde, so wäre ihm das sehr recht». In diesem Fall hätte Bismarck auch nichts mehr dagegen, wenn der Graf sein Oberpräsidentenamt in Hannover aufgebe, da ihm ersteres «augenblicklich sehr wichtig erscheine». Und so geschah es. Außer Stolberg stellten sich am 22. Oktober 1872 der Fürst Wilhelm Malte von Putbus, Hans von Kleist-Retzow und Herr von Kröcher zur Wahl. Von den abgegebenen 167 Stimmen konnte Otto zu Stolberg 84 auf sich vereinigen. Um die Wahl zu gewinnen, mußten mehr als 50 Prozent der Anwesenden für ihn votieren. Mit einer Stimme Mehrheit hatte er die

Wahl gewonnen. Stolberg nahm die Wahl an, wies aber gleichzeitig darauf hin, bisher «durch anderweitige Pflichten behindert gewesen» zu sein, an den Sitzungen des Herrenhauses «thätigen und regelmäßigen Antheil zu nehmen». Deshalb könne er auch «die Besorgnis nicht zurückdrängen, daß ein gewisser Mangel an genauer Kenntnis der Geschäftsbehandlung und der Traditionen dieses Hohen Hauses» bei ihm «sich fühlbar machen wird». Abschließend versicherte Stolberg, den «übertragenen Pflichten in treuer Ehrfurcht gegen seine Majestät» zu entsprechen.

Unmittelbar nach der Wahl begann das Herrenhaus die Debatte über die Einführung der neuen Kreisordnung. Otto, der die Diskussion leitete, befürwortete die Reform, wollte sich allerdings «nicht zu den Schwärmern» für sie rechnen lassen, wie er seinem Onkel Botho damals schrieb. «Unzweifelhaft» schien ihm, daß die Beibehaltung der gutsherrlichen Polizei, die er lediglich «als eine historische Spielerei» ansah, «aussichtslos» sei. Im Gegensatz zu den erzreaktionären Junkern im Herrenhaus hatte Stolberg seinerzeit längst erkannt, daß die bisherige Polizeigewalt weiterhin «sehr wohl», wenn «auch in erweiterten Formen», in den Händen der herrschenden Junker konzentriert bleiben könnte; zumindest da, «wo tüchtige Gutsherrn vorhanden waren oder der Besitz eine solche Bedeutung hatte, daß ein geeigneter Beamter gehalten werden konnte». Mit diesen ungeschminkten Worten bestätigte Stolberg, wie zutreffend die Einschätzung der Kreisordnung durch Friedrich Engels war.

Im Herrenhaus hatte sich um Kleist-Retzow – dieser war mit der Schwester des vormaligen Herrenhauspräsidenten verheiratet – eine beachtliche Mehrheit der Abgeordneten geschart, die entschlossen war, der Gesetzesvorlage nicht zuzustimmen. Mancher Junker, selbst Kleist-Retzow, dachte sogar, Bismarck sei insgeheim auf ihrer Seite. Doch darin sollten sie sich sehr getäuscht haben.

Bereits im September 1872 hatte Kleist-Retzow mit einer Artikelserie in der «Kreuzzeitung» zum Sturm gegen die Kreisordnung geläutet und appelliert: «Das alte Preußen erwartet, daß jedes Mitglied des Herrenhauses, welches von dieser Situation ein Verständnis hat, bei den bevorstehenden Beratungen seine Schuldigkeit tut.»

Die Debatte im Herrenhaus dauerte bis zum 31. Oktober. An diesem Tag stimmten 145 Abgeordnete gegen und nur 18, darunter Otto zu Stolberg, für die Gesetzesvorlage. Vergeblich hatte sich der Graf in persönlichen Gesprächen bemüht, eine Majorität für die Kreisordnung zusammenzubringen. Offensichtlich ist der frischgekürte Präsident dieser damals kaum lösbaren Aufgabe auch nicht gewachsen gewesen. An seine Frau schrieb er am 27. Oktober: «Mein Leben hier behagt mir sehr wenig, ich komme aus der Hetze gar nicht heraus. Wenn keine Sitzungen sind, habe ich fortwährend mit den verschiedensten Zwischen-Verhandlungen zu thun, zwischen König–Ministerium und den Mitgliedern des Hauses. An das Präsidiren fange ich an mich zu gewöhnen, gewiß habe ich einige gelinde Böcke geschossen, man muß es erst lernen.»

Für die Haltung der Fraktion um Kleist-Retzow brachte Graf Otto gar kein Verständnis auf. In seinen Memoiren heißt es dazu: «Ein gesunder conservativer Sinn hätte die Nothwendigkeit einer Reform nicht verneinen, sondern sich an den Versuch einer gemäßigten Verbesserung machen sollen. Die conservative Mehrheit des Herrenhauses... behandelte die Vorlage mit einer gewissen Mißachtung, erklärte den preußischen Staat als durch die Reform in seinem Bestand und seiner Haltbarkeit gefährdet und beschloß die Ablehnung.»

In einem Brief an seinen Onkel Botho, eingefleischter Reformgegner, meinte Otto, er habe durch seine Vermittlung lediglich die «Kastanien aus dem Feuer holen» wollen, «nachdem die Karre einmal so tief in den Dreck gefahren war». Jetzt werde die Regierung auf andere Weise versuchen, für den Gesetzentwurf im Herrenhaus eine Mehrheit zu finden.

Bismarck war über die «fanatische, junkerhafte, unüberlegte Opposition» im Herrenhaus empört. Er saß damals auf seinem Gut in Varzin, war krank und konnte deshalb persönlich auf den Gang der Dinge kaum Einfluß nehmen. Jetzt aber lief ihm die Galle über. Er kündigte den Rücktritt von seinen preußischen Ämtern an und nahm einen Gedanken wieder auf, den er seinerzeit, als das Schulaufsichtsgesetz im Herrenhaus zu scheitern drohte, erwogen hatte, nämlich durch einen sogenannten Pairsschub, daß heißt die Ernennung von neuen, regierungsfreundlich eingestellten Mitgliedern, die

Mehrheitsverhältnisse im Herrenhaus in seinem Sinne zu korrigieren.

Dem Kanzler ging es aber nicht nur um die Kreisordnung. Er wollte der konservativen Opposition im Herrenhaus mit energischen Mitteln entgegentreten. Am 2. November faßte er diese grundsätzlichen Erwägungen in einer Denkschrift zusammen. Dort heißt es: «Nach der ganzen Haltung des Kernes des Herrenhauses in der Schulaufsicht, der Kreisordnung und anderen Fragen (Bismarck meint die Reichspolitik – K. B.) scheint mir eine Reform dieser Körperschaft viel dringender als das Durchbringen irgendeiner Art von Kreisordnung.»

Einen Pairsschub hielt er langfristig gesehen für unwirksam, und in einem Schreiben an Otto zu Stolberg meinte Bismarck schließlich am 10. November, daß die junkerliche Opposition «in einer Zeit, wo die Stellung Deutschlands gegenüber Frankreich» und die Auseinandersetzung mit dem politischen Katholizismus eine «volle Wappnung und Beweglichkeit gebieterisch fordern», untragbar sei. In Preußen bedürfe die Krone eines Senats als Organ der monarchischen Interessen, «welcher ihre Wirksamkeit fördert wie früher der Staatsrat, und welcher sie deckt, seitdem es eine Volksvertretung gibt». Dieser Aufgabe würde das jetzige Herrenhaus in keiner Weise mehr gerecht; sein Vertrauen zu dessen «beschränkten und zornigen Politikern» sei deshalb «vollständig zerstört».

Obwohl Otto zu Stolberg zu den Befürwortern der vorgesehenen Kreisordnung gehörte, hätte er das Gesetz lieber scheitern sehen, als es durch einen Pairsschub zustande kommen zu lassen.

«Es ist augenblicklich ein ziemlich ernstes und aufregendes Stadium», teilte er damals seiner Frau mit; man hat «die Absicht, eine Masse neuer Mitglieder ins Herrenhaus zu schicken, die unbedingt mit der Regierung stimmen sollen. Ich suche dies, da es der Ruin solcher politischer Körperschaft sein würde, nach Kräften abzuwenden».

Grundsätzlich kam es ihm darauf an, zu verhindern, daß das politische Gewicht des Herrenhauses als Institution eingeschränkt würde. Gerade dies strebte der preußische Ministerpräsident jedoch an.

Stolberg beurteilte das Herrenhaus, die «miserabelste Errungenschaft Preußens aus der Reaktionszeit» (Ernst Engelberg), weit weniger skeptisch als sein Gönner. Sicherlich verfügte er über genug politische Erfahrung, um Bismarcks Position zu verstehen und möglicherweise auch zu teilen, daneben aber blieb sein Denken den standesherrlichen Interessen eng verhaftet. Hatte Graf Otto 1866 sogar gegenüber Bismarck für die Erweiterung der Rechte des Herrenhauses plädiert und damit bereits Schiffbruch erlitten, glaubte er nun, die Mehrzahl der Junker durch einen Kompromiß zu gewinnen, ausgenommen natürlich den «Kern der äußersten Rechten und die professionierten Giftpilze», wie er am 8. November 1872 an Bismarck schrieb.

Doch im Gegensatz zu diesem unterschätzte Stolberg die Engstirnigkeit der junkerlichen Opposition, ja er nahm sogar an, die Autorität des Ministerpräsidenten werde auch dieses Mal, wie seinerzeit im Streit um den hannoverschen Provinzialfonds, dem Gesetz zur Annahme verhelfen.

Der Streit um die Kreisordnung war Bismarck im Grunde «des Lärmes nicht wert»; man hätte sie ruhig noch eine Weile auf dem Kaminsims liegen lassen können, äußerte er zu Hans Viktor von Unruh. Doch diese Auseinandersetzung sollte letztlich auch nur den Anlaß liefern, die politischen Befugnisse des Herrenhauses deutlich zu beschneiden. Deshalb wünschte er, gleich vierzig bis fünfzig neue Pairs zu ernennen, auch um eine Stimmenmehrheit für die weiteren Kulturkampfgesetze im Herrenhaus sicherzustellen.

Am 18. November reiste Stolberg zur Jagd in die Letzlinger Heide, wo sich eine gute Gelegenheit ergab, mit dem Monarchen über die strittigen Probleme zu sprechen. Wilhelm war zwar ebenfalls über die Opposition im Herrenhaus aufgebracht und fand, wie er an Bismarck schrieb, das Gebaren der Junker «hämisch», eine Einschränkung der Rechte des Herrenhauses wollte er jedoch nicht zulassen.

Drei Tage später berichtete Otto nach Hause, «die Unterhaltung mit dem Kaiser in Letzlingen scheint nicht ohne Wirkung geblieben zu sein». Noch in der gleichen Woche begleitete der Oberpräsident Wilhelm auf einer Reise durch die Provinz Hannover. Während der Eisenbahnfahrt am 25. November nutzte Stolberg erneut die Gelegenheit, mit ihm «über die brennende Angelegenheit», wie er den vorgesehenen Pairsschub nannte, zu sprechen. Er hielt sich einiges darauf zugute, daß der Meinungsaustausch nicht ohne Erfolg gewesen sei, wie es in einem Brief an Anna heißt.

Bei Bismarck allerdings traf Stolbergs Bestreben, «der conservativen Partei eine Brücke zu bauen», auf «entschiedenste Ablehnung». Auch mehrere Minister beschwerten sich bei Kaiser Wilhelm in seiner Eigenschaft als preußischer König über die unzulässigen Einmischungsversuche des Herrenhauspräsidenten, der am 1. Dezember recht resigniert Graf Botho berichtete: «Als ich vorgestern von Berlin abreiste, stand die Sache so, daß die Mehrzahl der Minister ihre Demission einreichen wollten, wenn der König ferner meinen Ratschlägen (sic) mehr Gewicht als den ihrigen beilege.»

Seit das Herrenhaus am 12. November 1872 erneut zusammengetreten war, ging es wieder um die Gesetzesvorlage zur Reform der Kreisordnung. Auf ausdrücklichen Wunsch des Kaisers wurde Graf Stolberg am 28. November befragt, ob er jetzt für die Annahme durch die Abgeordneten garantieren könne. Als sich dieser dazu außerstande sah, setzte Innenminister Friedrich zu Eulenburg den angekündigten Pairsschub durch. Am 30. November wurden 25 neue Mitglieder ernannt, zumeist Staatsbeamte, von denen bekannt war, daß sie für die neue Kreisordnung stimmen würden. Wilhelm I. hatte sich eingehend davon überzeugt, daß es die «Richtigen» waren. Wenige Tage später wurde die umstrittene Gesetzesvorlage vom Herrenhaus mit 116 zu 91 Stimmen angenommen. Die Differenz betrug genau 25. Bismarck, der zwar den Pairsschub verwirklicht sah, mit der angestrebten grundsätzlichen Reform des Herrenhauses aber gescheitert war, fühlte sich voller Selbstmitleid wie ein «braves Pferd», das man «zuschanden geritten» habe. Verbittert trat er deshalb zeitweise vom Posten des preußischen Ministerpräsidenten zurück. Diese Stelle nahm bis November 1873 Albrecht von Roon ein.

Bereits am 28. November 1872 hatte Otto zu Stolberg den preußischen König in einem Abschiedsgesuch um seine Entlassung aus dem Staatsdienst gebeten. Als Präsident des Herrenhauses, so begründete der Oberpräsident sein Begehren, müsse er «völlig unabhängig» sein, dies sei schon angesichts der gegenwärtigen «schwierigen Verwicklungen» in der preußischen Innenpolitik dringend geboten; eine «amtliche Stellung» im Staatsapparat könne er daher künftig nicht mehr ausüben. Auch sehe er sich dazu aufgrund seiner «sonstigen vielseitigen Pflichten» außerstande.

Mit der Bemerkung über die aktuellen politischen Verwicklungen spielte Stolberg sicherlich nicht nur auf den Streit um die Kreisordnung an, ihm scheint es auch um die Kulturkampfgesetze gegangen zu sein. Mit deren Durchsetzung war der Oberpräsident in Hannover als höchster Staatsbeamter unmittelbar beauftragt, und die einschneidendsten Maßnahmen gegen die katholische Kirche standen Ende 1872 unmittelbar bevor. Stolberg sah zwar ebenso wie Bismarck im politischen Katholizismus eine Gefahr, hielt es aber für einen «großen Fehler, der katholischen Kirche den Krieg zu erklären».

Die Deutsche Reichspartei, deren politischen Interessen sich Stolberg verbunden fühlte, verfocht in dieser Frage keine einheitliche Linie. Obwohl Heinrich von Achenbach, Unterstaatssekretär im preußischen Kultusministerium, Wilhelm von Kardorff und Carl Ferdinand Stumm, die wie Bismarcks Intimus Robert Lucius eifrige «Kulturkämpfer» waren, aus ihren Reihen stammten, gab es auch ablehnende Stimmen; zumindest hielt man die «Art der Inszenierung» des Kulturkampfes «nicht für geschickt», wie Graf von Bethusy-Huc bereits im Dezember 1871 geäußert hatte. Eine ähnliche Ansicht vertrat Otto zu Stolberg, der sich 1871/72 nachdrücklich dafür eingesetzt hatte, bei der Zurückdrängung des kirchlichen Einflusses «Kriegsgeschrei» zu vermeiden und statt dessen «mit Ruhe und Stetigkeit» daranzugehen, «die Gesetzgebung zu reformieren».

In Hannover hatte Stolberg anfangs einen regelrechten Zweifrontenkrieg in der Kirchenpolitik zu führen gehabt, denn die lutherische Kirche, der die überwiegende Mehrheit der zwei Millionen Einwohner Hannovers angehörte, wandte sich gegen eine Zwangsvereinigung mit der preußischen Union.

In dieser Union hatten sich seinerzeit auf Anordnung des Königs 1817 die lutherische und die reformierte Kirche in Preußen zusammengeschlossen. Der Berliner Oberkirchenrat und König Wilhelm wünschten jetzt ausdrücklich den Anschluß der hannoverschen Protestanten, während Bismarck nichts an spektakulären Maßnahmen lag. Würde der Bogen überspannt, geriet die «Revolution von oben» und damit die Verpreußung in Gefahr, das wußte der Reichskanzler nur zu genau.

Stolberg mußte zwischen beiden taktischen Varianten wählen – er entschied sich für den Kurs Bismarcks, der ihm als Oberpräsident in Hannover allemal weniger Kopfzerbrechen bereitete als die königliche Konfrontationspolitik. Bereits kurz nach seiner Amtseinführung hatte er am 13. November 1867 in einem als vertraulich deklarierten Schreiben an Bismarck appelliert, «gerade auf diesem höchst delicaten Gebiet vorläufig den bisherigen Organismus zu belassen». Stolbergs Bestreben, den Einfluß der evangelischen wie der katholischen Kirche auf den Staat einzuschränken, entsprach die Neubesetzung verschiedener Posten im Landeskonsistorium «durch geeignete kirchlich unanfechtbare», aber «politisch zuverlässige Personen».

Die Aufsicht über das Volksschulwesen, die bisher in die Kompetenz der Provinzialkonsistorien in Hannover, Stade, Osnabrück und Aurich fiel, wollte der Oberpräsident künftig den Landdrosten übertragen, da dies auch – so begründete er gegenüber Bismarck seinen Vorschlag – «im Interesse» der bisherigen «mangelnden Ausbildung der Schullehrer» dringend geboten sei. Im Februar 1871 wurde aber eine entsprechende Gesetzesvorlage im Herrenhaus abgelehnt. Stolberg setzte sich damals im Herrenhaus sehr engagiert für seinen Vorschlag ein. Am 15. Februar trat er sogar ans Rednerpult, um von hier aus die Annahme des Gesetzes zu fordern und auf dessen Notwendigkeit noch einmal eindringlich zu verweisen. Der Oberpräsident wünschte, die Befugnisse von Staat und Kirche klar zu trennen. Die Kirche, so sagte er resümierend, habe nicht das Recht, «die ausschließliche oder allgemeine Leitung des Schulwesens für sich in Anspruch zu nehmen». Dies sei allein Aufgabe des Staates. Sein Auftreten im Herrenhaus bereitete Stolberg, dem besondere Eloquenz nicht gegeben war, einiges Unbehagen, und auch an diesem 15. Februar empfand er es als «große Erleichterung», seine Rede endlich «los zu sein». «Die Leute denken immer, daß es mir so leicht wird, das ist aber durchaus nicht der Fall», schrieb er zwei Tage später an Anna.

Im Laufe seiner Oberpräsidentschaft scheint es Stolberg recht geschickt verstanden zu haben, die Beziehungen zu den katholischen Bischöfen in der Provinz Hannover zu normalisieren. Als er 1873 aus seinem Amt schied, wurde ihm dies ausdrücklich bestätigt: Am 3. März 1873 bekundete der Bischof von Osnabrück, daß Stolberg sein volles Vertrauen erworben habe, und auch Generalvikar Georg Kopp aus Hildesheim, der spätere Fürstbischof von Breslau, brachte am 2. Mai 1873 gegenüber dem scheidenden Oberpräsidenten zum Ausdruck: «Je mehr sich in diesem Augenblicke die Zukunft für die Organe der kirchlichen Verwaltung verdüstert, um so dankbarer werde ich auf den wohlwollenden Schutz zurückblicken, in dessen glücklichem Frieden ich die ersten Tage meines Amtes verlebt habe. Der Herr Bischof kehrt morgen von Fulda zurück; es ist kaum zu hoffen, daß derselbe etwas Angenehmes zurückbringen wird.»

Wenige Tage später, zwischen dem 11. und 15. Mai, wurden von der preußischen Regierung die sogenannten Maigesetze erlassen, mit denen der Kulturkampf voll entbrannte. Bereits am 3. April waren im Zuge einer Verfassungsänderung in Preußen die Kirchen den Staatsgesetzen und der staatlichen Aufsicht unterworfen worden. Die «Maigesetze» bestimmten, daß Theologen vor Übernahme ihres geistlichen Amtes ein dreijähriges Studium an einer deutschen Universität absolviert haben mußten. Außerdem waren sie verpflichtet, ein Kulturexamen in Philosophie, deutscher Literatur und Geschichte abzulegen. Neueinstellungen in kirchliche Ämter unterlagen künftig der Anzeigepflicht; die staatlichen Behörden konnten gegen die Anstellung Einspruch erheben. Die päpstliche Jurisdiktion über die katholische Kirche in Preußen wurde aufgehoben und das Recht zum Gebrauch kirchlicher Straf- und Zuchtmittel deutlich eingeschränkt. Priesterseminare unterstanden fortan der staatlichen Aufsicht. Ein weiteres Gesetz erleichterte den Kirchenaustritt.

Ganz sicher war es Stolberg, dem unbequemes Engagement ohnehin fern lag, persönlich unangenehm, in Hannover an der Durchsetzung der Kulturkampfgesetzgebung mitzuwirken, und in seinen Memoiren nannte er Bismarck ausdrücklich als deren wichtigsten Urheber. Dieser «große Meister der diplomatischen Staatskunst», so Stolberg Jahre später, «übersah» dabei aber, «daß zwar das Haupt der katholischen Kirche die Stellung eines fremden Potentaten einnimmt, daß aber die Kirche selbst, die mit allen Fasern auch in unserm eigenen Lande wurzelte, nicht wie eine auswärtige Macht behandelt werden kann».

Erst als die katholischen Bischöfe am 26. Mai 1873 in einer gemeinsamen Erklärung die «Maigesetze» nicht anerkannten und damit der Kampf zwischen Staat und Kirche offen ausbrach, hielt sich Stolberg für «verpflichtet, ... die Autorität des Staates zu unterstützen» und auch im Herrenhaus für die weiteren Kulturkampfgesetze einzutreten. Abgelehnt hat er allerdings 1874 die Einführung der obligatorischen Zivilehe in Preußen, die ein Jahr später auf das ganze Deutsche Reich ausgedehnt wurde, da er meinte, es könne auf diese Weise der Eindruck entstehen, die christliche Ehe beseitigen zu wollen. Im preußischen Herrenhaus votierte er gegen die entsprechende Gesetzesvorlage, und als im Reichstag darüber abgestimmt wurde, fehlte er an diesem 25. Januar 1875 «ganz gern mit gutem Gewissen». Es sei an dieser Stelle bereits vermerkt, daß die per Gesetz angeordnete Zivilehe die einzige Maßnahme gewesen ist, die den Kulturkampf überdauerte.

Die Auseinandersetzung zwischen Staat und Klerikalismus wurde von beiden Seiten erbittert geführt. Nachdem Papst Pius IX. im Februar 1875 die «Maigesetze» für ungültig erklärt hatte, stellte die preußische Regierung alle staatlichen Geldzuwendungen an katholische Institutionen ein; diese Maßnahme betrachtete Stolberg als notwendiges Übel. Am 17. April 1875 stimmte er im Herrenhaus für das Sperrgesetz, das hier mit 92 gegen 29 Stimmen angenommen wurde. Im gleichen Jahr wurden die Niederlassungen sämtlicher Orden und Kongregationen, mit Ausnahme der Krankenpflegeorden, in Preußen aufgelöst.

Die Mehrheit der deutschen Katholiken stand jedoch hinter ihren Bischöfen, von denen 1876 die meisten verhaftet oder ausgewiesen waren.

Sein Ziel, die katholisch-partikularistische Opposition zu schwächen, sollte Bismarck aber nicht erreichen. Schon bei den Landtagswahlen 1873 und bei den ein Jahr später stattfindenden Reichstagswahlen zeichnete sich sogar ein deutlicher Stimmengewinn der

Zentrumspartei ab. Jetzt rächte es sich, daß Bismarck, maßgeblich unterstützt von den Nationalliberalen, die Auseinandersetzung mit den katholischen «Reichsfeinden» keineswegs politisch, sondern als antiklerikalen Kulturkampf und nicht etwa unter Zuhilfenahme bürgerlich-demokratischer Rechte, vielmehr gegen deren Fundamente, geführt hatte. Auf diese Weise mußte der Kanzler letztlich das Gegenteil dessen erreichen, was er ursprünglich bezweckte.

Am 25. Februar 1873 befürworteten Bismarck, Innenminister Friedrich zu Eulenburg und Finanzminister Otto von Camphausen Stolbergs Abschiedsgesuch beim Kaiser. Auch sie verwiesen auf dessen Wahl zum Präsidenten des preußischen Herrenhauses und hielten auf Dauer eine solche Doppelfunktion nicht für politisch ratsam. Zwei Tage später erhielt der Graf den gewünschten Abschied. Als Anerkennung verlieh der preußische König dem scheidenden Oberpräsidenten am 1. März das Großkomturkreuz des Hohenzollernschen Hausordens.

Bismarck schrieb acht Tage später an Stolberg: «Wie Eurer Erlaucht bekannt, habe ich hohen Werth darauf gelegt, dieses wichtige Amt Ihren Händen anvertraut und in denselben belassen zu sehen.» Der Kanzler dankte für Stolbergs Bereitschaft, das Oberpräsidentenamt «unter schwierigen Verhältnissen» in der Provinz Hannover angetreten und «die Verschmelzung derselben mit den alten Provinzen der Monarchie so wesentlich gefördert» zu haben.

Hatte sich mit der Übernahme des Präsidentenamtes im Herrenhaus der Schwerpunkt in Stolbergs politischer Tätigkeit ohnehin bereits von Hannover nach Berlin verlagert, so konzentrierte der Graf nach 1873 seinen ganzen politischen wie gesellschaftlichen Ehrgeiz auf die Reichshauptstadt. Ein standesgemäßer Wohnsitz war bald gefunden. Im Juli 1874 kaufte er von dem Rittergutsbesitzer Max Freiherr von Romberg für 600000 Taler das Palais in der Wilhelmstraße 63.

Die Mitglieder des Herrenhauses bestätigten Stolberg in den folgenden Jahren immer wieder, meist mit erheblicher Stimmenmehrheit, in seinem Präsidentenamt, und bei Bismarck ging der Graf damals ein und aus. Trotz verschiedener gegensätzlicher Ansichten war das Verhältnis beider Politiker ausgesprochen gut.

Feudalherr und Kapitalist

«Wir Otto, Graf zu Stolberg, Königstein, Rochefort, Wernigerode und Hohenstein, Herr zu Epstein, Münzenberg, Breuberg, Agimont, Lohra und Klettenburg … entbieten allen treuen Eingesessenen der Grafschaft Wernigerode Unsern gnädigen Gruß.» Diese Worte stehen am Anfang jener Proklamation, die Stolberg anläßlich seines Regierungsantritts im Jahre 1858 verbreitete. Deutlich ist zu spüren, wie sehr sich Otto als Landesherr verstand, der nunmehr in die Erbfolge von Großvater und Urgroßvater eintrat. Und so höfisch-feudal blieb sein Lebensstil auch weiterhin.

Repräsentation und glanzvolles Auftreten gehörten zu den vornehmlichen Pflichten des Familienoberhauptes; nur dafür wurden zahlreiche Beamte und Livreebediente, Köche, Stallknechte, Leibjäger sowie eine Schloßwache beschäftigt. Für Ottos aufwendige Hofhaltung mußten zwischen 1884 und 1896 im Jahresdurchschnitt immerhin 130000 Mark aufgebracht werden. Allein die Unterhaltung der Hofdienerschaft belastete den gräflichen Haushalt im Rechnungsjahr 1884/85 mit 37564 Mark; 47555 Mark flossen damals in den Etat der Küche, wovon lediglich 2096 Mark der Armenspeisung zugute kamen. Für die Auffüllung des Kellerbestandes an Bier, Wein und Likör verbuchte die Kasse 6271 Mark. Der Schloßherr galt als starker Esser, der auch einen guten Tropfen, vor allem Rotwein, sehr schätzte.

In der gräflichen Verwaltung ging es zu wie bei Hofe. Ottos Beamte mußten ihre Schreiben an «Seine Erlaucht, den regierenden Grafen und Herrn» richten und «untertänigst», «ehrerbietigst» oder «gehorsamst» um seine «hohe» oder gar «höchste Entscheidung» nachsuchen – lediglich das «allerhöchst» blieb König Wilhelm in Berlin vorbehalten.

Oft ärgerte sich der ehrgeizige und eitle Otto zu Stolberg darüber, daß der preußische Monarch nicht bereit war, ihn als ebenbürtigen deutschen Standesherrn anzuerkennen, während er meinte, sowohl die kurfürstlichen wie königlichen Hohenzollern als auch die Stolberger Grafen seien einst in doch gleicher Weise reichsunmittelbar gewesen. Deshalb fühlte sich Graf Otto den preußischen Fürsten, die ihren Titel und das Prädikat «Durchlaucht» einem Hohenzollern verdankten, vom Stande her weit überlegen; die Verleihung eines preußischen Fürstentitels durch König Wilhelm kam für ihn nicht in Frage.

Schon im Jahre 1861 hatte der Berliner Hof bei dem jungen Stolberg vorgefühlt, ob ihm eine solche Fürstenwürde recht sei. Otto lehnte mürrisch ab; da er sich im Rang den «Fürsten niederen Adels» klar überlegen fühlte. Ein zweites Angebot der Krone im Frühjahr 1865 stimmte Stolberg nachdenklicher. Mehrere preußische Fürsten, so berichtete er Onkel Botho am 5. März, hätten sich beschwert, weil sie in der Hofrangordnung «nicht mehr den reichsunmittelbaren Grafen nachstehen wollten»; sie sprächen sogar von «Gleichberechtigung preußischer mit deutschen Fürsten», und dies mache auf das «preußische Gemüt des Königs» Eindruck. Zugleich war Otto besorgt, seine jetzige Stellung den Nachkommen nicht «erhalten zu können», denn die «Verhältnisse des Reichs» würden «immer unbekannter». Trotzdem bestand das Ergebnis einer Konferenz mit den Grafen Alfred zu Stolberg-Stolberg und Karl zu Stolberg-Roßla in einer «wesentlich ablehnenden Haltung» (Robert Bosse), da – wie man befürchtete – die Fürstung des Familienoberhauptes den sozialen Status der übrigen Familienmitglieder, die gräflich geblieben wären, herabgedrückt hätte.

Zur unerläßlichen Repräsentation des Standesherrn gehörte ein Residenzschloß am Stammsitz des Geschlechts, möglichst mit Hofgarten oder großem Park. Stolbergs Ansprüchen genügte deshalb das einfache Wernigeröder Barockschloß bald nicht mehr, doch als er im Jahre 1862 mit dessen Umbau begann, hat er wohl selbst nicht geahnt, daß dieser sich über zwei Jahrzehnte hinziehen würde. Mit der Zeit aber nahm sein Vorhaben, bestimmt vom feudalen Repräsentationsbedürfnis eines karrieresüchtigen Mannes, immer größere Ausmaße an. Fünf Millionen Mark soll der Umbau schließlich gekostet haben, den der Blankenburger Architekt Carl Frühling bis 1885 leitete.

Im historistischen, vorwiegend neugotischen Stil entstand ein Prunkschloß mit etwa zweihundertfünfzig Räumen, einer großen Freiterrasse, einem repräsentativen Treppenhaus, dem Bergfried sowie Schloßkirche und Festsaal. So wurde das Schloß Wernigerode zugleich zum Zeugnis für eine Zeit, in der sich die in feudalistischer Tradition stehenden Standesherren historisch zu legitimieren wünschten.

Graf Otto hat auf Frühlings Entwürfe und Baupläne persönlich eingewirkt. Der ansonsten wenig kunstbeflissene Stolberg entwikkelte für Architektur eine regelrechte Passion; sämtliche Projekte mußten ihm zur Bestätigung vorgelegt werden, und oft holte er sich Rat bei Prinz Heinrich VII. zu Reuß, den er einmal als seinen «Schönheitsrat» bezeichnete.

Für die Stolbergs brachten die Bauarbeiten ein jahrelanges Wohnungsprovisorium mit sich. Tochter Marie meinte später, in ihrer Kinderzeit habe sie sich «ohne steineklopfende Arbeiter» den Schloßberg gar nicht mehr vorstellen können, und als 1868 der Besuch König Wilhelms vor der Tür stand, sah sich Otto gezwungen, nach Berlin mitzuteilen, daß er sich «wegen noch nicht völlig beendeten Schloßbaues und daher beschränkten Raumes noch nicht in der Lage» sehe, einen der königlichen Prinzen «gleichzeitig einzuladen».

Natürlich gab es in Stolbergs Residenzstädtchen auch eine Art von Hofberichterstattung. Für sie war das «Wernigerödische Intelligenz-Blatt» als Amtsblatt der gräflichen Regierung zuständig. Aus erster Hand konnte man hier erfahren, ob sich die «Erlauchte Gräfliche Familie» in Wernigerode aufhielt, ob sie eine Reise antrat oder gar ein wichtiges Jubiläum vor der Tür stand. Noch im August 1888, als Otto und Anna das Fest der Silberhochzeit feierten, wurden die Bürger der Stadt durch jene Zeitung aufgefordert, «die nach dem Schloß gelegenen Fronten ihrer Häuser in den Stunden von 8–10 Uhr Abends in ähnlicher Weise, wie es früher bei der Anwesenheit Sr. Majestät des Kaisers und Königs geschehen ist, festlich zu erleuchten».

Ottos Regierungsantritt, seine Hochzeit, die Geburt der Kinder, die häufigen Jagdaufenthalte des Kaisers und viele weitere festliche Ereignisse und Jubiläen, aber natürlich auch Todesfälle in der gräflichen Familie, fanden unter Einbeziehung «treuer Eingesessener» statt. Abordnungen der zahlreichen Knappschaften, Handwerkerinnungen, Krieger-, Schützen- und sonstigen Vereine sowie des Magistrats stiegen zu diesen Anlässen den Schloßberg empor, um «ihrem Grafen» Glückwünsche, Geschenke oder Huldigungsadressen zu überbringen.

Doch der Schein einer von «gutem Untertanengeist» erfüllten Anteilnahme der Wernigeröder am Wohl und Wehe des vermeintlichen Landesvaters trog. Zucht und Ordnung wurden in der Grafschaft groß geschrieben, und die Geistlichen, vom Grafen eingesetzt und materiell abhängig, appellierten, treu der Obrigkeit zu sein. Bereits 1832 hatte Graf Henrich von den Hüttenleuten verlangt, «sich vor allem eines christlichen Lebens und Wandels zu befleißigen» und «zur Beförderung desselben die Kirche fleißig zu besuchen». Oft wurde dann die Kanzel regelmäßig zum Sprachrohr der gräflichen Regierung.

Das von dem herrschsüchtigen Superintendenten Karl Julius Arndt seit 1862 geleitete Kirchenregime vertrat ein strenges Luthertum; die Grafschaft stellte in den Augen dieses Mannes nahezu eine eigene Landeskirche dar, für deren weitgehende Autonomie er sich auch gegenüber dem Oberkirchenrat einsetzte.

Kirchenpolitischen Reformversuchen leistete Arndt, darin hauptsächlich von Graf Botho unterstützt, offenen Widerstand. Noch 1878 stellte der linksliberale Politiker Ludolf Parisius fest, Stolbergs Grafschaft Wernigerode sei «als Hauptherd der unduldsamen kirchlichen Orthodoxie» bekannt. Der dort herrschende pietistische, konservativ-kirchliche wie feudalreaktionäre Geist hatte ihr in bürgerlichen Kreisen ohnehin schon das Verdikt, eine «schwarze Grafschaft» zu sein, eingebracht.

Am 16. Mai 1874 erklärte Gustav Bertog, linksliberaler Abgeordneter des Wahlkreises Oschersleben–Halberstadt–Wernigerode, während einer Debatte im preußischen Abgeordnetenhaus über die Stellung Stolbergs als regierender Graf in Wernigerode: «Die Zustände in der sogenannten Grafschaft Wernigerode hier eingehend zu schildern, halte ich mich gegenwärtig nicht für berufen, doch kann und muß ich mit Berücksichtigung äußerster Gewissenhaftigkeit sagen, daß diese Grafschaft in den vergangenen Jahren und bis

Kaiserjagd in Wernigerode, Ausschnitt aus einem Gemälde von Christian Kröner

Rathaus von Wernigerode

Otto und seine Frau Anna zu Stolberg-Wernigerode um 1890

Der Schloßhof vor dem Umbau um 1850 …

... und nach dem Umbau um 1890

Schloß
Wernigerode
nach dem Umbau
(1891);
links während
des Umbaus
um 1865

Ausschnitt aus dem Gemälde im Festsaal des Schlosses, von Konrad Beckmann. Otto zu Stolberg ließ sich anstelle des die Huldigung 1417 entgegennehmenden Grafen abbilden, im Hintergrund der Schloßneubau des 19. Jahrhunderts

Fries im Innenhof des Schlosses. Der Bauherr ließ sich und seine Familie in der Tracht des 16. Jahrhunderts darstellen

jetzt der Sammelpunkt kirchlich und politisch reaktionärer Elemente gewesen ist, wie sie ausgeprägter nicht leicht zu finden sind.» An dieser Stelle antwortete man dem Redner von den linken Parlamentsbänken mit einem deutlichen «Hört! Hört!».

Bertog spielte mit seiner Bemerkung nicht nur auf das strenge kirchliche Regiment in Wernigerode an, ihm lag hauptsächlich daran, politische Zustände näher ins Blickfeld zu rücken: In den Gemeinden der Grafschaft herrschte der Geist von Krieger- und Schützenvereinen, die vor allem nach 1870/71 – meist unter ausdrücklicher Schirmherrschaft Stolbergs – wie Pilze aus dem Boden schossen. Deren alljährliche Feiern des Sedantages erfuhren – wie in den Verwaltungsakten notiert – stets finanzielle Unterstützung «aus höherer Schatulle».

Die im gräflichen Dienst stehenden Arbeiter wurden politisch reglementiert; Untertanengeist und «Liebe zum regierenden Grafenhaus» waren oft nur vorgetäuscht, denn vom Wohlverhalten hingen Arbeit und damit Lohn wie Brot ab. Noch in den Jahren 1883 und 1884 erregten einige Vorfälle Aufsehen, über die damals verschiedene Zeitungen unter der Überschrift «Irische Zustände in der Grafschaft Wernigerode» ausführlich berichteten. Geschehen war folgendes:

Im Juni 1883 zeigte die gräfliche Forstverwaltung den Diebstahl von Kamille durch einen Waldarbeiter und dessen Sohn an. Da der Mann die Herausgabe des gepflückten Heilkrautes verweigert hatte und dabei handgreiflich geworden war, bestrafte ihn das Gericht mit zwei Monaten und drei Tagen Gefängnis. Sogar der erst dreizehnjährige Junge mußte für einen Tag hinter Gitter. «Und dies Alles», so hieß es in der von dem sozialdemokratischen Reichstagsabgeordneten August Heine herausgegebenen «Halberstädter Sonntagszeitung», «weil ein Arbeiter und sein Sohn für ihre Familie, wie dies hier allgemein üblich, und wie sich die Betroffenen (natürlich irrthümlicherweise) für berechtigt hielten, etwas Kamillenblumen suchten, welche sonst wahrscheinlich nutzlos umgekommen wären, und die so gut wie gar keinen Geldwerth besitzen, aber als Hausmittel gegen allerlei Krankheiten hier am Harz im allgemeinen Gebrauch sind.»

Tatsächlich war es noch in den achtziger Jahren streng verboten,

Holz, Laub oder Kräuter in den gräflichen Forsten zu sammeln; dies, obwohl bereits im Jahre 1848 die Gewährung der sogenannten Laubtage als revolutionäre Errungenschaft gefeiert worden war. Damals hatte man der Bevölkerung gestattet, «ohne Einschränkung» Laub und Gras aus dem Walde zu holen. An dieses Zugeständnis wollten sich die herrschenden Beamten bald aber nicht mehr erinnern, ja sie hoben es «mit höchster Zustimmung Sr. Erlaucht des regierenden Grafen» sogar wieder auf. Ende 1883 schlug die seit langem unter der Bevölkerung schwelende Mißstimmung in aggressiven Zorn um, und die Forstverwaltung erhielt verschiedene Drohbriefe, in denen auch Racheakte, wie Brandstiftungen, angekündigt wurden – darauf bezog sich übrigens die Berichterstattung über «irische Zustände» in Wernigerode.

Schuld an dieser Entwicklung hatten natürlich, folgt man den Auslassungen der gräflichen Kammer, nur – und so ist es in den Akten tatsächlich vermerkt! – die «Brandreden» des sozialdemokratischen Reichstagsabgeordneten August Heine, seines Zeichens Hutmacher in Halberstadt.

In den Spalten seiner «Sonntagszeitung», die trotz Sozialistengesetz immer noch erschien, bat Heine damals die gräfliche Administration, auch die armen Leute «als Menschen» zu behandeln. «Ich hoffe», so schrieb er, «daß die löbliche Wernigeröder Forstverwaltung nicht sagen wird: ‹Nun erst recht nicht› und nicht nur die Interessen ihres Herrn, sondern auch Menschenliebe gegen die Harzbewohner bei ihren Verordnungen und den Ausführungen derselben zur Geltung kommen lassen.» Gleichzeitig appellierte er, den im gräflichen Dienst stehenden Arbeitern einen höheren Lohn zu zahlen; «trotz ihrer christlichen Gesinnung» betrachte die gräfliche Verwaltung die Menschen eben doch nur «als eine Ware», «welche man so billig kaufen müsse, als sie zu haben».

Am 30. Oktober 1883 feierte Graf Otto zu Stolberg sehr aufwendig den 25. Jahrestag seines Regierungsantritts. Kurze Zeit später erhielt August Heine aus Ilsenburg eine Zuschrift «mehrerer gräflicher Hüttenarbeiter», in der sie ihm mitteilten, nur aus Angst vor einer möglichen Entlassung an den Festlichkeiten teilgenommen zu haben, auch sei ihnen «der Lohn für diesen Ehrentag in Abzug gebracht» worden.

Von der gräflichen Kammer wurde der Zuschrift jeglicher Wahrheitsgehalt bestritten und der «Halberstädter Sonntagszeitung» vorgeworfen, nur «Haß und Unzufriedenheit» unter den Arbeitern verbreiten zu wollen. Dem gräflich orientierten «Wernigerödischen Intelligenz-Blatt» gelang es dann, einige Hüttenleute zu gewinnen, die die an Heine mitgeteilten Vorgänge als «schamlose Lüge und Verleumdung» bezeichneten; es sei ein «Herzensbedürfnis aller Arbeiter» gewesen, dem Grafen zu gratulieren.

Die Proteste gegen Stolbergs standesherrliche Praktiken waren schon nach 1872 unüberhörbar geworden. Damals hatte der Graf versucht, die Bestimmungen der Kreisordnung zu umgehen; für die Grafschaft Wernigerode wollte er eine gesetzlich verankerte Sonderregelung erwirken. Die darüber geführte Auseinandersetzung beschäftigte mehrmals beide Häuser des preußischen Landtags und verdient an dieser Stelle etwas näher beleuchtet zu werden:

Tatsächlich war es Graf Otto 1872 gelungen, in das Gesetz über die Kreisordnung den Paragraphen 181 einzufügen, der für die Gemeinde- und Polizeiverwaltung in den Grafschaften Wernigerode und Stolberg einen Sonderstatus vorsah. Aber erst im November 1873 wurde zwischen den drei Stolberger Grafenhäusern und Vertretern der preußischen Regierung ein «Special-Gesetz» vereinbart, in dem verschiedene Sonderwünsche der Harzpotentaten berücksichtigt wurden; vor allem sollten sie künftig das Recht erhalten, die Amtsvorsteher zu ernennen. Da die Grafschaft Wernigerode einen eigenen Kreis bilden würde, war außerdem vorgesehen, dem regierenden Grafen die Berufung des Landrats zu übertragen. Diese Sonderregelung, so hieß es begründend, stände ihm entsprechend seiner «standesherrlichen Gerechtsame» zu, «welche sich bedeutend über die damalige Rechtssphäre der gutsherrlichen Gewalt in den östlichen Provinzen des Staates erheben» würden und die in den Rezessen von 1714, 1822 und 1862 staatsrechtlich fixiert und sanktioniert worden seien. Dazu zähle nicht nur «die Ausübung der gesamten niederen Polizei» durch gräfliche Beamte, darüber hinaus verfüge Otto zu Stolberg-Wernigerode über eine eigene Regierung, die sämtliche Verwaltungszweige, mit Ausnahme des Steuer- und Militärwesens, umfasse. Einen «regierenden Grafen», dessen «Kompetenz» an «die der königlichen Provinzialregierungen» heranreiche, könne man aber nicht wie einen kleinen ostelbischen Landjunker behandeln.

Während sich Otto zu Stolberg bemühte, ihm verbliebene Privilegien zu sichern, meinte Graf Botho, daß in der Grafschaft Wernigerode aufgrund ihres durch verschiedene Rezesse garantierten Sonderstatus die Kreisordnung gar nicht wirksam werden dürfe. Seinem Neffen warf er verbittert vor, «leichtsinnig wichtige Rechte» des Grafenhauses aufgegeben, ja «wie Spreu aus dem Fenster geworfen» zu haben. Das Abkommen mit der Regierung sei von Otto nur «aus Furcht vor den Social-Demokraten geschlossen» worden. Vor allem protestierte Botho gegen die Aufgabe der Virilstimme im Kreistag, den Verzicht auf die Justizverwaltung und die Beschränkung des gräflichen Einflusses auf die Anstellung des Justizpersonals.

Graf Stolberg hat seinem Onkel diesen persönlichen Angriff sehr übelgenommen und verwahrte sich nachdrücklich dagegen: Als Familienoberhaupt sei er, Otto, verpflichtet, den Rechtszustand des Grafenhauses unter «Berücksichtigung aller in Betreff kommenden Verhältnisse» zu wahren, also entsprechend der aktuellen politisch-historischen Situation zu handeln. Verliert man diesen Gesichtspunkt aber aus den Augen, läuft man Gefahr, «Inhaber eines schlecht gepflegten Antiquitäten-Cabinetts» zu werden und schließlich «zu vermodern».

Allerdings bedurfte das zwischen den Grafen und der Regierung ausgehandelte Gesetz der Bestätigung sowohl durch das Abgeordneten- wie durch das Herrenhaus. Im preußischen Abgeordnetenhaus fand es keine Mehrheit. Nahezu alle den Grafen eingeräumten Sonderrechte fielen im Mai 1874 dem Rotstift der Parlamentarier zum Opfer. Den Stolbergern sollte es künftig lediglich gestattet werden, ihre Teilnahme am Kreistag «in gleicher Weise wie die Mitglieder regierender Häuser» durch Stellvertreter auszuüben. Mehrere Politiker protestierten zudem sehr nachdrücklich gegen die von der Regierung ursprünglich eingeräumten Konzessionen. Eugen Richter war prinzipiell nicht dazu bereit, anzuerkennen, «daß unsere Regierung mit Unterthanen des Preußischen Staates», zu denen natürlich auch die Stolberger Grafen gehörten, «verhandelt gleichwie mit fremden Souveränen». Außerdem seien die Stolberg zugebilligten standesherrlichen Gerechtsame, so der Abgeordnete Struve, bedingt durch den mediatisierten Status der Grafschaft, gar nicht zulässig.

Verschiedene Redner verwiesen auf Petitionen aus der Bevölkerung der Stolberger Grafschaften an das Abgeordnetenhaus. Darin sei die Bitte zum Ausdruck gebracht worden, staatsbürgerliche Rechte nicht durch ein Sondergesetz einzuschränken.

Das Herrenhaus verweigerte der zusammengestrichenen Gesetzesvorlage seine Zustimmung; sie blieb daher unerledigt liegen – bis 1876. In diesem Jahr wurde die Lösung des Problems zwingend, da nach 1872 und noch verstärkt mit der Einführung der neuen preußischen Provinzialordnung (1875) immer häufiger Kompetenzstreitigkeiten zwischen der gräflichen Regierung, den Berliner Ministerien und der Bezirksregierung in Magdeburg ausbrachen.

In der Grafschaft Wernigerode machte sich über die Hinhaltetaktik Stolbergs, der als Herrenhauspräsident natürlich auf die politische Meinungsbildung in dieser Körperschaft maßgeblich einwirkte, zunehmend unverhohlener Ärger breit. Die Gemeinden wollten endlich über die ihnen in der Kreisordnung zugesprochenen Rechte verfügen, und selbst das «Wernigerödische Intelligenz-Blatt» mußte am 1. April 1876 eingestehen, daß gegenwärtig «Mißstimmung ... immerhin einen Theil der Bewohner der Grafschaft» beherrsche und sich der «Geist der Unzufriedenheit auszubreiten» beginne.

Im Frühjahr 1876 stimmten beide Häuser des Landtags einem neuen, modifizierten Gesetzentwurf der Regierung zu, der vorsah, in den drei Harzgrafschaften die Kreisordnung am 1. Oktober 1876 in Kraft zu setzen. Die Ernennung der Amtsvorsteher sollte nach Anhörung der Grafen durch den Oberpräsidenten, die Berufung des Landrats in der Grafschaft Wernigerode nach Konsultation des Grafen zu Stolberg-Wernigerode erfolgen.

Obwohl Otto mit dem 1. Oktober 1876 die «gräfliche Regierung» in Wernigerode aufhob und die Obliegenheiten seines Oberbeamten auf den preußischen Landrat übergingen, blieb der Einfluß des Grafen in den Kreis-, aber auch Provinzialangelegenheiten nahezu ungebrochen. Als öffentlich-rechtliche Behörde für das Kirchen- und Volksschulwesen existierte weiterhin das gräfliche Konsistorium. Zum Landrat wurde Ottos ehemaliger Regierungsrat Rudolf Elvers ernannt, der zugleich weiterhin das Amt des gräflichen Konsistorialrats versah. Stolbergs Regierungsdirektor Hermann von Hoff übernahm die Funktion des ersten Kreistagsdeputierten und fungierte als Stellvertreter des Landrats. Außerdem ernannte ihn Otto am 2. Oktober 1876 zum Direktor seiner Verwaltungs-Kammer, die an die Stelle der bisherigen gräflichen Regierung trat. Schließlich wurde Regierungsrat von Rosen Mitglied des sechsköpfigen Kreisausschusses, und damit übten die höchsten ehemaligen gräflichen Beamten auch nach dem 1. Oktober 1876 die wichtigsten Ämter in der Wernigeröder Kommunalverwaltung aus. Das lokale «Intelligenz-Blatt» erschien am 30. September 1876 zum letztenmal als «Amtsblatt der Gräflich Stolberg-Wernigerödischen Regierung»; ab 25. Oktober nannte es sich «Amtsblatt des Kreises Wernigerode», in dem Landrat und Kreistag ihre Bekanntmachungen veröffentlichten.

Im Jahr zuvor hatte der preußische Landtag eine neue Provinzialordnung verabschiedet, die ähnlich der bereits in Hannover praktizierten Selbstverwaltung die Kompetenzen der Provinzialverwaltungen wesentlich erweiterte. Sosehr Graf Otto als Sympathisant der Selbstverwaltungsidee auftrat, so verärgert zeigte er sich über die Wahlbestimmungen, die mit dem neuen Gesetz wirksam wurden. Bisher verfügte Stolberg im Merseburger Provinziallandtag über eine erbliche Virilstimme, die an den Besitz der Grafschaft gebunden war. Doch künftig mußte er auf dieses feudale Privileg verzichten und sich in einem Kreis der Provinz Sachsen zur Wahl stellen. Während der hochadelsstolze Otto es begrüßte, daß die Junker, für die er im Grunde nur Verachtung übrig hatte, ihres Virilstimmrechts in den Kreistagen verlustig gegangen waren, so empfand er den eigenen Verzicht auf dieses Vorrecht als unerhörte Zumutung für einen mediatisierten Standesherrn.

Aber nicht im heimatlichen Kreis, der Grafschaft Wernigerode, stellte sich Stolberg zur Wahl; hier habe sich damals, wahrscheinlich im Zusammenhang mit dem schwelenden Konflikt um die Einführung der Kreisordnung, eine «thörichte Stimmung» gegen ihn breitgemacht, schrieb er später sehr selbstgerecht in seinen Lebenserinnerungen. Offenbar liebten die Untertanen der Grafschaft ihren

Herrn doch nicht so sehr, wie dieser es sich und anderen gern weismachen wollte. Deshalb ging er lieber auf das Angebot der Stadt Halle ein, seine dortige Wahl in den Provinziallandtag anzunehmen, dessen Abgeordnete ihn am 1. Januar 1876 einstimmig zum Vorsitzenden und kurze Zeit später mit 97 von 101 Stimmen zum Vorsitzenden des Provinzialausschusses wählten. Dieses Gremium fungierte als ständiges Organ der kommunalen Selbstverwaltung. Mit seiner Berufung zum Botschafter in Wien gab Otto das Amt des Ausschußvorsitzenden im November 1876 schon wieder ab.

Stolbergs feudales Repräsentationsbedürfnis, in erster Linie der kostspielige Schloßumbau, aber außerdem seine politischen Verpflichtungen als Präsident sowohl des Provinziallandtages wie des Herrenhauses – erinnert sei an den Kauf des Berliner Palais im Juli 1874 für 600000 Taler – verschlangen eine Menge Geld; woher nahm Graf Otto diese Unsummen?

Die Hüttenbetriebe in Ilsenburg und Hirzenhein (Gedern) erwirtschafteten 1861 etwa 31200 Reichstaler, die Güter des Grafen warfen im gleichen Zeitraum rund 40500 Reichstaler ab. Durch die Fischerei, das Erheben von Chausseegebühren sowie in Form von Pachtgeldern für Mühlen und Gaststätten kamen weitere 10000 Reichstaler ein. Ausgesprochen ertragreich arbeitete Stolbergs Forstwirtschaft; immerhin flossen von 1854 bis 1859 durchschnittlich 166000 Reichstaler in die gräfliche Kasse. Zehn Jahre später wurden nur aus den Fichtenrevieren des Nordharzes, die man im Kahlschlag bewirtschaftete, sogar Gewinne von durchschnittlich 183000 Reichstalern herausgeholt. Damals, in der zweiten Hälfte der sechziger Jahre, war der Bedarf an industriellem Nutzholz, vor allem für die Steinkohlengruben und für den Eisenbahnbau, sehr groß.

Seit 1866, nur kurz unterbrochen vom Krieg 1870/71, nahmen Industrie und Landwirtschaft in Deutschland einen gewaltigen Aufschwung; die industrielle Revolution wurde beendet, und das nunmehr geeinigte Deutsche Reich begann für England auf dem Weltmarkt ein ernsthafter Konkurrent zu werden. Neue Fabriken, Aktiengesellschaften und Banken schossen in den «Gründerjahren» nach 1871 wie Pilze aus dem Boden. Mit dem Münz-Gesetz vom 4. Dezember 1871 wurde die Mark in ganz Deutschland zur

Währungseinheit, wenngleich sich die vollständige praktische Umsetzung dieser Verordnung mehrere Jahre hinzog. Ein Reichstaler entsprach etwa drei Mark. Die ehemalige Preußische Bank fungierte fortan als Reichsbank.

Stolberg wickelte seit Januar 1870 nahezu alle Finanzgeschäfte über die 1851 gegründete Disconto-Gesellschaft ab, die zu den finanzstärksten deutschen Banken gehörte.

Der Graf verstand es ausgesprochen geschickt, den wirtschaftlichen Aufschwung dieser Zeit zu nutzen. Viel Geld brachten seine Domänen und Grundstücke ein. Zu den neun Domänen in der Grafschaft Wernigerode, deren Verwaltung, Betriebsform und Ausrüstung Mitte der sechziger Jahre reformiert wurden, kam der etwa sechstausend Hektar große Rentamtbezirk Radenz, gelegen im Gebiet von Posen. Hier hatte Stolberg zwischen 1865 und 1873 für insgesamt 1432000 Reichstaler, die allerdings zum größten Teil geborgt waren, von polnischen Gutsbesitzern mehrere, oft hoch verschuldete Rittergüter gekauft und sie dann zu diesem Rentamtbezirk, bestehend aus elf Domänen und einem Forstrevier, zusammengefaßt. Die Verpachtung erbrachte ihm in den achtziger Jahren Reingewinne zwischen 550000 und 620000 Mark. Allein im Rentamtbezirk Radenz, dessen Wert 1879 mit 4,23 Millionen Mark veranschlagt wurde, erwirtschaftete man damals jährlich zwischen 170000 und 200000 Mark. Mit dem Kauf der polnischen Güter erhielt Otto zugleich Sitze im Landtag der preußischen Provinz Posen.

Nach dieser geglückten agrarkapitalistischen Expansion erwarb Stolberg schließlich im Oktober 1880 für 5,25 Millionen Mark umfangreiche Waldgebiete bei Groß Strehlitz und Lublinitz im oberschlesischen Regierungsbezirk Oppeln. Die ehemalige Besitzerin, Gräfin Wilhelmine zu Solms-Roesa, war hoch verschuldet und zum Verkauf gezwungen. Der geschickte Finanzmann Stolberg übernahm die auf der Kreditbank in Gotha als Hypothek eingetragenen 4,26 Millionen Mark und verpflichtete sich zur Tilgung einiger weiterer Schulden der Gräfin, an die er bar lediglich 130000 Mark zahlte, wovon Wilhelmine noch weitere Verpflichtungen zu begleichen hatte. Anschließend gelang es Stolberg, die «sehr drückenden Bedingungen» der Hypothekenschuld in «sehr viel günstigere» zu verändern; so jedenfalls berichtete er es später in seinen Memoiren. Ottos neuer Besitz war mit 28900 Hektar doppelt so groß wie die gräflichen Forsten um Wernigerode. Stolberg faßte ihn mit dem Forstamt Eichhorst sowie mehreren Forstrevieren, einem Sägewerk und der Papierfabrik Colonowska zu einer Herrschaft zusammen, die später nach ihm Ottowald benannt wurde. Entsprechend dem Kaufvertrag übernahm Stolberg einen Teil der Kohlelieferung für die oberschlesische Eisenbahn.

Der ausgefuchste Bodenspekulant wurde Kapitalist; freilich geschah dies im ganz Großen, nicht etwa so kleinkariert, wie es manch ostelbischer Landjunker praktizierte. Zunächst ordnete Stolberg an, daß sich die Magdeburger Maschinenfabrik, die sein Vater 1840 gekauft hatte, mit ihrer Produktion spezialisierte. Sie lieferte künftig Maschinen und Apparaturen für die aufblühende mitteldeutsche Zuckerindustrie und wurde für ihren Besitzer zu einer wahren Goldgrube.

Otto paßte sich mit dieser Maßnahme einem allgemeinen Trend jener «Gründerjahre» an, in denen sich gerade im Maschinenbau der allmähliche Übergang zu Großbetrieben mit ausschließlicher Fertigung ganz bestimmter Maschinen und Maschinenteile vollzog. Auch für Bismarcks Zuckerfabrik in Varzin lieferte die Magdeburger Maschinenfabrik von 1869 bis 1872 sämtliche Ausrüstungsgegenstände; ihr jährlicher Gewinn belief sich in der Zeit von 1856 bis 1889 im Durchschnitt auf 193030 Mark. Zwischen 1875 und 1885 bewegten sich die Gewinne sogar zwischen 190000 und 480000 Mark.

Der Anbau von Zuckerrüben war zu jener Zeit ein sehr einträgliches Geschäft. Seit 1864/65 bildete er für die gräflichen Domänen eine Haupteinnahmequelle, die zum Beispiel 1889 an «Rübengeldern» zwischen 8000 und 37000 Mark kassierten. Natürlich stieg Otto zu Stolberg in dieses lukrative Geschäft ein. 1869 wurde in Wasserleben eine Zuckerfabrik gegründet, die im Jahr darauf mit der Arbeit begann. Der ortsansässige Domänenpächter Eduard Henneberg gab für das Unternehmen seinen Namen her; es hat als «E. Henneberg et Comp.» firmiert. Obwohl Otto zu Stolberg formell nur als einer der Gesellschafter auftrat, war diese Zuckerfabrik faktisch eine gräfliche Einrichtung. Mit 84 Anteilen zu jeweils

3000 Mark verfügte Stolberg über die große Aktienmehrheit. Seine 252000 Mark Kapitalanteil wurden pro Jahr mit 5 Prozent fest verzinst. Dazu kamen ausgesprochen hohe Dividenden. Wurden 1870 lediglich 7,5 Prozent erwirtschaftet, so waren es zwei Jahre später schon 45 Prozent, die Graf Otto einen Reingewinn von 45000 Reichstalern bescherten. 1883 betrug die Dividende sogar 78 Prozent; 196560 Mark flossen damit ins gräfliche Säckel. Allein die Dividendenzahlung der Zuckerfabrik hat Stolberg von 1879 bis 1889 rund 2,4 Millionen Mark eingebracht.

Es ist heute kaum mehr möglich, annähernd vollständig über Graf Ottos wirtschaftliche Aktivitäten auszusagen. Oft verweisen nur kurze Andeutungen in einem Brief auf geplante oder realisierte Beteiligungen. Ganz offensichtlich verfügte Stolberg in zahlreichen anderen Betrieben über nicht unbedeutende Aktienpakete; sicher ist ebenfalls, daß er im Mai 1874 Anteile der Kruppschen Gußstahlfabrik zeichnete. Verschiedentlich schickte der Graf Männer seines Vertrauens in die Aufsichtsräte, um über sie seinen Einfluß auszuüben; so vertrat ihn Dr. Wilhelm Bodenbender, langjähriger Direktor der Zuckerfabrik in Wasserleben, im Vorstand weiterer Zuckerfabriken.

Obwohl der Graf für wirtschaftliche Beteiligungen und Investitionen über einen ausgesprochenen Riecher verfügte, vermochte er es nicht zu verhindern, daß seine Bergbau- und Hüttenbetriebe nach 1870 immer mehr reine Zuschußunternehmen wurden.

Die im Hohnsteinischen Forst in der Nähe von Ilfeld geförderte geringwertige Steinkohle konnte mit der jetzt auf den neuen Eisenbahnlinien schnell transportierten Ruhrkohle nicht konkurrieren. Der Erzabbau am Büchenberg und am Hartenberg verlor völlig an Bedeutung; selbst die gräfliche Hütte in Ilsenburg deckte ihren Bedarf zunehmend aus dem Elbingeröder Revier, von wo sie den Eisenstein billiger bekam. Hier allerdings verdiente Stolberg in der «Gründerzeit» noch ganz gut, da er um 1870/71 Aktienanteile, oft sogar die Majorität, an mindestens 94 Eisensteingruben im Amtsbezirk Elbingerode erworben hatte.

Viele der im Ilfelder Revier arbeitenden Bergleute wurden damals kurzerhand von der gräflichen Administration gefeuert. Der Protest gegen diesen kapitalistischen Willkürakt reichte bis nach

Hannover, und aus seiner Residenzstadt teilte Oberpräsident Otto zu Stolberg am 26. Juni 1870 dem Regierungsdirektor Hermann von Hoff mit, er habe an den Anschlagsäulen Einladungen für eine «Arbeiter-Versammlung» gesehen, die sich mit dem Thema «Graf Stolberg-Wernigerode. Oberpräsident von Hannover und seine Bergleute im Harz» beschäftigen wolle.

Auf der vom Allgemeinen Deutschen Arbeiterverein durchgeführten Veranstaltung wurde Graf Otto nachdrücklich zur Wiedereinstellung der entlassenen Bergleute ermahnt. Wenige Tage später empfing der Oberpräsident eine Abordnung des ADAV, mit der er «über eine Stunde» lang sprach. Während der Unterhaltung, so heißt es in einem Brief Stolbergs an Hermann von Hoff, fand der Graf «bestätigt ..., wie bodenlos diese Leute in ihre auf Phrasen und Luftschlössern gebauten Ideen verrannt sind». Einig wurde man sich nicht. Stolberg beharrte auf den Entlassungen, während die Arbeiter bekundeten, «mit großen Hoffnungen» zu ihm gekommen, jetzt aber «über ihre Enttäuschung sehr traurig» zu sein. Ohne geringstes Verständnis für die existentielle Not der Bergarbeiter wies Stolberg den Regierungsdirektor an: «Mir ist der Gedanke gekommen, daß es im allgemeinen und auch mit Bezug auf diesen Vorgang zweckmäßig sein möchte, den Bergleuten einmal wieder ein Knappschaftsfest zu veranstalten.»

1869 wurde die unrentabel arbeitende Hütte in Hirzenhein verkauft. Auch die Ilsenburger Hütte erwirtschaftete nur noch bescheidene Gewinne. Ihr letzter Hochofen wurde 1886 ausgeblasen. Mit der zunehmenden Konzentration von Produktion und Kapital machte sich jetzt immer stärker die gewaltige Konkurrenz der an Rhein und Ruhr beheimateten Monopolvereinigungen bemerkbar. Aus diesem Grund trat Stolberg mit seinem Ilsenburger Walzwerk 1887 dem «Mitteldeutschen Walzwerkerverband» bei. Doch selbst die Ilsenburger Kunstgußproduktion, worauf sich das Ansehen der Hütte hauptsächlich gründete, ging nach 1870 erheblich zurück und geriet schließlich sogar in die roten Zahlen. Die 1873 einsetzende Wirtschaftskrise trug zu dieser Entscheidung wesentlich bei.

Nach 1871 hatte der industrielle Aufschwung zu einer Produktionsausdehnung geführt, der keine ebenso große Erweiterung des Absatzmarktes entsprach. Zahlreiche Banken, Eisenbahngesellschaften und andere Unternehmen mußten Konkurs anmelden. Die Krise zog sich bis 1875 hin, ihr folgten mehrere Jahre der Depression.

Seit 1870 traten die Ilsenburger Hüttenleute immer häufiger, oft in geschlossenen Aktionen, für bessere Arbeitsbedingungen ein. Neben der Verkürzung der täglichen Arbeitszeit von zwölf auf zehn Stunden forderten sie Lohnerhöhungen und die Abschaffung des immer noch bestehenden, in der Hüttenordnung von 1832 festgeschriebenen feudalen Heiratskonsens.

In einem Schreiben an die Faktorei der Hütte begründeten ihre Wortführer am 25. März 1870 das Gesuch um Verkürzung der Arbeitszeit unter anderem so: «... Anlaß zu unserer gehorsamsten Bitte gibt uns einerseits die körperlich anstrengende Arbeit, andererseits die Einführung dieser kürzeren Arbeitszeit bei vielen anderen Fabriken. Auch sind wir überzeugt, daß Hochgräflicher Faktorei ein erheblicher Verlust nicht daraus erwächst, da die Verkürzung, abgesehen davon, daß die meisten Arbeiten im Akkord ausgeführt werden, teils durch regeres Arbeiten während der kürzeren Arbeitszeit, teils durch Ersparnis an Beleuchtung und Heizmaterial im Winter wohl fast ausgeglichen werden müßte.» Da die Faktorei der Bitte nicht entsprach, verlangten sämtliche Arbeiter der zur gräflichen Hütte gehörenden Ilsenburger Maschinenfabrik am 24. März 1873 erneut die Verkürzung der Arbeitszeit. Das Schreiben trägt 106 Unterschriften. In der Faktorei erschien schließlich sogar eine siebenköpfige Abordnung, um im Namen aller Hüttenleute nachdrücklich auf der Verkürzung der Arbeitszeit zu bestehen.

Damals waren in den Ilsenburger Fabriken rund 430 Arbeiter beschäftigt. Wenige Tage später, am 31. März 1873, ging die gräfliche Faktorei tatsächlich auf diese Forderung ein. Der Arbeitstag wurde verkürzt. Er dauerte künftig etwas mehr als zehn Stunden, von fünf Uhr bis siebzehn Uhr, einschließlich der Pausenzeit von neunzig Minuten.

Am 13. Mai 1874 wurde Paragraph 18 der Hüttenordnung, der berüchtigte Heiratskonsens für Arbeiter unter sechsundzwanzig Jahren, aufgehoben. Die Ordnung selbst blieb allerdings noch bis 1892 in Kraft.

Otto zu Stolberg hat bis 1872/73 kaum daran gedacht, durch soziale Reformen die Lebensbedingungen der in seinem Dienst stehenden Arbeiter zu erleichtern. Noch 1866 äußerte sich sogar der evangelische Sozialreformer Victor Aimé Huber, der von 1852 bis 1869 in Wernigerode lebte, sehr resigniert und schrieb einem Freund: «Manche Hoffnungen einer fruchtbaren Beteiligung des Grafen an meinen und meiner näheren Freunde Bestrebungen scheinen sich nicht verwirklichen zu wollen.» «Bann und Fluch des Standes» seien auch bei Stolberg die Ursache dafür, nicht den «vollen Ernst des sozialen Berufs» aufkommen zu lassen.

Die im Deutschen Reich immer stärker werdende Sozialdemokratie, ihr Einfluß unter den «gräflich stolberg-wernigerödischen» Arbeitern sowie deren Bereitschaft, soziale Forderungen über Jahre hinweg beharrlich zu verfolgen und auf deren konsequenter Durchsetzung zu bestehen, veranlaßten Stolberg, Ende 1872 seinen Regierungsdirektor mit der Ausarbeitung und praktischen Durchführung verschiedener Sozialmaßnahmen zu beauftragen. Hermann von Hoff, der mit Huber befreundet war, hatte seinerzeit Graf Otto schon mehrfach auf die Notwendigkeit bestimmter Sozialreformen hingewiesen. Vor allem sollte die Krankenfürsorge verbessert werden. Seit Mitte des 18. Jahrhunderts gab es in der Grafschaft die «General-Büchsenkasse». Ihre Aufgabe bestand darin, «den in Herrschaftlichen Diensten stehenden Arbeitern durch Abzüge vom Lohn eine Casse zu bilden, aus der ihnen in Krankheits- und sonstigen Unglücksfällen freie Kur und Medicin und außerordentliche Unterstützungen zu Theil werden» konnten. Doch die Auslegung der zum größten Teil recht antiquierten wie unklaren Bestimmungen bereitete oft Schwierigkeiten; ein Umstand, der unter den Arbeitern häufig Ärger und Mißstimmung hervorrief, denn immerhin geschah der Abzug vom Lohn nicht freiwillig, sondern laut Reglement vom 15. Juni 1842 als «Zwangs-Pflicht».

In der neuen «Arbeiter-Krankenkasse», deren Statut Stolberg am 11. März 1873 genehmigte, waren alle im gräflichen Dienst stehenden Berg- und Hüttenleute, Köhler, Holzhauer, Forst-, Steinbruch-, Garten- und Waldarbeiter, Fuhrleute sowie die Tagelöhner pflichtversichert. Jeder Beschäftigte mußte, entsprechend seinem Lohn, einen monatlichen Beitrag, rund sechzig Prozent eines Tagesverdienstes, entrichten. Da sich die Kasse aus diesen Mitteln aber nicht finanziell selbst tragen konnte, übernahm Stolberg die Hälfte der Kosten; auch das Grundkapital kam aus der gräflichen Schatulle. Die Versicherten erhielten «unentgeltliche ärztliche Hülfe und Arzenei und Unterstützung durch Krankengeld während der Krankheitsdauer». Für die Behandlung waren Kassenärzte zuständig. Das Krankengeld belief sich auf rund sechzig Prozent des Verdienstes und wurde sechs Monate lang gezahlt.

Die ebenfalls Anfang 1873 gegründete «Arbeiter-Pensionskasse» gewährte Pensionen an Witwen, Ganz- und Halbinvalide sowie Beiträge zu Beerdigungskosten und Unterstützungen für Waisenkinder. Der monatliche Beitrag der Pflichtversicherten belief sich in dieser Kasse auf rund siebzig Prozent eines Tagesverdienstes. Eine gesonderte Unfallversicherung trat 1874 für die in der gräflichen Land- und Forstwirtschaft tätigen Arbeiter in Kraft. Dieser geschickten Sozialpolitik Stolbergs, vor allem aber seines Regierungsdirektors, ist es zuzuschreiben, daß die Sozialdemokratie in den siebziger und auch noch in den beginnenden achtziger Jahren unter der im gräflichen Dienst stehenden Arbeiterschaft kaum Fuß fassen konnte. Noch im November 1893 heißt es in einem Bericht Hoffs an Otto zu Stolberg, die Arbeiter seien hauptsächlich aufgrund der Sozialmaßnahmen lange Jahre keine «Objekte der Sozialdemokratie» gewesen.

Natürlich brachten Stolbergs Sozialverordnungen den arbeitenden Menschen Erleichterung und Verbesserung – diese Tatsache verdient ebenso Beachtung wie der Umstand, daß sich die späteren Reichsgesetze über Kranken- und Unfallschutz (1883/84) sowie Alters- und Invalidenversorgung (1889), an deren Ausarbeitung Stolbergs langjähriger Mitarbeiter Robert Bosse maßgeblich beteiligt war, stark an die Wernigeröder Vorläufer anlehnten. Otto hat in seinen Lebenserinnerungen dazu nur knapp angemerkt: «... die Gesetzgebung des Reichs folgte meinem Vorschlage».

Noch ausgesprochen rentabel arbeitete in den siebziger Jahren die gräfliche Nagelhütte in Ilsenburg. Hier wurden für das auszubauende Eisenbahnnetz in Deutschland Schienennägel produziert, im Jahre 1880 immerhin noch 1,5 Millionen Stück.

Für die Provinz Sachsen war damals der Bau der Bahnlinie

Halle–Vienenburg von erheblicher Bedeutung. Ihr Mittelstück Aschersleben–Wegeleben–Halberstadt wurde bereits 1865 eröffnet; die östliche Strecke Aschersleben–Könnern–Halle ist erst 1871/72 gebaut worden. Vienenburg war zugleich Station der Linie von Braunschweig nach Harzburg.

Der Anschluß an eine Eisenbahnlinie hatte für die Wirtschaftlichkeit großer Güter, Bergwerke und Fabriken oft existentielle Bedeutung. Doch in dem Bemühen, Wernigerode günstig in das Eisenbahnnetz einzubinden, erlitt Graf Stolberg eine deutliche Schlappe. Trotz intensiver Kontakte mit dem preußischen Handelsministerium gelang es ihm nicht, die Streckenführung der Bahnlinie nach Vienenburg über Wernigerode legen zu lassen. Die Magdeburg-Halberstädter Eisenbahngesellschaft, finanzkräftig und politisch einflußreich, nahm auf die gräflichen Sonderinteressen keine Rücksicht. Stolberg wollte Wernigerode regelrecht zum Knotenpunkt zweier Eisenbahnlinien machen. Deshalb verfolgte er auch von 1866 an das ehrgeizige Projekt einer Zentralharzbahn, die im Norden auf die Strecke Halle–Vienenburg und im Süden, in Nordhausen, auf die Halle–Kasseler Bahn treffen sollte. Doch das Direktorium der Eisenbahngesellschaft entschied, die Gleise im flachen Harzvorland zu verlegen. Im Februar 1869 fuhr der erste Zug von Halberstadt nach Vienenburg über Heudeber–Danstedt; Wernigerode war ausgespart worden, und der vom Direktorium versprochene Bau einer Zweigbahn von Heudeber–Danstedt nach Wernigerode, also für nur 9,2 Kilometer, zog sich noch bis zum Mai 1872 hin. Das Projekt der von Stolberg geplanten breitspurigen Harzquerbahn war bereits im April 1870 endgültig, vor allem aufgrund von Kapitalmangel, ins Wasser gefallen.

Trotzdem, die Bahnlinie nach Halberstadt befreite Wernigerode aus der bisherigen Abgeschiedenheit. Vorher gelangte man nur mit dem Pferde-Omnibus der königlich-preußischen Post nach Halberstadt, für die Wernigeröder eine Art «Tor zur Welt». Die Postkutsche war täglich zweimal gefahren; eine Reise hatte immerhin über drei Stunden gedauert. Am 27. Mai 1871 schrieb Otto aus Wernigerode an Anna: «Vor der Stadt ist der Eisenbahnbau schon sehr stark im Gange, der Bahnhof wird in nächster Zeit angefangen», und ironisch fügte er hinzu: «Wernigerode wird Weltstadt.»

Obwohl sich Stolberg gegen die mächtige Eisenbahngesellschaft nicht durchsetzen konnte, machten ihn seine riesigen Profite im Laufe der siebziger und achtziger Jahre zu einem der reichsten Magnaten Preußens, dessen politischer Einfluß ständig wuchs und der als «politischer Gründer» Geld und Macht durchaus miteinander zu verbinden wußte. In diesem Bestreben war er ein typischer Freikonservativer, bei denen häufig – man denke an die Herzöge von Ratibor und Ujest, die Fürsten Ludwig zu Solms-Lich und Hans Heinrich von Pleß, Prinz Friedrich zu Hohenlohe-Ingelfingen und vor allem an Wilhelm von Kardorff – ein Bündnis von Großgrundbesitz und industriellem Unternehmertum, zwischen agrarischer und finanzkapitalistischer Herrschaft, geradezu personifiziert auftrat.

Im Mai 1874 wurde Stolberg Mitbesitzer der «Post», einer Zeitung, die 1866 von Dr. Bethel Henry Strousberg, einem der übelsten Konquistadoren der «Gründerzeit», ins Leben gerufen worden war. Zusammen mit Fürst Pleß, Rudolf Stengel und dem preußischen Landwirtschaftsminister, Dr. Rudolf Friedenthal, hatte er sich in einem Zirkular für den Erwerb des Blattes ausgesprochen, um auf diese Weise den Freikonservativen ein Sprachrohr zu verschaffen. Das erforderliche Kapital für Kauf und Inbetriebnahme bezifferte sich auf 60000 Taler und wurde in Anleihen von je 1000 Talern aufgebracht; wer fünf von ihnen zeichnete, verfügte im Aufsichtsrat über eine Stimme. Zunächst ließ es Stolberg bei 5000 Talern Beteiligung bewenden; allerdings zählte er ohnehin von Anfang an zur Unternehmensleitung, die ein dreiköpfiger Ausschuß wahrnahm. Die «Post» gehörte später zu den Zeitungen, die Bismarck sowohl durch Geldmittel aus dem «Reptilienfonds» als auch durch frühzeitige Informationen besonders gefördert hat.

Aktionär der «Post» und Ausschußmitglied wurde auch Dr. Robert Lucius, der sowohl Bismarcks als auch Stolbergs politisches Vertrauen besaß. Lucius bat im November 1876 den finanzkräftigen Otto, der inzwischen als Botschafter nach Wien gegangen war, um die Übernahme größerer Aktienanteile, in Höhe von insgesamt 12000 Mark, und um die Gewährung mehrerer Kredite von rund 20000 Mark. Stolberg entsprach diesem Wunsch, und Lucius dankte am 20. Dezember 1876 «für die höchst generösen Leistungen», mit denen der Graf bereit sei, die Existenz der Zeitung «zu sichern». Bis 1878/79 bedurfte das Blatt eines jährlichen Zuschusses von 30000 Mark; erst in der Folgezeit war es in der Lage, sich finanziell selbst zu tragen. In späteren Jahren erwirtschaftete das Zeitungsunternehmen sogar beträchtliche Gewinne, wovon hauptsächlich Stolberg, als einer der Hauptaktionäre, erheblich profitierte. Auch in die Kasse der Reichs- und Freikonservativen Partei ließ der Graf alljährlich Spendengelder fließen, meist in einer Höhe zwischen fünfhundert und tausend Mark.

Als Botschafter an den Wiener Hof

Am Sonnabend, dem 5. Februar 1876, begibt sich Graf Stolberg zu Bismarck, um an der fünften parlamentarischen Soiree der laufenden Reichstags-Session 1875/76 teilzunehmen. Der Kanzler ist seit Wochen krank und hat deshalb bereits die für den 22. wie auch den 29. Januar vorgesehenen Abendgesellschaften absagen lassen. Am Büffet trifft Stolberg auf Bismarck, der ihn gänzlich unvermittelt mit der Frage begrüßt, ob er bereit sei, als Botschafter nach Wien zu gehen. Überrascht lehnt der Graf das Angebot zunächst ab, doch Bismarck gibt sich damit keineswegs zufrieden. In «sehr eindringlicher Weise» setzt er Stolberg auseinander, daß dieser sich darauf vorbereiten solle, «künftig einmal eine leitende Stellung» einzunehmen, und daß der Botschafterposten in Wien es ihm ermögliche, sich auch in der Außenpolitik «einzuüben». Graf Stolberg bittet sich Bedenkzeit aus, die ihm der Kanzler, zwar etwas widerstrebend, bewilligt.

Der Botschafterposten in Wien ist vakant und muß möglichst schnell neu besetzt werden. Bismarck steht unter Zeitdruck, denn seit dem Sommer 1875 haben sich die politischen Gegensätze zwischen Rußland und der Donaumonarchie, die immer wieder auf dem Balkan aufbrechen, erneut zugespitzt.

In der Herzegowina waren am 9. Juli 1875 Unruhen gegen die ungerechte türkische Steuereintreibung ausgebrochen. Die in dieser türkischen Provinz lebende Bevölkerung wurde durch den Staat und die Grundbesitzer so geschröpft, daß der verbleibende Rest der Ernte zum Leben nicht ausreichte. Außerdem konnten die Bauern zur Zwangsarbeit herangezogen werden, über deren Dauer der Grundherr willkürlich entschied. Die sozialen Gegensätze wurden noch verschärft durch religiöse Spannungen – der mohammedanischen Staatsmacht stand hier eine überwiegend christliche Bevölkerung gegenüber, während die Grundherren in ihrer Mehrzahl zum

Islam konvertierte Christen waren. Vor Gericht erkannte die Staatsgewalt im Sinne des Korans nur Mohammedaner als Zeugen an. – Jetzt aber zeigten große Teile der unter dem türkischen Joch lebenden Bevölkerung ihre feste Entschlossenheit, wie es in einer ihrer Proklamationen hieß, «die Freiheit zu erkämpfen oder bis zum letzten Manne unterzugehen».

Die russische Regierung unterstützte damals, allerdings nicht uneigennützig, den Kampf der unter türkischer Herrschaft lebenden Balkanvölker um ihre nationale Befreiung. Dabei bediente sie sich der sogenannten panslawistischen Idee und propagierte eine unter Führung des russischen Zaren stehende große slawische Völkerfamilie, deren Angehörige sich gemeinsam gegen alle fremden Beeinflussungen und Unterdrückungen wehren müßten. Der Panslawismus diente der zaristischen Großmachtpolitik, die vorrangig auf die Beherrschung des Bosporus und der Dardanellen zielte.

Die von Rußland geförderte Befreiungsbewegung tangierte nun aber ganz erheblich die Interessen der Donaumonarchie, deren unterdrückte Völker ebenso zur nationalen Unabhängigkeit strebten. Österreich setzte sich deshalb offiziell für die «Integrität der Türkei» ein. Tatsächlich wollte es nur das Entstehen selbständiger Nationalstaaten verhindern und – wenn möglich – auf dem Balkan weitere türkische Gebiete annektieren.

Der Aufstand in der Herzegowina breitete sich rasch aus und griff auf Bosnien über. Als die Aufständischen ihre Verbundenheit mit dem Fürstentum Serbien erklärten, befürchtete die österreichische Regierung die Bildung eines Groß-Serbien und ein Übergreifen der Unruhen auf die k. u .k.-Monarchie. In Berichten aus Belgrad wurde der österreichisch-ungarische Außenminister, Graf Julius Andrássy, darauf hingewiesen, daß in Serbien neben der «durch Studenten und Bauern vertretenen kommunistischen Richtung» auch eine «starke antidynastische Bewegung» Zulauf fände, die sogar von «maßgebenden Staatsmännern» Serbiens unterstützt würde. Ihr Ziel bestände in der Errichtung einer großserbischen Republik. Besorgt äußerte sich der Außenminister am 17. August, «daß die Leiter der Bewegung in der Herzegowina, in Serbien und Bosnien trachten werden, die Aktion von dem internationalen Boden auf den revolutionären hinüberzuspielen».

Aber auch in Berlin verfolgte man die Vorgänge auf dem Balkan mit gespannter Aufmerksamkeit. In einem Gespräch mit dem österreichischen Botschaftsrat von Seiller bedauerte Kaiser Wilhelm ausdrücklich, daß es den türkischen Truppen nicht gelungen sei, «die Insurrektion im Keime zu ersticken».

Bismarck kam es seit Anfang der siebziger Jahre darauf an, zwischen den Kaisermächten Rußland, Österreich-Ungarn und Deutschland eine Form der «monarchischen Solidarität» (Ernst Engelberg) zu praktizieren, deren vorrangiges Ziel es war, Frankreich, das sich mit dem Verlust der Provinzen Elsaß und Lothringen nicht abzufinden bereit war, als schärfsten äußeren Gegner zu isolieren. Deshalb versuchte er auch immer wieder, bestehende machtpolitische Differenzen zwischen den drei Monarchien auszugleichen oder einzudämmen. Dabei schwebte ihm die Bildung einer Art von «Heiliger Allianz» vor, die – in Erinnerung an die revolutionären Ereignisse von 1848/49 – vor allem das Wiederaufleben von Revolutionen verhindern sollte. Zunächst, so schien es, war Bismarcks Politik erfolgreich. Im September 1872 trafen sich Kaiser Wilhelm I., Österreichs Monarch Franz Joseph I. und Zar Alexander II. in Berlin. Ihre leitenden Staatsmänner Bismarck, Andrássy und der russische Reichskanzler und Außenminister Fürst Alexander Gortschakow nutzten die glanzvoll ausgestattete und an Schaueffekten reiche Dreikaiserzusammenkunft für politische Besprechungen. Debattiert wurde über eine mögliche russisch-österreichische Verständigung, über die Lage auf dem Balkan und das Verhältnis der drei Staaten zu Frankreich. Konkrete, schriftlich formulierte Abmachungen kamen damals allerdings noch nicht zustande.

In jenen sehr heißen Septembertagen fand man Otto zu Stolberg ebenfalls in Berlin. Er nahm als Gast an der prunkvollen Militärparade auf dem Infanterie-Exerzierplatz an der Tempelhofer Chaussee teil und besuchte zwei aus diesem Anlaß inszenierte Manöver. Zum Festbankett hatte ihn Kaiser Wilhelm persönlich eingeladen, hier wurde er den gekrönten Häuptern Österreichs und Rußlands vorgestellt.

Der Graf traf aber seinerzeit bereits auch mit Gortschakow und Andrássy zusammen. Prinz Heinrich zu Reuß, der den russischen Kanzler gut kannte, richtete es so ein, daß jener nach dem Bankett mit Stolbergs Wagen und in dessen Begleitung zu seiner Botschaft gebracht wurde.

Die flüchtige Bekanntschaft mit Graf Andrássy ergab sich dagegen ganz zufällig am 8. September während einer Eisenbahnfahrt von Berlin nach Potsdam. Reuß, Stolberg und Andrássy saßen in demselben Coupé. Die Persönlichkeit des ungarischen Grafen beeindruckte Stolberg; ganz sicher hat auch die etwas abenteuerliche Biographie des Magyaren dazu beigetragen, der sich 1848/49 als Honvedmajor am ungarischen Unabhängigkeitskampf beteiligte und dafür, allerdings in Abwesenheit, zum Tode verurteilt worden war. Die Vollstreckung des Richterspruchs erfolgte in effigie, das heißt, ein Bild des Ungarn wurde statt seiner symbolisch gehenkt. Andrássy lebte dann im Pariser Exil und kehrte 1857, vom österreichischen Monarchen amnestiert, in seine Heimat zurück. Inzwischen hatte er bei seinem einstigen Feind, Kaiser Franz Joseph, «die einflußreichste Stellung» inne, wie Stolberg, der seine Eindrücke von der Dreikaiserzusammenkunft in einem «Journal» zusammenfaßte, notierte.

Nachdem 1867 der österreichisch-ungarische Ausgleich zustande gekommen war, der die konservativ-aristokratischen Magyarisierungsbestrebungen weitgehend begünstigte, fungierte Andrássy als Ministerpräsident in Ungarn und seit 1871 als österreichisch-ungarischer Außenminister. Längst hatte er seinen Frieden mit der k. u. k.-Monarchie gemacht, konsequent vertrat er die Interessen der Donaumonarchie vor allem gegenüber Rußland. Diese politische Persönlichkeit war für Stolberg damals jedoch sicherlich schwer durchschaubar.

Ein Jahr später, im Oktober 1873, trat Wilhelm I. einem Abkommen bei, das zwischen dem österreichischen Kaiser, Franz Joseph I. und Zar Alexander II. bereits im Juni des Jahres in Wien vereinbart worden war. Damit brachte Bismarck ein «Dreikaiserabkommen» unter Dach und Fach, in dem sich die Monarchen zur Zusammenarbeit bei der «Aufrechterhaltung des europäischen Friedens gegen alle Erschütterungen» verpflichteten. Für den Fall eines Angriffs durch andere Mächte war vorgesehen, «ohne Aufsuchung oder Abschließung neuer Bündnisse, sich zunächst untereinander zu verständigen, um sich so über eine gemeinsam zu verfolgende Linie zu einigen».

Doch nun, im Jahre 1875, sah es im Bündnis keineswegs mehr so rosig aus. Rußlands und Österreichs Großmachtinteressen standen sich auf dem Balkan konträr gegenüber. Ein Krieg zwischen diesen beiden Staaten konnte aber, so befürchtete Bismarck, den Bestand der monarchischen Ordnung ernsthaft gefährden. Jahre später faßte er in einem Gespräch mit dem Zaren diesen Gedanken in die Worte: «In der Zeit, in der wir leben ..., fordert es das Interesse der großen Monarchien, den Krieg zu vermeiden, weil heute die Nationen stets geneigt sind, ihre Regierungen für etwa erlittene militärische Rückschläge verantwortlich zu machen.» Und er fügte hinzu: «Der Krieg, sei er nun siegreich oder nicht, wird die Revolution in mehr als einem Lande entfesseln.»

Ganz besonders plagten Graf Andrássy diese Sorgen, der ein Übergreifen des Aufstandes auf den österreichischen Vielvölkerstaat als akute Gefahr erkannte. Deshalb lehnte er die Pläne der sich um Kaiser Franz Joseph gruppierenden Offiziersclique ab, die auf Kosten der Türkei nach zusätzlichen Gebietserweiterungen für Österreich-Ungarn trachtete, und ging statt dessen auf einen Vorschlag Gortschakows ein, in Abstimmung mit Bismarck bei der türkischen Regierung zugunsten der Aufständischen zu intervenieren. Gortschakow erklärte sich einverstanden, Wien zum «Zentrum der Verständigung» zu machen, und noch in den ersten Augusttagen 1875 trafen hier der deutsche und der russische Botschafter mit Andrássy zu Gesprächen zusammen.

Dem k. u. k.-Außenminister ging es in der Hauptsache darum, den Aufstand in der Herzegowina auf dem Verhandlungswege beizulegen, die Entstehung eines Groß-Serbien zu verhindern und revolutionäre Bewegungen im Keime zu ersticken. Deshalb richtete er am 30. Dezember 1875 an die Regierungen von England, Rußland, Frankreich, Deutschland, Italien und der Türkei eine «Reformnote», in der von der Türkei verlangt wurde, in den von ihr besetzten Gebieten auf dem Balkan die Gleichheit und Freiheit des religiösen Bekenntnisses zu gewähren und den Zustand der Rechtlosigkeit für Christen zu beenden. Außerdem forderte Andrássy die Aufhebung der Steuerpacht und die Verwendung der

Steuern für die Wohlfahrt der betreffenden Gebiete. Eine aus Christen und Mohammedanern zu gleichen Teilen zusammengesetzte Kommission sollte die Durchführung der Reform überwachen. Andrássy unterstrich damit nachdrücklich den Anspruch der Monarchie, in den Angelegenheiten des Orients den entscheidenden Einfluß auszuüben und sich von keiner Macht den ersten Rang streitig machen zu lassen. Zugleich sollte seine «Reformnote» eine langfristig ins Auge gefaßte Erwerbung der beiden türkischen Provinzen durch Österreich-Ungarn ermöglichen. Die angesprochenen europäischen Regierungen unterstützten die Note in ähnlich lautenden Memoranden, die türkische Regierung sah sich am 13. Februar 1876 gezwungen, auf die Forderungen der europäischen Großmächte einzugehen.

Andrássys Politik fand die volle Zustimmung Bismarcks, denn beiden ging es um die Aufrechterhaltung des Dreikaiserabkommens und damit des Status quo in Europa. Rußland dagegen hatte sich der «Befriedungsaktion» nur sehr widerwillig angeschlossen und unterstützte, um die türkische Position auf dem Balkan zu schwächen, auch weiterhin insgeheim die Aufständischen in ihrem Kampf gegen das feudalabsolutistische osmanische Joch.

In dieser angespannten politischen Situation war es für den deutschen Kanzler äußerst wichtig, in Wien und Petersburg kluge und geschickt operierende Diplomaten zu wissen. Doch im Oktober 1875, gerade als die Verhandlungen der Kaisermächte in Wien begannen, trafen aus der russischen Hauptstadt Nachrichten ein, die – so lächerlich sie uns heute erscheinen mögen – den Kanzler veranlaßten, einen Botschafter in den einstweiligen Ruhestand zu versetzen, einen zweiten mit einer neuen Mission zu betrauen und sich letztlich einen neuen Botschafter für Wien zu suchen.

Die Ursache des Konflikts lag in der Person des Prinzen Heinrich VII. zu Reuß begründet, Graf Stolbergs Cousin und Schwager, damals deutscher Botschafter in Petersburg. Die Nachricht von seiner bevorstehenden Vermählung mit Prinzessin Marie, der Tochter des Großherzogs von Sachsen-Weimar, hatte im Herbst 1875 am Zarenhof einige Erregung, ja sogar Mißfallensbekundungen hervorgerufen. Der österreichische Botschaftsrat Baron von Seiller berichtete am 16. Oktober dem k. u. k.-Außenministerium, Zar Alexander habe es als «inadmissible» bezeichnet, daß Reuß unter diesen Umständen weiterhin sein Amt als Botschafter in Petersburg ausübe. Da die Prinzessin Marie eine Nichte seiner Frau sei, könne er es mit der Hofetikette nicht vereinbaren, sie jetzt «nur» in der Position der Frau eines Botschafters zu sehen. Sonst müßte er der Prinzessin bei Festlichkeiten den Vorrang vor den älteren Botschafterfrauen einräumen, was wiederum zu unliebsamen Streitigkeiten führen würde. Vor allem aber habe sich die Zarin, die die Heirat ihrer Nichte mit Reuß sogar als eine glatte «Mesalliance» ansehe, gegen ein weiteres Verbleiben des Prinzen in Petersburg ausgesprochen.

Angesichts dieser höfischen Querelen schlug Bismarck vor, den deutschen Botschafter in Wien, Generalleutnant Hans Lothar von Schweinitz, nach Petersburg und Prinz Reuß von Petersburg nach Wien zu versetzen. Während Zar Alexander dem Vorschlag Bismarcks zustimmte, fürchtete Graf Andrássy jedoch ebenfalls die aus der Hofetikette entspringenden Verlegenheiten, zumal der Großherzog von Sachsen-Weimar darauf bestand, daß seiner Tochter in Wien ein ihrer Herkunft rechnungtragender Rang bei Hofe eingeräumt werden müßte. Die Ablehnung einer Akkreditierung des Prinzen Reuß durch Andrássy hatte noch einen weit wichtigeren Grund. Angesichts der politischen Spannungen zwischen den beiden Großmächten war man in Wien einfach nicht daran interessiert, einen deutschen Botschafter zu akzeptieren, der in engem familiärem Kontakt zum russischen Zarenhof stand.

Unter diesen Umständen gab es Bismarck auf, Reuß für das Amt vorzusehen, und die Suche nach einem geeigneten Mann begann. In Vorschlag gebracht wurden Robert von Keudell (später Botschafter in Rom), der Diplomat Freiherr von Werthern, Fürst Hermann von Hohenlohe-Langenburg und Graf Paul von Hatzfeld, zu jener Zeit preußischer Gesandter in Madrid. Doch gegen die Befähigung eines jeden der Herren gab es irgend etwas einzuwenden. Bei Keudell störte Kaiser Wilhelm dessen «burschikoses, eckiges und äußerlich nicht sehr distinguirtes Wesen», und auch Bismarck, der Keudell «zwar als seinen politischen Freund» bezeichnete, konstatierte in diesem Zusammenhang ganz überraschend, daß zwischen ihnen «keineswegs ein besonderer Grad persönlichen Vertrauens herrsche». Freiherr von Werthern – so berichtete Graf Aloisius

Károlyi, der österreichische Botschafter in Berlin, nach Wien – habe sich «selbst in die Reihe der Kandidaten gestellt»; an ihn sei «wohl niemals ernstlich gedacht» worden. Gegen Fürst Hohenlohe führte Bismarck dessen «nahe Verwandtschaft mit dem Kronprinzlichen Hofe» ins Feld, die zu «Reibereien» Anlaß geben könnte. Graf Hatzfeld schließlich hatte Pech, weil er – wie Károlyi nach Wien depeschierte – mit einer Amerikanerin verheiratet war, «deren moralischer Lebenswandel viel zu wünschen übrig läßt».

Schweinitz übergab am 31. Januar 1876 Kaiser Franz Joseph in Wien sein Abberufungsschreiben. Bis zur Wiederbesetzung des Postens wurde der Botschaftsrat Graf Carl von Dönhoff mit der Vertretung beauftragt.

Die Presse verfolgte das Gerangel um die Neubesetzung des Botschafterpostens zwar interessiert, oft aber auch ausgesprochen mit Ironie. So konnte man beispielsweise im «Berliner Tageblatt» lesen: «Wie Diogenes mit der Laterne, ging das deutsche Reich auf die Suche nach einem Manne, der geeignet wäre, den Botschafterposten in Wien zu übernehmen. Aus Petersburg, aus Hannover, und wer weiß sonst woher noch, verschrieb man sich die Kandidaten, welche man – wenigstens in den Zeitungen – diskutierte, und die zünftigen Diplomaten blickten scheel, weil sie abermals nur Unzünftige, nur Einschüblinge für die wichtige Stellung designiren hörten, die Mancher von ihnen im Stillen ersehnt haben mochte».

Soviel zur Vorgeschichte und zu den Hintergründen, die schließlich dazu führten, daß Bismarck am 5. Februar 1876 Stolberg aufforderte, als Botschafter nach Wien zu gehen. Dieser besprach das Angebot des Kanzlers mit Prinz Reuß, der ihm zuredete, es anzunehmen. Eine Woche später erklärte er gegenüber Bismarck sein Einverständnis, und am 15. Februar ließ dieser an Dönhoff nach Wien telegraphieren: «Sondiren Sie zunächst vertraulich, ob Graf Stolberg-Wernigerode, Präsident des Herrenhauses, als Botschafter in Wien willkommen sein würde.» Einen Tag später informierte der Kanzler auch den österreichischen Botschafter über seine Absicht, Stolberg als Botschafter nach Wien zu schicken. Bei dieser Gelegenheit erwähnte er die verschiedenen Ämter, in denen sich Graf Stolberg bereits «in jeder Hinsicht vorzüglich bewährt» habe. Wenn er – so fügte der Kanzler dann noch ganz vertraulich hinzu – jetzt

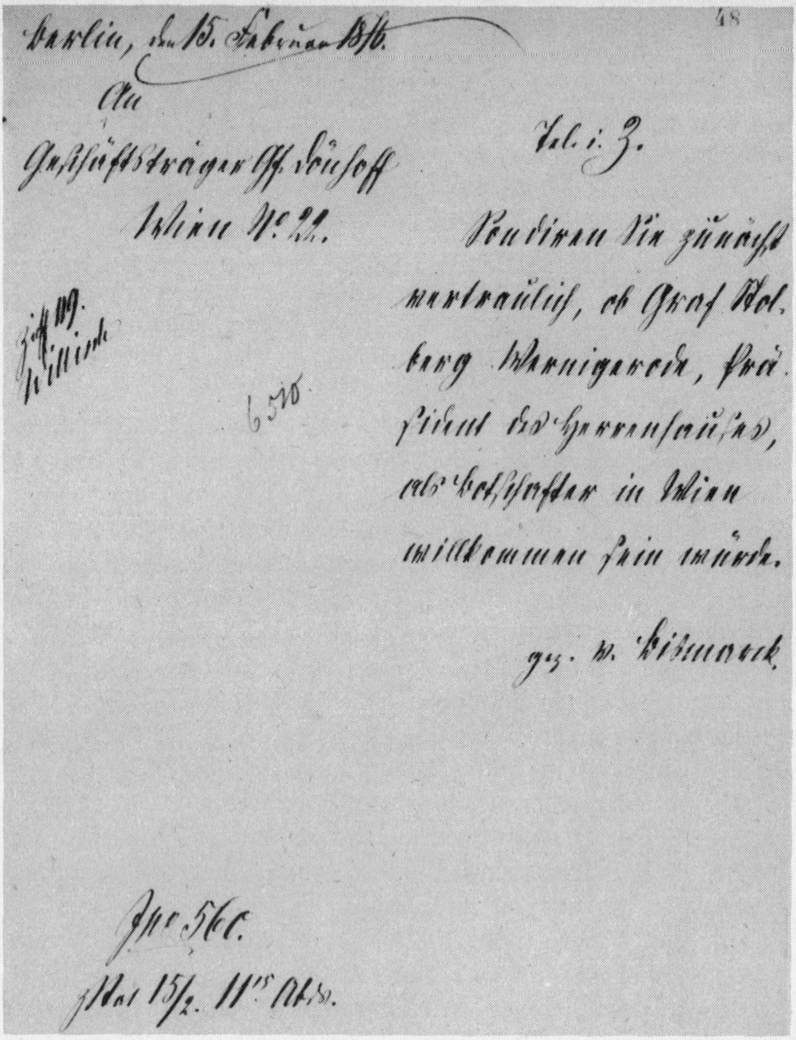
Berlin, den 15. Februar 1876.

An

Geschäftsträger Graf Dönhoff

Wien No. 22.

Tel. i. Z.

Sondiren Sie zunächst vertraulich, ob Graf Stolberg Wernigerode, Präsident des Herrenhauses, als Botschafter in Wien willkommen sein würde.

gez. v. Bismarck

Telegraphische Anfrage Bismarcks,
ob Stolberg als Botschafter in Wien akzeptiert würde

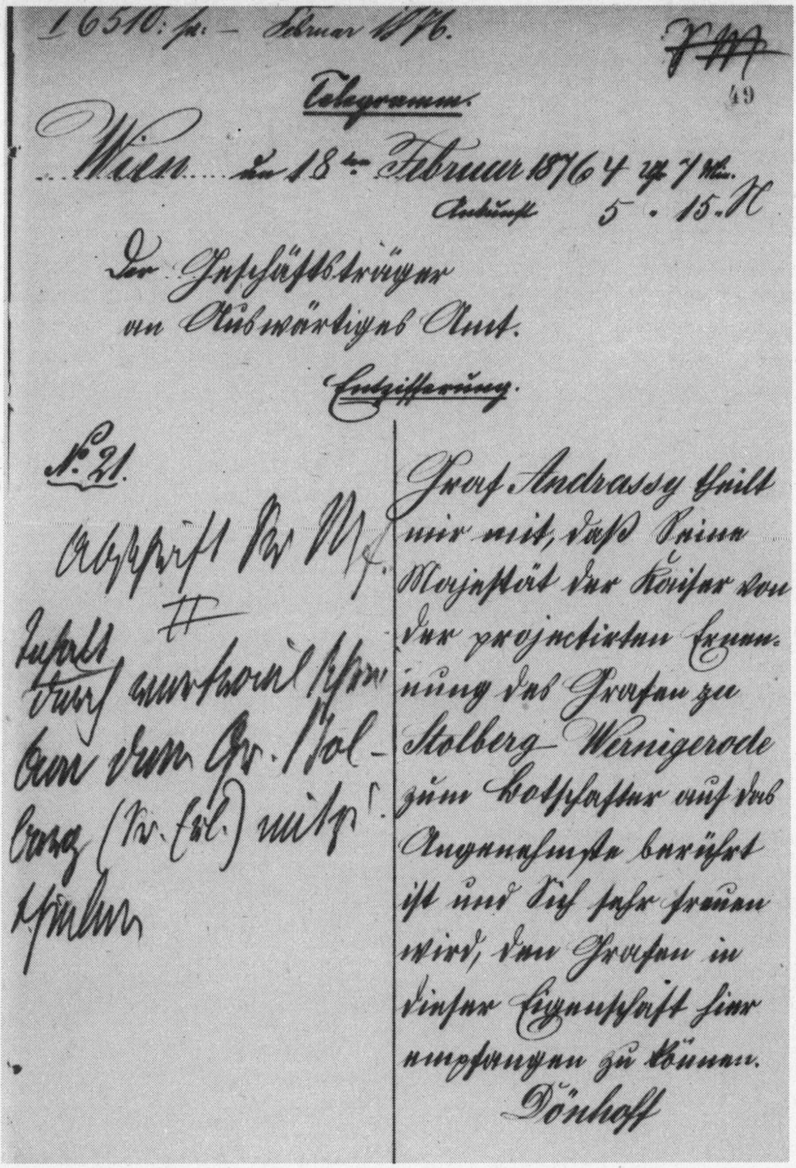

I 6510 pr. — Februar 1876.

49

Telegramm.

Wien den 18ten Februar 1876 4 Uhr 7 Min.

Ankunft 5 . 15 N.

Der Geschäftsträger an Auswärtiges Amt.

Entzifferung.

No 21.

Graf Andrassy theilt mir mit, daß Seine Majestät der Kaiser von der projectirten Ernennung des Grafen zu Stolberg-Wernigerode zum Botschafter auf das Angenehmste berührt ist und sich sehr freuen wird, den Grafen in dieser Eigenschaft hier empfangen zu können.

Dönhoff

Antwort Dönhoffs

das Buch schließen müßte, «wüßte er Niemand anderen als den Grafen Stolberg dem Kaiser zu seinem Nachfolger vorzuschlagen».

Am 17. Februar berichtete Károlyi dem k. u. k.-Außenministerium über sein Gespräch mit Bismarck. Abschließend hieß es in dem Schreiben: «Man hat sich sichtbare Mühe gegeben, eine außergewöhnliche, uns sehr genehme Wahl zu treffen, und dem Botschafterposten einen besonderen Relief zu geben.» Und als Károlyi am Abend des 17. Februar auf einem Ball mit Kaiser Wilhelm zusammentraf, lobte dieser hier noch einmal «Befähigung und Tüchtigkeit» des Grafen zu Stolberg und gab der Hoffnung Ausdruck, daß dessen Ernennung zum Botschafter auch die Zustimmung des österreichischen Monarchen finden wird.

Bereits am 17. Februar kam es in Wien zwischen Dönhoff und Andrássy zu einem vertraulichen Gespräch, über das der Botschaftsrat noch am gleichen Tage nach Berlin berichtete. Danach betonte der österreichisch-ungarische Außenminister, daß er den Kaiser über die vorgesehene Ernennung Stolbergs zum Botschafter befragen wird, «aber schon jetzt keinen Zweifel hege, daß Graf Stolberg Seiner Majestät sehr angenehm sein würde». Dönhoff mußte Andrássy dann noch über die Familien- und vor allem über die Besitzverhältnisse des Grafen informieren. Diese interessierten Andrássy aus einem ganz besonderen Grund: Schon am 10. Februar hatte er nämlich den österreichischen Botschafter in Berlin angewiesen, darauf Einfluß zu nehmen, daß nur ein solcher Diplomat für Wien ausgewählt wird, der auch in der Lage sei, es an Prachtentfaltung und luxuriösem Lebensstil mit dem neuernannten französischen Botschafter, dem Grafen de Vogüe, aufzunehmen. Im Gespräch mit Dönhoff hatte Andrássy deshalb auch zum Ausdruck gebracht: Ich würde mich «sehr freuen, wenn der zu erwartende Kaiserliche Botschafter der hiesigen Gesellschaft die Räume der deutschen Botschaft öffnen und dadurch dem auf dem geselligen Gebiete sich manifestirenden französischen Einflusse entgegentreten würde».

Andrássys Bestreben war es, seine prodeutsche Politik im antipreußisch vorbelasteten Wien populär zu machen. Gerade aber um den französischen Botschafter gruppierten sich einflußreiche Kreise des österreichischen und ungarischen Adels, die sich für eine engere Bindung der k. u. k.-Monarchie an Frankreich stark machten.

Am 18. Februar informierte Dönhoff telegraphisch das Auswärtige Amt, daß Kaiser Franz Joseph der Ernennung Stolbergs zum Botschafter in Wien zugestimmt habe, und auch der österreichische Botschafter bestätigte an diesem Tag noch einmal in einem Brief an Bismarck, Stolberg sei sehr willkommen. Noch am 18. Februar wurde der Graf auf Veranlassung des Kanzlers darüber in Kenntnis gesetzt. In dem Schreiben hieß es: «Euere Erlaucht beehre ich mich ganz vertraulich und ergebenst zu benachrichtigen, daß nach einem so eben aus Wien vom Graf Dönhoff eingegangenen Telegramm von heute Nachmittag 4 Uhr Graf Andrássy demselben mitgeteilt hat, der Kaiser von Österreich sei von Ihrer projectirten Ernennung zum Botschafter an Seinem Hofe auf das Angenehmste berührt und werde sich sehr freuen, Euere Erlaucht in dieser Eigenschaft zu empfangen.»

Stolbergs Ernennung zum Botschafter fand allgemeine Zustimmung, vielfach aber wurde sie mit überzogenen Erwartungen aufgenommen. «Sie haben das große Los gezogen», äußerte der Minister des königlichen Hauses Alexander Freiherr von Schleinitz zu Károlyi, als am 19. Februar auf dem Ball des Kriegsministers die Berufung des Grafen nach Wien bekannt wurde, und in der «Kölnischen Volkszeitung» konnte man am 21. Februar lesen, das neue Amt des Grafen sei nur ein «Übergangsstadium» auf dem Weg zum Reichskanzlerposten. Aus «gut informierten Regierungskreisen» wollten die Zeitungsredakteure die «feststehende Thatsache» erfahren haben, «daß Graf Stolberg sowohl vom Kaiser als auch vom Fürsten Bismarck zum künftigen Reichskanzler designiert sei und daß Ersterer deshalb durch den praktischen Dienst auch auf dem Gebiete der auswärtigen Politik sich diejenigen Kenntnisse zu sammeln wünsche, die er sich als Ober-Präsident von Hannover auf dem Gebiete der inneren Verwaltung erworben habe».

Am 1. März 1876 fuhr Stolberg nach Wien. Vorher hatte er sich in Berlin mehrere Tage lang mit seinem Jugend- und Studienfreund Joseph Maria von Radowitz unterhalten, der als ehemaliger Gesandtschaftsattaché in Konstantinopel, als Legationssekretär in China und Japan sowie als Botschafts- und Gesandtschaftssekretär in Paris und München über eine fünfzehnjährige Erfahrung im diplomatischen Dienst verfügte. Vertraut war Radowitz aber vor allem mit der Politik auf dem Balkan, denn 1870/71 hatte er in Bukarest als preußischer Generalkonsul fungiert und anschließend den erkrankten Geschäftsträger in Konstantinopel einige Zeit vertreten. Seit 1872 arbeitete er als Vortragender Rat und enger Mitarbeiter Bismarcks im Auswärtigen Amt, der wichtigsten politischen Schaltzentrale des «Eisernen Kanzlers».

Radowitz führte Graf Stolberg, wie er selbst später anmerkte, sozusagen ins Geschäft ein. Auch seinen Cousin Septi, den eigentlichen Urheber seiner neuen Karriere, hatte Graf Stolberg eingehend über die ihm bisher völlig fremde diplomatische Tätigkeit befragt. In einem Brief bat er ihn um praktische Ratschläge: «Wenn Du nun so gut sein willst, mir einige Muster zu französischen Billets zu machen und zu schicken, wäre ich Dir sehr dankbar. Außerdem bitte ich Dich um Nachricht, welche Art von Visitenkarten man braucht, ich würde mich ganz nach Deinen Gewohnheiten richten.»

Als der Zug am Vormittag des 2. März in Wien eintraf, hatte Dönhoff im wahrsten Sinne des Wortes für «großen Bahnhof» gesorgt. Nahezu das gesamte Personal der deutschen Botschaft «bis zu den Kanzleibeamten herunter», wie Stolberg seiner Frau berichtete, war von ihm zur Begrüßung des frischgebackenen Diplomaten aufgeboten worden. Noch an demselben Tag, um dreizehn Uhr, kam es zwischen Stolberg und Andrássy zu einem ersten persönlichen Kontakt, und nur wenige Stunden später traf Stolberg auch noch mit dem russischen und englischen Botschafter zusammen. Die Reihenfolge seiner Antrittsbesuche war mit dem Auswärtigen Amt in Berlin abgesprochen worden. Auf gute Beziehungen zu England legte Bismarck angesichts der wachsenden Differenzen innerhalb des Dreikaiserbündnisses jetzt größeren Wert, und durch seine Diplomaten ließ er sondieren, ob Deutschland im Falle eines Konflikts mit Rußland oder Frankreich auf die «aktive Hilfe» Englands rechnen könne.

Am 4. März, kurz vor zwölf Uhr, fuhr Graf Stolberg schließlich in die Wiener Hofburg, um Kaiser Franz Joseph sein Beglaubigungsschreiben zu überreichen. Das Gespräch «unter vier Augen» dauerte nicht lange. Es hatte mehr formellen Charakter, so wie es für Zeremonien dieser Art eben üblich war. Franz Joseph begrüßte den Grafen, der zu diesem Antrittsbesuch in weißer Uniform erschien, mit freundlichen Worten. Man tauschte, wie man so sagt, Artigkeiten aus, und abschließend hob der Monarch noch einmal ausdrücklich die guten Beziehungen zwischen Deutschland und Österreich hervor, die «auch für die Zukunft in derselben Weise erhalten werden müßten».

Bevor sich Stolberg aber der großen Politik zuwandte, richtete er sich in Wien häuslich ein. Und dafür mußte der deutsche Steuerzahler schon einiges berappen. Aus Staatsmitteln erhielt der Graf erst einmal ein sogenanntes Einrichtungsgeld von 15000 Mark. Sein Jahresgehalt hatte man auf stolze 120000 Mark festgesetzt. Davon galten 18000 Mark «als persönliches und pensionsberechtigtes Einkommen», 102000 Mark wurden sozusagen als Aufwandsentschädigung gezahlt.

Diese hätten jedoch nicht ausgereicht, um die deutsche Botschaft in Wien, wie insgeheim mit Andrássy verabredet, künftig stärker in den Mittelpunkt des Interesses der Wiener Gesellschaft zu rücken. Doch der Graf war nach eigenem Urteil finanzkräftig genug, um in der Donaumetropole ein angemessenes Haus zu führen. Allerdings mußte ein solches erst noch gefunden werden. Zunächst bezog Stolberg die Wohnung des ehemaligen Botschafters von Schweinitz in der Schenkengasse 10. Dann aber, im August 1876, pachtete er von dem ungarischen Grafen Janos Palffy von Erdöd für eine Jahresmiete von 25000 Gulden ein in der Wiener Unterstadt, Wallner Straße 6, gelegenes Palais. Dieses Haus verfügte über insgesamt neunundsiebzig Zimmer, und die verschiedenen Salons im ersten Stock boten Platz genug für festliche Empfänge, Bälle und Abendgesellschaften.

Stolbergs Beziehungen zu den herrschenden Kreisen in Wien entwickelten sich nach seinen eigenen Worten vorzüglich. Bald, so erinnerte sich seine Tochter Marie, vereinigte das Palais in der Wallner Straße «die ganze Gesellschaft und war ein gern gesehener Mittelpunkt der alten Kaiserstadt». Im Winter 1876/77 empfing Anna zu Stolberg, die sich inzwischen ebenfalls hier eingerichtet hatte, jeden Donnerstag die Creme der Wiener Damenwelt. Die

Gräfin tat es darin Kaiserin Augusta nach, an deren «Donnerstag-Abenden» im Berliner «Kaiser-Wilhelm-Palais» sie oft teilgenommen hatte. Die von den Stolbergs häufig veranstalteten Bälle fanden regen Zuspruch bei Diplomaten und Politikern.

Ein besonders gern gesehener Gast war Graf Andrássy, über den der deutsche Botschafter einmal meinte, er sei ein «Vollblut-Ungar von hoher Begabung, feurigem Temperament, klarem Blick und scharfer Auffassungsgabe». Zu ihm entwickelte Otto einen besonders guten Kontakt; obwohl sich der Außenminister gegenüber den Diplomaten ansonsten sehr zurückhaltend gab, soll er mit dem deutschen Botschafter «eine erfreuliche Ausnahme» gemacht haben. Häufig zu Gast in Stolbergs Palais waren auch der russische Botschafter Nowikow, den der Graf als einen «gelehrten ehrlichen Mann» sehr schätzte, der bayerische Gesandte Graf Otto von Bray-Steinburg, dessen Sekretär Graf Hugo Lerchenfeld-Koefering und der württembergische Gesandte von Baur.

Unter den engeren Mitarbeitern Stolbergs in Wien findet man später sehr bekannt gewordene Namen. Zu ihnen gehörte Bernhard von Bülow, der Sohn Bernhard Ernst von Bülows, des preußischen Staatssekretärs im Auswärtigen Amt. Stolberg schätzte ihn als äußerst fähigen Botschaftssekretär. Bernhard von Bülow machte als Politiker eine ausgesprochene Bilderbuchkarriere. Angefangen hatte er im Jahre 1874 im Auswärtigen Amt. Nach seiner Tätigkeit in Wien arbeitete von Bülow weiter im diplomatischen Dienst: Er ging zuerst nach Athen, dann als preußischer Gesandter nach Bukarest und später als Botschafter nach Rom. Im Jahre 1897 avancierte er zum Staatssekretär im Auswärtigen Amt. Drei Jahre später wurde er Reichskanzler und preußischer Ministerpräsident. Als deutscher Regierungschef verfocht er eine aggressive Politik, die dem Drang des deutschen Imperialismus nach Neuaufteilung der Welt zum Durchbruch verhelfen sollte.

Einige Monate arbeitete auch Graf Herbert Bismarck, der älteste Sohn des Kanzlers, als Botschaftssekretär unter Stolberg in Wien. Herbert von Bismarck fungierte später als Staatssekretär im Auswärtigen Amt und war die «rechte Hand» seines Vaters.

Das Amt des Militärattachés bekleidete Graf Adolf Keller. Dieser wurde jedoch im Herbst 1877 – so die Worte seines Chefs Stol-

Gefecht bei Mars-la-Tour, 16. August 1870

Preußische Artillerie beschießt seit Ende 1870 Paris

Bismarck und Napoleon III., nach einem Gemälde von Wilhelm Camphausen

Sedanfeier am 2. September 1870 in Berlin

Kaiserproklamation in Versailles, 18. Januar 1871, nach einem Gemälde Anton von Werners

Wilhelm von Kardorff

Carl Ferdinand Stumm

Ludwig Windthorst

Hans Hugo von Kleist-Retzow

Graf Stolberg,
deutscher Botschafter in Wien
von 1876–1878

Prinz zu Reuß, Amtsnachfolger
und Schwager Stolbergs

Kaiser Franz Joseph I.

Graf Andrássy,
österreichisch-ungarischer
Außenminister

Zar Alexander II.

Fürst Alexander Gortschakow, russischer Reichskanzler

Hans Lothar von Schweinitz, deutscher Botschafter in Petersburg

berg – in einen «peinlichen» Spionagefall verwickelt und mußte deshalb zuerst auf Urlaub geschickt und dann im November 1877 auch abberufen werden. Graf Keller hatte sich auf zwielichtige Weise Aufzeichnungen über die österreichische Artillerie beschafft und diese sogar dem italienischen Militärbevollmächtigten zum Kopieren übergeben. In Wien spekulierte man deshalb sofort über ein geheimes Einverständnis zwischen Deutschland und Italien, Österreichs altem «Erbfeind». Nachfolger Kellers wurde Graf Carl Wedel.

Für ein Eingewöhnen in die Wiener Diplomatenwelt blieb Stolberg allerdings wenig Zeit. Noch während der Verhandlungen der europäischen Mächte mit der türkischen Regierung über die «Reformnote» Andrássys brach in Bulgarien ein Aufstand gegen die osmanische Unterdrückung aus. Die Spannungen zwischen Österreich und Rußland spitzten sich erneut zu, und der deutsche Botschafter in Wien stand nunmehr, wie er in seinen Lebenserinnerungen schrieb, im «Brennpunkt der Situation».

In den Wirren der Orientkrise

Die militärischen Konflikte auf dem Balkan verschärften die Interessengegensätze zwischen Österreich-Ungarn und Rußland, aber auch zwischen Rußland und England. Am 2. Juli 1876 erklärten die Fürstentümer Serbien und Montenegro der Türkei den Krieg. Mit dem Streben der Balkanvölker nach nationaler Unabhängigkeit von der osmanischen Herrschaft geriet aber zunehmend die Stabilität des Dreikaiserbündnisses in Gefahr. Bismarck war zu einer Option unter seinen Bündnispartnern nicht bereit; die deutsche Diplomatie zielte hingegen darauf ab, weder eine nachhaltige Schwächung Österreich-Ungarns noch Rußlands zu begünstigen, zugleich auch eine Verständigung mit England herbeizuführen.

Im Herbst 1876 steuerte die Petersburger Regierung einen aggressiven politischen Kurs an. Deshalb ließ sie sondieren, ob Rußland im Falle eines Krieges mit Österreich auf die wohlwollende Haltung Deutschlands zählen könne. Da der Zar jedoch keinerlei Bereitschaft zeigte, Deutschland den Besitz Elsaß-Lothringens zu garantieren, lehnte Bismarck ab: Es sei sein erstes Bedürfnis, «die Freundschaft zwischen den großen Monarchien zu erhalten, welche der Revolution gegenüber mehr zu verlieren, als im Kampfe untereinander zu gewinnen hätten». Auch in Wien signalisierte der Reichskanzler, bei einem Krieg gegen Rußland keinen der beiden Bündnispartner zu begünstigen.

Am 13. September empfing Andrássy Stolberg zu einer längeren Unterredung. Angesichts des jetzigen Ernstes der Situation wollte der k. u. k.-Außenminister die erst im Juli zwischen seinem Kaiser und dem Zaren geheim vereinbarten Abmachungen von Reichstadt «ganz diskret» an Bismarck weitergeben, er könne sich nun nicht länger an die verabredete Vertraulichkeit halten.

Habsburg hatte Rußland eine wohlwollende Haltung bei einem Krieg gegen die Türkei zugesagt, dafür wollte es im Falle einer türkischen Niederlage Bosnien und Herzegowina besetzen, während sich die russischen Gebietsansprüche auf Bessarabien konzentrierten. Bulgarien, Albanien und der Rest Rumeliens sollten unabhängige Staaten werden, der Zar hatte jedoch zugesichert, kein slawisches Großreich auf dem Balkan zu schaffen.

Die Übereinkunft kam vor allem zustande, weil sich Bismarck nach beiden Seiten hin unnachgiebig gezeigt hatte. Er war über diese geheim getroffenen Verabredungen seinerzeit auch sehr genau im Bilde. Hierzu trug Stolberg ganz erheblich bei, häufig unterrichtete er ihn im Sommer 1876 über die österreichischen und russischen Absichten und entfaltete zu dieser Zeit lebhafte diplomatische Aktivitäten. Sie wurden durch den Umstand begünstigt, daß es Andrássy vorzog, wichtige politische Fragen in Wien selbst zu behandeln, nur ungern beauftragte er damit seinen Berliner Botschafter. Da Otto mit ihm des öfteren zusammentraf, konnte er die Absicht der k. u. k.-Regierung recht gut kombinieren und nach Berlin berichten; auch mit Nowikow sprach er mehrmals vertraulich.

Daß Andrássy am 13. September Stolberg gegenüber die Karten aufdeckte, die man in Berlin längst kannte, muß als erneutes Buhlen um Bismarcks Gunst gewertet werden, und Stolberg reagierte prompt: Obwohl er die politische Lage erst zwei Tage vorher eingehend mit Radowitz und Bülow im Auswärtigen Amt besprochen hatte, übermittelte er dem Kanzler unverzüglich Andrássys Informationen.

Doch Bismarck folgte weiterhin dem Grundsatz: «Die Frage, ob wir über die orientalischen Wirren mit England, mehr noch mit Österreich, am meisten aber mit Rußland in dauernde Verstimmung geraten, ist für Deutschlands Zukunft unendlich viel wichtiger als alle Verhältnisse der Türkei zu ihren Untertanen und zu den europäischen Mächten.» Er befürchtete, Österreich und Rußland gerieten in innere Schwierigkeiten, deren Folgen für Deutschland und Europa unwägbar wären. Damals, so erinnerte sich Stolberg, habe Bismarck die Parole ausgegeben, «alles zu unterstützen, worüber die beiden (Rußland und Österreich-Ungarn – K. B.) sich zu einigen vermochten». In diesem Sinne wirkte auch sein Wiener Botschafter, denn er genoß sowohl Andrássys als auch Nowikows Vertrauen.

Otto besaß einiges diplomatisches Geschick, und er versuchte, das neue Amt zu nutzen, die außenpolitischen Vorgänge selbst aktiv zu beeinflussen. Doch obwohl der Reichskanzler Ende September zu Robert Lucius äußerte: «Stolberg macht seine Sache über Erwarten gut in Wien», räumte er seinem neuen Mann an der Hofburg für eigene Initiativen kaum Spielraum ein. Botschafter unter Bismarck zu sein, bedeutete eben doch in erster Linie, als Befehlsempfänger des «Eisernen Kanzlers» zu agieren und allein dessen Vorstellungen und Richtlinien zu vertreten.

Ende November des Jahres 1876 waren die Würfel über die Frage «Krieg oder Frieden» gefallen. Am 24. berichtete Stolberg von dem russischen Ansinnen, Truppen mit Eisenbahnen der k. u. k.-Monarchie zum Kriegsschauplatz zu transportieren, was freilich abgelehnt worden sei.

Am 15. Januar 1877 vereinbarten Österreich-Ungarn und Rußland in der Budapester Konvention, auf der Grundlage der Übereinkunft von Reichstadt, welches Stück ein jeder vom großen Kuchen abbekommen sollte. Über die Entwürfe zum Inhalt der Budapester Konvention sind der deutschen Regierung Ende Dezember 1876 gleichzeitig von österreichisch-ungarischer und russischer Seite genaue Mitteilungen gemacht worden, worauf Bismarck am 3. Januar 1877 in einem Erlaß an Stolberg zum Ausdruck brachte, mit welcher Befriedigung er «die Gefahr eines Konfliktes zwischen unseren beiden Freunden und Nachbarn nunmehr als beseitigt erachte».

Ein Krieg zwischen Rußland und der Türkei kam dem deutschen Kanzler unter dieser Voraussetzung gar nicht ungelegen. Im Februar 1877 befürchtete Bismarck, das «eiternde nationale Gift» – womit er die Befreiungsbewegung der Balkanvölker vom osmanischen Joch meinte – könnte, sofern es keinen Abfluß zur Türkei hin fände, auf Österreich-Ungarn, aber auch auf Deutschland übertragen werden. Der russisch-türkische Konflikt müsse aber lokal begrenzt bleiben, um den Russen jede Gelegenheit zu nehmen, später ihre Waffen gegen Deutschland zu kehren. Bismarck spekulierte, den Zaren so für lange Zeit von einer Allianz mit Frankreich abzuhalten; Botschafter von Schweinitz ließ er wissen, im Falle eines Krieges mit der Türkei könne man in Petersburg «unbedingt darauf rechnen», daß Deutschland «nicht nur eine wohlwollende Neutralität einhalte», sondern nach Kräften dazu beitragen würde, antirussische Koalitionen zu verhüten.

«Rußland wird nun wohl nächstens losschlagen», schrieb Stolberg am 28. Februar 1877 an Prinz Reuß, der zwei Monate später als deutscher Botschafter nach Konstantinopel ging. Dort vertraute man auf Unterstützung durch England, das die türkische Regierung insgeheim zur Unnachgiebigkeit gegenüber Petersburg ermunterte. Alle Versuche, die Balkanprobleme auf friedlichem Wege beizulegen, scheiterten, und Alexander II. erklärte am 24. April 1877 dem Sultan den Krieg.

Anfangs verliefen die auf beiden Seiten mit äußerster Erbitterung geführten Kämpfe für die Truppen des Zaren wenig erfolgreich. Große Verluste waren bei der Eroberung der türkischen Festung Plewna zu beklagen, deren Belagerung sich von September bis Dezember hinzog. Seit dem Spätherbst 1877 stand der russische Sieg jedoch außer Frage. Anfang Januar 1878 bezwangen russische Truppen und bulgarische Freiwillige in der Schlacht am Schipkapaß gemeinsam den türkischen Feind.

Mit wachsender Beunruhigung verfolgte man in Wien und London den russischen Vormarsch auf Konstantinopel. In Berlin zeigte man sich seit dem Sommer 1877 besorgt, unter dem Eindruck des russisch-türkischen Kriegsverlaufs könnten in der Donaumetropole jene Stimmen zunehmen, die der «dreikaiserfreundlichen» Politik Andrássys entgegenstanden. Deshalb hatte Stolberg Order, sein ganzes diplomatisches Geschick darauf zu verwenden, den Außenminister von Rücktrittsplänen abzubringen. Daneben schien es dem Kanzler günstig, jetzt erneut seine Forderung nach internationaler Isolierung Frankreichs in Wien vorzubringen, was Andrássy gegenüber Stolberg mit der lakonischen Bemerkung zurückwies, er sähe die politische Entwicklung Frankreichs als für «ihn fern liegend» an. Prompt instruierte Herbert von Bismarck den deutschen Botschafter am 27. Juni: Die deutsche Regierung werde in diesem Falle «mit den orientalischen Dingen» ebenso verfahren; wenn der Außenminister sich in Deutschlands Lage nur «schwer hineindenken» könne, würde man in Berlin «analog auch an Gedankenschwerfälligkeit leiden».

Herbert von Bismarck, im Frühjahr 1877 nach Berlin zurückgekehrt, pflegte eine rege Korrespondenz mit seinem ehemaligen Vorgesetzten in Wien. Dies geschah vor allem im Auftrage seines Vaters, aber Herbert fügte auch manche brisanten Informationen hinzu, von denen der Kanzler nichts gewußt haben dürfte. Bismarcks politische Konzeption lief darauf hinaus, in den russisch-englischen wie in den russisch-österreichischen Beziehungen permanente Rivalität zu wahren, «die sie zur Teilnahme an Koalitionen gegen uns ... kaum fähig macht», wie er dies am 15. Juni 1877 im Kissinger Diktat formulierte.

Mit den Erfolgen der serbischen und montenegrinischen Truppen im Russisch-Türkischen Krieg wuchsen in Wien die Zweifel an der Budapester Konvention. Andrássy ließ gegenüber Stolberg durchblicken, man werde eine Besetzung Bosniens durch Serbien und Montenegro nicht hinnehmen und sich in diesem Falle stärker mit London arrangieren. In Geheimverhandlungen mit der englischen Regierung akzeptierte der k. u. k.-Außenminister im Juli 1877 gemeinsame diplomatische und noch zu verabredende militärische Aktionen, wenn der Zar die Abmachungen von Reichstadt und Budapest ignorieren sollte. – Grund genug für Bismarck, um Stolberg zu veranlassen, ein Gespräch unter vier Augen mit Andrássy dringend herbeizuführen, er würde ihm «auch nach irgend einem Ort zwischen Salzburg und Berlin entgegenfahren», nur Wien halte er nicht für geeignet, da die Presseleute an eine dortige Begegnung sofort Spekulationen knüpfen würden. Als die beiden Politiker am 18. September in Salzburg zusammentrafen, kamen Einzelheiten über die geheimen Verhandlungen Österreich-Ungarns mit England zur Sprache. Hier ist es dem Kanzler noch einmal geglückt, Andrássy bei der Stange zu halten. In einem Brief schrieb Herbert am 26. September an Otto, sein Vater sei sehr befriedigt gewesen, er habe den Außenminister davor gewarnt, Druck auf Rußland auszuüben.

Im Dezember 1877 mußte man an der Hofburg jedoch offiziell zur Kenntnis nehmen, daß der Zar beabsichtige, einen von der Donau bis zum Ägäischen Meer reichenden bulgarischen Staat zu schaffen, während die meisten Gebiete Bosniens und der Herzegowina Serbien und Montenegro zufallen sollten. Am 15. Januar konstatierte Stolberg: «Die Orientfrage scheint erst jetzt in das schwierigste Stadium zu treten, dann kommt die Gefahr, daß die verschiedenen Interessen collidieren; bis jetzt ließ man die beiden Theile sich ruhig raufen».

Auch in Berlin waren die russischen Friedensbedingungen seit Dezember bekannt. Bismarck, der seine Bedenken hinsichtlich der Gefährdung des Dreikaiserbündnisses sofort nach Petersburg signalisiert hatte, beauftragte Ende Januar 1878 seinen Botschafter in Wien, den «Status controversiae» festzustellen und mit Andrássy und Nowikow gemeinsam die Präliminarien zu beraten. Stolberg konnte davon ausgehen, «daß die russischen Wünsche keinen deutschen Interessen zuwiderliefen», dies sei dem Zaren auch so erklärt worden, der deutschen Regierung läge aber daran, daß «zu Dreien der Modus gefunden werden könnte, mit welchem Österreich sowohl wie Rußland sich einverstanden erklärten», dabei käme es ihr darauf an, zu sondieren, inwieweit Österreich wenigstens teilweise auf die russischen Wünsche einzugehen bereit sei.

Andrássy traf am 12. Februar mit Stolberg zusammen. Er hatte es abgelehnt, Nowikow hinzuzuziehen, und bekräftigte, seine Regierung werde «die Ausbreitung einer großen slawischen Herrschaft» auf dem Balkan nicht gestatten, von der «eine unwiderstehliche Attraktionskraft für die zahlreichen, ohnehin unruhigen Slawen Österreich-Ungarns» zu erwarten sei. Sollten, wie beabsichtigt, russische Truppen im neu zu bildenden bulgarischen Staat stationiert werden, könnte die Donaumonarchie «bald genötigt sein», ebenfalls eine Armee zur Verteidigung ihrer Interessen aufzustellen.

Am 13. Februar, noch ehe die russischen Truppen Konstantinopel erreicht hatten, lief ein englischer Flottenverband in das Marmarameer ein, jetzt standen sich russische und englische Streitkräfte in unmittelbarer Nähe gegenüber. In dieser Situation entschloß sich der deutsche Reichskanzler, einen Vermittlungsschritt anzubieten, und erklärte am 19. Februar vor dem Reichstag, nicht als «Schiedsrichter», aber in der Rolle des «ehrlichen Maklers» in der Orientfrage einen Ausgleich zwischen den Großmächten herbeiführen zu wollen.

Inzwischen war es Stolberg gelungen, Andrássy und Nowikow gemeinsam an den Verhandlungstisch zu bringen, und obwohl man sich hier keinen Schritt näherkam, wies Bismarck seinen Botschafter an, «den Handel in Gange zu erhalten», den Faden nicht fallen zu lassen, sich selbst aber weiterhin herauszuhalten. Am 3. März 1878 diktierten die russischen Unterhändler in einem Vorort Konstantinopels den Vertretern des geschlagenen türkischen Sultans die harten Bedingungen des Friedens von San Stefano, der faktisch die Errichtung einer russischen Alleinherrschaft auf dem Balkan bedeutete. Weder in Österreich-Ungarn noch in England wollte man nun länger Gewehr bei Fuß stehen. Der deutschen Regierung lag daran, die Balkanhalbinsel in eine russische Interessensphäre mit Bulgarien und in eine österreichisch-ungarische mit Bosnien und der Herzegowina zu teilen. Deshalb hoffte Bismarck, wie sein Sohn Herbert den Grafen Stolberg schon im Frühjahr 1877 vertraulich wissen ließ, daß «die Engländer Hand auf Ägypten legten, da sie dadurch in gereizte Verhältnisse mit Frankreich kommen werden und sich mit Rußland dann leicht verständigen können».

Angesichts der innenpolitischen Spannungen im Deutschen Reich, des ständig wachsenden Einflusses der Sozialdemokratie und der sozialistischen Bewegung in vielen Staaten Europas kam es dem deutschen Reichskanzler darauf an, einen Krieg der europäischen Mächte, dessen Auswirkungen nicht zu kalkulieren waren, unbedingt zu vermeiden. Rußland, durch seine Kriegsanstrengungen stark geschwächt, stimmte der Einberufung eines Kongresses nach Berlin zur Revision der Friedenspräliminarien von San Stefano zu. Vom 13. Juni bis zum 13. Juli 1878 trat unter Vorsitz des deutschen Reichskanzlers der Berliner Kongreß zusammen. Vertreten waren neben Rußland, Österreich-Ungarn und der Türkei Deutschland, England, Frankreich und Italien. Obwohl Bismarck durchsetzte, daß auf dem Kongreß alle Beschlüsse einstimmig gefaßt werden mußten und eine Abstimmungsniederlage der Russen damit unmöglich war, urteilte später einmal Zar Alexander II., in Berlin sei «eine europäische Koalition unter Führung des Fürsten Bismarck gegen Rußland» wirksam gewesen.

Stolberg hat in seinen Lebenserinnerungen darauf verwiesen, daß Bismarck aus der bedingten Unterstützung der österreichisch-ungarischen Position «einen bestimmten Nutzen» ziehen wollte, «nämlich die Aufhebung des Artikels 5 des Prager Friedens», mit dem

1866 der Krieg zwischen Preußen und Österreich beendet worden war. Unter französischem Druck hatte damals die Wiener Regierung ihre Ansprüche auf Schleswig-Holstein Preußen «mit der Maßgabe» überlassen, «daß die Bevölkerungen der nördlichen Distrikte von Schleswig, wenn sie durch freie Abstimmung den Wunsch zu erkennen geben, mit Dänemark vereinigt zu werden, an Dänemark abgetreten werden sollen».

Bismarck hatte natürlich nie ernsthaft beabsichtigt, Nordschleswig an Dänemark abzutreten. Der bewußte Paragraph war ihm ein ständiger Dorn im Auge. Dazu kam seine Befürchtung, auf einem europäischen Kongreß über die Orientfrage könnte auch dieses Problem zur Sprache gebracht werden.

Schon im Oktober 1876 wurde Stolberg beim k. u. k.-Außenminister vorstellig, um das deutsche Interesse an der Aufhebung jenes Paragraphen zu bekunden. Seinem Vorstoß blieb der Erfolg jedoch versagt, da Habsburg damals keinen Grund sah, auf dieses Faustpfand zu verzichten.

In der Hoffnung auf stärkere deutsche Unterstützung der eigenen schwindenden Positionen auf dem Balkan zeigte sich seit Ende 1877 das österreichische Kabinett zu Zugeständnissen bereit, und am 15. Februar 1878 ließ Andrássy Graf Otto wissen, Kaiser Franz Joseph habe gegen die Liquidierung des betreffenden Artikels keine Bedenken mehr. Stolberg und Andrássy schlossen einen Aufhebungsvertrag, den sie beide am 13. April 1878 in Wien unterzeichneten; der Austausch der Ratifikationsurkunden erfolgte zwei Wochen später. Auf ausdrücklichen Wunsch der Hofburg wurde der Text jedoch mit einem späteren Datum, dem 11. Oktober 1878, versehen und auch erst Anfang Februar 1879 veröffentlicht. Der k. u. k.-Außenminister wollte in Anbetracht des bevorstehenden Berliner Kongresses den Eindruck einer Vorleistung gegenüber Deutschland vermeiden. Deshalb steht unter dem Dokument auch nicht Stolbergs Name, sondern der seines Schwagers und Amtsnachfolgers, des Prinzen Heinrich VII. zu Reuß. In Stolbergs Memoiren heißt es dazu: «... unser auswärtiges Amt entschuldigte sich bei mir, daß man gewissermaßen mein Verdienst um das Zustandekommen verkümmert habe».

Erste Verhandlungen über die strittigen Fragen des Friedens von

San Stefano waren bereits vor Kongreßbeginn geführt worden. Stolberg mußte in Wien zwischen Nowikow und Andrássy vermitteln; am 1. April 1878 berichtete der Botschafter an das Auswärtige Amt: «Graf Andrássy hält offenbar den gegenwärtigen Zeitpunkt, wo Rußland angesichts der drohenden Haltung Englands ein lebhaftes Verlangen nach Verständigung mit Österreich-Ungarn bekundet, für günstig, um für dieselbe einen möglichst hohen Preis zu fordern.»

Rußland stimmte schließlich der Besetzung Bosniens und der Herzegowina durch Österreich-Ungarn und einer deutlichen Verkleinerung des zu gründenden bulgarischen Staates zu. Strittig blieb die russische Forderung, die Territorien Serbiens und Montenegros zu vergrößern. Erst als Bismarck signalisierte, Österreich-Ungarn in dieser Frage zu unterstützen, und Petersburg und London ihre Interessensphären grundsätzlich abgesteckt hatten, konnte Stolberg am 21. Mai dem deutschen Reichskanzler telegraphieren, Andrássy sei nunmehr «ganz einverstanden mit der Berufung des Kongresses».

Am 13. Juli unterzeichneten die Vertreter der Großmächte die Kongreßakte. Bulgarien blieb auf das Gebiet zwischen Donau und Balkangebirge beschränkt und konstituierte sich als ein dem Sultan tributpflichtiges Fürstentum unter einem christlichen Staatsoberhaupt. Der Türkei verblieb der südliche Teil Bulgariens als autonome Provinz Ostrumelien. Aus dem Friedensvertrag von San Stefano wurde die volle Unabhängigkeit Montenegros, Serbiens und Rumäniens bestätigt, ebenso die Gebietserweiterungen. Rußland erhielt Bessarabien sowie aus türkischem Besitz in Asien Kars, Ardahan sowie Batum zugesichert. Der englische Anspruch auf die Insel Zypern sowie der österreichisch-ungarische auf die Besetzung Bosniens und der Herzegowina wurde anerkannt. Bosporus und Dardanellen sollten für Kriegsschiffe geschlossen bleiben.

Da der Berliner Kongreß die Gegensätze unter den Großmächten jedoch nicht aufheben konnte, blieb der Orient ein ständiger politischer Krisenherd. Doch dieses Ergebnis entsprach durchaus dem zynischen Grundsatz Bismarcks, der das Ziel der deutschen Staatskunst darin sah, «das orientalische Geschwür offen zu halten und dadurch die Einigkeit der Großmächte zu vereiteln und unseren eigenen Frieden zu sichern». Die nationalen Interessen der Balkanvölker spielten auf dem Berliner Kongreß keine Rolle, sie fielen der Machtpolitik der Großmächte zum Opfer, die in die Befreiungsbewegung der Völker ausschließlich eingegriffen hatten, um ihre Einflußsphären auszuweiten.

Obwohl sich Otto seit Anfang Juni in Berlin aufhielt, nahm er an den Beratungen des Berliner Kongresses nicht teil. Die aktive Mitwirkung habe ihm Bismarck zwar angeboten, unter Hinweis auf die Übernahme des neuen Amtes als Vizepräsident des preußischen Staatsministeriums sei er jedoch glücklich darum herumgekommen – so die Version des Grafen.

Statt seiner wurde Chlodwig zu Hohenlohe-Schillingsfürst neben Bismarck und Bernhard Ernst von Bülow dritter deutscher Kongreßbevollmächtigter. Dieser Fürst, von 1866 bis 1870 bayerischer Ministerpräsident, wirkte damals als deutscher Botschafter in Paris. Das Auswärtige Amt ließ verlauten, Hohenlohes Berufung wäre aus Rücksicht auf den großen süddeutschen Bundesstaat unumgänglich gewesen.

Weshalb der Graf dem Kongreß fernblieb, ist schwer zu ergründen. Mag sein, er wollte sich jetzt ganz der Innenpolitik widmen, möglich auch, daß Bismarck seinen Vize von nun an weniger auf dem diplomatischen Parkett agieren ließ. Am 8. Juli 1878 überreichte Stolberg dem österreichischen Kaiser sein Abberufungsschreiben; Franz Joseph verlieh dem scheidenden Botschafter den Stefansorden. Ottos Amtsnachfolger wurde Septi Reuß, dessen Berufung die Wiener Regierung noch 1876 abgelehnt hatte. Die Protokollverlegenheiten, die seinerzeit dessen Ernennung zum Botschafter hatten unmöglich erscheinen lassen und letztlich Stolberg zu dem Wiener Posten verhalfen, wurden salomonisch gelöst: Maria zu Reuß hatte bei offiziellen Empfängen durch Abwesenheit zu glänzen.

Ins Zentrum der Macht

Am Abend des 9. Dezember 1877 bespricht Bismarck auf seinem Gut in Varzin mit zwei engen politischen Vertrauten, den Freikonservativen Christoph von Tiedemann und Dr. Robert Lucius, die politische Lage. Das Gespräch bezieht sich auf innenpolitische Probleme, die den Kanzler gegenwärtig besonders plagen.

Die 5 Milliarden Francs Kriegskontribution hatten den Gründerrausch der deutschen Wirtschaft derart forciert, daß es im Jahre 1873 zum Ausbruch einer Krise gekommen war, der eine ungewöhnlich lange Depression folgte. Zunehmend wünschte deshalb die Großbourgeoisie eine aktivere Wirtschaftspolitik des Staates. Unter dem demagogischen Begriff vom «Staatssozialismus» wurden einschneidende Schutzzölle, gesetzliche Maßnahmen zur Verstaatlichung der Eisenbahn in Preußen und für die Einführung einer staatlichen Sozialversicherung gefordert.

Auch die Großgrundbesitzer, die sich bis dahin begeistert für den Freihandel ausgesprochen hatten, traten jetzt für umfangreiche Schutzzölle ein, denn die Landwirtschaft steckte seit 1875 ebenfalls in der Krise. Während billiges Getreide aus den USA und aus Rußland den europäischen Markt überschwemmte, offenbarten die preußischen Junker ihre Unfähigkeit, die landwirtschaftliche Produktion zu steigern.

«Bismarck», so schrieb Franz Mehring voller Ironie, «war sowohl Großgrundbesitzer wie Großindustrieller und hatte deshalb inniges Mitgefühl mit den beiden so herzbrechende Not leidenden Klassen». Um der wirtschaftspolitischen Misere zu entrinnen, wollte der Kanzler neue Steuerquellen erschließen, hauptsächlich auf dem Wege über indirekte Abgaben auf Güter des Massenbedarfs. Erhöhte Staatseinnahmen waren dringend erforderlich, denn auch der riesige Militärapparat verschlang alljährlich gewaltige Summen.

Zu Beginn des Jahres 1876 hatte sich unter der Präsidentschaft des freikonservativen Politikers Wilhelm von Kardoff der «Zentralverband deutscher Industrieller» konstituiert, der die schutzzöllnerischen Interessen der großkapitalistischen Industrieunternehmer nachdrücklich formulierte, während sich die Junker mit der «Vereinigung der Steuer- und Wirtschaftsreformer» ihrerseits ein Instrument großagrarischer Zollpolitik schufen. Seit Oktober 1877 traten beide Organisationen mit gemeinsamen Schutzzollforderungen auf.

Im Reichstag allerdings drohten die schutzzöllnerischen Absichten an der nationalliberalen Mehrheit zu scheitern, die leidenschaftlich für den Freihandel eintrat. Während Bismarck seit 1875 mit den Schutzzöllnern sympathisierte, war in den Reichstagsdebatten im Dezember 1876 und im April 1877 deutlich geworden, daß sich der Übergang zur Schutzzollpolitik nur gegen die Nationalliberalen und gegen die Freihändler innerhalb der preußischen Regierung durchsetzen ließ.

Die Wirtschaftskrise hatte zu einer Umgruppierung der Klassenkräfte in Deutschland geführt. Das spiegelte sich auch im Reichstag wider, dem für die politische Entwicklung weit mehr Bedeutung zukam, als die Verfassung zunächst hatte erwarten lassen.

Der Sozialdemokratie gelang es, eine revolutionäre Parlamentstaktik zu entwickeln und in Verbindung mit dem außerparlamentarischen Kampf ihre politische Organisation zu festigen. Die Liberalen drängten verstärkt auf die Erweiterung der Rechte des Reichstages, dessen eigentliche Macht im Budgetbewilligungsrecht und in der Initiative zu neuen Reichsgesetzen lag. Hier war die Bourgeoisie in den letzten Jahren erfolgreich tätig geworden, wie die Einführung reichseinheitlicher Maße und Gewichte und die gesetzliche Regelung des Währungs- und Münzwesens zeigten.

In der von Bismarck forcierten Wirtschafts- und Finanzpolitik sah sowohl die Nationalliberale Partei als auch die Deutsche Fortschrittspartei eine Machterweiterung des Kanzlers. Aus diesem Grunde orientierte Bismarck seit Ende 1877 konsequent auf die Zurückdrängung der gegen ihn gerichteten parlamentarischen Opposition und kalkulierte im März 1878 sogar die Auflösung des Reichstages ein.

Etwa zur gleichen Zeit begann er, das preußische Staatsministerium umzugestalten, um sich zunächst hier einen Freiraum für politische Entscheidungen zu schaffen. Seinen Finanzminister, Otto von Camphausen, der die geplanten Schutzzölle ablehnte, desavouierte er im Reichstag in einer Weise, daß dieser sich gezwungen sah, zu demissionieren. Kurz darauf zwang er Heinrich von Achenbach, seit 1873 Handelsminister, zum Rücktritt. Der preußische Innenminister, Graf Friedrich Eulenburg, schied freiwillig aus. Die Nachfolge trat sein Neffe, Graf Botho Eulenburg, an, der seinerzeit Otto zu Stolberg im Amt des Oberpräsidenten von Hannover abgelöst hatte. Das Ministerium für Handel und Gewerbe übernahm Unterstaatssekretär Albert Maybach.

Doch die Kabinettsumbildung blieb nur Stückwerk und stärkte – wie es sich schon wenige Monate später und dann vor allem in den Jahren 1879/80 zeigen sollte – die politische Position des Kanzlers kaum.

Schwierigkeiten hatte Bismarck bei der Suche nach einem neuen Finanzminister; die Behandlung Camphausens schreckte ab, zumal dieser sich als Finanzexperte einen Ruf erworben hatte. Seine Erbschaft würde angesichts der Wünsche Bismarcks nur schwer zu verwalten sein.

In erster Linie kam es dem Kanzler aber darauf an, seine Stellvertretung durch ein Gesetz zu regeln. Bismarck wollte sich angesichts der schwierigen politischen Situation eine Zeitlang von der Innenpolitik zurückziehen, er mußte darüber Klarheit gewinnen, wie er den Wünschen der verschiedenen politischen Kräfte begegnen sollte. Schon im Laufe der erwähnten Abendunterhaltung mit Christoph von Tiedemann und Robert Lucius am 9. Dezember 1877 hatte er zum Ausdruck gebracht, jetzt «die anderen gewähren, eventuell Schiffbruch leiden lassen» zu wollen und erst dann wieder in die Staatsgeschäfte voll einzugreifen, wenn es ihm gelungen sei, «ein homogenes Ministerium und womöglich eine konservative Reichstagsmajorität zu bilden».

Bismarck hatte zeitweilig Bennigsen als künftigen preußischen Innenminister ins Auge gefaßt. Die Nationalliberalen versuchten jedoch vergeblich, das Angebot des Kanzlers für eine stärkere Beteiligung an der Regierungsgewalt im Reich zu nutzen. Aufgrund der innenpolitischen Krise wähnten sie die Stunde für gekommen, um die Position des Reichskanzlers durch Schaffung selbständiger Reichsministerien einzuschränken. In diesem Punkt aber reagierte Bismarck empfindlich. Ohne weitere Erklärungen abzugeben, ließ er Bennigsen fallen.

Am 5. März 1878 fand im Reichstag die erste Lesung des sogenannten Stellvertretungsgesetzes statt. Bismarck verlangte, in Fällen seiner Verhinderung einen Stellvertreter für den gesamten Umfang der Geschäfte beauftragen zu können. Auch für diejenigen einzelnen Amtszweige, die sich in der Reichsverwaltung befanden, sollten die Vorstände der Reichsbehörden widerruflich die Stellvertretung übernehmen können. Am 17. März kam das Gesetz zustande, unterstützt von den Nationalliberalen, die damit eigene politische Hoffnungen verbanden.

Für den Posten des Vizekanzlers suchte Bismarck «einen zuverlässigen preußischen Konservativen», und in der Person seines Wiener Botschafters, des Grafen Stolberg, meinte er ihn gefunden zu haben. Otto stand damals beim Kanzler in hoher Gunst; es scheint sogar so, als ob er dessen einziger Kandidat für das neue Amt gewesen ist. Noch während die Debatte über das Stellvertretungsgesetz andauerte, forderte ihn Bismarck auf, nach Berlin zu kommen.

Als Graf Stolberg am Abend des 14. März in Wien den Zug nach Berlin bestieg, tat er dies mit sehr gemischten Gefühlen. Er betrat sein Schlafwagenabteil mit der sicheren Vermutung, dieses Mal kein Auge zuzutun, denn die unklaren Vorstellungen über seinen künftigen politischen Werdegang ließen ihn kaum zu innerer Ruhe finden. Der Mann, der sonst in nahezu allen Lebenslagen und gerade in der Eisenbahn ganz ausgezeichnet schlafen konnte, grübelte vor sich hin. Natürlich wußte er, was ihn in Berlin erwartete. Es wurde vieles gemunkelt, so manches war nach Wien durchgesikkert.

Und reich an politischen Spekulationen sind die Jahre 1877/78 ganz gewiß gewesen. Vor allem die schwelende Ministerkrise in Preußen und die ungelösten wirtschaftspolitischen Fragen im Deutschen Reich hatten immer wieder zu Vermutungen über eine mögliche Demission Bismarcks wie auch über Umbesetzungen im Staatsministerium Anlaß gegeben. Im April 1877 bezeichnete Graf Károlyi, der österreichische Botschafter in Berlin, Graf Stolberg in einem Bericht an das k. u. k.-Außenministerium als den möglichen künftigen deutschen Außenminister. Kurze Zeit später teilte er seiner Regierung mit, Stolberg käme als Vizekanzler oder sogar als Bismarcks Nachfolger in Frage. Diese Informationen waren natürlich dem deutschen Botschafter in Wien nicht verborgen geblieben, zumal ihm Bismarck schließlich schon telegraphisch klaren Wein eingeschenkt hatte.

Doch der Graf spürte wenig Lust, eine dieser Aufgaben zu übernehmen. Im Gespräch mit Graf Lerchenfeld-Koefering, dem Sekretär der bayerischen Gesandtschaft in Wien, brachte Stolberg deshalb zum Ausdruck, daß er sich in der Donaumetropole gerade gut eingelebt habe und mit seiner Botschaftertätigkeit sehr zufrieden sei. Vor allem befürchtete er, als Stellvertreter des «Eisernen Kanzlers» sehr schnell «die Unzufriedenheit Bismarcks zu erregen» – ein Umstand, der für seine weitere politische Karriere wenig förderlich sein würde. Diese Sorge Stolbergs teilte auch Graf Károlyi, der am 16. März 1878 in einer Meldung nach Wien darauf hinwies: «Graf Stolberg dürfte mit Recht besorgen, dass er als Stellvertreter des Reichskanzlers sich leicht abnützen und seine Chancen zur einstigen Nachfolgerschaft des Fürsten Bismarck bedeutend abschwächen könnte.» In seinen Lebenserinnerungen hat der Graf diese Vermutung weitgehend bestätigt. Er räumte ein, damals befürchtet zu haben, durch die Übernahme des Vizekanzlerpostens sich «eine etwaige politische Zukunft gründlich (zu) verderben».

Auf dem Bahnhof in Berlin erwartete Vetter Udo zu Stolberg-Wernigerode den Grafen. Sogleich besprachen sie die Einzelheiten der bevorstehenden Unterredung bei Bismarck, die auf den Nachmittag des kommenden Tages anberaumt worden war. Der Kanzler wünschte, daß Stolberg ihn sowohl als Reichskanzler wie auch als Präsident des preußischen Staatsministeriums vertrete. Außerdem sollte er das Finanzressort übernehmen.

Am 15. März, gegen fünfzehn Uhr, wurde Graf Otto vom Reichskanzler empfangen. Dieser «setzte mir alles sehr ruhig auseinander, drängte gar nicht, sodaß ich vorläufig das Maul hielt», so jedenfalls berichtete Stolberg noch am selben Tage seiner Frau. Doch seine

Bedenken waren «in voller Stärke» bestehengeblieben; er hatte deshalb auch nicht akzeptiert, sondern Bismarck um Bedenkzeit gebeten.

Am Tag darauf traf der Graf mit Kaiser Wilhelm und dem Kronprinzen zusammen. Auch von ihnen wurde er aufgefordert, die angebotenen Ämter zu übernehmen. Außerdem drängten politische Freunde und zahlreiche Verwandte Stolberg, auf das Angebot einzugehen.

Vor allem aber war die Deutsche Reichspartei daran interessiert, daß sich Graf Stolberg wieder verstärkt der Politik in Deutschland zuwende, denn den Magnaten um Kardoff und Stumm ging es darum, Bismarcks Stellung gegenüber den Nationalliberalen zu stärken. Fürst Hans Heinrich von Pleß und Graf Fred von Frankenberg suchten Stolberg aus diesem Grunde persönlich auf und sprachen mit ihm. Frankenberg hatte bereits im Juni 1876 an Graf Otto appelliert, nach Deutschland zurückzukehren. Damals schrieb er ihm nach Wien: «Wo ich nur anfrage, heißt es immer: Stolberg ist der Einzige, der eine Partei sammeln kann! ... Ich bitte Sie dringend verehrter Graf, lassen Sie die Türken sich unbekümmert abschlachten – die besorgen das ja unübertrefflich geschickt – und wenden Sie den inneren Angelegenheiten Ihrer Heimath auch Ihren Rath und Beistand zu. Sie werden Entgegenkommen und Erfolg mehr finden, als am Bosphorus und in Downing Street!»

Am 17. März sprachen Stolberg und Bismarck erneut miteinander. Dabei wies Graf Otto den Kanzler darauf hin, daß er sich außerstande sehe, dessen Stellvertretung zu übernehmen, da das Amt im Staatshaushalt gar nicht vorgesehen sei. Bismarck unterbrach ihn. Dies, so sagte er, sei kein Problem, denn der Posten des Vizekanzlers würde in Personalunion mit dem des Vizepräsidenten des preußischen Staatsministeriums versehen; letzterer wäre im Etat doch wohl aufgeführt. Das Gespräch wurde am Abend des darauffolgenden Tages fortgesetzt. Der Kuhhandel dauerte bis in die Morgenstunden.

Stolberg lehnte die Übernahme des Finanzministeriums strikt ab. Außerdem wünschte er Sicherungen und deshalb auch die Vereinbarung eines konkreten Programms «über die beabsichtigte Entwicklung der Dinge». So äußerte sich zumindest der verärgerte

Kanzler über die Unterredung, der Stolbergs Forderung kategorisch ablehnte. Gegenüber Lucius beklagte er am 23. März, daß Stolberg, der nun immerhin über eine Woche in Berlin sei, «zu keinem Entschluß komme» und sich einfach zu lange besinne. Sein, des Kanzlers Wunsch könne Graf Otto doch «auch nicht unvorbereitet getroffen» haben. Als «ganz unmöglich» bezeichnete Bismarck dessen Forderung, ein Programm aufzustellen, «um seinen Geschäftsbereich abzugrenzen». «Wenn zwei Leute eine gemeinsame Reise nach Griechenland verabredeten», so Bismarck, «könnten sie auch nicht jede Eventualität und Willensänderung voraussehen und darüber Stipulationen treffen.»

Das Tauziehen zwischen Bismarck und Stolberg um die Modalitäten der Stellvertretung erregte großes Aufsehen, beschäftigte die Zeitungen und bot Gesprächsstoff für Spekulationen der verschiedensten Art. Bereits am 20. März, dem Tage, als der Kaiser das Stellvertretungsgesetz unterzeichnete, wurden interessierte Berliner Illustriertenleser in einem Journal darauf hingewiesen: «Die Gerüchte, daß die Anwesenheit des deutschen Botschafters Graf Stolberg in Berlin mit der gegenwärtigen Ministerkrisis in Zusammenhang steht, bestätigen sich. Graf Stolberg soll zum Staatsminister ohne Portefeuille und zum Vizepräsidenten des preußischen Staatsministeriums an Stelle des ausscheidenden Finanzministers, und auf Grund des neuen Stellvertretungsgesetzes in der Folge zum Vizekanzler des Deutschen Reiches ernannt werden. Die Verhandlungen des Reichskanzlers mit dem Grafen Stolberg, welche zu diesem Zwecke geführt worden, haben, wie wir von zuverlässiger Seite hören, zu einem befriedigenden Abschluß geführt.» Einen Tag später bezeichnete ihn die «Vossische Zeitung» sogar als mutmaßlichen Nachfolger Bismarcks: «Geburt, allgemeine Fähigkeiten, Jugenderziehung, militärischer, parlamentarischer und administrativer Dienst, zuletzt noch eine diplomatische Probe haben ihn zu einer solchen Nachfolgerschaft gewissermaßen prädestiniert, und wenn er nun, nachdem er das vierzigste Lebensjahr zurückgelegt hat, noch Gelegenheit zur Einübung auf den wirklichen Kanzler erhält, so würde kein Stadium der Erziehung zu diesem höchsten Amt im Reich übersprungen sein ...; in dieser Beziehung hindert ihn nichts, nach dem Fürsten Bismarck Otto II. zu werden.»

Doch die Zeitungsredakteure hatten den Realitäten wieder einmal vorgegriffen, einig waren sich Bismarck und Stolberg zu diesem Zeitpunkt ja noch nicht geworden. Ganz im Gegenteil. Verärgert über die sture Haltung des Grafen, hatte der Kanzler den ehemaligen Botschafter Joseph Maria von Radowitz, der jetzt im Auswärtigen Amt tätig war, um Schützenhilfe gebeten. Aber auch die Gespräche der beiden Jugend- und Studienfreunde blieben letztlich ohne Ergebnis. Graf Otto beharrte auf seinen Forderungen und reichte am 23. März bei Fürst Bismarck sogar eine Denkschrift ein, in der er noch einmal eindringlich um die genaue Abgrenzung seiner Befugnisse als Vizekanzler bat. Diese Renitenz ging dem «Eisernen Kanzler» nun aber doch zu weit, und Graf Stolberg berichtete noch an demselben Tage seiner Frau, daß Bismarck über sein Verhalten «in sehr übler Stimmung» sei.

Der Zufall wollte es, daß der Kanzler gerade am Abend dieses Tages eine seiner «parlamentarischen Soireen» veranstaltete. Sie fand im «Palais Radziwill», Bismarcks neuem Berliner Wohnsitz in der Wilhelmstraße 77, statt. Eingefunden hatten sich nahezu fünfhundert Personen, meist handelte es sich um Abgeordnete des Reichstages sowie des preußischen Abgeordneten- und Herrenhauses. Die Berufung Stolbergs stand im Mittelpunkt des Interesses. Sein Verhalten, so hieß es, habe Fürst Bismarck «stark verschnupft», und Robert Lucius notierte Bismarcks zornige Reaktion in seinem Tagebuch. Danach erklärte dieser, die Forderung Stolbergs käme einem «Dienstvertrag für untergeordnete Leute» gleich, «solche Verhältnisse ließen sich so genau nicht präzisieren».

Am kommenden Tag wurde Graf Stolberg erneut zum Kanzler zitiert, und dieser setzte ihm jetzt die Pistole auf die Brust. Bismarck kündigte dem überraschten Stolberg an, daß er – sofern jener wieder ablehne – den Kaiser um seine Entlassung bitten und Stolberg als seinen Amtsnachfolger vorschlagen würde. Wahrscheinlich wird nie geklärt werden können, ob der Kanzler diesen Schritt damals tatsächlich ernsthaft erwogen hat. Eines aber war ihm gelungen: Graf Otto gab seine Vorbehalte auf und akzeptierte.

Ganz sicher strebte der einundvierzigjährige Stolberg zu diesem Zeitpunkt, vor allem angesichts der schwelenden politischen Krise im Reich, nicht den Kanzlerposten an. Dies wollte er ebensowenig, wie sich von Bismarck als Lückenbüßer politisch verheizen zu lassen. Doch gerade diese Gefahr meinte der Graf schon in jenen Tagen deutlich zu sehen. Der österreichische Botschafter in Berlin, der über die Berufung Stolbergs sofort nach Wien berichtete, vermutete deshalb richtig, daß «mit ziemlicher Sicherheit anzunehmen» sei, Graf Stolberg hätte diesen Entschluß nie gefaßt, «ohne dass von massgebendster Seite her, eine immerhin sehr gewichtige Pression auf ihn geübt worden wäre». Damit war zweifelsohne Bismarck gemeint.

Mit Befriedigung nahmen vor allem die Freikonservativen das «Ja-Wort» des Grafen auf. Wohlwollend darüber äußerte sich aber auch Kaiser Wilhelm, dessen politischen Vorstellungen die Person Stolbergs ganz entsprach; sogar ein großer Teil der Junker begrüßte Ottos bevorstehende Ernennung, da man darin ein deutliches, ja demonstratives Abrücken Bismarcks von den Nationalliberalen sah.

Zurückhaltend und pessimistisch äußerte sich Stolberg selbst. In einem Brief an Heinrich VII. zu Reuß, den er am 29. März, unmittelbar nach seiner Rückkehr, in Wien schrieb, hieß es: «Meine im letzten Brief ausgesprochene Hoffnung, daß die Berliner Krisis noch einmal an mir vorübergehen werde, hat sich leider nicht erfüllt. Ich habe mich nach Kräften gesperrt, aber die Verhältnisse lagen dieses Mal besonders eigenthümlich und spitzten sich dahin zu, dass B(ismarck), wenn ich nicht annehm, die Flinte ins Korn werfen wollte. Jetzt dagegen geht seine Absicht darauf hinaus, sich allmählich von allen übrigen Geschäften zu entlasten und nur in den grossen Fragen der äusseren Politik mitzuwirken, um sich hierfür so lange als möglich zu erhalten. Das Bedenkliche für mich lag ... hauptsächlich in der Besorgnis, dass die Duplicität mit dem großen Mann zusammen leicht zu Konflikten führen könne; ich stellte daher Bedingungen, welche einigermassen einen Schutz dagegen zu gewähren geeignet erscheinen ... Illusionen mach ich mir nach keiner Richtung, sehe eigentlich nur schwere Wolken vor mir; dagegen sind freilich alle mit den Personen und der Sachlage Vertrauten anderer Ansicht. Man muss abwarten.»

Am 29. Mai 1878 wurde Stolberg durch Kaiser Wilhelm und Bismarck offiziell die Ernennung zum preußischen Staatsminister und zum Vizepräsidenten des Staatsministeriums bekanntgemacht. Die Ernennung zum Vizekanzler des Deutschen Reiches erfolgte erst am 15. Juli 1878.

Trotz aller Bedenken nahm der Graf die Berufung zum Vizekanzler, vor allem aber die zum Vizepräsidenten des preußischen Staatsministeriums schließlich auch als persönlichen Erfolg, denn die neue Stellung führte ihn ins unmittelbare Zentrum der politischen Macht – eine Tatsache, die dem ehrgeizigen Stolberg doch schmeichelte.

Bismarck hatte in den letzten Jahren versucht, die Reichsverwaltung durch die Einrichtung von Reichsämtern zu erweitern und damit seine Stellung zu stärken. Auf diese Weise begegnete er seinen altkonservativen, partikularistisch orientierten Widersachern und nutzte die seit Mitte der siebziger Jahre auch gesellschaftlich notwendig werdende Schaffung relativ selbständiger Reichsbehörden zum Ausbau seiner persönlichen Macht, denn diese Institutionen unterstanden allein dem Kanzler. Zudem setzte er durch, daß die Leiter der einzelnen Ressorts in ihrer Mehrzahl zugleich in das preußische Ministerium eintraten.

Als zentrale Dienststelle, in der alle Fäden zusammenliefen, entstand im Mai 1878 die Reichskanzlei, die sich bald neben dem Auswärtigen Amt zu einer der wichtigsten Behörden entwickelte; deren Chef Christoph von Tiedemann war ein Bismarck nahestehender Freikonservativer.

Während die Staatssekretäre die Stellvertretung in ihren Reichsämtern ausübten, nahm Stolberg die allgemeine Stellvertretung des Kanzlers wahr und wurde Bevollmächtigter Preußens beim Bundesrat. Mit der Übernahme dieser Funktion mußte er sein Abgeordnetenmandat im Deutschen Reichstag niederlegen. Außerdem vertrat er den Kanzler bei den Versammlungen des Bankkuratoriums, dem die Aufsicht über die Reichsbank oblag.

Beträchtlichen politischen Einfluß besaß Stolberg vor allem als Vizepräsident des preußischen Staatsministeriums. «Ich trete also in das preußische Staatsministerium ein, werde formell stellvertretender in Wirklichkeit aber factischer Vorsitzender desselben», teilte er seinem Schwager Septi am 29. März mit. Das Finanzressort hatte er ausgeschlagen; in dieser Frage offenbar kompromißbereit, mußte sich Bismarck dem Einwand Stolbergs: «um mehr freien Überblick über das Ganze zu behalten», beugen. Neuer Finanzminister wurde schließlich der bisherige Berliner Oberbürgermeister Arthur Hobrecht.

Graf Stolbergs wichtigste Aufgabe bestand darin, bei Abwesenheit Bismarcks den Vorsitz in den Staatsministerialsitzungen zu führen. Und es war in der Tat so, daß er bis 1881 – von wenigen, allerdings wichtigen Ausnahmen abgesehen – sämtliche Sitzungen allein, ohne den Präsidenten Otto von Bismarck, leitete. Gleichzeitig gehörten die Geschäfte des preußischen Staatsministeriums, einer aus einem Unterstaatssekretär und einigen Vortragenden Räten gebildeten Behörde, zu seinem Aufgabenbereich. Mehrfach griff Stolberg mit Voten zu politischen Problemen in den Gang der preußischen Innenpolitik ein.

Ende März 1878 nahm Graf Otto aber zunächst noch für einige Wochen seine Botschaftertätigkeit in Wien wieder auf. Nach den geplatzten Dreiergesprächen und dem Abschluß des Friedens von San Stefano war Stolbergs Anwesenheit in der Donaumetropole erneut notwendig, um auf diplomatischem Wege in die Orientkrise einzugreifen.

Doch als ihn der Kanzler am 2. Juni 1878 aufforderte, unverzüglich nach Berlin zu kommen, um seine Tätigkeit als Vizepräsident des Staatsministeriums aufzunehmen, wartete auf Graf Stolberg eine Aufgabe von ganz besonderer politischer Brisanz. Der «Eiserne Kanzler» holte, so meinte er, zum entscheidenden Schlag gegen die deutsche Sozialdemokratie aus. Zu diesem Zweck plante er ein wirksames Ausnahmegesetz gegen die «Räuber» und «Diebe», wie Bismarck die Sozialdemokraten zuweilen bezeichnete, und Graf Stolberg, sein Stellvertreter, sollte ihm dabei zur Hand gehen, vor allem den lästigen politischen Kleinkram abnehmen.

Schüsse auf den Kaiser

Am 5. Juni 1878 trifft der designierte Vizekanzler und Wiener Botschafter Otto zu Stolberg in Berlin ein. Auf dem Bahnhof erwartet ihn bereits Herbert von Bismarck, um ihn unverzüglich zu seinem Vater zu bringen. Beim Mittagessen besprechen Kanzler und Vize die politische Lage und die Pläne der Regierung.

Inzwischen hatten spektakuläre Ereignisse die Gemüter in Deutschland erregt. Am 11. Mai, gegen 15.30 Uhr, waren der einundachtzigjährige Kaiser Wilhelm I. und seine Tochter Luise, Großherzogin von Baden, von einer Ausfahrt in den Tiergarten zurückgekehrt, als Unter den Linden, in der Höhe des damaligen russischen Gesandtschaftspalais, plötzlich ein Mann hinter einem Planwagen hervortrat und mit einem Revolver zweimal auf die zirka sechs Schritt von ihm entfernt vorbeifahrende Kutsche schoß. Wilhelm I., der die Schüsse gehört hatte, fragte nach einer Weile ganz verdutzt: «Galten die Schüsse mir?» Er war unverletzt geblieben, und auch an der Kutsche fand man später keine Spuren von eingeschlagenen Projektilen. Nach dem vereidigten Sachverständigengutachten eines Hofbüchsenmachers unterschied sich die Tatwaffe von einem wirklichen Mordwerkzeug durch die harmlose Eigenschaft, daß sie um die Ecke schoß, nämlich auf neun Schritt einen Fuß zu hoch und ebensoviel nach links.

Bei dem als Attentäter verhafteten Schützen handelte es sich um den noch nicht volljährigen Klempnergesellen Max Hödel. Der junge Mann stammte aus asozialen Familienverhältnissen und vagabundierte ziellos herum. Aus der Leipziger Sozialdemokratischen Partei, der er für kurze Zeit angehörte, war Hödel aufgrund von Betrügereien ausgeschlossen worden. Etwa eine Woche vor dem «Attentat» hatte er sich jedoch der antisemitischen Christlich-sozialen Arbeiterpartei des Hofpredigers Adolf Stoecker angeschlossen, was dieser – nach Fälschung der Mitgliederliste – später freilich bestritt. Diese Partei war Anfang des Jahres 1878, unterstützt von adlig-konservativen Kräften, als reaktionäre, antisemitisch auftretende Sammlungsbewegung gegen die erstarkende Sozialdemokratie gegründet worden.

Hödel wurde in der Stadtvogtei auf Station 7, Zelle 6, mit Handschellen und Fußeisen an die Wand angeschlossen. Bei dem Verhör waren der Innenminister, Graf Botho zu Eulenburg, und der Staatsanwalt Hermann Tessendorf zugegen. Hödel, bei dem die Polizeibeamten einige christlich-soziale und sozialdemokratische Flugschriften fanden, gab an, der Christlich-sozialen Partei anzugehören, eigentlich aber Anarchist zu sein. Den Kaiser habe er nie töten wollen. Seine Absicht sei es gewesen, sich selbst in Gegenwart des Kaisers zu erschießen. Bei dieser Aussage blieb er auch später im Prozeß. Auf eine gründliche medizinische und psychiatrische Untersuchung des vermeintlichen Attentäters wurde seitens der staatlichen Behörden verzichtet.

Bismarck, so schrieb Fanz Mehring, «faßte den tragikkomischen Zwischenfall weniger von der sentimental-pathetischen als von der demagogisch-praktischen Seite auf». Noch am 11. Mai, um 20.32 Uhr, telegraphierte der in Friedrichsruh weilende Kanzler an seinen Staatssekretär Bernhard Ernst von Bülow nach Berlin: «Sollte man nicht von dem Attentat Anlaß zu sofortiger Vorlage gegen Sozialisten oder deren Presse nehmen?» Endlich, so meinte Bismarck, konnte er gegen die «sozialistischen Staatsfeinde» losschlagen, die sich aus unscheinbaren Anfängen zu einer Massenbewegung entwickelt hatten.

Mit einem Ausnahmegesetz gegen die Sozialdemokratie bezweckte der Kanzler zweierlei: In erster Linie wollte er dem wachsenden Einfluß der Partei des deutschen Proletariats auf die werktätigen Massen entgegenwirken, zugleich trachtete er danach, die nationalliberale Reichstagsmehrheit zu schwächen, um seine Zolltarifpläne durchzusetzen.

Mehrmals schon hatte der junkerlich-bourgeoise Staat versucht, schärfere gesetzliche Mittel gegen die Sozialdemokratie in die Hand zu bekommen. Im Jahre 1875 schlug das preußische Staatsministerium im Rahmen einer Teilrevision des Strafgesetzbuches die Einführung einer Reihe von politischen Paragraphen gegen alle

«Reichsfeinde» vor. Mit der Gesetzesnovellierung sollte vor allem der Kampf gegen die Arbeiterbewegung verschärft geführt werden, denn in Gestalt der Sozialistischen Arbeiterpartei Deutschlands war durch die Vereinigung der Eisenacher mit den Lassalleanern eine gesamtnationale Kampforganisation des Proletariats entstanden. Speziell auf die Sozialdemokratie zielte der sogenannte Klassenhaß-Paragraph, der unter anderem die «Aufreizung» verschiedener Klassen der Bevölkerung gegeneinander mit Gefängnisstrafen bedrohte.

Der Reichstag lehnte seinerzeit die Gesetzesrevision ab; zu Recht befürchteten die bürgerlichen Politiker wohl, jene Bestimmungen könnten auch gegen eine liberale Opposition in Anwendung kommen. Dagegen gingen die vorgesehenen Repressionsmaßnahmen den konservativen Parteien nicht weit genug. Doch aufgeschoben war nicht aufgehoben. So erklärte der preußische Innenminister am 27. Januar 1877 im Reichstag, daß man «vor der Hand» nicht anders könne, als sich «mit den schwachen Gesetzesparagraphen so lange zu behelfen, bis die Flinte schießt und der Säbel haut».

Die zahlreichen Schikanen und Polizeimaßnahmen hatten nicht verhindern können, daß bei den Reichstagswahlen am 10. Januar 1877 eine halbe Million Wähler für die Sozialdemokratie stimmte, die mit zwölf Abgeordneten in den Reichstag eingezogen war. Friedrich Engels kommentierte dieses Wahlergebnis mit den Worten: «Die Bourgeoisie wurde von einer schrecklichen Panik ergriffen, um so mehr, als ihre Presse beständig die Sozialdemokratie so hingestellt hatte, als schrumpfe sie zur Bedeutungslosigkeit zusammen.»

Am 9. Februar 1878 hatte im preußischen Innenministerium eine Konferenz stattgefunden, auf der man sich eingehend mit der Bekämpfung der sozialdemokratischen Arbeiterbewegung befaßte. Da «die bestehende Vereins- und Preßgesetzgebung die genügenden Mittel nicht gewähre, um die revolutionären Bestrebungen der Sozialdemokratie in einer dem öffentlichen Interesse genügenden Weise niederzuhalten», forderte der stellvertretende Innenminister ein Ausnahmegesetz gegen die Sozialdemokratie, doch dafür, so klagte er, fände man in den gesetzgebenden Körperschaften gegenwärtig nur «wenig günstige Stimmung».

Nun aber, nach dem «Hödel-Attentat», gab Bismarcks Telegramm an Bülow das Signal. Bereits am 12. Mai waren die Grundzüge eines Ausnahmegesetzes «in nuce skizziert». Doch des Kanzlers Anweisung, einen Entwurf für ein solches Ausnahmegesetz gegen die Sozialdemokratie auszuarbeiten, wurde selbst im preußischen Staatsministerium keineswegs mit ungeteilter Zustimmung aufgenommen. Obwohl auch der Innenminister im Kabinett darauf verwies, daß das «Attentat» einen «besonders günstigen Anlaß biete», gegen die «seit Jahren wachsende sozialdemokratische Agitation» mit wirksamen Unterdrückungsmaßnahmen vorzugehen, warnte die Mehrheit der preußischen Minister vor einer solchen Gesetzesmaßnahme. Man war – wie sich zeigen sollte zu Recht – davon überzeugt, daß das Gesetz im Reichstag keine Mehrheit finden würde.

Am 13. Mai reiste der Landwirtschaftsminister, Dr. Rudolf Friedenthal, nach Friedrichsruh, um Bismarck die Bedenken des Kabinetts vorzutragen. Auch Graf Otto zu Stolberg, zu diesem Zeitpunkt bereits designierter Vizepräsident des preußischen Staatsministeriums, wandte sich an den Kanzler. Als Botschafter in Wien beschäftigten ihn allerdings die Vorbereitungen für den in Berlin stattfindenden Kongreß der europäischen Großmächte, und er konnte der deutschen Innenpolitik nur wenig Aufmerksamkeit schenken. Am 16. Mai schrieb er an seinen Schwager Septi, hinter dem Hödelschen Attentat stecke «kein Complott der socialistischen Partei», gleichzeitig wünschte er jedoch Maßnahmen, die geeignet wären, dem gewachsenen sozialdemokratischen Einfluß entgegenzuwirken. In einem Brief teilte er Bismarck seine Bedenken gegen ein Ausnahmegesetz mit, da «in einer Frage von solcher Bedeutung nur mit sicheren Zügen vorgegangen werden sollte und nicht mit einem Versuch, der sofort scheitert».

Die Mehrheit der preußischen Minister setzte sich dafür ein, anstelle des Ausnahmegesetzes innerhalb des Strafrechts einen Paragraphen gegen die «Ausschreitungen der Sozialdemokratie» zu schaffen. Doch der Kanzler blieb hart, denn ihm ging es um mehr. Sollte ihm das Parlament die scharfe Waffe gegen die Sozialdemokratie wieder verwehren – womit er möglicherweise rechnete –, konnte Bismarck die bürgerlichen Gegner seiner Politik, vor allem der beabsichtigten Steuer- und Zollbestimmungen, bei nächster Gelegenheit als heimliche Sympathisanten des «Kaisermordes» denunzieren.

Am 15. Mai, abends gegen einundzwanzig Uhr, traf der Innenminister in Friedrichsruh ein, den fertigen Entwurf eines «Gesetzes zur Abwehr sozialdemokratischer Ausschreitungen» in der Tasche.

Er sah die Aufhebung der Vereins- und Versammlungs-, Presse- und Meinungsfreiheit speziell für Sozialdemokraten vor. Der Polizei sollte die unbeschränkte und gerichtlich nicht anfechtbare Befugnis erteilt werden, die öffentliche Verbreitung von sozialdemokratischen Druckschriften verbieten und Versammlungen, die verdächtig waren, «Ziele der Sozialdemokratie» zu verfolgen, auflösen oder vorher untersagen zu können. Der Entwurf fand Bismarcks volle Zustimmung, und Graf Eulenburg reiste nach kaum dreistündigem Aufenthalt mit dem Nachtzug nach Berlin zurück.

«Schneller ist wohl nie eine gesetzgeberische Vorlage entstanden und durch die vorbereitenden Stadien bis zur Beratung im Plenum gebracht worden», schrieb Joseph Maria von Radowitz in seinen Lebenserinnerungen. Und das war tatsächlich so, denn schon am 20. Mai wurde sie dem Reichstag präsentiert, der am 23. und 24. Mai über das Ausnahmegesetz beriet. Doch die bürgerlichen Parteien fürchteten um ihre eigene Haut. Sie kritisierten die «Kautschukparagraphen» des Entwurfs, die eine Polizeidiktatur Bismarcks ermöglichen würden und auch auf andere Parteien Anwendung finden könnten.

Selbst konservative Abgeordnete waren mit dem Entwurf nicht einverstanden. Sie allerdings zweifelten an der Wirksamkeit des geplanten Gesetzes. Am 22. Mai schrieb Graf Udo zu Stolberg seinem Vetter Otto nach Wien: «Gestern bin ich nun her telegrafirt worden, um für die Attentats-Vorlage zu stimmen, damit eine möglichst ansehnliche Minorität zu Stande kommt. Man kann ja als Abgeordneter sich leicht täuschen, aber auf mich persönlich macht sie eigentlich keinen vortheilhaften Eindruck». Am 24. Mai wurde der Gesetzentwurf mit 241 gegen 57 Stimmen vom Reichstag verworfen.

Der Reichskanzler, so notierte sein enger politischer Vertrauter

Christoph von Tiedemann, nahm die parlamentarische Niederlage mit Gleichmut hin. Eines seiner Ziele hatte er ja auch erreicht, denn jetzt konnte er der bürgerlichen Parlamentsmehrheit – die sich, so der Kanzler, dem Staat in einer «Notwehrsituation» versagte – die Verantwortung für weitere politische Maßnahmen zuschieben.

Und da, wie auf Bestellung, geschah es. Am 2. Juni 1878, nur eine Woche nach der Ablehnung des ersten Sozialistengesetzentwurfs, wurde Wilhelm I. durch ein Attentat des stellungslosen Dr. Karl Nobiling schwer verletzt. Als der Kaiser in offener Kutsche gegen vierzehn Uhr seine Sonntagsausfahrt antrat, schoß der Attentäter – diesmal war es tatsächlich einer – aus der zweiten Etage des Hauses Unter den Linden 18 mit einer Schrotflinte auf den Monarchen.

Bismarck wurde während eines Spazierganges im Park von Friedrichsruh über das Attentat informiert. Als er die Nachricht hörte, stieß er seinen Eichenstock mit einer heftigen Bewegung in die Erde und sagte: «Dann lösen wir den Reichstag auf.» Erst auf dem Heimweg erkundigte er sich nach dem Befinden seines kaiserlichen Vorgesetzten. Nobiling, der nach einem Selbstmordversuch in die Krankenstation des Gefängnisses gebracht wurde, hatte mit der Sozialdemokratie nachweislich nichts zu tun. Er stammte, wie man so sagte, aus den besseren Kreisen. Seine Mutter war in zweiter Ehe mit einem Offizier verheiratet. Der dreißigjährige Nobiling hatte in Halle und Leipzig studiert, steckte jedoch zum Zeitpunkt der Tat in beruflichen Schwierigkeiten. Sein Versuch, als Staatsbeamter tätig zu werden, war gescheitert. An seiner geistigen Zurechnungsfähigkeit wurde vielfach gezweifelt. Das Verhör des schwer Hirnverletzten erbrachte keine Hinweise auf die eigentlichen Motive des Attentäters.

Unter Fälschung des Tatbestandes ließ Bismarck eine offizielle Depesche verbreiten, in der es hieß, Nobiling würde «sozialdemokratischen Tendenzen» huldigen und habe wiederholt an sozialdemokratischen Versammlungen teilgenommen. Obwohl sich die Sozialistische Arbeiterpartei unverzüglich von dem Attentat distanzierte, ergoß sich über sie eine riesige Lawine von Schmähungen, Denunziationen und Verleumdungen, deren einziges Ziel darin bestand, die Sozialdemokratie als «Schule des Verbrechens» – so ein

Wort des preußischen Hofhistorikers Heinrich von Treitschke – im Volke zu diskreditieren.

Der Kanzler fuhr am 3. Juni nach Berlin. Über seinen Krankenbesuch, den er noch am Abend dieses Tages bei Wilhelm I. machte, berichtete er, der Kaiser sei voll innerer Empörung darüber, daß man auf ihn mit Schrot «wie auf ein Stück niederen Wildes» geschossen habe. «Wenn es doch eine ehrliche Kugel gewesen wäre!» – soll er im Gespräch mit Bismarck geklagt haben.

Doch dem Reichskanzler gingen jetzt ganz andere Dinge durch den Kopf. Vor allem lag ihm daran, so schnell als möglich den Reichstag aufzulösen, um dann mit einer ihm genehmeren Mehrheit zuerst das Sozialistengesetz und schließlich seine wirtschaftspolitischen Pläne über die parlamentarischen Hürden zu bringen. Von Neuwahlen erhoffte er eine bedeutende Stärkung der konservativen Kräfte, in erster Linie auf Kosten der Nationalliberalen Partei.

Wahrscheinlich bat der Kanzler Stolberg am 5. Juni nur an seinen Mittagstisch, um festzustellen, ob er bei seinen Plänen auf dessen Unterstützung rechnen konnte. Die Mehrheit der preußischen Minister, die bei Neuwahlen um ihre eigenen Ministersessel bangte, meinte das Ausnahmegesetz angesichts der aufgeputschten Stimmung im Lande auch vom alten Parlament bewilligt zu erhalten. Darauf aber wollte sich Bismarck keinesfalls einlassen, er wünschte unbedingt Neuwahlen. Seitdem Graf Otto in der Stellvertreterfrage so beharrlich Renitenz gezeigt und von Wien aus Bismarck zaghaft kritisiert hatte, mißtraute der argwöhnische Kanzler auch ihm.

Doch Stolberg ging auf Bismarcks Absichten ein, und noch während des gemeinsamen Essens einigten sie sich, im Staatsministerium mit vereinten Kräften für die Auflösung des alten Reichstages zu argumentieren. Unmittelbar darauf begaben sich beide ins Auswärtige Amt in der Wilhelmstraße 76, wo an diesem Tag die Sitzung des Staatsministeriums stattfand. Hier begrüßte der Kanzler, in diesem Fall in seiner Funktion als preußischer Ministerpräsident, den Grafen Stolberg im Kabinett und «sprach ihm» – wie im Protokoll vermerkt – «seinen Dank aus für den Entschluß, an den bevorstehenden schwierigen Aufgaben sich zu betheiligen».

Die Mehrheit der Minister sperrte sich, von Bismarck so erwartet, gegen eine Reichstagsauflösung. Nach einer längeren Diskussion setzte der Reichskanzler schließlich aber doch, unterstützt von seinem Intimus Stolberg, seinen Standpunkt gegen Dr. Rudolf Friedenthal, Arthur Hobrecht, Botho zu Eulenburg und den schwankenden Kultusminister, Dr. Adalbert Falk, durch. Unter dem scheinheiligen Vorwand Stolbergs, man könne dem alten Reichstag nicht zumuten, seinen eigenen Beschluß zu widerrufen, und mit der Rücktrittsdrohung des «Eisernen Kanzlers» gelang es, jene unter Druck zu setzen, die eine Einschränkung der Bismarckschen Machtposition zugunsten erweiterter Kompetenzen der Ressortminister erhofft hatten.

Mit den gleichen Hinweisen operierten Bismarck und Stolberg dann einige Stunden später im Kronrat, wo sich die meisten Minister und der Kronprinz, der am Vortage die Stellvertretung seines Vaters übernommen hatte, erneut gegen eine Auflösung des Reichstages aussprachen. «Der Kronprinz», so erinnerte sich Graf Otto, «war schwankend, ... acceptirte dann aber den Beschluß der Mehrheit».

Konnten die Minister zunächst hoffen, der Kronprinz werde stärker als Kaiser Wilhelm einer konstitutionellen Monarchie zuneigen und ihnen deshalb gegen den Machtanspruch des Ministerpräsidenten den Rücken stärken, so zeigte es sich, daß dieser keineswegs daran dachte, eine selbständige, gegen Bismarck gerichtete Politik zu betreiben. Im Gegenteil bekundete er, als Stellvertreter seines Vaters ganz in dessen Sinne regieren zu wollen.

Der eigensinnige Ministerpräsident bot der Monarchie zu diesem Zeitpunkt letztlich die bessere Garantie, im Wirrwarr der unterschiedlichen politischen Auseinandersetzungen weiterhin die uneingeschränkte Herrschaft zu bewahren. Allein diese Überlegung war schließlich für die Entscheidung des Kronprinzen ausschlaggebend. Zufrieden verließ Bismarck zusammen mit Stolberg kurz nach dreiundzwanzig Uhr das Palais des Thronfolgers. Einen Tag später beantragte die preußische Staatsregierung beim Bundesrat die Auflösung des Reichstages. Dem Antrag wurde am 11. Juni stattgegeben.

«Gegen die gemeingefährlichen Bestrebungen der Sozialdemokratie»

Am 27. Juli 1878 – drei Tage vor den Neuwahlen – richteten die preußischen Staatsminister einen Bericht an den Kronprinzen, sie faßten noch einmal die Gründe zusammen, die angeblich ein Ausnahmegesetz gegen die Sozialdemokratie erforderlich machen würden. Dieser Bericht sollte den Kronprinzen überzeugen, denn er mußte den Gesetzesantrag zunächst genehmigen, bevor ihn Preußen beim Bundesrat stellen konnte.

Es wurde darauf verwiesen, daß das Attentat Nobilings erneut «die Dringlichkeit einer energischen Bekämpfung der sozialdemokratischen Agitation» bestätigt habe. Die zahlreichen «Majestätsbeleidigungen» in der letzten Zeit seien Ausdruck für «den hohen Grad von Verwilderung, welchen die sozialdemokratische Agitation in weitem Umfange bewirkt hat». Schließlich äußerten die Staatsminister ihre Überzeugung, «daß weder die bestehenden Gesetze ausreichen, noch eine derartige allgemeine Verschärfung derselben angerathen oder erreicht werden kann, um der Sozialdemokratie so wirksam entgegenzutreten, als es die Sicherheit des Staates und der Gesellschaft erheischt, daß es dazu vielmehr gesetzlicher Vorschriften bedarf, welche sich direkt und ausschließlich gegen die Sozialdemokratie richten». Der Kronprinz genehmigte den Gesetzentwurf, und Graf Otto, unter dessen Federführung auch der eben zitierte Bericht des Staatsministeriums entstanden war, reichte ihn am 13. August beim Bundesrat ein.

Diesem Schritt Stolbergs war in den letzten Wochen eine wahrhaft hektische Betriebsamkeit von Regierungsbehörden, kapitalistischen Unternehmern sowie der bürgerlichen und konservativen Presse vorausgegangen. In der kurzen Zeit zwischen dem Attentat Nobilings und dem Wahltag erlebte das Deutsche Reich eine regelrechte Jagd auf Sozialdemokraten. Die wenigen Wochen reichten der Justiz aus, um allein 521 Personen wegen angeblicher Majestätsbeleidigung zu insgesamt 811 Jahren Gefängnis zu verurteilen. Die regierungsfreundliche Presse arbeitete auf Hochtouren. Das Denunziantenunwesen blühte.

Vor allem aber nutzten die kapitalistischen Unternehmer die Gunst der Stunde. Ihnen kam es darauf an, den Widerstand der Sozialdemokratie gegen ihre Ausbeutungsmethoden zu brechen und die Arbeiter zu gefügigen und willenslosen Arbeitssklaven zu degradieren. Jetzt zeigte sich deutlich, wie sehr das vom Bismarckschen Staat geplante Sozialistengesetz ihren Interessen entsprach. In vielen Fällen wurden sozialdemokratische Arbeiter gezwungen, schriftlich zu erklären, nicht Mitglied der Partei zu sein. Im Weigerungsfall – so drohte man – würden sie ihren Arbeitsplatz verlieren. Angesichts der verbreiteten Arbeitslosigkeit wurde auf diese Weise ein starker ökonomischer Druck ausgeübt.

Am 24. Juni beschlossen westdeutsche Industrielle in Düsseldorf eine Kundgebung gegen die Sozialdemokratie. Für die «Kaiserattentate» machten sie die «Geist und Gemüt vergiftenden sozialdemokratischen Umtriebe» verantwortlich, denen ein Teil der Arbeiterklasse «seit Jahren» ausgesetzt sei. Außerdem wurde es als «unabweisbare Pflicht eines jeden Bürgers» bezeichnet, die «Pläne des Umsturzes mit allen gesetzlichen und moralisch zulässigen Mitteln zu bekämpfen». Die Kundgebung schloß mit dem Appell an die preußische Staatsregierung und an den Reichstag, die bestehenden Gesetze streng zu handhaben und diejenigen gesetzlichen Bestimmungen abzuändern, «welche das Schwinden des Rechts- und Pflichtgefühls unter der arbeitenden Bevölkerung und die Neigung zu staats- und kulturfeindlicher Agitation ermöglicht haben».

Bereits am 20. Juni hatten die preußischen Minister unter Vorsitz des Grafen Stolberg über die Einführung der Paßpflicht in Berlin und über die generelle Erweiterung der Polizeibefugnisse beraten. «Jede Maßregel», so Stolberg in der Diskussion, «sei erwünscht, welche der Polizeibehörde eine erweiterte Handhabe zur Kontrolle» ermögliche.

Noch während des Wahlkampfes war im preußischen Innen- und Justizministerium der neue Gesetzentwurf vorbereitet worden, über den das preußische Staatsministerium am 15. Juli beriet. Bismarck nahm an dieser wichtigen Sitzung nicht teil, Graf Otto zu

Stolberg führte den Vorsitz. Vorgesehen war, alle Vereine mit «sozialdemokratischen, sozialistischen oder kommunistischen Zielen» zu verbieten, dazu zählte man auch genossenschaftliche Kassen. Verboten werden sollten gleichfalls entsprechende Druckschriften und Versammlungen. Übertretungen der Gesetzesvorschriften wollte man mit harten Strafen ahnden.

Eine besonders drakonische Maßnahme sah Paragraph 20 (später 28) vor. Er enthielt neben Bestimmungen über Versammlungen und Druckschriftenverbreitung vor allem die Ausweisungsbefugnis für Personen, «von denen eine Gefährdung der öffentlichen Sicherheit und Ordnung zu besorgen» sei. Die Anwendung dieses Paragraphen war später gleichbedeutend mit der Verhängung des sogenannten Kleinen Belagerungszustandes.

Die Minister sprachen auf ihrer Sitzung am 15. Juli den Gesetzentwurf Paragraph für Paragraph durch. Sie brachten dabei deutlich zum Ausdruck, daß auf eine zeitliche Begrenzung der Gültigkeit dieses «Ausnahme»gesetzes verzichtet werden sollte. Ein dreijähriger Zeitraum, so hieß es in der Diskussion, würde «selbstverständlich nicht ausreichen», um «eine erfolgreiche Bekämpfung der Sozialdemokratie» zu garantieren. Gleichzeitig betonten die Minister, auf jeden Fall den «Eindruck der Unentschlossenheit» vermeiden zu müssen.

Um die antisozialistische Stimmung weiter anzuheizen, fand am 9. und 10. Juli 1878 der Prozeß gegen Max Hödel statt. Das Gerichtsverfahren erwies sich als reine Farce. Ihm war weder eine gründliche medizinische Untersuchung des Angeklagten vorausgegangen, noch hatte man Hödel einen Wahlverteidiger zugestanden. Am 10. Juli wurde der Angeklagte zum Tode verurteilt. Doch dieser bat den Kronprinzen, der das Urteil bestätigen mußte, um Gnade. Bismarck kam es jedoch vor allem darauf an, ein Exempel zu statuieren und der Bevölkerung die Stärke der Staatsmacht zu demonstrieren, deshalb intervenierte er sofort bei Friedrich Wilhelm, dem wenig an einem so spektakulären Ausgang lag.

Am 14. Juli fand in der Wohnung des Ministerpräsidenten eine Sitzung des preußischen Staatsministeriums statt. Erneut sprach sich der Kanzler hier «für die schärfsten Maßregeln» gegen die Sozialdemokratie aus. Gleichzeitig forderte er, von Graf Stolberg darin unterstützt, die Vollstreckung des gegen Hödel gefällten Urteils. Die Staatsminister schlossen sich seiner Ansicht an und appellierten an den Kronprinzen, nicht zu begnadigen. Als dieser zögerte, beauftragte Bismarck, der sich mittlerweile in Bad Kissingen aufhielt, Radowitz und Graf Stolberg, «bei der nächsten Gelegenheit» dem Kronprinzen anzudeuten, daß er – der Kanzler – im Falle einer Begnadigung Hödels die Kabinettsfrage stellen würde. Die Drohung hatte Erfolg. Am 8. August bestätigte der Kronprinz das Urteil. Acht Tage später wurde Hödel enthauptet.

Seitdem der Kronprinz im Juni 1878 die Stellvertretung seines Vaters übernommen hatte, befand sich Stolberg ihm gegenüber in einer zwiespältigen Position. Persönliche Kontakte bestanden seit dem Jahre 1865, und sie sind stets weiter gepflegt worden. Dem vorsichtig taktierenden Grafen war es bisher gelungen, sich aus den Auseinandersetzungen zwischen Bismarck und Friedrich Wilhelm geschickt herauszuhalten; er trennte strikt Privates und Dienstlich-Politisches. Dies mußte sich zwangsläufig ändern, als der Kronprinz nach dem Attentat auf den Kaiser unmittelbare politische Verantwortung übernahm.

Graf Stolberg unterstützte grundsätzlich Bismarcks Politik. Die schwankende Haltung des Kronprinzen in der Frage einer Auflösung des Reichstages hatte ihn schon am 5. Juni, unmittelbar nach Übernahme der Vizepräsidentschaft im preußischen Staatsministerium, gezwungen, dem Thronfolger Paroli zu bieten. In seinen Lebenserinnerungen attestierte Graf Otto dem ihm persönlich sympathischen Kronprinzen einen mangelnden Sinn für Realitäten; dieser habe es nicht verstanden, Politik mit Konsequenz, Ausdauer und Widerstandskraft zu betreiben und sei zudem «allen möglichen ungünstigen Einflüssen zugänglich gewesen».

Stolberg mißfiel vor allem, daß der Kronprinz angeblich dem englischen Liberalismus huldige und die konstitutionelle Monarchie Großbritanniens verehre. Diese Auffassung vertrat auch Bismarck, der jede Einschränkung seiner geschickt konstruierten Machtvollkommenheit erbittert bekämpfte. Damit bekam das bisherige gute, gegenseitige Einvernehmen zwischen Stolberg und Friedrich Wilhelm bereits erste Risse. Obwohl der Vizekanzler später meinte, mit Friedrich Wilhelm weiterhin «auf dem alten guten

Fuß» verkehrt zu haben, schränkte er zugleich ein, mit diesen Kontakten «nicht recht weiter» gekommen zu sein. Politische Unterredungen mit dem Kronprinzen hätten, so Stolberg in seinen Memoiren, «zu nichts» geführt.

Friedrich Wilhelm war seit 1858 mit der englischen Prinzessin Viktoria verheiratet. Sie fand Bismarck «abscheulich»; in Großbritannien hatte sie viele Verwandte und Freunde. Der Kronprinz stand dem «Konfliktsminister» Bismarck von Anfang an ablehnend gegenüber. Er mißbilligte dessen gewaltsame Methoden in der Innenpolitik, zunächst vor allem die verfassungswidrige Presseverordnung von 1863, und lehnte die Einigungspolitik des Ministerpräsidenten durch «Eisen und Blut», hauptsächlich aber den Bruderkrieg mit Österreich, aus grundsätzlichen Erwägungen ab. Der Thronfolger sympathisierte zeitweise mit bürgerlich-liberalen Ideen und war daran interessiert, den gewaltigen persönlichen Machtbereich des «Eisernen Kanzlers» einzuschränken.

Am 14. August – einen Tag nachdem Stolberg den Gesetzesantrag beim Bundesrat eingebracht hatte – ließ der preußische Innenminister Botho zu Eulenburg die bisher streng geheim gehaltene Vorlage in der «Provinzial-Correspondenz» veröffentlichen. Dieser Schritt paßte Bismarck allerdings überhaupt nicht in sein politisches Konzept. Und das hatte einen ganz einfachen Grund: Der Kanzler hielt den Abdruck für verfrüht, weil sich der Bundesrat erst an ebendiesem Tag damit zu beschäftigen begann, zudem wollte er das Ausnahmegesetz noch verschärfen. Die vorliegende Fassung war ihm einfach zu milde.

In einem Brief an Christoph von Tiedemann, den Chef der Reichskanzlei, kritisierte Bismarck am 15. August die Tatsache, «daß der Entwurf des Sozialistengesetzes in der Provinzialkorrespondenz amtlich publiziert worden» sei. Seines Erachtens bedürfe das Gesetz «eines Zusatzes in betreff der Beamten dahingehend, daß Beteiligung an sozialistischer Politik die Entlassung ohne Pension nach sich zieht». Außerdem betonte Bismarck, daß er es für die Dauer als unmöglich ansehe, «den gesetzlich als Sozialisten erweislichen Staatsbürgern das Wahlrecht und die Wählbarkeit und den Genuß der Privilegien der Reichstagsmitglieder zu lassen».

Der Kanzler war sich zu diesem Zeitpunkt völlig sicher, für das

Ausnahmegesetz, auch in noch verschärfter Fassung, eine Reichstagsmehrheit zu erhalten. Die Wahlen vom 30. Juli hatten die seit Januar 1877 bestehende Zusammensetzung des Deutschen Reichstages erheblich verändert. Die Nationalliberalen verloren von ihren 128 Sitzen 29, und die Fortschrittspartei büßte von 35 Mandaten 9 ein. Dagegen verbuchte die Deutsche Reichspartei mit 57 Sitzen 19 gewonnene Mandate, ebenso konnten die ehemaligen Altkonservativen – seit Juli 1876 hatten sich die meisten von ihnen in der Deutsch-Konservativen Partei zusammengeschlossen – ihre Fraktion von 40 auf jetzt 59 vergrößern. Das Zentrum hielt seine Position als zweitstärkste Partei. Der Sozialdemokratie gingen trotz des Bismarckschen Wahlterrors von 12 Sitzen nur 3 verloren.

Dieses Ergebnis versetzte den Kanzler in die Lage, im Reichstag mit zwei Mehrheiten operieren zu können – einer aus den beiden konservativen Parteien und den Nationalliberalen bestehenden für das Ausnahmegesetz gegen die Sozialdemokratie und einer konservativ-ultramontanen, um die beabsichtigte Zollpolitik durchzusetzen. Die dem Zentrum angehörenden Großgrundbesitzer und süddeutschen Adligen strebten ebenso nach einer schutzzollfreundlichen Reichstagsmehrheit wie die konservative Junkerpartei und die Mehrheit der Freikonservativen. Deshalb traten jene Vertreter der verschiedenen Parlamentsfraktionen seit März 1878 in der Freien konservativen Vereinigung geschlossen im Reichstag für ihre gemeinsamen wirtschaftlichen Interessen auf.

Der Kanzler zeigte sich über den Wahlausgang sehr zufrieden. Als er das Ergebnis hörte, soll er schmunzelnd gesagt haben: «Das wird ein schöner Reichstag werden, ich bin begierig, wie Stolberg mit dem fertig werden wird.»

Der Reichstag wurde für den 9. September einberufen. Einziger Beratungsgegenstand war der Entwurf des Sozialistengesetzes. Am 23. August trat unter Leitung des Grafen Stolberg erneut das preußische Staatsministerium zusammen und beriet über die vom Justizausschuß des Bundesrates geforderten Korrekturen am Gesetzentwurf.

In der Ministerberatung setzte sich Graf Stolberg, von Bismarck schriftlich ermächtigt, energisch dafür ein, daß Preußen trotz einiger Veränderungen den Entwurf des «Gesetzes gegen die gemein-

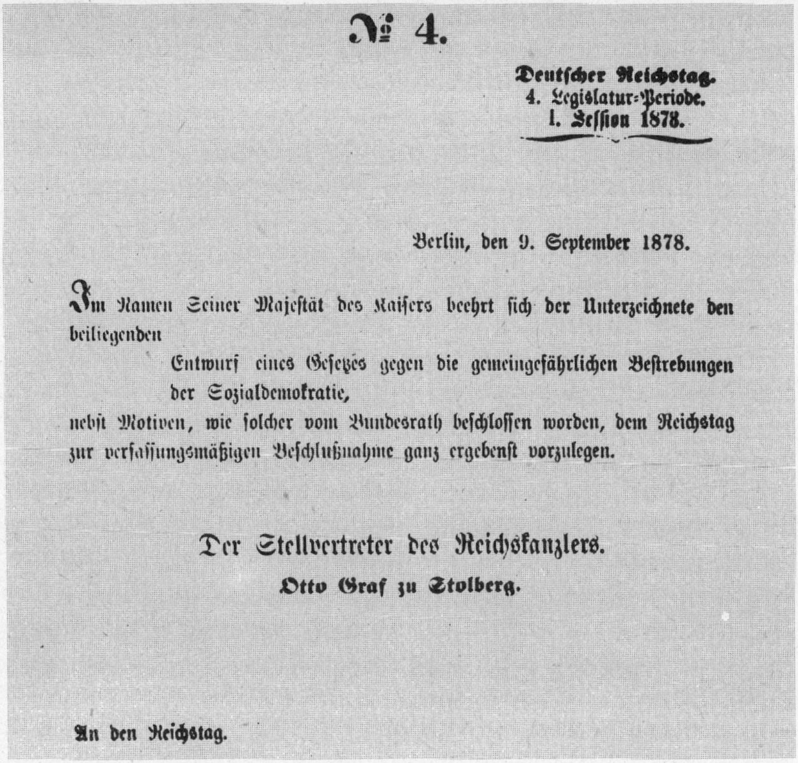

№ 4.

Deutscher Reichstag.
4. Legislatur-Periode.
I. Session 1878.

Berlin, den 9. September 1878.

Im Namen Seiner Majestät des Kaisers beehrt sich der Unterzeichnete den beiliegenden

Entwurf eines Gesetzes gegen die gemeingefährlichen Bestrebungen der Sozialdemokratie,

nebst Motiven, wie solcher vom Bundesrath beschlossen worden, dem Reichstag zur verfassungsmäßigen Beschlußnahme ganz ergebenst vorzulegen.

Der Stellvertreter des Reichskanzlers.
Otto Graf zu Stolberg.

An den Reichstag.

gefährlichen Bestrebungen der Sozialdemokratie» im Bundesrat befürwortete. Am 29. August verständigten sich dann die Minister in einer als vertraulich deklarierten Beratung über den Entwurf der sogenannten Thronrede, mit der Graf Stolberg am 9. September den Reichstag eröffnen sollte.

Einen Tag später schickte er den Entwurf nach Friedrichsruh. Bismarck war mit der Arbeit seines Stellvertreters nicht zufrieden. Gegenüber Christoph von Tiedemann äußerte er: «In diese Suppe muß noch ein gehöriger Markknochen hineingetan werden, wenn sie genießbar sein soll.» Tiedemann mußte schließlich an Stolberg telegraphieren, der Reichskanzler halte eine vollständige Überarbeitung für notwendig.

Doch Stolberg hegte grundsätzliche Bedenken. Im Gegensatz zu

Bismarck wußte er von Anfang an, daß man mit ausschließlich repressiven Maßnahmen der Sozialdemokratie nicht das Wasser abgraben könne. Schon dem von Bismarck nach dem «Attentat» Hödels vorgelegten «Gesetz zur Abwehr sozialdemokratischer Ausschreitungen» hatte der Graf ablehnend gegenübergestanden.

Jetzt, in der konkreten politischen Verantwortung als preußischer Minister, überdachte er Methoden und Maßnahmen, die seiner Meinung nach besser geeignet waren, der Sozialdemokratie «den Boden zu entziehen» als ein ausschließlich auf Unterdrückungsmaßnahmen orientierendes Ausnahmegesetz. Robert Bosse, sein Vertrauter im Ministerium, unterstützte ihn dabei. Dieser hatte schon Anfang August Stolberg in mehreren Gesprächen darauf hingewiesen, das geplante Ausnahmegesetz gegen die Sozialdemokratie würde allein in dieser Form keinen Erfolg haben.

Am 12. August 1878 schrieb er in sein Tagebuch: «Jetzt machen wir die Vorlage des Sozialdemokratengesetzes für den neuen Reichstag. Sie ist gut, sie bringt energische Abwehr, Repression. Aber heilen kann dieses Gesetz die vorhandnen tiefen Schäden nicht. Hand in Hand damit müßte eine positive, organisatorische, aufbauende Aktion der Regierung gehn. Bleibt diese aus, so rollen wir trotz aller Ausnahmegesetze in den Abgrund der gottlosesten, blutigsten, grausamsten Revolution.»

Zwei Tage später zitierte ihn Stolberg zum Vortrag, und hier sagte Bosse seinem Chef ganz klipp und klar, nach seiner Auffassung werde «bloße Repression nicht helfen ..., wenn nicht positive gesetzgeberische Reformen auf den verschiedensten Gebieten den Schaden selbst anzufassen und zu heilen suchen». Der Vizekanzler war – so erinnerte sich Bosse – «einverstanden, ohne aber näher auf die Sache einzugehn».

Erst am 27. August sprachen die beiden dann eingehender über mögliche «Reformen, mit denen der sozialdemokratischen Gefahr innerlich entgegenzuwirken sei». Diese, so forderte Stolberg, müßten jetzt exakt ausgearbeitet und «in Anregung» gebracht werden. Bosse solle sich einmal «die einzelnen Punkte überlegen» und ihm darüber Bericht erstatten. Schon am 9. September lag ein «Votum über die sozialpolitische Reformaufgabe der Regierung» vor.

Erst einmal wanderte der Entwurf jedoch in die Schreibtischschublade, denn an diesem Tag mußte Stolberg den Reichstag eröffnen, der um vierzehn Uhr im Schloß zusammentrat. In der Thronrede – seiner Frau schrieb der Graf einen Tag später, er habe «eine sehr nüchterne Rede» abgelesen – brachte der Vizekanzler zum Ausdruck, die Attentatsversuche hätten es erforderlich gemacht, wirksame Gesetzesmaßnahmen «zur Unschädlichmachung» der Sozialdemokratie, die allein für diese «Freveltaten» verantwortlich sei, zu ergreifen. Es bedürfe, so Stolberg, «außerordentlicher Maßregeln», «um der weiteren Ausbreitung des eingerissenen Übels Einhalt zu thun».

Eine Woche später, am 16. September, legte er dann den Entwurf des «Gesetzes gegen die gemeingefährlichen Bestrebungen der Sozialdemokratie» im Reichstag «zur verfassungsmäßigen Beschlußnahme» vor.

An diesem Tag befand sich Otto zu Stolberg in einer miserablen Stimmung. Das Reden vor dem Reichstag bereitete ihm ohnehin Unbehagen, vor allem aber meinte er, es sei doch eigentlich Bismarcks Aufgabe, den Gesetzentwurf einzubringen. Und noch etwas kam hinzu: Mittlerweile hatte er das «Votum über die sozialpolitische Reformaufgabe der Regierung» überarbeitet und am 11. September den übrigen preußischen Ministern zur Diskussion unterbreitet. Verständlicherweise wollte er sich in dieser Situation von dem Ausnahmegesetz etwas in Distanz halten. Jetzt aber sollte er es im Reichstag sogar noch begründen, ein Umstand, der dem Grafen keineswegs ins politische Konzept paßte. Genau diese Stimmung spricht auch aus den Zeilen, die er unmittelbar vor beziehungsweise nach der Debatte am 16. September an seine Frau schrieb: «Ich muß gleich in den Reichstag gehen, und es wird mir heute wohl nichts übrig bleiben, als dort zu sprechen, da der große Mann noch nicht eingetroffen ist, es ist mir natürlich sehr eklig». Und rückblikkend dann am 17. September: «In der Reichstagssitzung mußte ich ans Messer, ergriff den Ausweg, daß ich gleich im Anfang sprach, ich hatte was man im Theaterleben eine succès d'estime (Achtungserfolg – K. B.) nennt, dagegen hinterher Magendrücken, das Reden öffentlich bleibt mir nun einmal im höchsten Maße unangenehm.»

Stolberg eröffnete die Debatte mit einem kurzen Hinweis auf die angeblichen Motive der Vorlage. Sie sei erforderlich, um «den Gefahren energisch und mit Erfolg entgegenzutreten, mit welchen die sozialdemokratische Bewegung Staat und Gesellschaft bedrohe». Dann aber fügte er hinzu: «Ich möchte hierbei gleich der Annahme im voraus entgegentreten, als ob die verbündeten Regierungen sich in der Illusion befänden, daß die vorgeschlagenen Maßregeln allein ausreichen könnten und würden, der Bewegung mit Erfolg entgegenzutreten und sie zu beseitigen.» Die schwierigste Aufgabe sah er in erster Linie darin, der von der Sozialdemokratie ausgehenden Theorie zu begegnen.

Karl Marx, der die Reichstagsdebatte verfolgte und konspektierte, notierte sich den wichtigsten Satz aus der kurzen Ansprache des «Vize-Bismarck», wie er Graf Stolberg ironisch nannte, in dem sich ganz ungeschminkt die Zielsetzung des Sozialistengesetzes offenbarte: «Es wird darauf ankommen ..., daß dafür gesorgt wird, daß nicht diese Agitation unter irgendeinem Schein von Gesetzlichkeit künftig betrieben werden könne».

Den herrschenden Klassen, der Bourgeoisie, den Junkern und der Adelsaristokratie kam es – trotz mannigfacher partieller Meinungsverschiedenheiten – darauf an, das Wirken der Sozialdemokratie zu kriminalisieren und damit aus der Legalität des politischen Lebens zu verbannen. Diese Zielsetzung fand natürlich die ungeteilte Zustimmung der konservativen Fraktionen im Reichstag.

Hans von Kleist-Retzow triumphierte. Am 17. September hielt er im Plenum kurz nach dem «Eisernen Kanzler» eine antisozialistische Brandrede, die Bismarck mit großer Zustimmung aufnahm. «Ich bleibe also dabei», so rief er, «daß die ganze Sozialdemokratie der Weg ist zum Hochverrat, daß sie eine Maulwurfsarbeit übt, eine Untergrabung der Fundamente der Staatsordnung ist.» Als er endete, erhob sich Bismarck, der viele Jahre lang Besuche Kleists durch seine Diener hatte abweisen lassen, vom Regierungstisch und reichte dem Redner demonstrativ die Hand.

Die sozialdemokratischen Abgeordneten schalteten sich aktiv in die Debatte ein. Vor allem August Bebel, Wilhelm Bracke und Wilhelm Liebknecht entlarvten in ihren Reden die politische Absicht und Zielstellung sowie die Hintergründe des geplanten Gesetzes.

Bereits am 16. September enthüllte Bebel in einer langen Rede die kriminellen Machenschaften Bismarcks nach dem Attentat Nobilings. Zur Sprache kamen die Fälschung der als offiziell verbreiteten Depesche über den Attentäter Nobiling und die Hetzkampagne der Regierung gegen die Sozialdemokratie während des Wahlkampfes.

Wenngleich die verschiedenen bürgerlichen Fraktionen im Reichstag einen Monat lang in wortreichen Debatten um wirksamere Maßnahmen gegen die Sozialdemokratie gestritten hatten, als sie die Regierungsvorlage beinhaltete, ergab schließlich die namentliche Schlußabstimmung am Nachmittag des 19. Oktober eine Mehrheit für das Ausnahmegesetz. Von den 370 Anwesenden stimmten 221 dafür, während 149 Parlamentarier ablehnend votierten.

Bereits einen Tag später versammelten sich die preußischen Staatsminister in der Bismarckschen Wohnung zu einer vertraulichen Besprechung. Das Protokoll trägt den ausdrücklichen Vermerk «Secret». Stolberg und sein politischer Intimus Bosse, der das Protokoll zu führen hatte, begaben sich gegen vierzehn Uhr ins Palais Radziwill. Bismarck war aber noch nicht anwesend. Man hatte ihn zum Kronprinzen gerufen, und so verzögerte sich der Beginn der Sitzung um gut eine halbe Stunde.

Als der Kanzler schließlich kam, forderte er die wartenden Minister mit einem Wink auf, ihm in das zur Rechten zwischen Vorsaal und seinem Arbeitsraum gelegene Zimmer zu folgen, «wo um einen großen grünen Tisch die nötige Zahl gepolsterter, mit rotbraunem Leder überzogner Sessel standen». Fürst Bismarck saß ganz allein an der Fensterseite, ihm gegenüber nahmen in der Reihenfolge ihres Dienstalters die Minister Platz. Doch so schnell kam man nicht zur Sache. Zunächst ließ der Ministerpräsident «seinen großen schwarzen Hund Tiras, eine schöne, kräftige, aber ziemlich bösartig aussehende dänische Dogge, aus dem Nebenzimmer in den Sitzungssaal». Erst dann begann er zu plaudern.

«Der Fürst erzählte», so erinnerte sich Robert Bosse, «er habe die vorige Nacht bis 8 Uhr Morgens nicht einen Augenblick geschlafen; erst des Morgens habe er ein wenig Schlaf gefunden und sei bis ½ 1 Uhr liegen geblieben. Als er dann geklingelt habe, sei ihm ein eben angekommenes Telegrammm des Kronprinzen gebracht worden, das ihn um 1 Uhr zum Vortrag befohlen habe. So habe er sich Hals über Kopf fertig machen müssen und sei um sein Frühstück gekommen. Er schellte, ließ sich etwas Butterbrot und Bier kommen und stand dann später während der Beratung dann und wann auf, um in seiner ungenierten, sichern Art zu essen und zu trinken.»

Stolberg kannte derlei Allüren seines Chefs schon zur Genüge, denn der Kanzler verunsicherte nur allzugern durch rüdes Benehmen Mitarbeiter wie auch private Gäste seines Hauses. Nicht selten ekelte sich der penible Stolberg, häufiger Gast an Bismarcks Tafel, wenn in unmittelbarer Tischnähe der «Reichshund» Sultan gefüttert wurde. Auch dieses Mal mußten sich die Minister einige Zeit gedulden, ehe ihr Präsident endlich mit der Tagesordnung begann. Schließlich aber ging es Schlag auf Schlag. Bismarck brachte zunächst die «Ausführung des Sozialistengesetzes zur Sprache: Annahme im Bundesrat, dann sofort Vorlegung an den Kronprinzen, schleunigste Publikation». Danach unterbreitete er einige Vorschläge, denen das Staatsministerium zustimmte. Erstens sollte angestrebt werden, den preußischen Vertretern in der Beschwerdeinstanz «einiges Übergewicht zu verschaffen». Zweitens müsse erreicht werden, in diese Kommission nur Beamte «von möglichst hohem Rang» zu wählen. Drittens wünschte Bismarck, daß der preußische Innenminister dort den Vorsitz führe.

Bereits am 21. Oktober gab der Bundesrat dem Gesetz seine Zustimmung, und noch am gleichen Tag unterzeichnete es der Kronprinz. Damit trat das Gesetz in Kraft. Einen Tag später wurde es im «Reichs-Anzeiger» veröffentlicht. Unmittelbar darauf lief im ganzen Deutschen Reich die Unterdrückungsmaschinerie gegen die sozialdemokratische Arbeiterbewegung an, deren Parteiorganisationen, Gewerkschaften und Druckschriften sowie Versammlungen und andere öffentliche Veranstaltungen wurden verboten.

Zufrieden reiste der Reichskanzler in den Vormittagsstunden des 22. Oktober 1878 im Salonwagen zurück nach Friedrichsruh. Christoph von Tiedemann begleitete ihn. Fürst Bismarck war in bester Stimmung, und sein Diener trug durch die Zubereitung eines opulenten Frühstücks noch zur Steigerung des Wohlbefindes bei. Aus einem riesigen Freßkorb, so erinnerte sich Tiedemann, förderte er «allerlei sehr delikate Sachen zutage: einen halben Hasen, zwei gebratene Rebhühner, eine Rehkeule, verschiedene Wurst usw. Außerdem marschierten Bier, Rotwein, Portwein, Nordhäuser und Kognak auf ... Später wurden die Rouleaux heruntergelassen ... dann kamen Pfeife und Zigarren. Der Fürst fühlte sich sehr behaglich; er war heiter und gemütlich wie selten».

In Bismarcks Zufriedenheit über den vermeintlichen politischen Erfolg im Parlament mischte sich jedoch auch Ärger. Sein Stellvertreter, Graf Stolberg, hatte im Kabinett und im Reichstag zwar grundsätzlich seine politische Linie vertreten, dann aber an alle Minister eine Denkschrift verschickt, in der er eigene Vorstellungen und Ansichten zur Bekämpfung der Sozialdemokratie unterbreitete. Diese Eigenmächtigkeit fand Bismarck unerhört, zumal die Denkschrift mitten in die ersten Verhandlungen über das Sozialistengesetz im Reichstag platzte.

Bismarck hatte Stolbergs Votum aufmerksam gelesen, und möglicherweise stimmte er seinem Vize insgeheim in verschiedenen Punkten sogar zu. Doch dessen Auftreten nahm er als Kritik an seiner Politik, dies war ihm unerträglich. Er, der Kanzler, trug die alleinige Verantwortung für die Richtlinien der Politik. Wie konnte Stolberg einen solchen Alleingang wagen?! Damit traf er Bismarck ganz empfindlich. Hinzu kam, daß die Reaktion der meisten Ministerien zustimmend war – eine Tatsache, die den Kanzler nur noch stärker erzürnte. Sicher, Stolberg hatte in der Präambel hervorgehoben, er halte ein Ausnahmegesetz für notwendig und richtig.

Doch dann konnte man ganz andere Töne vernehmen: Das Staatsministerium sei sich – so hieß es da nämlich weiter – «darüber nicht im Zweifel gewesen, daß mit den in Aussicht genommenen repressiven Ausnahme-Maßregeln die Aufgabe einer nachhaltigen, heilenden und bis an die Wurzeln des zu bekämpfenden Übels dringenden staatlichen Gegenwirkung gegen die aus der socialdemokratischen Bewegung entspringenden Gefahren keineswegs erschöpft sei». Heute müsse es klar ausgesprochen werden, «daß die in diesem Gesetz-Entwurfe vorgesehenen Maßnahmen kaum ausreichen würden, um die socialdemokratische Bewegung völlig zu unterdrücken».

Statt dessen schlug Graf Stolberg vor: «Unter diesen Umständen wird meines ganz ergebensten Dafürhaltens die Staatsregierung sich der eingehenden Prüfung der Frage nicht entziehen können, welche organische Änderungen der bestehenden Gesetzgebung neben den in dem Gesetz-Entwurfe gegen die gemeingefährlichen Bestrebungen der Socialdemokratie vorgesehenen Maßnahmen erforderlich sind, um der bestehenden Staats- und Rechtsordnung in dem Kampfe gegen die Socialdemokratie den schließlichen, nachhaltigen Erfolg zu sichern ... Es wird daher Werth darauf zu legen sein, daß die Staats-Regierung bis zum demnächstigen Zusammentritte des Landtags der Monarchie über ihre Ziele auf diesem Gebiet wenigstens in den Hauptpunkten zu einem Einverständnis gelangt.»

Stolbergs Vorschlagskatalog war umfangreich. So regte er an: die direkten Staatssteuern und Kommunalabgaben angemessener zu veranlagen, durch eine Gefängnisreform «socialen Schäden» bei Häftlingen vorzubeugen, verschiedene Paragraphen des Strafgesetzbuches abzuändern und die Gesetzgebung über die Gesindeordnung zu reformieren.

Dazu kam die Forderung nach Einrichtung sogenannter Hilfskassen für Arbeiter. Besonders wies der Graf aber auf die «Nothwendigkeit einer arbeiterfreundlichen Gesetzgebung» hin, worunter er vor allem den Versicherungsschutz für erkrankte und unfallgeschädigte Arbeiter verstanden wissen wollte. Abschließend appellierte Stolberg an die Staatsregierung, und damit natürlich in erster Linie an Bismarck selbst, sich diesen Problemen und politischen Forderungen nicht zu entziehen. Er wünschte, daß jeder Minister die erforderlichen Gesetze seines Ressorts anmelden sollte. Dann müsse das Staatsministerium darüber beraten und das Ergebnis in Form einer Denkschrift beiden Häusern des Landtages vorlegen. Auf diese Weise, so hoffte der Graf, ließe sich auch eine «konstruktive» Zusammenarbeit der konservativen Parteien mit den Nationalliberalen erreichen.

Im Grunde hat der Vizekanzler mit seiner Initiative Bismarcks spätere, 1880/81 einsetzende staatliche Sozialpolitik geistig vorbereitet. Mag sein, durch Stolbergs Initiative veranlaßt, hatte Bismarck während der Reichstagsdebatte am 9. Oktober angekündigt, die Unterdrückungsmaßnahmen müßten durch soziale Reformen gegen unbestreitbare Übelstände ergänzt werden. In seinen Memoiren betonte Stolberg aber, der Kanzler habe ihm die Denkschrift «übel genommen». Sein Chef sei ein Politiker gewesen, der «in keiner Sache» irgendeinem anderen die Initiative zugestanden habe.

Bismarck kanzelte seinen Vize entsprechend ab, und das Verhältnis zwischen den beiden Politikern bekam Risse, kaum daß Stolberg sein Amt als Stellvertreter angetreten hatte. Als das Staatsministerium am 20. Oktober über die praktische Ausführung des Sozialistengesetzes beriet, hielt sich der Graf aus der Diskussion bewußt heraus und machte auf den Protokollführer Bosse den Eindruck «der persönlichen Verstimmtheit».

Die Tatsache, daß sich Stolberg mit seinen Vorstellungen beim Kanzler nicht hatte durchsetzen können, ließ ihn allerdings nicht zum Oppositionellen im Kabinett werden. Obwohl er fest davon überzeugt war, Bismarck beschreite in der Innenpolitik «falsche Wege», unterstützte er auch weiterhin als dessen Stellvertreter die praktische Durchsetzung des Sozialistengesetzes, wenngleich er immer wieder darauf verwies, letztlich würde nur eine variable und flexible, an sozialen Zugeständnissen orientierte Politik gegenüber der Arbeiterklasse zur Eindämmung des revolutionären Geistes führen.

Kaum einen Monat nach der Verabschiedung des Sozialistengesetzes verhängte das preußische Staatsministerium über das Gebiet von Berlin und Umgebung den Kleinen Belagerungszustand. Die Anwendung des Paragraphen 28 ermöglichte den Behörden nicht nur die Durchsetzung noch einschneidenderer Beschränkungen der Versammlungsfreiheit (Punkt 1), der Verbreitung von Druckschriften (Punkt 2) und des Tragens von Waffen (Punkt 4), sondern vor allem die gesetzliche Handhabe zur Ausweisung von Sozialdemokraten aus ihren Wohngebieten (Punkt 3). Die Ausgewiesenen sollten die Verbindung zu ihrer Partei verlieren und unter psychischen und materiellen Druck gesetzt werden. In der zu erzeugenden Furcht, Familie und Heimat verlassen zu müssen, sah der Staat ein Mittel, die Arbeiter vom Kampf um ihre sozialistischen Ziele abzubringen.

Die Bekanntmachung über die Verhängung des Kleinen Belagerungszustandes schlug wie eine Bombe ein, denn bis dahin hatte man weder innerhalb der Arbeiterbewegung noch in bürgerlichen Kreisen angenommen, Bismarck würde zu dieser Maßnahme greifen. Die Anordnung trägt allerdings nicht seine Unterschrift. Mit der Vorbereitung und Durchführung hatte Bismarck seinen Stellvertreter beauftragt ...

Graf Stolberg informierte den Kanzler am 21. November 1878 über den Stand der Vorbereitung und kündigte an, das Staatsministerium werde sich auf seiner Sitzung am 23. November mit der Problematik eingehend beschäftigen. Offensichtlich verstimmt darüber, daß Bismarck sich wieder einmal zurückgezogen hatte und ihn, den Stellvertreter, an die Front schickte, schrieb er am gleichen Tage seiner Frau: «Morgen ist eine königliche Hasenjagd bei Potsdam, so kommt man doch einmal wieder zu vernünftiger Beschäftigung.»

Am Tag darauf informierte der Innenminister seine Kabinettskollegen über den Antragsentwurf Preußens beim Bundesrat. Angesichts der Tatsache, daß trotz Ausnahmegesetz – so die Begründung – «die sozialdemokratische Parthei eine planmäßige, bewußte geheime Agitation in kleinen Kreisen» betreibe, müsse aus Anlaß der Rückkehr des nach dem Nobiling-Attentat wieder genesenden Kaisers nach Berlin der Paragraph 28 in Anwendung kommen.

In dem Antrag hieß es: «Die Mittel, welche das Gesetz vom 21. Oktober d. J., abgesehen von dem § 28 desselben, zur Bekämpfung der gemeingefährlichen Bestrebungen der Sozialdemokratie gewährt, haben zwar die ostensibelen Kundgebungen derselben im wesentlichen beseitigt und ihre äußere Organisation zerstört, aber nicht ausgereicht, um ihrer auf die Erregung des Klassenhasses und auf eine gewaltsame Umgestaltung der bestehenden staatlichen und sozialen Verhältnisse gerichtete Agitation überall ein Ziel zu setzen.»

Am 28. November erteilte der Bundesrat einstimmig die Genehmigung zur Anwendung sämtlicher im Paragraphen 28 vorgesehenen Anordnungen. Noch an diesem Tag verfügte das preußische Staatsministerium, daß die Polizei «Personen, von denen eine Gefährdung der öffentlichen Sicherheit oder Ordnung zu besorgen» sei, ausweisen konnte. Außerdem wurde der Besitz und das Tragen von Waffen beschränkt. Diese zweite Anordnung diente ganz offensichtlich dem Zweck, den «braven Bürgern» Furcht vor möglichen bewaffneten Übergriffen durch Sozialdemokraten einzujagen. Nur einen Tag später wiesen die Behörden 67 Parteifunktionäre aus Berlin aus. Sofort veranlaßte man Geldsammlungen für die Verjagten, August Bebel als Kassierer der Partei organisierte die Unterstützung der betroffenen Familien und kümmerte sich um Arbeitsvermittlung. Auf Druck der preußischen Regierung wurde im Jahre 1880 auch über Hamburg und 1881 über Leipzig und Umgebung der Kleine Belagerungszustand verhängt. Insgesamt mußten bis 1890 über achthundert Personen aufgrund der Anwendung dieses Paragraphen ihre Heimat verlassen.

Die Sozialdemokratie stand nun vor einer gewaltigen Belastungsprobe, erstmals mußte eine Massenpartei in die Illegalität gehen. Doch sie trotzte dem Polizei- und Justizterror, es gelang ihr, den illegalen Widerstand geschickt mit den verbliebenen legalen Möglichkeiten zu verbinden. Im Reichstag traten ihre Abgeordneten weiterhin leidenschaftlich für die Interessen der Partei ein; sie bekämpften dort das Ausnahmegesetz, traten aber auch in ihren Wahlkreisen auf, wo sie über ihre parlamentarische Tätigkeit informierten und so nicht zuletzt das Selbstbewußtsein mancher eingeschüchterter Parteimitglieder stärkten. Vielschichtig war das illegale Wirken, die Solidarität der Arbeiterklasse entwickelte sich auf vielfältige Weise. Von Anfang an galt es zu beweisen, daß die Partei ungebrochen weiter existierte. Häufig fand man sich zu machtvollen Trauerzügen bei Begräbnissen bekannter Mitglieder zusammen. Flugblattaktionen und getarnte Schriften dienten der Agitation unter den Werktätigen. Dabei war ein komplizierter Lernprozeß zu bestehen, in dem es auch zu Rückschlägen kam, bis es schließlich gelang, in den alltäglichen Auseinandersetzungen mit dem Bismarckschen Polizeistaat ihre Überlegenheit unter Beweis zu stellen.

Schon im November 1878 teilte der preußische Minister des Innern der Regierung in Magdeburg mit, daß die Sozialistische Arbeiterpartei bemüht sein wird, «gesellige Vereine zu gründen, welche sich äußerlich von Politik fernhalten und sich jederzeit einer Revision aussetzen können, ohne Gefahr zu laufen, aufgelöst zu werden».

In verschiedenen Gemeinden der Grafschaft Wernigerode setzte die Sozialdemokratie zum Beispiel ihre Tätigkeit in «Volksbildungsvereinen» fort. Diese entfalteten vor allem zu den Reichstagswahlen eine lebhafte Propaganda. So wurden in der Illegalität hergestellte Wahlflugschriften und Zeitungen vertrieben und gesellige Zusammenkünfte zur politischen Demonstration genutzt. Als Zentralorgan gab die Partei seit Ende 1879 allwöchentlich den «Sozialdemokrat» heraus, der seinen Lesern wertvolle Erfahrungen und Informationen für die illegale Arbeit und den Kampf gegen das Sozialistengesetz vermittelte.

Der gräflich-wernigerödischen Verwaltung war damals die «Halberstädter Sonntagszeitung» ein Dorn im Auge; sie stand deshalb auf dem Index und durfte unter Androhung der Entlassung von den Arbeitern nicht gelesen werden. Mehrmals mußte August Heine, der das Blatt Ende 1883 in einer Auflage von 3800 Exemplaren verlegte, wegen seiner publizistischen Tätigkeit vor Gericht erscheinen. Als Belastungszeuge trat meist der Wernigeröder Oberforstmeister Carl Müller auf, dessen feudalherrliche Praktiken Heine in der «Sonntagszeitung» so oft angeprangert hatte. Im Oktober 1884 verurteilte die Strafkammer des königlichen Landgerichts in Halberstadt den sozialdemokratischen Reichstagsabgeordneten zu sechs Monaten Haft; die von ihm herausgegebene Zeitung wurde verboten.

Im Juli 1883 organisierten Sozialdemokraten aus Wernigerode und Halberstadt einen aufsehenerregenden Demonstrationszug. Als Teilnehmer einer Landpartie getarnt, zogen die zirka sechshundert, aus Halberstadt kommend, auch durch die Straßen von Wernigerode. Mitgeführt wurde «in Ermangelung der roten Fahne» ein riesengroßer roter Regenschirm mit weißer Schrift und schwarzen Troddeln, behängt mit bunten Lampions, die am Abend angezündet wurden. Einige Tage später drohten die örtlichen Behörden im städtischen «Intelligenz-Blatt» für den Wiederholungsfall mit drakonischen Maßnahmen. Über den Demonstrationszug hieß es da: «Es ist das eine nicht mehr unschuldige, sondern geradezu bewußt herausfordernde Spielerei mit dem Feuer, die mehr als geeignet ist, den Frieden in der Gemeinde zu stören.» Gleichzeitig wurde darauf hingewiesen, daß man beim nächsten Mal die «sehr gut organisierte

Reichskanzlerpalais Wilhelmstraße 77

Wahlversammlung zu den Reichstagswahlen am 30. Juli 1878

Stolberg bringt im Reichstag das Sozialistengesetz ein

Wilhelm Bracke in der Reichstagsdebatte: «Meine Herren, ich will Ihnen sagen, wir pfeifen auf das ganze Gesetz!»

Berliner Kongreß 1878, nach einem Gemälde Anton von Werners

Beisetzung Kaiser Friedrichs III., 18. Juni 1888

Wilhelm II. eröffnet den Reichstag. Stolberg unmittelbar rechts neben der Krone, nach einem Gemälde Anton von Werners

Stolberg überbringt Bismarck zu dessen 80. Geburtstag die Glückwünsche des preußischen Herrenhauses

— **Halberstadt**, 2. Oktober. Die **Strafkammer des Königl. Landgerichts** Halberstadt hat die Berufung des Hutmachers und Redaktörs der früheren Halberstädter Sonntagszeitung August Heine gegen das Urteil des Königl. Schöffengerichts daselbst, durch welches Heine wegen Beleidigung des Kriminal-Kommissars Schmidt, des Beamten, der mit den Recherchen nach den Brandstiftern in den Gräflich Wernigerödischen Forsten betraut war, zu 150 Mark Geldstrafe ev. 15 Tage Gefängnis verurteilt wurde, verworfen; auch die Berufung der Staatsanwaltschaft, welche sich gegen zu geringe Strafzumessung richtete, wurde verworfen.

— Der Hutmacher und Redaktör August Heine aus Halberstadt wurde heute von der **Strafkammer des Königl. Landgerichts** Halberstadt wegen eines Artikels in der jetzt unterdrückten Halberstädter Sonntagszeitung über die Arbeitskolonie zu Seyda wegen Beleidigung der Vorsteher derselben zu 6 Monat Gefängnis verurteilt.

freiwillige Feuerwehr» mobilisieren würde, «die – unter Umständen! – auch gefährliches Feuer in den Köpfen zu löschen bereit sein wird».

Und bei der Anwendung polizeilicher Zwangsmaßnahmen war man auch in der Grafschaft Wernigerode nicht gerade zimperlich. Schon im Dezember 1879 wurde der Kürschnergeselle Oswald Berger, der in Wernigerode sozialdemokratische Flugschriften verbreitet hatte, wegen «Majestätsbeleidigung» zu einem Jahr Gefängnis verurteilt. Im April 1884 filzten Polizeibeamte die Wohnung des Wernigeröder Zigarrenmachers Friedrich Koch. Da sie dabei, so der Polizeibericht, Publikationen «anscheinend sozialdemokratischen Inhalts» fanden, wurde Koch «die Befugnis zur öffentlichen Verbreitung von Druckschriften» und zum Handel damit entzogen. Bei Nichtbefolgung dieser Auflage kündigte man dem Zigarrenmacher eine Geldbuße bis zu tausend Mark oder eine Haftstrafe bis zu sechs Monaten an. Insgesamt ging die Staatsmacht in der Zeit des Sozialistengesetzes, also bis 1890, in hundertzweiundfünfzig Fällen mit Strafmandaten oder in gerichtlichen Verfahren gegen Wernigeröder Sozialdemokraten vor.

Otto zu Stolberg nahm auf diese Polizei- und Justizmaßnahmen seit 1876 keinen unmittelbaren Einfluß mehr. Sie waren Angelegenheit des Landrats Rudolf Elvers; jener allerdings erfreute sich der ausdrücklichen Gunst des Grafen und galt zudem in Wernigerode als besonders gefährlicher antisozialistischer Scharfmacher. Für die praktische Sozialistenhatz empfahl er sogar, «eine mit Knütteln bewaffnete Bauerngarde zu bilden, die die etwaigen sich nahenden, der bösen Gesinnung verdächtigen Fremden, gebührend zu empfangen hat».

Graf Stolberg kam es vorrangig darauf an, dem Einfluß der Sozialdemokratie durch soziale Zugeständnisse entgegenzutreten. Tatsächlich stellte die gräfliche Kammer gerade 1879, also unmittelbar nach Verabschiedung des Sozialistengesetzes, weit mehr finanzielle Mittel für soziale Zwecke zur Verfügung als in den Jahren zuvor. Zahlte die «Gräflich Stolberg-Wernigerödische Arbeiter-Krankenkasse» 1878 an Unterstützungsgeldern rund 14300 Mark aus, so stieg diese Summe 1879 auf über 20000 Mark an. Die «Arbeiter-Pensionskasse» erhielt 1887 «als Geschenk», so von Stolberg ausdrücklich in der Jahresendabrechnung vermerkt, eine Summe von 30000 Mark.

Wie das «Zuckerbrot», so setzte Stolberg auch die «Peitsche» ein und ging unnachsichtig gegen sozialistische «Störenfriede» in seinen Fabriken vor. In einem Rundschreiben an alle Administratoren wies er an, daß «sozialdemokratisch verdächtige Arbeiter sofort zur Entlassung zu bringen» seien. Der Besuch von Gaststätten, in denen angeblich «Versammlungen sozialdemokratischer Tendenz» stattfanden, wurde den im gräflichen Dienst stehenden Arbeitern und Beamten strikt untersagt.

Auch nach Aufhebung des Sozialistengesetzes hielt Stolberg an den gegen die Sozialdemokratie gerichteten Verordnungen fest, zumal er erkannte, daß trotz gräflicher Sozialpolitik die Sozialdemokratie immer mehr an Einfluß gewann. Diese Tatsache kam in zahlreichen Briefen erzürnter Verwalter und Pächter an die Kammer zum Ausdruck. Am 3. September 1893 beklagte sich Oberförster Schmidt: «Von den mir unterstellten Arbeitern werden viele bei der letzten Reichstagswahl sozialdemokratisch gewählt haben, obwohl ich mir große Mühe gegeben, die Leute zur Wahl eines Kandidaten der Ordnungspartei zu veranlassen. Dies ungebührliche Verhalten ist jedoch dem einzelnen nicht so nachzuweisen, daß man gegen denselben vorgehen kann; die Leute beteuern ihre gute Gesinnung, um sich vor Nachtheil zu schützen und folgen, wie häufig aus der Anzahl der abgegebenen Stimmen ersichtlich, doch der sozialdemokratischen Agitation. Es sind bisher wohl kaum zielbewußte Sozialdemokraten unter den hiesigen Arbeitern, jedoch glauben unsere Leute dem wohlgemeinten Rathe ihrer Vorgesetzten weniger als den lügenhaften Vorspiegelungen der ersteren.» Dem «Wohlwollen der sozialen Gesetzgebung», so Schmidt abschließend, würde «bisher fast nur mit Mißtrauen» begegnet, und «der alte gute Geist» unter den Arbeitern sei «leider im Rückgange begriffen».

Seit 1883 hatte der Reichstag, von Stolberg fünf Jahre zuvor schon so empfohlen, nach mehrjährigen Debatten schließlich einige Sozialgesetze verabschiedet, mit denen die Zeit der «milden Praxis» des Sozialistengesetzes begann. Dem Kranken- und dem Unfallversicherungsgesetz von 1883 und 1884 folgte im Mai 1889 der Versicherungsschutz für Alters- und Invalidenrentner.

Bismarcks Sozialpolitik brachte den Arbeitern zweifellos einige Erleichterungen, allerdings vorwiegend den erkrankten; Altersrenten bekamen erst die über Siebzigjährigen, vorausgesetzt, sie hatten drei Jahrzehnte lang ihre Versicherungsbeiträge entrichtet. Die Existenz der Sozialdemokratie zwang den Kanzler zu diesen Maßnahmen; es kam den herrschenden Klassen in Deutschland darauf an, die erstarkte Arbeiterbewegung mit dem «Zuckerbrot» staatlicher Sozialpolitik zu korrumpieren. Diese Tatsache mußte Bismarck später selbst zugeben, als er im Reichstag erklärte: «Wenn es keine Sozialdemokratie gäbe, und wenn nicht eine Menge Leute sich vor ihr fürchteten, würden die mäßigen Fortschritte, die wir überhaupt in der Sozialreform bisher gemacht haben, auch noch nicht existieren.»

Dieser Gedanke war auch für Stolberg bestimmend gewesen, als er am 21. Dezember 1880 im preußischen Staatsministerium ein Gutachten über das vorzubereitende Unfallversicherungsgesetz abgab. Damals wies er darauf hin, daß die Einrichtung einer obligatorischen Unfallversicherung allein kaum ausreichen würde, die Haltung der Arbeiter gegenüber Regierung und besitzenden Klassen zu verändern; mehr Erfolg versprach er sich «von einer einigermaßen ausreichenden Organisation für Krankheits-, Invaliditäts- und Altersversorgung». Die Bismarcksche Sozialpolitik brachte der Sozialdemokratie eine neue Belastungsprobe, die zu schweren inneren Auseinandersetzungen führte.

Als das Sozialistengesetz jedoch schließlich im Herbst 1890 auslief und vom Reichstag nicht weiter verlängert wurde, konnte von einer gebrochenen Kampfkraft der Sozialdemokratie nicht die Rede sein. Seit Existenz des Ausnahmegesetzes war es ihr sogar gelungen, den Masseneinfluß erheblich zu vergrößern. Die Wählerstimmen hatten sich seit 1877 fast verdreifacht, im gleichen Zeitraum wuchs die Zahl der im Deutschen Reich erscheinenden Parteiblätter von zweiundvierzig auf sechzig an. August Bebel schrieb anläßlich des Triumphes über die Reaktion: In der Tat ist der «Schaden, den Staat und bürgerliche Gesellschaft durch die Herrschaft des Sozialistengesetzes an moralischem Ansehen bei den Massen erlitten, unermeßlich groß. Ihr schlimmster Feind konnte ihnen keinen größeren zufügen, als sie durch Erlaß dieses Gesetzes und seine Handhabung sich selber zugefügt haben.»

Trotz der wiedergewonnenen politischen Legalität wurden Sozialdemokraten aber nach wie vor im Berufsleben schikaniert. Anhängern der sozialdemokratischen Arbeiterbewegung drohten auch nach 1890 sofortige Entlassung und Exmittierung, vor allem, wenn sie aus ihrer politischen Überzeugung keinen Hehl machten. Gang und gäbe war dies in den Fabriken und Unternehmungen Otto zu Stolbergs. Dessen Kammer beriet am 26. November 1893 über Maßnahmen zur Zurückdrängung des sozialdemokratischen Einflusses unter den Arbeitern. Einen Erfolg versprach man sich vom Abonnement antisozialistischer, vor allem christlich orientierter Zeitschriften, die dann tatsächlich unter der Arbeiterschaft kostenlos in Umlauf gebracht wurden. Aufgabe der bald darauf gegründeten und von Otto zu Stolberg finanzierten «Arbeiter-Bibliothek» mit Zweigstellen in allen Gemeinden der Grafschaft war es, vaterländische und christliche Literatur, zum größten Teil geliefert aus der Buchhandlung des evangelischen Vereinshauses in Magdeburg, den Arbeitern nahezubringen. Jene freilich, hauptsächlich die jüngeren, nutzten das Angebot kaum. Am 29. November 1893 schrieb

Stolberg an den Rand des Berichtes seiner Kammer: «Was die Entfernung socialdemokratischer Elemente aus der Arbeiterschaft betrifft, so betrachte ich diesen Grundsatz wie schon seit jeher als selbstverständlich.» Wieder einmal machte die «schwarze Grafschaft» ihrem Namen alle Ehre.

Kontakte zum Vatikan

Im Sommer und Herbst 1879 schreibt Vizekanzler Stolberg besonders häufig an Schwager Septi nach Wien. Seinen Briefen mit den familiären Neuigkeiten fügt der Graf meist amtliche Schreiben hinzu, in denen er um die Dienste des Botschafters «ergebenst ersucht». Die private Post der beiden Politiker wird zusammen mit der dienstlichen per Kurier befördert; deren Inhalte unterscheiden sich oft nur durch die Form der Anrede und den Stil. Was Otto und Septi zwischen Berlin und Wien austauschen, sind handfeste politische Informationen, und obwohl sich Reuß über die amtlichen Floskeln des Schwagers amüsiert, weiß er genau, wie nützlich ihnen beiden dieser Schriftwechsel ist. Gerade jetzt, im Sommer 1879, laufen diplomatische Bemühungen um die Beilegung des Kulturkampfes. Der Kaiser hat dem Papst am 21. Juni direkte Verhandlungen vorgeschlagen, womit sich jener einverstanden erklärte. In seiner Antwort offerierte der Papst, die Präliminarpunkte für eine Verständigung in Besprechungen zwischen dem Nuntius Jacobini und dem deutschen Botschafter Reuß in Wien feststellen zu lassen.

Das päpstliche Schreiben erreichte in Berlin Vizekanzler Stolberg. Er und Preußens neuer Kultusminister, Robert von Puttkamer, nahmen sich dieser heiklen Angelegenheit an, denn Bismarck weilte in Kissingen zur Kur. In einem Bericht an Kaiser Wilhelm vom 15. August urteilten Stolberg und Puttkamer, die päpstliche Note würde die Erwartung rechtfertigen, daß man nach der Aufnahme von Besprechungen über konkrete Punkte sich im Vatikan «weniger unzugänglich zeigen würde, als bis jetzt angenommen werden mußte». Kaiser Wilhelm nahm diese Empfehlung erfreut auf, als Randbemerkung notierte er: «Diese Ansicht habe ich stets aufgefaßt, seit der Berufung Leos XIII. auf den Päpstlichen Stuhl.» Zugleich ermächtigte er Prinz Reuß in Wien zu offiziellen Verhandlungen mit Jacobini.

An diesem politischen Stimmungsumschwung hatte Stolberg beträchtlichen Anteil. Bereits wenige Tage bevor er am 14. März 1878 seine Reise von Wien nach Berlin angetreten hatte, um hier mit Bismarck über dessen Stellvertretung als Reichskanzler und Ministerpräsident Preußens zu verhandeln, war er zufällig im Vorzimmer des österreichisch-ungarischen Außenministeriums mit dem in Wien akkreditierten Nuntius Ludovico Jacobini zusammengetroffen. Der kleine, dicke Prälat mit den verschmitzt dreinblickenden Augen gehörte seit 1874 zum Bild der Wiener Diplomatenwelt. Doch Stolberg kannte ihn kaum, denn der Italiener kam niemals zu geselligen Zwecken in die deutsche Botschaft, und wenn die beiden einander auf Empfängen begegnet waren, mußte stets das Wetter als Gesprächsthema herhalten. Dienstlich hatte man bis dahin nichts miteinander zu tun gehabt, da seit Ausbruch des Kulturkampfes weder das Deutsche Reich noch Preußen diplomatische Beziehungen zum Vatikan unterhielten.

Zur Überraschung des Grafen begann Jacobini seinerzeit ganz unvermittelt ein Gespräch. Es sei für die deutsche Regierung von Vorteil, wenn wieder «die einst so segensreichen Verbindungen angeknüpft und vielen Millionen Katholiken der innere Friede zurückgegeben würde».

Nach dem Tode Papst Pius' IX. hatte unter dessen Nachfolger, Leo XIII., eine stärkere antisozialistische Orientierung der katholischen Kirche eingesetzt. Angesichts des Kampfes gegen die Sozialdemokratie und der parlamentarischen Auseinandersetzungen um die Schutzzollgesetze suchte Bismarck Ende der siebziger Jahre eine Annäherung an die Zentrumspartei. Diese zeigte sich jedoch nur unter der Voraussetzung zum Einlenken bereit, daß die seit 1872/73 bestehende Kulturkampfgesetzgebung aufgehoben würde.

Leo XIII. hatte sogleich nach seiner Amtseinführung ein Schreiben an Kaiser Wilhelm gerichtet, in dem er Verständigungsbereitschaft signalisierte. Im Falle einer «anerkennenden Antwort» sollte sein Vorstoß der Ausgangspunkt für eine Politik der Wiederannäherung sein. Doch in Berlin war man auf einen so schnellen Gesinnungswandel im Vatikan zunächst nicht vorbereitet gewesen. Die Beantwortung des päpstlichen Schreibens zog sich deshalb sehr lange hin, sie erfolgte erst am 24. März, allerdings in sehr unverbindlichen Worten, und nachdem auch Stolberg in Berlin Kanzler und Kaiser über sein Gespräch mit Jacobini unterrichtet hatte. Bismarck erteilte dem Grafen den Auftrag, unverzüglich nach seiner Rückkehr in Wien Kontakt zu Jacobini aufzunehmen.

Erstaunlicherweise erfuhr davon sogar eine Berliner Illustrierte. Am 17. März 1878 hatte man da lesen können: «Gerüchteweise verlautet, daß Graf Stolberg gleichzeitig eine auf den Kulturkampf bezügliche Mission von Wien aus übernommen haben soll. Es seien ihm von Wien seitens eines hohen katholischen Geistlichen Eröffnungen über die Eventualität einer Aussöhnung der Kurie mit den in Preußen durch die neue kirchenpolitische Gesetzgebung geschaffenen Verhältnissen gemacht worden, die Graf Stolberg für so beachtenswert gehalten habe, daß er durch eine geeignete Anfrage bei den hiesigen maßgebenden Persönlichkeiten über deren Stellung zu dieser Eventualität sich informiere.»

Am 30. März war Stolberg mit dem Nuntius zusammengetroffen und hatte diesem mitgeteilt, der Brief des Papstes sei «in Berlin mit Freude aufgenommen worden» und man hoffe jetzt auf die Überwindung der bestehenden Schwierigkeiten.

Während Jacobini seit der Begegnung mit Stolberg regelmäßig zu den Empfangsabenden in der deutschen Botschaft in Wien erschien und damit dem päpstlichen Sinnesumschwung Ausdruck verlieh, gerieten diese ersten Annäherungsversuche in Berlin bald wieder ins Stocken. Am 17. April forderte der Papst die Aufhebung der «Maigesetze» und die Wiederherstellung der 1873 abgeänderten preußischen Verfassung. Dagegen erwartete Bismarck vom Vatikan ein Einwirken auf die Zentrumspartei, damit diese der Regierung bei den vorgesehenen Maßnahmen gegen die Sozialdemokratie den Rücken stärke. Doch obwohl ihm Kardinalstaatssekretär Alessandro Franchi bereits Mitte März die Bereitschaft der Kurie angezeigt hatte, das Zentrum in seiner regierungsfeindlichen Opposition zur Mäßigung zu ermahnen, konnte davon bisher nicht die Rede sein.

Während sich der Vatikan für die brutalsten Maßnahmen des Staates gegen die Arbeiterbewegung aussprach, verfolgte das Zentrum zunächst aus taktischen Erwägungen heraus weiterhin einen anderen politischen Kurs als Bismarck. «In jenen Tagen», so schrieb August Bebel, «spürte das Zentrum den Kulturkampf, wenn er auch schon im Abbröckeln war, noch in allen Knochen. Ein Ausnahmegesetz, wenn auch gegen eine ihm verhaßte Partei, erschien ihm schon wegen der Konsequenzen bedenklich. Auch hätten seine Anhänger eine solche Haltung nicht verstanden, nachdem man selbst unter Ausnahmegesetzen stand.»

Als die Zentrumsfraktion schließlich mit dazu beitrug, am 24. Mai 1878 den Entwurf des «Gesetzes zur Abwehr sozialdemokratischer Ausschreitungen» im Reichstag zu Fall zu bringen, erregte ihre Haltung im Vatikan Mißfallen. Damals äußerte sich Kardinalstaatssekretär Franchi sehr erzürnt gegenüber dem Grafen Paar, österreichischer Botschafter beim Heiligen Stuhl: «Die deutschen Katholiken hätten in diesem Falle, wo es sich um die Rettung der Gesellschaft handelte, nicht mit den Sozialisten gegen die Regierung stimmen sollen; sie hätten es vom katholischen Standpunkt aus nicht tun dürfen.» Schließlich aber bot Nobilings Attentat auf Kaiser Wilhelm am 2. Juni 1878 Leo XIII. eine Gelegenheit, den Monarchen zu seiner Rettung zu beglückwünschen und die «gräßliche Tat» zu verurteilen. Obwohl immer wieder Sand in die Verhandlungsmaschinerie geriet, rissen jetzt die Kontakte zwischen dem Vatikan und der deutschen Regierung, meist geführt über die Nuntiatur in München, nicht wieder völlig ab.

Vom 4. bis 11. Juli 1878 hielt sich Otto zu Stolberg, der mittlerweile sein Amt als Vizepräsident des preußischen Staatsministeriums angetreten hatte, in Wien auf. Offiziell hieß es, der Graf sei in die Donaumetropole gereist, um Kaiser Franz Joseph sein Abberufungsschreiben als Botschafter zu überreichen und einige persönliche wie dienstliche Obliegenheiten wahrzunehmen. Tatsächlich aber war er in Sondermission gekommen, die Bismarck nur geschickt zu kaschieren verstand.

Am 8. Juli traf Stolberg mit Jacobini zusammen. Der Prälat erläuterte ihm die Bedingungen des Vatikans: Rückkehr «zum Friedenszustand, wie er vor dem gegenwärtigen Streite war», und eine offizielle Erklärung der deutschen Regierung des Inhalts, daß die Kulturkampfgesetze künftig «ohne Wirkung und Wert» seien. «Der Heilige Stuhl», so sagte Jacobini schließlich zu Stolberg, «glaubt an Ihre aufrichtigen Friedensabsichten, aber es ist Tatsache, daß viele

Katholiken in Deutschland kein rechtes Vertrauen auf Ihre Kundgebungen haben und daß sie Taten sehen wollen. Wenn Sie jene Zwangsmaßnahmen aufheben, werden Sie die Katholiken außerordentlich beruhigen und ihnen den Vorwand zu Klagen nehmen; Sie werden dem Hl. Stuhl es erleichtern, Ihnen zu helfen.»

Tatsächlich tauschten sich Jacobini und Stolberg bereits damals über Möglichkeiten einer Abschwächung mancher Kulturkampfbestimmungen aus. Jacobini berichtete drei Tage nach dem Gespräch, Stolberg habe ihn gefragt: «Könnte der Hl. Stuhl nicht die Bischöfe oder geistlichen Oberen ermächtigen, daß sie die Kandidaten für die Pfarreien der staatlichen Behörde einfach anzeigen? Sie brauchten dabei gar nicht um die Genehmigung zu ersuchen. Eine solche Ernennung durch geistliche Obere sollte rechtsgültig sein, wenn dieselbe nicht innerhalb einer festgesetzten Zeit von der Regierung beanstandet würde.»

Nach seiner Rückkehr informierte Stolberg den Kanzler und den Kultusminister über seine Gespräche, am 14. Juli beriet das Staatsministerium über mögliche Kontakte zur Kurie in einer vertraulichen Besprechung. Bismarck brachte hier zum Ausdruck, «Verhandlungen mit dem Vatikan können nur in Berlin geführt werden», er habe «durch seine Kanäle» den Münchener Nuntius Aloisi Masella um einen Besuch gebeten.

In den letzten Julitagen 1878 trafen schließlich Bismarck und Masella in Bad Kissingen zusammen. Ihre Besprechungen zogen sich über drei Wochen hin, greifbare Ergebnisse brachten sie nicht, da der Kanzler die Zeit für einen «prinzipiellen Ausgleich» mit dem Vatikan noch nicht für gekommen hielt. Allerdings stellte er die Aufhebung der «Maigesetze» in Aussicht – diese könne aber nur ganz allmählich erfolgen und Vorbedingung sei, daß sich der Heilige Stuhl zu ins Gewicht fallenden Konzessionen bereit fände: So müsse das Zentrum aufhören, die Regierung zu bekämpfen, die ultramontane Presse gelte es kirchlicherseits zur Mäßigung anzuhalten. Außerdem erwartete Bismarck die Mithilfe der Kurie bei der Erlangung einer breiten Regierungsgrundlage nach den soeben erfolgten Reichstagswahlen. Erst wenn alle diese Voraussetzungen gegeben seien, hätte er keine Bedenken mehr, «ein wenig nach Canossa» zu gehen. Dies brachte der Reichskanzler unter herzhaftem

Lachen hervor, in das Nuntius Masella ungehemmt und beifällig einstimmte.

Doch die Bemühungen des Vatikans, das Zentrum regierungsfreundlicher zu stimmen, blieben auch noch in den folgenden Monaten erfolglos. Am 19. Oktober verweigerte diese Partei dem «Gesetz gegen die gemeingefährlichen Bestrebungen der Sozialdemokratie» im Reichstag seine Zustimmung. Prinz Heinrich zu Reuß gab darüber gegenüber Jacobini dem Mißfallen der deutschen Regierung Ausdruck.

Bereits Ende 1878 zeichnete sich in der klerikalen Presse in Deutschland ein deutliches Einlenken auf die Politik des Vatikans ab. Die Zentrumspartei befürchtete, sie könne bei den Gesprächen zwischen Rom und Berlin nun völlig übergangen werden. Windthorst versicherte am 12. Dezember dem Papst, seine Partei habe den sehnlichsten Wunsch, die Absichten des Heiligen Stuhls zu unterstützen.

Während Stolberg und Puttkamer die Aufnahme offizieller Verhandlungen in Wien forcierten, brachte Bismarck für die Entscheidungsfreudigkeit seiner Stellvertreter kein Verständnis auf. Als der Kanzler am 16. August in Kissingen von Leos Schreiben Kenntnis erhielt, telegraphierte er umgehend nach Berlin: «Die Antwort an den Papst kann unter keinen Umständen abgehen, bevor ich sie gesehen habe und hätte Majestät nicht früher vorgelegt werden sollen».

Möglicherweise wäre auch Bismarck zu diesem Zeitpunkt bereit gewesen, für Verhandlungen mit der Kurie «grünes Licht» zu geben, vielleicht spekulierte er aber noch immer auf bedeutendere Vorleistungen seitens des Vatikans; vor allem fühlte sich der «Eiserne Kanzler» übergangen, und darüber ärgerte er sich am meisten.

Bismarcks Depesche blieb jedoch unberücksichtigt. Am 18. August wurde die kaiserliche Antwort, abgefaßt von Stolberg und Puttkamer, nach Rom geschickt – sie verdeutlichte den vorbereitenden Charakter der geplanten Verhandlungen.

Daß der Graf so schnell und über Bismarcks Kopf hinweg handelte, offenbart seine Haltung zum Kulturkampf. Stolberg wünschte damals den Abbau der Kulturkampfgesetze, obwohl er dabei nicht die Rückkehr zu den alten Zuständen im Auge hatte. Beispielsweise lehnte er die geistliche Schulaufsicht nach wie vor ab. Ottos persönliches Engagement hing eventuell mit seinen Plänen für eine staatliche Sozialpolitik zusammen. Möglicherweise erhoffte er ein parlamentarisches Zusammengehen mit dem Zentrum, denn Windthorst hatte im Reichstag alleinige Repressionen gegen die Sozialdemokratie verworfen und von der Regierung soziale Maßnahmen verlangt.

Stolberg schaltete in jenen Augusttagen den Kanzler aber auch aus einem ganz anderen Grunde aus. Mehrfach hatte der ihm sehr deutlich zu verstehen gegeben, mit dem Vatikan müßte direkt in Berlin konferiert werden, während tatsächlich weiterhin in Wien die einst von Stolberg begonnenen Unterredungen mit Jacobini auf der höheren Stufe von offiziellen Verhandlungen fortgesetzt wurden. Dies muß dem Vizekanzler und ehemaligen Botschafter ausgesprochen willkommen gewesen sein, zumal er sein politisches Konzept bei Schwager Septi in guten Händen wußte. Außerdem versprach er sich davon eine Fülle interner, vertraulicher Informationen. Hätte man jedoch in Berlin getagt, wäre er vom Kanzler ganz gewiß nicht in diesem Maße eingeweiht worden.

Doch die Wiener Gespräche zwischen Jacobini und dem deutschen Botschafter zogen sich in die Länge. Bismarck selbst war es, der sie häufig störte. Am 18. Januar 1880 erfuhr Prinz Reuß von Graf Stolberg: «Vor Weihnachten hatte ich einen gelinden Schreck, als Bismarck ... plötzlich orakelhaft andeutete, die Verhandlungen könnten etwas einschlafen. Dieser Orakelspruch wurde hier ungeschickt übersetzt, und ich hatte Mühe, zunächst die überstürzte Weitergabe zu verhindern.»

Dies gelang Stolberg, da er damals meist in den Sitzungen des preußischen Staatsministeriums präsidierte; vor allem aber, weil er nach dem Tode Bernhard Ernst von Bülows seit Oktober 1879 auch dem Auswärtigen Amt vorstand, wohin alle wichtigen Meldungen deutscher Missionen im Ausland gelangten und wo letztlich die politischen Marschbefehle ausgegeben wurden.

Im Frühjahr 1880 folgten weit massivere Attacken des Kanzlers. In einem Brief Bismarcks vom 20. April an Botschafter Reuß hieß es: «Was hilft uns die theoretische Parteinahme des römischen

Stuhles gegen die Socialisten, wenn die katholische Fraktion im Lande, unter lauter Bekennung ihrer Ergebung in den Willen des Papstes, in allen ihren Abstimmungen den Socialisten wie jeder anderen subversiven Tendenz öffentlich Beistand leistet?»

Obwohl sich im März/April 1880 erstmals ein Teil des rechten Zentrumsflügels im Reichstag für das Sozialistengesetz erklärt hatte, war von der Fraktionsmehrheit die hier beschlossene Verlängerung des Ausnahmegesetzes um vier Jahre abgelehnt worden. Dazu kam, daß diese Partei zwei weiteren Regierungsvorlagen ihre Zustimmung verweigerte, an deren Durchsetzung der Kanzler ein ganz besonderes Interesse hegte.

Am 17. April 1880 stimmten die Abgeordneten des Zentrums zusammen mit denen der Sozialdemokratie und zahlreichen Linksliberalen gegen das neue, sieben Jahre gültige Militärgesetz (Septennat), mit dem die Friedenspräsenzstärke des Heeres von etwa 420000 Mann um weitere 26000 Soldaten erhöht werden sollte. Außerdem sah die Neuregelung vermehrte Reserveübungen vor. Graf Otto zu Stolberg gehörte zu den Befürwortern der Septennatsvorlage, die von einer Reichstagsmehrheit, bestehend aus Konservativen, Freikonservativen und Nationalliberalen, angenommen wurde. Mit den Stimmen des Zentrums, der Fortschrittspartei, linker Nationalliberaler, der Sozialdemokratie, aber auch verschiedener Konservativer wurde am 27. April des gleichen Jahres im Reichstag die sogenannte Samoa-Vorlage zu Fall gebracht.

Unter Mitwirkung von Bismarcks Bankier Bleichröder hatte Adolph Hansemann, Chef der Disconto-Gesellschaft, ein bankrott gegangenes Hamburger Seehandelshaus übernommen, das im Südseegebiet zahlreiche Plantagen und Niederlassungen besaß und vor allem im Handel mit Samoa und den benachbarten Inseln über günstige Wirtschaftsverbindungen verfügte.

Die im Februar 1880 von Hansemann gegründete Deutsche Seehandels-Gesellschaft wollte diese Unternehmungen fortführen, forderte jedoch dafür Staatskredite. Das Deutsche Reich sollte für die in der neuen Gesellschaft anzulegenden acht bis zehn Millionen Mark einen jährlichen Reingewinn von 4,5 Prozent garantieren und damit das Risiko des Kolonialgeschäfts tragen.

Die freihändlerisch orientierte Bourgeoisie stimmte gegen die

Vorlage, da sie darin einen Eingriff in die Verhältnisse der freien Konkurrenz sah. Wie sie argumentierten einige Konservative, die zumeist der sogenannten «Kreuzzeitungs»-Gruppe innerhalb ihrer Partei angehörten und erst nach 1880 auf die Linie der Fraktionsmehrheit einschwenkten.

Von der Sozialdemokratie wurde die koloniale Expansion prinzipiell abgelehnt und darauf verwiesen, daß Bismarck damit zugleich innenpolitische Ziele verfolge: Der Kolonialismus werde zur Stärkung des preußisch-deutschen Militärstaates beitragen und durch den Export der sozialen Frage als Kampfmittel gegen die Sozialdemokratie von Nutzen sein.

Die meisten Freikonservativen, auch Otto zu Stolberg, sahen in der Samoa-Vorlage den längst fälligen Beginn einer deutschen Kolonialpolitik. Angesichts des zu eng gewordenen nationalen Marktes hofften sie auf neue Absatzmärkte und Rohstoffquellen. Mit Hilfe des Staates wollte man in den Kampf um den Weltmarkt eingreifen.

Die Gründe, die das Zentrum zur Ablehnung bewegten, resultierten hauptsächlich aus ihren antipreußisch-partikularistischen Interessen, die darauf zielten, vor allem eine Stärkung der Machtsphäre Preußen-Deutschlands zu verhindern.

Von einer geschlossenen antikolonialen Front innerhalb der Fraktion, der Parteipresse und auch der Wählerschaft konnte jedoch schon nach 1880 nicht mehr gesprochen werden. Bald dominierte die Zustimmung zu einer «gesunden, nicht abenteuerlichen Kolonialpolitik».

Die oppositionelle Haltung des Zentrums veranlaßte Bismarck noch mehrfach, in seinen Briefen an Botschafter Reuß den Vatikan scharf anzugreifen. Am 8. Mai 1880 betonte er im Reichstag, die Haltung dieser Partei bilde für ihn eine «Interpretation der Absichten des Hl. Stuhles und einen Gradmesser» dafür, was man von Rom tatsächlich erwarten dürfe.

Schließlich ging Bismarck so weit, den diplomatischen Schriftwechsel zwischen Jacobini, Reuß und der preußischen Regierung Ende Mai 1880 in der «Norddeutschen Allgemeinen Zeitung» und in der halbamtlichen «Provinzial-Correspondenz» veröffentlichen zu lassen, womit er ganz gezielt die vereinbarte Vertraulichkeit der

Verhandlungen unterlief. Der Vatikan erwog zunächst Gegenveröffentlichungen, sah jedoch auf Anraten Windthorsts davon ab.

Obwohl der Kanzler kräftig auf die politische Pauke schlug, verraten seine zum Teil auch unveröffentlicht gebliebenen Korrespondenzen mit Botschafter Reuß sowie die Sitzungsprotokolle des preußischen Staatsministeriums, daß seit März 1880 in Wien ernsthaft über praktische Schritte zum Abbau der Kulturkampfgesetze verhandelt wurde.

Am 24. April teilte Stolberg seinem Schwager Septi mit, Aufgabe eines gegenwärtig diskutierten Gesetzentwurfs sei es, «die allergrößten Schwierigkeiten der Maigesetze» definitiv zu beseitigen. Freilich wisse er nicht, was «die große Sphinx» – womit Bismarck gemeint war – wirklich darüber denke.

Kernstück der elf Paragraphen umfassenden Regierungsvorlage waren die Artikel 1 und 4, die den Priestermangel abstellen und die Rückkehr der verbannten Bischöfe durch ihre Begnadigung ermöglichen sollten. Außerdem sah die Gesetzesinitiative eine Lockerung bei der staatlichen Verwaltung kirchlicher Vermögen sowie die teilweise Wiederaufnahme der seit 1875 gesperrten finanziellen Leistungen für die katholische Kirche vor.

Die Paragraphen dieses ersten «Milderungsgesetzes» waren vom ersten bis zum letzten Tage umstritten. Stolberg sprach sich auf einer Staatsministerialsitzung am 7. Mai gegen zu weitgehende Befugnisse der Kirche bei der Ausbildung des Priesternachwuchses aus. Damit teilte der Graf die Bedenken des Justizministers, welcher mürrisch meinte: «Man dürfe nicht ganz ungebildete Bauernburschen als Geistliche zulassen», der Staat müsse auch weiterhin auf die Qualität der Ausbildung achten. Allerdings wünschte Stolberg die Annahme von Paragraph 4, der die Wiedereinsetzung entlassener oder verurteilter Bischöfe durch den König ermöglichen sollte. Der Staat, so Stolberg, vergebe sich mit diesem Zugeständnis nichts, zudem verliere auf diese Weise die Kirche eines ihrer Hauptargumente.

Schon am 18. Mai 1880 trat das Staatsministerium erneut zu einer vertraulichen Beratung über die Begründung des Gesetzentwurfs im preußischen Landtag zusammen. Otto zu Stolberg war mit dem bisherigen Wortlaut nicht einverstanden; nach seiner Ansicht dürfe im Parlament grundsätzlich kein Zweifel daran gelassen werden, daß der Anstoß von der Regierung ausgehe. Deshalb müsse der Eindruck erzeugt werden, diese «wolle aus der gesetzgeberischen Machtvollkommenheit des Staates heraus, aus eigener Initiative, der katholischen Bevölkerung gewähren, was man ohne Aufgabe nothwendiger staatlicher Machtmittel gewähren könne, aber die Bedürfnisse der Bevölkerung, nicht die Interessen der Kirche, seien das Entscheidende». Gegen diesen Grundgedanken würden verschiedene Formulierungen der Gesetzesmotivierung verstoßen.

Im preußischen Abgeordnetenhaus votierte der rechte Flügel der Nationalliberalen zusammen mit den beiden konservativen Fraktionen am 19. Juni 1880 für die Regierungsvorlage, nachdem der Paragraph 4 zu Fall gebracht worden war, zwei Wochen später wurde sie auch vom Herrenhaus akzeptiert.

Das Zentrum taktierte, eine zusammengestrichene Fassung wollte es nicht unterstützen, eine endgültige Ablehnung jedoch nicht riskieren.

Obwohl die namentliche Abstimmung nur eine Mehrheit von vier Stimmen ergab, war damit der erste Schritt zur Aufhebung der Kulturkampfgesetze getan.

Im April 1882 nahm Preußen die diplomatischen Beziehungen zum Vatikan wieder auf, zugleich gestatteten weitere «Milderungsgesetze» den verbannten Bischöfen ihre Rückkehr nach Preußen. Entscheidende Bedeutung für die Beilegung des Kulturkampfes kam den zwischen 1879 und 1881 geschlossenen Bündnisverträgen zu; Bismarck meinte, dem Gespenst einer antideutschen Koalition katholischer Mächte entronnen zu sein.

Die vollständige Liquidierung des Kulturkampfes erfolgte aber erst 1886/87. Am 23. Mai 1887 erklärte Leo XIII. in einem feierlichen Konsistorium den Kulturkampf für beendet.

Im Bündnis mit Österreich-Ungarn

In den Abendstunden des 18. August 1879 fährt Graf Stolberg mit dem Zug von Babelsberg nach Berlin. Neben ihm im Eisenbahncoupé sitzt Joseph Maria von Radowitz. Beide Männer haben an einem Festbankett des österreichischen Botschafters teilgenommen, zu dem auch Kaiser Wilhelm erschienen war. Beim Abschied hatte der Monarch Radowitz einen soeben erst eingetroffenen Brief des Zaren, seines Neffen, mit dem Auftrag übergeben, ihn unverzüglich durch Kurier an Bismarck gelangen zu lassen. «Lesen Sie das und geben Sie es auch Graf Stolberg!» forderte er Radowitz auf.

Dieser überfliegt erst im Zugabteil das in französischer Sprache abgefaßte Schreiben, und als er es schließlich an Stolberg weiterreicht, fragt er nur: «Was sagst du dazu?» Otto, der den Brief zweimal liest, antwortet überrascht: «Das ist stark. Das Stärkste, was ich noch in der Art gelesen habe.»

Zar Alexander II. hat sich bei Kaiser Wilhelm über einige deutsche Diplomaten in der Türkei beschwert, «deren Haltung in letzter Zeit leider Rußland gegenüber feindlich» sei. Dieser Umstand könne für die bisherigen gutnachbarlichen Beziehungen beider Staaten traurige Konsequenzen haben. Aber Rußlands Monarch ist auch mit dem deutschen Reichskanzler hart ins Gericht gegangen. Er wirft ihm vor, aus persönlicher Verärgerung das politische Gleichgewicht zu stören, und erinnert in diesem Zusammenhang an Rußlands neutrale Haltung während des Krieges von 1870/71. Damals habe er Deutschland einen großen Dienst erwiesen, an den sich der Kanzler jetzt offenbar nicht mehr erinnere. Alexander schließt sein Schreiben mit dem Appell: «... aber die Zustände gestalten sich allzu ernst, als daß ich Ihnen die Besorgnisse verbergen könnte, die mich erfüllen und deren Folgen für unsere beiden Länder verhängnisvoll werden könnten. Möge Gott uns davor bewahren und Sie erleuchten.»

Der Brief des Zaren an Kaiser Wilhelm war Ausdruck dafür, daß sich die russisch-deutschen Beziehungen nach dem Berliner Kongreß zunehmend verschlechterten. Die Regierung Alexanders II., im Innern schwer erschüttert, gab dem Druck der panslawistischen Kräfte nach. Die russische Presse zielte mit scharfen Angriffen auf Bismarck, man warf ihm vor, ausschließlich die Interessen Österreichs begünstigt zu haben. Verärgert zeigten sich Rußlands Herrschende auch über die im Juli 1879 vom Deutschen Reichstag beschlossenen Schutzzollgesetze, denn hohe Agrarzölle und eine schon seit Januar 1879 bestehende Sperre für den Viehimport aus Rußland beeinträchtigten ganz erheblich den Außenhandel des Zarenreiches. Geheime Bemühungen russischer Diplomaten um das Zustandekommen antideutscher Koalitionen mit Italien und Frankreich, von denen Bismarck erfuhr, sowie die nach dem Russisch-Türkischen Krieg erfolgte Konzentration russischer Armee-Einheiten an der Grenze zu Ostpreußen ließen ihn am Fortbestehen des Dreikaiserabkommens zweifeln. Der Kanzler tat das, obwohl er grundsätzlich wünschte, an dieser Allianz festzuhalten, «solange noch ein guter Faden daran» sei. Dazu freilich brauchte er ein verläßliches konservatives Regime in Rußland, und dessen gegenwärtige politische Instabilität bereitete ihm beträchtliche Sorgen.

Da auch der österreichisch-ungarische Außenminister Andrássy seinen Rücktritt angekündigt hatte, erhob sich vor Bismarck das Gespenst einer gegen Deutschland gerichteten Allianz zwischen Rußland, Frankreich und Österreich-Ungarn. Es schien ihm denkbar, daß Andrássy über Bord geworfen werde, um in der k. u. k.-Monarchie Platz für eine deutschfeindliche Politik zu schaffen. Am 13. August 1879, also zwei Tage bevor Zar Alexander sein als «Ohrfeigenbrief» bekannt gewordenes Schreiben an Kaiser Wilhelm richtete, telegraphierte Bismarck dem deutschen Botschafter in Wien, er wünsche eine persönliche Zusammenkunft mit Andrássy.

Bismarck war über den Brief des Zaren sehr verärgert, zugleich aber bestärkte ihn dessen Inhalt in der Überzeugung, die Beziehungen zu Österreich verbessern zu müssen. Am 26. August 1879 traf er in Gastein, wohin er sich zu einem längeren Kuraufenthalt begeben hatte, mit Andrássy zusammen. Beide Politiker bekundeten ihr gemeinsames Interesse an einem engeren Bündnis; Andrássy war sogar bereit, seinen bereits feststehenden Rücktritt bis zum Abschluß der von ihm ausdrücklich gewünschten antirussischen Allianz aufzuschieben.

Daraufhin erbat sich Bismarck vom deutschen Kaiser die formelle Ermächtigung für Verhandlungen mit der Wiener Hofburg. Doch Wilhelm leistete gegen diese Pläne erbitterten Widerstand. Dem Wunsch von Radowitz und Stolberg folgend, hatte der Monarch am 19. August seinen Kanzler in einem persönlichen Schreiben zwar vor den russischen Anschuldigungen in Schutz genommen, dennoch war er fest entschlossen, kein Bündnis gegen Dritte einzugehen, ehe Rußland nicht feindlich handle – worauf Bismarck nur kurz bemerkte: «Dann wollen aber die Dritten vielleicht nicht mehr.»

Der Kaiser blieb zunächst stur; zum Entsetzen des Kanzlers traf er sich am 3. September sogar mit dem Zaren. Während ihrer Gespräche soll Alexander II., der die Bündnisbestrebungen Bismarcks mit Sorge beobachtete, seinen Brief vom 15. August als «eine Dummheit» bedauert haben. Damit war diese Angelegenheit für den deutschen Monarchen bereinigt. Bismarck gab sich aber nicht geschlagen. Zielbewußt arbeitete der Kanzler an den konkreten Vertragsbedingungen, die er zunächst mit einer ganz anderen Erwägung verband. Der deutsche Botschafter in London mußte für ihn ermitteln, «welches die Politik Englands sein werde, wenn wir fortfahren, uns den russischen Zumutungen zu versagen und darüber mit Rußland in Zerwürfnis geraten sollten». Englands Regierung, die an einer stärkeren Unterstützung ihrer antirussischen Politik durch Deutschland interessiert war, reagierte jedoch ausgesprochen vorsichtig und ließ lediglich erklären: «Will uns der Fürst im Orient helfen, und dort gehen Englands Interessen Hand in Hand mit denen Österreich-Ungarns, so stehen wir, falls diese Politik Deutschland und Rußland in Händel verwickeln würde, dafür ein, daß Frankreich sich nicht rühren darf.»

Gleichzeitig verstärkte Bismarck den Druck auf Kaiser Wilhelm. Er kündigte ihm «sein schriftliches Gesuch um Entbindung vom Dienst» an und ließ am 11. September Graf Stolberg von Wernigerode nach Berlin rufen, dem er andeutete, er müsse vorübergehend die Geschäfte des Reichskanzlers sowie die des erkrankten Staatssekretärs im Auswärtigen Amt, Bernhard Ernst von Bülow, der zugleich preußischer Staatsminister war, übernehmen. Natürlich wußte der Kanzler, daß sein Vize zu den Befürwortern einer engeren Allianz mit Österreich gehörte. Als Botschafter hatte ihm Otto mehrfach den Wunsch der österreichisch-ungarischen Regierung übermittelt, «ein festes Bündnis mit dem Deutschen Reich abzuschließen». Damals aber, so Stolberg in seinen Lebenserinnerungen, wollte Bismarck «noch nicht recht darauf hören», da er wohl befürchtete, daß die «nicht hoffnungslosen Beziehungen zu Rußland darunter leiden könnten».

Wilhelm zeigte sich über Bismarcks hartnäckige Haltung entrüstet. Schon am 9. September hatte Otto von Bülow, Vortragender Rat im Auswärtigen Amt, an Radowitz berichtet: «Der Kaiser brausete einmal auf und schlug mit der Faust auf den Tisch: ‹Ich *lasse* Mich nicht wider meine Überzeugung zu einer Entscheidung drängen; einen Allianz-Vertrag unterzeichne ich glatterdings nicht. Acht Tage nachdem ich meinem Neffen die Hand gedrückt und mich von seiner Freundschaft für Preußen überzeugt habe, sollte ich solche Perfidie begehen?!›» Damals habe der Kaiser erwogen, zugunsten seines Sohnes zurückzutreten.

Am 12. September, einem Freitag, reiste Stolberg nach Berlin; tags darauf telegraphierte er an Bismarck: «Ich habe durch Auswärtiges Amt Kenntnis der gegenwärtigen Situation und des Schriftwechsels aus letzter Zeit erhalten. Ich bin mit vollster Überzeugung davon durchdrungen, daß die von Ew. Durchlaucht angeratene Politik in Bezug auf Österreich und Rußland die allein dem Ernst der Lage, unserem Interesse und der Erhaltung des Friedens entsprechende ist. Wenn Ew. Durchlaucht es wünschen, bin ich gern bereit, in mündlichem Vortrage bei Sr. Majestät anstelle des erkrankten Ministers von Bülow persönlich Einwirkung zu versuchen.»

Der Kanzler nahm Stolbergs Angebot an; allerdings war Wilhelm, wie Otto von Bülow an Radowitz schrieb, «ziemlich ungehalten, daß ohne sein Vorwissen ein preußischer Minister von dieser ganz geheimen Staatsangelegenheit Kenntnis erhalten habe und sonach ein Mitwisser mehr sei». Er habe sich erst beruhigt, als man ihm sagte, Stolberg erscheine in seiner Funktion als Vizekanzler und in Vertretung des erkrankten Staatssekretärs von Bülow.

Für das Gespräch mit dem Kaiser am 17. September hatte Otto mehrere Trümpfe in der Tasche. Zunächst schlug er Wilhelm vor, den mit Österreich auszuhandelnden Vertragstext nicht geheimzuhalten, sondern Zar Alexander darüber zu informieren. Außerdem sollte Rußland nicht ausdrücklich als potentieller Angreifer genannt werden. Im Laufe der Unterredung deutete Stolberg dem Kaiser allerdings an, daß der österreichische Außenminister darauf möglicherweise nicht eingehe. Generalstabschef Moltke hielt es dagegen für richtiger, Rußland als möglichen Aggressor ausdrücklich zu nennen, da Deutschland sonst Österreich auch in einem denkbaren Krieg gegen Italien unterstützen müßte. Stolbergs Vortrag zog sich über eine Stunde hin, und am Ende stimmte der Kaiser Verhandlungen über ein Defensivbündnis beider Länder zu. Ausschlaggebend für Wilhelms Einlenken war letztlich Graf Ottos Vorschlag, in den Vertragstext die Klausel aufzunehmen: Sollte eine der beiden Mächte einen Angriffskrieg unternehmen, ist die andere Macht zur Hilfeleistung nicht verpflichtet.

Als Stolberg gegen vierzehn Uhr, unmittelbar nach der Unterredung, in der Wohnung seines Freundes Radowitz eintraf, rief er diesem, noch in der Tür stehend, «Viktoria!» entgegen. Doch unter Dach und Fach war damit der Vertrag noch längst nicht, im Grunde begannen jetzt erst die Schwierigkeiten.

Am 20. September 1879 erhielt Andrássy von Bismarck ein Schreiben aus Gastein, worin ihm der deutsche Kanzler mitteilte, es sei gelungen, alle «entgegengesetzten Wirkungen» für das Treffen in Wien zu überwinden. Man könne nunmehr auf der Grundlage, wie sie zwischen Kaiser Wilhelm und Graf Stolberg vereinbart worden sei, weiterverhandeln. Tags darauf traf Bismarck in Wien ein, und am 24. September einigte er sich mit Andrássy über einen Vertragsentwurf, der beiden Monarchen «zur Gutheißung» empfohlen werden sollte.

Während Bismarck versucht hatte, eine nicht ausdrücklich gegen Rußland gerichtete Defensivallianz festzuschreiben, um den Vertrag auch gegen Frankreich zu richten, enthielt der ausgehandelte Text nun das gegenseitige Versprechen, einander mit der gesamten

Heeresmacht beizustehen, falls einer der Partner von Rußland angegriffen würde. Andrássy bestand darauf, denn Österreich wollte gegenüber dem englischen Kabinett den Eindruck einer gegen Frankreich gerichteten Bündnisverpflichtung vermeiden. Artikel 4 beinhaltete die Festlegung, das Abkommen geheimzuhalten und einer dritten Macht nur «im Einverständnisse beider Teile und nach Maßgabe spezieller Einigung» mitzuteilen.

Aufgrund der antirussischen Stoßrichtung war Kaiser Wilhelm zunächst nicht bereit, den Vertragstext zu genehmigen, und als ihn Ende September eine Botschaft des Zaren mit dem Wunsch um Wiederbelebung des Dreikaiserbündnisses erreichte, fühlte er sich in seiner Haltung nur bestätigt. Bismarck hatte von dem russischen Gesinnungswandel bereits einige Tage vorher erfahren. Er kam ihm sehr erwünscht, da der Kanzler durch den Abschluß einer Allianz mit Österreich letztlich doch Rußland wieder auf die Bahnen des Dreikaiserabkommens zwingen wollte; er meinte jedoch, ohne den Vertrag mit Wien würde es zu keiner erneuten Annäherung Rußlands kommen. Am 2. Oktober ließ Bismarck dem Kaiser ausrichten, die «friedlichen Tendenzen» des russischen Vorstoßes «beruhen auf der Voraussetzung, daß wir mit Österreich einig sind. Fällt diese Voraussetzung, so werden, wie ich fürchte, auch die friedlichen Tendenzen Rußlands fallen.»

Die veränderte Haltung in Petersburg veranlaßte Bismarck, seinen für den Notfall vorgesehenen Plan der Einbeziehung Englands in ein antirussisches Bündnis aufzugeben, zugleich aber unbedingt die mit dem österreichisch-ungarischen Außenminister Andrássy getroffene Übereinkunft durchzusetzen.

Am 28. September unterrichtete er die preußischen Staatsminister über das in Wien erreichte Ergebnis und die daraus entstandenen Meinungsverschiedenheiten mit dem Kaiser. Sollte der Monarch weiterhin die Abmachung mit Österreich verzögern, sähe er sich – so Bismarck – außerstande, die Verantwortung für die auswärtige Politik weiter zu tragen; in diesem Fall werde er sein Amt niederlegen.

Von den anwesenden Ministern, die im preußischen Kabinett diese Reichsangelegenheit debattierten – das war die Regel! –, wurde beschlossen, ihr Vizepräsident Stolberg möge noch einmal versuchen, den Kaiser im persönlichen Gespräch für das Vertragswerk zu gewinnen.

Drei Tage später reiste Otto in den frühen Morgenstunden nach Baden-Baden, und noch am Abend hatte er dort eine erste Unterredung mit dem Kaiser. Dieser war zunächst nur unter einer Voraussetzung bereit, den Vertrag zu genehmigen: Zar Alexander müsse über das Abkommen informiert werden. Doch Andrássy, von Bismarck sofort per Telegraph befragt, lehnte eine Information vor Abschluß des Vertrages ab. Nunmehr schlug Stolberg dem Kaiser vor, er möge dem Zaren schreiben, im Begriff zu stehen, «mit Österreich Verträge abzuschließen, wonach die Pflege guter Beziehungen zu Rußland versprochen und gegenseitige Hilfe nur für Angriffsfälle vereinbart würde». Damit zeigte sich Andrássy einverstanden, vorausgesetzt, der Kaiser erteile unverzüglich die Genehmigung zur Unterschrift. Am 3. Oktober konnte Stolberg an das Auswärtige Amt in Berlin depeschieren, Wilhelm habe «soeben, abends elf Uhr, durch Randvermerk schriftlichen Abschluß des Vertrages» befürwortet. Noch in dieser Nacht reiste Graf Otto nach Berlin. Doch zum Frohlocken war es zu früh, denn schon einen Tag später traf die Nachricht ein, der Kaiser wolle die erteilte Genehmigung widerrufen, wenn es nicht gelänge, die Verpflichtung Österreichs zur Hilfeleistung bei einem Angriff Frankreichs auf Deutschland in den Vertrag aufzunehmen. Diese Forderung ließ Wilhelm indes bald wieder fallen. Am Abend des 5. Oktober erteilte er Prinz Reuß die Vollmacht zur Unterschrift, der zwei Tage später zusammen mit Andrássy den Vertrag paraphierte.

Bismarck dankte auf der Sitzung des Staatsministeriums am 5. Oktober Stolberg für den erfolgreichen Abschluß seiner Mission in Baden-Baden. Nach wie vor hielt der Kaiser aber an seinem Wunsch fest, dem Zaren den konkreten Vertragstext und nicht nur eine knappe Information über das vereinbarte Bündnis mitzuteilen. Durch diese Haltung war zumindest die vorgesehene Ratifikation des Vertrages gefährdet, die innerhalb von zwei Wochen erfolgen mußte. Als Stolberg von der erneuten Schwierigkeit erfuhr, telegraphierte er dem Kaiser: «Ich halte es für meine Pflicht, Euer Majestät in tiefster Ehrfurcht auszusprechen, daß eine etwaige Zurückziehung der Allerhöchsten Genehmigung nach meiner festen

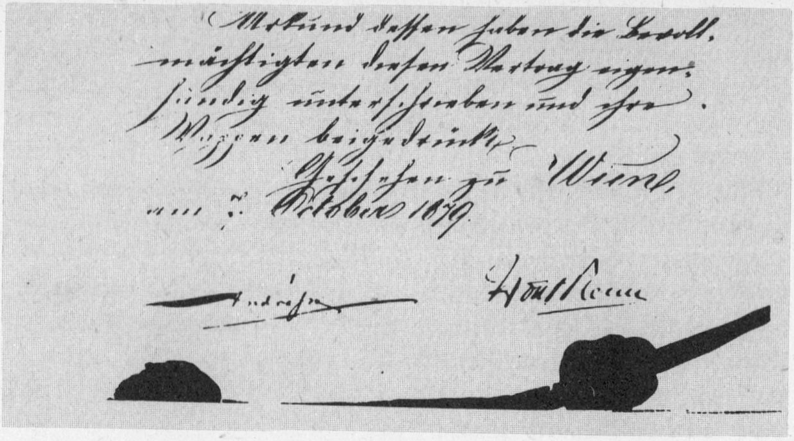
Urkund dessen haben die Bevollmächtigten diesen Vertrag eigenhändig unterschrieben und ihre Wappen beigedruckt.
Geschehen zu Wien, am 7. October 1879.

Ausschnitt aus dem Zweibundvertrag, paraphiert von Andrássy und Reuß

Überzeugung den Rücktritt des Fürsten Bismarcks, auch wenn er sich während dem im Urlaub befindet, zur Folge haben und daß dessen Abgang, wie die Verhältnisse liegen, auch die Demission des gesamten Staatsministeriums nach sich ziehen würde.»

Der von Kaiser Wilhelm schließlich doch noch rechtzeitig sanktionierte Vertrag mit Österreich-Ungarn bildete bis zum ersten Weltkrieg die Grundlage der deutschen Außenpolitik. Da von Frankreich kaum ein isolierter Angriff zu erwarten war, hatte Deutschland vor einem Zweifrontenkrieg jetzt gewissen Schutz.

Bismarck aber blieb an der Wiederbelebung des Dreikaiserbündnisses interessiert. Am 3. November 1879 faßte er seine Ansicht darüber in einem Diktat zusammen, auf dessen Grundlage Stolberg vier Tage später einen Runderlaß an alle deutschen Botschafter richtete. Dort hieß es: «Aus der Presse aller Länder und aus den diplomatischen Berichterstattungen entnehme ich, daß unser Verhältnis zu Rußland vielfach als ein gestörtes aufgefaßt wird und daß angenommen wird, Deutschland ändere seine traditionelle Politik Rußland gegenüber. Dem ist zu widersprechen sowohl bei der Unterhaltung als auch bei vorhandener Gelegenheit in der Presse. Deutschland hat nach wie vor dieselben Gründe und dieselben Wünsche mit Rußland in Freundschaft zu leben wie früher; wir haben kein Interesse, Rußland gegenüber andre als friedliche und freundschaftliche Absichten zu hegen. Selbst die Verwirklichung der weitgehendsten Pläne, welche man Rußland im Orient zuschreibt, würde an sich kein deutsches Interesse derartig berühren, daß wir deshalb ein Bedürfnis haben könnten, Rußland entgegenzutreten.»

Bismarck gelang es auch, den österreichisch-ungarischen Bündnispartner von der Notwendigkeit besserer Beziehungen mit dem Zarenreich zu überzeugen. Ein militärischer Konflikt mit Rußland, so wies er Botschafter Reuß an, müsse auf jeden Fall vermieden werden; es sei deshalb erforderlich, «dahin zu wirken, daß die Wahrscheinlichkeit eines solchen Krieges vermindert und kein Mittel zurückgewiesen werde, welches diesem Zwecke dienen kann». Ganz sicher würde trotz des Vertrages die Rivalität auf dem Balkan zwischen Österreich und Rußland bestehenbleiben, doch könne man Rußland «mit Vertrag doch immer noch mehr als ohne» vertrauen. Während sich Stolberg im Interesse dieser Politik dafür einsetzte, künftig auch die Polemik der deutschen Presse gegen das zaristische Regime einzustellen, bestand Bismarck, wie er seinen Stellvertreter wissen ließ, auf deren unbedingter Fortsetzung. Der Kanzler hielt sowohl eine energische Pressesprache wie erhöhte militärische Anstrengungen für erforderlich, um Petersburg zum Einlenken zu bewegen.

Die russische Regierung kam Bismarcks Absichten zunehmend entgegen, denn seit dem Berliner Kongreß nahm die internationale Isolierung zu, und die Rivalität mit England um Interessensphären im Orient und in Mittelasien wurde immer bedrohlicher.

Vor allem befürchtete Rußland die Nichteinhaltung des auf dem Kongreß vereinbarten Meerengenabkommens durch England; bei einem Durchbruch der englischen Flotte zum Schwarzen Meer hätte es keinen nennenswerten Widerstand leisten können. Außerdem sicherte damals Bismarck, um von der Annexion Elsaß-Lothringens abzulenken, insgeheim Frankreich zu, ihm nichts in den Weg zu legen, wenn es Tunis in seinen Besitz bringe. Diese Ermunterung für ein koloniales Unternehmen war von der französischen Großbourgeoisie sehr interessiert aufgenommen worden, und Rußland wollte eine Abkühlung seiner Beziehungen zu Frankreich unbedingt vermeiden.

Für die Politiker in Petersburg bestand die einzige Möglichkeit, um der totalen politischen Isolierung zu entrinnen, in der Erneuerung des alten Dreikaiserabkommens von 1873.

Ein solches Bündnis wurde am 18. Juni 1881 unterzeichnet. Alle drei Staaten verpflichteten sich zur Neutralität für den Fall, daß einer von ihnen mit einer vierten Großmacht in einen Krieg verwikkelt wird. Sollte Deutschland künftig mit Frankreich in Konflikt geraten, brauchte es eine Intervention Rußlands nicht mehr zu befürchten, das sich wiederum die Neutralität Deutschlands und Österreich-Ungarns in einem Krieg gegen England oder die Türkei sicherte.

Die drei Kaisermächte versprachen, gegenseitige Interessen auf dem Balkan zu respektieren, und für Rußland war von Bedeutung, daß alle Vertragspartner den Grundsatz des Geschlossenhaltens der Meerengen für Kriegsschiffe ausdrücklich sanktionierten.

Der Abschluß des Dreikaiserabkommens, an dessen Zustandekommen der im Juni 1881 aus dem Amt scheidende Stolberg kaum noch Anteil gehabt hat, war ein bedeutender außenpolitischer Erfolg Bismarcks. Obwohl es nicht gelang, mit dem Vertrag auch den österreichisch-russischen Gegensatz auf dem Balkan zu beseitigen, schien die unmittelbare Gefahr eines Krieges zunächst beseitigt.

Im Mai 1882 wurde Bismarcks Koalitionssystem durch den Abschluß des Dreibundvertrages zwischen Deutschland, Österreich-Ungarn und Italien ergänzt. Die Partner verpflichteten sich, keine gegeneinander gerichteten Allianzen einzugehen. Deutschland und die k. u. k.-Monarchie versicherten, Italien im Falle eines französischen Angriffs zu unterstützen, und Italien versprach dies wiederum Deutschland. Bei Aggressionskriegen einer Dreibundmacht gegen andere Staaten – gemeint war in erster Linie Rußland – bestand die Verpflichtung zu wohlwollender Neutralität; gleichzeitig wurde ausdrücklich betont, daß sich die Bestimmungen nicht gegen England richteten.

Italien erhielt durch den Dreibundvertrag Rückendeckung für seine kolonialen Expansionspläne, und Bismarck war es gelungen, Frankreich weiter zu isolieren.

Die vom Reichskanzler zwischen 1879 und 1882 abgeschlossenen Bündnisse beruhten auf Geheimverträgen, die es dem deutschen

Regierungschef erlaubten, einander zum Teil widersprechende oder sich überschneidende Vertragsbedingungen unter einen Hut zu bringen. Tatsächlich verschlechterte der Dreibundvertrag das Verhältnis zu Rußland weiter, denn die praktische Erweiterung des deutsch-österreichisch-ungarischen Bündnisses von 1879 durch den Beitritt Italiens stellte eine potentielle Bedrohung der übrigen europäischen Großmächte dar und hat die später einsetzende russisch-französische Annäherung geradezu herausgefordert.

Der «blaue Brief»

Als Graf Otto im Frühjahr 1878 die Stellvertretung Bismarcks als Kanzler und preußischer Ministerpräsident übernahm, soll er zu seiner Frau gesagt haben: «Das ist mein politischer Tod.» Tatsächlich ist die kurze Amtszeit Stolbergs, sieht man einmal von seiner Rolle beim Zustandekommen des deutsch-österreichisch-ungarischen Bündnisses im Herbst 1879 ab, oft von Meinungsverschiedenheiten und Auseinandersetzungen mit dem Reichskanzler bestimmt gewesen.

Sowohl in seiner Funktion als Oberpräsident wie auch als Botschafter hatte Stolberg stets über einen gewissen Entscheidungsfreiraum verfügt, als Bismarcks Vize stand ihm eine solche Selbständigkeit nicht mehr zu. Schon als er sich im Herbst 1878 für eine staatliche Sozialgesetzgebung aussprach, war er mit Bismarck hart aneinandergeraten, und nur bedingt durch den Umstand, daß dieser im Jahre 1879 infolge Krankheit und längerer Kuraufenthalte die Regierungsgeschäfte kaum wahrnahm, verzögerte sich der in gewisser Weise vorprogrammierte Konflikt mit seinem Stellvertreter um einige Monate.

Hinzu kam, daß besonders im Jahre 1879 Ministerwechsel im preußischen Kabinett dem Stellvertreter die Arbeit erschwerten. Am 5. Juli erhielt Finanzminister Hobrecht, der wie Landwirtschaftsminister Friedenthal Bismarcks Zoll- und Finanzpolitik ablehnte, den Abschied. Friedenthals Stelle, der zusammen mit Kultusminister Falk am 29. Juni zurückgetreten war, nahm Bismarcks Vertrauter Robert Lucius ein, während Robert von Puttkamer als neuer Kultusminister ins Kabinett kam. Ende Oktober erfolgte auch ein Wechsel im Justizministerium. Gerhard Leonhardt quittierte den Dienst und machte Platz für Heinrich Friedberg.

Nur in der kurzen Zeit zwischen August 1879 und Januar 1880 gelang es Stolberg, eigene politische Vorstellungen zu realisieren, die allerdings nicht immer Bismarcks Zustimmung fanden, wie seine intensiven Bemühungen um die Beilegung des Kulturkampfes zeigten. Er ergriff im Staatsministerium Initiativen zur Weiterführung der preußischen Verwaltungsreform und vertrat interimistisch den Reichskanzler im Bereich des Auswärtigen Amtes.

Das alles änderte sich schlagartig, als ein genesender Bismarck in den letzten Januartagen des Jahres 1880 in Berlin auftauchte und bekundete, fortan wieder «bis ins Detail» seine politischen, vor allem aber die außenpolitischen Aufgaben wahrnehmen zu wollen.

Hatte Stolberg deshalb seinem Schwager Septi bereits am 29. Januar angedeutet: «Über auswärtige Sachen werde ich Dir von jetzt an nur wenig mittheilen können», mußte er bald erfahren, daß ihm der Kanzler von heute auf morgen nahezu jeden Einblick in interne politische Vorgänge verwehrte.

Bereits in der ersten Februarwoche sah sich der Graf außerstande, an Reuß wie gewohnt zu berichten. Resigniert teilte ihm Stolberg mit: «Ich verwende meine Zeit hauptsächlich zum Spazierengehen, das ist auch ganz nützlich, wäre aber auf dem Lande in Combination mit kleinen Fuchsjagden noch angenehmer.» Über aktuelle politische Fragen wisse er «absolut gar nichts» mehr, im Notfall werde er sich wohl «beim Portier Nr. 77», gemeint war die Reichskanzlei, über manchen Sachverhalt erkundigen müssen.

So hatte Bismarck seinen Vize von einem Tag zum anderen und unmittelbar von der beginnenden Reichstagssession politisch kaltgestellt. «Morgen eröffne ich den Reichstag», schrieb Otto am 11. Februar an Septi, «da kann ich den Leuten einmal wieder Sand in die Augen streuen, welche wichtige Stellung ich einnehme.»

In den folgenden Wochen und Monaten kam sich Stolberg zunehmend als fünftes Rad am Wagen vor; denn Bismarck griff nur in besonderen Ausnahmefällen, meist wenn er kränkelte, auf den Stellvertreter zurück.

Als schließlich Anfang März die Flüsterpropaganda in Berlin wissen wollte, der Kanzler sei über das mangelnde politische Engagement Stolbergs verstimmt und beabsichtige deshalb, den Fürsten Chlodwig zu Hohenlohe-Schillingsfürst interimistisch mit der Stellvertretung im Auswärtigen Amt zu beauftragen, meinte ein sichtlich verärgerter Stolberg: «Mir persönlich ist es ganz einerlei, für die

Sache noch mehr, da es sich doch wesentlich um eine Strohmann-Rolle handelt.»

Die Berufung Hohenlohes, der dann im Jahre 1894 sogar zum deutschen Reichskanzler avancierte, erfolgte am 30. April 1880. Nur fünf Wochen später überraschte er Stolberg mit der Frage, ob jener bereit sei, auch die allgemeine Stellvertretung des Kanzlers an ihn abzugeben. Der Graf trug sich damals ohnehin mit dem Gedanken, Bismarck und Kaiser Wilhelm um seine Entlassung aus dem Staatsdienst zu bitten, ihm kam das Ansinnen Hohenlohes deshalb nicht unwillkommen, denn er hoffte, auf diese Weise einen komplikationslosen Abschied bewilligt zu erhalten.

Doch Bismarck, der Hohenlohe am 6. Juni zu diesem Schritt ermuntert hatte, zögerte jetzt und bekundete, auf Stolbergs Dienste vorerst noch nicht verzichten zu können. Allerdings erklärte er sich mit einem längeren Sommerurlaub seines Vize einverstanden, den in dieser Zeit Fürst Hohenlohe vertrat. Von Wernigerode aus richtete Otto zu Stolberg am 5. September 1880 ein Entlassungsgesuch an Bismarck. Darin erklärte er, sein «Bedürfnis nach Wiedererlangung der Freiheit» sei «ein immer lebhafteres geworden» und deshalb müsse er «den allerdringendsten Wunsch» aussprechen, sämtliche von ihm bekleidete Staatsämter aufzugeben. Als Vizekanzler dürfte er sicherlich leicht zu ersetzen sein, im Staatsministerium würde Bismarck ohnehin «naturgemäß eine so prädominierende Stellung einnehmen, daß für den Vizepräsidenten wesentlich nur eine gewisse formelle Handhabung der Geschäfte übrig bleiben kann». Seine eigenen Leistungen schlug Stolberg äußerst gering an.

Doch der «Eiserne Kanzler» widersprach und ließ Stolberg am 10. September wissen, der Graf unterschätze die Ergebnisse seiner Arbeit sowie deren Bedeutung, nach wie vor sei er, Bismarck, auf die Hilfe des Stellvertreters angewiesen.

Mit diesem Bescheid mußte Stolberg, wenn auch widerwillig, am 22. Oktober 1880 nach Berlin zurückkehren, denn sein Verhältnis zum «großen Mann» hatte sich keineswegs gebessert. Einen Brief an Anna, noch am Abend jenes Tages von ihm zu Papier gebracht, begann er mit den Worten: «Nun muß ich Dir wieder von hier schreiben, dem Ort, der mir von allen bisher bekanntgewordenen so ziemlich der unsympathischste ist.»

Im Herbst 1880 befand sich Otto zu Stolberg in einer eigenartigen Situation. Von den unmittelbaren Schalthebeln der politischen Macht weitgehend ferngehalten, gelang es ihm nur gelegentlich, im preußischen Staatsministerium seinen Einfluß geltend zu machen. Dem Entlassungsgesuch hatte Bismarck widersprochen, zugleich aber bekundete er überall, Stolberg sei den Anforderungen seiner politischen Ämter nicht gewachsen.

Einen Eindruck davon bekam Graf Hugo von Lerchenfeld-Koefering, ein guter Bekannter Stolbergs aus seiner Wiener Botschafterzeit, der am 12. November als Gesandter Bayerns nach Berlin kam und bald darauf mit dem preußischen Ministerpräsidenten zusammentraf. Nach Lerchenfelds Eindruck hatte Graf Otto damals bei Bismarck völlig ausgespielt. Im Gespräch mit ihm bezeichnete der Kanzler seinen Stellvertreter als einen Blender, dem überhaupt kein Posten liege.

Wahrscheinlich hielt Bismarck nach den Ministerentlassungen des Vorjahres den Zeitpunkt noch nicht für gekommen, weitere Sessel räumen zu lassen, und eventuell dachte er daran, einige potentielle Sündenböcke für seine unpopuläre Politik in petto haben zu müssen, denn innenpolitisch sah es damals für ihn sowohl im Reich wie auch in Preußen keineswegs rosig aus.

Mehrere Maßnahmen des Kanzlers zur Schwächung des Reichstages waren gescheitert. So hatte er beim Bundesrat vergeblich beantragt, das deutsche Parlament solle den Etat künftig für je zwei Jahre bewilligen und nur jedes zweite Jahr zusammentreten.

Obwohl im Sommer 1879 eine Reichstagsmehrheit bereit gewesen war, Bismarcks Schutzzollgesetzen zuzustimmen, wollte man sich vom Kanzler nicht politisch ausschalten lassen. Zudem hatte die Erhebung von Zöllen auf lebenswichtige Artikel wie Butter, Fleisch und Brot zu Preissteigerungen im Inland geführt; unter der Bevölkerung breitete sich deshalb zunehmende Mißstimmung aus. Die erhöhten Staatseinkünfte benötigte Bismarck jedoch für eine forcierte militärische Aufrüstung. Zwar hatte der Reichstag im April 1880 das neue Militärgesetz bestätigt, doch die Abgeordneten waren mehrheitlich nicht bereit gewesen, dafür höhere Geldmittel zu bewilligen. Um sie sich schließlich trotzdem zu beschaffen, beantragte der Kanzler im Reichstag eine ganze Serie neuer Steuergesetze, wie Stempelsteuer, Börsensteuer, Brausteuer, also indirekte Abgaben, die der großen Mehrheit der werktätigen Bevölkerung aufgebürdet werden sollten. Doch der Reichstag akzeptierte sie ebenfalls nicht.

Im Parlament stieß Bismarcks Politik vor allem auf den Widerstand der Sozialdemokratie, auch aus den Reihen der bürgerlichen Parteien erhob sich heftiger Protest. Dazu kam, daß sich außerhalb des Reichstages der Unmut im Volke immer deutlicher artikulierte. Die Bismarcks Interessen vertretende «Norddeutsche Allgemeine Zeitung» warnte bereits nachdrücklich vor einer «Rückkehr zu den Prinzipien von 1848».

Bismarcks Situation war damit angesichts der im Oktober 1881 ins Haus stehenden Reichstagswahlen ausgesprochen ungünstig. Deshalb entschloß er sich im Herbst 1880 zu einem spektakulären Schritt, indem er den konservativen Wählern populäre Steuererleichterungen «in baldige sichere Aussicht» stellte, sonst «schnappten sie bei den nächsten Wahlen ab», ließ er Lucius wissen. Die Bombe platzte um die Jahreswende 1880/81, während der Etatverhandlungen im preußischen Landtag.

Finanzminister Karl Hermann Bitter handelte im Auftrag Bismarcks, als er, ohne das Staatsministerium zu informieren, mit den Konservativen einen dauernden Verzicht auf fünfundzwanzig Prozent der unteren Einkommenssteuerstufe aushandelte und erst danach vom Kabinett die stillschweigende Billigung verlangte. Damit war nun Stolbergs Geduld zu Ende. Er lehnte das prinzipienlose Buhlen Bismarcks um die Gunst der konservativen Wähler ab; auch die freikonservative Fraktion im Abgeordnetenhaus stimmte nicht mit der Haltung ihres Ministerpräsidenten überein.

Am Abend des 23. Januar erhielt Bismarck ein Votum Stolbergs, in dem sich sein Vize gegen einen dauernden Steuererlaß erklärte. Der Kanzler soll über das Schreiben sehr aufgebracht gewesen sein; vor allem habe sich sein Zorn aber gegen Innenminister Eulenburg gerichtet, den er, so der Bericht Tiedemanns, hinter dem Vorgehen Stolbergs vermutete.

Für den nächsten Tag wurde eine Sitzung des Staatsministeriums anberaumt. Vor der Beratung, die um dreizehn Uhr begann, trafen sich Stolberg und Bismarck zu einem Gespräch unter vier Augen.

Sie hatten im Seitenkabinett «eine augenscheinlich erregte Unterhaltung» (Robert Lucius).

Obwohl sich schließlich sämtliche Minister «trotz entgegenstehender Bedenken» (Robert Lucius) für einen dauernden Steuererlaß aussprachen, dem das Herrenhaus am 18. Februar zustimmte, war mit diesem Vorfall Stolbergs politische Laufbahn praktisch besiegelt. Bismarck hielt jetzt den Zeitpunkt für gekommen, den unbequemen Vize zugleich als Gegner vorgesehener Steuererleichterungen kaltzustellen. Angesichts der bevorstehenden Wahlen bot sich nunmehr die Gelegenheit, den bereits abgetretenen Ministern wie Friedenthal und Hobrecht, dem noch amtierenden Innenminister Eulenburg und eben Stolberg die Schuld für politische Fehlentwicklungen in die Schuhe zu schieben. Dabei kam dem Kanzler seine lange Krankheit zugute; denn damals – so konnte Bismarck jetzt argumentieren – sei er nicht in der Lage gewesen, alle politischen Vorgänge, wie eigentlich erforderlich, ständig im Auge zu behalten.

Den Schlußakkord in der Auseinandersetzung zwischen Stolberg und Bismarck leitete der Reichskanzler im Februar 1881 ein, als er Eulenburg zum Rücktritt provozierte. Dieser war im März 1878 zusammen mit Graf Otto ins Kabinett eingetreten. Beide Politiker hatten seit Mitte 1879 an der Weiterführung der preußischen Verwaltungsreform gearbeitet. Das Gesetz über die Organisation der allgemeinen Landesverwaltung, im Juli 1880 in Kraft getreten, war ihr gemeinsames Werk.

In dessen Ergänzung sollte Anfang 1881 das sogenannte Kompetenzgesetz eine einheitliche Regelung für alle preußischen Provinzen herbeiführen. Die Regierungsvorlage war jedoch vom Abgeordnetenhaus in verschiedenen Punkten korrigiert worden, sogar das Herrenhaus zeigte sich geneigt, die Abänderungsbeschlüsse zu akzeptieren. Der bedeutendste betraf die Beaufsichtigung der Landgemeinden.

Am 17. Februar fand unter Bismarcks Vorsitz eine vertrauliche Besprechung des Staatsministeriums statt, in der Bismarck plötzlich die Wiederherstellung der alten Gesetzesvorlage forderte, obwohl er bereits am 6. Februar Eulenburg schriftlich zu einem Nachgeben der Regierung ermächtigt hatte.

Als das Staatsministerium über die strittige Frage abstimmte, unterstützten Bismarck nur drei Minister; dagegen vertraten Vizepräsident Stolberg, Kultusminister Puttkamer, Justizminister Friedberg und Finanzminister Bitter die Auffassung des Innenministers, der sich für die veränderte Gesetzesvorlage aussprach. Die Beratung schloß mit einem schweren Mißklang, dennoch nahmen die Teilnehmer an, auch der Ministerpräsident würde sich dem Beschluß der Mehrheit beugen. Doch sie hatten sich getäuscht.

Schon am nächsten Tag begann Bismarck sein Intrigenspiel. Beiläufig äußerte er gegenüber Christoph von Tiedemann, dem Chef der Reichskanzlei, er wisse gar nicht mehr genau, ob gestern im Staatsministerium über die Kompetenzfrage irgendein Beschluß gefaßt worden sei. Im unzureichend geheizten Beratungszimmer habe er sich fröstelnd in seinen Mantel gehüllt, die Konzentration wäre ihm deshalb schwergefallen.

Nach dieser Ouvertüre erhielt Tiedemann von Bismarck den Auftrag, das Protokoll der Sitzung so zu redigieren, daß «nicht der Schein erweckt werde», als habe sich der Kanzler einem Mehrheitsbeschluß gebeugt.

Während Tiedemann den Protokollanten zur Fälschung der eigenen Niederschrift zwang, verfaßte der Ministerpräsident einen Brief an Stolberg. Bismarck ließ seinen überraschten Vize wissen, in der gestrigen Sitzung des Staatsministeriums sei über ein Nachgeben der Regierung bezüglich der Staatsaufsicht kein Beschluß gefaßt worden; er bestehe darauf, daß die staatliche Aufsicht ebenfalls durch Organe des Staates ausgeübt werde. Eine ähnliche Botschaft überbrachte Tiedemann auch Eulenburg.

Tags darauf spielte sich im Herrenhaus eine dramatische Szene ab. Nachdem Graf Botho zu Eulenburg die durch das Abgeordnetenhaus gefaßten Beschlüsse dem Herrenhaus zur Annahme empfohlen hatte, erhob sich plötzlich Geheimrat Rommel und verkündete: «Ich habe eine Erklärung des Herrn Reichskanzlers zu verlesen.» Die Mitteilung Bismarcks entsprach seinem schon gegenüber Stolberg zum Ausdruck gebrachten Einwand.

Als Rommel endete, herrschte im Herrenhaus große Unruhe. Bismarcks Botschaft faßte man als offene Kriegserklärung an Eulenburg auf. Die Sitzung wurde vertagt.

Stolberg gehörte nicht zu den unmittelbaren Augenzeugen, er erfuhr davon kurze Zeit später durch die Minister Lucius und Friedberg, zu denen er meinte, ähnliches schon seit einiger Zeit aufgrund der «starken Verstimmungen», die zwischen Bismarck und Eulenburg herrschten, befürchtet zu haben.

Dabei ahnte der Vize, daß der «Eiserne Kanzler» auch auf ihn zielte. Eulenburg würde demissionieren müssen, er – Stolberg – wäre das nächste Opfer einer «gegen ihn angelegten Mine». In einem Brief an Bismarck nahm er noch am 19. Februar eindeutig Partei für Eulenburg.

Innenminister Eulenburg trat zurück, sein Amtsnachfolger wurde der bisherige Kultusminister, Robert von Puttkamer, ein Junker, mit dessen Namen die Reaktionszeit der achtziger Jahre eng verbunden ist. Das Kultusministerium übernahm Gustav von Goßler.

Am 22. Februar 1881 entschieden sich die Mitglieder des Herrenhauses mehrheitlich gegen einen Beschluß des Abgeordnetenhauses zum Kompetenzgesetz. Am Tage darauf, genau 9.08 Uhr, erklärte Graf Stolberg in einer gemeinsamen Versammlung des Abgeordneten- und des Herrenhauses den Landtag der preußischen Monarchie für geschlossen. Der unerledigt gebliebene Gesetzentwurf wurde von der Regierung zurückgezogen.

An den beiden letzten Sitzungen des Herrenhauses hatte Otto nicht mehr teilgenommen. Wie Eulenburg, so litt auch Stolberg an der Vorstellung, der Kanzler habe ihm die Früchte seiner langjährigen Arbeit mißgönnt. Bismarck blieb als Sieger zurück; die ganze Angelegenheit, so ließ er verkünden, beruhe auf einer Reihe von Mißverständnissen, bei denen «die sonderbarsten Zufälle» vorgekommen seien; «der Teufel hätte das Spiel nicht besser mischen können».

Mit dem Rücktritt Eulenburgs war Stolbergs Position im Staatsministerium entscheidend geschwächt. An Septi schrieb der Graf am 27. Februar, das Bleiben würde ihm von Tag zu Tag unerträglicher; als der Innenminister ging, habe er zunächst ebenfalls erwogen zu demissionieren. Letztlich habe ihn nur die Furcht, eine Regierungskrise auszulösen, davon abgehalten, einen solchen Schritt zu unternehmen.

Von den zahlreichen Gerüchten, die in jenen Tagen um den «Fall Eulenburg» kursierten, erhielt Stolbergs alter Jugendfreund Joseph Maria von Radowitz einen Eindruck, als er am 26. Februar in Berlin den Hofball besuchte. Eugen von Röder, seines Zeichens Zeremonienmeister, nahm ihn beiseite und teilte ihm mit: «Wir müssen viel besprechen, ich habe den geheimen Auftrag vom Chef (Bismarck – K. B.), meine Beobachtungen über Sie zu berichten, Sie sind ihm als Gegner und Intrigant denunziert worden!» Schließlich erfuhr Radowitz, einflußreiche Kreise hätten Bismarck eingeredet, daß während seiner jüngsten Erkrankung Otto zu Stolberg als neuer Kanzler und Botho zu Eulenburg als neuer Ministerpräsident ins Auge gefaßt worden seien, er selbst solle als Staatssekretär in das preußische Ministerium eintreten.

Sicher darf dieser Klatsch nicht überbewertet werden, Gerüchte und Spekulationen gehörten schon damals zum politischen Geschäft. Vier Wochen später wartete die «Deutsche Revue», eine konservative Monatsschrift «über das gesamte nationale Leben der Gegenwart», mit Enthüllungen zur Politik im preußischen Staatsministerium auf. Im Kabinett würde seit einigen Jahren der Geschäftsgang so betrieben, daß Bismarck von einer Reihe der wichtigsten Dinge nichts erführe; dies aber sei ein unhaltbarer Zustand, denn man habe es nicht mit einem Ministerium Stolberg, sondern mit dem Ministerium Bismarck zu tun.

Möglicherweise stammten diese Äußerungen vom Kanzler selbst, der später in seinen «Gedanken und Erinnerungen» die damalige Situation sehr ähnlich interpretierte. Dort heißt es: «Meine Vertretung durch das Vizepräsidium des Grafen Stolberg nahm durch den Einfluß, den die Minister Friedenthal und dann Graf Botho Eulenburg auf meinen Vertreter ausübten, eine Gestalt an, die mir schließlich den Eindruck machte, daß ich mich einem Systeme allmählichen Abdrängens von den Geschäften der politischen Leitung gegenüber befand. Das Symbol dieses Systems machte sich in der Tatsache kenntlich, daß die amtlichen Kundgebungen des Staatsministeriums aus der damaligen Zeit meiner Mitunterschrift entbehrten. Es geschah dies nicht auf meinen Wunsch oder mit meiner Zustimmung, sondern unter Benutzung meiner Gleichgültigkeit gegen Äußerlichkeiten, und ich habe diese Vorgänge ungerügt gelassen, bis ich über die systematische Absichtlichkeit derselben keinen Zweifel mehr haben konnte.»

Stolberg, nun zum Sündenbock für die innenpolitischen Fehlschläge des Kanzlers gestempelt, verwahrte sich gegen diese Vorwürfe. «Die Sache ist natürlich Unsinn», schrieb er am 6. April 1881 an Septi; Bismarck sei immer rechtzeitig über sämtliche politischen Vorgänge informiert worden und habe stets auch Gelegenheit gehabt, «alles zu inhibieren». Im vergangenen Herbst wäre es dem Kanzler zudem ein leichtes gewesen, ihn loszuwerden – «statt dessen ... erklärte er es für äußerst wichtig, daß ich bliebe. Das nächste Mal werde ich nun nicht vorher fragen».

Das Osterfest 1881 verlebte Graf Stolberg in Wernigerode. Hier setzte er am 22. April ein erneutes Abschiedsgesuch an Bismarck auf, den er zugleich bat, ein ähnlich lautendes Schreiben an Kaiser Wilhelm befürworten zu wollen. Otto verwies auf den Erwerb umfangreicher Besitzungen in Oberschlesien, deren Verwaltung er sich künftig verstärkt widmen müsse.

Schon zwei Tage später informierte der Reichskanzler das preußische Kabinett über den Wunsch seines Vize. Bismarck behandelte die ganze Angelegenheit recht kühl, obwohl er die Verlesung des Gesuchs gelegentlich mit halb bissigen, halb humoristischen Zwischenbemerkungen versah. So meinte er: «Heutzutage sei niemand gern Minister, höchstens für die erste Zeit mache es Spaß.» Stolberg dagegen habe lediglich «die olympische Höhe des Hofes geliebt». «Auch er verliere in seiner Privatverwaltung, obschon sie natürlich nicht so groß sei, wie die Stolbergsche.» Auf jeden Fall müsse der Vize bis zum Schluß der Reichstagssession Geduld haben.

Die Entscheidung war damit gefallen. Trotzdem forderte Bismarck am 26. April Graf Otto auf, dieser möge seinen Entschluß bis zu einer mündlichen Aussprache zurückstellen, Staatsdienst sei eben nicht ohne Opfer von eigenen Interessen möglich, das Gesuch könne er nicht beim Kaiser befürworten.

Am 2. Mai 1881 trafen sich Bismarck und Stolberg in Berlin. Vom Kanzler dazu aufgefordert, richtete Otto noch am gleichen Tag ein Entlassungsgesuch an Kaiser Wilhelm. Darin teilte er mit, Bismarck wolle den Abschied des Vize zwar nicht ausdrücklich befürworten, doch grundsätzlich sei der Kanzler damit einverstanden;

allerdings wünsche der Regierungschef, daß Otto bis Ende Juli im Amt bliebe. Darüber informierte Stolberg tags darauf auch den Kronprinzen.

Doch der Monarch ließ mit einer Antwort auf sich warten. Drei Wochen später, am 24. Mai, bat er den Vizekanzler, zu prüfen, ob es nicht möglich sei, die Staatsgeschäfte mit seinen Privatunternehmungen in Einklang zu bringen. Als Stolberg umgehend mit einem zweiten Entlassungsgesuch antwortete, ließ Wilhelm noch am 26. Mai den Reichskanzler wissen, er wolle der Bitte des Grafen entsprechen, und fügte hinzu: «so ungern ich ihn aus dem Staatsdienst scheiden sehe, in welchem er in den entscheidendsten Stellungen überall sich meine volle Zufriedenheit erworben hat».

Entgegen der mit Bismarck getroffenen Verabredung erhielt Otto zu Stolberg bereits am 17. Juni 1881 den Abschied aus seinen Ämtern als Staatsminister, Vizepräsident des Staatsministeriums und Stellvertreter des Reichskanzlers bewilligt. Neuer Vizekanzler wurde der Staatssekretär des Innern, Karl Heinrich von Boetticher, den Bismarck schon im Dezember 1880 mit der Stellvertretung in der Leitung der Reichsbank und im Vorsitz des Bankkuratoriums für den Fall seiner Verhinderung beauftragt hatte. Bis dahin waren diese Ämter von Stolberg versehen worden.

In dem Umstand, daß die bereits am 16. Juni erfolgte Berufung Boettichers früher bekanntgemacht wurde als die Entlassung Stolbergs, sah man einen letzten «Fußtritt Bismarcks» für den scheidenden Vize. Damals kommentierte der illegal erscheinende «Sozialdemokrat»: «Große Veränderungen sind in der ‹hohen› Beamtenwelt Preußen-Deutschlands vorgegangen. Stolberg, der ‹reichste› Kavalier ist gegangen oder gegangen worden, vielleicht auch Beides und Bötticher ... wird den ‹Genialen› genial vertreten.» Es kursierte das Gerücht, man habe Stolberg erst durch die Ernennung eines Nachfolgers unter Druck gesetzt und schließlich aus dem Amt gedrängt.

Der Posten des Vizepräsidenten im preußischen Staatsministerium blieb zunächst unbesetzt, ihn übernahm dann Innenminister Robert von Puttkamer.

Von einer Reise zurückkehrend, fand Otto zu Stolberg am 20. Juni auf dem Schreibtisch im Arbeitszimmer seines Berliner Palais ein von Bismarck gegengezeichnetes Handschreiben König Wilhelms vor, in dem ihm der Monarch die erbetene Entlassung erteilte. Sie erfolgte ohne die sonst übliche Verleihung des Titels «Staatsminister», womit man einem ausdrücklichen Wunsch des erst vierundvierzigjährigen Stolberg entsprach, der meinte, man solle den Titel nur den Ministern belassen, «die nach ihrer Dienstzeit und Lebensdauer ihn sich nicht mehr abgewöhnen können».

Nach dem Erhalt des «blauen Briefes», wie Stolberg das königliche Schreiben den Ministern Lucius und Friedberg gegenüber sarkastisch nannte, gab sich Graf Otto «wie von einem schweren Alp befreit». Damals schrieb er seiner Frau: «Aus Berlin reise ich ohne die geringste Spur irgend einer Art von Wehmut ab, bin nur vergnügt über das Abschütteln der mehr als unangenehmen Ketten.»

In den nächsten Tagen absolvierte Otto zahlreiche Abschiedsbesuche; beim Kronprinzen soll er sich am 22. Juni mit dem Ruf «freigelassen» gemeldet haben.

Den Sommer des Jahres 1881 verlebte Stolberg in Wernigerode, in seinen Briefen an Septi gefiel er sich «in der Rolle des naiven Philisters»; Stolberg trug Gelassenheit zur Schau.

Derweil ließ Bismarck in Berlin an den Leistungen seines ehemaligen Vize kein gutes Haar, mehrfach äußerte er, Stolbergs Rücktritt sei aufgrund des Versagens im Amt unumgänglich gewesen.

Schon am 15. Juni hatte der Kanzler in einem Schreiben an Kaiser Wilhelm zum Ausdruck gebracht: «Graf Stolberg ist 43 Jahr alt; in seinen ministeriellen Leistungen vermag ich, wenn ich von einigen besonders wichtigen Momenten absehe, ein hervorragendes Maß von Diensteifer nicht zu erkennen, – im Gegentheil würde das Maß seiner Zurückhaltung in den Geschäften keinem anderen der activen Minister Euerer Majestät zugestanden werden können.» Natürlich war Stolberg damals recht verbittert; darüber kann die Unbeschwertheit seiner Briefe nur schwer hinwegtäuschen. Sein Verhältnis zu Bismarck blieb seit seinem Ausscheiden äußerst distanziert.

Stolbergs Name muß damals auf Bismarck wie ein Reizwort gewirkt haben. Als Joseph Maria von Radowitz in den ersten Augusttagen des Jahres 1881 in Berlin von der Absicht eines Besuches in

Wernigerode sprach, riet man ihm nachdrücklich davon ab, da ein Zusammentreffen mit Graf Otto «übelwollende Kommentare» geradezu provoziere. «Stolberg sei von dem Kanzler ganz beiseite geschoben worden, und durch meine Intimität mit ihm werde mir sicherlich jetzt mehr geschadet als genützt».

Oberstkämmerer und Minister des Königlichen Hauses

Auf Einladung des russischen Großfürsten Wladimir, Sohn des im März 1881 ermordeten Zaren Alexander II., reist Graf Otto im Februar 1883 nach St. Petersburg. Wladimir ist verheiratet mit der vormaligen Prinzessin Marie von Mecklenburg-Schwerin, einer Nichte Annas zu Stolberg, die im Familienkreis nur Miechen genannt wird. Nach dem Attentat auf seinen Vater bestieg Zar Alexander III., zwei Jahre älter als Wladimir, den Thron. Im kommenden Mai soll er in Moskau feierlich gekrönt werden.

Stolbergs Reise gilt seiner Jagdleidenschaft; ihr frönt der Graf nach der Verabschiedung aus dem Staatsdienst stärker denn je zuvor. Doch dieses Mal soll ihm etwas ganz Besonderes vor die Flinte getrieben werden, denn Großfürst Wladimir lud ihn zur Bärenhatz ein! Und es gelingt tatsächlich, wenn auch erst im dritten Anlauf: Am 22. Februar bringt Otto «einen anständigen Bären von 10 Pud zur Strecke, den einzigen, auf den ich überhaupt abgedrückt habe», wie er fünf Tage später an Septi schreibt.

Offiziell reist Stolberg als Privatmann nach Petersburg, doch hier sieht man in ihm einen Vertrauten Kaiser Wilhelms, und entsprechend wird er behandelt. Beim deutschen Botschafter, Hans Lothar von Schweinitz, geht Stolberg ein und aus, auf vier großen Bällen trifft er mit zahlreichen Diplomaten zusammen. Vom Zaren am 11. Februar in Audienz empfangen, richtet Otto Grüße des deutschen Monarchen aus. Alexander läßt dem Kronprinzen Friedrich Wilhelm die Einladung zu den Krönungsfeierlichkeiten im Mai übermitteln. Über Bismarck, den Reichskanzler, kann der Graf freilich kaum Auskunft geben. Seit dem 20. Juni 1881, dem Tag seines Abschiedsbesuches, ist er dem «großen Mann» nicht mehr begegnet; die beiden Männer meiden einander.

Mit Stolbergs Karriere als Politiker war es zunächst vorbei; aufgestiegen ist er aber beim Militär: Schon 1873 zum Oberstleutnant und dann 1876 zum Oberst befördert, steht er seit Sommer 1882 im Range eines Generalmajors, dessen Rock Otto auch während der Audienz beim Zaren trägt.

Zurück in Berlin, berichtet er Kaiser und Kronprinz über seine Eindrücke in Petersburg. Bei Wilhelm steht er ohnehin in Gunst, und seit dem Krach mit Bismarck hat sich, so scheint es zumindest, auch sein Verhältnis zum Thronfolger entkrampft. Stolberg sucht die Nähe des Thrones, es schmeichelt ihm, mit den gekrönten Häuptern Europas wie mit seinesgleichen zu verkehren. Die Kontakte zu Wilhelm hat er stets gepflegt. Dennoch: Graf Otto ist unzufrieden.

Der unter großem finanziellem Aufwand betriebene Schloßumbau in Wernigerode steht vor dem Abschluß, doch gerade jetzt ziert Stolberg kein repräsentativer Titel; im alljährlich erscheinenden «Handbuch über den Königlich Preußischen Hof und Staat» ist er lediglich als Generalmajor à la suite der Armee, erbliches Mitglied des Herrenhauses sowie als Kanzler des Johanniterordens aufgeführt. Auch «regierender Graf» kann er sich seit 1876 nicht mehr nennen, und die preußischen Fürsten, viele wie Bismarck aus dem kleinen Landadel hervorgegangen, beginnen die alten, reichsunmittelbaren Standesherren, die manchmal «nur» Grafen sind, an Renommee und feudalem Glanz zu überstrahlen.

In den vergangenen knapp zwei Jahren widmete sich Otto meist seinen privaten Unternehmungen, lediglich an den Sitzungen des Provinziallandtages in Merseburg sowie des Herrenhauses nahm er noch teil, allerdings auch nicht regelmäßig. Die Rückkehr in die «große Politik» stand nicht zur Debatte; ein Reichstagsmandat hat Stolberg nach 1878 nie wieder innegehabt.

Da starb am 5. November 1883 der königliche Oberstkämmerer, Graf Friedrich Wilhelm von Redern. Im Hofstaat der Hohenzollern fungierte der Oberstkämmerer als oberste Charge. In sein Ressort fiel die Aufsicht über Zeremoniell, Etikette und Rangverhältnisse am Königshof, mit dessen Verwaltungsangelegenheiten er sich ebenfalls zu befassen hatte.

Auf der Suche nach einem geeigneten Nachfolger stieß Wilhelm auf Graf Stolberg. Doch dieser zeigte sich zunächst nicht geneigt, ein Hofamt einzunehmen; selbst die Tatsache, dort einen Spitzenposten innezuhaben, erfüllte den ehemaligen Politiker mit Widerwillen. «Der damit verbundene hohe Rang», so schrieb er in seinen Memoiren, «hatte für mich etwas abschreckendes, da ich es nicht billigen konnte, daß man den Geburtsrang, namentlich des hohen Adels, immer mehr herabzudrücken geneigt war.» Deshalb bat Otto, die bisherige Stellung des Oberstkämmerers künftig «Kronamt» zu nennen; diese sollte aus dem Hofstaat ausgegliedert und als selbständige Institution neu konstituiert werden. Allerdings machte er seinen Wunsch nicht zur Bedingung, und als er unerfüllt blieb, stellte sich Otto am 15. Januar 1884 dennoch für das Amt des Oberstkämmerers zur Verfügung. Mit Anna war er sich in der Beurteilung der neuen Tätigkeit einig: Sie würde ihm mehr Schwierigkeiten machen als Vergnügen bereiten. Septis Frau Marie meinte damals, Otto müsse künftig an «heikler Stelle» wirken: «Aber viel Ekliges wird es geben!!»

Trotz alledem sah Stolberg das neue Amt ganz sicher auch als einen erneuten Einstieg in die Politik, zumindest als ein mögliches Sprungbrett. Natürlich hoffte er jetzt – schon bedingt durch die unmittelbare Nähe zum Kaiser –, sich ein wenig von dem Einfluß zurückzugewinnen, der ihm seit Juni 1881 verlorengegangen war. Und letztlich, dies mag Ottos Adelsstolz etwas besänftigt haben, trat er mit der Übernahme des neuen Amtes zugleich in die Fußstapfen seines Großonkels Anton, der von 1851 bis 1854 Oberkämmerer am Hofe Friedrich Wilhelms IV. gewesen war.

Doch Stolbergs Erwartungen erfüllten sich nicht. Bald mußte er feststellen, daß Wilhelm auch künftig alle «ganz wichtigen Dinge» mit den alten Vertrauten, die politischen Probleme vor allem mit dem Kanzler besprach. Den Rat seines Oberstkämmerers holte der Kaiser kaum ein. Graf Otto blieb Galionsfigur.

Als im Februar 1885 der Hausminister des Königs, Graf Alexander von Schleinitz, ernstlich erkrankte, setzte Stolberg alle Hebel in Bewegung, um dessen Nachfolge anzutreten. Dabei kamen ihm die Möglichkeiten des Oberstkämmerers sehr zustatten. Von der Übernahme des Hausministeriums versprach sich der Graf den ihm bisher versagt gebliebenen größeren Einfluß bei Hofe, zudem meinte er, jenen Posten auch im Einklang mit seinem hochadligen Rang ausüben zu können.

Im Gespräch mit dem Chef des Geheimen Zivilkabinetts, von Wilmowski, der ein enger Vertrauter Kaiser Wilhelms war, machte Otto deutlich, daß der im Hausministerium tätige Direktor Oskar von Schweinitz, ein Bruder des deutschen Botschafters in Petersburg, der ebenfalls auf die Nachfolge spekulierte, leider «von etwas engem Gesichtskreis» sei; für eine längere Vertretung des Ministers käme er deshalb nicht in Frage. Stolberg äußerte ganz direkt seine «Geneigtheit, das Hausministerium für einige Jahre interimistisch zu übernehmen».

Als Schleinitz dann tatsächlich am 19. Februar 1885 starb, beauftragte Kaiser Wilhelm den Grafen mit der einstweiligen Leitung des Ministeriums. Da der von Stolberg ausgebootete «arme Schweinitz» nach Ottos eigenen Worten «sehr enttäuscht» war, wurde ihm auf Antrag des Oberstkämmerers der Kronen-Orden erster Klasse verliehen.

Zum Ressort des Hausministers gehörten sämtliche persönliche Angelegenheiten der königlichen Familie. Sein Ministerium bildete zugleich den ordentlichen Gerichtsstand für alle Mitglieder des Königshauses.

Doch die Hoffnung Stolbergs, aufgrund der Doppelfunktion als Oberstkämmerer und Minister vermehrten Einfluß bei Hofe zu erlangen, erfüllte sich nicht. Ebenso blieb ihm der Einblick in die «große Politik» versagt, da er – wie es in einem Brief an Septi klagend heißt – «im auswärtigen Amt keine Verbindungsfäden mehr habe».

Graf Otto oblag es in erster Linie, sich mit Standesangelegenheiten, Ordens- und Adelsverleihungen, der Verwaltung und Verpachtung königlicher Domänen, den Privatangelegenheiten der königlichen Familie, dann mit Fragen wie der Besetzung einer Schloßhauptmannstelle, der Zahlung von Pensionen, der Feststellung finanzieller Verhältnisse bei Bewerbungen und dergleichen mehr zu befassen.

Wenngleich nicht an den Schalthebeln der Macht, so hat sich Otto in jenen Jahren doch auch politisch betätigt. Nach wie vor gehörte er der Reichs- und Freikonservativen Partei an, die er häufig, vor allem in Wahlkampfzeiten, finanziell unterstützte.

Anfang der achtziger Jahre zählte Stolberg zu den Befürwortern einer deutschen Kolonialpolitik, die mit dem Scheitern der Samoa-Vorlage im April 1880 ihre Pläne keineswegs aufgegeben hatten.

Unter Leitung des Fürsten Hermann zu Hohenlohe-Langenburg konstituierte sich im August 1882 aus kolonial interessierten Vertretern der Schwerindustrie, des Bankkapitals und der Aristokratie ein Komitee, das die Gründung eines Deutschen Kolonialvereins beschloß. Um Unterschriften für einen Aufruf an die Öffentlichkeit zu erhalten, verschickte Hohenlohe ein Zirkular an deutsche Politiker und Industrielle. Bei den insgesamt 71 Unterzeichnern waren die Freikonservativen in großer Zahl vertreten, neben Graf Otto zu Stolberg und Carl Ferdinand Stumm traten Dr. Friedenthal, Graf Fred von Frankenberg, Graf Arnim-Boitzenburg und Freiherr Friedrich von Varnbüler, aber auch so bekannte Schriftsteller und Wissenschaftler wie Gustav Freytag und Heinrich Schliemann für die Bildung eines Deutschen Kolonialvereins ein, die dann am 6. Dezember 1882 in Frankfurt am Main erfolgte.

Mit den Mitteln nationalistischer Propaganda war der Verein bestrebt, den Gedanken des Kolonialismus unter der Bevölkerung, vor allem im Kleinbürgertum, populär zu machen. Er trat für den Erwerb von Kolonien durch den Staat ein und verband diesen Anspruch mit der demagogischen Behauptung, die soziale Frage durch Auswanderung zu lösen. Gerade in den Jahren 1881 bis 1885 führte die Wirtschaftskrise dazu, daß jährlich mehr als 170000 Menschen gezwungen waren, ihre deutsche Heimat zu verlassen und vor allem in überseeischen Ländern eine neue Existenz zu suchen. Im Vorstand des Kolonialvereins saßen einflußreiche Politiker, viele Nationalliberale, hohe Offiziere, zumeist Marineangehörige, aber auch zahlreiche Vertreter der Adelsaristokratie wie verschiedener Industriebranchen und deren Vereine. 1884 erwarb das Deutsche Reich auf der Rechtsgrundlage fragwürdiger «Freundschafts-» oder «Kaufverträge» seine ersten Kolonien: Südwestafrika, Togo, Kamerun und Ostafrika.

Zu den Mitgliedern des Kolonialvereins gehörte Graf Otto zu Stolberg. Im März 1886 stellte er für die christliche Missionsarbeit in den deutschen Kolonien eintausend Mark zur Verfügung.

Seit Februar 1885 wurde im Deutschen Kolonialverein über eine «innere Kolonisation» in den preußischen Provinzen Schlesien,

DEUTSCHER COLONIAL-VEREIN.

Mitglieds-Karte

für Se. Erlaucht Graf Otto zu Stolberg-Wernigerode.

№. 556.

Posen und Westpreußen debattiert. Dort wollte man Zweigvereine bilden, die die Ausrottung des «polnischen Elements» und die «vollständige Germanisierung» dieser Gebiete betreiben sollten.

Graf Otto zu Stolberg, der bereits in den sechziger Jahren in Posen, später dann noch in Oberschlesien einen riesigen Grundbesitz zusammengekauft hatte, war an diesen Bestrebungen naturgemäß stärker interessiert als an dem Erwerb überseeischer Kolonien, zumal er auch im Landtag der Provinz Posen über Sitz und Stimme verfügte.

Durch die Gewährung günstiger Staatskredite an deutsche Landwirte, an Junker wie an Kleinbauern, konnte in den preußischen Ostprovinzen seit 1857 der deutsche Bodenbesitz auf Kosten des polnischen ohnehin schon beträchtlich vermehrt werden. Das Schulaufsichtsgesetz gab schließlich 1872 die Handhabe, polnische Volksschulen weltlichen, das hieß preußischen Schulinspektoren zu unterstellen. Deutsch wurde zur alleinigen Unterrichts-, Geschäfts- und Verwaltungssprache.

Stolberg hat damals seine agrarkapitalistische Expansion mit kolonisatorischem Eifer betrieben. Aus Wziachow, einem polnischen Rittergut, das er im Juni 1865 kaufte, schrieb der Graf kurze Zeit später an Anna: «Alles hat schon einen zivilisierten Anstrich genommen, wenn auch noch viel zu tun ist.» Gerade die Provinz Posen, in der Stolbergs Herrschaft Radenz lag, galt als bevorzugtes Kolonialgebiet der deutschen Großgrundbesitzer.

Seit dem Frühjahr 1885 wurden die in den Ostprovinzen lebenden Polen, die nicht die preußische Staatsangehörigkeit besaßen, in den russisch besetzten Teil Polens ausgewiesen; bis zum Dezember 1887 waren von dieser Maßnahme rund 26000 Personen betroffen.

Der Ausweisungsaktion folgte 1886/87 eine ganze Reihe antipolnischer Verordnungen. Per Gesetz stellte die Regierung im April 1886 einen Fonds von 100 Millionen Mark zur Verfügung, «um zur Stärkung des deutschen Elements in den Provinzen Westpreußen und Posen gegen polonisierende Bestrebungen durch Ansiedelung deutscher Bauern und Arbeiter» beizutragen. Mit dem Kreisteilungsgesetz vom Juni 1887 wurde bezweckt, vorwiegend von Polen bewohnte Kreise auseinanderzureißen. Damit stieg in Posen die Zahl der Kreise von 27 auf 40. Hier bildete der ursprüngliche Kreis Krotoschin ein anschauliches Beispiel für die Pläne der Regierung. Gestützt auf die Großgrundbesitzungen des Fürsten zu Thurn und Taxis, des Prinzen Heinrich XIII. zu Reuß, eines weiteren Bruders Annas, und des Grafen Stolberg sollte eine kommunalständische Majorität hergestellt werden, obwohl zwei Drittel der Bevölkerung polnisch waren.

Um zu verhindern, daß seine oberschlesischen Ländereien und die in Posen gelegene Herrschaft Radenz auf Umwegen wieder an polnische Eigentümer fallen könnten, die zumeist katholischen Glaubens waren, legte Otto im Oktober 1888 sogar testamentarisch fest, diese Besitzungen dürften nur an Personen vererbt oder verkauft werden, die evangelischer Konfession seien. Im Testament heißt es, eine solche Maßnahme mache sich zudem gegen die «alle Verhältnisse durchdringenden Machtgelüste der römischen Kirche» erforderlich.

Im Landtag der Provinz Posen setzte sich der Graf nachdrücklich für die Durchführung der Germanisierungsmaßnahmen ein, und als im November 1894 in Posen der «Verein zur Förderung des Deutschtums in den Ostmarken» gegründet wurde, nahm er die

Wahl zum Ausschußmitglied an; die Übernahme des Vorsitzes hatte Otto bereits im September aufgrund anderweitiger Verpflichtungen abgelehnt. Allerdings war Stolberg an der Abfassung des Gründungsaufrufes dieses berüchtigten Vereins beteiligt, der es sich in den folgenden Jahrzehnten zur Aufgabe machte, «die anwachsende nationale Bewegung der polnischen Bevölkerung in den preußischen Ostprovinzen durch intensive deutsche Ansiedlung, wirtschaftlichen Boykott und nationale Diskriminierung der Polen sowie Entfachung einer chauvinistischen Welle unter der deutschen Bevölkerung einzudämmen und zurückzudrängen».

Die zu Ende gehenden achtziger Jahre brachten für Stolberg auch einige familiäre Ereignisse. Seine ältesten Söhne, Christian Ernst und Hermann, hatten Ostern 1885 beziehungsweise 1886 ihre Abiturientenexamen bestanden und sich an der Universität in Göttingen immatrikuliert. Nunmehr fast fünfzigjährig, erreichte Otto am 15. Januar 1887 «die Stufe des Großvaters». Zwei Monate später, anläßlich des 90. Geburtstages Kaiser Wilhelms, wurde der Graf zum Generalleutnant befördert.

Als Hausminister und Oberstkämmerer erfuhr Otto im Frühjahr 1887 als einer der ersten von der schweren, unheilbaren Kehlkopferkrankung des Kronprinzen, der noch im Herbst 1886 sein Jagdgast in Wernigerode gewesen war.

Obwohl Friedrich Wilhelm den sechs Jahre jüngeren Grafen damals meist mit «mein lieber Otto» anschrieb, gingen ihre politischen Auffassungen nach wie vor auseinander, ja der Hausminister Stolberg hat sogar gegen ihn intrigiert. So war er mitverantwortlich dafür, daß mehrere Freunde und Vertraute des Kronprinzen aus ihren Hofämtern gedrängt und durch «politisch zuverlässige» Personen ersetzt wurden. Sehr selbstgerecht schrieb Stolberg darüber in seinen Memoiren: «Der eigentliche Zweck dieser Veränderungen war, daß der Kronprinz im Augenblick der Thronbesteigung eine verständige und zuverlässige Umgebung haben solle.»

Otto tat dies ganz im Sinne Bismarcks, der sich vor dem Zeitpunkt des Thronwechsels regelrecht gefürchtet hatte. Jetzt aber kam es, bedingt durch die tödliche Erkrankung des Kronprinzen und das hohe Alter Kaiser Wilhelms, dessen Kräfte im Jahre 1887 zusehends abnahmen, innerhalb der herrschenden Klassen zu Ausein-

andersetzungen über den künftigen politischen Kurs und zum Buhlen um die Gunst Prinz Wilhelms.

Dieser nahm zusammen mit seiner Frau im November 1887 an einer Zusammenkunft im Hause des Grafen Alfred von Waldersee teil, auf der man sich angeblich mit der Beschaffung von finanziellen Mitteln für die Berliner Stadtmission befaßte. Unter den Anwesenden befanden sich auch der Hofprediger Adolf Stoecker, Hans von Kleist-Retzow und Heinrich Engel, der Redakteur des reaktionären «Reichsboten». Sie alle waren Widersacher Bismarcks und verfochten extrem militaristische und antidemokratische politische Konzepte; man nannte sie deshalb Ultras, die in der «Kreuzzeitung» unter deren Chef, Wilhelm Freiherr von Hammerstein, über ein bekanntes publizistisches Sprachrohr verfügten.

Waldersee, ein enger Verbündeter dieser Ultrakonservativen, war seit 1882 Generalquartiermeister im Großen Generalstab und damit Stellvertreter des Generalstabschefs Moltke. Da beide Militärs seit Jahren einen Krieg mit Frankreich wie auch mit Rußland für unvermeidbar hielten, setzten sie sich für einen Präventivschlag gegen

Rußland ein, während der Kanzler sein außenpolitisches Konzept nicht aufzugeben bereit war. Noch immer lautete Bismarcks Programm: Feste Verbundenheit mit Österreich-Ungarn, internationale Isolierung Frankreichs, stetes Bemühen um eine Annäherung an Rußland, Ablehnung jedes Präventivkrieges.

Zu diesem Zweck bemühte er sich Anfang 1887 um eine Verlängerung des Dreibundes, die aber erst nach langwierigen Verhandlungen am 20. Februar gelang. Vom deutschen Kanzler inspiriert, kam im gleichen Monat die sogenannte Mittelmeerentente zustande. England und Italien versicherten einander, sich gegen Angriffe Dritter im Mittelmeerraum unterstützen zu wollen. Im März 1887 trat Österreich-Ungarn dieser Entente bei. Damit hatte Bismarck England, die k. u. k.-Monarchie und Italien in einem Bündnis vereinigt; diese Koalition würde nach Meinung des Kanzlers Rußland und Frankreich in Schach halten. Mit der zaristischen Regierung schloß er zudem im Juni 1887 einen Rückversicherungsvertrag ab, in dem sich beide Seiten für den Fall eines Krieges mit einer dritten Macht Neutralität versprachen.

Bismarcks Allianzbestrebungen fanden aber selbst in der herrschenden Klasse in Deutschland immer weniger Zustimmung, da er die hochgespannten Erwartungen großbourgeoiser und militaristischer Kreise nach Erweiterung der kapitalistischen Märkte und Vergrößerung des kolonialen Besitzes nicht mehr erfüllen konnte.

Die Zusammenkunft im Hause Waldersee erregte öffentliches Aufsehen, und natürlich ging es dabei auch nicht vorrangig um die Stadtmission. Damals notierte Lucius: «Es werden jetzt lebhafte Versuche gemacht, den Prinzen Wilhelm in das hochkonservative und orthodoxe Lager zu ziehen, welches Bismarck sehr scharf verurteilt und mißbilligt.» Doch der Kanzler reagierte energisch. Eindringlich warnte er den vermutlich neuen Monarchen, «sich vor der Thronbesteigung schon die Fesseln irgendwelcher politischer oder kirchlicher Vereinsbeziehungen aufzuerlegen».

Als der alte Kaiser im November 1887 noch einmal zur traditionellen Herbstjagd nach Wernigerode kam, begleitete ihn auch sein Enkel Wilhelm. Otto scheint zu diesem Hohenzollernsproß, übrigens ganz im Gegensatz zu Anna, zeitlebens kein rechtes Verhältnis gefunden zu haben. Der Prinz, so erklärte er damals, sei «ein frischer junger Mann», der den Staatsgeschäften noch sehr fernstehe und lediglich für militärische Angelegenheiten stärkeres Interesse zeige. Stolberg hielt Wilhelm für leicht beeinflußbar; dessen Kontakte zu den Ultras mißbilligte er, da sie das Verhältnis zwischen Krone und Kanzler untergraben würden.

Trotz der Verärgerung über Bismarck unterstützte Stolberg grundsätzlich dessen außenpolitischen Kurs, er enthielt sich jeglicher kritischer Bemerkungen in der Öffentlichkeit.

Persönlich hatten beide Politiker kaum noch miteinander zu tun; die Beziehungen zu Bismarck seien seit seiner ministeriellen Zeit «sehr erkaltet», und er habe auch keine Neigung gespürt, «sie von neuem besonders zu pflegen», schrieb Stolberg in seinen Lebenserinnerungen. Erst im März 1884, nahezu drei Jahre nach Ottos Ausscheiden aus dem Staatsdienst, trafen sie in Berlin erneut zusammen, ohne daß allerdings ein engerer Kontakt zustande kam. Später behauptete der Oberstkämmerer, es sei ihm lieber gewesen, den Kanzler «von ferne als großen Staatsmann anzuerkennen, als durch Annäherung die Gefahr eines Conflicts zu befördern». Doch zugleich beklagte Stolberg, daß ihn Bismarck niemals wieder zum Essen einlud, schließlich habe er einst zu den bevorzugten Gästen des Regierungschefs gehört, zu denen, die beim «Eisernen Kanzler» regelrecht ein- und ausgingen. «Einen Feind», so überlegte Otto, «konnte er in mir nicht sehen, da ich ihm in keiner Weise in den Weg trat, vielmehr jede Gelegenheit benutzte, allen bei den Allerhöchsten Personen aufkommenden Verstimmungen vorzubeugen und entgegenzutreten. Vielleicht wartete er darauf, daß ich zu einer Annäherung die Initiative ergriff; mir dagegen widerstrebte es, mich scheinbar ihm aufzudrängen. Ich war nach wie vor ein überzeugter Anhänger seiner großen Politik, aber ich konnte unmöglich alles bewundern, was er zur Erreichung seiner großen Ziele im einzelnen that, und ich konnte mich nicht entschließen, die reiche Zahl seiner Schmeichler zu vermehren.»

Einige Jahre später, am 26. März 1895, leitete der inzwischen wieder zum Präsidenten des Herrenhauses gewählte Stolberg eine Abgeordnetendelegation, die Bismarck in Friedrichsruh zum 80. Geburtstag gratulierte. Seit dem Sommer 1890 waren die beiden einander nicht begegnet. Otto hielt auf dem Balkon eine kurze Ansprache, saß während des anschließenden Essens neben dem Jubilar, doch scheint ihn dieser weitgehend ignoriert zu haben.

Am Vormittag des 1. Januar 1888 nahm der Oberstkämmerer im Palais Kaiser Wilhelms am üblichen Neujahrsempfang teil. Augusta saß im Rollstuhl. Der Monarch war zerstreut und vergaß sogar, wie vorgesehen Graf Stolberg den Schwarzen Adlerorden zu überreichen.

Als Otto kurze Zeit später im Casino frühstückte, ließ sich plötzlich Hofrat Bork melden und überbrachte dem überraschten Grafen die höchste preußische Auszeichnung; Kaiser Wilhelm, so Bork, bitte um Nachsicht, er habe während des Empfangs nicht mehr an sie gedacht. Die Situation im Casino sei recht eigentümlich gewesen, meinte Stolberg in einem Brief an Anna.

Erst als er am nächsten Tag erneut mit dem Monarchen zusammentraf, gratulierte ihm dieser sehr überschwenglich: Zur Überraschung aller Anwesenden küßte Wilhelm seinen Hausminister nämlich «auf jede Backe». Im Mai 1891 wurde Stolberg auch Kanzler des «hohen Ordens vom Schwarzen Adler».

Nach dem Neujahrsempfang zeigte sich der altersschwache Kaiser kaum noch in der Öffentlichkeit. Er starb am 9. März 1888. Stolberg war in den letzten, kritischen Lebenstagen ein häufiger Gast Wilhelms, in der Todesstunde stand er am Bett des Kaisers, und als jener das Zeitliche gesegnet hatte, mußte der Graf die Trauerfeierlichkeiten vorbereiten und nachgelassene Papiere des Monarchen unter Verschluß nehmen, die er in den folgenden Wochen für das Hausarchiv durchsah und aufarbeitete. Dabei habe er, wie Otto später mitteilte, viele Einblicke in ihm bisher unbekannte Dinge bekommen. Die geheimsten und diskretesten Sachen siegelte er in Pakete ein, die mit der Aufschrift versehen wurden, daß sie nur auf allerhöchsten Befehl geöffnet werden dürften.

Bei starkem Ostwind und acht Grad Kälte bewegte sich am 16. März der feierliche Trauerzug vom Dom, wo Wilhelm auf Veranlassung Stolbergs öffentlich aufgebahrt worden war, durch das Brandenburger Tor zur Siegesallee. Als einer der ersten ging der Oberstkämmerer und Hausminister Graf Otto zu Stolberg hinter dem Sarg. An Stelle Bismarcks, der aus Gesundheitsgründen an diesem Zeremoniell nicht teilnahm, trug er auf einem Kissen die

Krone. Ihm folgten weitere Minister mit Zepter, Reichsapfel, Schwarzer Adlerskette, Siegel, Kurhut und Kurschwert. Kaiser Wilhelm wurde im Mausoleum des Schlosses Charlottenburg in Berlin beigesetzt.

Die politische Situation der folgenden 99 Tage war schwierig. Zum Zeitpunkt des Todes seines Vaters hielt sich Kronprinz Friedrich Wilhelm noch in San Remo auf; er kam erst zwei Tage später nach Deutschland zurück. Bismarck, sämtliche Minister und auch Stolberg reisten ihm von Berlin nach Leipzig entgegen. Während der gemeinsamen Rückfahrt drückte der nunmehrige Kaiser Friedrich III. dem Hausminister einen Zettel mit einer Anweisung in die Hand, denn sprechen konnte der Monarch kaum noch. Niemand, so wünschte Friedrich, solle jetzt in seinem Amte bestätigt werden, jedoch habe ein jeder sein ihm anvertrautes Amt zunächst weiter auszuüben. Nach Stolbergs Ansicht wollte der Kaiser damit signalisieren, «daß viele Veränderungen eifrig geplant wurden». Doch dem todkranken Friedrich gelang es nicht mehr, einschneidende personelle Neubesetzungen, geschweige denn politisch konzeptionelle Korrekturen herbeizuführen. Geplant hatte er eine Umbildung des preußischen Kabinetts, die Beschneidung des Einflusses von Stoecker und Waldersee, aber auch eine Neuregelung der gesamten Hoforganisation. Sicherlich mißtraute der Kaiser seinem Hausminister; Graf Stolberg stehe beim Monarchen nicht in hoher Gunst, notierte Lucius am 22. März, ein neuer Mann sei für diesen Posten vorgesehen.

Bismarck verstand es geschickt, sich den schwächlichen Liberalisierungstendenzen des Kaisers zu widersetzen. Lediglich der junkerlich-reaktionäre Innenminister Puttkamer mußte seinen Hut nehmen. Friedrich III. starb am 15. Juni 1888. Zu dessen Sohn, Kaiser Wilhelm II., fehlte Otto jegliche persönliche Beziehung. Zwar hat sich Stolberg über den regierenden Monarchen nie direkt kritisch geäußert, Andeutungen erlauben jedoch den Schluß, daß ihm der «etwas stürmische Thronfolger» persönlich unangenehm war. Ganz gewiß verübelte er dem jungen Kaiser vor allem aber die Umstände seiner Entlassung als Hausminister.

Am 25. Juni 1888 eröffnete Wilhelm II. in ausgesprochen feierlicher Form den Reichstag. Das Bild Anton von Werners zeigt Graf

Stolberg in der unmittelbaren Nähe des Monarchen, rechts neben der Kaiserkrone. Doch die Harmonie des Bildes ist trügerisch, denn auf der sich anschließenden Sitzung des Kronrats berichtete Wilhelm, daß der frühere Vorleser seines Großvaters, Hofrat Louis Schneider, ein dreiteiliges Buchmanuskript über das Leben Kaiser Wilhelms hinterlassen habe, welches inzwischen von Schneiders Erben an den Berliner Verleger Otto Janke verkauft und bereits veröffentlicht worden sei. Das Werk würde von Unrichtigkeiten und Taktlosigkeiten nur so wimmeln. Für die ganze Misere trage Otto zu Stolberg als Hausminister die Verantwortung, da er angeblich ein zuerst an ihn erfolgtes Angebot der Schneiderschen Erben ignorierte. Abschließend heuchelte Wilhelm: Er werde sich deshalb «von seinem Freund Stolberg» trennen müssen.

Tatsächlich hatte man noch am 11. Juni im Hausministerium erwogen, dem Verleger für 30000 Mark die ganze Auflage des umstrittenen Buches abzukaufen, was dann aufgrund der hohen Kosten unterblieben war.

In zwei Briefen an Anna beklagte Otto die mangelnde Dankbarkeit des «jungen Herrn»; die ganze Stellung des Hausministers habe nur dann einen eigentlichen Sinn, wenn es ein Vertrauensposten sei, und zu solchen wähle sich aber jeder Herrscher seinen eigenen Mann. Wilhelm habe ihn aufgefordert, selbst den Abschied einzureichen, den er dann am 30. Juni erhielt.

Allerdings blieb der Graf zu seinem großen Bedauern weiterhin Oberstkämmerer; im Gespräch mit dem Kaiser machte er deshalb deutlich, «sehr ungern Hofschranze in der jetzigen Art» zu sein, für die Zukunft müsse er eine Änderung wünschen. Doch als Otto im April 1890 um seinen Abschied bat, verweigerte ihn Wilhelm II. mit der Begründung, noch keinen geeigneten Nachfolger für dieses offenbar wenig attraktive Amt gefunden zu haben. Erst nachdem Stolberg 1893 zum Präsidenten des Herrenhauses gewählt worden war, in welcher Funktion er freilich kaum wirksam wurde, entband ihn der Kaiser von der unangenehmen wie lästigen Hofcharge.

Im Februar/März 1890 verfolgte Stolberg interessiert und damals offensichtlich auch sehr gut informiert die Auseinandersetzungen zwischen Bismarck und Kaiser Wilhelm.

Die innenpolitische Position des Reichskanzlers sah bereits seit längerem bedenklich aus. Zu Beginn des Jahres 1887 war es Bismarck noch gelungen, den Reichstag wegen der Ablehnung des neuen Septennats aufzulösen und durch ein Wahlabkommen mit den Frei- und Deutschkonservativen sowie den Nationalliberalen einen sogenannten Kartellreichstag zu bilden, der dieses Militärgesetz billigte. Inzwischen wuchs jedoch die Unsicherheit der herrschenden Klassen, angesichts der gewaltigen Streikaktionen des Jahres 1889 nahm auch innerhalb der Kartellparteien die Uneinigkeit zu.

Bereits im Januar 1890 hatte der Reichstag mit 169 gegen 98 Stimmen die Verlängerung des Sozialistengesetzes abgelehnt. Bei den Reichstagswahlen am 20. Februar 1890 erhielt die Sozialdemokratie fast 1,5 Millionen Stimmen und zog mit 35 Abgeordneten ins Parlament ein. Die den Kanzler unterstützenden Parteien verloren im Ergebnis der Wahlen ihre Kartellmehrheit im Reichstag.

Vor allem unter dem Eindruck des Bergarbeiterstreiks vom Mai/Juni 1889 mit nahezu 150000 Beteiligten versprach der junge Kaiser Wilhelm eine Sozialpolitik, die gewisse Arbeiterschutzmaßnahmen einschließen sollte. Bismarck lehnte diese Pläne ab. Zur Sicherung seiner Macht erwog er sogar bürgerkriegsähnliche Zustände, «die ihn in die Lage versetzen sollten, die bisherige Verfassung mit ihrem Reichstag und anderen Hemmnissen für seine Diktatur radikal zu beseitigen» (Ernst Engelberg).

Am 22. Februar 1890 schrieb Stolberg aus Berlin an Septi: «Was hier die nachstehenden Gemüther am meisten beschäftigt, ist das Verhältnis zwischen dem großen Mann und dem noch höheren.» Dieses habe sich «sehr verschärft», man könne augenblicklich lediglich von einem Waffenstillstand sprechen. Jeder kleine Funke sei geeignet, «das ganze Pulverfaß zur Explosion zu bringen». Wenn Bismarck jetzt abtrete, stehe «er als der geschlagene Mann da, und zwar in einer Sache, wo er die Öffentlichkeit mehr gegen als für sich» habe.

Als am 20. März 1890 Bismarck von der politischen Bühne abtrat, ging ein Mann, der – mittlerweile schon zur historischen Figur geworden – Deutschland auf dem Wege einer Revolution von oben zu einigen verstanden hatte, dem es aber nicht mehr gelang, die Stabilität und den Ausbau des Deutschen Reiches mit seiner Politik weiterhin zu garantieren. Letztlich scheiterte er bei der Bewältigung jener innen- und außenpolitischen Schwierigkeiten, die er zu einem großen Teil selbst verschuldet hatte.

Graf Otto zu Stolberg zog aus Bismarcks Sturz einen nicht unbedeutenden persönlichen Nutzen. Bereits seit einigen Jahren bemühte er sich, den einst im Jahre 1742 Graf Christian Ernst von Kaiser Karl VII. angetragenen Reichsfürstentitel führen zu dürfen, worauf sein Vorfahr damals lediglich aus Rücksicht auf den preußischen Monarchen verzichtete. Hatte Otto noch in den sechziger Jahren die Annahme der Fürstenwürde grundsätzlich abgelehnt, so vertrat er seit Oktober 1882 die Ansicht, es sei «für das große Publicum nicht leicht, unter den zahlreichen jetzt regierenden Grafen die wenigen altreichsständischen herauszufinden und als das zu erkennen, wozu Geschichte und Rechtsentwicklung sie gemacht haben».

Nach wie vor wollte er den Titel nicht vom preußischen König verliehen bekommen, ihm ging es darum, auf den alten, reichsständischen Adel seines Hauses pochen zu können. Daran sollte auch die Fürstenwürde anknüpfen – eine Gleichsetzung mit den preußischen Fürsten, manche wie Bismarck dem kleinen Landadel entstammend, empfand Stolberg als unerträglich.

Natürlich war der Reichskanzler diesem Ansinnen stets energisch entgegengetreten. Noch im April 1888 meinte er zu Dr. Lucius, man dürfe nicht zwei Klassen von Fürsten schaffen, Stolberg würde für die Annahme dieser Würde «ungeheure Bedingungen» stellen.

Jetzt aber gelang dem Grafen, wie er Septi stolz mitteilte, der geschickt eingefädelte Feldzug. Wilhelm II. akzeptierte Stolbergs Wunsch; vielleicht tat er es aber auch, um dem mißgestimmten Oberstkämmerer die Pille vom Juni 1888 etwas zu versüßen und weil er genau wußte, daß sich der gefeuerte Bismarck darüber ärgern würde.

Am 22. Oktober 1890, während einer Sitzung des Merseburger Provinziallandtages, erhielt Graf Otto ein Telegramm des Kaisers, worin es hieß: «Um Ihnen meine besondere Huld und Gnade zu besthätigen, habe ich am heutigen Tage, als dem Geburtstage meiner lieben Gattin der Kaiserin, meine Genehmigung zur Führung des fürstlichen Titels mit dem Prädikat Durchlaucht für Sie und Ihr Haus ertheilt.»

Im Familienkreis fand Ottos Schritt keineswegs nur Zustimmung. Graf Theodor zu Stolberg (1827–1902), ein Sohn Antons, betrachtete die Angelegenheit «von einem total anderen Gesichtspunkt». Durch den Fürstentitel werde sicher «nach moderner Anschauung» Ottos Ansehen erhöht, das Prestige des Gesamthauses aber in Frage gestellt; es entstünde dadurch eine «Zweiheit» mit der Wirkung, daß die verbliebenen Grafen «den letzten Rest einer Sonderstellung unweigerlich verlieren». Ein solcher Schritt würde «die Nachgeborenen in die Kategorie des niederen Adels hinabdrücken». Deshalb fühlte sich Theodor in seinem Stolz verletzt; dieses Gefühl, so schrieb er an Otto, würde die Mehrzahl der Vetternschaft mit ihm teilen.

Für Stolberg war in den letzten Jahrzehnten die gottgewollte Adelshierarchie durcheinandergeraten. Die Aufrichtung der Fürstenwürde galt ihm deshalb als Bestätigung, daß die Stolberger zum Hochadel gehörten. Man wollte nichts gemein haben mit jenen Neuadligen aus Preußens jüngster Vergangenheit.

Im Alter von 59 Jahren starb Otto zu Stolberg am 19. November 1896 in Wernigerode. In den letzten beiden Lebensjahren war es ihm gesundheitlich sehr schlecht gegangen, er hatte häufig über Herzbeschwerden, Atemlosigkeit und Ermüdung geklagt; die Ärzte diagnostizierten eine Schrumpfniere. Zur Trauerfeier reisten zahlreiche Gäste an, der Kaiser jedoch ließ sich vertreten, für ihn kam Prinz Friedrich Leopold von Preußen. Auf dem Theobaldi-Friedhof in Wernigerode, unmittelbar zu Füßen des Schloßberges, wurde Stolberg beigesetzt, ein Mann, der als Repräsentant des konservativen deutschen Hochadels unter Bismarck, dem «Eisernen Kanzler», eine beachtliche politische Karriere gemacht hatte.

Epilog

«Es ist mein Ideal, dunkel, majestätisch, umgürtet von mittelalterlicher Befestigung, thront es auf hohem Waldberge in der herrlichsten Gebirgsgegend.» So beschreibt Wilhelm von Kügelgen im Jahre 1854 das Wernigeröder Barockschloß, dessen Umgestaltung Otto zu Stolberg nur wenige Jahre später begann. Wenn in unseren Tagen alljährlich 350000 Besucher den Wernigeröder Burgberg emporsteigen, finden sie in der Museumsausstellung thematisch gestaltete Schauräume und Stilzimmer, die ein umfassendes Bild über die Genesis der feudalen Gesellschaftsordnung vermitteln.

Geht der aufmerksame und interessierte Betrachter durch das Feudalmuseum, so stößt er auch auf Nachgelassenes der Stolberger Grafen, ganz abgesehen davon, daß sich gerade Graf Otto mit dem von ihm initiierten Schloßumbau ein persönliches Denkmal gesetzt hat. Den Innenhof ziert ein im Stil der Neorenaissance ausgeführter Fachwerkbau. Hier ließ Otto sich, seine Frau Anna, die Kinder und Schwager Septi in Renaissancetracht darstellen. Auf einem großen Wandgemälde im Festsaal, das die Huldigung der Wernigeröder Bevölkerung vor Graf Botho im Jahre 1417 zeigt, trägt der historische Graf unverkennbar die Gesichtszüge des von einem elitären Selbstbewußtsein erfüllten Auftraggebers, er hieß ebenfalls Otto zu Stolberg.

Es ist das Anliegen der Geschichtsforschung in der DDR, den partiellen Anteil von Angehörigen der herrschenden Klassen bei der Durchsetzung des gesellschaftlichen Fortschritts und deren reaktionäre politische Rolle wissenschaftlich aufzuarbeiten und zu dokumentieren. In diesem ambivalenten Sinne, bemüht um die differenzierte historische Betrachtung des widersprüchlichen Charakters der geschichtlichen Aktivitäten Stolbergs, wird auch im Feudalmuseum die Bedeutung des einstigen Bismarck-Stellvertreters dargestellt. Den Wechselbeziehungen zwischen dieser historischen Persönlichkeit und der gesellschaftlichen Umwelt gilt das Interesse ebenso wie der kritischen Auseinandersetzung mit dessen reaktionärer Hinterlassenschaft. Zugleich geht es dabei um die Erschließung des regionalen historischen Erbes.

Die Absicht dieses Buches besteht darin, das Wirken Otto zu Stolbergs kritisch-historisch zu beleuchten und anhand seiner Lebensbeschreibung Einblick in die politischen Verhältnisse jener Zeit zu vermitteln. Dies geschieht frei von jenem penetrant-reaktionären Kult, der schon bald nach Stolbergs Tod die zeitgenössische Propaganda bestimmte. So kamen, von seinen Nachfahren fleißig gefördert, Legenden um ihn auf, kursierten Anekdoten über den gerechten, arbeitsamen, gemein- und uneigennützigen, wortkargen wie leutseligen, zugleich wahrhaft adligen Staatsmann, der es so meisterhaft verstanden habe, Noblesse und weltmännische Weitsicht miteinander zu verbinden.

Auf Veranlassung der fürstlichen Familie entstanden verschiedene Lebensbilder; sie alle sind geschrieben aus der verengten Sicht kleinstädtisch-provinzieller Verehrung, mit dem unkritischen Blick nach oben, zum Denkmal empor und getragen von einem diffus stolzen Gefühl, daß es der eigene Landesvater, ein Kind des Harzes war, der an der Seite oder im Sinne der ganz Großen im fernen Berlin oder Wien Politik machte.

Unter Ottos Sohn und Nachfolger, Fürst Christian Ernst, erhielten die einst durch Grundstücksspekulation erworbenen oberschlesischen Besitzungen den Namen Ottowald, und in Wernigerode trugen das Gymnasium und die heutige Johann-Sebastian-Bach-Straße Ottos Namen. Im Juli 1897 öffnete sogar ein eigenes Fürst-Otto-Museum seine Türen, dessen Gründung Stolberg schon zu Lebzeiten ins Auge gefaßt hatte. Den Poppenberg bei Ilfeld taufte man Fürst-Ottos-Höhe, und am 30. Oktober 1900 wurde in Wernigerode ein Fürst-Otto-Denkmal feierlich enthüllt. Heute, die wenigsten Wanderer werden es wissen, erinnert nur noch der Ottofelsen im Oberharz an den einst so adelsstolzen Standesherrn.

Stolberg war keine Persönlichkeit überragenden politischen Formats und blieb deshalb einer breiten Öffentlichkeit auch weitgehend unbekannt. Über seine Leistungen als Politiker stritt man schon zu seinen Lebzeiten. Bismarck meinte im Oktober 1895, der

Graf habe vor allem als Oberpräsident das gehalten, was er versprach; in seiner Eigenschaft als Vizekanzler sei die Entlastung, die er ihm bereitete, gleich null gewesen. Tatsächlich war Otto für Bismarck als «Feuerwehrmann» an verschiedenen Brennpunkten der Politik, hauptsächlich in Hannover und Wien, mehrere Jahre unentbehrlich.

Es wäre falsch, Stolberg nur am «Eisernen Kanzler» messen zu wollen. Über dessen politische Größe verfügte er nicht, ebensowenig, wie er ein Bismarck im Westentaschenformat gewesen ist. In der unmittelbaren Nähe zum Kanzler, die von häufigen Meinungsverschiedenheiten bestimmt war, als Strohmann und Sündenbock ausgenutzt, wurde Stolbergs Karriere gestoppt, ein Comeback in der Funktion des Hausministers mißlang.

Ob Otto ein ebenso mittelmäßiger Politiker wie die späteren Kanzler Leo Caprivi (von 1890 bis 1894) oder Chlodwig zu Hohenlohe-Schillingsfürst (von 1894 bis 1900) geworden wäre, bleibt dahingestellt; als Bismarcks Vize konnte er dies freilich kaum unter Beweis stellen, denn es gelang ihm nicht, den ausgeklügelten und daher oft schwer durchschaubaren taktischen Manövern seines Vorgesetzten immer zu folgen. Bismarck wünschte jedoch nicht nur einen willfährigen dienstbaren Geist an seiner Seite, er hatte gehofft, Stolberg könne seine standesherrliche, auf monarchistische Ruhmhascherei ausgerichtete Denkweise zugunsten einer nüchtern und kalt kalkulierenden Staatskunst überwinden.

Eben dies machte er Stolberg jedoch durch die konkreten Umstände schwer, denn mit Bismarck und seiner bonapartistischen Herrschaft ging es zu Ende, gerade zu dem Zeitpunkt, da Stolberg in die unmittelbare Nähe des Kanzlers aufrückte. Den Ansprüchen des sich herausbildenden Imperialismus zeigte sich ein Bismarck nicht mehr gewachsen, ein Stolberg vermochte diese Zeichen der Zeit deutlicher als jener wahrzunehmen, jedoch nicht, ein eigenes politisches Konzept zu entwickeln.

Stolberg fühlte sich für die Außenpolitik kompetent: Wahrscheinlich liegt auch hier ein Grund seines Scheiterns, denn diesen Bereich betrachtete Bismarck als persönliche Domäne. Worauf Stolberg seine Ambitionen stützte, kann man nur zu erraten suchen, sein außenpolitisches Geschick läßt sich kaum beweisen. Vermutlich fühlte er sich von dem äußeren Erscheinungsbild der Diplomatie besonders angezogen; der Standesherr bevorzugte ein Parkett, auf dem er mit hochgestellten Persönlichkeiten verkehrte, gegenüber dem Rednerpodium im Reichstag.

Trotzdem: In seinen verschiedenen politischen Funktionen hat Graf Otto zu Stolberg die Politik der herrschenden Klassen in Preußen beziehungsweise dann im Deutschen Reich lange Jahre mitgetragen, an maßgeblichen Stellen vertreten und zeitweise entscheidend mitbestimmt. Sein Engagement für die Begründung eines einheitlichen deutschen Nationalstaates von oben ist unter Beachtung aller damit verbundenen gesellschaftlichen wie persönlichen Widersprüche durchaus fortschrittlich zu nennen. Als Botschafter und «Vize-Bismarck» trat der Graf außenpolitisch für eine Vormachtstellung Deutschlands in Europa ein, befürwortete aber innenpolitisch, vor allem im Kampf gegen die Sozialdemokratie, eine mehr an sozialen Zugeständnissen als auf Repressionen orientierte Politik.

Es ist ausgesprochen schwierig, den persönlichen Anteil Stolbergs an der Politik der Bismarck-Ära herauszufiltern; nachweisbar sind sein Eintreten für die Verpreußung Hannovers nach 1867, sein Wirken als Botschafter während der Orientkrise und seine Initiativen für das Zustandekommen des Zweibundvertrages mit Österreich-Ungarn (1879), ebenfalls sein Bemühen um die Beilegung des Kulturkampfes. Weitaus komplizierter stellt sich die Frage, ob und inwieweit Otto politische Entscheidungen konzeptionell und grundsätzlich mitgestaltet hat. Dies scheint, unter Berücksichtigung einiger weniger Ausnahmen, kaum der Fall gewesen zu sein, ein Unvermögen, für das Bismarck nur Verachtung aufbrachte, obgleich der Reichskanzler in seiner Nähe niemals einen profilierten Politiker geduldet hätte.

Ganz sicher ist Stolberg mit seinen Vorschlägen zur Sozialgesetzgebung in seiner Gesellschaftsklasse – auch gegenüber Bismarck – eine Art von Wegbereiter gewesen. Zudem engagierte er sich als Vorsitzender des Zentralkomitees der deutschen Vereine vom Roten Kreuz; Tatsachen, die verdienen, beachtet zu werden, wenngleich es Otto letztlich darauf ankam, den veränderten gesellschaftlichen Bedingungen, dem Druck «von unten» zu begegnen. Aus Sorge um die Stabilität der bestehenden Machtverhältnisse fühlte er sich zu jenen Überlegungen und praktischen Maßnahmen veranlaßt, die sich hauptsächlich gegen den zunehmenden Einfluß der Sozialdemokratie richteten. In den eigenen Territorien zeigte er sich weniger kompromißbereit, in der «schwarzen Grafschaft» blieb Otto der Standesherr, dessen feudaler Regierungsstil zuweilen für Schlagzeilen in der Presse sorgte.

Zeitlebens vermochte Stolberg nur schwer politischen Notwendigkeiten und Entscheidungen persönlich Rechnung zu tragen. Immer wieder versuchte er, seine Grafschaft oder seine Person aus der politischen Gesamtentwicklung auszuklammern, feudale Privilegien zu sichern oder für sich und sein Haus Ausnahmeregelungen herbeizuführen. Eine solche zwiespältige Haltung mußte ihn zwangsläufig auch bei Bismarck unglaubwürdig machen: Stolberg, der privat feudale Partikularinteressen verfolgte, im Jahre 1892 zum Vorsitzenden des Vereins deutscher Standesherren aufrückte, sich aber als Staatsmann überzeugt für die Stärkung des geeinten Deutschen Reiches unter preußischer Führung einsetzte – was sollte der Kanzler auf Dauer mit einem solchen Mann anfangen? Dazu kam Stolbergs starrsinniges Bekunden, als Abkömmling eines ehemals reichsständischen Grafenhauses gegenüber «Fürst Bismarck» im Adelsrang bevorrechtet zu sein, eine Haltung, die den Kanzler natürlich persönlich verstimmte. Als im Herbst 1895 in Bismarcks Nähe einmal die Rede auf Stolberg kam, soll dieser unwirsch geäußert haben: «Ein deutscher Fürst? – Was will das sagen? Ein deutscher Fürst bin ich auch; das kann man leicht werden.»

Der siebzehn Jahre ältere ehemalige Reichskanzler überlebte Stolberg, er starb am 30. Juli 1898. Die Sterbedaten beider Staatsmänner markieren für Deutschland so ziemlich exakt das zeitliche Ende der Übergangsperiode zur Epoche des Imperialismus. Der Einfluß jener Kräfte, die auf eine aggressive Annexions- und Weltmachtpolitik zusteuerten, wuchs jetzt beträchtlich. Dabei spielte das Monopolkapital bald die entscheidende Schlüsselrolle.

Otto zu Stolberg hatte zu den bedeutendsten Großgrundbesitzern im Deutschen Reich gehört, zugleich aber war er ein äußerst erfolgreicher und skrupelloser Kapitalist, der den wirtschaftlichen Aufschwung der «Gründerzeit» geschickt auszunutzen verstand. Seinem Sohn Christian Ernst (1864–1940), ein im Verhältnis zu Otto kleinkariert geratener fürstlicher Gernegroß, gelang es nicht, das väterliche Erbe zusammenzuhalten; in die Geschichte seiner Familie ging er als Bankrotteur ein.

Die Talfahrt begann im Jahre 1904 mit einer folgenschweren wirtschaftlichen Fehlentscheidung. In völliger Verkennung seiner ökonomischen Möglichkeiten ordnete Christian Ernst den Bau eines modernen Siemens-Martin-Stahl- und Walzwerkes in Ilsenburg an. Es sollte nach dem Muster der Essener Kruppschen Werke errichtet werden; die Gesamtbausumme belief sich auf 1,2 Millionen Mark, sie wurde als Hypothek auf das fürstliche Stammgut eingetragen. Nach Inbetriebnahme rechnete man mit einem jährlichen Reinertrag von 135000 Mark. Doch diese Spekulation erfüllte sich nicht.

Als das Werk 1907 die Produktion aufnehmen konnte, hatte es nicht – wie geplant – 1,2, sondern 2,35 Millionen Mark gekostet, und bei der Preußischen Central-Bodenkredit-Aktiengesellschaft war eine erneute Hypothek, diesmal von über zwei Millionen Mark, gezeichnet worden.

Das fürstliche Stammgut repräsentierte damals einen Wert von 26,6 Millionen Mark, die gesamte Hypothekenlast betrug 6,5 Millionen. Allein als Zins- und Tilgungssumme mußten pro Jahr 250000 Mark gezahlt werden, und das neue Werk arbeitete keineswegs, wie ursprünglich gehofft, rentabel, sondern mit empfindlichen Verlusten. Der Schuldenberg des Fürsten wuchs von Jahr zu Jahr. 1909 befand sich der neue Betrieb schon mit über einer Million Mark in den roten Zahlen. Daß Christian Ernst finanziell damals das Wasser bis zum Halse stand, zeigt auch der im Juni 1910 erfolgte Verkauf großer Teile der Herrschaft Ottowald. Dies geschah gegen den letzten Willen seines Vaters, denn Fürst Otto hatte testamentarisch die oberschlesischen Besitzungen zum unveräußerlichen Familienbesitz bestimmt.

Hinzu kam der Druck mächtigerer Wirtschaftsunternehmen. So wollte die Monopolvereinigung «Deutscher Stahlwerks-Verband» den kleinen Konkurrenten am Harzrand nicht dulden und forderte im Februar 1911 die Stillegung des neuen Stahl- und Walzwerkes, die Demontage wie Verschrottung der modernen Betriebsanlagen und die fristlose Entlassung der über zweihundert Facharbeiter, die künftig im Wegebau eingesetzt werden sollten. Tatsächlich wurde bald darauf vereinbart: Das Ilsenburger Stahl- und Walzwerk wird Mitglied im Stahlwerks-Verband und beantragt die Bewilligung einer Stahlquote von 30000 Tonnen. Anschließend kauft ein Verbandsmitglied – die Rheinischen Stahlwerke in Duisburg – den nagelneuen Betrieb, bekommt auf diese Weise die Stahlquote und legt dann, nach Zahlung einer Entschädigung, das Werk still. Ein entsprechender Vertrag kam am 12. Mai 1911 zustande.

Obwohl die Abfindungssumme der Rheinischen Stahlwerke und der Verkauf der modernen Betriebsanlagen zur Verschrottung den Stolbergern noch einmal eine runde Million Mark einbrachte, belief sich der Gesamtverlust des neu errichteten Stahl- und Walzwerkes auf immerhin 2,8 Millionen Mark.

Weitere Versuche Christian Ernsts, sich der monopolkapitalistischen Entwicklung anzupassen, mißlangen ebenfalls. Während des ersten Weltkrieges profitierte er durch die Herstellung von Granaten und anderem Rüstungsmaterial noch einmal ganz erheblich, es gelang ihm jedoch nicht, die Kriegs- auf die Friedensproduktion umzustellen. Daraufhin kam es im November 1919 auch zum Verkauf der Ilsenburger Hütte an die Magdeburger Maschinenfabrik, an der er selbst Aktienkapital besaß.

Im Juli 1925, während der relativen Stabilisierung des Kapitalismus in der Weimarer Republik, kaufte Christian Ernst den Betrieb zurück und führte ihn unter dem Namen «Fürst-Stolberg-Hütte zu Ilsenburg» weiter. Aufwendige Rationalisierungsvorhaben, wozu er von ausländischen Banken Kredite aufnahm, sollten die Eisenhütte mit neuen Produkten auf dem Weltmarkt konkurrenzfähig machen. Das Fertigungsprogramm sah die Herstellung von Kränen, Dieselmotoren, Dieselmotor-Rangier-Drehkränen, Dieselmotorlokomotiven und Kranlokomotiven vor. Außerdem stellte man Kachelöfen her; eine Emaillewerkstatt wurde eingerichtet. Jedoch gelang es nicht, mit diesen Erzeugnissen im kapitalistischen Konkurrenzkampf zu bestehen. So wollte die Ilsenburger Hütte, um ein Beispiel zu nennen, ihre Diesellloks ursprünglich zu einem Stückpreis von 15920 Mark auf den Markt bringen, während die Konkurrenzfirma Deutz die gleiche Lok für 11020 Mark anbieten konnte. Erst als die

Hütte mit dem Preis auf 12500 Mark herunterging, erhielt sie einige Aufträge, die Absatzsituation war unter diesen Bedingungen sehr schwer.

Die prekäre Geschäftslage wurde zudem durch das verschwenderische Repräsentationsbedürfnis des Fürsten verschärft. Unter hohem finanziellem Aufwand veranstaltete Christian Ernst große Feiern, Jagdgesellschaften und Empfänge; oft unternahm er teure Auslandsreisen, betätigte sich als Protektor militaristischer Veranstaltungen und förderte durch beträchtliche finanzielle Zuwendungen Soldaten-, Schützen- und Studentenvereine, die reaktionäre Vereinigung ehemaliger Frontsoldaten «Stahlhelm» sowie die rechtsextreme Deutschnationale Volkspartei unter Alfred Hugenberg.

Am 1. Januar 1928 wurde die «Fürst-Stolberg-Hütte» in eine «Offene Handelsgesellschaft» umgebildet. Der Direktor der Magdeburger Maschinenfabrik übernahm die Leitung und begann mit neuen Rationalisierungsmaßnahmen. Doch der vollständige Bankrott war schon damals nicht mehr aufzuhalten. Die Summe der Verbindlichkeiten belief sich 1928 bereits auf 20,3 Millionen Mark, an liquiden Mitteln standen lediglich 6,5 Millionen zur Verfügung. Da sich keine neuen Kreditgeber fanden und die fehlenden Millionen auch aus dem fürstlichen Gesamtvermögen an Grundbesitz, Gebäuden und anderem in Höhe von 90,7 Millionen nicht so schnell flüssigzumachen waren, ließ sich der drohende Konkurs nicht mehr aufhalten. Die Hauptgläubiger bildeten ein «Konsortium zur Stützung der Fürst zu Stolberg-Wernigerödischen Verwaltung» und stellten den Besitz unter Kuratel. Schließlich vermittelte Preußens langjähriger Ministerpräsident Otto Braun (SPD), und die Dresdener Bank übernahm das gesamte Vermögen das Hauses Stolberg-Wernigerode; um die Schulden zu decken, begann sie mit der schrittweisen Auflösung des fürstlichen Besitzes.

Ab 23. Juni 1930 standen in der Ilsenburger «Fürst-Stolberg-Hütte» die Räder still. Fusionsversuche mit größeren Betrieben waren gescheitert, der Absatz auf ein Minimum zurückgegangen. Dreihundert Arbeiter wurden entlassen und die Werkhallen zu Lagerzwecken verpachtet. Zur Tilgung der Restschulden mußte nahezu der gesamte fürstliche Domänenbesitz verkauft werden. Die

«Bauernland AG» siedelte neun Domänen in der Grafschaft Wernigerode und weiteren Grundbesitz in der Standesherrschaft Gedern an, sie verkaufte das Land an Mittelbauern und Genossenschaften. Von dem etwa 21000 Hektar umfassenden Waldbesitz ging der Hohnsteiner Forst an den Fürsten zu Stolberg-Roßla, der gesamte Stolberg-Wernigerödische Wald an den preußischen Staat. Die fürstliche Bibliothek wurde geschlossen, ein wertvoller Teil davon verkauft. Seit dem 18. Jahrhundert hatten die Grafen rund 150000 Bände anschaffen lassen. Über die Landesgrenzen hinaus genoß vor allem die umfangreiche Sammlung geistlicher Schriften Geltung. Christian Ernst mußte das Schloß seiner Ahnen als Wohnsitz aufgeben, er bezog eine Villa in Schierke. Nach Deckung aller Schulden verblieben ihm von den fürstlichen Besitzungen im Harz der Brocken mit einem Hotel und die Forstreviere um Ilsenburg und Wernigerode.

Lange Zeit kursierte die rührselige Mär von dem steinreichen Fürsten, der nach Monte Carlo auszog und dort in einer Nacht sein gesamtes Vermögen verspielte. Sie hielt sich hartnäckig, doch nichts daran ist wahr: Nach dem New-Yorker Börsenkrach am 25. Oktober 1929 war die Welt von einer tiefgreifenden Wirtschaftskrise erfaßt worden. Auch die Ilsenburger Hütte hatte dem verschärften Konkurrenzkampf nicht mehr standgehalten. Fürst Christian Ernst scheiterte nicht in Monte Carlo, es war ihm wie so vielen kapitalistischen Unternehmern nicht gelungen, sich den veränderten wirtschaftlichen Bedingungen im Imperialismus anzupassen.

Im Zuge der entschädigungslosen und restlosen Enteignung der Junker und Großgrundbesitzer durch die Bodenreform wurden nach 1945 zahlreiche Schlösser kulturellen oder sozialen Zwecken zur Verfügung gestellt. Am 13. September 1945 verabschiedete das Präsidium der Provinzialverwaltung Sachsen einen Erlaß zur alleinigen Verfügung über die Kunstgegenstände und das Kulturgut in den durch die Bodenreform enteigneten Burgen, Schlössern und Herrenhäusern. Zunächst sammelte man diese Schätze in drei Landesdepots, auch im Schloß Wernigerode. Vier Jahre später gingen sie in den Besitz des Feudalmuseums über, das am 16. April 1949 eröffnet wurde.

Quellen

Für die Unterstützung meiner Forschungen danke ich vor allem den Mitarbeitern des Zentralen Staatsarchivs in Potsdam und Merseburg, der Wernigeröder Außenstelle des Staatsarchivs Magdeburg und der Harzbücherei in Wernigerode.

Im Zentralen Staatsarchiv standen mir Akten des Auswärtigen Amtes, der Reichskanzlei, des Geheimen Zivilkabinetts sowie des preußischen Staatsministeriums zur Verfügung. In der Wernigeröder Außenstelle des Staatsarchivs Magdeburg wurde mir ein großer, bisher nicht ausgewerteter ungeordneter Familiennachlaß zugänglich gemacht, der unter anderem auch die Korrespondenz Otto zu Stolbergs mit seiner Frau Anna, Prinz Heinrich VII. zu Reuß und Graf Botho zu Stolberg-Wernigerode enthält. Allein an Anna schrieb Graf Otto zwischen 1863 und 1895 zirka 2800 Briefe. Außerdem benutzte ich hier die Nachlässe der Grafen Henrich und Botho sowie zahlreiche Archivalien des Hauptarchivs, ferner Verwaltungsakten der ehemaligen gräflichen Kammer.

Als wissenschaftlicher Mitarbeiter im Feudalmuseum Schloß Wernigerode hatte ich Zugang zu dessen sämtlichen Beständen; ergänzende Informationen ermittelte ich in den Stadtarchiven von Magdeburg, Halberstadt und Wernigerode.

Wertvolle Quellen waren die Aktenpublikationen des Auswärtigen Amtes: «Die Große Politik der Europäischen Kabinette 1871–1914. Sammlung der Diplomatischen Akten des Auswärtigen Amtes» (Berlin 1922) und «Bismarck und die Nordschleswigsche Frage 1864–1879. Die Diplomatischen Akten des Auswärtigen Amtes zur Geschichte des Artikels V des Prager Friedens» (Berlin 1925) sowie die gedruckt vorliegenden Stenographischen Berichte über die Verhandlungen des Konstituierenden Reichstags des Norddeutschen Bundes, des preußischen Landtags und des Deutschen Reichstags.

Vergleichsweise wenig Material stand zur diplomatischen Tätigkeit Graf Ottos als Botschafter des Deutschen Reiches während der Orientkrise zur Verfügung; hier mußte auf wenige Abschriften der im Österreichischen Staatsarchiv Wien aufbewahrten Akten zurückgegriffen werden.

Wichtige Hinweise fanden sich in den handschriftlich überlieferten Lebenserinnerungen Stolbergs, aber auch in veröffentlichten Memoiren und Biographien anderer Zeitgenossen.

Eine umfassende Lebensdarstellung des Grafen gibt es bisher nicht. Lediglich der bürgerlich-konservative Historiker Heinrich Heffter, der in jungen Jahren Hauslehrer im Dienste Christian Ernsts zu Stolberg-Wernigerode gewesen ist, hinterließ ein Lebensbild über «Otto Fürst zu Stolberg-Wernigerode», dessen erster Teil 1980 in der BRD erschien. Er zog manche heute nicht mehr zugängliche Quelle heran, schrieb jedoch «aus der spezifischen Sicht der Standesherren» und voller Bewunderung für Stolbergs «ererbte Führungsqualitäten» eine Biographie zusammen, die selbst den Herausgeber zu dem Hinweis veranlaßte, das Herangehen des Autors «verenge» bisweilen die Perspektive.

Konrad Breitenborn

Literaturhinweise

Arbeiterbewegung und Reichsgründung, hrsg. von Horst Bartel, Berlin 1971.

Aufzeichnungen und Erinnerungen aus dem Leben des Botschafters Joseph Maria von Radowitz, hrsg. von Hajo Holborn, Bd. 1/2, Berlin/Leipzig 1925.

Bartel, Horst/Schröder, Wolfgang/Seeber, Gustav/Wolter, Heinz, Der Sozialdemokrat 1879–1890. Ein Beitrag zur Rolle des Zentralorgans im Kampf der revolutionären Arbeiterbewegung gegen das Sozialistengesetz, Berlin 1975.

Bebel, August, Aus meinem Leben, Teil 1–3, Berlin 1946.

Bismarck, Otto von, Gedanken und Erinnerungen, Berlin 1928.

ders., Gesammelte Werke, Berlin 1924–1935.

Bismarck-Portefeuille, hrsg. von Heinrich von Poschinger, Stuttgart/Leipzig 1898.

Bismarcks Sturz. Zur Rolle der Klassen in der Endphase des preußisch-deutschen Bonapartismus 1884/85 bis 1890, von einem Kollektiv unter Leitung von Gustav Seeber, Berlin 1977.

Bosse, Robert, Erinnerungen. In: Die Grenzboten. Zeitschrift für Politik, Literatur und Kunst, 63. Jg. (1904).

ders., Fürst Otto zu Stolberg-Wernigerode. In: Deutsche Revue, 28. Jg., Mai 1903.

Breitenborn, Konrad, Aus dem Briefwechsel zwischen Friedrich Wilhelm IV. von Preußen und Graf Anton zu Stolberg-Wernigerode. In: Zeitschrift für Geschichtswissenschaft XXX. Jg. (1982), H. 3 (Hier finden sich weitere Hinweise auf Literatur und Archivalien zur Geschichte des Grafenhauses Stolberg-Wernigerode).

Das Sozialistengesetz 1878–1890. Illustrierte Geschichte des Kampfes der Arbeiterklasse gegen das Ausnahmegesetz, hrsg. von Horst Bartel, Wolfgang Schröder, Gustav Seeber, Berlin 1980.

Denkwürdigkeiten des Fürsten Chlodwig zu Hohenlohe-Schillingsfürst, hrsg. von Friedrich Curtius, Bd. 1/2, Stuttgart/Leipzig 1907.

Die bürgerlichen Parteien in Deutschland. Handbuch der Geschichte der bürgerlichen Parteien und anderer bürgerlicher Interessenorganisationen vom Vormärz bis zum Jahre 1945, Bd. I/II, Leipzig 1968/1970.

Die großpreußisch-militaristische Reichsgründung 1871. Voraussetzungen und Folgen, Bd. 1/2, hrsg. von Horst Bartel, Ernst Engelberg, Berlin 1971.

Diplomatie und Kriegspolitik vor und nach der Reichsgründung, hrsg. von Ernst Engelberg, Berlin 1971.

Drees, Heinrich, Geschichte der Grafschaft Wernigerode, Wernigerode 1916.

Engelberg, Ernst, Deutschland von 1849 bis 1871 (Von der Niederlage der bürgerlich-demokratischen Revolution bis zur Reichsgründung), Berlin 1972.

ders., Deutschland von 1871 bis 1897 (Deutschland in der Übergangsperiode zum Imperialismus), Berlin 1979.

Engelmann, Bernt, Preußen. Land der unbegrenzten Möglichkeiten, München 1979.

Engels, Friedrich, Die «Krisis» in Preußen. In: Marx/Engels, Werke, Bd. 18, Berlin 1962.

Eleonore (Reuß zu Köstritz, Schwester Otto zu Stolbergs), Erinnerungen an das alte Wernigerode, Wernigerode 1900.

Fesser, Gerd, Der Weg nach Königgrätz 1866. Illustrierte historische Hefte 13, Berlin 1978.

Flohr, Heinz, Die Eisenindustrie in Ilsenburg, Wernigerode 1978.

Foerster, Erich, Adalbert Falk. Sein Leben und Wirken als Preußischer Kultusminister dargestellt auf Grund des Nachlasses unter Beihilfe des Generals d. I. Adalbert von Falk, Gotha 1927.

Frauendienst, Werner, Bismarck und das Herrenhaus. In: Forschungen zur Brandenburgischen und Preußischen Geschichte, 45. Bd., Berlin (1933).

Fricke, Dieter, Bismarcks Prätorianer. Die Berliner politische Polizei im Kampf gegen die deutsche Arbeiterbewegung (1871 bis 1898), Berlin 1962.

Gestalten der Bismarckzeit, hrsg. von Gustav Seeber, Berlin 1978.

Gollwitzer, Heinz, Die Standesherren. Die politische und gesellschaftliche Stellung der Mediatisierten 1815–1918. Ein Beitrag zur deutschen Sozialgeschichte, Stuttgart 1957.

Handbuch für das preußische Herrenhaus, Berlin 1890.

Herse, Wilhelm, Fürst Otto zu Stolberg-Wernigerode. In: Zeitschrift des Harz-Vereins für Geschichte und Altertumskunde, 55. Jg. (1922), S. 1–18.

ders., Otto Fürst zu Stolberg-Wernigerode. In: Mitteldeutsche Lebensbilder, Bd. 4, Magdeburg 1929.

Hoppe, Wilhelm, Schloß Wernigerode. Ein alter deutscher Fürstensitz am Harz 1213–1921, Wernigerode 1921.

Illustrierte Geschichte der deutschen Revolution 1848/49, hrsg. von Walter Schmidt, Gerhard Becker, Helmut Bleiber, Rolf Dlubek, Siegfried Schmidt, Rolf Weber, Berlin 1975.

Im Widerstreit um die Reichsgründung. Eine Quellensammlung zur Klassenauseinandersetzung in der deutschen Geschichte von 1849 bis 1871, hrsg. von Ernst Engelberg, Berlin 1970.

Kardorff, Siegfried von, Wilhelm von Kardorff. Ein nationaler Parlamentarier im Zeitalter Bismarcks und Wilhelms II. 1828–1907, Berlin 1936.

Keudell, Robert von, Fürst und Fürstin Bismarck. Erinnerungen aus den Jahren 1846 bis 1872, Stuttgart 1902.

Klein, Tim, Der Kanzler Otto von Bismarck in seinen Reden und Erinnerungen sowie in Berichten und Anekdoten seiner Zeit, München 1915.

Kuczynski, Jürgen, Darstellung der Lage der Arbeiter in Deutschland von 1871 bis 1900 (Geschichte der Lage der Arbeiter unter dem Kapitalismus, Bd. 3), Berlin 1962.

ders., Geschichte des Alltags des deutschen Volkes, Bd. 4, Berlin 1982.
Lerchenfeld-Koefering, Hugo Graf, Erinnerungen und Denkwürdigkeiten 1843–1925, eingeleitet und herausgegeben von seinem Neffen Hugo Graf Lerchenfeld-Koefering, Berlin 1935.
Lucius von Ballhausen, Robert, Bismarck-Erinnerungen, Stuttgart/Berlin 1920.
Maatz, Helmut, Bismarck und Hannover 1866–1898, Hildesheim 1970.
Mai, Joachim, Die preußisch-deutsche Polenpolitik 1885/87. Eine Studie zur Herausbildung des Imperialismus in Deutschland, Berlin 1962
Mehring, Franz, Gesammelte Schriften, Bd. 5, Berlin 1964.
Mommsen, Wilhelm, Otto von Bismarck in Selbstzeugnissen und Bilddokumenten, Reinbek bei Hamburg 1966.
Mottek, Hans Becker, Walter Schröter, Alfred, Wirtschaftsgeschichte Deutschlands. Ein Grundriß, Bd. III: Von der Zeit der Bismarckschen Reichsgründung 1871 bis zur Niederlage des faschistischen deutschen Imperialismus 1945, Berlin 1974.
Müller, Harald, Vom zweiten zum dritten deutschen Septennat. Studien zur deutschen Heeres- und Rüstungspolitik in der reaktionärsten Phase der bonapartistischen Herrschaft Otto von Bismarcks (1878–1890), Diss. phil. habil., Berlin 1970.
Müller, Manfred, Die Bedeutung des Berliner Kongresses für die deutsch-russischen Beziehungen, phil. Diss., Leipzig 1927.
Obermann, Karl, Deutschland von 1815 bis 1849 (Von der Gründung des Deutschen Bundes bis zur bürgerlich-demokratischen Revolution), Berlin 1976.
Oncken, Hermann, Rudolf von Bennigsen. Ein deutscher liberaler Politiker. Nach seinen Briefen und hinterlassenen Papieren, Bd. 2: 1867–1902, Stuttgart/Leipzig 1910.
Pack, Wolfgang, Das parlamentarische Ringen um das Sozialistengesetz Bismarcks 1878–1890, hrsg. von der Kommission für Geschichte des Parlamentarismus und der politischen Parteien, Düsseldorf 1961.
Parisius, Ludolf, Deutschlands politische Parteien und das Ministerium Bismarck. Ein Beitrag zur vaterländischen Geschichte mit einem Vorwort über die gegenwärtige Kanzlerkrisis, Berlin 1878.
Petersdorff, Herman von, Kleist-Retzow. Ein Lebensbild, Stuttgart/Berlin 1907.
Pfitzer, Alois, Prinz Heinrich VII. Reuß als Mitarbeiter Bismarcks (gedruckter Auszug aus der Diss. «Prinz Heinrich VII. Reuß, General von Schweinitz, Fürst Münster als Mitarbeiter Bismarcks»), Tübingen 1936.
Poschinger, Heinrich von, Fürst Bismarck und der Bundesrat, Bd. I–III, Stuttgart/Leipzig 1897/98.
ders., Fürst Bismarck und die Parlamentarier, Bd. I–III, Breslau 1894/96.
Promnitz, Kurt, Bismarcks Eintritt in das Ministerium, Berlin 1908.
Ritter, Gerhard, Die preußischen Konservativen und Bismarcks deutsche Politik 1858–1876, Heidelberg 1913.
Schmidt-Volkmar, Erich, Der Kulturkampf in Deutschland 1871 bis 1890, Göttingen/(West-)Berlin/Frankfurt (Main) 1962.

Schneider, Louis, Aus dem Leben Kaiser Wilhelms 1849–1873, Bd. I–III, Berlin 1888.
Schreiner, Albert, Zur Geschichte der deutschen Außenpolitik 1871–1945, Bd. 1: 1871–1918. Von der Reichseinigung bis zur Novemberrevolution, Berlin 1952.
Seeber, Gustav, Zwischen Bebel und Bismarck. Zur Geschichte des Linksliberalismus in Deutschland 1871–1893, Berlin 1965.
Seeber, Gustav/Wolter, Heinz, Mit Eisen und Blut. Die preußisch-deutsche Reichsgründung von 1870/71, Berlin 1981.
dies., Monarchen und Minister. Sozialdemokratische Publizistik gegen Monarchismus und Volksbetrug, Berlin 1974.
Soderini, Edoardo Graf, Leo XIII. und der deutsche Kulturkampf, Innsbruck/Wien/München 1935.
Solms-Laubach, Marie Gräfin zu (Tochter Otto zu Stolbergs), Zum 100. Geburtstag meiner Eltern. Für die Nachkommenschaft geschrieben, Arnsburg 1937.
Stoltenberg, Gerhard, Der deutsche Reichstag 1871–1873, hrsg. von der Kommission für Geschichte des Parlamentarismus und der politischen Parteien, Düsseldorf 1955.
Sybel, Heinrich von, Die Begründung des Deutschen Reiches durch Wilhelm I., Bd. 5, München/Leipzig 1892.
Thümmler, Heinzpeter, Sozialistengesetz § 28. Ausweisungen und Ausgewiesene 1878–1890, Berlin 1979.
Tiedemann, Christoph von, Sechs Jahre Chef der Reichskanzlei unter dem Fürsten Bismarck, Leipzig 1909.
«... und ausgelacht obendrein». Heiteres und Ernstes aus dem Kampf der deutschen Arbeiterklasse gegen das Sozialistengesetz 1878–1890, zusammengestellt, bearbeitet und eingeleitet von Dieter Fricke, Berlin 1978.
Vogler, Günter/Vetter, Klaus, Preußen. Von den Anfängen bis zur Reichsgründung, Berlin 1981.
Walz, Josef, Das Schloß zu Wernigerode, ein Wohnschloß und Repräsentationsbau des deutschen Historismus in der zweiten Hälfte des 19. Jahrhunderts, phil. Diss., Leipzig 1982.
Weil, Ursula und Otto, Schwarz-Weiß-Rot in Versailles. Zur Reichsgründung vor 100 Jahren, Berlin 1971.
Wertheimer, Eduard von, Graf Julius Andrássy. Sein Leben und seine Zeit, Bd. II/III, Stuttgart 1913.
Windelband, Wolfgang, Bismarck und die europäischen Großmächte 1879–1885, Essen 1942.
Wolter, Heinz, Alternative zu Bismarck. Die deutsche Sozialdemokratie und die Außenpolitik des preußisch-deutschen Reiches 1878 bis 1890, Berlin 1970.
ders., Das lothringische Erzgebiet als Kriegsziel der deutschen Bourgeoisie im deutsch-französischen Krieg 1870/71. In: Zeitschrift für Geschichtswissenschaft, XIX. Jg. (1971), H. 1.

Inhalt

Der Erbgraf 5
Im Ahnensaal 30
Militärdienst in Berlin und Potsdam 44
Königsberg 1861 60
Regierungsübernahme und Heirat 68
Im Sächsischen Provinzialverein 83
Auf dem Weg nach oben 95
Mit Eisen und Blut 101
«Es gilt, die preußische Fahne hochzuhalten» 115
Im Konstituierenden Reichstag des Norddeutschen Bundes . 125
Oberpräsident in Hannover 142
Krieg mit Frankreich 164
Im Zeichen der Reichsgründung 174
Fronde gegen Bismarck 188
Feudalherr und Kapitalist 205
Als Botschafter an den Wiener Hof 226
In den Wirren der Orientkrise 242
Ins Zentrum der Macht 252
Schüsse auf den Kaiser 263
«Gegen die gemeingefährlichen Bestrebungen der Sozialdemokratie» 271
Kontakte zum Vatikan 294
Im Bündnis mit Österreich-Ungarn 305
Der «blaue Brief» 316
Oberstkämmerer und Minister des Königlichen Hauses 329
Epilog 346
Quellen 355
Literaturhinweise 357

Bildnachweis:
Archiv des Autors: 33; Deutsche Fotothek Dresden: 2; Dietz Verlag Berlin: 6; Gerd Fesser Jena: 3; Feudalmuseum Wernigerode: 29; Historisches Museum Hannover: 2; Museum für Deutsche Geschichte Berlin: 4; Staatsarchiv Magdeburg: 2; Verlag der Nation Berlin: 2; Zentrales Staatsarchiv Potsdam: 2
Reproduktionen: Renate und Horst Ewald: 8; Dieter Oemler: 62

1. Auflage 1984
Lizenznummer: 400/3/84
LSV 0268
Lektor: Gisela Donath
Technischer Redakteur: Ingrid Welzer
Einband: Bernd Haak
Typografie: Kerstin Vorwerk
Lichtsatz: INTERDRUCK Graphischer Großbetrieb Leipzig – III/18/97
Druck und buchbinderische Verarbeitung:
LVZ-Druckerei «Hermann Duncker», Leipzig III/18/138
Best.-Nr. 6966740
01480